浮羅人文

高嘉謙｜主編

鱷眼晨曦

Eyelids of Morning

張貴興 著

「浮羅人文書系」編輯前言

高嘉謙

島嶼，相對於大陸是邊緣或邊陲，這是地理學視野下的認知。但從人文地理和地緣政治而言，島嶼自然可以是中心，一個帶有意義的「地方」（place），或現象學意義上的「場所」（site），展示其存在位置及主體性。從島嶼往外跨足，由近海到遠洋，面向淺灘、海灣、海峽，或礁島、群島、半島，點與點的鏈接，帶我們跨入廣袤和不同的海陸區域、季風地帶。但回看島嶼方位，我們探問的是一種攸關存在、感知、生活的立足點和視點，一種從島嶼外延的追尋。

臺灣孤懸中國大陸南方海角一隅，北邊有琉球、日本，南方則是菲律賓群島。臺灣有漢人與漢文化的播遷、繼承與新創，然而同時作為南島文化圈的一環，臺灣可辨識存在過的南島語就有二十八種之多，在語言學和人類學家眼中，臺灣甚至是南島語族的原鄉。這說明自古早時期，臺灣島的外延意義，不始於大航海時代荷蘭和西班牙的短暫占領，以及明鄭時期接軌日本、中國和東南亞的海上貿易圈，而有更早南島語族的跨海遷徙。這是一種移動的世界觀，在模糊的疆界和邊域裡遷徙、游移。透過歷史的縱深，自我觀照，探索外邊的文化與知識創造，形塑了值得我們重新省思的島嶼精神。

在南島語系裡，馬來—玻里尼西亞語族（Proto-Malayo-Polynesian）稱呼島嶼有一組相近的名稱。馬來語稱pulau，印尼爪哇的巽他族（Sundanese）稱pulo，菲律賓呂宋島使用的他加祿語（Tagalog）也稱pulo，菲律賓的伊洛卡諾語（Ilocano）則稱puro。這些詞彙都可以音譯為中文的「浮羅」一詞。換言之，浮羅人文，等同於島嶼人文，補上了一個南島視點。

以浮羅人文為書系命名，其實另有島鏈，或島線的涵義。在冷戰期間的島鏈（island chain）有其戰略意義，目的在於圍堵或防衛，封鎖社會主義政治和思潮的擴張。諸如屬於第一島鏈的臺灣，就在冷戰氛圍裡接受了美援文化。但從文化意義而言，島鏈作為一種跨海域的島嶼連結，也啟動了地緣知識、區域研究、地方風土的知識體系的建構。在這層意義上，浮羅人文的積極意義，正是從島嶼走向他方，展開知識的連結與播遷。

本書系強調的是海洋視角，從陸地往離岸的遠海，在海洋之間尋找支點，接連另一片陸地，重新扎根再遷徙，走出一個文化與文明世界。這類似早期南島文化的播遷，從島嶼出發，沿航路移動，文化循線交融與生根，視野超越陸地疆界，跨海和越境締造知識的新視野。

高嘉謙，國立臺灣大學中國文學系副教授，著有《遺民、疆界與現代性：漢詩的南方離散與抒情（一八九五—一九四五）》、《國族與歷史的隱喻：近現代武俠傳奇的精神史考察（一八九五—一九四九）》、《馬華文學批評大系：高嘉謙》等。

目次

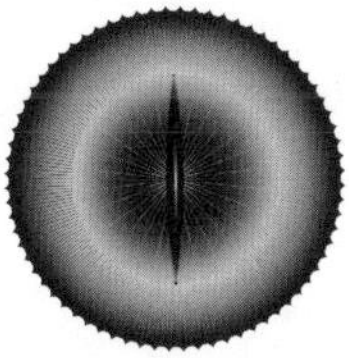

第一章

這是二十世紀最眩目華麗的加冕大典。為了有充裕時間籌備這場典禮，也為了有一年時間緬懷和哀悼國王，一九五三年六月二日西敏寺舉行英國女王伊莉莎白二世加冕大典時，距離喬治六世駕崩、女王登基日，已是四百七十三天後。加冕大典由龐大的加冕委員會籌備和調度，女王丈夫愛丁堡公爵擔任主席。典禮透過電視和廣播，以四十四種語言向全球三千萬戶家庭傳送。英國電視機銷售量暴增，全球四分之一人口休假慶祝。出動六千趟火車和六千五百趟長途列車，輸運湧入倫敦的兩百多萬民眾。典禮道路增設四十四公里座席。蘇格蘭格拉斯哥工廠日夜趕工，縫製一條史上最長的地毯，長五十七公尺三十公分，寬五公尺一十八公分。部署三萬名參加典禮的各大英國協國家士兵宿食，公園和二戰時期的防空洞裝裏成兵營，小朋友暫時沒有地方戲耍。為了典禮的莊嚴和流暢，街頭的告示牌白底紅字表示，四十八小時內禁止官兵酗酒和性交。

加冕典禮主要儀式在西敏寺教堂舉行。一〇六六年哈羅德國王加冕後，西敏寺教堂見證了三十九位英國國王加冕大典。教堂關閉六個月，運來成噸的木材和鋼鐵，鋪設一條直達教堂中心的鐵軌。教堂中心增建一座容納七千五百名貴賓的舞臺，但畢竟貴賓太多了，每個人只能將就的擠在四十六公分的窄座上。首相邱吉爾獨排眾議，加冕日前發放巧克力。民宅漆成紅、白、藍三色。倫敦街道裝飾著象徵皇室標誌的圖案和王冠。小孩戴著紙紮的王冠，追逐奔跑。民眾在街頭舉行派對、徹夜狂歡，更多民眾露宿街頭，裹著厚衫抗寒，占據一個親炙女王風采的位置。

一九五三年五月二十九日，英聯邦登山隊在一名雪巴人嚮導帶領下，攀上世界之巔珠穆朗瑪峰，成為第一批成功攀登世界最高峰埃佛勒斯峰峰頂的人類。喜訊在加冕禮當天早上傳回英國，提早引爆喜慶氛圍。

《泰晤士報》宣布：帝國站上世界之巔。

二

一九五三年，英格蘭女王伊莉莎白二世加冕，人類第一次登上聖母峰，史達林歸西，赫魯雪夫出任蘇聯最高領導人，板門店簽署韓戰停戰協定，柬埔寨獨立，埃及成為共和國，古巴爆發革命，加拿大處決最後一位女性囚犯瑪格麗特．皮特，好萊塢出現立體電影，奧黛麗．赫本和葛雷哥萊．畢克主演的浪漫愛情片《羅馬假期》公演，超人躍上電視影集，皮爾．卡登第一個女裝系列泡泡裝問世，溫斯頓．邱吉爾和海明威分別榮獲諾貝爾文學獎和普立茲獎，語言學家魏建功主編的中國第一部現代漢語規範字典《新華字典》出版，貝格特《等待果陀》在巴黎首演，智利小說家羅貝托．波拉尼奧誕生，英語文學季刊《巴黎評論》出版創刊號，《毛澤東選集》第三卷發行，手塚治蟲《藍寶石王子》掀起少女漫畫風潮，伊恩．弗萊明出版第一本以詹姆斯．龐德為主角的間諜小說《皇家賭場》，徐悲鴻長眠——他筆下的水墨奔馬破紙而出，躍向喜馬拉雅山大吉嶺——，雷．布萊伯利反烏托邦小說《華氏四五一度》出版，以撒．艾西莫夫第一部以以利亞．貝萊為主角的科幻推理小說《鋼穴》在《銀河雜誌》發表，卸任後的七三一細菌戰部隊創始人石井四郎把家宅改裝成向美軍賣淫的「邦邦女郎旅館」並且開始研究禪學，美國洋基隊球星米奇．曼托擊出棒球史上最遠的全壘打，休．海納夫創辦男性成人雜誌《花花公子》，太極拳師和白鶴拳師澳門擂臺比武引爆新派武俠小說誕生，金賽發表第二份人類性行為報告《女性性行為》，約翰．甘迺迪和賈桂琳．鮑維爾結婚，中國巨型油畫《開國大典》發表，砂拉越成立第一個以馬克思主義和毛澤東思想為基礎的政黨「砂拉越解放同盟」，聯合國大會否決中國入會，中國難民湧入香港，法國傘兵部隊著陸老撾邊境，蘇聯坐擁氫彈，美蘇氫彈試爆競賽讓芝加哥大學《原子科學家公報》末日之鐘調到最接近末日的子夜二十三時五十八分，日本九州熊本縣水俣鎮五萬多隻貓吃下被工廠的甲基汞汙染的魚後投海自盡，英國探險隊尋找喜馬拉雅山傳說中的雪人，倫敦自然歷史博物館宣布皮爾當頭骨——它只是現代人類、婆羅洲紅毛猩猩牙齒和非洲黑猩猩下顎的合成品——是考古學一場大騙局，非裔女性數學天才凱薩琳．強森加入美國國家航空暨太空總署工作團隊，美國中央情報局贊助的羅伯森小組首次開會討論不明飛行物現象，冷凍精子人工授精成功，發現ＤＮＡ雙螺旋結構，星系天文學之父愛德溫．哈伯過世，地質學家克萊爾．卡梅倫．帕特森以一顆來自代亞布羅峽谷的隕石測量出地球年齡為四十五億五千萬年，巴西出土六千六百萬年前最巨大恐龍化石，發表「多世界詮釋」平行宇宙理論的艾弗雷特三世畢業於美國天主教大學化學工程系，教科書中關於生命起源的經典實驗：米勒—尤里實驗，由芝加哥大學的史丹利·米勒和哈羅德·尤里主導完成，以《在可能的早期地球環境下之胺基酸生成》為題發表，為科學實驗帶來天搖地動。

三

加冕長袍、王冠、權杖、寶球、馬刺、國家之劍、戒指、聖愛德華寶座、油瓶、油匙等等皇室聖物，也從倫敦塔珍寶館取出，而舉行加冕典禮時皇家炮兵團在倫敦塔南面河畔鳴放的禮炮，讓這座從征服者威廉一世到詹姆士一世等英國歷代國王居住過的宮殿和城堡，從加冕前夕到加冕日，既吵鬧又詭譎。

一〇八七年興建的倫敦塔，不但是皇家居所、女王陛下的宮殿和城堡，也是堡壘、軍械庫、國庫、鑄幣廠、宮殿、天文臺、避難所、教堂、動物園和監獄，歷經英國中世紀到文藝復興時期王朝更迭，每一塊花崗石和從法國運來的巨石都掩埋著一段宮廷祕辛和血腥鬥爭，而被禁閉和處決的巨卿王青、政治顯犯的幽靈，他們的魂魄平常是不輕易現身的，但那幾天都按捺不住了。

最頻繁現身的，也是最顯赫尊貴的伊莉莎白一世的母親、亨利八世第二任妻子安妮·博林。她被控八十一項判國罪和通姦罪，被一個法國劍客砍下頭顱。英國劊子手行刑時常常不能斧起頭落，要砍上幾斧頭才把頭顱砍下來。安妮．博林怕痛，亨利八世重金聘請一名法國劍客，用利劍行刑。伊莉莎白二世加冕前夕，安妮．博林把頭顱夾在腋下，坐在無頭騎士駕馭的馬車上繞行倫敦塔，間或停下馬車，和故作鎮定的侍衛寒暄。有人問侍衛，王后和他聊什麼呢？侍衛說，王后打聽法國劍客的大名，並說自己決定用利劍行刑是正確的，即使是法國劍客那無比俐落的一劍，也還是讓她嚐到裂筋炸髓的暴痛，但她挺住從脊椎骨釋出的一股礬身的顫慄，沒有讓胯下熱尿噴灑，留住一點小小的尊嚴。

另一位尊貴的無頭幽靈是同樣犯了通姦罪的亨利八世最美麗風流的第五任妻子凱薩林．霍華德，她穿著一襲白袍、兩手撐住搖搖欲墜的頭顱在塔內的綠地和迴廊漫步時，連侍衛也讚歎她的風采和美貌。她的頭顱膨脹得像女巫熬湯施咒的大鍋，纖細的脖子牽引著頭顱和身體，彷彿一座沙漏，而血液就像流沙池裡的幼沙，從頭顱涓滴到嬌軀內。

一五四一年五月二十八日，瑪格麗特女伯爵看見劊子手走向自己時，拔腿就跑，劊子手緊追在後，一頓亂砍，年近七旬、美麗剛烈的老公主當場慘死。四百多年來，每年五月二十八日，侍衛可以聽見女伯爵的哀嚎。一九五三年加冕年，老公主從五月二十八日到六月三日，哀嚎了七個晚上。

十二歲的小王子愛德華五世和十歲的弟弟約克公爵，穿著睡衣、手牽手在塔內遊蕩。他們被終身囚禁的地點，就是著名的血腥塔。小孩的幽靈新鮮而躁動，當天每個在倫敦塔拍照留念的遊客幾乎都拍到兩個穿睡衣的孩童鬼影。

加冕前夕，從前圈養倫敦塔皇家動物園的北極熊、狼、犀牛、老虎、花豹和美洲獅，也都漫遊塔內，而入口處和牆頭的獅子和狒狒雕像也不停地變換姿態、仰天長嘯。侍衛看見一群維多利亞時代的遊客用活貓和活狗投餵籠子裡的老虎和獅子。亨利三世時代的遊客隔著柵欄激動的揮舞雙手，呼叫管理員刷掉美洲豹的汙斑。約翰國王時代——約翰國王是動物園創建人——的遊客對著一隻龐大的怪獸議論，牠靈活多肉的長鼻子和柔軟的大耳朵，讓遊客以為怪獸的陰莖和睪丸長在頭上。

倫敦塔內七隻剪去次級飛羽的渡鴉，在一批戴高帽子和穿著紅黑相間制服的御用烏鴉官呵護下，昂首漫步草坪。傳說，渡鴉離開倫敦塔，大英帝國便將覆滅，查理二世於是頒布一道法律，指示倫敦塔內必須豢養至少七隻烏鴉，保證英國國運昌隆、不受外族欺侮。數百年權勢鬥爭中，被處死的王族貴胄也成了牠們細品慢嚐的美味佳餚。這七隻烏鴉，高大肥碩，羽毛滑亮，嗜吃鮮肉，像皇室成員過著貴族生活，也像皇室成員各自擁有一個尊貴的名字。牠們可以維妙維肖的模倣狗吠。負責照顧牠們的烏鴉官，竟然可以根據牠們的長相和叫聲準確無誤的叫出每一隻烏鴉的名字。一九五三年六月二日，牠們像往常漫步草坪，女王加冕沒有影響牠們的優雅安逸，引起倫敦塔騷動的鬼魂和禮炮，也沒有減低牠們偶爾模倣狗吠的興致。

整個倫敦塔中，只有六月的煦風和殘陽中搖曳生姿的懸鈴木、榆樹和爬滿血腥塔城牆的常春藤，約略顯示出一點喜慶氛圍。

四

一位牧羊人摟著兩頭綿羊，尋找一個最佳地點，讓女王駕著黃金馬車從白金漢宮到西敏寺途中，可以看見塗上紅、白、藍色的兩隻綿羊。牧羊人戴寬簷藤帽，低垂的帽簷遮住耳朵和半張臉，五官模糊，鬚髯覆胸，長髮拂膝，補綴牛仔褲，駝色多口袋獵裝，坦露著手臂和胸膛上的刺青。大概長得魁梧高大，他總是低頭彎腰讓自己在人群中不那麼顯目，即使如此，大夥還是抬起下巴仰望這位大個子，像一群鴕鳥伸長脖子注視一隻謙恭的長頸鹿。躺在牧羊人臂彎裡的綿羊像小兔子。吸引大家注意的不是牧羊人的身材，而是叼在嘴裡的大煙斗。斗缽大得像啤酒杯，斗柄像老樹根，和牧羊人的手臂一個長度，頗似尼安德塔人的骨刀。煙嘴雖然叼在牧羊人嘴裡，牧羊人一直用手掌托著斗缽壁，顯示它的重量連牧羊人巨大的下顎也承受不住。從牧羊人嘴裡吐出的煙霧散發出一股濃嗆的尿屎味，民眾紛紛避開。幾個走避得太慢的老人，步伐虛浮，一屁股坐在地上。牧羊人大口大口的吸食和噴出煙霧，那股尿屎味更濃了。群眾醞釀一股騷動，有人破口大罵。民眾懷疑牧羊人懷中的綿羊早就被熏昏了。

一個把孩子扛在肩上的木匠走過牧羊人身邊時，孩子伸手戳了戳牧羊人的手臂。牧羊人沒有反應。孩子更用力的戳了一下，不小心戳到牧羊人臂彎中的綿羊屁股。綿羊畢竟清醒著，諂媚的叫了一聲，咩。另一隻綿羊也模倣牠的諂媚，咩，咩，叫了兩聲。牧羊人回過頭來看了孩子一眼。孩子只看見寬簷藤帽下的陰影，看不清楚牧羊人五官，除了一隻像冰山棲浮陰影中的大鼻子。

「先生，您是外國人吧？」一位西裝筆挺的攝影記者擠到牧羊人身邊，好奇的看著牧羊人臂膊上的刺青。

牧羊人瞪了記者一眼，不說話。記者舉起照相機時，牧羊人伸出一隻大手罩住照相機，搖搖頭。牧羊人離開後，記者對著他的背影按下快門。牧羊人突然走向記者，再度攫住照相機，五指一緊，一陣金屬爆裂聲後，牧羊人鬆開五指，一批金屬碎片掉在人行道上。記者目送牧羊人離去，震驚得說不出話。

五

加冕禮當天，氣候不佳，沒有出現預想中的陽光和藍天。早上八點，依舊飄著細雨。倫敦市市長的馬車是第一支從白金漢宮出發前往威斯敏斯特大教堂的隊伍，一名手持長矛的衛兵伴隨市長。女王與菲利普親王乘坐的黃金馬車後方，尾隨冗長的馬車隊伍，包括王室成員、手持權杖的下議院議長、各殖民地統治者、首相和英聯邦成員國首腦。道路兩邊堵滿揮舞國旗的民眾。女王乘坐鍍上二十四K純金、重達四噸、八匹溫莎灰馬拖曳、喬治三世一七六二年打造的黃金馬車，以時速五公里從白金漢宮出發，在護衛軍和國協陸軍代表團簇擁下，緩緩前進西敏寺。八匹溫莎灰色騸馬就像聖誕老人的十二隻麋鹿，各自擁有一個優雅的名字：坎寧安、托維、諾亞、特德、艾森豪威爾、白雪公主、蒂珀雷里、麥克里里。少數認出溫莎灰馬的民眾，親切的呼叫牠們的名字。

女王的白色緞料禮服繡著象徵英格蘭、愛爾蘭、蘇格蘭、威爾斯和大英國協的標誌，裝飾著黃金和寶石，就像六年前的婚禮。她的肩上披著深紅色天鵝絨御袍，頭上戴著鑲上鑽石和珍珠的喬治四世王冠。她的脖子掛著維多利亞女王的鑽石項鍊，兩手捧著鈴蘭、蘭花、康乃馨和千金子藤的英國本土白色花束。

奢華的馬車裝潢讓八匹溫莎灰馬步履蹣跚，雖然減震的塑膠包裹著車輪，皮帶懸吊的馬車車體還是很會彈躍，像一片隨波逐流的浮萍。驕縱的小姐坐在這輛馬車上，不消十分鐘，就會大皺秀眉、頭暈目眩。即使黃金馬車花了四小時繞行大半個倫敦，電視螢幕上的女王依舊挺直腰桿，偶爾偏頭對民眾微笑。

喬治四世一八二〇年五十七歲坐上龍椅時，因為待位太久，下令鑄造一座新王冠。新王冠鑲著一千三百三十三顆鑽石，綴飾出代表英格蘭、蘇格蘭和愛爾蘭的玫瑰、薊草、三葉草，總計三百二十五克拉。基座嵌著一百六十九顆珍珠。喬治四世戴著新王冠走進西敏寺時，王冠像一隻鳳凰沉眠在一頂天鵝絨帽子上，八個貴族長子和禮袍司托著長袍袍襬，烘托得王冠更是纖巧和靈犀。

在女王多如繁星的收藏品中，喬治四世王冠是最別緻的，它特意為男性加冕禮打造，但是太美豔和女性化了，後世很少男性王室佩戴，反而受到歷代王后和女王寵愛。史上第一枚郵票的美麗側影，就是戴著喬治四世王冠的維多利亞女王。王冠更是不時和現任女王出現各種場合：每年離開白金漢宮參加國會開幕大典、拍攝官方肖像、繪製郵票、鑄造錢幣肖像等等。古老恢宏的帝國形象和戴著喬治四世王冠的女王經典倩影，早已合為一體，深植全球民眾心中。

女王抵達西敏寺步出黃金馬車時，六位出身非凡的榮譽女侍攙著女王裙襬，護送女王穿過聖壇長廊，走向王座。

西敏寺西側臨時搭建的附屬建築中，雕刻家詹姆斯·伍德福德用石膏雕塑的十種代表英國王室家譜的神獸，威風凜凜的蹲在北牆壁龕的玻璃框中，恭迎下了黃金馬車後，在六位榮譽女侍攙扶下、徐徐走進西敏寺的女王。為了和諧和對稱，神獸從左到右的擺列順序是：英格蘭的獅子、李奇曼的白灰狗、博福特的耶魯、威爾斯的紅龍、漢諾威的白馬、天敏的靈獅、蘇格蘭的獨角獸、愛德華三世的獅鷲、克拉倫斯的黑牛、金雀花的獵鷹。每一尊神獸像高兩公尺，重三百二十公斤，呈蹲立狀，雙手持一面彩繪皇室徽章的盾牌，像兵衛列陣，剽悍凶狠。那頭代表亞瑟王傳奇的威爾斯紅龍、一六〇三年被國王詹姆斯納入皇家徽章和護盾神獸的蘇格蘭獨角獸和英格蘭獅子，還有，玫瑰戰爭中第一位親臨戰場的英國國王愛德華四世象徵、充滿男性雄液和氣概的克拉倫斯黑牛，雖然只是石膏雕像，但栩栩如生和神聖莊嚴，在民眾腦海刻下難以抹滅的印象。尤其是那頭愛德華三世獅鷲，牠那獅子的身體，雄鷹的頭、喙和翅膀，隱含著稱霸陸空的智慧和力量，不但是愛德華三世象徵，也是財富和珍寶守護者。

女王坐上王座後，舉行第一個加冕儀式「認證」。嘉德首席紋章官、坎特伯雷大主教、大法官、掌禮大臣、宮廷大臣和紋章院院長站在教堂的東、西、南、北四個方向，大主教分別面向四個方向唸誦禱文。四個方向的人民為女王歡呼後，主教開始主持第二個儀式「宣誓」。女王承諾統治大不列顛及北愛爾蘭聯合王國、加拿大、澳大利亞、紐西蘭、南非聯邦、巴基斯坦、錫蘭及各屬地人民，管理他們的土地，尊重他們的法律和習俗。懷著仁慈之心，盡己所能，維護正義和法律，捍衛英國國教和信仰。

「我莊嚴承諾。」[1]

女王簡潔而優美的聲音，像清泉湧出，像黃冠夜鶯的歌唱，像神聖的霧靄籠罩教堂的橫梁和穹頂。

隨後，舉行塗聖油加冕禮。唱詩班孩子唱著英國作曲家韓爾德為喬治三世加冕禮譜寫的讚美詩，榮譽女侍脫下女王的深紅色御袍，露出一襲白色長裙。女王坐在聖愛德華寶座上，四位獲頒嘉德勛章的騎士在女王頭上撐起華蓋，西敏寺主教將聖油從鷹狀聖油瓶倒入勺中，坎特伯里大主教用手指將聖油塗抹在女王的手心、額頭和胸口，大主教唸誦禱文。

鷹狀聖油瓶是一隻二十公分高的老鷹。《聖經》說，老鷹是空中最強大的動物，降下上帝的旨意。勺子是十二世紀產物，也是年代最悠久的皇室聖物。聖油配方包括橄欖油、芝麻、玫瑰花、橙花、茉莉花、麝香和龍涎香。塗聖油儀式神祕而聖潔，不能讓凡眼俗目看見，歷屆的塗聖油儀式從來沒有公開過。塗上聖油後，女王就是上帝選定之人。

女王換上君主的第一件長袍。那是一件寬鬆的、上等亞麻布製成、鑲著蕾絲邊的白色束腰外衣，象徵皇室權威來自人民。第二件長袍長及腳踝，金緞，寬袖口，內襯玫瑰色絲綢，鑲著金色蕾絲邊，織著國徽圖案。長袍原始設計來自拜占庭帝國領事禮服制服。掌禮大臣向女王呈上代表騎士精神的馬刺，坎特伯雷大主教和其他主教一起向女王呈上國家之劍。

女王再次換裝，在第二件長袍禮服上追加一件加冕禮服和皇室披肩。加冕禮服是一件四方斗篷，內襯絳紅色絲綢，四角裝飾著銀色小冠冕、國徽及銀色帝國白肩雕，繡著英聯邦各地圖案：

都鐸薔薇、加拿大楓葉、澳大利亞金合歡、紐西蘭銀葉蕨、巴基斯坦麥穗、棉花和黃麻、南非海神花、威爾斯韭蔥、印度和錫蘭的蓮、蘇格蘭薊、愛爾蘭三葉草、英國玫瑰，綴飾著鑽石、水晶、珍珠和寶石，由六位繡工花了三千小時完成。

加冕禮完成後，女王走向聖愛德華教堂時，地毯絨毛卡住禮服和長袍下襬，讓女王幾乎無法挪步。

「地毯突然凸起一角，我卡在地毯上，像陷入泥沼，」六十五年後，九十一歲的女王對加冕禮專家布魯斯抱怨。「他們根本沒有想到這一點。」

六

大主教將象徵王權之物交給女王。第一個是寶球。女王接過寶球後，隨即送還聖臺。女王收下君王的戒指，象徵她與國家的「婚姻」，也象徵君主行使權力、服務國家的終身承諾。然後，呈上鴿飾權杖和十字架權杖。女王手執兩根權杖，坎特伯雷大主教為女王戴上史上最沉重的聖愛德華王冠，眾人齊喊三次「天佑女王」，倫敦塔鳴放禮炮。

一二九六年鑄造的聖愛德華寶座，也叫加冕椅，基座有一個儲櫃，加冕禮時放置斯昆石，

1 I solemnly promise.

也叫「命運之石」。八百多年來，聖愛德華寶座只被移出過西敏寺三次。第一次是被移到國會大廈的西敏廳，為奧利華．克倫威爾出任英格蘭的護國公舉行典禮。第二次移到格洛斯特的格洛斯特大教堂，躲避二次大戰烽火。第三次是一九五〇年聖誕節，四個蘇格蘭學生偷走寶座下的斯昆石，運回蘇格蘭。歷經災劫後，聖愛德華寶座已經被高度保護，放在一個現代製的底座上，緊鄰亨利五世墳墓，舉行加冕儀式時才會移出來。

聖愛德華寶座，高背哥德式風格，橡木，鍍金，四隻鎏金獅子撐著椅腳，背面畫著懺悔者愛德華全身肖像，雙腳站在底座的鎏金獅子上。加冕座四周有繪畫，但歷經數百年，除了背面和兩側下方殘留樹葉和鳥獸圖案，大部分鍍金和繪畫已褪去。一九一四年，加冕座被婦女參政權擁護者炸損，隨後被修復。十八、十九世紀的遊客或教堂唱詩班成員，有時候將自己名字的第一個字母刻在加冕椅上，表示到此一遊。

寶球，一個中空的金質球體，又叫君王的蘋果，一六六一年查理二世登基時鑄造，鑲著祖母綠、紅寶石和藍寶石，四周嵌著被切割成玫瑰狀的鑽石。寶球上方有一個十字架，代表耶穌統治世界，源自羅馬帝國。女王手握寶球，展現一手遮天之勢。

女王左手握著的十字權杖，又叫聖愛德華權杖。一九〇五年南非庫利南鎮發現一顆史上最大鑽石，重達三千一百零六克拉。一九〇七年，南非政府將它獻給愛德華七世，作為六十六歲生日賀禮。這麼一顆巨鑽，不管裝飾在任何一個人體配戴的物件上，都會顯得突兀違和，除非掛在巨人歌利亞脖子上。一九〇八年，全球最好的鑽石切割工匠荷蘭人約瑟夫．阿塞契兒用鋼楔和鐵錘切割鑽石時，鋼楔斷開，鑽石毫髮未損。當他終於把鑽石砸裂時，當場暈了過去。庫利南巨鑽被切割加工後，分割成九顆大鑽和九十六顆小鑽，鑲嵌在英國王冠和權杖上。最大的一顆叫非洲之星，也叫庫利南一號，五百三十克拉，鑲嵌在愛德華十字權杖頂端，四周圈繞兩千四百四十四顆小鑽。

「你看我這個胸針，就是砸開後的小碎塊。其他的碎塊，都鑲在其他地方了。」九十一歲的女王回憶。「巨鑽被砸開後，那些小石頭就再也沒有見過面囉。」

女王右手握著的金鴿權杖，全金打造，嵌滿寶石，頂端有一球，球上有一隻金鴿。《聖經》說，耶穌受洗後，天主聖神依附鴿子下凡，降在祂身邊。

大主教將愛德華王冠戴在女王頭上時，教堂響起歡呼聲和鐘聲，禮炮轟響倫敦天穹。女王回溯，二點三公斤的聖愛德華王冠幾乎壓斷她的脖子。王冠是查理二世舉行加冕禮時，根據原始的聖愛德華王冠重新打造。舊王冠在查理一世被斬首後，送交倫敦塔鑄幣廠熔解，鑄成金幣。新王冠基座有四道弓形拱，拱和拱之間裝飾百合花，上方豎立兩個拱形十字架，中間是天鵝絨帽子，貂毛鑲邊，鑲嵌四百四十四顆鑽石和寶石。維多利亞女王和她的兒子愛德華七世加冕時，都不想把這頂王冠戴在頭上。太沉了，稍一不慎，就會鑄成大錯，出現類似查理二世的不祥之兆，殃及國運。十歲的查理二世舉行加冕禮時，在酣睡中被抬回御床，御鞋掉了一支，登基二十三年後以叛國罪被廢黜，終結了金雀花王朝。

七

女侍的禮服緊勒和厚重，為了防止冗長的典禮中可能陷入昏厥，女侍在手套裡藏了一小罐釋放氨氣的嗅鹽。一名女侍和坎特伯里大主教握手時不小心打破藥罐，讓典禮會場瀰漫一股嗆鼻味。

嗅腦在一億五千萬年前爬行動物統治地球時已形成，嗅神經也是進入大腦皮質最早的神經。雖然人類祖先從樹上跳下直立行走四處觀望時，嗅腦逐漸退化萎縮，被大腦皮質覆蓋，但畢竟是感官神經之一，沒有動物覓食求偶、辨識危機的功能，但有取悅享受、整合味覺的互助作用。加冕典禮的莊嚴儀式和女王風采從貴賓記憶淡化後，那股嗆鼻味依舊殘存嗅覺，歷久不散。

八

電視實況轉播引起爭議，眾人擔心冗長的典禮和難以預料的插曲破壞整個典禮。在女王堅持下，加冕委員會妥協了，但禁止攝影機從上往下俯拍王冠，那是上帝觀看王冠的視角，此外，也禁止攝影機對女王特寫，因為女王有一種習慣性舔舐嘴唇的動作。

還有一些小麻煩。大主教和不少神職人員是禿頭的，因為這個緣故，大主教擔心燥熱的燈光照在頭皮上時，汗珠會使強光折射，甚至讓頭皮變得猩紅。委員會建議大主教戴一頂保護頭皮的僧帽，但僧帽必須讓一個專職人員隨側攜帶，礙眼拖累，幾番周旋後，冒著有失觀瞻的風險，大主教不時的朝頭頂撲粉，讓自己裸露強光下的頭皮不過分招搖。

九

典禮中，記者拍下女王妹妹、瑪格麗特公主拈走前方一位紳士外套上的一根黑髮。紳士是二戰時擊落十一架敵機的戰爭英雄，彼德·唐森上校，前喬治六世侍衛官，兩個孩子的父親。公主和有婦之夫的戀情曝光了。

瑪格麗特公主高貴美豔、活潑機伶，英格蘭皇室最漂亮的公主，社交界耀眼的明星，父親喬治六世說：她有天使的容貌、完美的身材和明星氣質，樹上的鳥兒也會對她著迷，從枝頭飛下來圍繞著她歌唱。女王加冕後，彼德·唐森上校和妻子離婚，向瑪格麗特公主求婚。皇室成員和有離婚紀錄者結婚，不但英格蘭國教會不允許，也違反皇家和基督教傳統，除非瑪格麗特公主倣效叔叔愛德華八世放棄繼承權。這段驚動世界的戀情，在皇室、教會、輿論、首相邱吉爾阻撓和姐姐伊莉莎白二世宕延下夭折了。

在滴水不漏的攝影機、照相機和肉眼監控下，公主拈走意中人外套上一根不起眼的毛髮，這個舉動和女王戴上王冠那一刻一樣顯眼和舉世注目。一頂沉重的王冠，造就英國歷史上最長壽的君主；一根輕飄飄的毛髮，象徵一位美麗公主的漂泊、虛無和哀愁。她和一位攝影師結婚後，夜夜笙歌，縱情煙酒，緋聞不斷，偶爾在沙灘上裸露走路或穿著比基尼泳裝和男人親熱，被狗仔隊捕捉到婚外情後，終結了十六年婚姻，在抑鬱症和中風摧殘下，七十一歲辭世。她是王位第二順序繼承人、喬治六世最鍾愛的女兒，第一位穿著比基尼登上小報封面、第一個離婚的二十世紀皇室成員，而一手揑雪茄、一手握酒杯的縱浪驕恣，也和戴著喬治四世王冠的女王經典倩影深烙英國民眾腦海。

女王加冕年，好萊塢拍攝了一部浪漫愛情電影《羅馬假期》，描述一位歐洲公主訪問義大利時和一位平民記者在羅馬街頭撒下不可能生根發芽、更不可能開花結果的愛苗。那位厭惡皇室繁文縟節，卻又割捨不下國家責任和皇室榮華的安妮公主，就是瑪格麗特原型。

一九六六年，公主訪問香港乘搭慕蓮夫人號前往皇后碼頭，海軍鳴放禮炮二十一響時，一家華文報章上的標題「打炮廿一響，送御妹過海」惹火了華民政務司。在粵語中，「打炮」暗示性交。豁達大方的公主不介意。

公主嚥下最後一口氣時，緊拳著的右手五指緩緩打開，一根黑色的毛髮飄落到地上。那麼細小的一根毛髮，當然不會有人注意到。

十

神職人員在坎特伯雷大主教帶領下宣誓完後，二十五歲的女王戴著聖愛德華王冠，手持權杖，邁著既沉穩又纖弱的步履，走出加冕禮堂，步入聖愛德華教堂，那裡供奉著五位英國國王和四位王后。女王將王冠、權杖和其他王權象徵物放在聖壇上，卸下加冕禮服、皇室披肩和絳紅外衣，換上紫色外衣和帝國禮服。帝國禮服倣效羅馬帝國禮服，繡著貂皮披肩，紫色絲絨裙襬，裙擺以加拿大貂皮鑲邊，內襯純絲質英國緞。女王戴上大英帝國王冠，手握十字權杖和寶球，在全體賓客高唱英格蘭國歌中離開教堂，坐上黃金馬車繞行倫敦。女王後方是乘坐豪華轎車的各國元首，包括印度、巴基斯坦、澳大利亞、紐西蘭和南非等國的總理和尚吉巴、汶萊等國國君，由渾身鮮紅的加拿大皇家騎警和穿著白色制服、綠色圍裙的馬來亞警衛部隊護送。

西敏寺到白金漢宮的線路經過縝密設計，讓更多的民眾可以看見尊貴的女王。一百二十九個國家、兩萬九千名士兵，組成十三公里遊行隊伍，護送女王巡守兩小時。女王在電臺發表感謝演說，特別提到典禮中對自己下跪的丈夫。這一跪宣誓效忠，也宣誓一生不生二心。度過漫長的加冕日後，女王折返白金漢宮。

女王頭形和父親喬治六世相似，帝國王冠一戴上去，紋風不動。帝國王冠雖然比聖愛德華王冠輕巧，但畢竟是王冠，加冕禮後女王回到白金漢宮，一坐下來就把王冠擱在桌上，查爾斯王子哭啼著拿起王冠，搖搖晃晃罩在頭上，一個踉蹌，連人帶冠摔到地上。七十一歲了，王子仍舊無緣坐上大英帝國王座，是英格蘭歷史上待位最久的王儲。英格蘭民眾和輿論甚至呼籲國會修法，讓女王長子嫡孫、威廉王子繼任下一任國王。

愛丁堡公爵彎腰拿起王冠，笑著對女王說：「親愛的，妳在哪裡拿到這頂帽子的？」

十一

為了彰顯維多利亞女王尊榮，一八三八年鑄造了第一座帝國王冠。一九三七年喬治六世加冕時，以第一座帝國王冠上的珠寶製作一頂相似的新王冠。舊王冠被保存在倫敦塔內。帝國王冠以黃金、銀和鉑金製成，內襯藍色天鵝絨帽，鑲嵌兩千八百六十八顆鑽石、兩百七十三顆珍珠、十七顆藍寶石、十一顆綠寶石、五顆紅寶石。王冠頂部十字架的藍寶石，取自懺悔者愛德華戒指。四個弓形拱交叉處鑲著伊莉莎白一世的卵形珍珠耳環。著名的黑王子寶石，嵌在中央，一百七十克拉。切割自庫利南鑽石的世界第二大鑽石非洲之星二號，嵌在王冠下方，三百一十七克拉。王冠正後方鑲了一顆像蓓蕾的七十二克拉玫瑰色鑽石，四周的小鑽石和珍珠像清晨的露珠環繞著它。在非洲之星和黑王子寶石光芒掩映下，那顆七十二克拉玫瑰色鑽石像餘燼的光澤十分暗淡。坎特伯里大主教記得一九三七年把王冠戴在喬治六世頭上時，王冠後方並沒有這顆鑽石。如果有的話，他就不會分不清前後了。

藍寶石、紅寶石、鑽石和珍珠耳環散發出目眩神迷的光芒，近距離直視時，一股溫煦像朝陽的氣旋迎面襲來，血液裡氧氣充沛的紅血球直衝腦髓，使人素常平庸遲鈍的腦袋，含苞吐蕊出智慧的曇花。

「鑽石就是石頭啊，」九十一歲的女王說。「這麼多石頭頂在頭上，真是重死人了。」

一九三七年女王父親喬治六世的加冕典禮舉行得並不順遂。帝國王冠不易分辨前後，坎特伯里大主教事前在王冠正面用一辮小棉花做了記號，典禮中，當他準備把帝國王冠戴在喬治六世頭上時，卻找不到記號。翻來覆去看了半天，主教隨便選了一個方向套在國王頭上。「我從來不知道王冠戴對了沒有。」喬治六世在日記裡寫道。

為了女兒將來的加冕典禮不再出岔，喬治六世命令女兒寫下自己參加父親加冕典禮的觀後感，並且在日常生活中練習配戴王冠。女王十一歲就開始預習加冕大典。「我喝茶和看報時也戴著王冠。」王冠迫使女王演講時採用一種特定儀態。「你不能低頭讀稿，你必須把稿子舉起來，」女王說。「你低頭，王冠會掉下去，脖子會折斷。」女王在各種重大場合，尤其出席每年英格蘭議會開幕大典，總是佩戴帝國王冠。據說，女王最鍾愛的就是嵌在中央的黑王子紅寶石。

一四一五年阿金科特戰役中，年輕的亨利五世將黑王子紅寶石鑲在戰盔上，法國阿朗松公爵揮動戰斧劈向亨利頭盔，只聽鏗鏘一聲，英王眼前一陣暈眩，幾乎昏厥，但瞬間清醒，頭盔安然無恙，自己也毫髮未傷。阿朗松公爵看一眼崩口的戰斧，好像看到鬼，兩腿一夾，策馬逃竄。英王察看頭盔上的紅寶石，不僅沒有損壞，反而愈加燦爛鮮紅，綻放出萬丈光芒，向晚的天穹好像也受到渲染，溢流出滿天朱槿花花瓣似的彩霞，彩霞中，一個滿臉紅光的女子對他揮手微笑。在黑王子紅寶石和神祕女子笑靨帶領下，亨利五世斬獲一場關鍵性勝役，扭轉英法百年戰爭頹勢。

第二章

一

女王加冕禮的電影膠片分送全球，數億人坐在電影院中觀賞了加冕禮。加冕禮前五年香港一家電影公司在雲落蓋了一座電影院，放映旗下製作的華語電影、好萊塢、寶萊塢和日本電影，電影開映前播放半小時黑白時事新聞片。一九五三年六月中旬，濃縮成三十分鐘的女王加冕禮紀錄片取代了新聞片，在雲落宮殿大戲院播放一年六個月。看了一年六個月後，雲落人對電影旁白倒背如流，對經過剪輯的儀式流程詳熟像生活作息，對美麗嚴肅的伊莉莎白女王迷戀傾倒，更對女王像清泉湧出的誓言永生難忘。當他們對某人做出或大或小的承諾時，他們會端正儀態、尖著嗓子說：

「我莊嚴承諾——」

最後，加冕電影剛開映，大家就闔上眼皮，在作曲家韓爾德譜寫的讚美詩和英格蘭國歌中墜入甜蜜安祥的夢鄉，即使正式的電影拉開序幕，米高梅片頭獅的雄壯咆哮也叫不醒他們。但說到對整個典禮最嫻熟的，只有雲落的巨賈，人稱「戥子掌、黃金指、榮祿大夫」的田金虹。

金樹的祖父田金虹在加冕禮舉行前後，埋頭鑽研過女王擁有的王冠和珍寶，加冕禮後，書房的櫥櫃擺滿女王戴著王冠的瓷器、紀念盤、杯碗、花瓶，牆上貼著剪裁自雜誌、報章和書籍的女王加冕照片、仿製油畫，十多個大小相框鑲著女王戴著王冠的郵票、紙鈔、金幣和銀幣，書架上豎著二十多本英國歷史和王朝風雲的燙金書籍。一九五三年田金虹九十六歲，代表三大民族——華人、馬來人和伊班人——之一遠赴倫敦觀禮，出發前十天喝了一碗河鱉、蝙蝠和鼠鹿熬煮的熱湯，昏迷一週，視覺喪失兩個月，療癒後，世界史上在位時間最長的女性君主已和夫婿愛丁堡公爵周遊全球。一九三七年喬治六世加冕前，田金虹第一次被選為華人代表，購妥船票，準備和中華民國特史孔祥熙搭乘同一艘維多利亞郵輪參加英王加冕大典。出發前三天，在甘蜜河河畔被一群野蜂螫擊，腹瀉嘔吐，忽冷忽熱，差點喪命，養好身體後，孔祥熙特史正在白金漢宮享用加冕雞。一九一一年和一九〇二年的喬治五世和愛德華七世加冕日，金虹帶領一支狩獵隊伍追捕一頭巨鱷，沒有把這些大日子放在心上，更何況，七十二克拉巨鑽「砂拉越之星」仍在婆羅洲夜穹下閃爍著玫瑰紅光芒。

田金虹坐在電影院凝視女王頭上的三頂王冠、手中的權杖和身上的鑽石項鍊，日復一日，在黑暗的電影院摸索一年六個月。加冕電影是黑白片，任憑田金虹視力再好，也遍尋不著那顆玫瑰紅「砂拉越之星」。一九五六年，田金虹聘請一位在砂拉越為國王繪製肖像的英國畫家，以油畫描繪出王室十五座王冠、冠冕、權杖和寶球，裝上柚木框架和玻璃掛在臥房的牆壁上。金樹十二歲時，祖父一百零三歲。一九五六年，田金虹騎著一匹黑駒追擊草原上一道紅光，不慎墜馬，終身癱瘓，從此臥病在床，一天撒百次尿，十天拉一次屎，唾液吐得像刀刃劃過喉頭，死前三年叫不出金樹名字，卻可以坐在病榻上，指著牆上畫像大聲說出王冠或冠冕的名字。一九五九年除夕夜，金樹走入祖父臥房，看見祖父兩眼半閤半開，不知道是醒或睡。金樹掏出中國製敦煌牌口琴，開始演奏祖父愛聽的曲子。祖父響起規律的鼾聲後，金樹停止吹奏，離開祖父臥房。舊曆年後，金樹發覺祖父已經認不出牆上的十五座王冠和冠冕了。一鍋熱湯和一群野蜂的毒液，讓他錯失兩次加冕禮，也讓他無緣親眼目睹王冠；一隻縱橫婆羅洲河域的巨鱷，更讓他朝思暮想一顆來不及奉獻給初戀情人的七十二克拉巨鑽。

二

金樹在電視上看到那批傳說中的王冠和冠冕出現在王室的重大場合時，就會來到祖父墳前，用一種非常莊嚴的口吻，向祖父呈報，時間、地點、人物，滴水不漏。說話之前，金樹掏出敦煌牌口琴，開始吹奏祖父愛聽、也是祖父初戀情人方蕪生前經常吹奏的曲子。祖父說，方蕪是音樂天才，無師自通，聽過一遍的歌曲就可以用口琴吹奏，伴隨華麗的伴奏技藝，像一個職業演奏家。祖父說，方蕪的口琴聲像流水漫過雲落街道時，榴槤果大白天噗咚咚掉到地上，沒有生育過的女孩溢奶，家貓瞳孔大白天變得像繡花針一樣細長，鬥雞的距爪長長了一點五公分，掛在牆上中國山水畫中的白鶴飛出了窗外。「方蕪離開時，年紀比你稍大，」金虹看著金樹說。「但你的口琴沒有她吹得好。」金樹六歲時，金虹禮聘一個年輕的英國軍官指導金樹口琴技藝。十三歲時，金樹在學校舉辦的口琴比賽中贏得冠軍，獎品是二十元現金和一支中國製英雄牌口琴。兩年後，他可以一手敦煌，一手英雄，用兩支口琴同步演奏兩首曲風迥異的歌謠，像一個人同時用左右手寫不一樣的字。

一九八七年女王金婚紀念日，金樹在電視上看到女王結婚時戴過的瑪麗王后穗狀冠冕。那是一頂碎鑽鑲成的細穗，維多利亞女王送給兒媳瑪麗王后的結婚禮物。

俄國亞歷山大二世送給女兒當嫁妝的冠冕、俄國貴婦佛拉吉米爾大公夫人流亡時賣給瑪麗王后的冠冕，頻繁出現各種女王出席的場合中。鑲嵌在兩座冠冕上的四百八十八顆和十五顆鑽石散發出來的光輝，彷彿天使頭上的正圓形光環。在金樹記憶中，女王的頭顱不管面向哪個方向，光環始終維持正圓形，像一個獨立的個體。

劍橋情人結冠冕，或叫珍珠淚，由十九個鑽石網格組成，每個網格鑲嵌一顆東方珍珠。女王婚禮結束後，就戴著這頂靈動別緻的冠冕。查爾斯王子和黛安娜王妃結婚時，黛妃也戴著這頂冠冕。查爾斯王子娶了卡蜜拉後，冠冕就出現在卡蜜拉頭上。劍橋情人結冠冕搭配卡蜜拉的大頭和亂蓬蓬的髮型，像一隻嬌小的山椒鳥棲息在枯枝編織的猛禽類巢穴上。

大不列顛與愛爾蘭女孩冠冕，一支鑽石垂花設計的美麗冠冕，大不列顛和愛爾蘭女子籌錢打造、送給瑪麗王后的結婚禮物。每次印製新幣，女王就戴著這頂冠冕。這是女王最喜愛、最常佩戴的冠冕。

緬甸紅寶石冠冕，緬甸人送給女王的結婚大禮。鑲嵌九十六顆紅寶石，可以讓佩戴者對九十六種疾病免疫。

東方之冠，阿爾伯特親王親自為妻子維多利亞女王設計的禮物。親王從莫臥兒圖騰汲取靈感，將盤旋的蓮花座化成王冠寶座。女王只偶爾戴一下。

少數冠冕，女王從來沒有佩戴過，只出現在其他皇室成員頭上。女王祖母、特克的瑪麗嫁給喬治五世後，對珠寶情有獨鍾，不但擁有大量從世界各地搜羅到的珠寶，也擁有改造珠寶和設計王冠的卓越才華，英國歷代王后和女王的冠冕，幾乎都經過她巧手改造，而冠冕上不時更替的鑽石、寶石和珍珠，也使得本來就出類拔萃的冠冕更是瑰麗嬌豔。或許是這項才能，讓祖父妄想一八九五年將「砂拉越之星」獻給砂拉越國王、砂拉越國王一九一七年將「砂拉越之星」獻給王室時，瑪麗王后已經將它鑲嵌在其中一頂冠冕上，甚至被切割成碎鑽，以眾星拱月之勢，鑲嵌其中一個女王加冕時戴過的王冠上。

祖父的心願沒有落空。一九三七年喬治六世加冕禮後，為了辨別前後，瑪麗王后將這顆玫瑰紅鑽石鑲在帝國王冠後方。

三

婆羅洲樹冠下，在流水聲、蟲聲和枝葉窸窣中，轟響一千多種鳥鳴，其中一種鳥開始歌唱後，叢林中所有鳥類都會閉上嘴巴。這種使河水深受感動而停止流竄、枯葉挺住最後一股殘力不再墜落的歌唱家就是黃冠夜鶯。

黃冠夜鶯不唱歌的時候，牠的羽毛是一種單調的土黃色，飛翔的時候像一片被築巢的犀鳥用巨喙剝落的樹皮，停在籬笆上只有飢餓的野貓會注意到。當牠開始歌唱時，歌聲就像彩筆在牠的羽毛上著色，像造物者用魔杖彩繪赤道下旱季中的晚霞。牠棲息枯黃的野草上時，是一團豔紅的火焰。牠彳亍河岸時，是一朵白色的水仙花。牠佇留樹枝時，是一顆金黃色的蘋果。牠翱翔天穹時，是天使的裙襬。牠跳躍在野草和野花夾脊的小徑時，是一個失戀女孩遺失的美麗和哀愁。禁閉籠子裡的黃冠夜鶯單調無色，因為牠不歌唱。

婆羅洲叢林流傳一則黃冠夜鶯的傳說：鱷魚襲擊岸上獵物前，黃冠夜鶯就會開始鳴唱，美妙的歌聲和變幻無窮的羽色讓鱷魚忘了獵食，也讓獵物從容脫逃。聽過黃冠夜鶯歌唱的人知道，叢林裡的美聲家通常只聞其聲不見其影。鱷魚聽得見黃冠夜鶯的歌聲，看得見眼前正在喝水的吼鹿，但未必看得見黃冠夜鶯。是歌聲，或是變幻莫測的彩羽，或是兩者，保住吼鹿的一條命，鳥類學家為此展開一場沒有結論的爭辯。

雲落人將黃冠夜鶯囚禁籠子裡時想盡辦法讓牠歌唱，包括將不會歌唱的雌性黃冠夜鶯囚禁鄰籠裡。囚籠裡的黃冠夜鶯垂頭塌羽、毛色枯槁。第一個將黃冠夜鶯囚禁籠子裡的雲落人，有一天回家發覺庭院裡的黃槿花不但將一根綠枝從窗外伸入客廳，枝椏上的黃花綻放三天才凋謝。黃槿花只有一天壽命，清晨綻放出鮮黃色的花朵，午後轉橘，黃昏變紅，入夜前凋謝。栗色的年輕母貓，身上出現鯖魚虎斑。一幅頂天立地的中國山水畫巨軸，主山上的飛瀑濺濕了整面牆，就像方蕪的口琴演奏讓白鶴飛出畫軸。雲落人想通了，黃冠夜鶯只有趁著四下無人時才會歌唱。雲落人用錄音機錄下黃冠夜鶯的歌唱，但錄音帶中播放出來的鳥鳴，不會延長黃槿花的壽命，不會讓母貓變漂亮，也不會讓雲壑中的飛泉濺出畫軸。

金虹對金樹描述王權之物時，聲音變得溫柔又充滿感情，恰似搖籃曲，讓金樹彷彿躺在羊水和奶汁釀製的嬰兒床上。祖父說，女王清新脫俗的嗓音讓祖父想起黃冠夜鶯對鱷魚的謳唱。

「黃冠夜鶯總是會停止歌唱的，」金虹說。「鱷魚的飢餓感永遠不會消失。」

第三章

一

一八八五年七月黃昏，二十一歲的田金虹在甘蜜河河畔一棵洋紅風鈴樹下用兩顆霰彈打死一隻六公尺灣鱷。他把鱷魚晾在長滿狐尾草的河畔上，斬斷鱷掌、剖開肚子。油滑碩大的腸胃散亂著胭脂盒、束胸馬甲、亞麻布連身裙、小山羊皮長手套、小陽傘、綴飾著羽毛和緞帶的寬檐高帽。帽檐佇立著一隻棉製的黃色小鳥，脖子長，尾巴翹，好像正在唱歌。除了這隻黃色小鳥和裝著假痣、刷子、鏡子的胭脂盒，大部分已經被鱷牙咬爛，但金虹可以從英國高官女性家屬身上辨識出女子生前的高貴容貌，也可以從她們被緊身褡壓迫和聚攏的雙峰和美臀看見女子生前的曼妙身材。三天前，一隻巨鱷在甘蜜河河口撞翻一艘舢舨，叼走舢舨上一個英國年輕軍官的英國籍女友。一小時後，政府在甘蜜河上游三十公里外澳灣架設十多道魚網，出動軍隊、警察和雲落所有捕鱷高手。他們估計一小時內鱷魚不會竄出三十公里。七十二小時後，金虹在距離甘蜜河口八十公里外一棵洋紅風鈴樹下打死這隻巨鱷。

可憐的妹子。金虹歎口氣，將四隻鱷掌扔入背後的藤簍。卸下鱷皮太麻煩，他捨去鱷皮。金虹準備將鱷魚屍體踹入河水時，看見羊皮手套旁躺著一支銀色的長形金屬物。他用河水洗去油脂和血跡。口琴。戰後雲落中小學流行口琴吹奏，每戶家庭的孩子都會吹奏幾首曲子，這種樂器便宜又方便攜帶。口琴在雲落的流行，據說是二十世紀中期一批年輕的英國軍官帶動。金虹拿起口琴，將嘴唇貼住琴孔，隨便吹奏。風起時，風鈴樹花朵像紅色小洋傘飄落。魚群和河鱉爭吃鱷魚屍體，天穹綻放朱槿花花瓣，野鳥歸巢。一隻遊隼叼走鱷魚釋出晨光的眼珠子。金虹回到雲落後，從雲落人口中獲悉英國女子是口琴高手，吸引巨鱷襲擊女子的就是淒涼優美的口琴聲。

二

採購土產的二十公尺貨船從上游緩緩航向雲落。船伕擺槳，蹲在船艉，叼一根雲落人慣抽的玉米芯煙斗。船伕戴一頂竹篾夾油紙做成的斗笠，寬大的邊檐幾乎觸到肩膀，帽檐下露出一頷黑鬍。棕櫚葉編織的船篷立著一隻夜鷺，豎著一面白旗，兩岸猿聲相銜。船艏站著一個黑褲白衫的女子，撐一支傘面彩繪一個古裝美女的油紙傘，雪胸半露，肩披布帛，窄袖短衫，酣睡中。美女的玉體違反人類身高比例，像一尾蛇蜷縮傘骨上，五根腳趾抵住美女額頭。美女眸子凝視著自己的腳趾。夕照襯映得傘面上幾株海棠扶疏搖曳，花瓣好像就要飄落到河面。

金虹停止亂七八糟的吹奏。女子身材嬌小，也許只有一百五十公分。傘巢架在肩膀上，傘緣下露出像蟹靨緊繃的小臀。金虹扛獵槍沿河岸走了三十公尺，左腳陷入一個泥坑。他拔出腳，拔得太猛，身體後仰，跌坐在另一個更大的泥坑中。船伕和女子狐疑的看著金虹。金虹站直，用河水洗去手腳和獵槍上的泥殼，看見河面倒影一張沾滿泥丸的臉像飛竄著一群蒼蠅。他舀水搓臉，目送貨船消失澳灣。夜鷺繞著船篷低飛，暮色折射出兩道珊瑚紅光芒像虹霓掛河。在暮色中，女子五官模糊。她的五官越模糊，金虹想重看她一眼的想法更急切。讓金虹留下深刻記憶的不是她的容貌，而是像蝸牛緊縮傘巢下、像未成年女孩的嬌小肢軀。

金虹走向泊在下游三公里外的舢舨時，天色已黑，紫藍幕穹明滅孤星和叢星，雲彩甜濕像蛞蝓。那天晚上他夢見自己和油紙傘上的美女像交尾的春蛇蜷縮海棠花叢下，櫻桃紅的小嘴咬住他的陰莖。她的乳頭透明，像晨露。她的肚臍眼像美人魚剛成型的胚胎。她的陰阜像蘋果。

三

伊莉莎白加冕一百年前，一個叫田金石的十九歲豬仔從中國廣東省汕頭市上了一艘航向南洋的遠航輪船抵達新加坡後被賣到印尼三口洋，墾荒兩年，割膠兩年，養豬一年，用腳踝兩圈銬繭換來終身自由後，乘獨木舟到婆羅洲西北角石隆門礦場，苦幹五年，東家賒他一筆小錢創業。田金石在礦場路邊搭草棚，販賣水果、飲料、雜貨，攢下一筆資金，再度向前東家賒錢買下草棚後方八百英畝草荒，僱了二十個爪哇人栽種甘蔗、樹薯和玉米。布洛克王朝第一任國王占姆士巡視田金石園丘後，劃撥五千英畝土地開墾權，允許他從廣東家鄉引進農民種植甘蜜和胡椒。三年後田金石創立振順公司，買賣土產，開辦碩莪粉廠，進軍金礦和銀礦業。一八六三年，田金石打敗競標對手，獨攬鴉片、煙酒和博奕經營權二十年，在雲落興建一百間販賣土產、洋酒、金飾、罐頭食品的店鋪，設立鴉片館、賭場和妓館，晉身砂拉越王國三大富豪之一。田金石早上叼一支鑲著珍珠瑪瑙的象牙煙管坐鎮總行，下午在手下簇擁和砂拉越第二任國王查爾斯陪伴下，腰插國王御賜的克力士短劍，騎馬巡視商業疆土，每年撥出一筆巨款充裕國庫。一八七八年，田金石帶著大筆資產返回廣東，在家鄉蓋了雕梁畫棟、琉璃瓦蓋的大宅，濟貧救困，施醫贈棺，興學建廟，鋪路造橋，一八八二年仙逝時，官府將他的義舉稟報朝廷，皇帝下旨追封「榮祿大夫」，並賜封田金石在砂拉越雲落的元配夫人「二品夫人」。第二年一場世紀大火燒掉振順公司一百爿商號，唯一倖存的就是兩個傳家寶，一個是清朝皇帝御賜燙金楷體的「大夫第」匾額，一個是查爾斯國王御賜的克力士短劍。

田金虹二十歲前睡遍雲落所有土洋娼妓，學會各種稀奇古怪的造愛體位，二十一歲接下振順公司印信後，沒有在總行坐鎮過一天，一場大火不但燒光家產和失去親娘，更拱手讓出父親獨攬二十年的鴉片、煙酒和博奕經營權。田金虹想起父親出洋時也是一頭刀俎下的裸豬賤狗，揹著被火舌舔過的「大夫第」匾額、扛一支雙管獵槍、腰插一柄克力士，挺直腰桿來到雲落郊外，在路邊搭了一間棲身的茅屋、一間草棚，倣效父親，販賣水果、土產、雜糧，也販賣自己獵獲的野味。田金石榮歸故里時，慎重的將克力士交給獨子田金虹。

這是一柄國王御賜的克力士。國王查爾斯年輕時追隨舅舅占姆士國王征討叛軍，帶領一個馬來人和華人組成的千人部隊攻破達雅克人山寨，救出被擄掠的馬來貴族千金後，馬來王侯從國庫挑出一件稀世珍寶餽贈國王：一柄克力士。克力士是馬來諸族的糙面隕鐵焊接花紋刃，和伊斯蘭大馬士革平面花紋刃、東瀛平面碎鍛復體暗光花紋刃，並稱古代三大名刃。這種短刃盛行十三世紀滿者伯夷王國，有的以天外墜落的純隕鐵打造，有的挾帶鋼鐵。含鎳的隕鐵可以讓刀身不容易斷裂，也是刃面花紋主要來源。十三世紀到十五世紀，大量隕石雨襲擊巽他群島，三百多年間，數千億顆飽含隕鐵的隕鐵石散布爪哇、蘇門答臘和婆羅洲南部，為了搶奪隕鐵石，滿者伯夷王國一千多個馬來和爪哇諸侯展開近三百年戰爭，兩百多個邦國滅亡，兩百五十萬人死亡。以爪哇文書寫的《克力士戰役》厚達兩千頁，描寫諸侯爭奪隕鐵石的腥風血雨，讓滿者伯夷王國的歷史塗滿梟雄、英雄、狗雄的熱淚、冷血和尿屎。

這是一柄七百年歷史的克力士。查爾斯國王獲賜克力士後，有一天拜訪馬來望族時不小心將劍尖指向一位女士，國王看見年輕貌美的女士滴下兩行令人心碎的淚水後，從此再也沒有公開佩示這支利刃。一八六七年登基時，國王將克力士賞給田金石，褒揚兼攏絡。田金石是一個務實幹練和聰明狡黠的商人，知道這種氾濫著血災和浪漫的神器不會給自己帶來什麼好處，但看在國王龍顏上，陪侍國王巡視商業疆域時，倣效馬來貴族把克力士斜插腰帶。一八七八年返回唐山前，田金石把克力士當作御賜家傳寶交到兒子田金虹手上。

這是一柄純隕鐵打造的克力士。兵器史上，克力士是鍛造工藝最講究和繁瑣的兵器，每一支克力士像高掛天上的孤星，每一顆都有不一樣的質量，釋放出不一樣的光和熱，閃爍著獨一無二的孤傲和冷漠。傳統的克力士以三片鋼鐵裹夾兩片隕鐵，冶煉錘打成一片，剪成兩到三塊，疊疊入爐，反覆錘鍛淬火五百次以上，直到夾層鋼多達六百層，打造出刃體為馬氏體和珠光體的勻稱結構，保證韌性和硬度。中國的曹魏、蜀漢和孫吳鼎立時期，魏太子曹丕愛劍，招募楚越良匠打造百辟刀劍，刃身入火淬鍊也不過百次。打造完成後，經過特殊處理凸顯刃面花紋，流程保密。具體操作中，師傅都有自己的絕活機杼，形成千姿百態的克力士刃紋。刀刃被鍛造成多曲刃，像阿爾卑斯山野山羊的曲角。牠們的曲角優美苗條，像一尾在竹子上滑行的蛇，像甘蜜河雌雄野鴨交纏的脖子。

最標準的克力士短劍是爪哇克力士，全長三十到五十公分，劍身分成直形和曲形。古代異他群島上，曲形劍的彎曲次數都有表徵和意涵，三個彎曲點是商人佩戴，五個彎曲點是學者和教授佩戴，七個彎曲點是武士佩戴，九個彎曲點是將領佩戴，十一到十三個彎曲點是皇族專用，十五個彎曲點以上的克力士據說是有的，但從來沒有人看過。

直形的克力士人人可以佩戴。直形代表靜，曲形代表動。彎曲次數一定是奇數，如果不小心鍛造出偶數彎曲點，就會被歸類為邪器，佩戴者可能一輩子被噩運纏身甚至招來殺身之禍。有一些古代鑄劍師受人重金賄誘，鍛造出偶數彎曲點克力士，然後藏匿仇敵家中，輕一點衰運連連，重一點家破人亡。這類傳說和野史充斥失傳於十七世紀的經典鉅著《克力士戰役》，看過這本鉅著的學者起初還可以憑記憶口述，代代相傳後，流傳下來的故事越來越少，細節和內容更是隨著講述者的喜好而隨意更動，一個故事可能流傳十多個版本。流傳下來的偶數彎曲點克力士故事大都和愛情有關，也讓滿者伯夷王國歷史流溢著痴情男女的唾液和哀吟。

這是一支七個彎曲點克力士。克力士一詞起源自古代爪哇馬來語，刺、鑽透、貫穿之意。這是一種冷兵器，滿者伯夷滅亡後，大量流竄於印度尼西亞、馬來亞、汶萊、暹羅、新加坡、菲律賓和婆羅洲等熱帶南國。刃柄一體，硬木刀鞘，鞘面有朱槿、豬籠草、無花果和橄欖果雕紋，象牙劍柄是一個只有半個裸身的無臉女子。晚期克力士因為缺乏天然隕鐵，柄刃分離，講究的劍柄用象牙、犀牛角、野牛角、犀鳥頭盔、鯨魚骨頭，最名貴的古劍劍柄是猛獁象牙雕。劍柄彎曲，握刀像握手槍。握刀時，肘部彎曲，劍身可以水平或豎直，像美國西部槍手拔槍射擊對手或對空鳴槍。沒有護手鍔，以寬厚的刃尾護腕。這種小刀在衝鋒陷陣或對手使用長兵器時派不上用場，因此，克力士是以刺擊為主的肉搏短兵器，適合偷襲或行刺，不適合陣地戰。經典鉅著《克力士戰役》描述十三世紀末元朝和爪哇戰役中，以弓箭、竹矛和克力士為主要武器的爪哇兵士在陣地戰中屢被兵強馬壯的忽必烈勇士挫敗，但透過一次又一次近身肉搏的騷擾戰和伏擊戰延長戰線，蒙古軍隊糧草逐漸耗盡，不得不揚帆離去，讓滿者伯夷王國在這次偉大的勝利中統一了爪哇島。

這是一柄武士或刺客佩戴的克力士。十九世紀後，在商務熱絡、爭執和戰役頻繁的異他群島，大家都不太被傳統拘束，商販、農民、流氓和各行各業，只要有本事弄來一柄克力士，清一色是七個彎曲點。在庶民眼中直形不值得收藏，三個彎曲點太平凡，五個彎曲點太書生氣，九個彎曲點太招搖，七個彎曲點剛好介於中間，適合防禦和炫耀。佩戴七個彎曲點克力士的人明白透露一種訊息：你惹了我，我絕對不是那種不還手的人。

不值得收藏的直形克力士大多是女子護身器。女子不會把克力士佩戴在外，不是收攏背簍和夾囊，就是裹藏鋤頭、釘耙、扁擔和髮夾中。

四

西元一七三九年荷蘭攻陷爪哇群島，掠奪刀劍袍鎧回國。經年征戰讓歐洲人深刻瞭解馬來刀劍的鋒利，不但荷蘭和西班牙的火槍鋼管輕易被馬來刀劍劈斷，連刺刀和護手刺劍也被馬來刀劍切碎，頭盔鎧甲也輕易被刺穿，更令西方侵略者驚恐的是，克力士刃面藏毒，如果被克力士劃破皮膚，可能失去小命。馬來刀劍因此震驚西方列強，歐洲各國王室勛貴、收藏家和博物館都以聚藏馬來刀劍為榮。殖民者使馬來刀劍名揚海外，但隨著馬來群島淪為殖民地後，西方統治階級嚴禁鍛造，原來被奉為國師、世襲俸祿的製刃師失去生計，鑄劍技術因此失傳。鍛造這種充滿神祕色彩的古代刀劍，只能從古書挖掘。

一支完美的克力士，體態非常輕盈，刃面的花紋葉脈像會生長到刀鋒外。密植的血槽泛著藍光，劍首像終年積雪的冰峰，劍鋒像闔上的眼瞼，劍出鞘後，劍鋒有滴不完的藍色淚光。血槽在白天是一種晴天的藍，入黑後是一種深海鯨藍，那一簇像冰鑒的血槽據說可以提早顯示敵人的蹤跡和面目。主人握刀時，那股藍光像臂鎧裹住主人手臂，讓手臂看起來像透明的，加深克力士刺擊時的詭異。荷蘭繪畫大師林布蘭一六三六年的油畫《被弄瞎眼的參孫》，參孫妻子大拉利剪下丈夫頭髮後，菲利士人以一柄利刃刺瞎參孫雙目，那柄利刃，就是克力士。

滿者伯夷國、汶萊帝國和殖民時期的南洋女子攜帶一種裹夾頭髮、抹上香味和毒液的小型克力士，形狀像髮夾，劍柄貫穿一個圓孔，可以插入食指凍結握力像手槍扳機圈，用一點摘花的力氣可以切斷男人陰莖。製刃師在直形克力士刃面浸淫香液或毒液，在超過五百次淬鍊中，形成香刃或毒刃。香刃出鞘時炸開半徑三十公尺、使人幻覺連連、甚至失去知覺的氣圈。使用毒刃的女子通常一擊就逃，像唾液飽含劇毒的印尼島嶼上的科莫多龍，等待敵人毒發氣絕，不會進一步纏鬥。這種女子專用的克力士，經典鉅著《克力士戰役》花了兩百多頁描述四十二則發生在爪哇、蘇門答臘和婆羅洲的傳奇故事，現在廣泛流傳南洋的就是其中最神奇的一章：「無尼沙克力士傳奇」。

十四世紀後期滿者伯夷王國國力衰退，爪哇海外屬地的蘇門答臘、馬來半島、婆羅洲和峇里島分裂出一千多個小邦國，各國據地為王，軍隊爭戰，諸侯互相殘殺，彼此掠奪土地財富。婆羅洲內陸一個叫作無尼沙的小國，人口四十萬，民風剽悍，男子披頭散髮，女子頭髮結成椎形的髻，不論男女或三歲小娃，腰上都配一柄純隕鐵克力士，刀柄裹上犀牛角、象牙或黃金，和敵國作戰時，無尼沙武士的克力士總是立下奇功，把敵國刀劍或克力士像破銅爛鐵切斷。無尼沙被六個小國圍繞，每個小國人口約十萬，全民都是兵，民風剽悍如無尼沙。六個小國派出密探潛入無尼沙，耗費數十年查訪出無尼沙有一座大礦場，蘊藏著足以打造一座圍繞無尼沙的純隕鐵城牆。六個小國結成盟國準備攻打無尼沙瓜分礦場時，無尼沙國王招集全國最美麗的十八位處女，分送三位處女給六個國王求和。無尼沙女子美貌天下無雙，連菲律賓和暹羅富商也遠道而來尋覓妻妾。六個國王見到三位像天仙下凡的美女對自己下跪宣誓效忠和愛慕時，全身軟酥，即使佩帶的非純隕鐵克力士暗中示警也不當一回事。當天晚上國王大宴全國，戰士吃喝得爛醉如泥，一輪明月像被摳破的血痂高掛星穹時，三位美女以抹上解藥的布帛蒙住鼻嘴，取出藏匿髮髻中的克力士，食指扣住刀柄上的圓孔。克力士出鞘後，一股薰香像火藥爆炸後的氣壓四面擴散。三位女子切斷熟睡中的國王脖子，走遍兵營，每經過一個地方，克力士釋出的香氣讓兵士昏睡得像一頭死豬，即使第二天無尼沙戰士踩在他們的屁股上喝酒慶祝時，他們還在呼呼大睡。十八位勇猛的無尼沙女子迷昏守城的兵衛後，大開六國城門，無尼沙戰士像潮水湧入。一夜之間，六個小國被無尼沙併吞，無尼沙壯大成一個一百萬人口的大國。不幸的是，十八位剛烈的處女為了不打草驚蛇，忍聲吞氣讓國王玷汙。事後，十八個女子以克力士自刎。

五

滿者伯夷時代的人相信克力士有靈性和魔力，可以保佑主子，也會背叛主子。傳說紛紜，譬如：以克力士刀尖觸地直立地上時，表示主人活著，如果不能直立，主人已經不在人間；克力士劍鋒一指，可以隔空殺人，這也是美麗的馬來女孩看見國王的克力士劍鋒指向自己時落淚的原因；克力士佩戴身上，再凶猛的野獸也不敢靠近；克力士刺劃一個人的影子或足印，可以奪取這人的性命；克力士可以順著主人意念像箭一樣飛出去，追殺一百步外的敵人，然後又回到主人手上；主人遇險時，克力士在劍鞘中發聲示警；打鬥時，克力士可以指引主人揮擊；主人戰亡，克力士獨自奮戰，直到敵人倒下。

六

在時間失去意義的年代，在黑暗和寒冷的宇宙深處，在塵埃和氣體雲中，兩塊雲團碰撞坍塌，密度加大，溫度升高到攝氏一千五百萬度臨界點，一顆恆星誕生了。數百億年流程中，恆星從紅巨星塌縮成白矮星，冷卻、黯淡、死亡，消失在宇宙的黑暗和寒冷中。

不是所有恆星瀕死前都這麼低調。大質量恆星走得轟烈而華麗，彩繪出宇宙中最壯觀眩目的場景。

大質量恆星對抗引力時進行一系列核融合，融合終止後，引力獲勝，恆星塌縮後反彈炸裂，點燃超新星爆發。超新星的爆發鍛造出比鐵元素更重的鋅、金、鉑和銀，將它們拋射到宇宙中。構成人類的原子，呼吸的氧氣，骨骼裡的鈣，紅血球裡的鐵，蒙古人坐騎，拿破崙加冕劍，聖愛德華王冠，慈禧太后口中的夜明珠，楊貴妃的凝脂肌膚，瑪麗蓮．夢露的嘴唇，盧溝橋的石獅子，莎士比亞的蘆稈筆，法老王的頭巾和褶裙，希特勒的小鬍子，都是數十億年前來自垂死的恆星。

人類，人類的言語、文化、藝術作品、神話和傳說，都是星塵，或者說得粗暴一點，核廢料。

隕石由鐵、鎳、矽酸鹽等礦物質組成，含碳量高的隕石蘊藏大量的氨、核酸、脂肪酸、色素和十一種氨基酸等有機物。有機分子和氨基酸透過隕石來到地球。滿者伯夷時代巽他群島上的學者和教授不見得瞭解這一點，但他們發現這批來自外太空的石頭，蘊藏著難以估計的力量、啟示、造物主的神祕面貌。

克力士各種悖離現實的傳說追溯到億萬顆來自外太空的神祕隕石時，就像小鳥飛翔天穹、魚兒悠游河水一樣自然。對滿者伯夷時代的諸侯、戰士和庶民來說，克力士是造物主的贈禮和賜福。

七

這是一柄天外飛來的克力士。即使是御賜傳家寶，也許正因為是御賜傳家寶，金虹也和父親一樣沒有佩戴身上，直到振順公司一百爿商鋪焚燬後，金虹檢視火場，及時搶救燒爛四個角隅的「大夫第」匾額，而躺在灰燼中的克力士，鞘口射出一縷藍光，照穿蔽空的煙塵。隨扈告訴金虹經過五百次淬鍊的克力士不但可以避火，還可以操縱火勢走向。金虹不想太過招搖，於是將克力士和後來掘獲的七十二克拉巨鑽藏在褲頭左右兩個革囊中，唯一將克力士佩戴在外的一次卻出了一場大禍。

第四章

一

這是七支油紙傘。七支油紙傘傘面，彩繪一個穿著中國古裝、容貌相似的女子。全雲落人和瞎子也看得出來，女子就是方荒的女兒方蕪。

這個身材嬌小、可以像胎兒蜷縮傘面的十六歲女子三個月前和父親方荒從印尼坤甸來到雲落，買了一艘貨船沿甘蜜河採購土產轉售雲落大盤土產商，週日搭棚擺攤。方荒四十出頭，相貌平凡，歲月沒有在臉上留下太多遞跡，憑一張嘴和觀察力，土產銷售順暢，散發一股吸引女人的味道，尤其三十多歲的單身女子和四十上下的寡婦。那股吸引女人的味道，似乎來自他愛抽的玉米芯煙斗。當他戴著斗笠、坐在攤位上吞雲吐霧時，一股混合鮮花和水果的香味就會飄散開來，讓雲落人想起馬來貴族從中東和印度進口的香水。雲落人好奇的問方荒煙斗放了什麼煙草。方荒一話不說，從懷裡拿出幾包煙草送給雲落人，但是雲落人怎麼抽也抽不出那種沒藥、肉桂和薄荷，或是紫羅蘭、玫瑰、茉莉花和含羞草的味道。方荒看著雲落人的滿臉狐疑，聳一聳肩，將煙草填滿斗缽，吐出含著花香果味的煙霧。有人問方荒煙草原產地，方荒說了十多個印度尼西亞島嶼的名字，但他每次說的島名不一樣，而印度尼西亞有一萬多個島嶼，沒有人記得住那些稀奇古怪的島名。一個和方荒在印尼認識多年的老船販表示，可能就是這股香味，把從小長得平凡甚至有點醜的方蕪「薰」成大美女。雲落人凝視方蕪的花容月貌，不相信這種美人胚子小時候會醜到哪裡去。鼻子敏銳的雲落人發覺那股香味像是從方蕪身上散發出來的，證據是：方荒和方蕪在市場擺攤時，花香果味掩蓋了眾人的汗酸味和從漁市溢出來的魚腥味，而晚上方荒一個人泡茶館抽煙斗時，花香果味就消失了。

更令雲落人嘖嘖稱奇的是，方蕪不論晴雨總是撐一支油紙傘，就像父親不論陰晴戴一頂邊檐寬大的斗笠。父女從坤甸北上時，方蕪攜帶兩支四川瀘州出產的油紙傘，兩支傘在風吹雨打下裂槽脫骨，抵達雲落後，方蕪沒有出過一次門，唯一出門的一次，就是和方荒到雲落唯一一家製傘店採購油紙傘。方荒站在掛滿油紙傘的店招前和女兒選傘時，製傘師傅許彩正在用福州進口的青山老竹鑽孔穿線，弟弟許嵐正在福州進口的棉紙上彩繪大紅花。看見方荒父女後，兩人同時停下手中的活。

許氏兄弟是雲落傳奇人物，白天製傘，哥哥負責刨竹鑽孔、穿線裱傘，弟弟負責翰花油傘；晚上教授南派少林拳，哥哥教白鶴拳，弟弟教螳螂拳。二人拳術普通，但製作出來的油紙傘馳名南洋，連新加坡、馬來半島、蘇門答臘、爪哇和暹羅也有商家下訂單。許氏兄弟親手製作的每一支油紙傘，可以挺住八級逆風吹擊，反覆收撐三千四百二十九次後，會在第三千四百三十次斷線裂槽。最神奇的是，許氏兄弟聽一次雲落人收撐自己繪製的油紙傘，就可以準確說出油紙傘的收撐次數。雲落人看中一支傘時，兄弟之一會說：「這傘已被看傘的客人收撐一百一十三遍，剩下三千三百一十七遍壽命。」

方蕪被許氏兄弟看得臉紅，躲在父親身後。

「買傘嗎？」許彩說。

方荒點點頭，盯著兄弟頭頂上掛在空中收撐或沒有收撐的油紙傘。十多支撐開的傘面，彩繪百鳥朝鳳、天仙配、二龍搶珠、不老松、寶蓮燈。

「你要送人？還是自己用？」弟弟許嵐說。

「自己用。」方荒看一眼女兒。「給我女兒遮太陽，擋風雨。」

兄弟兩對視一會。許彩放下竹線，走到許嵐身邊呢喃兩句，看著懸掛頭上的油紙傘。

「現成的傘，只有婚聘的，祝賀孩子新生的，饋贈生日的，沒有適合小姐的，」許彩拿了兩支塗上桐油沒有彩畫的油紙傘。「這兩支先拿去用，我繪製幾支給小姐，十五天後來拿。」

「可以了。」方荒接過油紙傘。「這兩支可以了。多少錢？」

「這種傘只送不賣，」許彩看著方蕪。「你要就拿去用，要不然十五天後再來。」

「我貧苦人家，」方荒說。「不需要太好的傘。」

「小姐如果送我們一束頭髮，」許彩說。「我免費送小姐七支精製的油紙傘。」

方荒回頭看了一眼方蕪的頭髮。方蕪頭髮已經蓄了八年多，髮長及臀，豐盈烏黑。

「你要我女兒的頭髮做什麼？」

「我們製作的油紙傘，素材來自唐山，整個南洋沒有人的手藝比得上我們兄弟，」許嵐說話緩慢而感傷，像一個農夫安撫一頭疲勞的犁牛。「綑紮傘骨時，用的是人的頭髮，人的頭髮韌性強，拉抗能力好，尤其是年輕人的頭髮。我們製作的油紙傘收撐三千多次不會斷線脫骨，靠的就是髮線和髮繩。」

「一個正常人的頭髮約十多萬根，每一根可以承受一百克重量，」許彩說。「十多萬根頭髮可以承受兩頭大象重量！」

「像你女兒這種年齡的頭髮最好，」許嵐說。「而且，頭髮有主人靈性，會給主人帶來好運和旺勢。」

半個月後，方荒從製傘店帶回七支油紙傘。

這是七支製傘師傅許氏兄弟刨製的油紙傘。七支油紙傘傘面彩繪一個古裝美女，除了布局、背景和衣服款式，美女都是蛾眉杏眼、櫻桃嘴、心型臉、髮如潑墨。瞎子也看得出來，女子就是方荒的女兒方蕪。

二

週四下午金虹提早收攤划舢舨溯遊甘蜜河，打死一頭蜜熊和鼠鹿。蜜熊是雲落土產店熱銷品，皮、膽、牙、爪、掌、鞭，一身寶。金虹掏出小刀在熊舌上像理髮師傅在磨刀皮革上刮兩下，削下熊舌，升起一把火在河岸，燒烤鼠鹿和熊舌。吃下熊舌和半隻鼠鹿，天色漸晚，上游徐徐渡來方荒貨船。方蕪站在船艉搖槳的父親身前，像蝸牛揹殼揹著油紙傘，傘面上的美女穿著寬袖緊身的曳地長裙，高綰的髮髻插著一支綴著流蘇的步搖，抬頭看著一顆鬚蔓纏繞的甜熟瓜月。衣袍像一朵倒豎喇叭花，裹得美女密不透風。金虹脫掉上衣露出精實的上半身，用帕朗刀劈柴釀火。一隻鱷魚叼住蜜熊的頭，將整隻蜜熊拉入水中，竄往上游。金虹本來想尾隨貨船，但捨不得蜜熊。他划槳追鱷一公里，發覺鱷魚太小，鱷爪不值錢，但還是花了一顆霰彈從鱷魚嘴裡搶回蜜熊。

第二天傍晚他擊殺一頭犀牛，剁下犀牛角，吃下兩顆野榴槤和一顆半熟不熟的香波羅，坐在船艉胡亂吹奏口琴，看著方荒貨船逆流而下，方蕪撐傘背對著他，傘面的美女騎馬撫琵琶，鬢亂釵橫，遙望天穹兩隻飛雁。貨船很遠，琴聲很小，方荒父女沒有聽見琴聲，也沒有注意到金虹。貨船行經前天殺鱷的河畔時，兩道珊瑚紅虹霓高掛兩岸。

第三天，他終於想出一個接近方蕪的方法。週六，方荒父女在雲落擺攤，販賣一週採辦的土產。華人在加里曼丹發生過兩次北上遷徙潮，第一次是十九世紀中期華人金礦公司和荷屬東印度公司發生武裝衝突，華裔礦工和農民越過加里曼丹邊界進入占姆士統治的砂拉越王國。第二次是一九六五年印度尼西亞親西方的蘇哈托推翻親共的蘇卡諾政權後的反共和反華大屠殺。兩次大遷徙讓雲落華裔人口暴增。雲落背山向海，海上的流雲被七座山巒攔下，雲彩隨著山壁落下。七座巒頭浮沉雲海中，讓山的高度沒有一致性，有時候這山比那山高，有時候那山比這山高，像一頭奔馳雲霧中的龍，隱約露出鹿角、鷹爪、羽翼和背鰭，據說第一批拓荒者每天早上可以看見在流雲和花卉中，一個手執仙草和香爐的羽人引龍飛天，人口稠密後羽人消失，來不及飛天的龍被困在雲落。雲落人將七座山從東向西命名龍牙山、龍鬚山、龍眼山、龍角山、龍爪山、龍骨山、龍尾山。甘蜜河全長五百六十公里，源頭在砂拉越和加里曼丹接壤處，沿途叉出兩百多條大小灣流，是灣鱷老窩，也是全婆羅洲灣鱷最稠密的河域。華人種植甘蜜和胡椒在兩岸。殖民政府統計，全婆羅洲每年三百人被鱷魚吃下肚子，其中兩百四十人在砂拉越，而這兩百四十人中，兩百人就在砂拉越最長的甘蜜河。

方荒父女在區隔菜市和漁市的廣場鋪上帆布，用竹竿架著三支橫桿，帆布和橫桿上，橫豎和鋪展著山藤、樟腦、樹脂、蜂臘、燕窩、猴膽石、犀鳥冠、龜殼、野牛皮。方荒盤腿坐在草蓆上，戴著那頂邊檐寬大的斗笠，邊抽煙斗邊用秤桿一遍又一遍秤著山產估計價錢。方蕪坐在一張沒有扶手的小藤椅上，白衫黑褌，撐油紙傘，傘面水光瀲灩，美女一手撫雙丫髻，一手理劉海，一尾鯉魚躲在荷葉下。削短的黑髮齊肩，西南風吹拂下徐徐飄展。雖然傘緣遮住方蕪大部分的臉，但看得出來，一雙明眸不是看著父親就是看著土產。週日的菜市和漁市人潮洶湧，叫賣聲夾雜雞鴨鵝貓狗聲。方荒的攤棚擠滿單身的年輕人，山產轉眼只剩下最昂貴的野牛皮和犀鳥冠。年輕人把買來的山產放在背簍裡、挾在胳肢窩下、拎在手上、捧在胸前，有的彼此隨意交談，有的和方荒交涉野牛皮和犀鳥冠價錢，有的沒有說過一句話，有的蹲下來假裝看野牛皮，但大部分時候兩眼瞟向方蕪。方荒父女落戶雲落不到三天，方蕪的美貌已經傳遍雲落。方蕪撐著油紙傘走在雲落街頭時總是傘緣低垂，傘面的古代方蕪某種程度澆熄了相思的折磨，但也搧動了更洶湧的慾火。

低垂的傘，讓男人不能夠經常看到她的臉，能夠看到的就是下半身和一雙握著傘柄的手。方蕪左右手交替握著傘柄，十指不停的轉動傘柄和搓弄傘柄上一根鬆垂的纏柄藤。纏柄藤呈一個渦卷形狀，像印度尼西亞威爾斯天堂鳥尾羽。她的食指和拇指搓弄著那個渦卷，像搓一綹頭髮。這個轉動傘柄和搓渦卷的動作吸引了雲落男子的目光。那十根手指，像剛從腐爛的樹身挖掘出來的碩莪蟲，勾起男人咀嚼和補充蛋白質的飢渴。雲落男子注視著那雙手，想起生吃碩莪蟲時的華麗爆漿，口角流出蘸著酒精、尼古丁、罌粟鹼和各種隔夜餿味的唾液。方荒把一些小東西放在她身前，像犀鳥冠、犀牛角、猴膽石、蜂臘，當客人對其中一項有興趣時，方荒叫女兒遞過來。方蕪的小手不但讓這些貨物顯得較大，更引起男人對貨物的興致，也讓他們從另一個角度、另一種情境欣賞那雙手。女人撩髮、吮指、摘瓜、擀麵粉、舀湯、剝蛤蜊殼、撫胸的手，讓他們想起方蕪的手。他們被妓女牽手走入垂著紅色布簾的神祕廂房時，想起方蕪的手。出入飯店和茶館的男人看見後面伸過來倒酒、遞盤的女侍的手，想起方蕪的手。手指被初生嬰兒的五指握住時——巨大的抓握反射可以把嬰兒的身體吊起來——，想起方蕪的手。自己的手被臨死的親人握住，想起方蕪的手。冷飲店老闆娘轉動刨冰器握把的一雙手，想起方蕪的手。腰配七個彎曲點克力士的年輕人想起十三個彎曲點以上的克力士。

方蕪死去多年後，他們依舊透過各種情境追憶那雙手。他們看不見傘巢下方蕪的臉，只看見傘面的古代美女，那個古代美女兩眉之間永遠有一股哀愁，嘴角有一抹閨女的矜笑。他們打赤膊展示肌肉和獸爪疤，在方荒面前吸食一頭腹蛇的鮮血，卸下一頭剛獵獲的野豬腿送給方荒，說起自己吃了一鍋狗鞭、牛鞭、蛇膽、紅參、菟絲子、枸杞子等等十多種藥味熬成的高湯後一夜就抽癱七個雲落最風騷的妓女。方荒一眼看穿這批年輕人。除了少數莊稼人，他們大部分是礦工和農夫，夾雜賭場和妓館保鏢、流浪漢、小偷、騙子、單幫客、殺人犯、人口販子。披在身上的短衫和長褲半數以上沒有一件是完整的，都是破布拼湊。方荒把犀鳥冠和野牛皮價錢抬得很高，他知道總有一、兩個年輕人抵擋不住方蕪美色，把犀鳥冠和野牛皮買回去。上個週日一個青年以物易物，用八成新的腳踏車交換一顆豪豬棗。

一個二十多歲青年肩扛一桿釣竿站在方荒身前，拿下頭上的翻檐藤帽用力搧著，搧出一股均勻綿密的汗酸味，搧走花香果味，搧得方蕪油紙傘低垂。

「老骨頭，」青年用釣竿戳了戳唯一的一張野牛皮。「這東西怎麼賣？」

「兩塊八角三分錢。」方荒瞄了女兒一眼。

「兩塊八角三分？」青年更用力、更輕佻的戳著野牛皮。「我當礦工一個月，也不過賺兩塊錢！」

「後生仔，這種野牛，不容易獵到。」

「山番賣你多少錢？」

「兩塊五角。」

「少騙人，」青年搔著一頭亂髮，吐了一口唾沫。「我跟山番買過野牛皮，只花了八角錢！」

「後生仔，這張野牛皮毛孔勻稱，花紋細密，滑爽柔軟，」方荒邊說邊用手撫著野牛皮。「是一隻健康的青壯牛，我親眼看著他們宰殺。」

「不是你被山番騙了，就是你騙我！」青年用釣竿戳了戳犀鳥冠。「這個呢？」

「一塊八角。」

「八角，」青年把藤帽戴回頭上。「我出價八角！」

「一塊八角，一分不減。」

「這樣吧，」青年掏出一元和兩個一分銅錢，扔到方荒腳下。「一塊兩分錢，買你的野牛皮和犀鳥冠！」

「後生仔，半分不減。我划了一天槳，日晒雨淋，也不過賺幾角錢。」

「老骨頭，我已經出高價，」青年將犀鳥冠塞入口袋，將野牛皮夾在腋下，彎腰瞄方蕪一眼，扔下一個四分之一銅錢。「看在你女兒分上，施捨你一塊糕餅錢！」

青年像養了一身精肉的野狼竄入人群，撞翻一個扛籮擔賣小雞的雞販，兩百多隻小雞像斷線佛珠滾到地上，有的掉到下水溝，有的鑽到堆積如山的香木和日羅冬下，有的被野狗咬死，有的被踩得肚破腸流。雞販一邊咒罵，一邊抓小雞。圍觀的十多個青年閃躲小雞，寸步難行，他們盯著那管釣竿追蹤青年，但扛釣竿的人有十多個。方荒和十多個青年東鑽西躥半天後，看見扛釣竿的青年被一個扛雙管獵槍的青年掐著脖子和胳膊，在一群看熱鬧的雲落人簇擁下走過來。

「方先生，」田金虹放開扛釣竿的青年，將他推到方荒身前。「這小子身上沒有多餘的錢了，你把犀鳥冠和野牛皮拿回去吧。」

有人把犀鳥冠和野牛皮交到方荒手上。方荒把一元兩分錢扔到青年腳下。

「方先生，這人是印尼山口洋的礦工，剛來雲落，舉目無親，」有人說。「罵他兩句，算了吧。」

青年低下頭，嘴裡發出咿咿嗡嗡的沒有意義的聲音。

方荒上下打量田金虹。

「他是田金虹，」有人說。「振順公司老闆、榮祿大夫田金石的公子，自從一場大火燒了振順公司——」

一陣古怪的沉默後，掀起一波歎息。

有人指著扛釣竿的青年說：「這小子跑得真快，除了金虹，沒有人抓得住他。」

方荒打量一遍金虹。「謝了，小兄弟。」

扛釣竿的青年扛釣竿走了，方荒拎著野牛皮和犀鳥冠走回攤位。金虹看著方荒離去，在雲落胡亂逛半晌，逛到方荒父女攤位時，父女已經收攤。金虹走出廣場，穿過雲落最繁華的布洛克街，坐在街尾一家茶室喝了一杯黑咖啡和吃了兩塊馬來糕，點燃一根洋煙，走向七座山巒之一的龍牙山，站在福建人籌建的聖王公鳳山寺前，遠遠的看著高帽蟒袍、單腳盤坐、既威武又童稚的廣澤尊王神像。沒有立定站穩，扛釣竿戴翻檐藤帽的青年從廟宇像一隻看見主人回家的狗衝出來。

「田大少爺，」青年在金虹面前剎住腳步，用手摸了摸脖子。「你搯得我差點喘不過氣。」

「你跑那麼快幹什麼？」金虹朝他的臉噴一口煙。「我要讓方小姐親眼看見我修理你！」

青年拿下藤帽搧著。「大少爺，你出場太慢了！」

金虹從揹著的藤簍拿出一隻犀牛角、一串八隻鱷爪、一顆豪豬棗。

「犀牛角摧淫，鱷爪辟邪，豪豬棗鎮痛、排毒、化痰、治蚊症。你選一個吧。」

「犀牛角！犀牛角！」

「算你識貨！」金虹不情不願的把犀牛角扔向青年。

「犀牛角比犀鳥冠貴得多了，」金虹拍了一下他的腦袋。「賣給劉家的土產店，出價不得低過十塊錢。」

「好！好！」青年親了一下犀牛角。

「就怕你鴉片癮上來，人家出價你就賤賣了。」

「不會，不會，」青年推了一下金虹肩膀。「方小姐愛上你了嗎？」

三

砂拉越第二任國王查爾斯·布洛克每天清晨從崗巒上的王宮步行到崗巒下的馬廄，縱轡策馬散落巨鱷的甘蜜河河畔。國王總是可以安撫愛駒，讓牠們昂首揚蹄，優雅的從鱷背一躍而過。歐籍臣僚和華巫富商取悅龍心和憂慮國王安危，募款買地，鋪砌一條灑上木屑刨花的兩公里跑馬場，跑道兩側橡膠樹下蓋了看臺、貴賓席和一百多棟矮腳木板屋，從印度、澳洲和中東進口一批賽馬，夾雜從蘇祿進口的矮種馬和礦場上拉運礦石的馱馬，每逢月底舉辦賽事。國王把運動場轉移到跑馬場後，徹底改變了金虹命運。

金虹的茅屋和草棚在七座山巒之一的龍尾山下，距離跑馬場終點一百五十公尺。那天清早，遙遠的莽叢上方開啟了鱷眼晨光，雲落所有飲食攤升起了第一縷炊煙，雄雞第一波排山倒海的司晨喚醒了雲落人，金虹肩扛雙管獵槍、腰掛帕朗刀朝龍尾山走去，聽見跑馬場傳來噠噠的馬蹄聲，於是停下腳步觀看陛下的馬上英姿。龍尾山腳突然躥出一隻大蜥蜴從國王愛駒蹄前掠過，消失在對面一排矮腳屋下。這隻鬼祟的爬行動物打亂國王愛駒的奔跑節奏，在愛駒的揚蹄嘶鳴中，國王從馬背摔下，跌倒在潮濕的木屑刨花上。金虹快步穿過橡膠林，停在國王身邊。國王穿著白襯衫和黑色條紋長褲，高大英挺，頂著一頭綿密蓬鬆的金髮，蓄八字鬍，兩眼闔攏，眼皮躍動。親民隨和的國王沒有侍從隨側，但注重外表禮儀，穿得像參加賽馬盛會。金虹來回掐捏人中、搓揉太陽穴後，陛下緩緩睜開一眼，用靛藍色的眼珠子看著金虹。這時，金虹突然想起，國王經年征戰，一隻眼睛被達雅克族的長矛刺瞎、一隻耳朵被炮聲震聾。

當天下午，國王在官邸召見金虹。金虹報上父親大名後，陛下輕蹙眉頭，眼神閃爍著憂鬱和愧色。國王賜給金虹一支鑲著瑪瑙的手杖、五千英畝荒地和一筆創業基金。

「湯瑪斯，」國王將左手搭在金虹右肩上，親切的呼叫金虹的英文名。「你父親和我是舊識，振順公司對砂拉越貢獻卓越，你如果像你父親，憑著三分本事和七分膽闖出一片天地，二十年後，鴉片、煙酒和博奕經營權重新招標時，就看你的本事了。」

金虹繼承父親的務實苦幹和墾荒精神，招募五十名農工，以綜合農場發展趨勢開拓御賜的五千英畝野地，種植甘蜜、胡椒、樹膠、花生和蔬菜瓜果，蓄養魚豬雞鴨，半年後又買下八千英畝荒地，栽培樹薯、甘蔗和陛下引進的賴比瑞亞咖啡。一個下著細雨的清晨，金虹扛著獵槍巡視剛買下的荒地。荒地散亂著茅草叢和野花野草，有大番鵲、野豬、大蜥蜴、蟒蛇和蒼鷹覓食。雲彩帶著祥氣，雨絲帶著歡樂，遙遠的甘蜜河畔，一盞又一盞綻放自鱷眼的晨光，神祕而青春地眨閃。金虹吹著口哨，用獵槍撥散草叢，踩著殘梗敗花，停在一簇野樹薯前。他放下手杖，選中一株最高大的樹薯，搯住莖稈，拔出肥大的塊根和糾結的鬚莖，突然看見塊根和鬚莖閃爍著金光像暗夜的螢火蟲，而樹薯穴散亂著蛋黃色光點像星光朦朧的蒼穹。金虹又拔起兩株樹薯，忍不住發出一聲驚呼。一隻山雉拍著翅膀，掠過他的頭頂。

金虹在荒地挖掘到砂金發了一筆橫財後，蒐購鄰近一萬英畝荒地擴大農場規模。一家從事航運和進出口貿易的洋行派遣專家探勘金虹農場，證實蘊藏著豐富的金脈，高價買下農場開採。金虹手握一筆雄厚資產，在雲落牛屎街兩側興建一百爿商鋪，販賣進口的白米、白糖、麵粉、布疋、罐頭食品和土產雜貨，創辦金鋪、中西藥店、茶館和五金行，開設碩莪粉廠、木板廠和膠片薰房。洋行勘挖金虹農場半年後，沒有挖出新的金脈，蝕掉不少老本，洋大班親自拜訪金虹，請他統籌開採方向。金虹回到礦場後不到半月就挖出金脈，讓洋行轉虧為盈，轟動雲落，遠近礦場爭邀入股，甚至沒有徵求同意，就在礦場焚香祭禱，讓金虹在沒有出資的情形下成為股東之一。精神上和實質上讓金虹入股的礦場，全噴出金脈。年底結算損益時，礦主畢恭畢敬的奉上金虹的紅利。起初，金虹不肯收下沒有入股的紅利，礦主聲淚俱下。金虹「點石成金」，被喻為金手指。不比戥秤的秤盤大多少的手掌，被喻為戥子掌，據說，金虹拿起金子在手上掂一掂，就可以準確估出重量。

這一切，發生在金虹以一隻犀牛角酬庸無賴搶劫方荒之後。

四

金虹凝視油紙傘上的美女時間比凝視方蕪本人更久，美女的蛾眉杏眼、櫻桃嘴、心型臉、髮如潑墨，已經和方蕪劃上一個等號。他獻給方蕪的濃情都浪潑傘面上。她像湖面的漣漪、草原上的鷹影、沼澤的一截蚺體、即將被大氣層摧毀的一顆小彗星。他追緝假搶匪時，透過橫桿下的蛇形山藤看了一眼方蕪。方蕪把玩握柄上一根鬆弛的纏柄藤，不把金虹精心布置的戲碼看在眼裡，讓金虹踩爆一隻小雞頭顱。

第二天金虹沒有心情擺攤，賣了十六隻鱷爪、一袋猴結石、兩顆豪豬棗和蜜熊一身寶，吃過早餐後，逛了十多趟雲落，像迷路的沙漠旅人踩著自己的腳印在雲落兜了三個圈子。他落寞失神，渴望女人。他睡過各式各樣的風塵女子，但從來沒有和一位正經女子交往過。他嘗試過各式各樣的做愛體位，但是不管怎樣變換體位，永遠澆不熄渴望摟抱女人的慾念。雲落正經八百又保守得讓男人碰一下手就興奮得睡不著覺的女孩，不是太醜就是太蠢。稍有姿色和腦袋的，做作和城府深得令人作嘔。樸實無華和天真無邪的女子是有的，可能都養在深山野地，他沒有機會親近。金虹知道，自己更不是什麼正經傢伙。經過一家妓館時，倚靠門口的年輕伊班女孩粉紅色的嘴唇散發出胡姬花和甘蔗的香味。他停下腳步看著女孩，手腳眼眉洩露他被烈日晒萎的情慾。伊班女孩拉著金虹的手走進廂房。當她脫光衣服躺在床上，閉上雙眼發出不自然像鼾聲的愛情呻吟時，金虹聞到一股從獸骸散發出來的死亡味道。他穿上被女孩剝下的衣褲，扔下錢走出娼館。

烈日當空，金虹花兩分錢在茶館聽一個老人說《七俠五義》和《水滸傳》，聽一個洋神父和一位年輕英籍高官辯論宇宙和生命起源。洋神父說耶和華是造物主，造了天、地、海和萬物，也造了人類始祖亞當和夏娃，上帝是「生命的源頭」。年輕軍官引用達爾文天擇演化，一切物種演化自少數共同祖先。兩人觀點各異，但爭論得和和氣氣，像一對準備陷入情網的男女。

金虹下午在賭館輸光一袋猴結石，划舢舨到甘蜜河一條枝葉扶疏的灣流，看見一隻麝香貓。金華商喜歡活捉麝香貓，用小刀活刮圍肛腺，蒐集排泄物釀製香水，痛得麝香貓癱成一截死藤。金虹心神不定，朝著麝香貓打歪一槍。麝香貓臨走前瞥了他一眼，他嗅到方蕪神祕和捉摸不定的味道。傍晚時分，他坐在五天前獵鱷的洋紅風鈴樹下，掏出口琴，吹奏出對方蕪的呢喃細語。兩岸傳來獵犬聲，錯落著帕朗刀劈砍。樹叢上盈千累萬的白花被霞色染黃染紅染紫，花瓣被強大的西南風漫捲著落在甘蜜河上。流水很急，貨船慢行，方蕪背對金虹。方荒向金虹招手示意時，方蕪轉了四分之一圈，看著船艄。金虹知道，他的身影滯留方蕪眼角餘光裡。油紙傘上彩繪一個正在跳舞的女子，讓金虹想起茶館說書人口中的趙飛燕。方蕪的輕盈和渺茫，像一隻燕子棲息傘面。方蕪又一次在金虹心坎挖了一道填不平的深壑。貨船消失後，兩道直豎河畔的光芒比往日更殷紅，像兩顆從天穹墜下的流星。

第二天傍晚方荒搖著船槳朝他揮手。方蕪依舊撐傘，不一樣的是，她不但面對金虹，而且從她站在船舷後的姿勢看來，那個姿勢已經維持一陣子。方蕪的劉海、黑眼珠、皓齒豐唇、朱槿紅腮頰，讓盤據金虹胸腔的愛慾野火，燒得他剩下一個焦黑的殼。貨船進入灣流時，天色昏暗，方蕪收攏油紙傘站在船舷後眺望風鈴樹下的金虹，眼神憂愁，雙眉輕蹙，直到樹叢遮去金虹。金虹從河面倒影看見自己昂首闊步的模樣像一隻大公雞。

那是金虹第一次看到沒有撐油紙傘的方蕪。

五

方荒父女載著山產回到雲落後，金虹才抽得出空閒和方蕪沿著甘蜜河河畔漫步。方蕪看著金虹吹奏口琴，一手握著傘柄，一手把口琴從金虹手裡搶過來，一瞬間就吹奏出一首客家歌謠，即使琴孔和簧片還淌著金虹口水。那支德國口琴成了她的貼身物。金虹用小刀在琴板上刻了一個「蕪」字。他揹著她在河畔快走。她溢出的花香果味和輕盈渺茫，讓他永遠感覺不到疲憊。

三個月後，他划舢舨到甘蜜河八十公里上游，坐在洋紅風鈴樹下。歸巢的鳥聲漸息，蝙蝠和夜梟交錯兩岸，螢火蟲點亮莽叢，幾顆孤星遙望大地，一朵烏雲壓住盈凸月，兩邊河灘生出兩道珊瑚紅，映照在波紋縱橫的墨綠色河水上。莽叢和河灘散布著礦物渣屑，入夜後反射出各種色澤，在開疆闢土的拓荒者眼裡只不過是一道平庸的風景。今天晚上，兩束珊瑚紅特別耀眼，照亮岸上一棵被攔腰鋸斷的老樹年輪。灘塗上一隻兩點馬甲伸出絲狀觸鬚探索被珊瑚紅照亮的河卵石，像盲人探路的竹杖。金虹趨近紅光後，珊瑚紅即消失無蹤。退後到一定距離後，珊瑚紅再度現身。天色已黑，他沒有照明器具，估計兩束珊瑚紅源頭在兩岸被河水淹沒的淺灘上，於是插上兩根青竹。方荒掛著煤氣燈的貨船出現時，河面已經散亂鱷眼。

第二天破曉後，金虹駕著掛上馬達的舢舨回到原地。河水退去三個臺階，露出灘塗上的青竹。他拔去青竹，用帕朗刀挖掘灘塗上的砂礫。他駕到對岸拔去灘塗上的青竹，用帕朗刀挖掘灘塗上的砂礫。金虹凝視手掌上兩顆散發出玫瑰紅的石頭，一顆心比挖掘到砂金跳躍得更凶猛。他用兩塊布帛分別裹住兩塊石頭，塞到褲管內側一左一右的拉鏈袋，跳上舢舨啟動馬達順流回航。舢舨感染他的亢奮，像一隻大公雞翹著船艏，留下兩條歪曲凌亂的尾舷浪。

回到雲落後，金虹直撲買下他農場的洋行總部，拿出其中一塊石頭讓洋專家勘驗，證實那是一顆色澤和淨度一流、七十二克拉的巨鑽。正在國王官邸和國王吃早餐的洋行總裁聽到消息後趕來，和幾個心腹磋商後擬出一個可以買下雲落二十爿商鋪的價格，外加一塊庫藏的金條，也打不動金虹。礦場附近偶爾挖出碎鑽，但從來沒有挖出零點四克拉以上的鑽石。金虹的巨鑽和他第一次掘出砂金一樣，又一次轟動雲落。

洋專家和雲落人不知道金虹掘出的是兩顆色澤、淨度、重量和形狀沒有差異的孿生紅鑽。

六

一八六八年，砂拉越第一任國王占姆士．布洛克遜位後，四十歲的外甥查爾斯繼承王位。查爾斯十歲追隨舅舅討伐叛亂和治理國家，未婚，高大削瘦，五官英挺，瀰漫雄獅的帝王氣息，即使一眼失明、一耳失聰，還是迷倒女人。為了紀念自己破曉時分策馬甘蜜河畔，國王請人畫了一幅騎馬跨過鱷背的油畫。西方畫家描繪叢林的吃人怪獸時，典型的場景是：鱷魚像一輛柴油車的身軀橫躺河畔，尾巴打斷一截枯木，鱷嘴大張，露出濃密尖銳的牙齒，一批拿著大刀和獵槍的人類正在圍攻巨鱷。一支長矛插在鱷背上，一隻人類斷臂躺在鱷爪下。畫角下，一位穿著獵裝的長髮美女一手摀著嘴巴，一手拿著一串胡姬花，回頭凝望巨鱷。畫家花了更多時間和心血勾勒出美女的五官和曼妙身材，對比怪獸的強壯和凶殘，象徵人類對恐怖傳說的夢魘，對黑暗叢林的恐懼、無知和脆弱。國王請人繪製的油畫長一百八十公分，寬一百二十公分，畫中，國王左手執韁，右手懸空，駿馬揚蹄而立，馬蹄下的巨鱷張開大嘴回頭看著國王，露出馴服和討好的神色。為了彰顯浪漫趣味，馬尾巴下畫了兩隻交頸纏繞、陶醉在情愛愉悅的大白鷺。大白鷺旁邊長了一株和成人身高相等的朱槿，兩朵鮮紅色的朱槿花也是交頸纏繞、莖幹彎曲，花瓣幾乎垂到地上。國王英姿複製自賈克－路易．大衛繪製的五幅《跨越阿爾卑斯山聖伯納隘道的拿破崙》油畫。拿破崙當時騎的不是馬，是驢子。那幅畫的確讓國王顯得威武高大、雄心萬丈。國王沒有想到的是，自己的威武高大征服了馬蹄下的鱷魚，卻拭不去鱷眼的晨曦凶光，讓他的愛妻命喪鱷嘴。

未婚的占姆士擔心外甥像自己孤老一生，要外甥追求自己守寡的表妹溫蒂。布洛克王朝需要外國財團挹注，而溫蒂家族是英國富甲一方的名門望族。為了一個培育繼承人的腹腔和王朝的壯大，查爾斯寫了一封情書，附上一顆一克拉小鑽。一八六九年，查爾斯赴英密會溫蒂，卻愛上溫蒂二十歲的女兒瑪格麗特，為了一個更年輕強大的子宮和砂拉越王國的繁榮興旺，也為了一雙比母親更豐滿青春的乳房和屁股，棄母求女，不顧眾人反對，和瑪格麗特在歐洲結婚度蜜月，搭乘豪華郵輪返砂。瑪格麗特從寒冷多霧的倫敦來到莽蕩酷熱、開埠不久的雲落後，十年間生下七名兒女，一個兒子早夭，大女兒和一對雙胞胎兒子感染霍亂早逝，為王室留下三名男性王儲。三十歲的瑪格麗特停止生育後，乳房和臀部恢復了木勺子的堅挺圓潤，容貌比二十歲時嫵媚動人，她年輕時壘砌出來的肉霸，鞏住夫君開枝散葉的慾望，這座肉霸現在依舊堅固，隨時恭候夫君突擊。夫君焚燬海盜窩寨、逃過蠻族部隊伏擊、騎馬跨過吻嘴大張的巨鱷，溫柔又粗暴的和她雲雨時，她甚至可以嗅到夫君髮梢的海水鹹味、蠻族腥臭和鱷魚的腐敗氣息。為了撫平嬌妻在熱帶的煎熬和鄉愁，為了王妃不再憂慮蠻族和海盜禍患，更為了博取佳人一笑，查爾斯在甘蜜河畔皇宮一公里外蓋了一座以嬌妻命名的「瑪格麗特堡壘」。

堡壘鳥瞰像一個巨大的八角形戒指，環抱天井，護牆以石灰岩砌成，牆頭灑滿碎玻璃，護牆中的十四個炮口面向甘蜜河，隨時轟擊水路進犯的敵艦。頂樓是瞭望臺，崗衛日夜駐守。二樓是衛戎宿舍，底層是辨公室和死囚牢房。國王出征討伐叛軍，短則十天半月，長則半年，凱旋回朝時，瑪格麗特王妃站在塔樓瞭望臺上，遙看煙靄繚繞的甘蜜河上游和波濤洶湧的甘蜜河河口。國王在戰士簇擁下登陸後，跨上等候多時的愛駒朝堡壘飛奔而去。堡壘發出驚天動地的炮聲，昭告雲落人國王平安歸來。結縭十二年後，國王帶領一千人菁英部隊討伐海盜時，王妃因為思念國王，不顧部屬勸阻，獨自騎馬馳騁甘蜜河畔，重溫和國王共轡的快樂時光。王妃騎術不下國王，即使知道河畔可能眨閃鱷眼晨光，她一點也不畏懼。那一天清晨，下過大雨，烏雲密布，河畔昏闇，天上飛躥著因為啄食屍肉而把喙上的毒菌散播出去的烏鴉、鷲鷹和黑鸛。一隻鷺鷥孤獨的逡巡河上，一群野狗散亂河畔，兩岸轟響鳥鳴和雞啼。河畔水窪星布，馬兒走得吃力，像一頭馱牛。王妃陶醉在國王迷人的微笑和風采中，完全沒有注意到擬態成爛泥的巨鱷，馬蹄踏在第一隻巨鱷尾巴上時，第二隻巨鱷叼住了馬兒後蹄，王妃被揚起前蹄的馬兒傾倒在爛泥中。馬兒發出尖嘯，掙脫鱷嘴，飛奔向雲落街頭。目睹慘劇的雲落人有兩位，一位說巨鱷咬住王妃嬌小的頭顱，將王妃拖入甘蜜河；一位說三、四隻巨鱷各咬住王妃一個部位，同時表演死亡翻滾。王妃一隻玉手緊揪馬鞍前穹，斷手落在雲落街頭被野狗叼走。國王三天後趕回來時，河畔還殘留著馬兒凌亂的蹄印，蒸發著巨鱷獵食過後的嫣紅霧氣。有一年半的時間，國王不再出征，也不再踏入瑪格麗特堡壘。

一八八五年十月二十七日金虹挖到兩顆紅鑽時，正是國王和王妃結婚十六週年前一天，為了見證國王和王妃的忠貞情愫，為了報答國王對自己的提攜之情，為了安撫國王，更為了擴大商業疆場和十多年後的鴉片、煙酒、博奕經營權，金虹將其中一顆紅鑽獻給國王，伴隨兩支象牙扇子、十二盞精緻的中國古典宮燈和一批青花瓷器。

七

黃昏時分，金虹駕舢舨到甘蜜河八十公里外風鈴樹下。夕陽染紅半邊天，也染紅甘蜜河。一隻頂著兩叉六尖鹿茸站在磯石上低頭喝水的水鹿看到他後躍向莽叢，奔跑的優美姿態讓金虹想起油紙傘上的趙飛燕。河鱉從水面伸出枯枝脖子，注視著棲息灘塗上的夜鷺。天邊飛來一群烏鴉，叫聲蓋過其他鳥獸聒噪。金虹探探褲頭上的腰袋，感受著紅鑽像貝殼裂口的稜角。他走到河邊舀水洗臉，坐在洋紅風鈴樹下。今天晚上他準備向方蕪展示七十二克拉巨鑽。金虹想像自己掰開方蕪手掌，在一股花香果味中將那顆紅鑽放在方蕪掌心上。他想像紅鑽散發出來的玫瑰紅照亮方蕪小臉，釋出嘴唇、鼻梁和臥蠶的陰影。玫瑰紅染紅油紙傘上古代方蕪不知道什麼朝代的裙襬、懷抱的玉兔和腳下的蟾蜍，也染紅方蕪像朱槿花瓣的手掌。他知道方蕪今天撐嫦娥奔月油紙傘。等待貨船歸來時，眼皮逐漸沉重。

三千萬年前的婆羅洲沒有雨林，沒有陸地，只有汪洋大海。一千五百萬年前，地殼發生激烈的皺褶運動，從海水擠出世界第三大島。島嶼誕生時，恐龍時代早已過去，更早之前，各種哺乳動物活躍亞洲大陸，叢林是犀牛、大象、野豬和猴子天下，草原奔馳著羚羊、土狼、長頸鹿和野馬，就像猛獁象、貘、大犰狳、斑馬、劍齒虎和野狗活躍一萬兩千年前的北美洲。

海洋隔離大陸，婆羅洲本島的生物群枯燥貧乏。兩百萬到一千萬年前的上新世，婆羅洲千變萬化。沉積物形成的地層，有砂岩、泥岩、白雲石灰岩，遍布婆羅洲海底，不定期而頻繁的地質構造運動推起沉積物，構成山脈，像小孩在沙灘上塑造小沙丘。島嶼四周不穩定的地帶也起了驚天動地的地質變化，在爪哇、蘇門答臘、菲律賓、蘇拉威西和小巽他群島建構一批偉大和恐怖的火山。兩極冰帽擴張後，冰川漫向全球溫帶地區，雨量稀少，缺少巨樹的大草原伸展到馬來半島。海洋收縮時，婆羅洲、蘇門答臘和爪哇連接亞洲其他陸地，形成熱帶雨林，三座大島覆蓋的地帶形成巽他大陸。陸橋一旦形成，巽他大陸像鋪上巨樹和花草的地毯，流星雨似的湧進各種動物：豪豬、猩猩、猴子、犀牛、鹿、象、野豬、貘、熊。

最晚一次冰期結束時，海平面再度升高，三座大島恢復孤懸態勢，但是豐富的動植物已經扎根、發展和分化。一批不屬於巽他大陸的動物被困在三座大島上，其中一種就是巽他臭獾。雖然叫獾，實際是一種臭鼬，肛門腺可以噴灑使戰士和獵手昏厥一天一夜的毒氣，昏睡中，獵手和戰士噩夢不斷，在一場又一場屠殺和戰役中復活和死亡。女子克力士出鞘時使人昏厥的氣味，小部分來自麝香貓園肛腺，大部分來自臭鼬肛門腺。

在杳無人跡、廣袤萬里的山川叢林，在等待墾荒者開疆闢地的極地上，在星散人骨獸骸、殘垣斷壁、戰爭餘跡的土壤上，在布滿酸性泥炭讓屍體長久不腐的沼澤地中，在急流險灘、巨石橫豎的流域中，在刀耕火耨後又被遺棄的次森林中，在人類肌肉骨骼化成肥料滋潤泥土的荒郊野草上，在透過月色和霧嵐折射出礦物渣屑的光芒中，在季風帶呼嘯、戰士呢喃和墾荒者泣啼的曠野上，在疾病和災難肆虐的瘠地上，在凝固粉紅色硝煙的靜止無風中，在煙霧籠罩、噬人巨獸潛伏的日夜中，在拓荒魂和戰士幽靈徘徊的河畔上，在濃蔭蔽空、根鬚覆沒的浮沉中，在蘊育出雙頭蛇的瘴癘沼氣中，在破繭出裹著屍布的腐爛怪物的野塋中，在塗鴉象形文字的洞窟中，在石斧和骨刀搏殺劍齒虎的遠古中，在隕石分裂海洋的氣壓中，在玄武岩溢流的盤古大陸上，在龐然怪獸滅絕的火山灰中，在駭浪滔天的洪水中，一隻長吻銳齒、皮鱗似鎧甲、長尾巴、四肢肥厚的水中巨霸，在甘蜜河河畔眨閃一雙炭紅色小眼。河水很淺，牠強大的尾巴抵著河灘，以直立的姿勢將身體隱藏河水中，露出一雙眼孔、耳孔和鼻孔。兩億年前的三疊紀到白堊紀中生代，牠的祖先就是以這種近似人類站立的姿勢狩獵。

八

雨季河水氾濫，甘蜜河每一條支流都凶猛地擴充流域，像一個瘦傢伙突然肥起來。河水半淹兩岸的喬木和灌木，泡爛棕櫚、蘆葦、羊齒植物和茅草，增加魚類、水鳥和兩棲動物掠食地，也擠進更多舢舨、長舟、竹筏、貨船和單桅帆船。重啟父親振順公司業務後，方荒父女掌管振順公司一家土產店，逢週日，金虹抽出半天駕著掛上馬達的舢舨和方蕪暢遊甘蜜河。

十二月午後雨過天晴，甘蜜河蝟集大小船隻，金虹和方蕪面對面坐在舢舨上，方蕪撐油紙傘，金虹操縱馬達漫遊兩個多小時後，拐進一條轟響著猴鳥聲的灣流，進入一個遍被布袋蓮和荷葉的湖泊。湖泊四周的草坡地散布灌木叢和樹冠雄偉的大樹，榴槤樹和椰子樹下豎立著高腳木屋和畜棚殘骸，顯示人類耕鋤氣息。金虹將舢舨湊岸，牽著方蕪的手，上岸，繞了半圈草坡地，站在一棵野波羅蜜樹下。水鳥和鷺鷥繞著湖泊兜圈子，像被困在一個無形的籠子裡。天上掛滿雨季中隨時變臉的瓤肉一樣爛濕的白雲。在東北季候風吹拂中，每一棵樹像在說話。方蕪放下油紙傘，和金虹坐在樹下。花海淹沒油紙傘，也淹沒他們半個身體，幸福的藤蔓纏得他們很緊。

這是金虹第一次攜帶克力士出遊。金虹掏出克力士時，方蕪臉上露出第一次看見七十二克拉巨鑽的神色。她從金虹手上接過克力士，細看硬木刀鞘上的花草浮雕和象牙劍柄上沒有臉的裸體女子。她抽出克力士，凝視泛著藍光、七個彎曲點的劍身。她很快將克力士插回劍鞘，還給金虹，掏出刻著「蕪」字的口琴吹奏〈採椒女〉，兩眼瞇笑成一條線，那條線可以用手指拈出來，嘴角下的酒窩可以盛一支絨毛豬籠草捕蟲瓶裡的水。她奏琴時腮幫子鼓出兩團肉球，像猿猴塞滿食物的頰嗛，非常可愛。在琴聲飄揚中，水鳥和鷺鷥飛出無形的囚籠，大樹和花海沉默，幸福的藤蔓將他們肩膀靠著肩膀、腳踝碰著腳踝綑在一起。雨季是榴槤、波羅蜜和香波羅成熟的季節，榴槤、波羅蜜和香波羅結滿碩果。

「我今天沒有嗅到妳的香氣。」

他假裝沒有嗅到方蕪的花香果味，鼻嘴貼在她的脖子上，一邊嗅一邊親吻她的脖子。方蕪的口琴聲沒有停止，但身體顫抖得很厲害。他親吻她的耳垂時，她停止吹奏，顫抖得像暴風雨中的朱槿花。金虹和無數女人親熱過，從來沒有感受到一個被愛撫的女人可以發出這麼激烈的顫抖。他緊摟著她，在她終於發出呻吟後親吻她的嘴唇，吸吮她的舌頭。她一手握著口琴，一手用力掐他的肩膀，抗拒著不由自主的顫抖。金虹停止親吻後，她的顫抖才慢慢平撫下來，這時，金虹才感受到袋囊中的克力士在劍鞘中跳躍，發出只有他聽見的窸窣，像衣襬摩擦時的綷縩。也許那一陣跳躍和窸窣已經延續一陣子，但幸福的藤蔓困住了他，情慾的花海淹沒了他。

金虹和方蕪從樹下站起來，看著兩位從花海走向他們的蒙面客。方蕪撐起油紙傘，將口琴塞入懷中。

第一個削瘦的蒙面客走向金虹，用一根長度像矛槍的單管獵槍抵住金虹肋骨。第二個矮壯的蒙面客拿著像船槳的帕朗刀，刀身陷入花海，像木樁插在方蕪身邊，他和方蕪之間，隔著油紙傘投下的陰影。金虹感覺克力士像要從劍鞘彈出來。這時他才第一次警覺到，多日來的甜美戀情和出遊的好心情讓他徹底忽略克力士示警。方蕪轉過身子，面對拿帕朗刀的蒙面客。金虹看見方蕪握著傘柄的左手手指撫弄握把上一根鬆弛的纏柄藤，指骨像傘面凸出的傘骨，手腕上的筋脈激烈躍動像初生嬰兒囟門。

「田老闆，」削瘦的蒙面客聲音低沉宏亮，像來自深不見底的枯井。「跟你要一樣東西。」

從蒙面客鎮定自信的神態看來，那東西似乎就在金虹身上。金虹馬上想到克力士和巨鑽。金虹打了一個冷顫，看了方蕪一眼。蒙面客發出的冷笑可以穿透金虹脊椎骨。

「您的另一顆七十二克拉紅鑽。」

「鑽石送給國王了。我只有一顆，你們向國王要去。」金虹和不少商人交手過，擅於隱藏籌碼和底線。

「田老闆，你騙得了雲落人，騙不了我們。」

「鑽石只有一顆。」

「田老闆，鑽石不過是一塊石頭，踩在我們腳底下的鑽石難以估計，但是像方小姐這種女人，不要說雲落，整個人間再也找不到第二個。」

削瘦的蒙面客看了方蕪一眼，向矮壯的蒙面客做了一個手勢。矮壯的蒙面客舉起帕朗刀，懸在方蕪身後，示意她往前走。方蕪邁了八步，面對金虹站在削瘦的蒙面客身邊。她和削瘦的蒙面客隔著油紙傘投下的陰影，傘面遮住她的半張臉，右手手指來回搓著纏柄藤。在她的搓揉下，纏柄藤從一個渦卷，搓揉出兩個渦卷。她一鬆手，纏柄藤痛苦扭曲，像剝了皮的蛇。水鳥飛回來了，無聲的在湖泊上空繞圈子。季候風停止吹拂，大樹低頭、花海昂首，靜默的凝視著四個人。

「田老闆，」削瘦的蒙面客用獵槍槍管重戳一下金虹肋骨，戳得金虹倒退一步。「方小姐留下來，你回雲落拿鑽石贖方小姐。我保證一根毛髮也不會傷到方小姐。天快黑了，你動作快一點。」

金虹準備從囊袋掏出鑽石，突然發覺兩個蒙面客看著方蕪時，迷惘和愛慕像烈焰點亮他們陰暗的眼孔。這種迷惘和愛慕遍布方蕪撐傘走過的雲落街頭，遍布方荒父女從前的流攤周圍，遍布製傘師傅許氏兄弟被情慾縛綑的指尖眉梢。這一猶豫，削瘦的蒙面客向矮壯的蒙面客使了一個眼色。矮壯的蒙面客舉起帕朗刀在金虹大腿上劃了一刀。金虹強忍著痛，看著鮮血沿著小腿滴下，伸出右手去掏褲管下暗囊中的鑽石。蒙面客的帕朗刀砍向他的右手。金虹聽見方蕪嗯哼一聲，右手轉兩圈傘柄，抽出一支泛著藍光的十五公分白刃，朝矮壯的蒙面客背部遞過去。金虹和兩個蒙面客聞到一陣濃郁的花香果味後，白刃已鑽入蒙面客腰部。帕朗刀砍向金虹腰部，碴嘞一聲，劃破拉鏈袋，七十二克拉巨鑽像一粒熟果掉在草坡地上。兩位蒙面客用一種怪異的神情盯住那顆像在淌血的透明石頭。如果不是這塊石頭，金虹的肚子已經被大刀刺破。

兩位蒙面客震驚得像兩座石雕時，方蕪鬆開手掌收起油紙傘躥向金虹身後。削瘦的蒙面客從矮壯的蒙面客腰後拔出白刃，挪到眼前細看。刀柄，同時也是傘柄上的纏柄藤抖動得像扒了皮的小蛇。刃身的血跡非常稀薄，像幾片紅羽毛裹住發出藍光的白刃。矮壯的蒙面客伸手接過削瘦的蒙面客手中的小刀，一邊發出嘖嘖聲，一邊伸出舌頭去舔白刃。

「別舔！」削瘦的蒙面客說。「有毒。」

矮壯的蒙面客伸手抹了一把腰部流出的血，低頭看著血跡。

「沒有毒，」他說。「但是很香。」

「小心，扔了它！」削瘦的蒙面客說。「這香味有問題！」

削瘦的蒙面客從矮壯的蒙面客手裡搶過白刃，擲向遠方的茅草叢。金虹看見白刃泛著藍光的刃面嵌滿蘇木和金剛子的枝葉紋路後，驚覺那是一柄直形克力士。金虹抽出腰間的曲形克力士，彎腰撿起紅鑽，拉住方蕪的手跑向湖泊。金虹將紅鑽塞到方蕪手掌上，說：「妳先走，把船划到湖心。」金虹看著方蕪一手拳著紅鑽，一手拿著少了握柄的油紙傘跑向舢舨。金虹站在蒙面客前面，克力士像手槍指向兩位蒙面客。兩位蒙面客擺出怪異的防禦姿勢，一位單腿獨立，一位十指如勾。

湖泊傳來方蕪尖叫。金虹回頭看時，一隻咬住方蕪下半身的巨鱷正朝湖心竄去。巨鱷沒有做出死亡翻滾，甩了幾下吻嘴，輕易的吞噬了嬌小的方蕪。金虹看見方蕪的雙手從鱷魚嘴角岔出來，一隻握著沒有握柄的油紙傘，一隻拳著紅鑽。巨鱷的背部散亂著布袋蓮和荷葉，披著一條白帶，像骨灰色的火山熔岩。金虹躍入湖泊，瘋狂的呼喊方蕪的名字。他回頭朝岸上看了一眼，兩位蒙面客已失去蹤影。

第五章

一

一八一五年四月五日清晨，一群蒼鷹飛出巢穴，凝視距爪下的婆羅洲雨林。猴群在紅毛丹樹椏上啃食果肉。在佛法僧的歡唱中，太陽鳥搧著彩羽，將長喙伸入花蕊吸著花蜜。龍腦香華冠上方，兩隻犀鳥以戰機高空纏鬥的方式互訴好感和愛意，緩和降落樹椏時交配的激情和暴力。巨鱷撐開吻嘴向同伴炫耀利牙大顎，白色的蝴蝶盤旋河畔像浪潮掩沒鱷群。一聲巨響讓叢林中的大小禽獸炸開毛髮。蝙蝠和野鳥布滿晨曦初綻的天穹，一瞬間天地又陰暗下來。鱷魚撐開瞬膜，從眼眸露出清晨的光華，點綴著幽微的河畔。

人類歷史上最大規模的火山爆發，釋放出廣島小男孩原子彈八千萬倍爆炸威力，噴掉沉睡五千年的印尼小巽他群島上的坦博拉火山峰頂，使它從四千一百公尺高度，縮減到兩千八百公尺，像被削掉天靈蓋的人類頭顱。巨響像漣漪擴散到兩千六百公里外，六百億噸火山灰和碎石撲向天穹，煙柱高達三十二公里，像魔爪直搗大氣層，方圓六百公里內伸手不見五指。地震使海底地殼塌陷，引發大海嘯，吞沒坦博拉鎮。漫入大氣平流層的二氧化硫形成硫酸鹽，把陽光反射回太空，削弱全球日照量。厚達一百五十公尺的硫酸鹽像乾霧，卻又不是霧，下降速度緩慢，風吹不走，雨沖不掉，數月後，編織成一條厚實而毒性的灰幔，從赤道偏南的印尼往北布展，像屍衣裹住地球，翌年，出現人類歷史從來沒有出現過的無夏之年。

一八一六年，全球平均氣溫下降零點四到零點七度，印度恆河流域爆發瘧疾，匈牙利和義大利出現紅雪。在北美，寒冷的春天凍死牧場上的綿羊，五月的雪花和冰屑摧毀柔嫩的花蕾，河川結冰，莊稼萎靡。八月，綠色植物冰封霜雪下。樹無葉，枝梗枯槁，田野焦黃，山崗光禿陰鬱。冬季氣溫下降到零下三十二度。

死神的大鐮刀更悍然的揮向歐洲。一八一六年夏季，冰雹轟擊倫敦。歐洲籠罩在低溫、暴雨和洪水中，糧食銳減，饑荒蔓延，暴民橫行，災民吃老鼠和貓。

中國陷入六百年來最寒酷時期，長江流域洪水氾濫，糧食大量縮減，夏季的南方凍死水牛。東北黑龍江霜凍，農物絕收，農民逃亡。農曆六月，安徽和江西降雪。冬季，臺灣新竹和苗栗的冰層厚達一吋。雲南出現史上最嚴重饑荒，人民吃觀音土、販賣兒女。饑荒引發農民起義和疾病蔓延，中國步入長達半世紀蕭條，帝國由盛轉衰。

火山爆發兩個月後，一八一五年六月，拿破崙的法國軍隊和第七次反法聯軍在比利時小鎮滑鐵盧對峙。如果不是氣候惡劣、暴雨驟降、坡地泥濘，不必等到中午，拿破崙的炮隊清晨六點就已開火，在普魯士軍隊馳援前擊潰威靈頓大軍。雨果在《悲慘世界》用他的如椽大筆說出滑鐵盧之役的成敗關鍵：

假使一八一五年六月十七日到十八日的那一晚沒有下雨，歐洲的局面早已改變。多幾滴雨或少幾滴雨，成了拿破崙勝敗存亡的關鍵。上蒼只須借助幾滴雨水，便可使滑鐵盧成為奧斯特里茨的末日。一片穿過天空的薄雲違反時令風向，促使一個世界崩潰。

早上八點，雨停。拿破崙吃完早餐，邁著一雙短腿檢閱軍隊，所到之處，爆發出「皇帝萬歲」的歡呼聲。當他看見二十四尊火炮列妥陣勢前進時，拍了拍身邊的亞克索肩膀，說：「將軍，看那二十四個美女。」一位炮兵軍官建議皇上將進攻時間延遲三小時，因為雨剛停止，地面泥濘，不利騎兵和炮兵，而且炮彈陷入爛泥，殺傷力大降。皇上欣然接受。兩百四十尊火炮中，大部分是拿破崙鍾情的十二磅野戰加農炮，炮身、炮架和前車重約兩噸，需要八到十二匹騾馬拖曳，火力和射程遠勝反法聯軍，更占盡地形和數目上的優勢，但泥濘坡地和雨勢延緩進攻時間，交戰時更讓炮隊無法馳騁自如。十一點三十分，裝填手將炮彈置入炮管，炮刷手將炮彈導入射擊位置，火門手用拇指堵住火門，炮手點燃引信，八十顆六磅和十二磅的球型彈、霰彈和爆破彈齊發，像鱷魚的八十顆利牙撲向嚴陣以待的反法大軍。

遙遠的坦博拉火山爆發孕育那一陣暴雨和變化無常的氣候。這不是拿破崙第一次被氣候澆熄帝王氣燄。一八一二年加勒比海聖文森島蘇弗里耶爾火山、印尼蘇拉威西島的阿烏火山爆發，使全球氣候連續下降六年。拿破崙遠征俄羅斯，恰巧是氣候變遷第一年。七月，狂風暴雨，大霧瀰漫。十二月初，氣溫降到零下三十二度，大雪紛飛，烏鴉結冰，撤退中的法軍饑寒交迫，兵敗俄羅斯。

往前二十九年，一七八三年，冰島拉基火山大爆發後，二十五公里裂縫流溢出史上最大規模熔岩流。一百三十個噴發口噴灑六個多月。八百萬噸氟化氫和一億兩千萬噸二氧化硫徹底摧毀莊稼和牧場。二氧化硫飄散歐洲，人民莫名其妙地死去。厚實的霧氣使停靠港口的船舶無法航行，太陽滴血，雲彩像貯滿瘀膿。墨西哥灣結冰，阿拉斯加經歷四百年來最嚴酷寒夏，美國度過最漫長冬季，尼羅河縮短，埃及爆發大饑荒。法國莊稼死亡、農物絕收、葡萄酒停止釀造，動盪和激進的政治氛圍埋下法國大革命種子，四十公斤梯形鍘刀從四公尺高度以秒速七公尺落下，切斷木枷上七萬顆頭顱的脖子。

坦博拉火山爆發讓這顆星球陷入大災難，孕育全球像末日進逼的雄渾陰鬱和傳說中的怪物。一八一五年秋季，漫長而黯紅色的黃昏和黎明降臨歐洲，厚實的乾霧使太陽黑子暴露肉眼下，稀薄的火山灰醞釀出壯觀的日落，影響十九世紀油畫的天穹氛圍。類似的情況發生在七十年後，印尼喀拉喀托火山爆發，三千英里外也聽得見大炮似的吼聲，氣浪環繞地球三又四分之一圈，灰燼飄浮高空兩年多，挪威表現派畫家愛德華・孟克畫了一個雙手摀著腦袋尖嚎的光頭怪人，背景的天穹滿溢像火焰和鮮血的夕陽。孟克在日記中記錄了《吶喊》創作源頭：

日落時，我和兩位朋友沿著路肩散步，突然間，天空變得血紅。我停下腳步，靠著欄杆，感受到一股蝕心癱骨的疲憊。滿天火舌飛竄，舔向藍黑色的峽灣和城市。朋友繼續前進，我步履蹣跚，焦慮得發抖。隨後，我聽見大自然那劇烈而又無盡的吶喊。

光頭怪人原型有很多種說法，可能是孟克自己或孟克十三歲過世的姐姐，也可能是一具秘魯木乃伊。

希臘氣象學家澤雷弗斯透過世界名畫，研究火山爆發造成的全球大氣變化。氣候影響畫風，中國江南的多雨濕潤形成的迷離閃爍，造就山水畫的「點子皴」，而北方的乾燥形成的清明朗爽，造就山水畫的「斧鑿痕」。澤雷弗斯搜集一百八十一位畫家、五百五十四幅日落油畫和水彩畫，篩選出透納等五位畫家日落創作時間和火山爆發年代相同的作品，測量畫家描繪晚霞的紅綠顏色配比，計算大氣中粉塵含量，電腦模擬未來氣候變化。英國最傑出的「光之畫家」透納創作時代經歷三次火山爆發：一八一五年印尼坦博拉火山爆發、一八三一年菲律賓巴布延克拉羅火山爆發、一八三五年尼加拉瓜科斯圭納火山爆發。透納作品中濃郁的霞光和顏色驟變，伴隨三次火山爆發年代。沸騰的雲，爆裂的日光，騷漾的熔漿，爛灼的天穹，靜默的血海，呼嘯的冽風，潑灑在透納一八一七年描繪坦博拉火山爆發的水彩畫上。

比起炮聲隆隆四億多年前引起奧陶紀大滅絕的火山活動，上述這批火山爆發只是打一個小嗝而已，而白堊紀小行星撞擊地球的音爆，媲美五十萬座喀拉喀托火山同時爆裂。

無夏之年的六月，十八歲的瑪麗·雪萊和未來丈夫珀西·雪萊、朋友拜倫勛爵，圍坐瑞士日內瓦湖畔度假別墅爐火前取暖，天穹盤據著像紅珊瑚的閃電，狂風像炮彈呼嘯，林野不時傳來忍饑受凍的狼嚎，在燭光閃爍和柴火烘烤下，在鴉片酊氤氳中，一批文青受困酷寒，喝酒食鴉片，講述日爾曼鬼故事。美麗和才華出眾的瑪麗．雪萊在綿綿不斷的雨點和沉悶氣候啟迪下，構思了一個用屍肉拼湊的巨怪故事，兩年後寫成小說《科學怪人》，成為科幻小說鼻祖。在詭異怪誕的天氣激發下，拜倫勛爵寫下末世氛圍詩篇《黑暗》，同時孵育一個吸食血液維生的殭屍大綱，一八一九年被他的私人醫生約翰．威廉．波里杜利寫成小說《吸血鬼》，形成日後吸血鬼小說的漫天飛舞。

坦博拉火山爆發半個月後，一批骨灰色火山灰散落婆羅洲河畔，覆裹住一批剛出殼的雛鱷，讓牠們看起來像白色的蠑螈。一八三八年八月，英國探險家占姆士．布洛克駕著一艘一百四十二噸雙桅帆船和十九名船員抵達婆羅洲西北角，從一條河域航向內陸準備泊岸時，看見河岸列躺著一群巨鱷。在泥濘多霧的河岸上，牠們橄欖色和玄色交錯的背部、蜂蜜色的腹部、張開的吻嘴、八十顆尖牙、角質鱗片高豎的舵尾，讓牠們像軍火庫中隨意丟棄的兵器。其中一隻巨鱷吸引了占姆士．布洛克的視線。牠體型龐大，披掛在背部的白色紋帶像骨灰色的火山熔岩。帆船掀起的巨浪驚動了鱷群。牠們撐開瞬膜，從眼眸釋出清晨的光華點綴著幽微的河畔。

往後六十年占姆士和繼承人查爾斯協助汶萊國王敉平內亂時，那頭披著白色紋帶的巨鱷不時盤旋船舷下，攫食落入河域的戰士屍體或戰鬥中不慎墜河的戰士。

第六章

一

一八八五年，雲落掀起一股持續到二十世紀六〇年代的獵鱷風潮。我們看見馬來巫師以「鱷魚漂浮式」浮游甘蜜河吟誦沒有人聽懂的咒語，巫師堅信凡是婆羅洲吃過人類的鱷魚會被他的咒語召喚，像漂流木漂向他任他差遣。即使被鱷魚叼走，巫師十指還是比劃著嫡傳五百年的降魔儀式，說：不用怕，鱷魚被我催眠了。蒼鷹、黑鸛、巨蜥和野豬聚集河畔，嚼食被獵鱷者剝皮斷掌、開腸剖肚的鱷屍。經營餐飲店的海南人在布洛克街經營一家「白背旅社」，讓四面八方湧來的獵鱷隊員投宿，巨大的店招彩繪一隻張開大嘴的巨鱷，稻草黃背部有一條鍬刃似的白斑。雲落土產店囤滿鱷魚皮和鱷掌，鱷皮價格跌到谷底。一個從馬來半島遷徙到雲落的製革師在布洛克街租了一間店面鞣製鱷皮產品，外銷到馬來半島、蘇門答臘、爪哇、菲律賓和暹羅。我們看見雲落的菜刀、鏟、鋤、釘耙、榔頭和彎刀握把以鱷皮裹夾，腳踏車鞍座裹上鱷皮，老師教鞭和許氏兄弟的油紙傘握柄也紮著鱷皮。我們更看見娼館老鴇在每張床鋪了一張四肢大敞的鱷魚皮。我們看見吃膩鱷魚肉的雲落人用鱷魚肉餵狗、貓、雞、鴨，餐館外貼一張紅紙廣告：「到本餐館用餐，免費贈送一盤鱷魚肉。」我們看見獵鱷風潮擾亂鱷魚生態，也擾亂雲落人作息。鱷群從上游遷徙到甘蜜河河口，在菜田、胡椒園、甘蜜園、玉米園和樹薯園掘出一道深邃迂迴的洞穴，白晝潛伏洞穴，夜晚出穴捕食。母鱷在雲落人凝視和野狗狂吠下，大搖大擺越過馬路，在高腳屋下、雞舍豬寮邊、瓜棚豆架下挖坑下蛋。不可思議的是，大量遷居甘蜜河河口和雲落的野鱷除了偶爾追咬雞鴨之類的家畜，沒有傷害過半個人類。更不可思議的是，國王不但沒有記恨鱷魚殺妻之仇，還親下御旨，嚴禁獵殺背部沒有白色紋帶的巨鱷。陛下的御用軍隊駐紮甘蜜河口，守護上岸產卵的母鱷。軍隊伸手攔下過往車輛，讓母鱷悠閒的越過馬路，尋找一個孵育後代的地點。母鱷啣著小鱷橫越馬路時，士兵食指壓住步槍扳機，準備射殺從草叢竄出或從空中撲下想從母鱷嘴裡叼走小鱷的巨蜥、野狗、蒼鷹和黑鸛。我們看見陛下清晨再度策馬甘蜜河，越過水漥和鱷背的英姿像參加馬術比賽的騎士越過垂直障礙和水障。

讓雲落人留下深刻印象的不是河畔的鱷屍、滿街的鱷皮鱷掌鱷肉、母鱷過馬路，而是一個女死刑犯的舌頭。

二

一女兩男白天駕長舟逃往內陸，入夜前進駐一棟山丘上四周長滿矮木叢和茅草叢的小木屋。

他們吃下四顆半熟的野榴槤和金波羅，喝下十多顆椰子水，躺在小木屋的露天陽臺上抽完身上的洋煙，茫然又興奮的看著滿天星斗。榴槤肉的高糖分和鋅元素讓兩個男子性慾高漲。兩個男子像愛上一頭母虎的兩頭公虎。女人咯咯笑著，粗暴地甩走兩隻熱得像炭火的虎掌。不到半分鐘，一個男子的虎掌又伸向女人多汗的脖子，食指和中指伸入女人嘴裡，女人嬌喘一聲，甩掉男子的手，搖擺著肥大的屁股，發出飢餓的咆哮，用老虎的姿勢爬入屋內。兩個男子猜拳，站下半夜哨崗的男子仰著脖子發出得意的虎嘯，也像老虎爬入屋內。站上半夜哨崗的男子忍受十多分鐘淫聲後，走下陽臺，繞著小木屋走了兩圈，聽見矮木叢出現一股騷動。他兩眼惺忪的走向矮木叢，從矮木叢冒出國王御用軍隊十多支槍管，四面八方抵住男子。

一女兩男被囚禁瑪格麗特堡壘獄房內，一週後在雲落人圍觀下上了絞刑臺。女人來自北婆羅洲山打根，五年前在雲落經營流動冷飲攤，有人說她是寡婦，有人說她是閨女，有人說她四十多歲，有人說不滿二十歲，有人說雲落除了小朋友和一隻腳踩進棺材的老人，沒有一個男人沒有上過她的床，可能連公狗、公牛、公羊、種豬，甚至布洛克街那尊英國藝術家的犀牛石雕都和她有一手。說她是二十歲的，都是和她上過床的男人。說她是四十多歲的，都是渴望上她床的男人。說她和公狗、公牛、公羊、種豬和犀牛石雕有肉體關係的，都是陽具抬不起來的醜老男。不管上過她的床、沒上過她的床，或是想上她的床卻裝著沒有興趣的男人都知道，她有一張異於常人的舌頭，據說這張舌頭的舌尖上可以抵達額頭上的美人尖，下可以穿過兩乳之間的乳溝。她賣冷飲時如果看上一個男人，會用她的長舌舔舐一遍玻璃杯杯底，再把珍露、煉乳、剉冰、紅豆和椰汁裝滿杯子。交給男客之前，會有幾滴汁液沾在她的手指頭上，她用長舌把手指舔乾淨。這是給男人的第二個訊息：你今天晚上可以來找我。如果她沒有舔手指頭，這是告訴男人她對他有興趣，但要觀察一陣子。單身漢每天光顧一回她的冷飲店，等她伸出舌頭舔杯子和手指頭。雲落類似的冷飲店顧客大部分是孩童和少年，只有她的冷飲店全是成年人，雲落人禁止孩子喝她的冷飲。雲落老頭說，喝了她的冷飲，就中了淫毒，精盡人亡。喝過她用舌頭舔過杯子的冷飲，卻沒有看見她舔手指頭的男人，或是連舌頭舔過杯子的冷飲也沒有喝過的男人，每晚都會夢見她的乳房壓得胸膛凹陷，舌頭像蟒蛇纏住他們的身體。

兩支追捕巨鱷的獵鱷隊聚集她的冷飲攤前，每個人叫了一杯珍露剉冰，二十多雙眼睛緊盯隨著手動皮帶刨冰機搖晃的乳房。她刨製第九杯剉冰前，伸出舌頭舔了舔杯底，拿著裝滿珍露剉冰的玻璃杯走向獵鱷隊員，還沒有放下杯子前，吮了一下被椰汁和煉乳染白的拇指頭。大部分雲落人認為，她是故意的。兩支獵鱷隊伍，一支由礦場工人組成，一支由來自婆羅洲各地的獵人組成，全是華人。礦工隊伍的領袖看見她走向自己時，突然接過她的杯子，脖子一仰就喝下半杯。坐在他後面的是獵人隊伍的領袖。獵人隊伍的領袖堅信那杯剉冰是給他的，因為她美麗風騷的眼睛正盯著他。礦工領袖認為她舔拇指時，熱情如火的眼神正瞟向自己。兩支獵鱷隊短暫爭吵後，引爆雲落巷戰，誤殺三個雲落人，國王出動御用軍隊鎮壓時，獵鱷隊員已駕舟逃逸，軍隊顯揚軍威國體，沿著甘蜜河追捕一個晝夜，在小木屋內逮住礦工領袖和一個隊員，以及隨著礦工領袖和隊員逃躥的冷飲攤老闆娘。

女人被法院判決是這次槍戰的禍源，破曉時分，女人和兩個礦工隊員上了絞刑臺。三具屍首在絞刑臺上示眾一個白天，暮靄初降時，兩個男死刑犯舌尖微吐，而女人的舌尖垂到腳踝下，暴長到等同一個成人身高，在狂猛的西南風吹襲下螺旋升騰像旱季荒原的火龍捲。第二天曙光初綻，軍隊到絞刑臺收屍。兩個礦工隊員屍體不知去向，女人一絲不掛，舌頭被割下，乳房遍布齒痕，胸膛有一個洞，血跡沿著那個洞滴到腳趾尖。雲落人估計逃走的礦工隊員姦辱了屍體，割去舌頭，挖走心臟，帶走兩個礦工隊員屍體。「她的乳房沒有被割下來，真是奇蹟。」她的屍體下葬後，不到三天就被盜走。傳說她已經被馬來巫師修練成奪取男人童貞的妖女，割下舌頭和挖走心臟的就是一個法力高強的馬來巫師。一朵鐵鍬月眨閃天穹時，寂靜壓陷大地時，貓頭鷹在電線桿上挑逗陌生的配偶時，蝙蝠啜食犁牛血液時，英格蘭高官拿出珍藏的浮世繪春畫自瀆時，一個裸女飄進懷春男臥房，碩大的乳房像裝甲車履帶輾平俊男，蚯蚓紅舌頭把乾枯的死軀疏鬆成透氣保濕的土壤。

人類身體最活躍和勤奮的肌肉，也是最強壯的肌肉。因此，心臟第一，舌頭第二，咀嚼肌第三。為了不間斷的泵出血液，心臟從來沒有停止運動，每年跳躍四千萬次，一生跳躍二十五億次。咀嚼肌除了強大的咬合力，無時無刻不在蠕動、進食、吸吮、說話、打哈欠、打噴嚏、說夢話。舌頭的肌纖維比二頭肌多，可以隨心所欲翻轉、伸縮，除了驚人的靈活性，它就跟心臟一樣永遠不會疲憊。舌尖上的味蕾是人類死前最後失去功能的器官。

一個女人舔舐舌頭時，男人就會築起一圈又一圈透明和透氣的籬笆，把野獸和莽叢的性慾阻隔在外。不論籬笆築得多高多堅固，籬笆外的野獸總是越聚越多、莽叢越長越茂盛，最後壓垮籬笆。大部分男人不會築起牢不可破又不透明的石壁，那會失去欣賞和意淫的情趣。動物的舌頭功能簡單分明，除了品嚐味道、透過味道收集資訊，也可以散熱、梳理毛髮、喝水和進食。對人類來說，舌頭的功能複雜多了，尤其面對籬笆外的野獸和莽叢。

這一片聯合咀嚼、吞嚥、構音、味覺和使男人欲仙欲死的多功能舌頭，這一位長舌美女，被雲落人編入婆羅洲鄉野傳說，成為奪走男子童貞的女鬼，起初，他們直呼她舌妖女，馬來人叫她漢吐・麗妲[1]，十年後，舌妖女變成較有學問的舌魅——大部分人寫成「舌妹」——，和龐蒂雅娜、油鬼子、拜公、托陰、桑・柯仁白[2]齊名。

三

五〇年代，華商僱用的獵鱷者把動物屍塊扔到甘蜜河，屍塊注射了氰化物、砒霜、老鼠藥、殺蟲劑、從毒魚藤提煉出來的魚藤酮，沒有毒死半隻小鱷魚，但毒死甘蜜河一半魚類，讓吃下魚屍的家貓和野鳥陷入半瘋癲狀態。蒼鷺、鸛、魚狗、犀鳥、啄木鳥、喜鵲、烏鴉、老鷹攻擊雲落人和甘蜜河兩岸居民，一頭犁牛被啃得剩下一堆骨頭，一個菜農的眼睛被啄瞎。野鳥的屍體、羽

1 Hantu Lidah。

2 龐蒂雅娜（pontianak），馬來女吸血鬼。油鬼子（orang miyak），馬來黑巫術修練成的色鬼，喜性姦辱處女。拜公（pocong），殭屍。托陰（toyol），馬來巫師以死嬰修練的小鬼，竊取財富或作奸犯科。桑・柯仁白（Sang Kelembai），馬來神話中性感美麗的女子，和她對話者都變成石頭。

毛和鳥糞像火山爆發時的火山屑落下雲落。家貓吃下被毒死的魚類後產生厭食症，毛髮掉光，活活餓死。一朵鐵鍬月鐽平雲塊高掛明淨天穹時，貓群聚集鋅鐵皮屋頂發出淒美而充滿旋律的叫聲，像雲落中小學生吹奏口琴，琴聲有時候雜亂無章，有時候是學生經常吹奏的歌謠。活了超過一個月的家貓，叫聲尤其淒美和接近口琴，吸引巨鱷潛伏甘蜜河河口聆聽呢。

砂拉越博物館館長、被人暱稱「貓少校」的鳥類專家馬歇爾少校組織了一個調查隊。那時候，馬歇爾少校還沒有被人揭發盜賣砂拉越博物館館藏，也還沒有被逐出砂拉越。馬歇爾咬著石楠煙斗和一批洋專家仔細研究野鳥和家貓屍體後，推測除了獵鱷者扔入河裡的動物屍塊外，礦工開採金礦時使用大量的汞，經過山澗和溪流流入甘蜜河，此外，農人在甘蜜河兩岸灌入大量化學肥料，酸化土地，多餘的氮、磷和鉀流入甘蜜河，使魚類中毒，使吃了魚屍的鳥類和家貓遭殃，這個情形就像美國農夫在美國中西部和北美大平原農田噴灑氮肥和磷肥，沒有被農田吸收的養分沖進密西西比河，經過路易斯安那州流入大海，河水屯積的奇蹟肥使海洋藻類瘋狂滋長，海鳥吃了含神經毒素的藻華後發瘋了。

愛貓的少校也想起一九五二年日本九州熊本縣水俣鎮窒素公司工廠排放大量甲基汞到水俣灣後，靠海漁村五萬多隻家貓開始流口水、痙攣，走路像喝醉酒，甚至原地打轉、發足狂奔，愛貓的居民給這種病症冠上一個雅號：「跳舞病」。一九五三年，一隻貓狂舞後跳海自盡，一年內跳海自盡的家貓多達五萬多隻。不久，狗和豬也發生類似情形，直到人類也成了犧牲者。

「恐怖大師希區考克根據鳥類中毒事件，拍攝了經典驚悚片《鳥》，被野鳥攻擊的金髮美女，鮮紅的血從額頭淌出來！」馬歇爾露出先知似的笑容。「大師和我一樣愛抽煙斗。」

這種情形持續六個多月，獵鱷者終於停止向甘蜜河投擲毒肉。

四

引爆獵鱷風潮的正是田金虹第二顆七十二克拉玫瑰紅巨鑽。巨鑽像一朵正要綻放的玫瑰蓓蕾，可以讓身形嬌小像十歲女孩的方蕪五指握滿。在烏雲密布的深夜，丘陵上的國王宮殿激射出一道直衝雲霄的玫瑰紅，把盤旋天穹的蝙蝠翅膀照耀得像朱槿花花瓣，這時候，國王可能正在賞鑑田金虹的七十二克拉紅鑽。根據那道玫瑰紅推估，在漆黑的荒野將巨鑽高舉過頭，可以讓一頭犁牛的耕地籠罩玫瑰紅光囊中。

五

甘蜜河八十公里上游，洋紅風鈴樹下鋪展一條穿過莽叢的石磴步道直達一座丘陵。丘陵傍著一千公尺的墨黑色山脈，稜脊起伏，綿亙兩側，看不到盡頭，像坦博拉火山爆發時掀起的一股海嘯巨濤，峰嶺飄浮如浪花。山壁嶙峋陡峻，寸草不生，峰巒有蒼鷹盤旋，峭壁有蒼鷹築巢。丘陵長滿一成不變的茅草叢、灌木叢和荊棘，龍腦香樹叢繞著丘陵插入雲霄，像插滿箭矢的箭筒。沿著步道走上去，穿過龍腦香樹叢，可以透過榴槤樹、波羅蜜和椰子樹看見壁虎色的方蕪堡壘。

熱愛流行文化和文學的第三任國王梵納造訪方蕪堡壘看見堡壘後方那一條黑色山脈和像浪花

的峰嶺時，想起赫爾曼・梅爾維爾坐在麻州匹茲菲的農莊窗戶前，遙望白雪覆蓋的格雷洛克山山巔，山勢突兀的從丘陵冒出來，像一頭白色的鯨魚衝破墨黑色的浪濤，有了寫作《白鯨記》的靈感。

國王歎息一聲，輕輕的朝山脈呼喚：

「她噴水了！她噴水了！峰背像白雪覆蓋的山丘，莫比敵！」

國王不知道的是，山脈是四億多年前奧陶紀火山爆發後，海洋板塊進入地函，撞上北美大陸東邊之後隆起。

六

方蕪堡壘距離甘蜜河五十公尺。這是一八八六年田金虹投下巨資和八個月完成的獵鱷據點，形式、材質、外貌複製自一八七九年查爾斯國王為王妃建造的瑪格麗特堡壘。石磚和灰泥砌成的八角形護牆高十公尺，牆脊嵌滿鐵蒺藜，沒有扶手的鐵製旋梯從瞭望臺直達底樓穿堂。二樓有一個木製窗口，一樓有一道木製大門，大門兩側城牆有兩個木製炮口，兩支加農炮只有第一年和一九一七年查爾斯國王駕崩時擊發過，此後五十多年，小偷和盜匪沒有強大到用加農炮侍候，直到七〇年代左翼分子炮轟攻城的伊班自衛隊和民防軍。一八八九年，二十多個伊班人趁著田金虹和獵鱷隊伍外出時，以土槍和彎刀攻打堡壘。駐守堡壘的魏俊南喚回菜園裡的妻兒，關上大門，打開左側炮口，將一百三十口徑的「龍燄二號」加農炮炮管對準石磴旁的灌木叢。炮彈準確落在灌木叢中，摳起數百塊肥大的土殼和煙霾色飆塵，灌木叢像被一個巨人連根拔起，擲向空曠貧瘠的天穹，在一堆卷雲下翻了一個大跟斗，乘著西南風緩緩飄向遠方。伊班人像「炸群」的牛群被一股氣浪沖散，在硝煙掩護下消失龍腦香樹叢中。那一聲威嚇性炮擊，連上游十公里外的田金虹也聽見了。半年前，右側的「龍啖一號」加農炮試驗性的擊發一炮，擊中一棵千年龍腦香主幹，留下一個像河馬張開大嘴的炮眼。

門窗的質地是硬得像鋼鐵的婆羅洲鐵木，窗板厚達十六公分，門板厚達二十二公分，子彈穿不透，手榴彈和小型榴彈也不能撼動。穿過堡壘右側的榴槤樹叢是菜圃、雞棚和鴨寮。人字頂木屋後方曾經有一個馬廄，飼養第二任國王查爾斯和第三任國王梵納送給田金虹的黑駒和紅駒。一八八八年，田金虹連人帶馬滾下一個陡坡，弄斷紅駒一條馬腿。他撫著馬鬣，凝視著一雙淌眼淚的馬眼，對著馬腦袋扣下扳機。一九一七年國王駕崩第二天，黑駒以三十二歲高齡突然斜靠著木板牆死去。一九三〇年，國王梵納又送了一匹黑駒和紅駒給金虹。一九五三年伊莉莎白女王加冕後三個月，黑駒不慎陷入泥沼，連一根尾巴毛也沒有留下。田金虹僥倖攀住頭頂上的樹枝，保住一條老命。

長滿藤蔓、喇叭花和野胡姬的鐵籬笆隔離了牲畜和菜圃。為了防堵蒼鷹，雞鴨圈養在鐵籬笆綑紮的巨大籠子中。堡壘築成後，堡壘後方峭壁上築巢的蒼鷹暴增，牠們不時棲息榴槤樹、井欄或鐵籠子上，啄食溢出鐵籠子的飼料，叼走裡外穿梭籬笆眼的小雞和小鴨。偶爾，牠們突然把頭顱插入籬笆眼，伸長脖子叼住獵物，用尖喙切開獵物肚子，將腸子叼到籬笆眼外享用。堡壘左側栽種著香波羅、波羅蜜和椰子樹，一道婆羅洲鐵木棧道穿過濃蔭，直達栽種著七棵洋紅風鈴樹的丘陵邊陲。七棵洋紅風鈴樹是金虹特意栽種，紀念自己在甘蜜河畔洋紅風鈴樹下和方蕪的初遇。棧道四周栽滿熱帶花卉，包括瑪格麗特王妃最愛的胡姬、蟛蜞菊、孤挺花、水鬼蕉、雪茄花、向日葵，因為疏於修剪，朱槿、南洋含笑、杜鵑花和九重葛截斷了部分棧道。鳥巢氾濫。棧道散亂鳥屎和鳥毛。

從堡壘的鹽木大門走進去，左側的三間磚房是魏家客廳、臥室和廚房，右側第一間磚房是獵鱷隊起居室，第二間是田金虹臥房，第三間是火藥室，壁櫥置放著大口徑來福槍、雙管和單管霰彈槍、彈盒、強力手電筒、彎刀、匕首、指南針和望遠鏡。一九六八年人民游擊隊進駐後，二樓的兩間戎衛臥室、一樓的兩間臥房、儲藏室和地窖，被左翼分子冠上言志自勉、寄情明願的文青雅號。一樓第一間臥室叫作「風雨軒」，第二間「山水廬」，儲藏室叫作「雞鳴閣」；二樓的戎衛臥室叫作「虎踞齋」和「龍盤坊」，地窖叫作「嚐膽寨」。堡壘外圍栽種著一百多顆榴槤樹。榴槤成熟時，巨大的落地聲引起峭壁回音，雨季時，溢滿的井水甚至被榴槤落地的巨大震幅濺潑到井外。

方蕪堡壘坐落甘蜜河口八十公里上游、距離金虹第一次見到方荒父女貨船的洋紅風鈴樹一百公尺。方蕪堡壘是一個貯存彈藥和補給品的狩獵據點，提供獵鱷隊員休憩和往返。瑪格麗特王妃命喪鱷口後，陛下一度想炸毀瑪格麗特堡壘，但十四座加農炮可以震懾海盜和叛軍，也是國王和王妃的愛情見證，又是囚禁罪犯和死刑犯的現成場所。王妃過世後，國王雖然從來不踏入堡壘，但金虹和雲落富商到官邸作客時，國王總是預留王妃座位，而且安排在自己聾耳和盲眼的反方向。陛下和貴賓在餐桌上品嚐美釀佳餚時，偶爾深情地凝視著空盪盪的座椅，說：

「親愛的，今天的菜色合妳的口味嗎？」

田金虹掙扎三天才寫了一封信，向國王提出自己建構堡壘的想法，他甚至沒有勇氣親口說出來。「拉者殿下，砂拉越的王，女王的忠誠擁護者，日不落國的海外守護者……」出乎金虹意料之外，國王當天就把堡壘設計圖親手交給了他。陛下五十六歲，王族氣息、俊秀的五官和憂鬱的獨眼讓他依舊英挺迷人，經年累月的征戰和勞頓奔波讓他的鬍鬚尖端總是呈現一種翹起和抖動的狀態，策馬甘蜜河畔時，連鱷魚也睜開雙眼釋放出清晨的曙光，移動沉重的軀幹，給國王讓出一條馳騁的泥濘路。大概感受到聖威，巨鱷從來沒有攻擊過國王。陛下不但答應金虹要求，還從新加坡進口兩座加農炮和一批炮彈，加強堡壘防禦工事，條件是堡壘必須豎立甘蜜河畔一百公尺內，可以隨時炮擊甘蜜河的叛蠻部隊。此外，金虹必須把鱷魚肚子內的第二顆七十二克拉巨鑽獻給國王。金虹只猶豫片刻，一口答應。

那是一個酷熱典型的西南季候風吹拂、地氣上升、泥土馨香撲人的下午，金虹和國王坐在官邸陽臺上享受國王引進試種成功的賴比瑞亞咖啡。碼頭艕著十多艘漁船和單桅帆船，三十年前弭平華人礦工叛亂的主力戰艦占姆士號獨泊碼頭末端，黑白分明的海鷗和烏鴉在爐火般的太陽下倏來忽往，剽疾如箭。一群毛色斑駁的野狗躍上蛤蟆路旁鐵鏽紅巨石，追逐纏鬥。那時候，蛤蟆路只是一條泥巴路，路旁的高腳或矮腳木屋用鐵籬笆圈匝出各自的領土。國王曾經下令炸毀怪石，拓寬和拉直繞石而過的蛤蟆路，像拉直一個駝子的脊椎。烈日下，雲落後方的七道山巒露出峭拔的巉岩。工人拉開魚網固定住山腳下馬場上新鋪上的木屑刨花，避免被西南風吹散。

金虹想起父親初抵雲落墾荒小有成就後，在第一任國王占姆士賞識下劃撥兩千畝土地開墾權，扎下振順公司雄厚根基，並獨攬鴉片、煙酒和博奕經營權二十年。自己僥倖救了查爾斯國王一命，獲贈五千英畝土地和創業金，才有機會重振振順公司。即使仗著國王對自己的信任和恩寵，在甘蜜河複製瑪格麗特堡壘，是可能冒犯天威的。國王不但應允，加碼餽贈兩挺加農炮，此外，國王向金虹拍胸保證，自己會找一個時機將金虹的第一顆紅鑽進貢祖國皇室。現任國王和第一任國王永遠不會忘記，能夠征服和統馭十二萬多平方公里的砂拉越王國，有一部分歸功於祖國海峽殖民地的強大海軍。如果把第二顆巨鑽也奉上，和殖民地眾多星光一起簇擁帝國彩霞，兩顆七十二克拉巨鑽爆發出來的耀眼光芒，雖然不見得可以和王冠上其他巨鑽爭輝，但也可以讓砂拉越在古老恢宏的帝國歷史中占有一席之地。據說維多利亞時代向王室進貢山竹可以獲頒大英帝國騎士勛章。滿足王室口腹之慾可以獲得如此殊榮，進貢兩枚稀世巨鑽，替國王頭頂上的王冠編綴出更多偉大事蹟，更高等級的大英帝國勛章自然針飾胸口上。如果獲贈爵級勛章，被人尊稱「田金虹爵士」，比起清朝御賜的榮祿大夫更讓雲落人和查爾斯國王肅然起敬。方蕪堡壘大興土木後，國王總是開玩笑的稱呼金虹「田爵士」。

國王沒有等到第二顆巨鑽。一九一六年遜位返回英國後，隔年過世前將那顆自己命名的「砂拉越之星」獻給了英國皇室。當時坐在王位的是喬治五世，他的妻子就是現任女王祖母、對改造珠寶和設計王冠擁有卓越才華的特克的瑪麗。女王祖母看見那顆七十二克拉玫瑰紅巨鑽後，馬上被玫瑰蓓蕾的外表和像晨曦初綻的光芒吸引，毫不猶豫的將它鑲嵌在帝國王冠正後方。在非洲之星二號和黑王子紅寶石的光彩下，巨鑽「籠罩一個犁牛耕地的玫瑰紅光囊」沒有完全綻放出來，更沒有太多人知道鑽石來歷。六年後英國帝國擴張到最大版圖，太陽在跨越二十四個時區的領土上從來沒有落下，統御全球五分之一以上的領土和人口。一個人如果在帝國領土像中國古代射日的后羿追隨太陽，他永遠看不到暮垂，也永遠不能體會星夜之美和宇宙的浩瀚。

七

魏俊南是國王討伐海盜和叛亂集團的炮兵隊員和使炮好手，在田金虹重金禮聘和國王同意下帶著妻兒駐守堡壘，一九二七年過世時，兒子魏家良駐守。八年後魏家良擦拭獵槍時不慎被子彈貫穿胸膛，堡壘一度成了空城。兩年後，田金虹被蜂群攻擊，堡壘乏人照料，形同廢棄。戰後瑪格麗特堡壘變成觀光景點，而八十公里外的方蕪堡壘形同鬼域，直到一九五五年一支好萊塢電影團隊來到雲落拍攝一部災難電影，主角是一隻和龍腦香樹冠齊腰的大猩猩，在卸任的第三任國王力薦下，電影團隊駐紮荒蕪十年的方蕪堡壘，堡壘成了主要場景之一。電影團隊耗費兩個月整肅堡壘，在堡壘前方和左右移植四棵龍腦香樹，花園恢復了昔日榮景，朱槿、南洋含笑、杜鵑花、九重葛、胡姬和向日葵再度掩沒十字棧道。鳥巢原來就很氾濫，廢棄後更氾濫。右側的畜舍放養一批火雞、紅面番鴨、鵝、公雞和牛羊，布置得像電影《亂世佳人》的十二橡樹莊園，像有高官或巨賈打算在這裡度過餘生。導演在堡壘後方豎起一個長方形彩繪著赤道風味的木板布景，遮住堡壘後方墨黑色的峭壁和雪白的峰巔，讓男女主角在花圃散步或在塔樓親熱時，後方不會出現一隻破浪而出的白鯨。電影團隊離去後，堡壘再度形成廢墟，直到一九六八年左翼分子進駐。

第七章

一

這是一根長一百三十一公分的頭髮，一根十六歲女生的頭髮。單細胞生物誕生在三十五億年前，二十億年後演化成膠狀多細胞軟體生物，在大海繁殖和漂流。數億年後，脊骨或脊柱出現原始魚類身上，像小鷹飛離巢穴，點燃進化史爆炸性的一炮：登上陸地。脊椎動物皮膚從單層細胞結構變成多層細胞結構，組成毛幹和毛囊的搖籃。

「西施沉魚」是許氏兄弟在方蕪過世後重新繪製的油紙傘，也是許氏兄弟繪製的最後一支油紙傘。第一次見到方荒父女站在店外時，兄弟被方蕪美貌震懾，哥哥許彩一眼看出弟弟許嵐愛上方蕪。製造七支油紙傘時，許氏兄弟撒了一個大謊。許氏兄弟的油紙傘用的不是人髮，而是西伯利亞和蒙古的種馬尾巴。這種種馬生活在寒冷氣候中，毛髮強韌，沒有沾上尿液的公馬尾巴又比母馬好，小提琴、中提琴和大提琴琴弓上最上等的弓毛也來自這種種馬馬尾。這是油紙傘反覆收撐三千四百二十九次後不會斷線裂槽的獨家祕方。許彩高瘦，許嵐矮壯，兄弟倆的臉蛋像絲瓜，眼睛像豌豆，鼻子扁平，頭髮和眉毛稀疏，皮膚像風乾的橘皮，阻絕了兄弟和雲落女孩子的姻緣。第一次見到方蕪，許嵐眼神蘸滿興奮和失落，這一點，只有雙胞胎哥哥讀出來。他走到弟弟身邊細語，像在確認油紙傘的裁製和價格。許嵐知道自己一輩子無福享受方蕪的絕世美貌，為了永久擁有方蕪的美豔和靈魂，兄弟利用自己的厚臉皮、狡猾和專業，竊取了方蕪一頭長髮。

重新繪製的「西施沉魚」油紙傘，西施的雙平髻變成一團飛髮，像一朵烏雲染黑三分之二傘面。方蕪慘死鱷口，亂了許嵐的心。為了不浪費傘骨和傘頭，許嵐裁下一疊圓形棉紙，在棉紙糊貼傘面前彩繪方蕪。描摹方蕪的蛾眉杏眼、櫻桃嘴、心型臉時，許嵐一繪而就，瞎子也看得出來是方蕪，但描摹那一頭黑髮時，差點要了許嵐的命。他前後描摹兩萬多次，剪碎三千五百六十四張棉紙。描摹到第五千三百六十五張時，哥哥搶走棉紙，說：「不要剪，留著，無聊時看看，看久也許就滿意了。」許嵐歎了口氣，擲下畫筆，走出戶外。他觀察西南風吹拂下的雲彩和樹冠，鬥雞戰勝後激啼時的尾羽，國王騎馬越過鱷背時的馬鬣，鴉片館走出來的男人眼神，流星雨，蟒蛇在羊圈留下的鱗跡，屠宰場冒著熱氣的豬血，國王的伊班戰士臂彎下的海盜頭顱，羊眼凝視下瑟瑟顫抖的朱槿花，哈伯太空望遠鏡中一〇五四年超新星爆發後的蟹狀星雲，賽馬場上揚起的煙塵，黑夜中遊蕩瑪格麗特堡壘的死刑犯幽靈，宮殿大戲院的榴紅色帷幕，黑鸛的低空飛行，蜘蛛織網，非洲獵豹的長尾巴和婆羅洲公貓的斷尾，美杜莎的蛇髮，原住民炫耀戰炳的刺青，南中國海的龍捲風，咖啡樹，椒穗，黃冠夜鶯歌聲，鯨魚噴氣，蝸牛觸角，雄龜凹腹，閃電，碩莪蟲的爆漿，擱淺的單桅帆船，荷蘭人的藍眼，鱷眼晨曦，火焰，中國山水畫技法，野狗群鬥，瀑布，荒田，夕陽，碑文、墓誌銘、牌匾、屏風、書信和詩詞手稿上的中國書法，高聳入雲的椰子樹，少年時代的春夢，女人裙底下的克力士鋒芒。

他划舢舨漫遊甘蜜河，懷裡揣著方蕪十一萬六千三百六十根頭髮。最長的一百三十一公分，共兩千七百三十八根；最短的一百一十三公分，共五千八百九十二根；長一百三十公分的三千兩百二十根，一百二十九公分的三千兩百一十九根，一百二十八公分的四千兩百五十六根，一百二十七公分的五千一百二十九根，一百二十六公分的五千兩百九十根，一百二十五公分的五千八百五十四根，一百二十四公分的五千九百四十五根，一百二十三公分的七千兩百六十四根，一百二十二公分的七千兩百九十五根，一百二十一公分的七千四百三十五根，一百二十公分的七千五百七十一根，一百一十九公分的七千七百六十四根，一百一十八公分的七千九百六十一根，一百一十七公分的七千三百九十六根，一百一十六公分的七千兩百八十三根，一百一十五公分的七千三百七十五根，一百一十四公分的七千四百七十三根。入夜後，他點燃兩根蠟燭，隨手捏出一撮長度不一的頭髮，灑向昏黯的燭光，觀賞它們冉冉落下。入睡前，他把頭髮綑成一束，高懸蚊帳外。每隔十天，他把十一萬六千三百六十根頭髮散亂桌上，由長到短排成一列。憑著目測，他可以說出任何一根頭髮的長度。憑著指尖的觸感，他可以快速分辨髮根和髮尾。隨意抓起一束頭髮，他可以準確說出頭髮的數目。

方蕪的頭髮原本有十一萬六千三百六十一根。有一天晚上，他夢見一批女子在甘蜜河沐浴完後，赤裸著身體上岸，消失在一棵洋紅風鈴樹後，他一一數過去，共十一萬六千三百六十個女子，日月輪迴，日子快速流失，他在洋紅風鈴樹下等了一年，第十一萬六千三百六十一個女子沒有出現。醒來，他數了三遍高掛蚊帳外的頭髮，少了一根，當天早上傳來方蕪死訊。遺失的是其中一根最長的頭髮。

少了一根，他畫不出方蕪的頭髮。

為了尋找那根頭髮，他翻遍房子每個角落，差一點沒有拆了房子。他描摹了兩萬多遍頭髮，別人看來都一樣，只有他看出來少了一根。不管怎麼畫，就是畫不出那根遺失的頭髮。他走出戶外，走過雲落大街小巷，划舢舨漫遊甘蜜河，恍惚間，他看見找不到雲霓飛回天上的中國巨龍閒遊七座山巒上，一群交配中的蛤蟆一瞬間變成化石，老虎朗誦一首英文革命史詩，白鶴和螳螂啄咬，沼澤爬竄五萬八千一百八十條雙頭蛇，野豬發出狼嗥，一八一五年印尼小巽他群島上的坦博拉火山爆發，甘蜜河畔豎立強盜蕭照嫡承山水畫大師李唐的小斧劈皴斷崖，日本商船運送到雲落陶瓷包裝紙上浮世繪女袍的凹凸皺褶和流動衣紋，美麗的少女赤腳走在河灘上。她的身上布滿像小乳頭的汗珠，那是他睡過的十一歲爪哇妓女。他的陰莖充血了。那個陰毛沒有長全的小妓女，他把她當作方蕪，睡了七十二遍。當他懷念她淡淡的乳暈、像汗珠的小乳頭、飽滿多汁的陰阜、兩片舌頭絞纏的滋味時，等不到晚上，他就衝到妓女戶，舌頭像章魚吸盤，吸舔她身上每一個洞，包括汗毛孔、肚臍眼、耳道、口腔、陰阜和屁眼。他把畫不全十一萬六千三百六十一根頭髮歸咎於這個妓女，他蹂躪她像蹂躪一個處女。他褻瀆了方蕪的美麗和聖潔。

他呆坐舢舨上，放了槳，隨意漂流。舢舨撞上漂流木差點翻船時，他才驚醒過來，但懷中那一束頭髮已落入水中。他一把撈起頭髮，脫下白色汗衫擦乾頭髮。擦到一半，他從汗衫的水漬中看見頭髮的鮮活形象。他想起自己不小心把水彩潑灑棉紙上，總是可以意外掩飾成葉子、花朵、雲彩、小鳥、水藻、魚蝦，而且比刻意畫成的更生動和精采。他回到工作坊，將十一萬六千三百六十根頭髮蘸滿墨水，在棉紙上隨意揮灑，耗去六千兩百八十四張棉紙後，終於定稿。他從方蕪的頭髮看見了羊毫筆的溫潤豐厚、細柔如水，狼毫筆的剛勁流麗，十一萬六千三百六十一根頭髮，沒有一根不是尖、齊、圓、健。

哥哥看著他把棉紙黏貼傘骨上時，說：「你畫出了第十一萬六千三百六十一根頭髮了嗎？」許嵐不說話。

「西施沉魚」油紙傘完成後，許嵐懷抱十一萬六千三百六十根頭髮，跳入了甘蜜河。

二

方蕪的頭髮占去三分之二「西施沉魚」傘面，剩下的就是方蕪的蛾眉杏眼、櫻桃嘴、心型臉、遠山迷峰上的晚霞、兩隻野雁，荷葉和荷葉下的鯉魚、荇影藻光，岸上稀疏的荻蘆，隱約模糊。在茶館和英國軍官爭論生命起源的洋教士看見許嵐準備彩繪晚霞時，指著其他傘面一抹淡淡的晚霞，說：「你們中國人畫晚霞，為什麼也和你們說話一樣拐彎抹角？」

許嵐看了洋教士一眼，不說話。

洋教士指著彩繪中的「西施沉魚」油紙傘，說：「這女孩美極了，她的頭髮美極了，應該像西洋的油畫，潑上所有爆炸性顏料，讓晚霞和她的美貌、頭髮一樣豔光四射。」

畫了兩萬多遍方蕪頭髮後，許嵐像犁完最後一塊田的犁牛。哥哥許彩說：「這是中國人的哲學，不過分，不滿足，不講究快，即使晚十分鐘看晚霞，一切燦爛，盡在想像中。我們的水墨是有機的，在每一個賞畫人心中，都有不一樣的想像。我們畫荷花，畫山，畫鳥，不是看一眼畫一筆，而是看啊看啊，看得滾瓜爛熟後，回到屋裡慢慢畫。你們講究形態，我們講究傳神。你們畫的魚都是市場任人宰割的死物，我們畫的魚浮游水中，優雅自在。你們著重實用，我們偏愛原始自然。」

沉默許久而一向不多話的許嵐看了洋教士一眼，疲憊的說：「就像畫女人，你們大屁股大奶子，我們畫得幽微和閉闔。」

洋教士點點頭，說：「據說你畫了很多遍這位女士的頭髮。一抹清淡不顯眼的晚霞，怎麼配得上她呢？」

洋教士走後，許嵐凝視傘面上的方蕪，畫了七支油紙傘中最璀璨明亮的晚霞，像一朵盛開的朱槿花。

三

許彩打開一塊棉布包紮的一根長髮。他比弟弟更早知道方蕪死訊，趁弟弟不注意，抽走方蕪其中一根最長的頭髮。擁有方蕪的美豔和靈魂，不需要十一萬六千三百六十一根頭髮，一根就夠了。他不確定弟弟有沒有看出來，他和弟弟一樣，和大部分雲落男人一樣，被方蕪的美貌迷惑。他看著弟弟為那一根遺失的頭髮發狂時，心裡充滿矛盾和痛苦。他知道，不能將那根頭髮放回去，一放回去，弟弟就知道竊走頭髮的人。當弟弟用十一萬六千三百六十根頭髮畫出滿意的成果時，當他看著弟弟把棉紙黏貼傘骨上時，說：「你畫出了第十一萬六千三百六十一根頭髮了嗎？」弟弟沒有回答，但從弟弟眼神中，他突然明白了，弟弟早已知道竊走頭髮的是自己的親哥哥。什麼時候知道的呢？也許就在許彩阻止弟弟剪碎第五千三百六十五張棉紙時。這個動作太刻意，許彩臉上顯然流露著弟弟第一次見到方蕪時的興奮和失落，還有後來越來越濃郁的憂傷。弟弟不想為難哥哥，加上牛脾氣和藝術家的倔強，弟弟想利用繪畫，用永恆的線條和色彩，從哥哥手裡搶回那根頭髮，這也是他畫了兩萬多遍的動力。當弟弟將棉紙黏貼傘骨上時，他看著哥哥的眼神，既沒有恨，也沒有妒，有的只是愁悶和感激。許彩一瞬間明白了，弟弟彷彿說，謝謝你竊走一根頭髮，少了那根頭髮，讓我能夠更專心的投入油紙傘的彩繪。缺了一根頭髮，讓我能夠把方蕪的頭髮畫得更完美。藝術的毛囊永遠不會死去。許彩卸下心頭一塊大石。弟弟投河無關那一根遺失的頭髮。

工作坊散亂著兩萬多張棉紙，每一張棉紙彩繪著方蕪，她的蛾眉杏眼、櫻桃嘴、心型臉、十一萬六千三百六十根頭髮。只有許嵐看得出來方蕪頭髮少了一根。許嵐過世第三天，許彩將兩萬多張棉紙裱褙出售，一個月後售罄。方蕪的畫像遍布雲落茶館、咖啡館、飲食攤、中西藥房、藥草店、土產店、雜貨店，和獵鱷風潮引爆的鱷皮商品，成了雲落最顯眼的點綴。方蕪的臉蛋像北極星高懸雲落人腦海，變成審美迷航的指標。

弟弟和方蕪的過世，讓許彩覺得人生像自己裁製的油紙傘，已經收撐三千四百二十九次，就要斷線裂槽。他帶著販賣傘店和方蕪畫像的收入搭上一艘雙桅帆船返回唐山務農。

四

伊莉莎白女王加冕三個月後的一個黃昏，金虹騎著黑駒迂迴奔跑在一片散亂矮木叢和茅草叢的丘原上。龍腦香樹叢遮住落日餘暉，天地一瞬間黑下來，星星像蜘蛛網上的朝露，西南風吹擊下，天穹低低壓下來，星星像水滴，要滴落下來。馬停在小溪前，低頭喝水。金虹下馬，坐在樹墩上。樹墩有兩個馬屁股大，殘留砍伐痕跡，四野焚燒過後的藤蔓和矮木叢長出青嫩的芽苞。一隻夜梟站在葉已成蔭的小樹樹梢上呑呑吐吐的叫著。

他站在一個光禿的土埂上，腳底下沉澱著白晝殘留的熱氣。強烈的西南風吹襲下，夜色顯得陰沉而冰寒，灌木叢像披毛散髮的四腳獸，星叢像魚的銀色脅腹。遙遠的莽林邊陲響起一聲悶雷，一批被黑駒驚擾的野鴨從小溪飛向莽叢，發出水氣淋漓的叫聲。這是下雨前兆。金虹用彎刀把那棵葉已成蔭的小樹砍得剩下一條桿，搭了一個齊腰棚架，鋪上茅草，準備夜宿荒野。西南風強勁，颳得頭皮像要掀掉。金虹走到小溪撿了稜角很尖的卵石壓住棚架上的茅草。馬喝完水後，繞著棚架啃草。金虹從馬背拿下水壺和食盒裡的四粒白煮蛋，吃喝完後，小雨落下，風大雨小，雨絲斜斜貫入棚架。他連枝帶葉剁了一批樹枝傍著棚架堵住風雨，帶著騎馬半日累積的疲憊躺在棚架下，在夜梟和蟲蛙叫囂中入睡，醒來，他已滾出棚架外，放眼滿天星斗。銀河系四千多億個恆星閃爍，飄忽成群，囫圇像水銀，光芒還未抵達地球，大部分隱藏黑暗中。位於銀河系第三旋臂獵戶旋臂上的太陽系小月亮，發出朦朧又羞澀的光芒。馬低垂著頭，酣睡棚架另一側，馬嘴幾乎觸到草地。

金虹站直時伸了個懶腰，站在土埂上觀望。風停雨歇，腳底下的土表交叉蒸發著熱氣和寒氣，星星把天穹照亮得像堆積著寶藏的洞窟。他越過一個丘陵，走向另一個更高的丘陵，像走進高掛天穹的洞窟。莽叢出現一道直貫雲霄的紅光，讓金虹想起高掛甘蜜河畔的虹霓，更讓金虹想起貨船上用眼角餘光斜視自己、手指撫弄纏柄藤的方蕪。他揉揉、眨眨眼，凝視那道紅光。蝙蝠繞著紅光飛翔，翼膜半透明。紅光下方有一塊半圓形的紅囊，像雲落橫亙蛤蟆路上的蛤蟆石。紅光的強度、色澤和氣勢，像那顆被巨鱷吞食的紅鑽，像自己送給國王、國王進貢日不落國的紅鑽。查爾斯國王一九一六年回英後，金虹已有三十多年沒有見到那道紅光，兩行熱淚再度溢出眼眶。他和她相處不到半年，陰陽間隔六十年。自從方蕪過世，他變得特別愛流淚，像一頭上岸後因為鹽溶液的分泌而淚流滿面的悲傷老鱷。

「方蕪……方蕪……」

他九十一歲，心長了繭，肺蒙了泥，腸子被醃漬了，膽去了囊豁出去了。他坐在棚架下抬頭仰望那道紅光，忍不住嚎啕大哭，哭出屯積一甲子的淚水。在淚眼中，他仰臥棚架下，再一次入睡。

天沒亮，他醒了。小溪流竄著鯽魚和蛇頭魚，背鰭和半截尾巴暴露空氣中。金虹抓了十多尾，邊烤邊吃完後，迎著晨曦，騎馬勒韁，向昨晚被紅囊籠罩的莽林騎去。馬吃飽歇足，即使在齊肩的茅草叢也跑得飛快，跨過一簇又一簇矮木叢、水窪、土埂，進入黑森林後也沒有放緩速度，人駒轉眼竄出森林，來到一片被龍腦香樹叢環繞的空曠野地，錯落著一批小樹殘株，蔓生著藤蔓和野草，腹地中心的圓阜有一棟矮腳木屋，四面環列十棵按等距間隔栽植的榴槤樹。早晨八點，雲層厚實，穹宇甦醒，大地昏睡。越接近腹地中心越荒蕪和幽靜，像來到一個野獸家族的巢穴。圓皐散布著殘枝斷椿，綑柴傍著屋子外壁，堵住敞開的窗戶、大門和梯階，像有人準備放火燒屋。矮腳屋呈長方形，人字屋頂下有一個隔熱層。金虹叫了兩聲，登上階梯。踏入屋內，克力士發出壁虎十億根腳趾纖毛倒踩天花板上的幽渺窸窣，但是金虹還是感受到了。金虹站穩腳跟，取出克力士，斜插褲腰，劍柄右上，劍鞘左下。屋內有一股腥味，這股腥味比獵鱷時期瀰漫雲落的腥味更腥、更鹹。沒有隔間，一望到底。門窗雖然洞開，但榴槤樹遮住天光，門窗被柴垛封死，一公尺之外暗不見物。金虹習慣黑暗後，擦亮火柴。屋內空虛，只有牆角傍著雜物：水壺、鋼盔、彎刀、小刀、照相機、望遠鏡、小型收音機、獵槍、野戰靴、鱷皮。正要擦亮第六根火柴時，一股紅色光芒照亮吊掛牆角的蚊帳，把蚊帳渲染得像沾滿蚊血，蚊帳後佇立著一個巨大的人影，頭皮蹭到天花板，長髮垂到腰間，嘴裡咬著一柄像樹根的大煙斗，穿一件有補綴的牛仔褲和一件不合身的駝色多口袋獵裝，脖子掛著野豬獠牙串成的項鍊，在項鍊中間的盤座上，用藤蔓環著一個像玫瑰蓓蕾的透明物，散發出照亮整棟矮腳屋的玫瑰色光芒。獵裝的一個口袋斜插著一支口琴，琴板上的「蕪」字在紅光照耀下，像剛擦亮的火柴棒上的火焰。紅光由下而上，照亮他的下頦、鬍鬚、鼻孔、臉頰和額頭上的刺青，也照亮從斗鉢緩緩升起的牡蠣白煙霧。

金虹抬頭看著他的臉，像仰看椰子樹上的椰子果。他的頭顱浮在空中，懸在天花板下，好像沒有脖子。金虹擦亮第六根火柴時，他已經走向門口，消失門外。金虹吹一聲口哨喚來黑駒，策馬進入黑森林。在浮突著板根、枯枝和荊棘的森林裡騎馬，不比兩腿快多少。黑駒雖然走得困難，但居高臨下、機動性強，看得清楚左右前後。那個傢伙不疾不徐，步伐寬大，完全不把金虹看在眼裡。森林裡聳立著密密匝匝的龍腦香，每一棵都像他的背影。他像龍腦香漫步森林，也像龍腦香隱藏莽叢中。那不是漫步，而是跳躍。他每跨一步，身體就凌空飛出去，落在五個成人步伐之外，而且左隱右揚、詭異多變。金虹的馬有一種想要往前衝的狂野，但就是快不起來，他像板根的肩膀始終聳立在五個馬身外，沒有留下聲息和痕跡，像煙霾漫過森林腹腔。在兩小時追逐中，金虹五次失去他的蹤影。金虹握著克力士劍柄，當象牙劍柄震撼著全身筋髓時，那個人就出現在眼前。敵人現身時，金虹清楚感受到克力士七個彎曲點的鋒芒，像萬矢空降、千蛇吐信。

第一次，金虹看見那個傢伙對著一棵龍腦香撒尿。

第二次，金虹看見那個傢伙背對自己坐在一截枯木上，往斗缽裝填煙草。

第三次，金虹看見自己的藤帽掛在十英尺外的樹枝上，一股寒氣直貫頭皮。

第四次，他的後腦勺一陣冰涼，一串葡萄紫的野胡姬斜插獵裝肩袢上。

他的撒尿、裝填煙草、盜帽、插花，一次比一次優雅、精準、快速和凶險。即使克力士前後四次示警，金虹還是來不及反應。他可以輕易的要了金虹的小命。

第五次，金虹看著他消失在鳥巢蕨和藤蔓後，勒住馬，決定放棄。

「我知道你的窩，看你躲到哪裡去。」

他打量風向和晨光，思索著折返方燕堡壘的途徑時，克力士再度喀哧喀哧起鬨。那個傢伙站在矮木叢後樹蔭下，拿著煙斗，啣著苔蘚綠口琴，吹奏出不像口琴，而像揉合著濤聲、風聲和雨聲的海螺聲。刀刻的「燕」字有一半被他的厚唇遮著，胸前的透明石頭散發著玫瑰色光芒。那一陣像海螺非海螺的聲音，勾起金虹一甲子前的記憶。那一陣琴音，像一股燒融的鐵漿往他身上澆去，痛得他腐筋蝕骨，但是也澆醒他的心和腦，讓他的眼眶又溢出淚水。在苦澀的淚水中，他的雙目更明亮和聚斂。他看見那個傢伙另一隻垂在腰脅下的大手，手指緊扣著一個鏤空的圓環，圓環四周滿布各種色澤的發光體，勾起金虹坐在宮殿大戲院一年六個月搜索銀幕上可能出現在三座王冠上的七十二克拉「砂拉越之星」的回憶。那陰暗的一年六個月，他在女王像清泉湧出的莊嚴承諾中、在英格蘭國歌和加冕讚美詩中，凝視著王冠、權杖、寶球和各種皇室聖物，記憶著鑽石、寶石和珍珠的大小數目，即使九十一高齡，他依舊擁有拍照一樣的清晰影像，一瞬間，他的記憶海溝浮起一座像戰艦殘骸的帝國王冠。

金虹沒有帶槍，只帶一支御賜傳家寶克力士。他放開劍柄，兩手執轡，吆喝一聲，騎馬跨過矮木叢。馬的四蹄剛落地，下半身突然陷入一片布滿落葉和枯枝的泥沼。一批手掌那麼大的昆蟲撐開檸檬黃的翅鞘盤桓泥沼上，照亮馬嘴上的鐵勒。一隻散發著瓜皮綠螢光的青蛙在金虹臉上蹭了一下，留下黏稠的汁液。在馬的嘶鳴和掙扎中，金虹抓著馬鬃，兩腳站在鞍座上攀住頭頂上一截樹枝，懸空吊掛泥沼上。

就在這時，金虹看見那個大傢伙一隻大手遞向自己腰間的克力士。這一次金虹在他施展盜帽插花絕活之前率先拔出克力士，奮力戳向他的大手。克力士像一尾海藍色小蛇滑過那個傢伙的大掌，同時掠過指縫，咔嚙一聲，劃了圓環一劍。金虹看見一個牛眼大的雞血色卵形物從圓環落下，叭的一聲落在枯葉上。電光火石之間，即使事後回想，也不清楚發生了什麼事。金虹懸在樹枝下，眨眨眼，樹蔭下，那個巨大的幽靈已不見蹤影，攥在右手上的克力士慢慢闔上刃鋒，滴下海藍色淚光。

泥沼吞食了馬身、馬脖子、馬頭。黑馬眨閃一雙清澈純淨的黑眼珠，馬耳一前一後搧動，像在和主人道別。黑馬聰穎而善解人意，看著主人狼狽的吊掛樹枝下，知道自己完了，死前冷漠而安靜。

金虹撿起枯葉上的雞血色卵狀物時，一眼認出那不是七十二克拉的「砂拉越之星」。回到雲落已是深夜，第二天金虹招募四個年輕的狩獵隊員，帶著六隻獵犬，再度來到圓皐前。經過一夜休息，金虹精神飽滿，但骨肉依舊衰老。掉入泥沼時招來數十隻螞蟥，金虹感覺胯下刺癢時，螞蟥已吸飽了血，鼓脹的身形讓兩腳像掛著兩串茄子。他嚼爛野牡丹的嫩葉敷在傷口上。螞蟥的抗凝血劑讓他兩腿冰冷，渾身哆嗦。金虹像十多年前被一群野蜂攻擊後，一度陷入嘔吐暈眩，但六隻獵犬和四個年輕隊員燃起他的鬥志。憑著季節變遷、風向、河流、星月、陽光、花序果季、鳥獸的習性和遷徙，金虹在叢林裡擁有準確的方向感，腦海裡的叢林圖騰就像城市導覽圖。一夥人入夜前抵達圓皐上的矮腳屋，屋內空無一物，只有鱷皮味道。獵犬屋內屋外嗅了半天，領著金虹等人走入黑森林。獵犬在莽林裡繞了一個下午，最後散亂甘蜜河畔一個小灣流前，東嗅嗅，四瞧瞧，用困惑的狗眼看著金虹等人。

五

一九五六年五月的一個黃昏，金虹最後一次看見那道紅光。

他九十九歲，騎著近四十歲的老馬和兩個年輕隊員、兩隻獵犬穿過一片焚燒過後的平原。平原散亂著黑色土墩，灰燼厚達三指，西南風吹過時，颳起像煙霧的灰燼，晚霞讓灰燼染上紅暈，鷹猴叫聲淒愴。自從伴侶葬身沼澤後，落單的老馬變得古怪多疑，紅色的灰燼讓牠剎住蹄，不再前進。金虹十分尊重老馬。以馬齡來說，馬恐怕比他更老。他撫摸著馬頸上的鬃毛，等待西南風變弱、灰燼沉澱下去。兩個狩獵隊員和兩隻獵犬沒有停下腳步，消失在籠罩四野的灰燼中。金虹抬頭看天，金色的星叢在灰燼籠罩下毛絨絨簇擁一團，像雞籠裡的小雞。突然下起細雨，灰燼的色澤像一條被揉碎的彩虹。其中有一叢朱槿紅占據著大部分灰燼，而且吞食著其他色澤，最後只剩下朱槿紅。雨停後，晚霞延退，西南風靜止，灰燼沉澱下去，朱槿紅飄浮在遠方的莽林上方，像一塊隨時會爆破的紅囊。遠方的雨持續下著，紅色的雨絲讓那片朱槿紅綻放出無垠的光度，點亮整座天穹。金虹的心臟幾乎躍出胸腔。紅光的強度、色澤和氣勢，他太熟悉了。他重重的拍兩下馬屁股，恨不得馬長了翅膀。老馬感受到主人的殷切，刨起四隻老蹄，急速前進。

老馬快速奔波時，天地在金虹眼裡變得渺小。天像一把撐開的油紙傘，穹頂只有傘巢那麼高，傘骨插入天邊，而地只有傘蔭下那一小塊空間。在天和地之間，一個蛾眉杏眼、櫻桃嘴、心型臉、髮如潑墨、體形嬌小的女子，像十歲小女孩發脾氣的捶打他的胸腔。老馬躍過一個土墩時拐了一跤，把金虹摔下馬背，四腳朝天壓在金虹身上，壓斷金虹的脊椎骨。

六

一甲子獵鱷生涯中，金虹重金聘用過三十多個獵鱷隊員，大部分是第一次端槍的新手。

一九五三年，金虹帶著四個狩獵隊員和六隻獵犬追蹤誘導黑駒葬身泥沼的神祕人物時，隊員並不知道神祕人物的脖子掛著七十二克拉紅鑽、胸前口袋插著刻上「蕪」字的德國口琴，更不知道那座像王冠的圓環。木屋中的鱷皮，金虹估計是高大的神祕人物獵殺的鱷魚，而各種狩獵者慣用的物品，是神祕人物取自鱷肚的獵鱷者遺物。但金虹沒有對任何人提起這件事情，除了金樹。

間隔數日，金虹回到圓阜的矮腳木屋，讓獵犬嗅舔木屋內外後重回莽林，直到獵犬眼神疑惑、腳步猶豫。入夜後，他帶著獵犬和隊員夜宿荒野，遙望星穹，等待一顆籠罩叢林的玫瑰色紅囊。從一八八八年到一九五四年，六十多頭獵犬失去蹤影，一隻黑駒葬身泥沼，三個隊員染病死去，兩個失蹤，一個吃了樹籽和藤果變成失智兒，一個被捕豬陷阱的尖樁戳成蜂窩，十多個隊員領了半數酬勞後不告而別。潮濕的東北季候風和熱燥的西南風颳向叢林時，叢林和草原偶爾響起狗兒和馬兒的淒吠，間或傳來一聲炮擊，彷彿一八八九年魏俊南炮擊伊班部隊和一九一七年向國王擊發禮炮時，炮聲餘波蕩漾一甲子。

一九五六年墜馬癱瘓後，金虹終止了一甲子狩獵活動。臨終前三個月，他握著金樹的手，看著金樹和牆上的王冠。

「慎選隊員，如果沒有值得信賴的人，你一個人去。」

金樹沒有看過「砂拉越之星」，也沒有看過那道紅光，在祖父不斷的口述中，金樹的受精卵在母親子宮著床時已經長出紅色絨毛，他不但聽見母親心跳聲和腸胃蠕動聲、聽見母親的兒歌和祖父的七十二克拉巨鑽和方蕪的故事，也看見一道紅光從母親子宮壁照射進來，像「籠罩一個犁牛耕地的紅囊」，此後，那道紅光照亮了子宮和羊水。一九六九年二月十六日舊曆年第四天傍晚，金樹和鳥屎椒、冰淇淋、老四、紅番、三姐、八刀駕長舟航向內陸時，雷聲震野，下了一個月滂沱大雨。雨停後，已是三月中旬，西南風颳得非常猛烈，一瞬間跌入旱季。

甘蜜河像一支鳥羽的羽軸，羽根深入南中國海，支流像沿著羽軸斜列的羽枝，雨季過後暴溢出來的小支流像發育不全的小羽毛散布羽軸和羽枝上，把甘蜜河兩岸氾濫成澤國。雨季過後，洪水退去，甘蜜河像一隻舒展筋骨的野鳥，重新梳理出嚴密和井然排列的羽毛和軸枝。野地泥濘多漥，七人、兩隻棕狗和兩隻黑狗邁向陰暗叢林時已是四月初了。

第八章

一

毛澤東摁下電動旗杆上的電鈕，華北軍區軍樂隊奏起雄壯激昂的〈義勇軍進行曲〉，天安門廣場升起中國第一面五星紅旗。每隔三十四秒，五十四門禮炮鳴放一響，共二十八響，象徵中國人民政治協商會議五十四個單位，中共從建黨到建國二十八年，共產黨帶領人民奮鬥二十八年。

禮炮是從日軍、國民黨軍隊繳獲的日式七五毫米九四式山炮和解放前生產的晉造三六式七五毫米山炮，重新刷漆，按型號編號排列。都是實彈，彈頭已去掉，軍工廠用紙團封住炮彈口，發射炸響後，五色紙花，漫天飛舞。大典前，炮手日夜勤練。在炙熱的陽光下，炮身溫度高達四十度，軍醫在隊伍旁邊待命，有人倒下馬上搶救。高強度訓練下，炮手脖子晒破了皮，手指破泡滲血，胳膊不聽使喚，吃飯時兩手拿不住筷子。大典前晚，指揮員和炮手徹夜不眠，嶄新的軍裝整了又整，大炮和鋼盔擦了又擦。典禮開始後，指揮員手裡的指揮旗落下，五十四門禮炮二十八響打出同一個聲音，像巨峰插入天穹。炮手五秒鐘內精準的完成取彈、裝填、發射和退殼，沒有時間偏差，沒有一個動作不到位，沒有一點雜音，每一聲禮響井然有序而懾人心魄。

禮炮鳴完，總司令在閱兵總指揮陪同下，搭乘敞篷汽車檢閱部隊。閱畢，總司令回到主席臺，宣布閱兵式開始。

三十萬人掌聲和歡呼聲中，中國人民解放軍三軍受閱部隊列成方陣，邁著雄壯步伐，由東向西分列式通過天安門廣場。受閱部隊由中國人民解放軍步兵第一百九十九師、炮兵第四師、戰車第三師、騎兵第三師、中國人民中央公安縱隊第一師第一團、空軍一個飛行中隊、海軍部隊代表等一萬六千四百餘名官兵組成。飛機十七架、火炮一百一十九門、坦克和裝甲車一百五十二輛、汽車兩百二十二臺、軍馬兩千三百四十四匹。陸軍方隊兩個月前剛從前線趕來，壓境的硝煙，奔流的神采，捎來連綿大捷的聲勢。

分列式開始時，第一個通過天安門廣場的是年輕的人民海軍方隊。隨後，步兵師以三個建制步兵團接受檢閱。炮兵師以射炮陣容通過天安門廣場。火炮由小到大，由低到高，依次前進，都用中型卡車或十輪大卡車牽引。戰車師由摩托化步兵、裝甲步兵和坦克兵各一個團編成。四點三十五分，天空響起新中國第一支空軍隊伍轟隆隆的飛機聲。空軍以雙機、三機編隊，接連飛臨上空，呼應地面戰車部隊。騎兵師尾隨戰車部隊。走在前面的是三個騎兵團方隊，各梯隊的軍馬毛色整齊劃一，或全紅，或全白，或全黑；騎在馬上的指戰員，穿草綠色軍裝，手握鋼槍，腰挎戰刀。出場按照海、陸、空順序，歷時一百五十分鐘。武器裝備以軍兵種為單位，按種類集中，統一編組，由地面、海上到空中，使陸、海、空三軍渾然一體，形成強大陣容。

二

這麼多戰馬同時接受檢閱，必須嚴格控制排便和飲食時間。檢閱前一週，戰馬不能吃草，只能吃精飼料，避免受閱時排泄糞便。坦克是從戰場繳獲、十多個國家製造的雜牌貨。坦克團夜以繼日對戰車進行拼湊修復，確保戰車功能建全，但還是出事。坦克方隊行進到長安街西華門牌樓前，一輛坦克突然熄火，趴在原地。駕駛員因為可以見到毛主席，太過興奮，踩油門的腳放鬆了，坦克車再也不聽使喚，緊跟在後面的坦克立即頂著它的屁股，一直頂到金水橋旁邊，有驚無險完成坦克方隊受閱任務。看見這動人的一幕，群眾響起熱烈掌聲。

受閱軍機的飛行高度也是問題。太高看不清楚，太低噪音大，而且飛機速度快，眨眼就消失，不可能像騎兵隊或坦克車來一個慢動作。這個問題十分專業，沒有標準，誰也沒有經驗，只有借鏡蘇聯紅場閱兵。八月某一天，航空局局長常乾坤帶著兩位處長來到代總參謀長聶榮臻辦公室，一位蘇聯空軍中將正在和參謀長聊天。聶榮臻知道常乾坤來意，說：「你們留下來，陪將軍吃烤鴨。」中將興致勃勃啃著紅潤鮮嫩的鴨肉時，聶榮臻向常乾坤使了個眼色，常乾坤不動聲色談起烤鴨做法，從鴨胚到飼養，到燜爐、掛爐和配料，穿插一個笑話，聽得將軍更是食指大動，這時，常乾坤提出請示。將軍邊啃著肥而不膩的鴨胸邊說：「根據各型飛機下滑率決定高度，萬一飛機發動機在飛行中停止工作，飛機能夠滑翔到不傷害人的地方就行——太好吃了。」

常乾坤腦海出現一幅野雁在半空中伸直翅膀、緩緩降落湖面的優雅畫面。

三

受閱軍機繳獲自侵華日軍或接收國民黨留下的英、美、日製造的飛機，共一百五十九架。機型雜亂，機身老舊，破破爛爛，勉強起飛都很困難，有一部分甚至要用驢馬拉著走向跑道。航空局將狀態良好的飛機集中南苑機場，組建一支飛行中隊，包括P-51型野馬式戰鬥機九架、蚊式轟炸機兩架、C-46型運輸機三架、PT-19型教練機兩架、L-5型聯絡機一架，共十七架。這是新中國拿得上檯面的飛機了。

十七架飛機太少，周恩來批示，受閱時，編隊最前面的九架野馬戰鬥機飛過天安門廣場後，立即加速飛出受閱視線，繞過北京城大半圈，當飛機再次臨近天安門廣場時，正好接到較慢的飛機後面，這麼一來，慶典當天人們看到的受閱飛機不是十七架，而是二十六架。十七架受閱飛機性能各異，速差很大，最快的P-51野馬戰鬥機時速五百公里，而L-5聯絡機和PT-19教練機時速兩百公里。將十七架飛機編製成雄偉嚴整的檢閱隊形，是一個大課題。經過摸索計算，得到一個「慢鳥慢飛」方案。根據飛機速差，由快到慢，分批起飛。飛機通過天安門後，九架美製P-51戰鬥機在復興門上空右轉一百八十度，沿著西直門、德勝門、安定門、東直門，再轉向建國門，最後與通信教練機分隊銜接，通過天安門上空。

「二十六架飛機參加了編隊飛行，」外國記者沒有看出蹊蹺，向世界發出驚歎。「中國一夜之間有了自己的空軍。」

閱兵指揮發現第二批繞回受閱視線的九架野馬戰鬥機上方出現一臺來歷不明的飛行物，體型巨大，呈菱形，像一隻蝴蝶展翅，而且半透明，透過機翼和機腹可以看見上方的藍天和白雲，飛行高度遠遠超過九架野馬戰鬥機，在冰涼和水氣飽滿的天穹留下兩道像尾跡雲的廢氣後，消失雲層中。看見不明飛行物的人極少，眾群沒有看到，本國和外國記者沒有看到，毛主席等人也沒有看到。

中國沒有完全解放。西南、西北、中南和華南還有戰事，成都、廣州、重慶駐留著國民黨空軍的飛機。一九四九年五月四日，青島的國民黨派遣六架B-24轟炸機空襲南苑機場，投下重磅炸彈三十顆，毀掉四架飛機，炸塌民房一百九十六間，死傷二十四人。北平防空體系不完善，解放軍沒有雷達，敵機以超低空編隊快速突防進入北平，轟炸後迅速返航，來去自如。青島解放後，國民黨空軍在舟山群島和臺灣都有遠程奔襲的飛機，隨時可能空襲北平。

受閱飛機當時擔負著戰鬥值班任務。敵機沒有夜間起降能力，必須天亮後起飛，天黑前返航。最近的國民黨控制的機場到北平的空中距離計算，如果敵機想在天黑前返回基地，轟炸必須在中午前完成。為了防止敵機偷襲，毛澤東將開國典禮時間定在下午三點，同時和朱德、周恩來制定一份震驚世界的「帶彈受閱飛行」專案。

受閱機群從天空飛過時，兩架美製野馬戰鬥機和兩架英製蚊式轟炸機掛著實彈，敵機來襲立即攔截。世界閱兵史上，前所未有。

四

受閱飛機離開受閱視線後，兩輛配置三挺一二點七毫米機關槍、一千八百發機槍子彈、速度最快的野馬戰鬥機立即升空，攔截不明飛行物。

淺藍的天，飄散著細碎和肥厚的雲塊，寧靜得像一幅畫。機腹下，鋪展著金黃色的琉璃瓦、紅色的城牆宮殿、迎風飄展的紅旗、密密匝匝的人群，也寧靜得像一幅畫。要在這種祥和和喜慶氛圍爆發空戰，真是難以想像。一旦證實敵機來襲，群眾就要就地臥倒，領導人迴避天安門門洞，廣場外地面高炮部隊對空射擊，建國大典就泡湯了，這是小事，牽累大業千秋才是大事。所幸，飛行員始終沒有看到不明飛行物，連兩條像是尾跡雲的廢氣也消失了。

大典當天，北平上空處在淨空狀態，除了受閱飛機，不允許任何飛機使用北平空中航線。當時沒有雷達監視報警系統，華北解放區以肉眼組成防空通信網，建立密不透風的對空監察哨，一隻麻雀也飛不進來。極少數看到不明飛行物的軍官和受閱指揮相信，他們肯定眼花了。

兩名升空攔截不明飛行物的駕駛員是駕機起義的國民黨空軍飛行員。守護新中國和建國大典的榮耀閃爍在他們的臉上。野馬戰鬥機火力猛，速度快，俯衝能力強，航程遠，二戰時和英國噴火、德國梅塞施密特、日本零式戰鬥機列為四大戰機，有「殲擊機之王」和「最優秀戰鬥機」美號。二戰時欠缺男性，北美飛機公司號召女性加入生產野馬，為了鼓舞士氣和提振民族精神，女孩穿上花枝招展的衣服，抹上神采飛揚的美妝，敞露著永遠不會疲憊的笑容，組裝出曲線優美、阻力系數小、制空權優越的輕型戰鬥機，讓飛行員像騎上美洲野馬翱翔晴空，據說，出廠的戰機儀表板印著女孩芙蓉紅的唇膏印。

野馬上升到一萬公尺高度後，飛行員看見兩側鋁質蒙皮的銀色機翼激烈的搖晃兩下後，引擎熄火，螺旋槳停止運轉，但飛機沒有偏離航線，依舊高速前進，像停在一座在空中飛行的機坪上。飛行員被一道海藍色光環蒙住視野，看不見藍天白雲，也看不見機翼下的慶典盛況。五分鐘後，海藍色光環消失，螺旋槳和引擎啟動，廣場上的指揮官和民眾再度看見野馬反射出來的讓日本飛行員畏逃的銀色光芒。兩位飛行員也以為眼花，事後沒有提起這件事情。

五

一九五二年，中國革命博物館委任三十七歲的董希文創作一幅開國大典巨型油畫。董希文油畫、素描功力高超，擅寫革命題材、領袖人物。第一屆中華全國文學藝術工作者代表大會的毛澤東像和朱德像，出自他的手筆。他也和中央美院師生一起繪製了天安門城樓上第一幅毛澤東像。接到任務後董希文回到北京一座樓房專心作畫。畫布寬兩公尺多，長四公尺多，上接天花板，下貼地板。應上級要求，他日夜趕工，三個月後完成使命，陳列中國革命博物館黨史展覽序廳裡。毛澤東看了董希文的《開國大典》後，說：「是大國，是中國。」人民美術出版社將《開國大典》印成年畫，第一次印行超過一百萬份。《開國大典》畫面上，中央人民政府主席毛澤東站立在天安門城樓正中，在麥克風前面宣讀「中華人民共和國中央人民政府公告」。毛澤東身後和畫面左邊是各界代表。站在第一排是六位中央人民政府副主席，從左向右依次是朱德、劉少奇、宋慶齡、李濟深、張瀾、高崗。朱德後邊是中央人民政府政務院總理兼外交部長周恩來，周恩來背後是中央人民政府委員會祕書長林伯渠。畫面上的人物還有政務院副總理董必武、郭沫若和陳叔通等人。各界代表胸佩紅籤，專注聆聽政府公告，臉上散發激動和興奮的光彩。代表們大約占去三分之一畫面。畫面右側，五星紅旗已經升起。天安門廣場上，群眾密布，彩旗飄揚。天上，白鴿翱翔，白雲朵朵。城樓上，點綴著大紅柱子、宮燈、漢白玉欄杆、地毯、菊花。

《開國大典》用碧藍、大紅、金黃構成基調，地毯、柱子、宮燈、旗子都是紅色，天穹明朗俐落，莊嚴和喜慶氣氛飽滿。地毯灑了木屑和沙子，增加質感。一位副主席的長袍褶皺看上去是特意熨平折妥，等到慶典才穿上去。漢白玉欄杆偏黃，展現古國文明和歷史。

董希文不能為領導人寫生，只能參考照片和電影形象，借鑑《步輦圖》、《歷代帝王圖》、唐代敦煌壁畫和明代肖像畫法，展現領袖儀表氣質。董希文無視透視法，抽掉毛澤東右前方一根廊柱，使廣場寬闊敞亮，凸顯開國氣概。站立天安門城樓正中的毛澤東形象不夠高大。經過討論後，認為毛也不應該受到透視法限制。董希文洗刷掉原始毛像，重新畫一次，把毛澤東增高一寸。

一九五四年，高崗、饒漱石反黨集團被清算，高崗自殺。董希文奉命刪除畫中的高崗。

畫家不露痕跡地用一盆菊花和一抹藍天代替站在最右側的原國家副主席。畫家說，高崗擠在邊上，有點局促，少一個人，構圖恰到好處。

一九六六年文革，董希文奉命拿掉畫面上的資本主義道路當權派劉少奇。去掉一個人，要補一個人，更要牽動旁邊的人。就像拔一顆牙，鄰牙少了依靠，傾斜崩向空虛處，增大牙間隙，使咬合紊亂，誘發齲齒和牙周病，讓更多牙齒鬆動脫落。董希文癌疾纏身，體力衰弱，抱病修改。劉少奇像蛀牙被拔掉，身後只有半張小臉的董必武像耐磨抗折的烤瓷牙冒出來。少了劉少奇，董希文的藝術汪洋出現一塊旱地。為了挨到親手用畫筆召回劉少奇，畫家親手雕製「抗癌」、「百折不撓」等印章。「一個搞藝術的人對自己的作品要負責，要負責一千年。」董希文說。

文革後期，畫家銜命抹去反對毛澤東和江青結婚的林伯渠。畫家癌疾已經到了晚期，無力應命，找來學生靳尚誼。學生不忍刪改原作，重新臨摹一幅《開國大典》。董希文原作保住林伯渠。四人幫粉碎後，中國革命博物館決定恢復《開國大典》原貌。董希文已經過世，家屬不同意更動原作，於是找來兩位北京青年畫家，複製修改前的原始版本，補上劉少奇和高崗。

這是今天在中國革命博物館展覽廳的《開國大典》，原作存放在中國革命博物館畫庫裡。

六

一九五〇年一月二十八日，世界第三大島婆羅洲西北角英國殖民地砂拉越左派人士舉行中國建國慶祝活動，華裔商家、華文中小學校和華人團體休假一天。二十八日當天，雲落的店鋪、學校和華人社團高掛五星紅旗，雲落人從早晨八點開始，陸續趕到布洛克街的宮殿大戲院。戲院舞臺牆壁上，掛著孫中山、毛澤東、英國國王喬治六世和砂拉越白人總督玉照。九點正，籌備會主席登臺致歡迎詞，各屬僑領發表祝賀，呼籲華僑團結，共襄中華人民共和國建設大業。籌備會出版紀念特刊，發電向毛澤東致敬。

傍晚六點半，五十多支代表華人社團、學校的隊伍，在震天價響的鼓樂聲列隊環繞雲落。遊行隊伍包括學生的火炬隊、提燈隊、高蹺隊、鑼鼓隊、花車隊和巨型毛澤東畫像隊，最引人注目的是華人社團和學生組成的一千人秧歌隊。秧歌隊附和簡單明快的歌曲，以整齊大動作的舞步，演繹農民插秧收割。

人潮洶湧，萬人空巷。民眾點燃鞭炮，夾道歡呼。燈火照耀得整個雲落如同白晝。

第九章

流傳婆羅洲的鑽石傳說有七則，一則失傳。

拓荒時期，一個三歲小男孩被長尾猴擄走，七年後小男孩和一批猴子重返人類社會時已經不會用兩條腿走路，但小男孩很快適應文明生活，長大後成為羅藤鎮第一任鎮長，據說他辦公時，用腳趾撥打電話和喝咖啡，用兩手簽公文和抽煙，用後背體位和女人做愛。猴子鎮長二十三歲時長成一個英俊的男子，並且愛上一位長髮美少女，每天送給少女一百朵剛摘下的朱槿花、胡姬花、含笑花、梔子花，但少女沒有正眼看過猴子鎮長一眼。猴子鎮長重返莽林，帶回一袋又一袋鑽石，每天用藤蔓編織一頂嵌滿鑽石的頭冠送給少女。一百天後，少女心動了，洞房夜的第二天早上，少女看見躺在身邊的夫婿變成一隻毛絨絨的猴子，屁股後面拖著一條長尾巴。少女驚嚇得淚漣漣，拿起菜刀砍斷猴子尾巴，猴子在哀嚎聲中失血過多死去，死前恢復人類的英俊面貌。少女將夫婿人皮貼在閨房嵌滿鑽石的水泥牆壁上，每天晚上撫著人皮痛哭，死前請人把自己的人皮貼在牆壁上，直到現在，猴子鎮長和少女的人皮被垂掛牆上的胡姬花氣根和鬚荄覆蓋，和水泥、鑽石融為一體、不分彼此了。

一八六八年，廣東人吳元盛在婆羅洲的戴燕王國被荷蘭人消滅後，一個懦弱膽小、販賣雞蛋、綽號「草雞」的廣東人在荷蘭大軍圍擊前夕逃出戴燕王國，帶著妻兒在婆羅洲中部一個荒野小鎮定居，販賣雞蛋和肉雞。「草雞」妻子雙目失明，兩個兒子剛學會走路，兩千多隻雞全由「草雞」照顧。「草雞」在荒野架設一千多個捕殺蜥蜴和蟒蛇的陷阱，不設雞圈，放養兩千多隻雞在荒野，從來沒有走失過半隻，因為「草雞」會聽、會說「雞語」。他和雞溝通的時間比人多，說「雞語」的機率比說人話多。他和人類交談時，偶爾會冒出一句「雞語」。盲妻懷第三胎時，「草雞」殺了一隻肉雞進補，在嗉囊和肌胃發現一批閃閃發亮的小石塊，起初「草雞」以為是用來磨碎和咀嚼食物的普通砂礫，當他仔細觀察小石塊時，發覺它們有的透明無色，有的粉紅色、藍色、綠色、紫色、棕色和黃色。他殺了第二隻雞，在嗉囊和肌胃找到相似的小石塊。他殺了第三隻、第四隻、第五隻、第六隻、第七隻，累積的小石塊可以填滿半個蘋果豬籠草的捕蟲瓶。以雞的消化速度，二十四小時後就會排泄出不可消化的食物。他檢查遍布荒野的雞屎，在雞屎中找到相似的小石塊。他把三塊透明的、藍色的和粉紅色的小石塊包紮在破布中，請附近礦場工頭檢查。工頭用一雙蝙蝠眼覷了小石塊半天，問「草雞」小石塊來歷。「草雞」看見工頭眼睥爆發又熄滅的小火苗，撒謊說是一年前從戴燕王國逃難時撿自一個河灘，確實地點沒有印象。工頭說小石塊是三顆零點四到零點六克拉小鑽，可以買兩百斤米、一隻小牛犢、三十支彎刀、操三十個爪哇妓女，如果是處女，十五個。工頭遞了一支手捲煙給「草雞」：「草雞，我用兩百斤米換這三顆小鑽。」「草雞」露出一副傻相，揹著兩袋劣米回家。「草雞」拎著籮筐撿拾遍布荒野的雞屎，半年後，雞屎只有砂礫，沒有小鑽。「草雞」帶著家人和兩千多隻雞移居到另一塊荒野，繼續放養雞隻，撿雞屎。遷徙十一回後，「草雞」殺了所有雞隻，在最繁華的坤甸租了一間小屋安置家人，帶著四個藤箱的小鑽到新加坡，將小鑽兜售給一個荷蘭和一個英國單幫客，僱了六個華人和爪哇保鏢回到坤甸，在市中心蓋了一棟華宅，一點也不忌諱的過著富豪生活。在賭館的一次豪賭中，「草雞」贏了一筆錢，不經意透露致富祕訣，博得「雞屎鑽」綽號。全婆羅洲人開始在荒野放養雞隻，但牠們的雞很快被蜥蜴和蟒蛇吞食，雞屎和嗉囊也找不到半顆鑽石。這股尋找「雞屎鑽」風潮平息前，「草雞」一家人被自己僱用的保鏢虐殺，財物被洗劫一空，豪宅燬於一場大火。

第三個故事追溯到十三世紀滿者伯夷時代。強大的東爪哇滿者伯夷王國統治婆羅洲西南沿海地帶、蘇門答臘、峇里島和馬來半島南部。婆羅洲中南部是滿者伯夷附庸國，散布數百個馬來和原住民王國，最富裕和強盛的王國叫布里隆尼，王宮之外，環繞九萬八千五百戶人家，人口一百二十萬，軍隊十萬，一千兩百個頭目輔佐國王。國王早年喪妻，育有一女，這個女孩是國王夫婦不孕多年後，國王有一晚夢見自己和愛妻並肩行走郊外時，看見五面三眼四臂的濕婆神飛越天穹，一座一柱擎天的巨峰高聳入雲，讓國王想起濕婆神割棄人間的生殖器。醒來，國王慾火焚身，和愛妻敦倫到清晨，十月後生下一個女嬰。公主從小被養在深宮，除了父母和貼身侍女，沒有人看過公主本人。公主穿過的衣裳，輕盈像一片雲，可以像彩蝶飄散宮殿內。公主嚐過的食物，二十八天不會腐敗。公主摘下的花，二十八天不會凋謝。公主飼養的鸚鵡、珍珠雞、五色花斑鳩、孔雀、斑貓、白鹿、白犀，可以和公主對話、互訴衷腸、垂淚。公主飼養的白猿和白象是繪畫高手，畫技遠遠超越宮廷畫家，牠們替公主彩繪的肖像和公主本人並立時，連國王和皇后也分不出真假。據說有一次舉行慶典時，公主玉體微恙，為了不讓全國人民掃興，國王命令白猿和白象彩繪一批公主穿著慶典華服的畫像，在慶典舉行時將畫像豎立國王身邊，庶民看見公主有時候低頭和國王說話，有時候鼓掌歡笑，有時候對庶民招手，有時候親吻一隻停在她手上的白鴿。這樣一個女孩，什麼樣的男人配得上她呢？公主十八歲時，國王為了她的終身大事愁眉不展，連宮殿外的栳葉也隨風嗚咽，兩頭騎象也哀聲歎氣、分擔聖慮。一批鬍子垂到地上的人瑞大臣在國王聖鑑下撰擬了篩選駙馬爺的詔書。滿者伯夷附庸國五萬多名青年經過嚴格複試後，七名青年進入最後決選。青年來到皇宮內，看見七名穿金戴銀的年輕女孩在草蓆上盤膝而坐，微笑不語。大臣輕吟競賽規則：七名女孩只有一名是真正的公主，青年可以用一天時間和七名女孩聊天，第二天一早必須指出真正的公主，如果有兩個或三個以上的青年猜中，由國王聖裁。大臣交代完後，轉身離去，鬆垂的鬍子發出既沉重又啟示的拂地聲。第二天破曉，國王迫不及待接見七名青年。七名青年沒有人猜中，但也算有人猜中，因為七個女孩都不是公主，只有一位青年看出這一點。國王盛宴款待雀屏中選的青年。國王說：「這七名女孩，從小和公主一起長大，說話、舉止，甚至脾氣品性，刻意模倣公主。美貌才情，不下公主。你是怎麼看出來的？」青年畢恭畢敬回答：「皇上，我看了她們一天，和她們聊了一天，一點頭緒也沒有。她們好像每一個都是公主，又好像每一個都不是。公主這麼尊貴，一定有她出眾不凡的地方，世上不可能有六個美貌才情和她並駕齊驅的女人。敬愛的聖上，我是名滿滿者伯夷的樂師，擅彈沙貝琴[1]，本國沒有一位樂師比我優秀。在大臣同意之下，我取出沙貝琴，開始彈奏。」沙貝琴揹在青年身上，裹在一個牛皮盒子裡。國王聽見牛皮盒中的沙貝琴發出「叮」的一聲。青年用了最繁複華麗的技巧，彈奏出這輩子最動聽美妙的音樂。大臣的鬍子飄起來，腰上的克力士出鞘，像一隻採蜜的蜂鳥懸在鞘口外。窗簾、牆上的蠟染畫、燭火、柱子上的垂飾，隨樂飄蕩。描繪和記錄宮廷歷史的畫家和詩人看見畫本上剛塗抹上去的頁緣裝飾畫和爪哇文詩歌糾結成一團。戶外無風，窗外的蘇木、椰子、芭蕉、石榴和朱槿的枝葉隨樂搖曳，檳榔雀、五色鷲哥、綠斑鳩鳴唱，倒掛鳥倒掛屋簷下，一隻像母雞的白鸚鵡模倣大臣吟誦競賽規則，孔雀、斑貓、白鹿、白犀和珍珠雞像木雕聆聽沙貝琴。七個女人盤坐草蓆上，茂密的長髮和絲織的美服像火焰和水紋在她們身上流竄，環珮之音，鏗鏘清悅。掛在宮牆上蠟染畫中捶米和洗衣的女孩也放下勞作，一邊凝神傾聽一邊含情脈脈的注視著彈沙貝琴的青年。窗外，一隻白猿和白象在兩張畫布上彩畫一個美麗的女人，兩幅畫中的女人穿著、姿態和五官一個模樣，像一個女人凝視鏡中的自己。「我猜想，」青年說。「公主也被我的沙貝琴吸引，坐在一個我看不見的地方，白猿和白象正在描摹公主專注聆聽沙貝琴的神情。七個女人雖然長相非凡，但和畫中女人的美貌對比，就變得平庸無奇。我沒有看過公主，但我知道，白猿和白象不可能憑空捏造，憑那幅畫像，我斷定七個女人都不是公主。」國王請青年當場演奏沙貝琴。青年從牛皮盒中取出沙貝琴時，七彩斑爛的光澤讓國王睜不開雙眼。沙貝琴的面板、琴頭、琴尾、琴柱、弦釘、琴足和底板嵌滿大大小小、色澤各異的鑽石，把兩根琴弦點綴得像一撮五顏六色的鬚芒。青年輕撥琴弦時，十根手指也染上色彩。國王的金葉子花冠、鬍子、劍穗、絲織長袍飄揚，盤坐的波斯地毯也載著國王繞了一圈官殿。青年和公主成親後，沙貝琴一百多顆鑽石被無名人士盜走，竊盜者可能是大臣、官女、樂師、宮廷畫家、詩人，也可能是公主飼養的聖獸。少了鑽石後，青年彈奏沙貝琴時，平凡無奇的音樂讓聖獸不是摀緊雙耳，就是掉頭離去。但公主和青年已經兒女成群，沒有人在乎了。

第四個結合了鑽石和克力士。是鑽石傳說，也是克力士傳說。經典鉅著《克力士戰役》敘述無尼沙國十八位處女以克力士砍下六個國王頭顱和迷昏敵軍後，大開城門讓無尼沙戰士湧入，引起各國覬覦和血腥屠城的是無尼沙一座純隕鐵礦山。在另一部失傳的《克力士傳奇》中，引起七國激戰的是無尼沙一座鑽石坑。無尼沙大人小孩，身上都佩戴以鑽石綴飾的手環、項鍊、耳墜、戒指，克力士刀鞘和刀柄更是鑲嵌著各種大小和色彩的鑽石。六國以米麥、蔬果、珍獸、麝香、燒珠、中國青花瓷器交易無尼沙鑽石百年後，密謀攻打無尼沙瓜分鑽石坑時，無尼沙國王獻上十八位處女，接下來發生的事就像《克力士戰役》所述。不一樣的是，十八位被沾汙的處女是吞鑽石自殺的。

第五和第六個是七十二克拉玫瑰紅的巨鑽傳說，主角是舌魅、田金虹和方蕪。金虹和方蕪的傳說冗長而龐雜，沒有結局。

1 沙貝琴（sape），婆羅洲最古老弦樂器。早期二弦，蘭芳共和國時期三弦，二戰結束後四弦，後來發展到六弦或以上。弦線以碩莪樹纖維、尼龍絲或鋼弦製成。全音或五聲音階為主，無半音。琴身長約一公尺，寬約四十公分，類似中國琵琶，暱稱「婆羅洲吉他」。

第十章

一

「可惜，我沒有機會把戒指套在方蕪手上了，」癱瘓前的田金虹牽著五歲的田金樹小手，看著滿天繁星。「只要星星閃爍，我對她的思念不滅。」

金虹教金樹認識星座像教金樹認識漢字。金虹五歲就記住各種星座的名稱、方向、形狀，甚至亮度，即使大雨滂沱、雲彩厚實、月色燦然，他還是可以正確的指出星座方位，像山人[1]熟悉雨林每一棵果樹的扎根地和果實成熟季節。金樹八歲時拿著抹上螢光顏料的彩筆爬上立梯，根據天文方位在天花板畫出各種大小星座，入夜後，星座眨閃像小型宇宙，數十條銀河似的朦朧螢光穿梭其中，那是數百隻沾染了螢光的壁虎腳趾纖毛留下的足跡。

田金虹不止一次說起那顆七十二克拉的「砂拉越之星」形狀、色澤，「在漆黑的荒野可以讓一頭犁牛耕地籠罩玫瑰紅光囊中」。十歲前的金樹沒有懷疑過祖父，也完全相信古代有關鑽石的傳言，直到十一歲透過天文望遠鏡觀察星空後，金樹才慢慢瞭解鑽石傳說和「籠罩一頭犁牛耕地的玫瑰紅光囊」只是祖父對小情人永恆不蝕的記憶。金樹不能想像一顆七十二克拉鑽石光囊可以「籠罩一隻犁牛耕地」，就像他凝視過數千萬遍油紙傘上的女子、雲落茶館和咖啡館牆壁上製傘師傅彩繪的方蕪畫像，也很難憑空塑造一個有血有肉的方蕪，偶爾，他甚至懷疑方蕪的存在。在祖父熱切的眼神和追思中，星座已經和方蕪連成一體。他對天文學和宇宙學的興趣，就是在祖父無心引導下產生的。祖父過世前一年，趙氏從德國進口一臺克卜勒大口徑折射式天文望遠鏡，金樹於是一頭栽入縹緲浩瀚的宇宙世界。金樹透過肉眼觀察的宇宙像蹲在岸邊凝視的一湖靜水，配上望遠鏡後，湖水清澈流瀉，行星衝日、流星群極盛、日月蝕、彗星和極限星等等天文現象像可以觸摸和捕撈的魚蝦水草。

在地球透過大口徑天文望遠鏡觀察星球，就像從最偏遠的座位，突然拉近到舞臺第一排瞻仰偶像，女子像煙霾飄散的墨黑色長髮，流動而彼此纏繞的衣紋皺褶下的乳房和臀部，深邃的眸子和神祕微笑，冰冷豐腴的雙唇，言行舉止，好像都是衝著金樹的喜怒哀樂而來，金樹甚至從女子億萬年前散發的目光殘渣看到了深邃眸子中的寂寞光澤。升上高中後，他一頭栽入天文攝影，拍攝月球坑洞、太陽黑子和日珥、火星極冠、土星環、木星條紋和紅斑、橫跨夜空的銀河系大弧拱。當他進一步觀察天體時，那個女子有時候離自己很近，近得可以聽見她的呼吸和心跳；有時

1 紅毛猩猩。

候離自己很遠，遠得只剩下扭曲的黑色剪影，像一幅羅夏克墨跡測驗圖，像一根頭髮。

二

二十世紀初期，田金虹獨攬全國鴉片、煙酒和博奕經營權，直到二十年後政府成立「煙酒公賣局」取消招標制。呼風喚雨二十年，助長和擴大振順公司商業疆域，讓田金虹成為全國第一大富豪，也壯大他和皇室相互灌溉的友情的祕密花園。一九一七年查爾斯國王退位返英，大兒子梵納坐上龍椅後，每天清晨五點和金虹騎馬健身，每週一次到金虹豪宅用餐，享用百吃不膩的粵式烤乳豬。據說，砂拉越第一部哈雷機車就是田金虹送給梵納的。在最後一任國王恩寵下，田金虹擔任過華人裁判庭庭主，在國王出國時擔任特別行政委員代掌國務，被國王欽點為國會議員和最高議會終身議員，代表砂拉越參加孫中山靈柩中山陵奉安大典。一九六〇年田金虹過世時，雖然砂拉越已淪為英國殖民地，梵納也已退位，但殖民政府指示全國所有官方機構下半旗致哀三天。這幅下降的旗子，也象徵振順公司日暮西山的霸業。

一九五六年，田金虹長臥病榻後，在競爭對手猛烈侵蝕下，振順公司虛弱得剩下一個空殼子。趙氏十九歲嫁到田家，生下金樹兩年後，丈夫田金雲死於肺癆。如果田金虹過世前沒有當著母子面前交代這件大事，趙氏即使打斷金樹兩條腿，也不可能讓獨生子踏上這趟命運多舛的旅行、進行一場荒謬怪誕和生死未卜的狩獵。那場狩獵超過一甲子。田金虹的遺願，暫時斬斷金樹的天文學家夢想。

「慎選隊員，如果沒有值得信賴的人，你一個人去。」

六位童年和少年時代認識的生死之交，一九六九年農曆年後和金樹一起踏上執行祖父遺願的旅途。

三

金樹的天文學家夢想沒有因此熄滅。每晚觀察天象，油紙傘上的「古典方蕪」就從傘巢下走出來，亮度不一的星星編織出蛾眉杏眼、櫻桃嘴、心型臉，博大壯觀的彗星尾巴揮灑出她的長髮，那麼遙遠陌生，像赫拉滴入星空的奶汁，又那麼親近熟悉，像原始人石窟上的塗鴉。在睡夢中，金樹凝望星空，像一個胎兒伸出小手撫摸子宮壁。他伸出五指，抓耙浩瀚沒邊的星空。這時候，從油紙傘的湖泊倒影中，從烏雲遮蔽的半顆明月下，一個女子像燕子朝他飛來，一隻手從撫琵琶的琴弦中伸出來，拉住金樹的手，邁開一雙像春蛇交尾的卵白腿，邁向浩瀚沒邊的星空。

他倒退和萎縮成一個受精卵，在不斷的細胞分裂中形成一個像桑椹的小東西，著床子宮內膜，五週後，長成一個像蘋果籽的小胚胎，然後，以一個爆炸性速度從零點二毫米、重一點五微克的受精卵，長成五十厘米、重三千三百克的胎兒，完成人類胎兒四十週成長歷程。他的細胞快速分裂，長出四肢幼芽、肌肉纖維和垂體。十二厘米長時，他的皮膚覆蓋著一層細絨毛，長出眉毛、頭髮和臍帶，大腦發育，形狀像梨子，骨骼像橡膠，握拳、皺眉、做鬼臉、打哈欠、打嗝、翻跟斗。十五厘米長時，他擠出神祕的微笑，長出生殖器。二十厘米長時，他不但聽見母親心跳聲和腸胃蠕動聲，也聽見母親的兒歌和祖父的七十二克拉巨鑽和方蕪的故事。四十厘米長時，一道光線從母親子宮壁照射進來，像「籠罩一個犁牛耕地的紅囊」，從此，那道紅囊照亮了子宮和羊水。五十厘米長時，他的頭部進入骨盆，身體塞滿母親子宮，因為不能隨意翻滾，開始玩弄像水藻披拂有致的頭髮，編織成十多捆死結，形成日後那一頭有別於父親和祖父的捲髮。羊水變得混濁時，一隻手將他拉出子宮。

他飄浮星空，像胚胎漂浮羊水中，女人的手像臍帶牽引著他。子宮溫度恆定，羊水充滿浮力，而星空遼闊，漆黑沒邊，沒有引力，冷得他不停顫抖。女人拉著他不斷上升，不斷上升，臍帶被強風剝落時，他聽見一陣巨響，看見一股強光，目睹宇宙從一個緻密熾熱的奇點爆炸，溫度和密度急速下降，在萬有引力牽引下，氣態物質凝聚成氣體星雲，形成金樹日後在望遠鏡中看見的恆星和星系。宇宙從虛無到誕生，以一百三十八億年的時光快速成長，像金樹從受精卵長成成熟胎兒。

九十億年後，一個星際氣體雲在重力作用下坍縮，引發質子核融合，燃燒成一個氣態球體，周圍密布塵埃和岩石，重力拉動下，塵埃和岩石凝合成圍繞氣態球體運轉的八個行星。

金樹和女人飄浮星際，居高臨下俯視四十五億年前的太陽系。

地球是一個無垠沸騰的熔岩之海，沒有空氣，只有二氧化碳、氮氣和水蒸氣，溫度超過攝氏一千兩百度，既熱又毒。一顆年輕行星以秒速十五公里、比子彈快二十倍的速度飛向地球，岩屑飛濺，衝擊波蔓延，重力將岩屑凝滯成一圈環繞地球的岩石帶，衍生出一顆寬度超過三千公里的星球，也是油紙傘上古典方蕪吃了長生不老藥後飛升而去的地方。

數千萬年內，蘊含水滴和冰晶體的流星和彗星轟炸地球，使地球滋生大量的水，地表冷卻，地殼湧現。地球快速的自轉掀起比颶風凶狠的風暴，月球和地球的近距離撩起巨大潮汐，直到月球離去，地球自轉變慢，風浪逐漸緩和。流星和彗星為地球帶來水，也帶來礦物質、碳和原始蛋白氨基酸，混合海底地殼釋放的滾燙液體，海底出現單細胞細菌。十億年後海底長出疊層石，利用光合作用，將二氧化碳和水轉化成葡萄糖，釋放出氧氣。

十五億年前，地核溫度引發全球板塊運動，超級大陸成形。五億年前，海洋充滿氧氣，細菌進化，植物遍布，出現多細胞複雜生命體，地球進入最活躍的寒武紀生命大爆發。氧氣在太陽輻射下轉化成臭氧，逐漸厚實的臭氧層擋住太陽輻射，出現陸地第一批植物，釋放出更多氧氣。三億七千萬年前，一隻怪魚以鰭當腿爬上植被繁茂的陸地，一千五百萬年後長出四肢，並且以陸地為家，衍生出恐龍、鳥類、哺乳類、人類。

地球經歷的五次生物大滅絕在金樹五次仰望女人時掠過。

他像小寵物匍匐女人胯下，女人豐滿的胸部和火焰似的紅髮遮掩了她的臉龐，他沒有看清楚女人的五官。

三

流經雲落的甘蜜河，開埠之前鱷魚橫行，開埠之後人潮暴增，鱷魚沒有減少，但集中甘蜜河上游。甘蜜河巨鱷一餐吃得下一頭犁牛，但到底有多大多長，雲落人只憑目測，沒有做過有系統的調查。雲落人進行和甘蜜河相關的活動時謹慎忐忑，生怕一個疏忽成了鱷魚零嘴，但甘蜜河卻是金樹、烏屎椒和冰淇淋的戲水樂園，下水之前，他們拿著從家裡帶來的兩個小飯糰，站在河岸上進行雲落人下水前的「祭鱷儀式」：「大伯公魚[2]，我沒有軋交[3]你，你也不要軋交我，讓我們痛快的玩一玩吧。」說完，把其中一個小飯糰扔到河裡，像一支魚槍插入河裡，入水時必須發出清脆的入水聲和少量水花，入水後要將另一個飯糰含在嘴裡，如果被鱷魚盯上，立即吐出飯糰餵鱷魚，鱷魚於是知道他們是施捨飯糰的恩人，不會吃掉他們。他們從小在甘蜜河戲水，直到二十歲離開雲落，沒有發生過一次意外。有人說，那是因為巨鱷認得振順公司大少爺。這話完全不通。八十年前，巨鱷還不是一口吃下振順公司大老闆心愛的女人方蕪。

烏屎椒姓貝，一九五〇年父親在雲落三公里外墾芭時，韓戰爆發，胡椒價格飆漲，貝父種了兩千棵胡椒樹，雖然沒有種椒經驗，但土地肥沃，胡椒樹長得像出膛的子彈一樣快。烏屎椒小時候在胡椒園撿鳥屎，挑出鳥屎裡的椒粒盛在牛奶罐裡，積少成多，賣給土產店，一罐烏屎椒可以賣到兩塊錢。雲落人想起流傳婆羅洲一則和一個叫雞屎鑽的華人有關的鑽石故事，於是叫他烏屎椒。烏屎椒小學光著兩腳上學。雨季時，河水淹沒膝蓋，烏屎椒用一根扁擔和兩個大竹筐，一左一右，像小豬挑著兩位妹妹上學。兩位妹妹唱著兒歌，指著遠方的水域對烏屎椒說：「哥哥，大伯公魚！」烏屎椒高聳肩峰，張大眼眶和鼻孔，彎曲脊椎，翹起屁股，像白腹秧雞貼水滑行，兩個妹妹耳中汩汩潺潺之聲不絕，四野波光粼粼、浪花水紋撲騰綻放，轉眼就和鱷魚拉出十個舟長距離。兩個妹妹玩得開心，每天上學瞪著一雙大眼等鱷魚出現，鱷魚不來，她們就嘟著小嘴。烏屎椒看見妹妹不高興，故意說：「大伯公魚來了！大伯公魚來了！」扛著兩個竹筐，慌張又靈活的奔跑，邊跑邊發出怪叫，妹妹咯咯吱吱一路笑到學校。鳥屎椒扛著妹妹上學四個雨季，練就一雙又粗又壯的快腿。小學畢業後，金樹透過振順公司請市政府墊高從鳥屎椒到學校的地勢，蓋了一條不再淹水的柏油路。貝父賣胡椒蓄下一筆錢後，買了上等的肥料催熟胡椒樹，讓它們長得更快、結出更豐碩的椒穗，但進補過度，椒樹全部枯死。金樹建議母親高價蒐購貝家椒園，重新翻種。貝父在布洛克街買下一爿商鋪，聘請一位海南人當咖啡師傅，販賣咖啡、茶水、糕點，櫃檯裡的銅板累積的速度媲美椒園裡振順公司重新栽培的椒粒。

冰淇淋父母早逝，祖父在甘蜜河兩公里上游耕養兩畝菜園。冰淇淋從小學四年級開始，每天清晨騎著一輛破舊的中國鳳凰牌自行車，車把掛兩籃菜，貨架載一大籮菜，頂著冽風到雲落叫賣，賣完後換上校服，騎自行車上學。他的一位叔輩在雲落經營一家叫做「冰山」的冰淇淋店，冰淇淋父親生前也是小股東，放學後，冰淇淋到「冰山」載著兩桶冰淇淋和兩桶雪支[4]沿街叫賣。一條雪支五分錢，一朵冰淇淋一角錢，賣完四桶，淨賺三塊兩角，冰淇淋全部交給祖父。小六時，冰淇淋已賣了一年冰淇淋和雪支，大人和小孩叫他冰淇淋。那天中午，他提早賣完冰淇淋和雪支，吹著口哨，沿著甘蜜河河畔騎車回家。在這條小路上，冰淇淋的自行車走得順暢靈活，好像有肉有蹄、會吼會嗅的坐騎，即使冰淇淋閉上眼睛放開車把也不會走岔。經過一道長滿茅草

---

2 鱷魚。
3 馬來語：騷擾、打擾。
4 冰棒。

叢和羊齒植物的坡地時，耳邊響起一陣呼嘯，後腦勺好像被狗咬了一下，冰淇淋連人帶車栽倒茅草叢中。兩個戴草帽和鴨舌帽的少年，一個按在他身上，一個搜刮他的褲袋，搶走所有銀錢後，邊逃走邊發出怪聲，像兩隻偷摘玉米的豬尾猴。冰淇淋騎上自行車，兩腳踩著腳蹬，屁股遠離鞍座，上半身平行像俯衝的獵豹。黃泥路凹凸不平，丘陵散亂像滾浪，上坡慢下坡快。冰淇淋如果棄了自行車，也許追得上。自行車是父親遺物，鞍柱刻著父親名字。在一座丘陵上，一左一右野生著兩棵橡膠樹，兩個少年經過樹下時被樹後突然冒出的金樹和鳥屎椒出腳絆倒，戴鴨舌帽的摔得鼻孔出血，戴草帽的額頭腫了一個大包。冰淇淋下了自行車岔出後輪支架，讓自行車平穩的立著像一隻憤怒的坐騎。兩個少年站在橡膠樹下往前後快瞄一眼，背對金樹和鳥屎椒，面對冰淇淋。少年撿起地上的草帽，用一種流氓姿態戴回頭上。他們穿著背心、短褲、夾腳拖，褲頭插著彈弓，和雲落少年一個模樣。戴鴨舌帽的少年反戴鴨舌帽，也是雲落少年戴法。雲落家犬凶狠，野狗蠻橫，追咬陌生人時像著魔。雲落少年相信反戴帽舌帽會讓狗兒以為敵人撲向自己。兩個少年比金樹等人大了兩歲，高出一個頭。

「老兄，」冰淇淋賣了一年多瓜菜、冰淇淋和雪支，說起話來像老練的商人。「那是我賣冰淇淋和雪支的錢，一共六塊五角，還我吧。」

兩個少年大步走向冰淇淋。

「冰淇淋，」戴草帽的說。「有本事自己拿回去。」

鳥屎椒和金樹分別一個大步，接近兩個少年。

「姓田的和姓貝的，你們別插手。」

冰淇淋低頭向前邁了三個箭步，額頭挨了兩拳，一頭撞在戴草帽的少年肚皮上，兩手分別鑽入兩個少年褲襠口，勒住兩個少年的生殖器，像勒住兩隻膩滑的泥鰍，用盡吃奶力氣拉扯。兩個少年慘叫一聲，一屁股坐在地上。冰淇淋兩腳踩住他們的褲襠，以拔芋頭的姿勢，像要把生殖器連根帶卵拔出來。兩個少牛出拳毆打冰淇淋，但是不管他們怎麼毆打，冰淇淋就是不鬆手。最後，兩個少年散開拳頭，癱躺地上，仰天哀嚎。他們嘴唇蒼白，臉色鐵青，揉著胯下，一拐一拐的離開了。

那年，金樹和鳥屎椒念小五，冰淇淋比他們大一歲。

四

十二月，雨季，甘蜜河河水暴漲，沿岸的高腳屋屋腳被河水淹沒兩個臺階，掛上馬達的長舟和舢舨從上游運來水果，夾雜著滿載膠片、椰乾、山藤和樹脂等土產的印尼小貨船。船主泊岸後找一家茶室歇腳，填飽肚子後搬運水果和土產上岸叫賣。週日中午，金樹、鳥屎椒和冰淇淋坐在河畔一棵檳榔樹下，吃著「冰山」雪支，看著來來往往的長舟和舢舨，聽見對岸發出一聲歡呼，椰子樹下雞棚後竄出六個小孩，從一個穿著卡其短褲的少年手裡接過一粒西瓜，消失雞棚後。少年走向甘蜜河，穿過河畔一簇矮木叢，像一隻從空中插入水裡的魚狗跳入甘蜜河，潛游到對面一艘滿載紅毛丹的長舟，將一串紅毛丹掛在脖子上，潛回矮木叢，將紅毛丹交給雞棚後的小孩。他來回十多趟，每一趟從長舟帶回不一樣的水果。十多趟後，他和六個小孩躲在雞棚後，再出現時，小孩肚子鼓得像蛤蟆肚。小孩離開後，少年爬上一棵波羅蜜樹，跨坐一根橫枝上，從口袋掏出一支口琴，用純熟的技藝吹奏〈採椒姑娘〉。淒美的琴聲代替了流水聲，像從天上降下一層薄薄的雲彩，朦朧和仙化甘蜜河。雨季期間，金樹、鳥屎椒和冰淇淋即使準備再大的飯糰，也不敢到甘蜜河戲水。雨季的甘蜜河波濤和暗潮洶湧，平常不太看到的大魚和巨鱷，也聚集甘蜜河河口覓食。金樹等人划舢舨到對岸，爬上波羅蜜樹聽少年吹奏口琴。少年父母在雲落經營中藥店，在後來的七人中，只有金樹比他富裕，也只有他和金樹吹得一手好口琴。少年有兩支德國製口琴，一支和萊牌，一支賽德牌，但他沒有金樹同時吹奏兩支口琴的技藝。少年也精通曼陀鈴、手風琴和沙貝琴，據說他十指在曼陀鈴的指板和琴弦上撥奏莫札特或舒伯特名曲，同時嘴裡嗯嗯唔唔哼唱時，雲落村的肥瘦美醜女孩，就像百花盛開，等待他的十指像蝴蝶幸臨、像甘霖滴下。他的聲音甜美輕柔，像月色灑在荷花池上。他的一舉一動充滿靈氣，像有一個長了翅膀的天使，用扯線像傀儡操縱他的姿態。他的眉毛又濃又挺，像兩抹烏雲，掛在星叢眨閃的夜空上。他的眼睛像兩匹發情的黑馬，明豔動人，充滿傲氣，當他的凝視像馬蹄蹂躪青春期的女孩胸部時，女孩就會想起他胯下陰莖勃起時的形狀和弧度。他和金樹是雲落美男子，兩個人同時出現時，雲落女孩以初生嬰兒心臟的跳速，輸送大量血液到腦袋瓜和小臉蛋上，從額頭到腳趾頭紅得像朱槿花。因為精通水性，有人叫他水鬼。雲落人在茶館聽人說書，知道《水滸傳》有一個浪裡白條，有人叫他張順。他進入叢林尋找「砂拉越之星」後，母親將他的曼陀鈴、手風琴和沙貝琴裹上布帛，放在一個櫥櫃中。有一天晚上，母親聽見客廳傳來叮叮咚咚的琴音，看見兒子用沙貝琴彈奏一首印尼名謠〈去採紅毛丹〉，琴弦和指板上沾滿血跡。母親醒來後，看見櫥櫃裡的布帛滲染著一朵又一朵像朱槿花的血跡。母親哭得很慘，以為兒子死了。

雲落女孩給他取了一個綽號：沙貝琴王子。在滿月的夜晚，女孩看見他跳入甘蜜河，在灑滿月色的河水暢游一陣後，濕淋淋上岸，拿起岸上的沙貝琴走到女孩窗前彈唱有河流、島嶼、椰子樹和飛鳥的歌曲，唱完後，他走到窗下，用冰冷的雙唇親吻女孩額頭，順勢把含在嘴裡一尾兩點馬甲吐入女孩口腔，第二天清晨女孩醒來，口腔還含著一尾活生生的兩點馬甲。她們將兩點馬甲吐入一個裝著清水的玻璃瓶，放在閨房的窗欄上。女孩永遠記得，當她們含著被冰冷的河水浸泡過的陰莖時，那種舒適可口的幸福感。

他第四個加入金樹、鳥屎椒和冰淇淋的小集團，大家叫他老四。老四加入時，他們剛從初中畢業。紅番是老四生死之交。老四加入後，紅番也跟著加入。紅番世代定居唐山詔安縣新安村後寨，前寨是李姓人村落，後寨人姓林。前寨人住在清澈見底的溪邊，飲用礦物質豐富的天然溪水，村人精神飽滿、人強馬壯。後寨人遠離山溪，全村鑿井引水，水質汙濁，後寨人膚黑肌薄，早晚倦怠沒勁，勞動力遠不如前寨人，還被前寨人嘲笑，引發前後寨大量口角和少量肢體衝突。紅番父親遠赴南洋謀生，幹了五年苦力在雲落碼頭後，租一塊農地，搭一座長棚豬寮，挖一池栽培大萍的水塘，飼養五百多頭豬，娶一個雙十年華客家女子，生下五個兒女，夭折四個，只有紅番存活。紅番出生時，顯然受了唐山地下水荼毒，又黑又扁，像蜥蜴乾，七歲時，生殖器像燒焦的一片茅草鞘，只有灑尿時才呈筒狀，但也不比一根洋煙粗。三年後，皮膚由黑轉紅，雲落人看多了美國西部牛仔片，起初叫他生番，後來叫番人，最後叫紅番。紅番六歲照管豬寮，清晨到市場撿菜梗死魚，中午從水塘汲水沖洗豬寮，傍晚沿戶討廚餘，空閒時，和老四坐在豬寮椰子樹蔭下鋅鐵皮屋頂上，聽老四演奏曼陀鈴、手風琴或沙貝琴。飼豬前，老四胸前掛著亮晶晶的鍵盤式手風琴，繞著豬寮演奏俄羅斯或愛爾蘭民謠，聽得豬群飢腸轆轆，吊足胃口後，紅番才倒下飼料。餵完豬後，老四抱著水梨狀曼陀鈴，在莫札特或舒伯特的不朽樂章安撫下，豬群很快陷入深層睡眠。一九六三年一月，雲落洪水氾濫，沖垮紅番父親豬寮，五百多頭豬隨著洪水漂散雲落，紅番父子划著舢舨牽回豬隻，盤點時少了四十一頭。四十一頭豬可能落入鱷魚肚子，可能被雲落人私藏。老四坐在舢舨上演奏手風琴，舢舨所經之處，迷路的、被囚禁的或被綑綁的豬隻，想起芬香誘人的美食，不是亢奮的泅向舢舨就是哀嚎耍賴，被紅番父子循聲索回。日暮低垂時父子循著一聲恐怖豬嚎闖入龍尾山下一戶雞農的高腳屋，看見一個拿著滴血彎刀的高大傢伙，站在一隻四肢哆嗦的垂死之豬前。

「李偉潘，」紅番父親蹲在死豬前，抬頭看著彎刀客。「前寨的李偉潘！」

「林宏，」彎刀客看著紅番父親。「後寨的林宏！」

乍見詔安縣新安村前後寨同鄉，兩人一陣錯愕，腦海中同時浮起前後寨十多次爭執中，兩人曾經以鋤頭和釘耙對峙，但都是雷聲大雨點小、氣勢和膽識的廝殺，沒有傷到對方皮毛。

「李偉潘，你前寨活得好好的，怎麼死到這裡？」

「林宏，你不死在後寨，怎麼死到這裡？」

「你殺了我的豬！」

「雲落養豬人十多個，流失的豬幾百多頭，怎麼證明是你的豬？」

林宏一時語塞。「我養的豬，我分辨得出來！」

老四用手風琴演奏一首印尼民謠。眼看已經氣絕的豬突然衝向老四，被門檻絆倒，哀嚎一聲，抽搐著四肢倒在老四腳下。

「全雲落人知道，我家的豬聽到老四的手風琴，就知道餵食時間到了！」紅番說。

「早就告訴你，那是紅番的豬。」

一個站在角落的少年人說。他長髮過肩，身軀高大，眼神有一股野性。李偉潘一巴掌打在少年人的臉上。少年人不吭聲，看了紅番一眼。

「紅番，那是你家的豬。」

少年人像一隻猴子撲向李偉潘，兩手勒住李偉潘脖子，兩腳絞住李偉潘腰板。李偉潘一屁股坐在地上，撞翻一個小板凳，彎刀刀尖順勢往少年人臉上劃去。林宏、紅番和老四拉開兩人時，五個人身上塗抹著豬血，狀極恐怖。少年人左頰多了一道十公分傷口，眼眶盈血。他呸一聲，朝李偉潘臉上吐出一口紅色唾液。

五

李偉潘妻子帶著七歲兒子嫁給李偉潘時，年方二十五，嫵媚風騷，三年後，李偉潘妻子騙走兒子販賣小雞的三百多塊錢，和一個年輕的單幫客私奔到新加坡。李偉潘不抽鴉片、不喝酒，但嗜賭好色，一天泡十小時賭場，兩天逛一次娼館，一星期清點一次雞寮裡的雞隻。他對雞寮裡的大小雞隻、公雞母雞，一天下一次蛋的雞，兩天下一次蛋的雞，抱孵的雞和不抱孵的雞，紅雞白雞黑雞，勇敢的對峙老鷹和大蜥蜴的雄雞或看到入侵者就潰逃的雄雞，就像對娼館裡的老小娼妓一樣清楚，但他讓兒子照料雞場後，每清點一次，雞就少了幾隻。他杖打繼子的船槳是達雅克人的藝術雕刻，凹凸著鳥獸紋，鹽木做的，又沉又重，不適合划船，適合裝飾牆面。李偉潘的繼子穿夾腳拖和短褲，一年當中，六個月打赤膊，六個月穿一件新加坡進口的金馬牌工人衫。李偉潘兒子有三個嗜好：洗澡、看戲、學雞啼。李偉潘兒子每天起得比雲落公雞早，然後，他站在鋅鐵皮屋頂上，用力的清了清嗓子，昂起脖子，連續發出三聲雞啼。啼聲清澈宏亮，一聲比一聲長。

Cock-cock-a-a-doodle-do-do

Cock-cock-cock-cock-a-a-a-doodle-do-do-do

Cock-cock-cock-cock-a-a-a-a-doodle-do-do-do-do-do

他的啼聲叫醒雲落所有公雞，雲落於是響起連綿不絕的雞啼，叫醒所有雲落人。據說，雞眼有五種視錐細胞，人類只有三種，雞除了看到人類眼中的紅綠藍，還可以看到紫光和紫外光，紫外光讓雞比人類提早看到太陽；此外，曙光刺激雄雞體內的松果體，分泌出大量褪黑素，讓雄激素暴增。李偉僑兒子雖然從小和雞群作伴，但是說李偉潘兒子擁有雄雞之眼和松果體，就像說他是畜生，但李偉潘兒子擁有一種雄雞沒有的元素：愛情。愛情讓他像雄雞擁有五種視錐細胞，愛情讓他的雄激素不需要黎明的曙光刺激，愛情更是每天叫醒他的最大動力。他喜歡的女子住在五條街外，他必須把全身力氣集中丹田，才能夠把啼聲傳到愛人耳中。他想像愛人聽見他的雞啼後，緩緩睜開一雙美目，看向窗外，迎接黎明前第一道曙光，像迎接他的靈魂投射到她心坎的純淨光芒。他從十歲開始每天清晨鍛鍊丹田，養成身心安定、氣凝神閒的射擊功夫，第一次端槍就技壓好友。

雞啼後，李偉潘兒子脫得精光，站在自家井欄前用鐵桶從井裡舀水洗澡，一天八次，就像初抵雲落的唐山新客洗澡祛暑，但他是為了滌除雞屎味。他熱愛洗澡也和愛情有關。十歲前，他不管走到那裡，別人就對著他身上的雞屎味蹙眉頭。他擔心到宮殿大戲院買票時，那股雞屎味影響她對他的觀感。洗澡和雞啼對他來說，是一種充滿神聖和幸福的儀式。他熱愛看電影，當然也和愛情有關。為了和坐在宮殿大戲院售票廂裡的心上人見上一面，宮殿大戲院放映新片時，中、西、東洋或印度電影，他一律不缺席。一九六五年，中國電影《劉三姐》在雲落上映兩週三十二場，李偉潘兒子看了其中十八場，走在路上也哼著〈神仙聽歌下凡來〉、〈斧砍江水水不離〉、〈我落石崖順水漂〉等等山歌歌詞。雲落人戲稱他三姐時，他笑一笑，不以為意。

雖然繼父從來不把自己當親生兒子看待，但在三姐眼裡，一切都那麼美好，他甚至感謝繼父交給他養雞重擔，扛起一家生計。這份工作讓他學會雞啼，熱愛洗澡，用偷賣雞或雞蛋的錢看電影。李偉潘的殺豬刀在繼子臉上留下一道恐怖的刀疤後改變了一切。三姐還是每天清晨學雞啼，但啼聲充滿哀傷和失落。他還是每天洗八次澡，但很少出門，也不再到宮殿大戲院看電影。在市場販賣雞隻和雞蛋時，他戴一頂壓得很低的寬檐藤帽，遮住從左眼袋延伸到腮幫子下的恐怖刀疤。三姐離家出走時十七歲，一九六六年。李偉潘僱了一個爪哇人照料雞場，六個月後，李偉潘、爪哇人和兩頭家犬被砍死在雞場內，唯一存活的是一頭帶領一群家犬在雲落街頭蹓躂的棕色公狗。警察查訪賭場和娼館後，對三姐發出通緝令。案發當晚，雲落人看見雞場內出現一個長髮披肩、高大削瘦的身影。

一九六七年七月，一個比往常炎熱的旱季，金樹、鳥屎椒、冰淇淋、老四和紅番在甘蜜河一百二十公里外見到闊別一年的三姐。甘蜜河河水下降三個臺階，露出被水磨和風蝕的河卵石，有的呈鱷齒形，有的像斧鉞、獸骨、魚骸，有的就是獸骨和魚骸。在河卵石和獸骨魚骸之間，暴長出被草食動物啃食過的野草和樹苗，在西南風吹拂下棲伏著流動的黑影。李家唯一存活被鳥屎椒領養的棕色土狗從船艄躍下，翹著鐮刀形尾巴，越過河卵石和獸骨魚骸，消失茅草叢中。金樹等人將長舟湊岸，扛著雙管或單管獵槍尾隨棕狗。早晨六點，莽叢覷瞇著鱷眼晨曦。一隻眸栗色的黃冠夜鷺，冠毛菊黃，白腹弧線型，叫聲從被晨風掀起的萬頃波濤的茅草叢中響起，流溢到很遠的地方。

茅草鞘上的露水濡濕了他們的下半身。野地又硬又乾，龜裂著兩指深和一掌寬凹縫，讓他們無法維持規律的步驟。十多分鐘後，棕狗不見蹤影，但狗吠引導他們走向一座被龍腦香樹叢環繞的崗巒。除了狗吠，黃冠夜鷺的叫聲沒有消失過，好像也在引領他們前進。上了崗巒，踱過夾脊小徑和落葉林，跨過一片焚地，繞過一個乾湖，穿過一個菜圃，看見一個打赤膊穿短褲的高大男子，手拿一把滴血彎刀站在一座水井和柴垛前，腳下躺著一隻卸成數十塊的野豬。棕狗搖著鐮刀形尾巴，狂嗅著男子的腳趾。男子後方是一棟屋頂覆蓋著茅草和棕櫚葉的木屋，屋簷下掛著兩串燻肉，牆上傍著削尖的木棒、鋤頭和畚箕。

黃冠夜鷺叫聲終於停止了，綠葉和野草窸窣低語，沉浸在鳥鳴的餘韻中。

紅番第一個認出三姐。十八歲的三姐長髮披肩，滿臉鬍腮，臉上有一種陰雨綿綿的氛圍，憂鬱的眼神讓人想起他的雞啼和山歌。一道鸚哥綠刀疤從左眼袋延伸到腮幫子下，很像彎彎的豆筴。三姐離家後，雲落人偶爾看見一個戴寬檐草帽的男子，黃昏時分在宮殿大戲院售票口對面的飲食攤、修車廠、理髮屋和兩棵芒果樹下徘徊。芒果樹後是理髮師傅被花圃圍繞的矮腳木屋，梔子花、曼陀羅、雞蛋花和茉莉花的香味隨著海風飄散宮殿大戲院四周，伴隨著雞屎味。

三姐對狗發出親切的呼喚。狗吠了兩下，搧著鐮刀形尾巴，繞著三姐跳躍。三姐高高的挑起左側眉頭，歪著右側嘴角，用一種充滿嘲諷的笑容，小聲的哼唱著哼唱過千百遍的客家山謠。

木瓜結果把娘頸，芭蕉結果一條心，柚子結果包梳子，鳳梨結果披魚鱗。

老四技癢，掏出敦煌牌口琴。三姐唱完後，紅番說：「三姐，你宰了李偉潘？」「狗啊，狗啊，你那天晚上上了幾隻小母狗？」三姐拍撫著狗頭。「幸好你不在場，留住了狗命。」

三姐搓著狗背，無需彎腰。雲落市內和郊外有十多座克難籃球場，年輕人捉對廝殺時，沒有人敢在三姐面前投籃。三姐的身高和臂長，不需要跳躍，就可以把對手投出去的皮球一巴掌抓下。

「我從小被他揍到大，宰了也不後悔。紅番，你說呢？」

「回雲落吧，大家都想念你。」

「不是你。是你，不會宰了兩隻狗。」金樹說。
「狗喜歡你。你把狗留下吧。」鳥屎椒說。
第二天五人回到原地，帶給三姐一支雙管和單管霰彈槍、四盒子彈、兩箱啤酒、一批罐頭和雜糧。三姐扛著兩支槍，口袋兜著子彈，帶著金樹等人下崗巒入叢林。三姐第一槍就展示鍛鍊丹田養成的身心安定和氣凝神閒，打爛一隻長尾猴屁股。金樹等人逢週日入林打獵，槍法已有準頭，但三姐像是天生的槍手，第一次使槍就技壓眾人。傍晚分手時，金樹說：「三姐，想回雲落，我找老媽活動活動，包準你平安無事。」三天後中午，五人再度來到崗巒，帶來六盒子彈、液晶體收音機、洋煙、手電筒、煤氣燈和罐頭，同時捎來宮殿電影院未來一週排好檔期的院線片名稱。三姐抽著洋煙，對電影名稱和內容沒有太大興趣。三姐和五人輪流比腕力，只有紅番撐了十秒鐘；比徒手搏鬥，三姐的長臂像獅子戲兔子。三姐可以連續翻十四個跟斗，單手倒立十分鐘，助跑兩公尺後躍上小木屋屋頂。三姐說：「老四，我只有水裡的功夫不如你。」
五人離去時，留下棕狗。

六

一九六八年，金樹、鳥屎椒和老四二十歲，紅番十九歲。冰淇淋最大，二十一歲。三姐最小，十八歲。
二十世紀初期，雲落發生開埠後最不可理解的怪事。雲落菜市和漁市左側有一條柏油路，叫女皇路，一天晚上，雲落人聽見轟轟隆隆數聲巨響，第二天女皇路冒出一塊深紅色巨石，高十六公尺，寬二十二公尺，長八十公尺，外型像一隻大蛤蟆，占據女皇路旁一塊沼澤地和三分之二路面。雲落人圍在巨石四周觀望，有人登上巨石，燙得腳板生出水泡。雲落人發現巨石散發著一股熱氣，四周的茅草叢和灌木叢有燒焦的痕跡。兩天後，巨石冷卻，大家又登上巨石，東敲西戳。查爾斯國王下令炸燬巨石，恢復女皇路的暢行。工人鑿洞埋置炸藥時，發覺巨石堅如鋼鐵，鑿了半天，只鑿出十多個比蟋蟀洞還小的洞眼。當天晚上，工人和登上巨石的雲落人發燒嘔吐，有的突然昏厥，有的口吐鮮血，有的脫髮掉牙，有的皮膚潰爛，不到一週，死了二十多個雲落人，連野狗、野鳥和附近的耕牛也暴屍野外。雲落人以為女皇路的鋪設惹惱地神，天降一場瘟疫，在田金虹等華社領袖籌畫下舉行遊神法事，開壇扶乩，割舌畫符，信眾坐上刀轎繞行雲落。國王大發雷霆，將瑪格麗特堡壘炮口對準菜市和漁市，田金虹等人立即驅散遊神隊伍。那場天災奪走五十多個雲落人性命。

查爾斯國王從英國聘請的病毒學家沒有在死者身上找到病毒，但發覺死者皮膚燒傷、長水泡、潰爛，呼吸道黏膜壞死，眼睛紅腫失明，造血器官損毀，死前大量分泌唾液、抽搐、大小便失禁。病毒學家認為被巨石壓制的沼澤土殼下的有機物質發生厭氧分解和發酵，釋出含甲烷和硫化氫的沼氣，經過呼吸系統和皮膚進入人體，建議不要移動巨石，免得釋放出更多毒氣。巨石保住原貌，盤據女皇路到現在，雲落人從此叫它蛤蟆路。一年後，巨石四周長出一批耳環樹，工人埋置炸藥的十多個火藥眼也長出樹苗，三年後，高大蓊鬱濃蔭蔽地，不到半年，像從巨石崩出來，從外埠湧進一批江湖術士、郎中、藝人、風水堪輿師、占卜師、相術師、說書人和騙子，架棚擺攤在樹下。這批奇人異士巡迴南洋，有的獨來獨往，有的結伴攜眷，有的來去如風，有的安營紮寨長駐，少數落戶雲落。

呂長山是落戶雲落的賣藝人之一。

九一八事變後，日軍一路南下，抵達河北遵化東北五十多公里長城喜峰口，國軍西北軍系二十九軍浴血奮戰，夜襲敵營，殲敵五千餘人。二十九軍武器簡陋、槍彈不足，武術名家李堯臣結合中國傳統六合刀法，針對倭寇軍刀，創編一套無極刀法，也叫破鋒八刀，可以刀劈，可以劍刺，簡單易學，實用性強。士兵配備長柄、寬刃、刀尖傾斜的傳統中國大刀，在李堯臣調教下，練就一手高超的大刀術和出神入化的白刃戰本領。西北軍參加不少惡戰，立下汗馬功勞，破鋒八刀名揚海內外。呂長山參加一九三三年喜峰口大戰時，還是一個二十歲的青年。一九四六年，呂長山帶著兩把大刀，漂洋過海到雲落討活，在蛤蟆路巨石旁擺攤賣藥。呂長山第一次從牛皮刀鞘抽出大刀時，四周或站或蹲，圍了七、八圈大人小孩。大刀重四公斤、長九十公分、元寶鐵製護手、長短雙血槽，刀背和刀尖有一個繫穗子的圓孔，刀柄後有一個繫纏布和擦刀手巾的圓環。呂長山單手握刀柄，刀背向下扛在肩上，用瘖啞低沉的嗓子，講述當年血戰喜峰口、夜襲倭寇的英勇事蹟，但他並不一次說完，緊要關頭突然剎住，雙手舉起大刀，凌空劈砍兩下。

「各位鄉親，這就是殺得鬼子屁滾尿流的大刀，砍銅剁鐵，削鋼如泥，專克鬼子軍刀，鬼子軍刀雖然鋼質好，硬度高，但刃口薄，殺手無寸鐵的人好用，碰到我們既厚又重的大刀，刃口相格時，鬼子就吃大虧。各位鄉親，小弟不才，現在演練一遍破鋒八刀。破鋒，衝破敵鋒，擊破刺刀。八刀，共八個刀式。」

呂長山脫下汗衫，打赤膊，穿一條黑褲，吸一口氣，身體左面向前側立，雙腳分開，左前右後成高虛步，左手往前平伸，手心向下，手指向前，右手執刀在身體右側，刀尖向後，刀刃向內。展開起手式後，呂長山徐徐朗誦破鋒八刀口訣。「迎面大劈破鋒刀，掉手橫揮使攔腰。順風勢成掃秋葉，橫掃千軍敵難逃。跨步挑撩似雷奔，連環提柳下斜削。左右防護憑快取，移步換型突刺刀。」然後，不唸口訣，快速的演練一遍。天氣炎熱，呂長山還沒演練前已經滿頭大汗，演練完後汗水把耳環樹下的黃泥地染成了泥濘地。

「好！好！」

雲落人的掌聲和叫好聲非常熱絡，即使看了一百遍。

呂長山魁梧高大，比圍觀的雲落人高出不止一個頭。第一次演練時，大刀砍斷頭頂上一截耳環樹樹幹。頭大無毛，額頭低，顴骨高，塌鼻，兩耳貼腦，口如四字，胳臂和背部有鬼子軍刀留下的刀疤。雲落人沒有看過這麼剽悍的男人。

「鄉親，破鋒八刀的精髓，看似複雜，其實簡單，和鬼子對峙時，我雙手握大刀，刀尖朝下，鬼子刺刀刺來時，用大刀挑開刺刀或挑偏刺刀，因為向上挑起，刀在頭上，順勢劈下，把鬼子劈成兩半！鄉親，戰場上瞬息萬變，敵人不會像木頭任你砍殺，所以熟練八種刀式，隨機應變。」呂長山舞動大刀，分解八種刀式的技擊、刀法和動作，好像鬼子就在眼前像一頭綿羊任他宰殺。「第一式，迎面大劈破鋒刀，這刀式是敵人刺向我時，我上步換位，大刀從敵人中門側面下劈，故稱迎面大劈。這刀最關鍵的地方，是右腳上步自然換位，使敵人刺刀刺空，然後一刀隔開對方槍刀，反手砍向脖子或肩膀。敵人劈空了，一定收槍後縮，再出槍反擊。我這個時候還是需要向前衝，左手放在刀背上向下壓。一邊劈一邊往後收，連劈帶按帶後拉刀，壓制對方刺來的槍。」來來回回，演練三遍。「第二式，掉手橫揮使攔腰，敵人刺我時，我用刀上架，然後上步撩刀，橫抹敵人頸部，敵人收槍急退，我一個上步，轉身斜掃腰部——」

八種刀式演完，已經耗費三十分鐘。

「鄉親，刀式是死的，上了戰場，膽識和氣勢最重要，像我這種力氣大，又比鬼子高個半截，砍也懶得砍，用大刀擋開鬼子刺刀，反手往鬼子脖子順勢一拖，鬼子就一命嗚呼，只剩下半個脖子連著身首。鄉親，使過刀的人知道，刀最怕拖，再鈍的刀只要一拖，就變得鋒利無比。這種殺敵法，省力氣又利索，殺個三天三夜也不累。」

「好漢，殺過幾個倭寇？」

「戰場上腦充血，老實說，我也記不清了，少說二十來個到三十個。」

「砍過幾個倭寇腦袋瓜？」

「七、八個到十個。」

呂長山有一次環視四周，笑得兩眼瞇成一條線。

「不比被我破瓜的姑娘少。」

接著，呂長山收起大刀，拿出一把木刀和一支棍棒，請雲落人扮演鬼子，和他實際演練白刃戰。有調皮的青年不按套招，掄起棍棒朝長山胡亂劈砍，都被長山像老鷹抓小雞一刀制服。

長山再度拔出大刀，演練最後一遍破鋒八刀，一邊練，一邊用他的鴨嗓唱〈大刀進行曲〉：

大刀向鬼子們的頭上砍去，
全國武裝的弟兄們，
抗戰的一天來到了，
抗戰的一天來到了。
前面有東北的義勇軍，
後面有全國的老百姓，
咱們中國軍隊勇敢前進！
看準那敵人，
把他消滅！把他消滅！
（雲落人：「衝啊！」）
大刀向鬼子們的頭上砍去！
（雲落人：「殺！」）

呂長山賣的藥，專治咳嗽、肚疼、風濕、關節炎、肌肉瘦痛，或舒筋活血、打通血脈，或專治外傷消腫的狗皮藥膏，用的是平和溫性的藥方，有的還摻著鴉片，但他並不欺瞞，說：「彈打無命鳥，病治有緣人。我這些唐山藥，據說還頗有效，但我不敢把話說滿，鄉親看著辦吧，如果吃了塗了沒用，就別再花冤枉錢了。」雲落人捧場，不到兩天，賣完兩箱藥。兩個月後，他再度出現，賣完兩箱藥後，不走了，在龍角山下買了三十畝地，裁種本地水果，蓋一棟矮腳屋，娶一個客家姑娘。他在蛤蟆路上販賣水果時，依舊演練破鋒八刀，講說坑殺鬼子往事。他在矮腳屋四周栽種胡椒樹，利用椒樹布置奇門遁甲陣法防竊賊，據說陌生人誤衝陣中，沒有他親手搭救脫不了困。一九六八年，他五十五歲，十二月，正是榴槤成熟季節，他在蛤蟆路旁纍了三百顆榴槤，帶著十八歲的兒子演練破鋒八刀。

這是雲落人第一次看見呂天水。天水穿一件彤色襯衫和時髦的白色喇叭褲，梳了抹上一層髮油的時髦飛機頭，留著時髦的貓王鬢，皮膚比父親稍白，高鼻梁，眼神充滿饑饉和活力，有著和父親相似的高顴骨和貼著腦袋的大耳，模樣有點像紅遍雲落的搖滾巨星艾維斯．普里斯萊。他摟著牛皮刀鞘，蹲在榴槤垛前，抬頭看著枝葉繁茂的耳環樹。一片柳葉形綠葉飄到他眼前時，他伸出拇食二指挾住，食指一彈，手腕一扣，葉梢插入了潮濕的泥土中。呂天水站起來時，雲落人發覺他比父親高出半顆頭，臀腰、胳臂和大腿比父親粗，第一次演練破鋒八刀時削斷頭頂上兩根枝椏。

「迎——面——大——劈——破——鋒——刀——」

呂天水沒有說過半句俏皮話，也不和雲落人互動，更沒有人願意用木棒和他演練白刃戰，因為他出手沒有輕重，一趟演練下來，當活靶的雲落人十多處瘀腫，只有不怕皮肉痛的青年咬緊牙根體驗破鋒八刀的殺傷力。破鋒八刀在天水操練下，似乎又躍升了一個境界。一個長得像老獮猴的相命術士看完天水操練後，當著圍觀的雲落人說：「男人顴骨高，必定逞英豪；女子顴骨高，殺夫不用刀。呂大俠，虎父無犬子，你們父子都是一代英豪，你兒子處世沒有你靈巧圓滑，但一把大刀舞得驚心動魄、氣撼山河，好像出柵的獠牙、護穴的猛獸，見血方斂。你兒子如果參加喜峰口戰役，砍下的鬼子腦袋，比你賣出去的榴槤還多。」

呂長山拿起兩粒榴槤，一粒扔向呂天水，一粒往上扔，兩粒榴槤落地前分別被呂氏父子劈成五瓣，都是沿著果實基部到頂端的五條線紋切開。呂長山撿起一瓣，一口咬住奶油色卵狀果肉，說：「鄉親，嚐嚐看，我種的榴槤，肉厚核小，雲落第一。」撿起一瓣擲向相命術士。「一張爛嘴巴，死的說成活的。」

試吃完榴槤，買賣不怎麼活絡時，呂長山環視現場一遍。「鄉親，我是賣唐山藥的，對中藥也有一點常識。中醫說，榴槤性熱，味甘，有強健身體、健脾補氣、補腎壯陽、活血散寒的功效。榴槤高脂肪高熱量，俗話說，一顆榴槤三隻雞，吃一顆榴槤等同吃三隻雞，讓你做半天工也不會累。纖維多，讓你大便順暢！維生素和水分多，可以抗老化，讓你皮膚濕潤，少長皺紋和老人斑，少掉頭髮和牙齒。可以補血，對女人和準備生小孩的女人特別有用！」呂長山拿了一瓣榴槤，遞給身前一個懷著八月身孕的女人。「哈哈，我關公面前舞大刀，說外行話了！榴槤是南洋特產，各位比我更知道它的好處！不過我還是老王賣瓜，不厭其煩的宣導一下，說不對的地方，各位鄉親多多包涵！各位都聽說，榴槤出，沙籠脫，意思是說榴槤季節一到，大夥賣掉沙籠吃榴槤。又說，一粒榴槤落下，沙籠往上揚，意思是說圍沙籠的男生，因為吃了榴槤——」呂長山曖昧的瞄一下懷孕的女子。「如果穿的是褲子，就是褲襠隆起——大嫂，您知道什麼意思！總之，說白了，榴槤可以增強男人的床上功夫，這是經過中醫和西方科學驗證的，比喝蛇湯鰻血、吃虎鞭犀牛角有效。」

「好漢，」一個牽著腳踏車的木匠說。「你到南洋後，破了幾個姑娘的瓜？」

呂天水不等父親回答，從褲袋掏出一支木梳子耙理飛機頭和貓王鬢，一個「雲長出征」轉身背刀亮掌，開始演練傳統刀法的掃、劈、撥、削、掠、奈、斬、突，有時候來一個「霸王舉旗」獨立反劈、有時候來一個「蛟龍攪浪」大劈雙抽、「翻雲覆雨」反手凸刀獻樽、「周倉待主」右轉豎刀、「推窗望月」、「漁樵問路」、弓步攔腰斬、縱步連環劈。雲落人一邊透過呂長山的解說，一邊嘖嘖稱奇。呂長山的解說起初有模有樣，但隨著天水越練越快，長山的解說從朗聲爽語，變得窸窣殘碎，完全跟不上。更不可思議的是，雲落人看見呂天水縹緲摺疊，五官幽微，手腳衝突不分，單刀像變成雙刀，二刀交叉如蝶、紛飛如燕，刀刃裹挾，相互裂解，而天水也不時發出搏殺吶喊，好像兩個死敵熾鬥。這時，連那隻獼猴相命術士也兩眼暴睜，發出咿咿啊啊的驚歎。

金樹指著呂天水，對鳥屎椒等人說：「這個人和三姐天生一對。」

金樹和天水等人駕著掛上馬達的長舟去見三姐時，天水坐在船艉，吹著口哨，不停的撫平被西南風吹亂的飛機頭和貓王鬢。抵達三姐被龍腦香圍繞的小木屋時，天水走到水井前，就著井水倒影從褲袋掏出木梳子整理頭髮。比腕力，比徒手搏鬥，比翻跟斗和單手倒立，三姐全居下風。天水用彎刀代替大刀，教他們破鋒八刀，只有冰淇淋和紅番學了五、六成。

「當年中國軍隊沒有先進武器，才有破鋒八刀，現在什麼時代了？」三姐將一支單管獵槍扔向天水。「你遇上熊或野豬，難道也使破鋒八刀？學槍法吧。」

他們叫他八刀。

第十一章

一

米高梅片頭獅咆哮完後，一輪紅日下，山頭出現騎白馬戴平坦直邊乳白色牛仔帽的槍手，腰挎柯爾特左輪連發手槍，胸纏子彈帶，穿著無袖皮製翻領短上衣和帶穗皮套褲，足蹬飾著刺馬釘的高筒皮套靴，脖子圍一塊印花大方巾，策馬來到一個荒蕪小鎮。黃沙滾滾，烈日高掛，少了輪軸的敞篷馬車在熱風中呼呼作響，一隻癩皮狗穿過街心，一顆子彈咻的一聲，打掉槍手的牛仔帽。

槍手拿出一支口琴，開始吹奏。

對面黃泥路矗立著三個騎黑馬、紅馬和褐馬的槍手，一個臉上帶疤，一個戴獨眼罩，一個留著八字鬍和山羊鬍。除了翻檐的墨西哥高頂氈帽，穿得幾乎複製白馬槍手。他們的壓花獸皮牛仔鞋掛著發出清脆聲的裝飾品，十二個馬蹄蹚出滾滾煙塵。帶疤的傢伙從麂皮襯衫掏出一根火柴，往皮套褲輕輕一劃，點燃嘴裡叼著的雪茄。禿鷲群盤旋蒼穹，叫聲撕裂小鎮的寂寥。一個打扮妖冶的女子叼著煙，推開酒館的彈簧門站在走廊上。教堂的鐘樓發出十二響時，槍手們掏出手槍，展開槍戰。

白馬槍手的柯爾特左輪手槍對著鏡頭連催三彈，像對電影院裡的觀眾開槍。帶疤槍手第一個從馬背墜下，雪茄撣到馬蹄下，臨死前，他痛苦的捏起雪茄吸了一口。山羊鬍槍手第二個中槍，高筒皮套靴被馬鐙勾住，受驚的紅馬拖住他的屍體消失鏡頭外。獨眼罩槍手準備擊發手槍時，子彈打中中指，他甩掉手槍，撫著手掌，單眼凝視著白馬槍手。禿鷲群尖嘯吸引他抬頭看著蔚藍無雲的蒼穹，陽光刺得他睜不開單眼，但他清楚的看見禿鷲像腐屍的無毛脖子。觀眾也和槍手凝視蒼穹。一聲槍響後，口琴聲悠悠飄揚。觀眾發覺自己以禿鷲的視角鳥瞰小鎮，鏡頭像禿鷲盤旋下降，落到撲跳著禿鷲群的帶疤槍手和單眼罩槍手屍體上。

片頭名單出現時，伴隨著禿鷲憤怒的叫聲和敞篷馬車在熱風中的呼呼作響。

二

散戲後，宮殿大戲院大門剛打開，院外響起爆破聲和槍聲，夜穹磚紅，硝煙味撲鼻，六男九女和滿場觀眾繼續走出院外，以為燃放煙花爆竹，警察將他們趕回戲院內。一九六九年二月十七日週一，左翼分子夜間發動繳獲戰，攻陷警署運走一批軍火。第二天早上十點，六男九女坐上七輛人力車，繞了兩圈雲落街市。人力車伕頭戴圓形草笠，穿著短袖襯衫和藍色短褲，趿著用人力車舊胎縫製的拖鞋。他們的顧客中出現田家大少爺，令他們極為興奮，適逢大年初二，花紅肯定不少。華校、武館、華人社團和同鄉會館組成的舞龍舞獅團穿梭街道，鑼鼓和鐃鈸聲盈耳，商家和住戶掛著大紅燈籠、橫幅、拜年圖和春節裝飾品，大人小孩穿著新衣逛街或拜年，時令氣脈深透雲落人血液，每個人臉上都散發著喜氣，整個雲落飄揚著熱鬧喧譁的新年歌。一九六三年政府禁止燃放鞭炮和沖天炮，但鞭炮和沖天炮響徹雲落。七部人力車在街上走走停停，被一群人堵在花香街街尾一棵大樹前。大樹高六十公尺，樹幹筆直無枝，布滿鱗狀扁刺像爬行動物的皮膚。樹冠輻射出像椰葉的枝幹，葉尖朝天。其中一根樹幹綑著一面繡著「反帝反殖，萬眾一心」八個大字的紅旗。雲落人圍堵大樹四周，抬頭仰望紅旗。東北季候風中飄揚的長方形旗子充滿詭異氛圍。軍方在對面一棟七層商用大樓陽臺架起一部布倫中型機槍，一陣掃射，打爛樹冠，把紅旗打得千瘡百孔，飛散出數十隻巨嘴鴉。巨嘴鴉繞著樹身盤旋叫囂後，消失在椰子樹、榴槤樹、波羅蜜和龍腦香樹叢中。

中午在金樹家裡用餐後，金樹和老四開著田家的福特和奧斯汀轎車馳往田家郊外的胡椒園、甘蜜園、樹膠園和咖啡園。福特和奧斯汀前後座各擠了六男九女，像兩隻吃撐的大蜥蜴輾過鋪上柏油和沒有鋪上柏油的鄉徑。午後熱氣襲人，白雲有大有小，像花椰菜、胡姬花、金魚的獅頭瘤和水泡眼、飯糰、冰淇淋販賣的冰淇淋。豬屎和雞鴨糞的臭味，熟果和野花的香氣，忽強忽弱的東北風，散布著鄉野的體臭和胭脂味。路肩蜿蜒著茅草叢、灌木叢、椰子樹、檳榔樹和棕櫚樹，棄置著破罐爛桶，風箏的菱形骨骸隱藏在爬滿鐵籬笆的藤蔓中。稀落或連綿的高腳木屋，畜棚菜圃，水塘柴垛，組合成鄉間的筋肉。戲耍的小孩、勞動的大人，跳躍著鄉間的五臟六腑。毒蟲鳥獸、蜂蝶、游魚，舒展了鄉間的毛孔肌膚和七竅。大地、山巒、大樹，盤據著鄉間的骨骼。車子緩緩馳向一座山丘，路旁的茅草叢和灌木叢突然消失，東北風不再吹襲，陽光被一大塊雲朵切斷，從焚燒山丘蔓延出來的煙霾像一條白色舞龍橫亙馬路中央，路旁野生著桃金孃、山豬枷，綻放著瑪格麗特王妃一八七〇年親手栽種的朱槿、蟛蜞菊、孤挺花、水鬼蕉、雪茄花、向日葵、雞冠花，王妃從英國引進的玫瑰、香子蘭、肉桂和蘋果樹也在這座山丘試種過，沒有存活太久。在一叢向日葵環繞中，矗立著生鏽的鐵製園藝花棚，棚架上纏繞著枯槁的藤蔓和風箏的菱形骨骸，棚架下有兩個裂朽的靠背藤椅。據說，距離棚架二十公尺外曾經矗立著人字頂小木屋和涼亭，漆成象牙白，中年的查爾斯國王和年輕的王妃在這裡度過無數浪漫悠閒的下午茶和閱讀時光。王妃驟逝後，國王只有造訪振順公司咖啡園時才會經過這條山路，他的視線除了被沿途的花卉吸引外，正眼也沒有看過逐漸荒廢的花棚、涼亭和小木屋。涼亭和木屋被雲落人拆解掏空，剩下鐵製的花棚，但皇室的愛情土壤依舊滋潤，乏人照顧的花卉綿延半座山丘，蜂蝶薈集，懷春的小鳥依偎花枝，磨蹭出絮絮繾語和深情目光。王妃驟逝三十多年後，這座花園一夜之間被一股龍捲風鏟成平地，但雨季過後，花卉又滋長出來，而且比之前更繁蕪，雲落人盛傳國王和王妃的愛情種籽已經深耕這片土地上，天然災害不但滅不了，只會引發它們更瘋狂的反撲。

女孩從窗口探頭向外觀望，看見花叢和白色煙霾中穿梭著蝴蝶、蜜蜂和蜂鳥，花朵釋放出五顏六色的柔光，連花影也染上模糊的色澤，山徑像一張兩側彩繪著花草鳥獸圖案的信箋，讓人忍不住用抒情的步伐踩上去。她們驚叫著，指使金樹和老四停下車子。車子沒有停妥，八個女孩奪門而出，分散在花叢中，這裡嗅嗅，那裡看看。俞芝蘭牽著冰淇淋的手走到花棚下，在枯槁的藤蔓中找到一窩織布鳥巢穴。她兩手倚著冰淇淋肩膀站在藤椅上，伸出粉紅色脖子，窺視巢穴內容。王馥蓉在朱槿叢中找到一個出口破裂的塑膠灑水器，兩手提著握把，用灑水器裡冒尖的雨水灌溉朱槿叢。陸英瓊站在環繞小木屋遺址的一大片桃金孃中，用食指撥著一枝豬籠草捕蟲瓶覆蓋。陶卿像一個稻草人站在花叢中，嘴裡銜一朵吊鐘花，等蜂鳥採蜜。崔淡容注視著一隻在胡姬花上擬態的螳螂。周枚月閉眼站在花叢中，呼吸著空氣中的花香。朱淑華和苗幼香手牽著手穿過花叢，輕哼著一首披頭四熱門歌曲。最後，她們各捧著幾朵野花，傍著車身或坐在引擎蓋和後車廂封蓋上，掏出手帕擦拭額頭和脖子的汗珠。她們的笑聲和話語很輕巧，像灑上蝴蝶的鱗粉和插著蜂鳥的羽毛，在六個男子耳朵旁飛翔歇藏。

「威廉，」周枚月傍著前門，用手裡的朱槿花搧著金樹肩膀。她穿著短袖花色連裙及膝洋裝，趿著低跟圓頭一字扣的磨沙皮女鞋，戴了一個黑色鐵製髮箍。女孩除了崔淡容和王馥蓉，都穿著全新的連裙及膝洋裝，五個素顏，三個淡妝。「你說，誰有本事爬上那棵大樹樹梢，把那面紅旗掛上去？」

「猴子，」金樹蹲在周枚月腳下，漠然的看她一眼。棉製的連裙裝下，周枚月的內衣肩帶深嵌背肌，金樹擔心勾扣可能隨時斷裂。「或者是鳥。」

女孩們發出銀鈴笑聲。她們的笑聲不是同時發出的，像接棒，東一個，西一個。

「這是有可能的，」紅番盯著崔淡容。崔淡容的笑聲持續得最久。她的全新牛仔褲鉚釘在陽光下眨閃著琥珀色光芒。亞麻上衣有點小，偶爾露出褲腰上一小片肉。「我們可以訓練猴子採椰子，也可以訓練猴子掛旗子。」

「左翼分子以森林為家，」烏屎椒說。「兩腳很少踩在地上，不穿鞋子。他們像泰山，從一棵樹盪到另一棵樹。」

「去年，三百多個英格蘭軍隊和廓爾喀傭兵把一個左翼分子圍堵龍爪山上，」紅番指著被連綿起伏的丘陵隔開的七座山巒。「搜山時連個鬼影也沒有看到。他們手腳長爪，挖地洞逃走了。」

「印尼軍說，在森林裡，左翼分子是隱形的，」烏屎椒說。「只有讓他們濺血，才會現形。」

「據說在他們走過的地方灑上雞血，就會出現他們的足跡。」

「英軍說，左翼分子腳上的大拇趾和四趾是分開的，可以手腳並用在樹上隨意攀援。」

「鄰居一對雙胞胎，一個多月前失蹤了，」陶卿是唯一穿露背洋裝的女子，檸檬黃的背部浮突著兩片肩胛骨。「聽說加入了人民游擊隊。高中還沒畢業呢。」

八刀掏出木梳子梳頭，嘴裡發出嘖嘖嘖的聲音。

「天水，人家是高材生，」王馥蓉舔著無名指。灑水時，火蟻咬了她一口。純棉上衣被出口破裂的灑水器濡濕一大片，隱約露出內衣的鋼圈和下扒。「去年代表雲落參加全砂中學華語演講比賽，捧走冠軍和季軍。」

金樹從車子拿出半包海盜牌和一包全新剽悍騎士牌香煙。他拆開剽悍騎士牌，遞給烏屎椒、冰淇淋、紅番、老四和朱淑華一支，叼住一支海盜牌，劃亮一根火柴。陶卿大聲唸出剽悍騎士的英文商標，想起昨天的牛仔片。

「剽悍騎士！那位槍手，掏槍時剽悍，打架時剽悍，玩牌時剽悍，談情說愛時剽悍，連接吻也剽悍。」

「死得也剽悍。」老四從煙盒捏出兩根煙扔給陶卿和苗幼香，將一根煙別在耳朵上。「抽抽看。」

兩個女子接過香煙，就著老四的煙點燃。陶卿用力吸一口，發出一串咳嗽。苗幼香咧嘴笑著，將香煙夾在手上，偶爾吸一小口。

「老四，那個槍手的眼神像你，」朱淑華說。「剽悍。」

橫亙山徑的煙霾被東北風吹散，刺眼的陽光晒在山丘上。十五人鑽進車內，車子沿著山徑前進，接連上了幾個大陡坡。坐在外側的人將手從窗口伸出去，拍打路邊的羊齒植物和茅草。十五分鐘後，車子停在振順公司咖啡園外。二月中旬，正是咖啡花盛開季節。兩千多棵翠綠的咖啡樹綻放著簇狀白花，釋放出淡淡的茉莉香，在東北風吹拂下像翹著尾巴的小天鵝，像墨綠色海潮上的浪花。戴斗笠的工人遊走樹叢中，剪枝，淺鋤樹冠下的野草。

「這批咖啡樹，是國王查爾斯引進的賴比瑞亞咖啡，我照顧一輩子了。樹齡二十，和你們不相上下。」工頭是一個四十多歲的客家男子，引著金樹等人遊走咖啡樹叢。「咖啡樹開花時最好看了，可惜花期只有三到五天。你們運氣不錯。」

花叢中一批野蜂用咿咿嗡嗡的聲音螫著眾人的聽覺神經。女孩嚐過蜂螫，躊躇著腳步。

「這裡的咖啡樹愛鬧脾氣，不同株的，或不同葉腋的花芽，發育不一致，你看，這株咖啡樹還沒長出蕾苞。外來種，水土不服。」

工頭瞄了女孩一眼。

「大年初二，逛什麼咖啡園，天氣熱，到工寮喝冰啤酒吧。」

踏上一道五層樓高的扶手木梯，走進一棟木屋，四周環著遊廊，遊廊上立著兩盞探照燈和兩張長凳像瞭望臺。工頭從冰箱拿出六瓶黑狗牌啤酒倒滿十四個大耳玻璃杯。十四人拿著玻璃杯站在遊廊上鳥瞰咖啡園，白色的花朵更像小天鵝簇擁綠浪上。八個女孩中，六個喝得豪邁，發出咕噥咕噥的聲音。兩個將半杯啤酒倒在男朋友的玻璃杯中。六個男生喝完一杯後，工頭又給他們斟滿一杯。鳥屎椒、老四和紅番一口氣喝下三杯。

「這裡的咖啡豆都是內銷的，賺不了多少錢，」工頭說。「金樹，你祖父生前和國王交情好，很重視這座咖啡園。」

女孩又想起昨晚的牛仔片，大聲的談論著淘金熱、英雄、無賴和美女的恩怨情仇。

「咖啡仔，咖啡仔，」老四騎在瞭望臺欄杆上，拿著半杯冷啤酒，低頭看著咖啡樹。「自從老查引進咖啡樹，雲落的女人就變成咖啡仔了。」

「嘿嘿。」工頭尷尬的笑著。

「什麼咖啡仔？」苗幼香灌了一杯啤酒，口氣有點憂苦。

陶卿彎腰看著鞋子。左鞋屬鼻綴著一朵可愛的黃色小塑膠花，右鞋的塑膠花不知去向。她看著剩下的一朵，用手指輕輕戳一下老四肩膀。老四啜一口啤酒，不理她。

「雲落從前盛產金礦，我們男生出生，兩腿夾著金條，未來的人生旅途蘊藏著豐沛的金脈，」老四打了一個酒嗝。「女生落地，兩腿夾著咖啡豆……」

老四說，卵形的咖啡豆有一條直線，類似女陰中間那一道凹槽，於是，賤嘴的雲落人戲稱沒有出嫁的女孩「咖啡仔」。咖啡豆煎炒成黑色，輾磨成粉，熱水沖泡後，芬香誘人。女人結婚後，被炒被輾，烘焙研煮，生兒育女，歷經辛酸摧殘，搾乾青春美貌，於是，賤嘴的雲落人戲稱出嫁和姿色褪盡的女人「咖啡渣」。沒有太大意外，從高掛樹頭的「咖啡仔」到被扔到臭水溝的「咖啡渣」，這是大部分雲落女人掙不脫的起落炎涼。雲落結滿深紅色的咖啡豆，等著夾金條出生的單身漢採收。

「被炒被輾……」

「咖啡仔……」

「咖啡渣……」

「金條……」

「嘻嘻……」

「哈哈……」

九個女生笑成一團。工頭不停的進出木屋，斟完最後一罐啤酒。陶卿又戳一下老四肩膀。老四跳下欄杆，彎下腰來拔掉餍鼻的小花，扔向瞭望臺外。小塑膠花消失咖啡樹中。女孩攙著扶手下木梯，耗去比上來多一倍的時間。苗幼香邊走邊數，數了七十六個臺階。朱淑華也邊走邊數，數了七十二個臺階。陶卿數到一半就放棄。陸英瓊差點踩空一個臺階，脫下方頭平底鞋交給烏屎椒。周枚月傍著金樹，隨他調整步驟。崔淡容走在倒數第二，讓後面隔一個臺階的紅番玩弄她的辮子。俞芝蘭和王馥蓉手勾著手，接棒哼著客家山歌。車子開上另一座丘陵，拐三個彎，上兩個陡坡，停在胡椒園前。下午三點多，太陽依舊肥大，胡椒樹鑲著稻草黃的光。從雲落傳來的鞭炮聲、狗吠，從蒼穹傳下來的鷹嘯，從南中國海傳來的濤聲，從樹冠叢傳來的猿啼，把整片椒園挪到天涯海角，寂靜遙遠得可怕。金樹帶著十三人逛了十分鐘，沒有見到半個人影。胡椒樹攀生在兩公尺多的椿柱上，莖藤結著一串串椒穗像蘋果綠珍珠。五千畝山坡地散布著兩萬多株胡椒樹，株距一公尺多，放眼望去，像綠牆築成的迷宮。鳥屎椒從小在胡椒園剪蔓、綁蔓、翻蔓、摘花、揹著椒簍採胡椒，進了椒園像擱淺的帆艢重返大海。他彎著腰，撿了一顆又硬又乾的鳥屎，捏碎，將一顆椒粒放在手掌心上，說：「鳥屎椒！」

南中國海飄來一朵像會下雨的長雲。東北風搧著汗額，吹散心頭的燥熱，大夥有了遊蕩的興致。一隻白貓聳著短尾巴，咪喵咪喵叫著消失胡椒樹後。金樹追蹤著那隻貓，周枚月跟在他的屁股後。一支斷線的風箏落在椒園西南方，紅番和崔淡容繞過一株又一株椒樹尋找隕落的風箏。鳥屎椒牽著陸英瓊撿鳥屎。俞芝蘭撫著兩片紅頰，對冰淇淋說：「剛才啤酒喝急了，暈暈的。」王馥蓉說喝了啤酒，要找地方小解。「有茅廁嗎？」八刀聳聳肩，說：「找找看。」王馥蓉皺眉。「這麼大，去哪裡找？」八刀又聳聳肩。「找不到，找個地方野撒。」王馥蓉說好。椒園很大，陰森森的，王馥蓉要八刀陪她。老四拿出口琴，吹奏著莫札特，走向東北方，苗幼香和朱淑華跟著他。陶卿遲疑一下，也跟上去。

在稀疏的莖影中，在連綿的蔓蔭下，在燥辣的果香中，郁積著幽騷的氛圍。

三

一九六九年舊曆年第三天三姐坐在屋簷下矮凳上悠閒地吃著長凳上的黃鱔、蝦醬炒空心菜和豆豉鯪魚。棕狗大口嚼著烤得焦爛的豬尾猴。棕狗追隨三姐後，熱愛狩獵，嗜吃野味。三姐腦海裡都是樊素心。在東北風吹拂莽叢的音籟和野鳥聒噪中，在熱鬧的舊曆年初臨時，在聆聽過雲落炮竹聲和鑼鼓聲後，他尤其思念樊素心。昨天天黑後，他憑著黯淡的星光和螢火划長舟逆游而下航向雲落。河畔偶爾巡迴著荷槍實彈的政府軍，讓他不得不泊岸鑽入茅草叢或蘆葦叢。距離雲落三公里時，他將長舟繫在樹樁上，拿著一支手電筒，步行向雲落。他壓低寬檐草帽，不讓雲落人認出左頰那一條刀疤，也不讓雲落人認出自己。抵達雲落街頭，買了一袋橘子、一盒仙女棒和拉炮，讓自己沾著雲落人的新年氣息。宮殿大戲院剛上映完晚上第一場電影，院外聚集著散場和準備入場的群眾，他來得有點晚，但售票處依舊燈火通明，二、三十個青年在購票廂前搶購晚上第二場電影票。雲落人沒有排隊的習慣。

他想起瞞著父親賣雞，口袋兜著賣雞錢到宮殿戲院買票。售票口剛打開，他和十多個青年將拳著鈔票或硬幣的手掌擠入只有壘球大的售票口時，樊素心透過鐵杆在萬頭攢動中尋找自己。她看見他後，沿著他的肩膀、手臂、手腕一路看下來，在十多個拳著錢幣的手掌中找到他拳著錢幣的手掌。她接過他的五角硬幣，撕下一張電影票，用紅色臘筆寫上座號，塞到他手上。宮殿大戲院有三種票價，一元五角、一元和五角，他買的是最便宜的五角，也是最靠近銀幕的前五排座位。他在宮殿大戲院看了一個月電影後，從銀幕數來第5排第16號，也是五角錢視野最舒適的座位，成了樊素心留給他的專屬座位。電影票背面工整而纖細的紅色阿拉伯數字，彷彿是她傳遞的愛情密碼、思念的符號、私定終身的契約。他私藏著宮殿大戲院三百八十七張電影票，背面記錄著日期和電影片名，被撕票員撕了一角的有三百一十二張，完好如初的有七十五張。那七十五次，他買了電影票後就直接回家。十四歲愛上樊素心後，他洗澡洗得更勤快。一九六六年夏天，他出門時忘了拿出用塑膠袋包裹、埋在朱槿叢中的五角錢。那天放映印度片，售票口前只有他一個人。他掏了半天口袋，紅著臉瞄樊素心一眼。

「忘了帶錢哦。」樊素心一手拿著紅色的臘筆，一手搗著一疊電影票，笑容酣甜，嘴角可以滴出蜂蜜。

「我——我回去拿。」他低著頭，轉身要走。

「電影快要開始了，來不及了。」

「那——那我不看了。」他回頭看著她。

「不過五角嘛，」樊素心撕了一張電影票，在背面寫上5和16。「我借你，改天還我。」

樊素心捏著電影票的五指伸出售票口。

他遲疑一下，伸手接住。

「後天還妳。」

「後天那場肯定爆滿。我給你留一個位子。」

他點點頭走了，連一句謝謝也沒有。他對那部印度片沒有興趣，拳著電影票回家。獨居莽林之前，他記得很清楚，自己見過樊素心四百二十三次，只和她說過一次話。刀疤像恆態常棲五官後，他再也沒有踏進宮殿大戲院。入夜時分，他戴著壓低帽檐的草帽，徘徊售票口對面的飲食攤、修車廠、理髮屋和兩棵芒果樹下，隔著一百多英尺偷看了她三十六次。他白天足不出戶，害怕雲落人看見刀疤，更害怕樊素心看到。自己偷賣雞隻已經被父親在賭館和娼館散播出去，全雲落人都知道，樊素心也一定知道，不但知道他為了看電影偷賣雞隻，也知道他臉上多了一道刀疤。他每次照鏡子，覺得刀疤古早以前就長在那裡，像被挖掘出來的化石上的恐龍羽毛壓痕。他看到獨據枯枝上的野鳥時，發覺自己的刀疤就像野鳥面頰上假目的過眼帶。刀疤發出刺癢時，他想起在死雞身上爬竄的蜈蚣群棗紅色的岐尾和雙鬚。

一九六九年舊曆年第二天在夜色掩護下，他拎著一袋橘子、一盒仙女棒和拉炮，透過燈火通明的售票處和購票人潮尋找售票廂內的樊素心。那天晚上宮殿大戲院上演一部香港武俠片，電影院門前兩側矗立著巨大的廣告油畫，一個滿臉鬍腮、白衣勁裝的俠客，左手握一支濺血長劍，右手捏劍字訣，彷彿從天而降占據著整張帆布看板，一隻大鵬以驚翔震天的姿態飛向天穹。俠客左額有一道新鮮的刀疤，淌著一小片血，替俠客增添了英氣和殺意。三姐想起自己的刀疤。那是俠客身中數十刀、踏著堆積如山的屍敵，用最後一口活氣，強撐起來的無敵悲壯的英雄氣概。他的背景是一小片晚霞，頗像俠客流失的斷腸。油畫粗糙，俠客兩眼無神，像一個酒後鬧事的無賴，和飾演俠客的大明星長相有一段差距。他想了半天，想不起來大明星的名字。那一天他抵達戲院時已經是九點十五分，武俠片已開演五分鐘，觀眾買完最後一張票後，售票處的燈火即熄滅。他逗留十多分鐘，沒有見到樊素心。離去時，廣告看板上的照明燈也跟著熄滅，黑暗中垂死英雄一雙冒失無懼之眼凝視著他，他清楚聽見大鵬嘹嘵淒厲的叫聲。

「那個人……到底叫什麼名字了……」他離開宮殿戲院時喃喃低語。

第二天中午在小木屋外吃完中餐後，他和棕狗繞著崗巒走了兩圈，決定天黑後再到雲落一趟。棕狗今天特別興奮，蹦上跳下，追咬蝴蝶蚱蜢，像被賭客鼓噪的鬥雞。早上下了一場小雨，地上殘留著野雉和爬蟲類足跡。棕狗嗅著足跡，抬頭仰望三姐時，狗臉布滿撕咬神色。三姐昨天清晨才回到小木屋，睡到近中午，精神飽滿。棕狗張牙舞爪的狩獵武裝感染了他。他回到小木屋內，扛了一支單管獵槍，揹著竹簍，竹簍內放了一盒霰彈，剛踏出小木屋，棕狗已不知去向。三姐走到井欄前，四野眺望，聽見菜圃傳來狗吠。在新搭起的葫蘆和苦瓜棚架後，陸續走出十五個男女。

四

金樹和周枚月、鳥屎椒和陸英瓊、冰淇淋和俞芝蘭、紅番和崔淡容、八刀和王馥蓉肩並肩走在前方，後面跟著老四、陶卿、苗幼香和朱淑華。走在最後面的是穿著花布T恤和牛仔長褲、戴一頂寬簷草帽的宮殿大戲院售票員樊素心。鳥屎椒和八刀將一箱啤酒放在屋簷下。八刀掏出一小罐玻璃瓶裝的髮油，扭開瓶蓋，用食指蘸了一坨，裝上瓶蓋，將玻璃瓶塞回褲袋。他把髮油搓勻在掌心，十指往頭髮梳耙，把頭髮抹得油光滑亮，掏出梳子，就著井水倒影進行一天內第十八次梳理頭髮。女孩子怕熱，躲到木屋屋簷下納涼，周枚月牽著樊素心的手站在金樹身後。老四卸下揹著的沙貝琴放在屋簷下一張板凳上。冰淇淋將四支羽球拍和一筒羽毛球放在牆角下，拎著一個小型液晶體收音機，拉著俞芝蘭的手繞了木屋一圈，擴音器飄颺著男女對唱的新年歌。紅番將一袋沖天炮和鞭炮掛在屋梁下。金樹點燃兩支剽悍騎士，一支叼在嘴裡，一支遞給三姐。

三姐背對大家站在柴垛前，低頭抽煙。抽了兩口，突然轉過身子，面對樊素心。他右手插入褲袋，左手捏煙，半張臉被東北風吹散的長髮蒙住，也蒙住刀疤。吸煙時，他伸出右手撥開頭髮露出刀疤，展示永遠清搓不掉的羽毛壓痕、野鳥假目過眼帶和蜈蚣岐尾雙鬚的刺癢。素心跋涉了一段路，臉色鮮紅，笑得像一朵盛開的朱槿花。她看著三姐的模樣，像看著從前臉上沒有刀疤的三姐，像坐在宮殿大戲院售票廂將寫著座位號碼的電影票遞給三姐。山崗飛舞著一群彩蝶，高高低低，棕狗撲向彩蝶，狗體輕盈透薄像捕蝶網。牠躍過井欄，飛越柴垛，有一次，牠幾乎躍上屋頂。眸栗色的黃冠夜鶯站在木屋後一棵小樹苗樹梢上，有一下沒一下叫著。強勁的東北風和黃冠夜鶯的重量，讓小樹苗樹梢被壓陷茅草叢中。小樹苗消失後，黃冠夜鶯飛了起來，小樹苗站直腰桿後，黃冠夜鶯繼續站在樹梢上歌唱。金樹等人打量著黃冠夜鶯，想起第一次到小木屋找三姐時，那隻一路追隨他們的黃冠夜鶯。是那隻黃冠夜鶯嗎？他們凝視著黃冠夜鶯。是傳說中的黃冠夜鶯嗎？傳說黃冠夜鶯歌唱時，造物者的彩筆在牠的羽毛上著色，像彩繪赤道下旱季中的晚霞，牠有時候是火焰、水仙花、金黃色蘋果、天使裙襬、失戀女孩遺失的美麗和哀愁。黃冠夜鶯站在忽高忽低的小樹苗上，羽毛被西南風吹出一波又一波小漣漪和小浪花，飄浮茅草叢的大漣漪和大浪花上。他們凝視著牠，像凝視火焰、水仙花、金蘋果、裙襬、美麗和哀愁。

「三姐，這裡瘴氣重，人少，惡鬼妖魔多，我幫你貼幾張春聯和年畫，辟邪驅瘴。」

紅番從裝鞭炮的紙盒抽出一張用金漆寫著「百無禁忌」的紅色橫彩，抹上膠水，蹬上一個板凳貼在門楣上方，抽出兩張秦叔寶和尉遲恭畫像貼在一雙門扉上。第一次沒有貼好，兩位大神屁股對著屁股。貼好後，用火柴點燃兩串炮竹，劈劈啪啪，火星飛濺，炸出白色煙塵和破碎的紙筒，棕狗狂吠。紙筒的捲紙裁自舊書，斷頭去尾的漢字飄浮煙硝味中，鞭炮聲像會意形聲的叫罵。老四從木屋拿出竹杯和鐵杯，將啤酒瓶蓋卡在木箱邊緣，用虎口猛捶瓶蓋，酌滿九個竹杯和鐵杯。

「女士用杯子，我們就著酒瓶喝。」

八刀喝了兩口啤酒，捺了一下被東北風吹搧的飛機頭，對著龍腦香樹叢發出一聲尖嘯，走向柴垛，將半瓶啤酒遞給三姐，拍一下三姐肩膀。三姐接過酒瓶放在柴垛上。八刀和三姐身高相等，兩個人並肩時頗似門扉上那一對門神。八刀叼住一根煙站在三姐身邊。

「三姐，昨天花香街街尾一棵大樹樹梢掛了繡著共黨標語的旗子，」金樹坐在柴垛上。「被軍隊打了個稀巴爛！」

八刀又拿起梳子梳著被東北風吹亂的頭髮，剽悍騎士吸兩口後，撣向一隻蝴蝶，筆直射向「百無禁忌」橫彩上。

「左翼分子怎麼有這個本事，一夜之間將宣傳標語掛在六十公尺的大樹樹梢上？」八刀說。

一個正在婆羅洲考察的英國植物學家看到報章上的照片後，推論那是一棵猴迷樹。猴迷樹也叫南洋杉，古老針葉樹，稀珍活化石，和恐龍生活在同一個時代，樹質堅硬，平均高度四十公尺、樹冠直徑十八公尺，原生智利，正式名稱「智利松」，分布智利和阿根廷險峻山地，樹幹上的扁刺是被樹葉包裹的枝條，防止草食動物吃下肚子。畫家描繪史前景象少不了畫上幾棵猴迷樹。

老四把剽悍騎士含在嘴裡，沒有點燃。

「三姐，到雲落逛逛吧，這幾天既熱鬧又不平靜。前天左翼分子攻打警政署，昨天四處懸掛布條。今天一大早，兩個不怕死的左翼分子在碼頭兜售毛澤東語錄和徽章。過年了，大家都想發財。」

「你，喇叭褲，飛機頭，貓王鬢，抽煙，喝酒，」鳥屎椒拉著陸英瓊坐在井欄上，用食指指著八刀。「資產階級腐敗分子。」

八刀又朝天發出一聲尖嘯，翹著一條腿坐在柴垛上，重新點燃一根剽悍騎士，裝得像老煙槍狠吸一口。

「你，鳥屎椒，看牛仔片、黃梅調、武俠片，」冰淇淋也牽著俞芝蘭的手坐在井欄上。「墮落分子。」

紅番笑瞇瞇的看著崔淡容。「妳，聽港臺流行歌曲，腐化墮落分子。」

崔淡容突然臉紅了。

冰淇淋用手指著眾人。「你，你，你，你們都是腐化墮落分子。」

「金樹，」鳥屎椒看著田金樹。「雲落土皇帝，腰纏萬貫，先祖開鴉片館和賭場，憑著一顆鑽石呼風喚雨，投機分子、地主分子、富農分子、右傾分子。」

枚月捏了捏金樹的手。

「《劉三姐》在雲落上映時，左翼分子把口香糖黏在座位上，」鳥屎椒看著三姐。「三姐說，他看了十四場，其中有五場屁股上黏著口香糖。」

三姐漠然的看著鳥屎椒，嘴唇呶了呶。

「左翼分子窮得沒褲子穿了，」八刀說。「找我們資產階級腐敗分子兜售毛澤東語錄和徽章。」

「金樹，」冰淇淋說。「我們應該報警，把兩個左翼分子抓起來，讓他們嚐嚐資產階級的厲害。」

俞芝蘭睨了冰淇淋一眼。女孩子沿途看見一株野朱槿，花朵大如四十五轉膠片，除了樊素心，各摘一朵別在肩膀上或胸前。俞芝蘭別在頭髮上，像戴一頂小紅帽。三姐拿起柴垛上的酒瓶，一口喝完，叼著煙，揹著獵槍揹著竹簍繞過柴垛，往崗巒下的叢林走去。樊素心看一眼金樹和枚月，低著頭跟在三姐後邊。棕狗也跟上去。眾人目測兩人走下崗巒後，老四摟著沙貝琴坐在屋簷下板凳上，撥奏流行甘蜜河的野謠，嘴裡咿咿嗚嗚哼著。陶卿和苗幼香傍牆坐著，朱淑華倚在牆角上，三個人安靜的看著老四。東北風吹襲下，一片烏雲以鐵的重量感沉沉壓地掠過木屋上方，預告一場從來不遲到的午後雷陣雨，但雨一直沒有落下來。冰淇淋和紅番拿著一支彎刀走下崗巒捎了兩根木樁和一根竹竿，在木屋左側空地插穩兩根木樁，在木樁的杈枝橫著竹竿，把三姐屋簷下的魚網架在橫竿上，做了一個克難羽球場。冰淇淋、俞芝蘭、紅番和崔淡容手持球拍分開在球網兩邊，開始一場男女混合雙打。羽毛球在忽強忽弱的東北風中裊繞飛舞，不受控制。八刀吹著西部片牛仔風口哨，用釘耙耙攏木屋四周的落葉。陸英瓊和鳥屎椒點燃沖天炮射向四面八方，驚動一隻藍色大鳥從龍腦香樹叢飛到木屋屋頂上，嘴裡叼一隻毛毛蟲。黃冠夜鷺在小樹苗上歌唱。金樹背著枚月走向菜圃，消失在朦朧綠光中，枚月小跑追上去。王馥蓉用火柴點燃八刀耙攏的落葉，煙霧漫向屋頂，薰走藍色的怪鳥。八刀揹著王馥蓉，鳥屎椒揹著陸英瓊，上崗下崗奔跑四趟。八刀落後鳥屎椒一大截，蹙眉看著鳥屎椒，說：「鳥屎椒，你跑起來有四條腿。」鳥屎椒揹著陸英瓊走入黑暗的叢林，八刀也牽著馥蓉小跑過去。老四十指在琴弦上反覆跳躍，彈奏出綿延不絕的震音。傍牆的陶卿和苗幼香睡了一覺，醒來時不見老四和朱淑華。克難的羽球場上空無一人，網柱掛著四支羽球拍，網眼卡著一顆翻毛的羽毛球。

小雨落下時，陶卿走入木屋，從窗口伸出半個身子看著屋外。苗幼香坐在門檻上，摟著沙貝琴，在琴弦上隨意撥著，弄出叮叮咚咚像雨點落在鋅鐵皮屋頂上的雨聲。雨停後，落日餘暉射穿龍腦香樹叢，樹影搖曳崗巒上，野鳥滑翔在齊膝削平的野草上，屋頂上潮濕的茅草和棕櫚葉暈積出金黃色光澤，金樹和枚月從菜圃走過來，眾人四面八方從陰暗的叢林走出來，最後是棕狗，棕狗後面是並肩的三姐和樊素心。金樹走得很快，枚月小跑才跟得上，走出菜圃時枚月絆了一跤，金樹冷冷的看著她。三姐手執一根兩公尺蔓藤，不停的往及膝的野草拍打，像牛仔用套索上的活套縛住奔跑的牲畜。樊素心捧著一束野花，掐住一朵花往空中扔。東北風吹直兩人的長髮，一萬道霞光枕在他們身上，樊素心的臉龐像一朵朱槿花，綻放著幸福的鬚鬚蕊蕊；三姐的刀疤不再像羽毛壓痕、假目過眼帶，但依舊像鸚哥綠的豆莢，浮突著蜈蚣岐尾和雙鬚的刺癢。黃冠夜鶯越過他們頭頂，停在小樹苗樹冠上，叫聲宏亮，像用人類的口哨吹奏一首歌謠。

入夜前不可能回到雲落，七男九女決定在三姐的木屋過夜。木屋內只有一張木床、桌子和椅子，床上和地板勉強躺八、九個人。男生砍下一批樹枝，沿著木屋外搭建棚架，鋪上茅草樹葉。女生煎炒四碟菜瓜，煮一鍋白飯，在柴垛前鋪上十多塊大葉婆，擺上四碟菜瓜、一鍋飯、一碟熏豬肉、一碟鹹魚乾、八塊年糕、一桶蝦餅、一碟瓜子、一批罐頭和啤酒，點亮兩盞煤油燈，十六人席地而坐。胡亂填飽肚子後，他們用沉思和茫然仰望星群，像剛開眼的嬰兒沒有聚焦和沒有意識的看著天花板。夜越深星星越璀璨，天穹也越亮，東北風蕩漾著龍腦香樹冠，星星浮沉在奧祕的漣漪中。星光古老，莽叢正在萌芽。十六個男女的視力和聽力處在最完美階段，可以看見天穹最幽微的星光，也可以聽見莽林最細弱的歎息。

一顆流星劃過星空，劃出一道宇宙誕生的遺轍。金樹想起四億多年前奧陶紀大滅絕中，一場大災難摧毀一顆直徑一百公里的小行星，殘骸四處飄散，製造出大量隕石雨，即使到了二十世紀末，仍有不少墜落地球的隕石來自這場撞擊事件。那顆燃燒著一綹紅燄的流星，也許就是四億多年前奧陶紀捎來的死亡訊息。

老四開始彈奏沙貝琴時，掀起大夥聊天起鬨的興致。

「三姐，唱一首山歌，我伴奏。」老四傍著柴垛，一副剛睡醒的模樣。苗幼香的頭枕在他肩膀上，陶卿的頭枕在苗幼香肩膀上。

三姐清一下嗓子，兩眼看著天穹，隨意唱了一首客家山謠。

> 青藤若是不啊纏樹，枉過一春啊又一春。竹子當收你不收，筍子當留你不留，繡球當撿你不撿，空留兩手撿憂愁。連就連，我倆結交定百年，哪個九十七歲死，奈何橋上等三年。

「素心，」三姐唱完後，老四說。「妳也唱一首。」

素心依樣畫葫蘆把三姐那首山歌唱一遍。她戴著寬檐草帽，煤油燈燈火映襯著她柔美的五官，讓她看起來像大型電影看板上的採茶姑娘。八刀摟著王馥蓉，王馥蓉躺在八刀懷裡，兩個人抬頭看著天穹，用只有兩人聽見的音量交談。陸英瓊撫著鳥屎椒頭髮，鳥屎椒枕在她的大腿上。樊素心從三姐和自己頭上各搓出一綹頭髮綁成一條辮子，用橡皮筋綑上，三姐不停的搔她的胳肢窩。冰淇淋和俞芝蘭並肩躺在柴垛上，將耳朵貼住液晶體收音機喇叭聽廣播劇。紅番伸手從背後圈住崔淡容，下巴枕在她肩膀上，兩個人站在井欄前看井水裡浮潛的星星。金樹將粗細不一的木柴壘成井字形，壘到腰部高時，枚月一腳踢垮，金樹蹙著眉頭看著她。陶卿、苗幼香和朱淑華聽老四彈沙貝琴，煤油燈映照著她們的黑眼珠，眼眶漾出像樹脂的淚花。棕狗一直趴在三姐身邊，安靜得讓大家忘了牠的存在。星星更活躍了，像小爆竹炸亮天穹。在戀人眼中，星星會說故事和唱歌，會流淚和滴血，更會憔悴和死去。在戀人眼中，星星像靈魂一樣永恆，像愛情一樣遙遠和蒼茫，更像肉體一樣突然燒燬。

「三姐，茅坑在哪裡？」

紅番說話時，大家豎直耳朵。

「各位，」三姐說。「抱歉，尿急的，找個地方野撒，拉屎的，挖個坑。夜深了，別走太遠，毒蛇猛獸多，沒事早睡，安全起見，女人睡屋內，男人睡外面，但也無所謂。我和素心睡在屋外棚架下。」

五

周枚月、陸英瓊、俞芝蘭、王馥蓉、崔淡容、樊素心、陶卿、苗幼香和朱淑華從小生長在雲落山芭，像椰子樹生長在荒原野丘，搖擺在東北季候風和西南季候風中，供獻出她們最後一瓢椰肉、最後一滴椰汁、最後一根椰筍。除了統一擁有椰子樹的姿態，她們各自蘊育著熱帶水果和農作物的內涵和特色。她們的童年和少女時代像清晨第一道曙光，朦朧的點綴著雲彩、莽林和平原。她們紮小辮梳劉海，穿白襯衫、水藍色背心連身裙和白布鞋在學堂裡上課，戴斗笠、穿長袖的花布衫和黑色長褲、趿夾腳拖種菜養豬、挑糞擔水，過著安靜隱匿的農村生活，像被樹葉遮蔽的碩果在枝頭。十八歲脫下學生制服後，她們離開枝頭，像蝴蝶脫繭；離開泥土，像碩莪蟲變成鍬形蟲。她們像滿溢乾涸湖泊的聖嬰的月華，像鱷眼晨曦眨閃即將黎明的天穹，散發出青春耀眼的神祕色彩。

一九二七年「湖南農王」彭湃領導農民起義，占領海豐、陸豐兩大縣城，建立蘇維埃政府，引起國民黨大軍圍剿，一九二九年彭湃被蔣介石緝捕後槍斃，部屬搭船逃亡南洋，其中兩人定居雲落，兩年後被華社禮聘為雲落第一華語小學教師，二戰後各娶了一個客家和廣東女子，生下陶卿和苗幼香。同年，一位二十歲湖南青年參加賀龍大元帥擔任總指揮的南昌起義失敗後，易容潛逃到香港，輾轉來到雲落，擔任雲落唯一的華文報章《中華公報》主編和主筆，同時兼任光華中學教師，四十歲娶了報館一位同事，生下朱淑華。腦海餘波蕩漾革命思潮，三人工作之餘形影不離，也使他們三個同齡女兒變成閨蜜。升上光華中學後，三人和老四同班。老四擅彈沙貝琴、手風琴和曼陀林，整個光華中學的女性大概只有燒煮開水的孫媽媽對他沒有非分之想，也只有她敢對老四大呼小叫。「同學，嫌熱就不要喝，別喝了兩口又倒掉！」畢業後，三個女孩為了接近老四，在老四中藥行鄰近的百貨商行、五金行和咖啡店工作，保持打鬧笑罵、相互滲透的同窗情誼。有一顆沒有冒芽的美人胚深耕在三個女孩臉上，需要愛情的陽光和雨水，老四的偶爾青睞讓她們短暫的綻放出繁花綠葉，但迅速的凋萎讓更多蔭影覆蓋著她們的嫵媚美豔。三人一點也不嫉妒老四多看對方一眼，少送自己一朵隨手摘下的朱槿花。對她們獻殷勤的雲落青年，一身盔甲、騎著馬、拿著長矛、在她們為老四壘砌的愛情城堡外徘徊，在晚霞襯托下，城堡像一頭披著鱗甲的巨獸，三個女孩身影浮現在長滿羊齒植物和藤蔓的雉堞中，遙望逐漸被莽林吞食的小徑，起碼，那條小徑是直達城堡的，不像橫亙他們眼前的荊棘和泥沼。他們遍尋不著那條小徑。在沒有女孩的眼神餘光或者呶一下小嘴的暗示下，他們騎馬探路，越繞越遠，最後被愛情的荊棘和泥沼刺傷、淹埋。三個女孩知道老四是一隻唱歌遊戲的鳥，不會築巢，她們想下蛋的話，只有自己造一個窩。她們是老四早餐桌上的黑咖啡，沒有那一杯黑咖啡，老四的炒粿條和抹上椰子漿的土司照樣下肚。老四在她們身上展現自己對待女人的態度：播種，不施肥，更不收割。這種態度維持到一九六九年舊曆年前一個月，當老四決定和金樹等人入林尋找七十二克拉「砂拉越之星」後。其餘六個女孩和她們比起來，單純而幸福多了。

金樹和枚月、八刀和王馥蓉從小在一個窩邊長大。周枚月父親是揚州理髮師傅，二戰後南下雲落，在宮殿大戲院附近租一間破舊的商鋪操業，娶一個採椒姑娘，生下周枚月。一九五〇年代，田金虹投下巨資在雲落蓋了歐羅馬大酒店，樓高十五層，擁有八十四間豪華客房，頂樓是一間夜夜笙歌、富豪名媛雲集的夜總會，禮聘髮藝精湛的周師傅長駐酒店的專設髮廊。周師傅在歐羅馬二十年如一日，刮過第三任國王鬍子，修剪出無數顯貴高官的紳士頭和貓王頭，包括田金虹父子。金樹從小學一年級開始，每兩週到髮廊報到一次。金樹十七歲時，十六歲的周枚月在髮廊擔任助手，幫客人洗頭。一年三百六十五天黏在赤道上的火球，讓十六歲的枚月展現二十歲女人的成熟和風韻。周師傅感受到坐在沙發上的年輕客人眼神颳起的熱帶風暴。年輕人凝視著她的軀體、聆聽她的笑聲和細語、嗅著明星花露水的香味，像在市場上遴選榴槤的饕客，他們捏壓著不好處理的錐角形尖刺，搖晃著堅硬的榴槤果，從果肉離殼後在瓤房內發出的神祕呻吟判定肉厚核小或肉薄核大。周枚月對客人冷肩無語，只有對金樹例外。她幫金樹洗頭髮的時間，比其他客人多了一倍。她和金樹說話的時間也比其他客人多了不止一倍。每隔兩週的週日下午，她的眼神就瞟向髮廊門口。周師傅看得出來，女兒早已愛上金樹，但周師傅看不出來雲落第一大富豪的公子態度。周師傅不擔心金樹，但是擔心那批年輕顧客的貪婪眼神。周師傅知道結了太多果實的榴槤樹需要剪去部分果實，減少榴槤樹負擔和提升果實品質，放任不理，可能會讓榴槤樹快速衰老和死亡。枚月十七歲時，周師傅新聘一位助理，不再讓枚月兼差。歐羅馬大酒店一樓販賣進口的服飾、鞋帽、化妝品、文具、通俗小說和雜誌。金樹週日下午兩點理完髮搭電梯到一樓時，周枚月一個人站在電梯出口用笑臉和略帶憂鬱的眼神看著他，然後，她輕輕的捏著金樹的短袖袖子，要金樹帶她去逛書店，介紹幾本通俗小說給她，因為她幫金樹洗頭時，金樹像說故事告訴她通俗小說中纏綿悱惻的愛情故事。金樹和她逛了幾趟書店，買了十多本通俗小說和一批電影雜誌送她後，瞞著周師傅和她約會。他們幽會的地點在歐羅馬大酒店一樓的警衛宿舍。警衛是一個五十多歲的印度錫克教徒，頭上裹棉布大包頭，留鬍子和八字鬚，像戲蛇的街頭藝人，華語比漢人標準。印度人的宿舍只比貨車大一點，壁櫥擺了三十多瓶印度進口的香水，他每天擰開其中幾瓶，滴幾滴在身上，灑幾滴在宿舍的牆壁和地板上，一股濃稠的露兜花、印度茉莉、荷花和赤素馨花的味道從歐羅馬大酒店一樓瀰漫到十五樓。二十多年經營和呵護下，印度人的宿舍花香縈繞，神祕幽微，充滿大雨過後的潮濕新鮮和婚禮情境，像一座氣味泰姬陵。金樹和枚月在宿舍幽會時，起初金樹十分節制，只限親吻，最大的尺度不過是隔著襯衫撫摸她的胸部，但幾次幽會之後，枚月把他的手放到她的襯衫底下和裙子下。第六次幽會時，金樹的手指在她襯衫和裙子底下度過一段激情旅程後沉睡枚月懷中，醒來時兩個人一絲不掛，枚月的胯下流著血。

香水味透過金樹和枚月的衣服、皮膚、頭髮擴散出去。金樹發覺即使一週不和枚月見面，不去印度人的宿舍，那股味道還是殘留身上。周師傅每天進出歐羅馬，對印度警衛的味道再熟悉不過，女兒和金樹身上的香水味讓他嗅到了兩個年輕人的戀情，當他嗅到女兒使用過後的浴室和蹲廁也有這股味道後，私下審問警衛和女兒，休半天假親赴田家豪宅，請示振順公司大當家趙氏。趙氏知道枚月已經不是完璧之身後，非常負責任的讓小倆口訂親，並且承諾一旦田金樹獨立後就把周枚月迎娶過門。從這一天開始，金樹刻意迴避枚月，不再送她通俗小說和電影雜誌，不再和她到印度人的宿舍約會，甚至盡量避免和她單獨相處。他提心吊膽的度過幾個月，知道枚月沒有懷孕後才放下心頭一塊大石。

全雲落人都知道，周枚月是他的人了。

八刀的果園和王馥蓉的菜圃隔一道齊腰綠籬，兩家築籬時為了埋柱位置吵一架後不再往來。八刀和王馥蓉從小隔著籬笆眼對望，直到兩人額頭和籬笆網齊高後才第一次對話。一隻母鵲鴝在長著藤蔓和茅草的籬笆網築巢，巢房在呂家境內，出口向著王家。兩隻雛鳥張著大嘴，對著巢外吱吱叫。八刀隔著籬笆眼看出來王馥蓉想要那一對雛鳥。他摘下鳥巢高高舉起。

「給妳。」

王馥蓉噘著嘴哼一聲，轉身要走。

「這裡野貓多，」八刀說。「小鳥學飛前會被牠們吃掉。」

王馥蓉嘟著嘴，兩手接過鳥巢走了。

肩膀和籬笆網齊高時，一支斷線風箏落在王家瓜棚上，風箏線掛在籬笆網上。八刀扯住風箏線，想把風箏拉過來，但風箏被棚架卡死。王馥蓉從棚架後走出來解開風箏，看了八刀一眼。八刀坐在榴槤樹下看著風箏在王家菜園上翱翔時，王馥蓉漫步豌豆棚架、玉米稈、絲瓜蔓後，一雙黑眼珠炯炯發光。八刀的腰部和籬笆網齊高時，雨季的洪水漫過菜園，王馥蓉採豌豆時被棚架盤著的兩尾小蟒蛇驚嚇，藤籃上的豌豆撒到水上。八刀踩著水花躍過綠籬，疾如流星的靠近棚架，以手掌壓住第一隻蛇的蛇頭，另一隻手的拇食二指掐住頸部；用「拖尾法」捉住第二隻蛇蛇尾，倒提後懸在空中，展現兩種純熟的徒手捕蛇法。呂長山用兩尾蟒蛇熬兩鍋蛇湯，一鍋送給王家，王家回送一籃苦瓜和茄子。一年如夏，菜圃沒有地方遮蔭，王馥蓉小跑後躍過籬笆，和八刀在果園度過兩個年頭，直到一九六九年舊曆年八刀離去後，她還是習慣一個人躍過籬笆，撐開八刀送她的油紙傘，在果園內等八刀回家。傘面上，一個女子騎馬撫琵琶，遙望天穹兩隻野雁。

八刀還沒有離開時，她要八刀教她破鋒八刀。

「父親說，破鋒八刀是血氣方剛、硬橋硬馬的外功，適合男人，不適合女人，」八刀說。「破鋒八刀沒有老爸說的那麼神，那是老爸為了賣榴槤，吹了一個大車炮。和鬼子對陣時，大刀不是沒有打過勝戰，但大部分時候吃癟。」

王馥蓉嘟著嘴，鼓著腮，瞪著一雙大眼。

「你們女人聚氣雙乳，赤龍固定出沒胯下，赤龍一出，洩氣勞神，前功盡棄，練得再好，也只學到一點皮相。」

「赤龍是什麼？」

八刀貼著她的耳根子說話。她的臉紅了，但是還是大膽的凝視著八刀。八刀抓住她的手，按在自己的胯下。王馥蓉掐住一根又硬又直的東西，起初她以為是八刀大刀的刀柄，當她低頭看時，她的臉又紅了，五指掐得更緊。農家女寬鬆而輕便的衣裝，讓八刀的手有隨意伸進去的空間。八刀一手搓著她的乳房，另一隻手扣住她的肩膀，將她拉入懷裡。八刀瘋狂的親吻她的嘴唇和脖子時，她數次放開手中那根像刀柄的東西，但八刀馬上抓住她的手按在胯下。

烏屎椒和陸英瓊、冰淇淋和俞芝蘭、紅番和崔淡容的故事簡單多了。烏屎椒父親的咖啡店開張十年後，父親和海南咖啡師傅同時退休，接管咖啡店的烏屎椒第一天就和海南咖啡師傅女兒陸英瓊打成一片。沒有一九六九年舊曆年的變故，他們可能二十歲就生兒育女，在粿條的醬蒜爆香、鍋鏟聲和咖啡氣味中度過庸碌疲累的一生。

冰淇淋高中畢業後，在金樹資助下買下「冰山」冰淇淋店所有股權，第一天當老闆看見俞芝蘭帶著三個女學生買雪支。俞芝蘭掏了半天，掏出兩角五分，只夠買兩支。一九六八年的雪支漲到一支一角。金樹收下兩角五分，給了她們三支。第二天俞芝蘭還給冰淇淋五分錢。之後，冰淇淋見到俞芝蘭經過就拿著兩支雪支，一支遞給她，一支自己啃，厚著臉皮和她邊走邊聊。俞芝蘭的父親參加過民初文人涂耐冰領導的八百人兵團，和泉州軍閥秦望山、福州名將蔡廷楷在一九三三年發動「閩變」，成立中華共和國人民革命政府，和中國共產黨簽下「反日反蔣」基礎共識。戰後南漂雲落，在光華中學執教三個月。俞父患氣喘病，愛抽鴉片，瘦得像幾根竹片糊起來的紙風箏，走在路上隨時會被季候風颳到天上，課堂上口沫橫飛咳嗽不斷，學生懷疑他有肺癆病，上課時把桌椅往後挪，避免被他帶毒的唾液噴到，背後喊他「鷗撲粉」[1]。俞父一點也不為意，上課時大談自己的吸鴉片史，被學生家長告到董事會。丟飯碗後，俞父在雲落開了一家書店，販賣五四作家和左派書籍，左翼運動風起雲湧時，書面換上馮玉奇和劉雲若等人的情色封套避人耳目，但躲不過政治部人員查緝，一九六二年被迫歇業。俞父過世前推薦高中畢業的俞芝蘭到光華小學執教。

崔淡容家人在雲落經營廣東燒臘店，老四和紅番是常客。崔淡容從高中愛慕著老四，而紅番第一次到燒臘店兩眼就離不開崔淡容。老四用了兩成功力，傳授紅番擄獲女人芳心的祕笈。為了排除紅番的處男心結，老四建議紅番多和女人睡覺，最好是處女，如果沒有騙女人的本事，就去找娼妓。總之，多一點性經驗，多在女人肉體上打滾，多聽聽女人在枕畔的嬌吟。變成一個男子漢，不需要舉行伊班人的獵人頭儀式，只要找一個經驗豐富的娼妓。在老四陪伴下，紅番逛了十多次娼館，確認自己在陌生女人面前脫光衣服也不會臉紅後，紅番開始一個人光顧燒臘店。

愛情只有一顆種籽，有人一輩子沒有萌芽，有人萌芽後就腐爛，有人開花結果到某個程度就凋零。胚胎中的愛情最美妙，就像誕生前的嬰兒最聖潔、燃燒前的煙絲最香醇、從歐特雲和古柏帶天體進入太陽系前的彗星最神祕和美麗。一九六九年二月十九日舊曆年第四天，七個男子告別九個女子時，雨季結束，植物萌芽，花朵急促的盛開、枯黃和凋謝，動物叫聲輻射出焦慮的交配慾望。臨走前，八刀帶著王馥蓉穿梭果園，撫愛有時徐慢，有時速滑，壓垮結滿鳥巢的綠籬，吞吐的神情扭曲了年輕的容顏。紅番在豬舍和崔淡容偷看老四因為過度展閱而龜裂的江戶春畫，紅番將淡容的大腿跨在被豬牙和鬃毛長期磨蹭過的豬欄上。鳥屎椒和陸英瓊在振順公司胡椒園躺了一個下午，鷹群低飛，突擊蜥蜴、野鼠和穿山甲，傍晚時分，他們看見紅番和崔淡容牽手走入像奇門遁甲陣法的椒樹迷宮，夕照染紅了胡椒園。冰淇淋和俞芝蘭在「冰山」度過一個晚上，天沒亮，三姐愉悅和甜蜜的雞啼響遍雲落。老四一改含糊曖昧，傍晚時分跳進甘蜜河暢游，上岸後對苗幼香、陶卿和朱淑華用沙貝琴彈唱有河流、島嶼、椰子樹和飛鳥的歌曲，用冰冷和發抖的嘴唇親吻三個女孩後，先後爬入三個女孩閨房。訂親後，在刻意迴避下，金樹和枚月有過兩次肌膚之親，那天晚上，枚月強拉著金樹到印度守衛的小臥室，露兜花、印度茉莉、荷花和赤素馨花的味道讓他們像軟體動物。雖然事先做了防範，朱淑華還是懷了老四的種。

那天晚上，除了金樹，男方忍不住告訴女方遠行的目的，但要她們發下毒誓保守祕密，並且模仿女王說了一遍「我願莊嚴承諾」。金樹將許氏兄弟的油紙傘送給陸英瓊、俞芝蘭、王馥蓉、崔淡容、樊素心，朱淑華、苗幼香和陶卿共享一支。周枚月沒有收到油紙傘，但她不在意。

七個男子各收到一束心上人剪下的長髮，老四一個人收到三束。

---

1 opium fiend，鴉片鬼。

第十二章

一

一九五三年六月二日，伊莉莎白加冕大典後，皇室聖物送回倫敦塔珍寶館，三天後，倫敦塔恢愎了加冕前夕的熱絡和吵雜。七隻渡鴉吃足近兩百公克的雞肉和兔肉，各叼一塊泡著雞血的餅乾，在懸鈴木、牆頭和草坪上細嚼時，對著向晚的蒼穹發出狗吠聲。一顆蛆色豆芽月高掛時，獸園內，神聖羅馬帝國皇帝腓特烈二世送給亨利三世的結婚禮物，三頭石雕獅子，其中兩隻母獅的長吼，猙響整個倫敦市金融區，而那頭睪丸激素發達的公獅在石磚上翻滾兩圈後，戟張著碳墨色鬃毛蹲在兩隻母獅後。法國國王路易九世送給亨利三世的銅製大象和挪威國王送給英國國王的北極熊雕像，兩頭巨獸並肩踱到泰晤士河，大象用鼻子汲水噴灑身體，北極熊趴在岸邊抓魚。維多利亞時代遊客用活貓和活狗餵食肉食性猛獸，用鐵釘餵食鴕鳥。花豹叼走一位紳士手套時，咬斷紳士的食指。猴子對著遊客搔生殖器，女士摀嘴尖笑。大人和小孩圍觀籠子裡的獅子和一群獵犬激鬥，發出歡呼和驚歎。斑馬和鴕鳥溜出倫敦塔。斑馬到酒吧找客人討酒喝，留下一坨大便。鴕鳥被管理員圍捕時，把頭埋在一位女士膨大的撐裙下。

晚年擔任倫敦塔總管的威靈頓公爵漫步動物園飛禽區時，一隻角鷹飛出籠子，在動物園上空繞一圈，衝向地表時用距爪抓碎一隻鬣狗頭蓋骨。公爵想起叙事詩《恰爾德．哈羅德遊記》中，拜倫替拿破崙取了一個綽號：雄鷹。那一刻，他決定廢除動物園，防止角鷹或其他猛獸攻擊人類。

浪漫詩人威廉．布萊克凝視老虎的斑斕毛色，大聲朗誦傳頌千古的革命抒情詩〈虎〉。塔內死靈紛紛現身，弄得倫敦塔十分擁擠。安妮．博林皇后把頭顱挾在腋下，坐在無頭騎士駕馭的馬車繞行倫敦塔。凱薩林．霍華德皇后的頭顱膨脹得像灰姑娘的南瓜馬車。十二歲的愛德華五世和弟弟發出被叔叔活活釘在牆上的哀號聲。攻陷倫敦塔的起義農民處死首相薩得伯里時，查理二世和一群嚇破膽的大臣躲在密室裡發抖。都鐸第二任國王亨利八世穿著御用格林威治盔甲，戴著金屬手套的右手高擎一根長矛，左手撫摸胯下和頭盔一樣巨昂的護陰甲。幽靈太多了，連守衛也忘了他們生前的身分。

鬚髯覆胸、戴著寬檐藤帽的高大漢子出現珍寶館外時，渡鴉狂吠。獅身鷹首、撲張著翅膀的巨大怪獸徘徊珍寶館外，每發出一聲巨吼，塔牆的石灰岩和花崗岩就剝落一層，獅、虎、象、熊、豹、狼，嚇得縮起尾巴，癱伏地上。漢子咬住像尼安德塔人骨刀的大煙斗，從懷裡掏出煙草塞入斗缽，點燃煙草，同時掏出懷中一柄眨閃著藍色光芒、散發出花香果味的直形克力士。

守衛一絲不苟的執行閉門儀式。九點五十三分，戴著都鐸呢帽的首席監獄長手持燈籠，四位穿著鮮紅上衣和烏黑高頂熊皮帽的侍衛護送倫敦塔鑰匙到塔外，監獄長把燈籠交給哨兵後，鎖上塔外、中間塔和拜沃德大門。監獄長和衛士走入血腥塔拱門，在滑鐵盧兵營的大鐘敲響十下後，準時完成七百年的古老鑰匙交接儀式。這時，一股花香果味瀰漫整個倫敦塔，除了悠遊的人獸幽靈，塔內侍衛閤上雙眼，一覺昏睡到天亮。第二天巡視珍寶館時，侍衛發現展藏帝國王冠的玻璃櫃空無一物，當他們進一步檢視時，發現喬治四世王冠、聖愛德華王冠、聖愛德華權杖、瑪麗王后穗狀冠冕、劍橋情人結冠冕、大不列顛與愛爾蘭女孩冠冕、緬甸紅寶石冠冕、東方之冠、寶球和金鴿權杖也不知去向。這時，他們突然想起那隻鷹首獅身的怪獸，是十種代表英國王室家譜的神獸之一，財富和珍寶守護者，象徵愛德華三世的獅鷲。

二

一九六〇年六月田金虹過世前，將一顆雞血色卵狀物交給一手扛起振順公司重擔的趙氏，並且告訴她在振順公司業務衰退時，將這個物件納貢砂拉越總督，請總督在緊要關頭扶持振順一把，最低程度，可以當作買官鬻爵的籌碼。金虹過世三年後，產業已被對手侵吞大半。一九六三年一月，砂拉越總督接受趙氏奉送的雞血色卵狀物時，從趙氏敘述中，知道這塊石頭不是凡物。專家商研後，確認那是鑲嵌帝國王冠正中央的黑王子寶石。黑王子寶石在最短時間內送回大英帝國。一九五三年六月三日皇室聖物失竊後，十年來女王參加上議院議會開幕典禮時戴的是一八三八年為維多利亞鑄造的舊王冠，鑲嵌王冠的珍寶有肉眼難以辨別真偽的贗品，也有真材實料和舊王冠的原始珍寶。

從一九五三年到一九六三年，先後失竊的不只英國皇室聖物，全球喊得出名字的巨鑽都在十年間從人間蒸發。

三

女王翻來覆去看著黑王子寶石。她和這顆寶石睽違十多年。盜竊者也許已經支解帝國王冠分批販賣。懺悔者愛德華藍寶石戒指、伊莉莎白一世卵形珍珠耳環、三百一十七克拉的非洲之星，鑲嵌王冠後面沒有多少人知道來歷的七十二克拉紅鑽，數不盡的小鑽石、小珍珠和小寶石，可能已經散落地球每個角落，就像被砸開後的非洲之星，「那些小石頭就再也沒有見過面囉」。

聽說王冠流落一萬一千兩百九十公里外遠東一個熱帶大島時，女王腸胃輕微翻攪。這座大島和周圍的大巽他群島和小巽他群島，在滿者伯夷時代已經名花有主，西方人憑著堅船利炮據為己有，就像插上甲捕鯨船魚叉的鯨魚被乙捕鯨船強占。島嶼大部分是英國殖民地和保護國，南部曾經是荷蘭殖民地，現在是印度尼西亞屬地。酷熱多雨，地勢崎嶇，遍布雨林的泥沼像漩渦把人獸捲進地核；巨鱷四千磅咬合力遍布水域；樹上吊掛像巨藤的大蟒，熱情的擁抱可以窒息一頭水牛；草葉和河流跳躍著旱蛭和水蛭，抗凝血劑可以把一個活人變成一具乾屍；巽他臭獾釋放的臭氣讓人昏厥、失明和失智；豬籠草瓶子像孕婦肚子，可以消化一個人類娃娃；居民曾經是獵頭族和海盜，生吃碩莪蟲和野豬肝臟；男人囚禁母猩猩當性奴，女人為了一根棒棒糖和陌生人性交。

女王想起一九五二年六月二日和夫婿住在肯亞阿伯代爾國家公園一棵無花果樹上的阿伯代爾的樹頂酒店時，在星空下，在野獸嘶吼聲中，環繞十多公尺樹屋下的無垠莽蒼。她沒有到過遠東那座大島，這輩子不知道有沒有機會踏上去，但是她知道「英國皇室後花園」肯亞阿伯代爾野生動物保護區和那座島嶼是十三個跨越赤道的國家之二，這神奇的共同點讓她拉近自己和這座島嶼的距離，也產生不能訴諸言語的親切感。住宿阿伯代爾的樹頂酒店那天晚上，當時依舊是公主的女王透過窗戶，看見一批又一批野獸聚集一個撒了食鹽的大水潭四周，喝水、戲耍、舔舐鹽鹼。有時候是一頭犀牛或長頸鹿，有時候是幾隻疣豬，有時候是一群羚羊、斑馬、狒狒、獼猴和大象。酒店每個房間裝了蜂鳴器，一聲代表鬣狗，兩聲花豹，三聲犀牛，四聲大象，響聲越多，動物越大。女王運氣很好，那天晚上，蜂鳴器響個不停。星空璀璨，水潭微波蕩漾，女王在夫婿陪伴下，心情愉悅。突然動物的吼聲和低吟終止了，女王清楚的聽見蜂鳴器響了五下，也可能是六下。星光下，女王看見一頭野牛正在用犄角和頭骨上的大盾衝撞六頭母獅，搏鬥冗長而窘迫，當兩頭母獅用巨顎和利爪趴騎野牛背上，而一頭母獅咬住野牛脖子時，野牛嘩啦一聲倒在湖泊中，在爪牙撕扯下，野牛肚子爆裂出像蕈狀雲的肝腸，尾巴尖的毛髮流蘇在湖面拍打出像朱槿花的血色浪花。女王在野牛倒地時將視線挪向星空，因為大氣層而不停眨閃的恆星，像在垂淚，又像在歡笑。

第二天早上，女王接獲父親駕崩的噩耗。父親是在深夜過世的，女王盤算一下，正是群獅攻擊野牛時。女王永遠不會忘記，登基英國君主那一刻，她正在非洲肯亞離地十多公尺的樹屋上，群獅以吱喳作響的進食聲慶祝她的登基，恆星點燃一場世紀煙火秀，一隻鬼狒弓著身子站在無花果樹椏上，像對女王說：晚安，陛下。

媒體總是強調：她在樹上是公主，下了樹是君主。正確的說法應該是：樹下公主，樹上君主。

「我在樹上就登基了。」

女王撫摸著黑王子寶石，想起幾乎折斷自己脖子的帝國王冠。

第十三章

一

這是十六歲的少女頭蓋骨碎片，綽號「深顱骨」，挖掘自婆羅洲一個叫作「地獄深淵」的洞穴。放射碳確認，少女如果活著，有三萬五千歲。三萬五千年前屬於舊石器時代晚期、第四冰河時期末期，長毛象、馴鹿和大羚羊奔馳草原上，猿人棲身岩洞，用描繪動物和狩獵場景的岩畫裝飾山壁，用燧石鑿穿石頭或動物的角和骨頭，創造小巧精美的雕刻品。

一八八七年荷蘭醫生和解剖學家尤金．杜波伊斯擔任荷蘭軍隊軍醫時在荷屬東印度群島挖掘到一系列人類頭蓋骨，取名直立猿人，後世統稱爪哇人，大腿骨顯示他（她）們直立行走，眉骨高聳，顱容量大約現代人類一半。一九二一年奧地利考古學家奧圖．師丹斯基在北京附近周口店挖掘出冰河時期哺乳動物，包括大土狼和兩顆人類群動物牙齒，經過解剖分析後，正式命名中國猿人北京種，俗稱北京人。挖掘規模加大後，進一步挖掘出兩百多件人類化石，包括六個接近完整的頭蓋骨。比對結果，北京人和爪哇人歸類於同一個屬種：直立人。尼安德塔人、爪哇人和北京人化石紀錄顯示歐亞大陸是人類起源點，包括一齣人類考古學大騙局。業餘化石採集者查爾斯・道森一九〇八年在英國皮爾當巴克曼莊園砂礫坑發現一塊頭骨碎片，英國自然史博物館的亞瑟・史密斯・伍德沃根據碎片重建一個完整的頭骨模型，俗稱皮爾當人。皮爾當人頭蓋骨突起，腦殼大，眉骨小，頜部像猿，接近現代人類。專家質疑皮爾當人只是猿的頜部併裝在人類頭骨上，但英國考古學界力挺皮爾當人，認為這是最早的英國人，比爪哇人和北京人更早，強化歐洲是人類演化中心的迷思。皮爾當的經典標本冠冕戴了四十年後，無恥和可笑的謊言才被戳破。一九五三年，化學家和人類學家檢視皮爾當人，發現頭骨是從中世紀墳墓盜挖出來的現代人類頭骨，而頜部屬於婆羅洲紅毛猩猩，牙齒則是非洲黑猩猩。標本經過鐵和鉻酸溶液浸泡，牙齒經過人工鑿剉。編撰這場大騙局的主角到現在沒有定論。道森在仿造石器和人類化石前科累累，是確認的犯人之一，但是這塊骸骨不像阿哈船長的鯨魚義肢一目了然，沒有解剖學家、人類學家、地質學家和史前學家指導，道森的皮爾當人不可能稱霸考古界四十年。這批騙子除了動物學家、古生物學家，被歸類嫌疑犯的包括一個詩人和一個推理小說家：喜歡惡作劇的何瑞斯・德維爾・科爾和大偵探福爾摩斯的創造者柯南・道爾爵士。詩人和小說家喜歡白日夢，更喜歡胡言亂語，這個詐騙集團加入兩位生力軍後，中世紀鬼魂、婆羅洲紅毛猩猩頜骨、非洲黑猩猩牙齒、鐵和鉻酸溶液、一把鑿子、廢棄的莊園、布滿棄土的砂礫坑，詭譎、詩意、浪漫、懸疑，讓這場世紀大戲無懈可擊。

人類演化自非洲，這是一八七一年達爾文觀點，但二十世紀初期，大部分人類學家並不認同，爪哇人、北京人——為了逃躲日軍入侵，北京人標本裝在兩個大箱偷渡到秦皇島後不知去向，有可能商人磨碎這批「龍骨」賣給中醫，被中國人吃進肚子裡——和裝神弄鬼的皮爾當人支撐著人類故鄉在歐亞大陸的頑固意念，也鞏固人類先發育大腦才從樹上躍下用雙足行走，而不是從樹上躍下用雙足行走後大腦才慢慢撐大。達爾文的觀點沒有廣泛論證，道理簡單：欠缺化石。一九二四年，一家開採石灰的公司在南非湯恩採石場挖掘到一個四歲小孩頭骨，澳大利亞解剖學家達特研究後發現，頭骨有大腦殼，臉部平坦，眉骨小，沒有口鼻部，犬齒類似人類牙齒，比過去發現的化石更遠古、更像猿類，最重要的是，脊椎通過頭骨底部的洞在腦下方，代表他（她）直立行走，顯示早期人類群活躍非洲。這個標本命名非洲南猿，俗稱湯恩幼兒。隨著非洲一批又一批化石頭骨的出現和累積的論述，占據和灌溉了南方古猿「人類起源非洲」的基因花園。這批遠古遺骸，最有名的就是一九七三年在衣索比亞阿法三角挖掘到的三百二十萬年前露西骨骸。

挖掘團隊當時正在聆聽披頭四〈露西在綴滿鑽石的星空〉[1]，順勢為這個人類史上第一個女人取名露西。

二

這是七塊三萬五千年前的少女頭蓋骨碎片，下落不明。確實下落可能只有馬歇爾少校知道。「地獄深淵」是婆羅洲一個收集蝙蝠糞便和燕窩的大穴。一九五〇年代，前砂拉越博物館館長馬歇爾．大衛率隊考察「地獄深淵」時發現「深顱骨」。少女顱骨和一批獸骨、貝殼、石器、陶器、編織品經過熱帶雨林的酷熱和潮濕浸蝕後，奇蹟似的保存下來。對考古學界來說，「深顱骨」的發現只是一個小插曲，但對東南亞意義非凡。這個身高一公尺多的少女骨骸比尼安德塔人的標本還老。「深顱骨」揭示尼安德塔人漫遊歐洲時，東南亞已經出現現代人類。莽林圍繞的陰暗洞穴，瀰漫蝙蝠和燕子糞臭，氧氣稀薄，熱燥溽濕，蟑螂、蜘蛛、馬陸、蜈蚣和毒蛇流竄，只有收集蝙蝠糞便當作肥料販售和採擷燕窩外銷中國的工人駐足，少校怎麼想到到這種地方考察呢？據說，少校有一次在「地獄深淵」附近做田野調查時，一連三十多天在帳篷中夢見一個矮小細瘦的紅髮少女，頭戴一頂藤蔓編織的花冠，花冠綴飾著朱槿、胡姬、九重葛、梔子花、曼陀羅、雞蛋花、茉莉花。少女身邊圍繞著豪豬、猩猩、野牛、蜥蜴、長尾猴、烏龜、蟒蛇、馬來貘、食蟻獸，頭頂上方盤旋金絲燕和蝙蝠。金絲燕和蝙蝠糞便像雨點灑向紅髮少女。偶爾，少女走到少校身邊，接過少校手上的石楠木煙斗，請少校享用新鮮甜美的堅果、煮熟的芋頭、山藥和西米棕櫚等雨林塊莖。當地人告訴少校，只有十多公里外的「地獄深淵」有蝙蝠和燕子築巢，收集糞便和燕窩的工人也常在洞穴撿獲來歷不明的陶器和石器。少校從洞穴一批獸骸中挖掘到「深顱骨」後，少女更是頻繁入夢了。

太不符合科學精神了，少校不承認自己事先做過這個夢。少校頂多承認，那個夢頻繁出現是在挖掘到「深顱骨」後。新聞界和朋友發現，經過不斷講述後，少校自己也分不清是事前或事後

1 *Lucy in the Sky with Diamonds.*

了。

少校也沒有百分之百交代整個夢境。在餵食完少校堅果或其他食物後，頭戴花冠、一絲不掛的「深顱骨」把少校煙斗擱置一旁，坐在平躺的少校雙腿上，掏出少校的陰莖。「深顱骨」的黑乳頭硬得像堅果，粉紅色的舌頭磨擦著少校胸部像羊毫在硯臺上蘸墨，當她親吮少校臉頰和嘴唇時，舌頭像蓄墨性很好的筆頭，讓少校一張臉沾滿她的唾液。「深顱骨」紅髮飛揚，五官模糊。在少校心目中，是一個美少女。她趴在少校身上發出的嬌喘，讓少校想起傳說中的黃冠夜鷺歌唱。少校總是被這個春夢驚醒。因為清醒，他對這個夢記憶深刻。醒前，「深顱骨」髮肉剝落，內顱瀰漫火焰，七竅噴出煙絲，上下頜骨張開，發出咯嘞咯嘞的咀嚼聲。少校醒來時，石楠木煙斗叼在口裡，斗鉢內的煙絲依舊悶燒著。在那個春夢中，少校一直叼著石楠煙斗、吞吐著煙霧。

三

一九七〇年十一月二十五日午後，五十七歲的英國少校馬歇爾．大衛坐在甘蜜河畔一棵龍腦香板根上，看著熱氣升騰、枝葉沉澱的叢林草荒。少校魁梧高大，額頭寬厚，一撇月牙型鬍子覆蓋上唇，後梳的頭髮戟張著美人尖，深眼窩，眉脊高聳，骨骼寬闊飽滿，抿唇微笑時露出上排牙槽骨一顆犬齒的尖尖角角。在亞洲，少校不管走到哪裡都引起注目，無關粗獷的外型，而是從早到晚叼著的一柄不知道什麼動物骨骼或牙齒做成的煙斗。

少校從青年時代就染上抽煙斗的習慣。二十六歲漫遊南太平洋群島、三十七歲追隨牛津大學探險隊深入婆羅洲內陸、二次大戰空降婆羅洲掃蕩日軍、戰後擔任砂拉越博物館館長、帶領考察團隊挖掘「地獄深淵」，少校煙斗不離口。沒有煙斗的少校，就像沒有盔突的犀鳥。少校被拔除砂拉越博物館館長職務離開砂拉越前，抽的是一管陪伴少校出生入死的英式登喜路石楠木直式煙斗。少校喜歡一手捏著煙缽壁，一手指著斗柄，驕傲的表示煙斗是自然死亡的三百年石楠木根莖製成，堅固耐用，木質細密，紋路漂亮，保溫隔熱，阻燃力強，浸水不濡，日晒不裂，肉眼看不見的小孔可以散失煙草燃燒時的水氣和熱量，木質更不會影響煙草風味，這時候，煙霧從少校口腔緩緩吐出，讓少校的言語和神情增加了詩和禪的意境，也塑造出少校刻意模倣的將軍、偉人、作家、科學家和哲學家意涵。更直接的說，沒有煙斗的少校，就像沒有煙斗的愛因斯坦、福爾摩斯、馬克吐溫、史達林、麥克阿瑟、沙特、梵谷、林語堂和愛德溫．哈伯。

愛因斯坦在實驗室工作時，裝滿煙絲的煙斗排成一列，隨取隨抽，彷彿一群隨時準備撫慰靈肉的妻妾。在煙草醇香和煙霧刺激下，在泥土、水、陽光和微風滋潤下，愛因斯坦把思索和推理疊高到人類難以企及的層次，開鑿一條貫穿人類文明陰暗的隧道，點爆一艘 $E=mc^2$ 的光速列車飛向宇宙的緻密星體。

戴獵鹿帽、披方格呢風衣、叼石楠根煙斗，坐在熊熊炭火的壁爐前，福爾摩斯的思緒像煙霧籠罩莊園古堡，像頑強的熱帶種籽根芽裂解無名的血案頭骨。煙斗是福爾摩斯的放大鏡，煙絲是化學試管，煙霧是演繹和推理。嚴格追究，手不離煙斗的是作者柯南．道爾。柯南．道爾在書桌前寫下一篇又一篇流傳千古的犯罪小說時，必然也是一根煙斗在嘴。煙斗是他的筆，煙絲是紙，煙霧是從筆尖流出蘸著死者鮮血的紅字。柯南．道爾和一群騙子製造一齣考古學上的世紀大騙局，用中世紀鬼魂、婆羅洲紅毛猩猩和非洲黑猩猩假造皮爾當頭骨，愚弄考古學、古生物學和人類學界四十年，大概也是一根煙斗的功勞。

馬克吐溫被親戚形容成「人形爐子」。一根煙斗在嘴，馬克吐溫才會甦醒和運作。即使在睡眠中，爐子內的木炭也沒有熄滅。《湯姆歷險記》中，赫克在一座密西西比河中的小島教導朋友模倣印第安人用玉米梗製作煙斗。印第安人發明的玉米芯煙斗，正是馬克吐溫寫作時最愛抽的煙斗，燃燒著湯姆和赫克的歷險煙絲、升騰著密西西比河的傳奇煙霧、流淌著馬克吐溫的幽默風味和機智香氣。

西點軍校最年輕的校長麥克阿瑟將軍也是玉米芯煙斗粉絲之一，那柄又粗又長、像手榴彈的斗缽和細長的煙嘴，和將軍的墨鏡、戰鬥軟帽、卡其布軍裝，是將軍的標準配備。煙草的茹素薰陶下，將軍沒有追究日本天皇的戰爭罪行。

「煙斗是存在，煙霧是虛無。」沙特在哲學著作《存在與虛無》中，把煙斗升華成哲學辨證。

中國最有名的煙斗客林語堂在臺北陽明山故居遺留大量的自製煙斗。用英文書寫暢銷小說的大師不但自己製造煙斗，也想用打字機敲出不是英文字母拼湊的漢字，就像有人從塵埃和氣體誕生的諸多恆星拼湊出一個美麗星座。

梵谷生前畫了十多幅抽煙斗的自畫像。一八九〇年七月二十七日三十七歲的梵谷用七毫米口徑左輪手槍自轟，子彈擊斷一根肋骨，貫穿胸膛，但內臟沒有受傷。他從自殺地點——可能是一片烏鴉飛過的麥田——走回客棧，兩名醫生幫他處理傷口，沒有取出子彈，因為他們不是外科醫生。梵谷打開窗戶面對黑色的柏樹上空的渦狀星雲，想起浮世繪大師葛飾北齋〈神奈川衝浪裏〉

的鷲爪海浪。梵谷抽著石楠根煙斗，看著一縷縷煙霧升騰，嗅著煙草的清香，彷彿那就是最好的止痛劑，二十九日傷口感染逝世。孤獨的走向天堂的畫家，陪伴他的是一柄煙斗。

畢卡索最昂貴的傑作〈拿煙斗的男孩〉，描繪一個青春洋溢、穿著藍裝、頭戴花冠的少年憂鬱的凝視著畫外的我們，左手上那根小小的煙斗，塞滿落寞桀驁的煙草，升騰著迷惘削瘦的煙霧，彷彿那是唯一讓年輕生命發光和灼熱的燃料。抽走煙斗，少年也許變成冰冷的屍體了。

福克納幻想自己躲在妓院裡，白天寫作，夜晚歡鬧，在喧譁和騷動、煙斗的吞雲吐霧中，燃燒一張郵票大小的美國古老南方。

煙斗不再帶來快樂和寧靜時，亞哈船長坐在象牙三腳凳上，把點燃的煙斗扔到海裡去了。

牛頓有一次陷入長考時，把情人手指當作煙斗通條，往斗缽裡塞。堵塞的斗缽，也堵塞他的思緒。

喬治．桑穿一條男性化的長褲、叼一根煙斗周旋男仕中，以一根凸出物彰顯陽剛和性權平等。

在一幅水彩畫中，半裸的瑪麗蓮．夢露跪坐地上，笑容甜美，牙齒潔白，頭戴鷹羽冠，兩根辮子和鷹羽裙遮住胸部和下體，手上捏一根印第安人玉米芯長柄煙斗，一雙媚眼似乎正在仰望一群男人，和喬治．桑不一樣的是，她以一根煙斗突顯男人的支配慾和女性的懷柔、馴化。

日本江戶頂級妓女抽吸著華麗精緻的煙管，用煙霧揉去臉上的穢光和麻醉被掰裂的惰性。

查爾斯．達爾文抽著煙斗漫步小獵犬號甲板上時，一腳一印踩踏出物種起源的理論。

太空人尼爾．阿姆斯壯抽著煙斗仰望月球時，煙霧的升騰載著他的思緒飛向人類的未來。

犯罪小說桂冠詩人雷蒙・錢德勒叼著煙斗，把硬漢派偵探小說的拱廊和穹頂注入文學聖殿。

查爾斯・卓別林用一根煙斗彰顯流浪漢的博愛和紳士胸懷。

查爾斯・狄更斯下葬西敏寺詩人角時，維多利亞女王親下御旨以一根煙斗陪葬英國最偉大的小說家。

在〈日出・印象〉中，莫內叼著煙斗透過晨霧描繪阿佛爾港日出時，飄搖的光和色，迷幻的視覺，也許摻合著幾縷從鼻嘴緩緩升騰的煙霧。

二戰期間四巨頭在德黑蘭開會時，邱吉爾握著紮實的石楠木煙斗，史達林叼著巨大的棗木煙斗，羅斯福把駱駝牌香煙裝在一支細長的煙嘴裡。三個大人物控制全球大部分空軍和三分之二海軍，軍麾可以驅喚兩千萬軍人。他們叼著的煙斗是一根炮管，斗缽填塞的是火藥，吞吐的是烽火煙硝。煙酒不沾的蔣介石看著美麗的夫人，喝著無味無色的白開水。

阿道斯・赫胥黎一邊抽著煙斗一邊閱讀莎士比亞的《暴風雨》，那一陣疾雨狂風吹毀西班牙無敵艦隊、蒙古艦隊和一九一九年從北京載運八十二箱動植物化石到瑞典的船隻，卻沒有吹熄赫胥黎的煙斗，在煙絲燃燒中，赫胥黎進入二十六世紀一個美麗新世界，在那個新世界，統治者露出慈祥的微笑，以電擊懲戒撫摸花朵的小朋友，讓小朋友像動物園的長臂猿不敢接近通了電的圍籬。

星系天文學之父哈伯手裡雞蛋大小的煙斗缽，煎熬出無限大的宇宙荷包蛋。煙絲亙古的泥土味和煙霧創造的小宇宙和無垠星象，讓哈伯的巨睛延伸銀河系外，直視星系紅移現象，發現宇宙荷包蛋正在劈里啪啦膨脹。

四

少校二十一歲追隨牛津大學探險隊到婆羅洲考察時迷上煙斗。

考察團隊二十三人，三個學者兼教授，一個雜誌編輯，八個年齡和少校接近的大學生，一個嚮導，九個腳伕，一個嘴裡永遠叼著煙斗、揹著一八九五型溫徹斯特連發步槍的四十二歲英國職業獵手克里夫．比爾，善獵鷸鳥，綽號「鷸鳥比爾」。克里夫一百八十五公分，平頭，濃眉大眼，鼻翼隆起如猩，眼神既靜又野，穿多口袋迷彩獵裝，三十九歲前帶領英國高官和貴族在印度狩獵，獵捕鷸鳥、麝香貓、斑貓和老虎，即將打破一批職業獵手一九一一年帶領英國國王喬治五世在印度獵殺三十九隻老虎、十八頭犀牛和四隻熊的輝煌紀錄時，在英國和荷蘭高官重金禮聘下四十歲轉移陣地到婆羅洲。

一位腳伕負責馱運克里夫的裝備，巨型背袋塞滿賄賂原住民的廉價首飾、衣物、香水、巧克力、餅乾、糖果、洋煙。他的獵裝口袋裝滿煙絲和三支煙斗：兩個直式石楠木和一個彎式海泡石煙斗——其中一支叼在嘴裡。婆羅洲沒有大型掠食性動物，巨蟒大鱷很少露臉，職業獵手參與團隊是殖民政府的要求。一年多考察中，克里夫．比爾沒有開過一槍，煙斗噴出的煙霧卻像雨林的霧嵐瀰漫整座島嶼。團隊解散後，在克里夫影響下，雜誌編輯、一位教授和三位大學生開始學抽煙斗。團隊解散前，在克里夫影響下，少校改變了抽洋煙習慣：用舌齒含住煙霧，讓煙霧在口腔滾動翻攪，沒有經過肺部滋潤，隨著勻稱的呼吸從嘴裡緩緩吐出。克里夫執勤時叼的是直式煙斗，休憩或自由活動時叼的是彎式煙斗。克里夫說，執勤時需要和團隊溝通，直式煙斗讓人直爽開朗；一個人需要孤獨潛沉，彎式煙斗讓人內斂自省。少校喜歡看克里夫拿著斗鉢壁，用斗柄指揮腳伕和大學生，或叼著直式煙斗和嚮導凝視莽荒，用直覺和心靈疏通出一條彼此同意的路徑。少校更喜歡看克里夫叼著彎式煙斗，躺在板根上、站在灌木叢前、坐在朽木上、漫步一棵大樹後，上半身裹著像蠟淚的煙霏。團隊中，包括少校，有一半人抽洋煙，一位教授抽雪茄，他們噴出的煙味很快被雨林吞蝕，只有克里夫的煙草味像雲豹或馬來熊圈辨地盤的尿液，久久不散。在溽熱無風的莽林中，一個人留下的氣味、汗臭，甚至喘息和鼾聲，有可能凝固在一個密閉空間，數月或經年不散。二次大戰和一九六〇年代少校重回雨林，依舊可以嗅到克里夫的煙草味、汗臭，聽見克里夫蹂躪伊班少女時肉食獸的喘息聲。

克里夫不屑抽雪茄，更不屑抽捲煙。根據癮君子觀點，香煙是豔遇、花叢中即興的翻雲覆雲、旅館一夜情、速食、用了就扔的保險套一次性消費，吸入肺部的尼古丁有致癌風險。雪茄是情婦或情人，花錢費神，藕斷絲連，曲終人散。煙斗是妻子，非消耗性產品，可以寵愛一輩子，是男子漢的真正知己。克里夫不贊成癮君子觀點。他認為捲煙和雪茄是同一個東西，不一樣的是價格，捲煙像爪哇土妓，而雪茄是從新加坡進口的各國高級妓女。拿妻子比喻煙斗更是不倫不類。煙斗是身材完美、貌美年輕的情人、知己、精神伴侶，而妻子會變質，身材會走樣，面貌會老朽，因此，煙斗是情人最好的替代品和靈慾撫慰。

「發洩性慾的嫖客抽捲煙，跟你一樣。你什麼時候看過一位紳士叼一根煙斗去找妓女打炮？」叼一根煙斗去找妓女的紳士是有的，那是後來染上抽煙斗之後的少校。

五

一斗缽可以填塞三克煙絲，一般人可以抽二十分鐘，克里夫可以抽五十分鐘到一小時。「領略煙斗真髓和生命意義的煙斗高人，可以抽兩小時，」克里夫說。「我朝那個境界邁進。」克里夫向少校示範煙草三層填塞法。第一層，也就是底層，填塞百分之五十煙草，壓棒的力道像麻雀的小爪落在小草上；第二層填塞百分之七十五，壓棒的力道像貓掌撫平貓砂上的小糞坑；第三層填滿斗缽，壓棒要使出隻手抓兔的力道，讓煙絲有一點阻力又不失通暢。「像和女人接吻。先把女人的雙唇分割成三個空間，來回觸碰三回，像麻雀的小爪落在小草上，注意她的心跳、呼吸節奏和身體的顫抖頻率；然後把嘴唇壓在她的雙唇上，像貓掌撫平貓砂上的小糞坑，舌頭在她的嘴唇間游移；最後用隻手抓兔的力道摟著她，用舌頭和唾液塞滿她的口腔，讓她有掙扎空間但逃不出手掌心。」

克里夫凝視著少校的迷惘眼神，煙霧勁吐像開水沸滾的壺嘴。「煙草種類很多，粗細濕乾，塊狀丸型，裝填前要把粗葉撕碎，黏稠的揉開，用指頭慢慢的捻，捻得柔軟細緻，捻得像嬰兒耳垂，這過程和填塞煙草一樣，是前戲。」少校發覺克里夫指導自己抽煙斗時話少但精準，節奏時快時慢，煙草化成煙霧緩緩升騰時，好像不是透過一柄煙斗和火焰，而是透過語言。火源要軟，火柴最佳，點火時用啜一口熱茶的力道輕吸一口，再長吸幾口，這時點燃的煙草醒過來了，像貓的警戒毛豎直起來，然後用壓棒壓平，再點火輕吸、長吸，均勻點燃燃燒後又壓平的煙草。起初，要輕而長的吸，讓煙草燃燒一定深度，才不會一下子冷卻或熄滅。抽吸時，像喝茶或品酒，細嚐慢抽，慢則醇，快則烈，配合呼吸規律，像老鷹配合熱氣盤旋狩獵，像閒雲乘風。狂抽猛吸少了口感和風味，甚至變味。煙草在慢火悶燒、將熄未熄時風味最好。高溫燙傷舌頭、燒壞斗缽壁。煙草往下燒時，燃燒點會逐漸縮小，也可能會熄火，這時候要用壓棒將周邊沒有燃燒的煙草往中心推擠，延續火種，徹底燒到缽底。煙草要維持適當濕度，保證斗缽的完璧和煙味品質。在不同的燃燒過程中，抽吸時快時慢，時猛時輕，這就依靠各人對煙草的透析、煙斗的掌握和生命的領悟……。克里夫最後慎重下了結論：「就像跟女人做愛。」

少校很快迷上煙斗。

六

入夜搭完帳篷和用餐後，「鶲鳥比爾」經常像鶲鳥失去蹤影，但破曉後總是第一個從帳篷鑽出來，嘴裡叼著彎式海泡石煙斗。十天後，少校攜帶手電筒和來福槍追蹤克里夫。克里夫出發時點燃一斗煙，邊走邊抽，當他消失在一棟伊班人的長屋時，恰好抽完一斗煙。照克里夫說法，大約五十分到一個小時。少校看一眼手腕上的夜光錶，一小時零三分。十分鐘後，克里夫牽著一個人從長屋走出來。兩個人走到和少校一個吹矢箭射程距離時，在月色和克里夫手電筒光芒中，少校看見克里夫牽著的是一個伊班女孩。她穿很短的黑色棉布裙子，左手拎著一包餅乾，手腕和小腿套著銅環，脖子掛著貝殼項鍊，腰部穿著藤製的緊身褡，露出一雙沒有完全發育的小乳房。少校估計少女不會超過十四歲。克里夫和少女邊走邊戲鬧，破碎的英語和伊班語音量逐漸加大。大約三分之一斗煙後，龍腦香樹下出現一棟比帳篷高、但不比帳篷大的小木屋。木材橫切面和樹皮顯示，屋齡不會超過半年。克里夫和少女進入木屋後，手電筒即熄滅。木屋有入口，但沒有門。少校站在吹矢箭半個射程外和屋內一樣黑黝的矮木叢中，樹篷露出一小片夜空像水潭，一顆逐漸沒頂的星星正在吶喊。起初，屋內寂靜，隨後傳來少女的鳥唱、豬笑和猴吼。少校從腳底下密布的根荄感受到克里夫的粗野和力道，聽見克里夫和少女將整座森林的氧氣吸入肺部的聲音。少女不再發出各種獸聲後，腳底下的根荄不再顫抖後，少校瞥一眼夜光錶：一小時零兩分，恰是一斗煙時間。

第二天午憩時少校計算克里夫抽一斗煙的時間：一小時零六分。

考察結束前一個月，少校和克里夫廝混得像認識了一輩子的老朋友，每天晚餐後，克里夫更是不吝和少校分享煙斗，像《白鯨記》男主角和魚叉高手魁魁分享戰斧煙斗。考察結束前四天克里夫半夜離開營地後沒有回來。考察隊伍苦等一天後，少校帶領隊伍來到小木屋前。克里夫的屍體倒臥小木屋門口，僵硬而黑青，身上插著七支吹矢箭，爬滿螞蟻、旱蛭、蜈蚣、螃蟹和奇形怪狀的小蟲。克里夫胯下蝟聚翹著岐尾和雙鬚的棗紅色蜈蚣，正在齧咬陰莖和睪丸。愛鑽縫的小螃蟹把他的頭顱鏤食成骷髏狀。殖民政府盤查了附近所有長屋和原住民，大體火化後運回英國。克里夫的溫徹斯特步槍被一個軍官拿走，三支煙斗和遺留帳篷中的煙絲被視為不吉祥物，送給發現屍體和與克里夫交情最深的少校。

二十一歲時，少校繼承克里夫的煙斗，從此煙斗不離口。

七

二戰前，少校綽號「犀牛少校」，二戰後，多了一個綽號「貓少校」，但他最為大家熟知的綽號是「顱骨少校」。兩年八個月前，少校遭遇人生最大挫折：涉嫌盜賣砂拉越博物館館藏、被迫辭去砂拉越博物館館長職位、終生禁止入境砂拉越。一年四個月後，馬來西亞英國駐軍和馬來西亞國防部委派他一項神祕使命後，他只考慮了一秒鐘。執行這項使命，不但可以讓他回到摯愛的砂拉越，使命完成後，少校更可以自由出入砂拉越，也許還可以恢復砂拉越博物館館長職務，更重要的是，少校可以重返「深顱骨少女」沉睡三萬五千年的老窩。

活了近一甲子，少校已經視砂拉越為家園。砂拉越博物館不少珍物瑰寶，是他奔波半輩子的心血結晶，包括挖掘自洞窟的三萬五千年前人類頭蓋骨「深顱骨」、從蟒蛇肚子取出的瑞士江詩丹頓古董錶、興都教的象首石雕佛加尼沙、刻著「阿拉是唯一真主——只有阿拉能拯救人類於地獄——阿拉最偉大、最莊嚴」的回教墓碑、十五世紀日本海盜武士刀、中國元朝士兵頭盔、兩百多件中國唐朝和明朝陶瓷器、侏羅紀五十公尺鱷魚頭蓋骨化石、三萬年前穿山甲骨骸、新石器時代陶器、像鷲鷹的白堊紀鳥類頭骨化石。他不止一次對媒體辯訴，指控他盜賣上述這批館藏給汶萊博物館是不正確的，那一批寶物實際是他的私人蒐藏。朋友知道少校可能沒有說謊，問題是少校早已家國不分，分辨不清哪些是國家財產，哪些是私人蒐藏。少校身邊的人知道，少校企圖盜賣的館藏大部分來歷不明。古董錶並非取自蟒蛇肚子，而是賤價蒐購自一個伊班嚮導，嚮導帶領一個法國人進入雨林狩獵，趁法國人熟睡用彎刀砍斷法國人脖子，拿走他的所有財物，包括古董錶。少校在一九五〇年代僱了一批工人考察和挖掘「地獄深淵」時，成果豐碩，但是少校只是業餘考古學家，僱用的工人也沒有受過專業訓練，古物缺少出土座標和紀錄信息，雖然引起考古界注目，但也引起質疑聲浪。據說，只有中國唐朝和明朝時期的陶瓷器、回教墓碑、興都教的石雕象首、新石器時代陶器和一具三萬五千年前的人類頭蓋骨是少校親自從洞窟挖掘出來，其餘走私自國外，包括那批少校企圖販賣給汶萊博物館的館藏。少校被冠上「國家小偷」臭名後，二戰時期和他有革命情誼的英國和澳洲朋友幫他緩頰：少校可是利用個人影響力和財力聚攏這批稀世珍寶，而他耗盡心力挖掘的文物，更對婆羅洲歷史、人類學和考古學貢獻卓越。沒有少校，博物館館藏不可能受到舉世注目。朋友這番言論實際上把詐欺和「國家小偷」的羞辱印記刻實在少校身上。

少校博學，人生歷練豐富，擁有多種頭銜：鳥類專家、環保專家、探險家、記者、軍人、游擊隊隊員。少校出身富裕，從小被父母送到寄宿學校，十九歲糾合一千三百位賞鳥人，組成史上第一個龐大的冠鷺鷈調查團隊。二十六歲漫遊南太平洋新赫布里底群島，教導吃人族用玉米梗製作煙斗，傳說少校品嚐過人肉。二十一歲和三十七歲先後兩次追隨牛津大學探險隊深入婆羅洲內陸，撰述《婆羅洲叢林》，書中記載十多種新種鳥類和一種以他命名的犀牛。他的「犀牛少校」綽號就是這麼來的。二次大戰末期，少校在澳洲達爾文接受叢林戰技和特種部隊訓練，一九四五年三月二十五日，少校夥同二十個隊員乘降落傘著陸婆羅洲一座海拔一千七百公尺高原，糾合原住民組成「高原抗日游擊隊」，配合海外登陸的澳洲第九師夾擊日軍。伊班人看見美國解放者轟炸機隆隆轟響越過蒼穹時，以為神靈暴怒，這時，機腹躍下一群陌生人，頭上豎立著一個羊毛白蘑菇狀發光體，像神聖的光環罩著蘑菇下的陌生人。馬歇爾像一隻巨鷹著陸萬頃波濤的茅草叢時，第一件事就是掏出口袋中的石楠煙斗，慢條斯理填塞煙絲，用火柴點燃。伊班人奉少校和他的夥伴為上賓，獻上最上等豐盛的酒肉和隆重的歡迎儀式。少校和探險隊在三〇年代考察婆羅洲時，赤腳和伊班人走遍惡林峻嶺，生吃野豬肝臟，吃慣原住民溢散著糞便味道的豬肉和活蹦亂跳的碩莪蟲，喝慣嗆辣的米酒，對原始莽林和伊班人早已耕植了深濃的骨血和兄弟情誼。在馬歇爾激勵和獎賞下，伊班人紛紛加入「高原抗日游擊隊」，剁下近千個鬼子頭顱，每剁下一個鬼子頭顱，伊班人齊聲高唱，歌頌人世間的美好和富足，陶醉在昔日被國王和傳教士泯除的梟首習俗中。

少校對婆羅洲的熱愛無庸置疑。一九六〇年代，少校榮膺砂拉越博物館館長時，世界衛生組織為了遏止瘧疾擴散，在五百多座原住民長屋噴灑殺蟲劑，家貓吃了染上毒素的蟑螂、蠍子和壁虎後，大量暴斃，老鼠猖獗，儲糧讓老鼠啃食殆盡。不久前吃下毒魚而發瘋死去的一千多隻家貓局限在甘蜜河沿岸村落，這一次的災難擴及全婆羅洲。少校深入研究過婆羅洲雄貓尾巴，覺得那種方便凶猛深沉的交媾、脊椎骨天然斷落構成的崛奇短拙，是動物學上少有的案例，聽說內陸的家貓有可能絕種時，循著沿海市鎮求索兩千多隻家貓，空投內陸，讓尾巴奇特的婆羅洲家貓再次繁衍內陸。他的「貓少校」綽號就是這麼來的。當長屋走廊上的公貓和母貓敦倫時，伊班人就會半開玩笑：

「看啊，少校又在恩寵嬪妃了。」

馬來西亞國防部和英軍將日不落國國運的重擔壓在少校肩膀上，除了看上少校在婆羅洲的崇隆地位、叢林知識，更重要的，是他和伊班人的兄弟情誼和草莽胸襟。二次大戰澳洲偵察部兩次派遣特種部隊潛占敵區，但兩次都徹底失敗。一次是一九四四年九月潛往新加坡的「老虎行動小組」二十二位成員，一次是一九四五年二月潛往北婆羅洲的「紅襟鳥行動小組」十八名成員，都遭日軍痛擊，前者全軍覆沒，後者傷亡慘重。一九四五年三月少校帶領「螞蟻行動」十名成員空降婆羅洲時，降落地點蠻荒偏僻，遠離日軍勢力範圍，不利後勤補給，更不利蒐情作戰，但少校憑著和伊班人的深厚情誼，部落酋長和戰士一呼百應，以長矛、彎刀、毒箭和土槍壯大「高原抗日游擊隊」。少校知道，沒有本土人士支援，戰鬥不可能有輝煌成果。澳洲偵察部對少校計畫的質疑，在「螞蟻行動」獲得全盤勝利後煙消雲散。少校的胸次高瞻和桀驁獨斷，長江巨流似的滾滾聲望，都在謠傳他盜賣博物館館藏時付諸東流。少校僱用三輛大卡車載運館藏跨越砂拉越和汶萊疆界時被邊境警衛隊攔下，館藏全數運回砂拉越博物館，除了不在車上的「深顱骨」。少校被驅逐出境時對著記者喊冤，自己沒有私藏「深顱骨」，十六歲的少女頭骨可能被載運工人或邊境警衛隊偷走。

一九六三年四月英軍和廓爾喀傭軍駐紮婆羅洲協助馬來西亞剿滅左翼分子和尋找失竊的皇室聖物時英軍終於想起已被解除博物館館長職務和禁止入境的馬歇爾．大衛。起初，少校以為只是一樁剿滅內亂的軍事行動，覺得自己大材小用呢。大日本帝國的英勇軍隊也被他和夥伴剿滅，區區一批沒有受過正規軍事訓練、書呆子出身的華人左翼分子又算什麼？當他深入瞭解後，不禁昂首挺胸、肅然應允。英軍交給他四個橄欖色軍用彈藥箱。鋼製，防爆防潮，長五十公分，寬二十五公分，高三十三公分，拉桿鎖，活動式握把，收納彈藥和槍械的塑膠材質已經卸下，鋪上海綿和藍色天鵝絨。少校見到彈藥箱時，暗中比劃一下。

「裝得下四顆頭顱。」

彈藥箱被少校匿藏在一個只有自己和廓爾喀人知道的地點。三年多了，彈藥箱依舊被廓爾喀人護養得簇新鋥亮。它們就像美國總統隨扈緊拎手中裝置著核武器發射按鈕的手提箱，隨著少校更換駐紮地時流浪雨林，像四隻忠犬追隨少校。少校發誓，即使鏟平整座雨林也要完成任務。

少校繼續抽著煙斗，抽出褲腰上的廓爾喀彎刀，劈砍著腳底下的板根。

八

過去兩百萬年，兩極冰帽擴張，海水結冰，海平面降低，婆羅洲、蘇門答臘和爪哇連接亞洲其他陸地，巽他大陸像鋪上巨樹和花草的地毯，湧進豐盛多采的動植物。冰期結束時海平面升高，三座大島恢復孤懸態勢，但動植物已經扎根、發展和分化。被困在巽他大陸的印尼臭獾開始大量繁衍，形成當地獵手的噩夢。巽他臭獾肛門腺釋放含硫的分泌物，可以讓獵手和獵犬昏迷十二小時，在這十二小時中，獵手必須面對各種悠關生死的挑戰：被蟒蛇裹腹，被大蜥蜴、老虎、野豬、黑鸛和鷲鷹啃食，被旱蛭吸食血液，被幻覺引導而葬身泥沼或從望天樹躍下，被外族戰士梟首，尤其是後者。婆羅洲十多種原住民歷經數百年、數萬次戰役後，深深體驗到叢林的無情和大自然殺傷力。大量分布叢林的泥沼是讓敵人落入冥界的偉大陷阱，箭毒樹的樹汁讓吹矢箭沾上致人於死的毒液，而巽他臭獾的臭氣更是讓獵手和戰士失明或失去知覺後，失去寶貴的性命。

加入聯軍組成的高原抗日游擊隊前，伊班獵手帶著少校來到一座山丘前。山不高，山丘下無花果樹樹蓋甚至高過峰頂。腹地寬廣，脊稜又長又尖瘦，鞍部平緩，山形被青蔥翠綠的樹木覆蓋著，像沒有清楚和固定輪廓的浮雲。這時已是黃昏，夕照灑在樹蓋上像乾涸的血，叢林浸泡在像從墨水瓶滲出的墨汁中。一位最高大強壯的伊班獵手指著山丘說：

「少校，你到這座山住一個晚上，天亮後獵一隻『山鬼』回來。」

少校知道外來者想和伊班人擁有真正的兄弟和骨血情懷、想和伊班人並肩作戰，靠著生吃噗噗跳躍的野豬肝臟和碩莪蟲、喝又嗆又辣的米酒是不夠的，需要通過這道神祕儀式的洗禮，這是所有婆羅洲一流獵手和偉大戰士必須通過的考驗。少校毫不猶豫應允。他叼著石楠彎式煙斗，揹著來福槍、睡袋和糧食，告別對他詭異的微笑和竊竊私語的伊班朋友。

伊班人口中的「山鬼」，就是巽他臭獾。

少校剛走上山丘後就浸泡在叢林裡那股像墨汁的黑暗中，每走一步就感受到步伐沉重，季候風讓叢林擁有像洋流的運動模式，夕照的緋紅偶爾撕裂叢林的黑暗，像紅色的雨絲滴到腳底下。少校抬頭仰望樹篷，迎接他的是一棵棵高大傲慢的龍腦香、望天樹和無花果樹，在夕照逐漸暈失和季候風吹拂下，金黃色的星群掛在葉椏上，擎天廊柱的樹身像暴風雨中的船桅左搖右晃、上飄下墜。少校出入叢林無數次，雖然和叢林的互動和親密比不上伊班人，但叢林就像少校獨居半輩子的老房子，一旦有人接近獵槍射擊範圍，少校也可以感覺不對勁。但這時步入一百三十萬年前冰河時期形成的地表，少校像踏入一片完全陌生的域帶，感受不到從前對叢林的記憶和熟識。少校漫步在枯枝、落葉、耐蔭性植物、苔蘚、地衣和小樹苗覆蓋的地表上，在散布鳥屎和獸糞的光裸的腐植土上，步伐從起初的沉重，逐漸變得虛浮輕盈。少校身上除了點燃煙草的火柴，沒有攜帶發光和發熱像手電筒之類的東西，攜帶這種讓自己的視覺變得明亮但不見得犀利的文明物會讓伊班人嘲笑。只要有火柴，少校隨時可以升起一支驅趕猛獸和邪靈的野火，以尼安德塔人的目光凝望叢林。少校削了一根和身體等長的樹幹，邊走邊刺探布滿泥沼的地表。他準備憑著直覺找一塊可以安全度過一個夜晚的棲息地，這件事情看似簡單，卻揉合了獵手和戰士的經驗、智慧和膽識。山勢低矮，走向峰頂或平緩寬廣的鞍部時，少校沒有上升或下沉的感覺。少校確信自己步伐平穩，內心堅定清醒，但少校逐漸感受到自己的移動忽快忽慢，像在小舟上被激流牽引。少校甚至感受到自己停下腳步時，身體依舊在移動、飄浮和遊蕩。他抬頭一次又一次仰望被大樹覆蓋像岩壁的天穹，只看到一片昏暗和空洞。龍腦香、望天樹和無花果樹在季候風中對著少校竊笑，像一群赤裸世故的大人嘲笑一個沒有陰毛遮陽的小孩。這批大樹，每一棵都超過五百歲，看盡叢林的屠殺、姦淫和擄掠，暴飲鯨吞死者骨肉尿血、雨水和陽光，年輕多話、根肥枝壯。少校看中一塊三面被板根環繞的乾燥地表，準備紮營升火，但板根像城牆崩塌，少校暴露在一塊被野火焚燒過的焦土上，季候風吹得少校瑟瑟發抖。少校剛踏出第一步，焦土向上飄浮，穿過樹篷，少校像一隻鷲鷹站在樹蓋上，雨點像小石塊打在少校頭上，白堊紀天空下一隻孤獨的腕龍啃食蘇鐵和羊齒植物，天穹飄浮一朵雷龍放屁形成的高粱紅甲烷雲。少校吸一口煙，身體急速下墜，落在光禿禿的腐植土上，一隻火焰似的老虎凝望著他。少校拿下揹著的來福槍時，身體又開始移動，這一次少校陷在一塊惡臭的泥沼中，身體快速下沉。下沉的時間非常冗長，如果少校是一棵樹，腰圍已經累積五百個年輪。下沉終止時，少校發覺自己站在一個陰暗、酷熱和潮濕的山洞中，蝙蝠和燕子在頭頂上飛翔，蟑螂、蜘蛛、馬陸、蜈蚣和毒蛇在地上爬竄。山洞的氧氣稀薄，糞臭瀰漫，少校頭腦暈眩、四肢冰冷，嘴裡叼著的煙斗燃燒得非常凶猛，吐出去的煙霧像棉花糖凝固且飄浮山洞中。少校視覺有點模糊，但聽覺敏銳。他聽見山洞傳來一陣又一陣野獸吼聲後，朝著那個方向走去。他看見在一個塗抹著壁畫的山壁下，坐著一個矮小細瘦、赤裸著身體的紅髮少女，頭戴一頂藤蔓編織的花冠，花冠上，綴飾著朱槿、胡姬、九重葛、梔子花、曼陀羅、雞蛋花、茉莉花。少女身邊圍繞著豪豬、猩猩、野牛、蜥蜴、長尾猴、烏龜、蟒蛇、馬來貘、食蟻獸，頭頂上方盤旋金絲燕和蝙蝠。這是少校第一次看見只剩下七塊顱骨的紅髮少女，少校堅信這一次的經歷，讓他二次大戰後帶著團隊挖掘古蹟時夢見了「地獄深淵」的紅髮少女，但他沒有向任何人透露這段因緣。少校一邊吸著煙斗一邊凝望著被群獸圍繞的少女。少女的臉龐被紅髮裹繞，面目模糊，但可以看得出來五官姣好，是一個美少女。在紅髮裹繞中，少校發覺少女美麗的臉龐流露著憂悒和痛苦的神情。少女舉起右手向少校招手時，少校看見一隻披著白色冠毛、漆黑如墨的動物，像一隻鬼魅向他撲來。少校本能的舉起來福槍，對著動物的腦袋開了一槍。

少校醒來時天剛破曉，叢林充滿鳥和猴的聒噪，晨曦的臉從昏黯的天穹中長出鬚眉。少校躺在三面被板根環繞的乾燥地表上，來福槍擱在胸前，一隻身形像小豬的動物倒臥腳底下，頭腦被少校的來福槍射開一個大洞，腦漿像瓜果紅瓤。牠的四肢長著五根大爪，有一個像豬的無毛鼻子，一條白色條紋從背部延伸到尾巴上。少校知道自己打死一隻「山鬼」。

少校拎著「山鬼」尾巴走下山丘時，看見一群伊班獵士在山丘下列隊等候他。他們戴著藤條和貝殼編織的戰盔，盔頂插著兩根黑色犀鳥羽毛，脖子掛著琉璃珠、豬牙或鹿角串聯的頸鍊，披著羊皮、熊皮或山貓皮戰衣，戰衣下襬裝飾著發出彩色光芒的貝殼，手上拎著彎刀、長矛或吹矢槍。這是參加大型戰役和迎接英雄凱歸的戰鬥和慶典服飾，也是對少校的兄弟和骨血情懷的最高認同和致敬。令少校吃驚的是，獵手嘴裡各叼著一支煙斗，季候風將煙霧吹向少校，少校嗅到一股嗆辣味和尿屎臭。伊班人的斗缽以原木雕琢，凹槽的口緣和內緣裹上銅片，吸軸是一根竹管。少校知道伊班人愛抽捲煙，只有作戰和狩獵時才會抽一斗煙。少校將巽他臭獾的屍體扔在他們腳底下，用力的吸一口煙。

「少校，」最高大的獵手說。「你知道我們狩獵和戰鬥時最害怕遇見什麼？」

少校緩緩的吐出一口煙。

「腦袋被敵人砍去。」

伊班人發出一串豪邁笑聲。

「也對，」高大的獵手說。「在那之前，我們最害怕遇見『山鬼』。」

少校點點頭。

「少校，」一個臉上布滿刺青的獵手說。「你昨晚夢見什麼？」

「我夢見一個美得像天仙的少女，」少校尷尬的笑了笑。「沒有穿衣服……」

伊班人笑得前仰後翻，一個個先後走到少校面前，拍著少校的肩膀或背部。

「少校，你不必往下說。這是祕密，也是光榮。」

「我們都夢見過類似的東西。」

「我夢見我心愛的姑娘對我微笑。」

「我夢見一個美麗的女人在洗澡。」

「我夢見自己變成一隻公犀鳥，和一隻母犀鳥在空中盤旋追逐。」

「我夢見自己變成一隻公熊，騎在母熊背上。」

五十多位獵手先後遞給少校一個小獸皮袋，袋內裝滿伊班人自製的煙草。少校打開獸皮袋，一股屎尿味、血腥味和腐敗的味道撲鼻而來。

「少校，」最高大的獵手說。「『山鬼』釋放的臭味非常強烈，如果鼻子夠靈，一公里外可以嗅到，像嗅到成熟的榴槤味道。嗅到這種味道後，吸幾口我們的煙草，你就可以對牠的臭味免疫。」

少校終於知道，昨天剛踏入山丘後就不止一次被巽他臭獾的臭氣攻擊，整個晚上陷入昏迷中。

九

少校接下使命當天下午，一個人穿著便服、叼著煙斗走在闊別三年多的雲落街道上。如果三年多前有人做過雲落速寫，現在再速寫一次，他們會發現行人、野狗、街樹和商店彷彿從來沒有移動過，人獸的表情也相似，連雲彩也是一個模式。大街上行駛的轎車、摩托車、三輪車和牛車，甚至司機，也是同一個人。巷道的微幅擴充、街樹的增高、店招的更替、景氣的枯榮，本地人沒有感覺，離開三年多的少校也沒有感覺，唯一感覺到的是少校每到一個地方，本地人都會目不轉睛看著他，有的會用手肘、手掌、腳尖提醒身邊的人。其中一批熟面孔三年多前會舉手或點頭和少校打招呼，現在他們只是皺著眉頭看著少校。在雲落，忘記像少校這樣一個白人是不可能的，他們顯然第一眼就認出了他。全砂拉越報章和廣播電臺以頭條報導少校重返砂拉越的目的，「國家小偷」恢愎二戰時期的戰爭英雄形象，準備帶領英國和大馬軍隊平息內亂。少校重返砂拉越的消息在雲落一場「中西拳擂臺賽」第一次揭曉。一位受邀到馬來西亞授拳，並在雲落開設「雲落太極健身院」的太極大師，接受一位獲得世界摔角冠軍的華人格鬥家挑戰，在雲落舉辦一場六個回合的擂臺大賽。太極大師在抗日戰爭時期組織大刀隊抗日，立下許多傳奇性的豐功偉業，一九五五年獲得臺灣武術大賽太極組冠軍，名揚海內外，這場擂臺大賽轟動南洋。除了現場觀眾，大部分雲落人聚集收音機前聆聽實況轉播。在第四回合和第五回合的短暫休息時間，主播突然以播報比賽的高亢語氣說：「各位聽眾，插播最新消息。曾經擔任砂拉越博物館館長、高原抗日游擊隊領導人之一的抗日英雄馬歇爾．大衛，將在近日重返砂拉越，率領大馬和英國軍隊掃蕩國內左翼武裝叛亂分子。」主播準備進一步闡述新聞內容時，第五回合已經展開。收音機前的聽眾陶醉在太極大師勢如破竹的攻擊中，沒有完全消化這則消息，聽眾以為主播開玩笑。比賽結束，太極大師以26比0大獲全勝，主播又插播了一次，在咖啡館喝咖啡和啤酒聽廣播的雲落人，為少校奪走太極大師光彩破口大罵。第二天國防部正式發布消息時，媒體不忘記酸了少校一下：如果「國家小偷」達成使命，全砂拉越人不會再計較七塊遺失的「深顱骨」。「我們把十六歲的少女頭蓋骨送給少校吧，」一家華文報章在社論中說。「據說，少校是受到少女的夢境召喚才找到她的。」

少校頻頻對他們點頭和揮手。少校的熱情和親切有了回報，有人對少校點頭微笑，定格的街景和人獸開始移位，摩托車、三輪車和牛車突然增多，野狗露出利牙咆哮，攤販叫賣，小孩嬉耍，商店擠滿顧客，街道擁擠，一輛滿載政府官員的吉普車停在少校身邊向他致意和道賀。茶館門前站著一位年輕男子，肌肉硬實、神情虛弱，勞動的精力耕稼在他身旁女子的油膩滋潤中，兩人看起來像夫妻。少校坐在芒果樹下冷飲攤前叼著煙斗叫了一碗剉冰。中年華人老闆轉動手動皮帶刨冰機時，女兒蹲在他身後吹口琴。一百多年前引發兩隊獵鱷人馬駁火的「舌魅」冷飲攤就在少校斜對面一排椰子樹下，那裡現在是十多個木板店鋪，有腳踏車店、理髮店、麵包店、裁縫店、雜貨兼糖果店、書報兼文具店。往店鋪上方眺望，瑪格麗特堡壘被熱氣揉碎的瞭望臺像孤聳的火山圓錐體。少校認識冷飲攤老闆，也認識每一個店鋪老闆。他一手捏著煙斗，一手用湯匙一口一口吃著剉冰，看著吹口琴的少女。他記得離開砂拉越時，少女正在念小學四年級，現在是中學生了。少校努力回憶少女的名字。少女有一雙中國人的丹鳳眼，長髮披肩，皮膚紅潤。少校的目光和她接觸時，她就看向別的地方。

「妳吹奏的是什麼歌？」少校的華語生澀，但還堪用。

少女沒有回答，琴音突然加大，顯然聽見少校的問題。

「館長問妳吹奏的是什麼歌？」父親代少校問一遍。

少校離開冷飲攤，走向理髮店。少校坐在生鐵鑄造的理髮椅上，理髮師傅轉動扶手下方的圓盤轉舵，緩緩降下魁梧的少校，拿起鋼製的剪刀和魚骨梳子，修剪少校還沒有長到需要修剪的髮腳和劉海，隨後用手推剪修理鬢毛和後頸上的毛髮。

少校繼續叼著煙斗。理髮師傅六十多歲，技藝熟練到可以閉上眼睛幫客人打薄和剃頭，和歐羅馬大酒店的周枚月父親是雲落最有名的理髮師傅。二戰後，他開始修剪少校頭髮，一邊修剪一邊口頭述說雲落興衰和甘蜜河風雲，在他評點和整理下，雲落傳奇就和他修剪過後的頭顱一樣整潔清晰，挑不出一根毛髮的模糊空間。天花板上的吊扇呼呼作響，少女的口琴聲緩緩從店鋪外傳來。理髮師傅轉動轉舵放下椅背，請少校卸下煙斗，用刷子在少校下巴和兩頰抹上刮鬍泡，開始剃鬍鬚和腮鬚，從少校閉闔的雙眼和眉額讀出少校的疑問。

「那首歌叫作〈甘蜜河之夜〉，」師傅說。「是本地人創作的歌謠，靈感來自七十多年前的舌魅傳說。」

少校閉上眼睛，聆聽理髮師傅把那則傳奇講述一遍。

「那個女孩，每天最少吹奏十幾遍。」少校走出理髮鋪時，琴聲終止，少校看見少女捧著一碗剉冰走向客人，同時聽見理髮師傅說：「館長，『深顱骨』在你手上嗎？」

少校繼續在街上漫遊，停在一間陰暗的咖啡店前。店前有一個印度人攤位，販賣廉價香水、廉價太陽眼鏡、鑲著塑膠寶石的廉價戒指、廉價壯陽油膏和昂貴的春藥。印度人七十多歲，據說晚上遊人如織時，他會親自把壯陽油膏抹在自己的寶貝上，把寶貝當鼓棒敲擊兩個牛皮鼓，鼓皮是印度人親自從一頭母牛和公牛身上剝下。發出一百擊咚隆咚隆的淫穢聲後，大夥就會看見一頭公牛和母牛交配。想看見這神奇的一幕，必須高價買下和吃下印度人販賣的春藥。年輕男子經過他的攤位時，印度人就會眨眨眼，吹一聲口哨。少校停在攤位前，拿起一副太陽眼鏡戴上。印度人豎起大拇指。

一群男人發出喧譁聲，湧向咖啡店後方。少校掏出兩塊錢給印度人，尾隨人群。咖啡店後方圍成一個人肉圈子，兩隻鬥雞正在圈子中間纏鬥。鬥雞距爪紮了柳葉小刀，通常勝負馬上揭曉。但這場戰鬥持續很久，少校以為剛剃平的鬢鬚就要長長時，戰鬥終於終止，兩隻鬥雞同時倒下，勝負難斷。兩位鬥雞主人堅持對方的鬥雞先倒下，下注的人群開始起鬨。一位鬥雞主人指著少校：「館長，誰的鬥雞先倒下？」少校挪挪太陽眼鏡，聳聳肩，吐一口煙，摸一把被理髮師傅修飾過的八字鬍，嚴肅謹慎。少校知道這批賭徒可能典當腳踏車、向親朋好友貸款、挪用妻子生產費、賣掉家裡唯一的一頭羊、掏光半年積蓄，甚至又偷又搶，可能還殺人，只差沒有賣了自己的父母和孩子，就為了一場豪賭。少校露出笑容，搖搖頭，聳聳肩。全場靜默五秒鐘後，一個賭徒說：「少校正在請示『深顱骨』。」

少校離開違法的鬥雞場後，發覺自己又逛回陰暗的咖啡店前。印度人坐在攤位前閉目養神，少校經過時，印度人豎起拇指和食指對少校做了一個開槍的手勢。

雲落村的店鋪白天一律不點燈。沒有走進咖啡店之前，少校甚至不知道店內有沒有客人。踏進店內，少校站在吱吱作響的地板上，兩眼適應著店內的陰暗。八個年輕人坐在兩張長桌前，抽煙、喝啤酒和咖啡。老闆正在櫃檯後用圓筒爐煎炒咖啡豆。少校坐在一張靠近八個年輕人的桌子前。斗缽的煙絲已經被少校吸完，少校閒逛大約一小時又十分。少校從口袋拿出煙絲，邊聽年輕人鬼扯，邊看老闆煎炒咖啡，邊掏出煙絲填塞斗缽，邊看牆上一幅女子畫像。雲落咖啡店店主清一色是海南人，剪炒咖啡一個模式。咖啡爐的炭柴已經燃燒一段時間，老闆兼咖啡師傅把淺綠色咖啡豆倒入爐子上的圓筒爐，雙手旋轉圓筒軸，生咖啡豆在爐內發出吱吱沙沙的滾動聲，八分熟的咖啡豆變黑後，老闆加入牛油和糖，繼續煎炒。淺綠咖啡豆煎炒成黑晶晶的熟咖啡豆後，咖啡香味溢到街上。半個多小時沒有人招呼少校。少校看見牆上一幅玻璃相框內的女子畫像後，突然想起自己是這間咖啡店常客。在雲落，類似的咖啡店五十多家，頗像西部牛仔片裡的酒吧，十天半月就會發生藉著酒精、女色或賭博糾紛的鬥毆和流血事件。少校想起自己被逐出砂拉越前，在這家咖啡店目睹一個華人伐木工人為了一個風騷女子砍死一個爪哇割膠工人。割膠工人倒在女子畫像下，血液呈閃電狀漫向咖啡館每一個角落。畫像大如一頁報紙版面，木製相框滿布蛀蝕，玻璃蒙著一層厚灰，在厚灰掩飾下，女子容顏慘白、滿頭灰絲、眼神彌留。六、七十年前，這張女子畫像遍布雲落。一九五〇年後，還有三十多家咖啡館、飲食店、中藥店、文具店、書店和布料行張掛這張畫像。傳說畫像主人被鱷魚裹腹，畫者是一個暗戀畫中女子的製傘師傅，畫中女子的頭髮十一萬六千三百六十根。經過六、七十年，故事被渲染出十多種版本。有人說畫中女子沒有被鱷魚裹腹，而是被兩個蒙面流氓拐走；鑽石沒有被鱷魚吞下，而是田金虹在流氓脅迫下選擇鑽石，犧牲了心愛的女子。有人說流氓和金虹糾纏時，擺出的是白鶴拳和螳螂拳招式，也許就是製傘師傅許氏兄弟，這也是他們蒙面的主因。有人說女子被流氓拐走受盡欺凌後，投河自盡，她的大體可能被鱷魚、河鱉、蟹蝦、大蜥蜴吃掉。有人說許嵐不斷描繪女子是思慕和贖罪，畫不出第十一萬六千三百六十一根頭髮是胡說八道。許嵐不是自殺，而是被哥哥親手溺斃。兄弟擄走女子後，每晚各自從女子頭髮抽出一根，以髮代籤，誰的較長誰就和她睡覺，但抽來抽去總是弟弟獲勝。弟弟早已摸透十一萬六千三百六十一根頭髮。哥哥於是偷走其中一根最長的頭髮，抽髮時手裡拳著那根頭髮。哥哥第一次睡女子時，發覺女子已經對弟弟產生情愫，忌恨之餘，溺死女子和弟弟。替少校理了一輩子頭髮的理髮師傅對這批傳言嗤之以鼻，流行甘蜜河兩岸、讚頌金虹和女子愛情的野謠就是鐵證，散播傳言的人完全出於妒嫉女子美貌和金虹家勢。

畫中女子的蛾眉杏眼、櫻桃嘴、心型臉和像窟穴的黑髮，少校少說凝視了十一萬六千三百六十次。少校抽著煙斗，闊別兩年多後再度凝視畫中女子，陰暗像窟穴的黑髮彷彿飛翔著蝙蝠和金絲燕。

「館長，」老闆終於招呼少校。「喝什麼？咖啡？咖啡烏？啤酒？」

「咖啡烏。」少校把視線挪向八個年輕人。

「歡迎回到砂拉越，」老闆說。「今天我請客。」

年輕人話題離不開鬥雞、電影、女人。他們高聲談論剛從爪哇報到的娼妓，嘴角流淌著下流的酒渣，口鼻噴射出汙穢的煙霧，用各種物品形容妓女沒有發育完整像男孩的胸部、陰毛沒有長齊的陰阜、像青椰子的屁股、像朱槿花花瓣的陰唇、像擠壓塑膠玩具發出的虛假呻吟聲。老闆和少校也是娼館常客。雲落有四家娼館，娼妓沒有名字。方便嫖客辨識，四家娼館的老鴇用阿拉伯數字、英文字母、動物和植物名字為娼妓編號。八個年輕人談論和炫耀著逛娼館的經驗，細數妓女嚴謹像加冕典禮的作業程序，也細數妓女的品味嗜好、最擅長的性愛體位、戰鬥力的強弱。她們搓揉男人的生殖器時，流露出男童第一次玩弄生殖器的無知和興奮。男人爬到她們身上時，她們挾緊兩腿。她們閉著眼睛騎在男人身上時，像一匹衝向長槍隊的蒙眼戰馬。她們故意用兩手推擠男人的胸膛或兩腿，表面減緩男人的粗暴和狂野，實際引誘對方更粗暴和狂野。完事後，她們坐在床邊，兩眼閃爍著淚花，嘴角浮游著微笑，一邊看著男人裹上衣裝一邊用穢言穢語挑逗已經元氣洩盡的男人。她們睜眼說瞎話，視網膜布滿紙鈔的神經纖維，唯一的信仰是金錢。第七十八號娼妓用拇指和食指掐嫖客乳頭，報復他們的粗野。多付一塊錢，AH和JK同時侍候一個嫖客。獼猴可以和嫖客親嘴喇舌，馬來貘親遍嫖客身體，紅毛猩猩讓嫖客親遍身體，含羞草同時侍候兩個嫖客，海牛有一張像洗臉盆的圓臉和像米甕的大屁股。蟒蛇有一本小冊子記錄九十六種造愛體位，其中二十種可以讓嫖客膝關節和肘關節脫臼，最危險的五種可以折斷嫖客生殖器。雞冠花和朱槿花是加里曼丹某個部落公主，價格翻倍。不論成年或未成年，她們被老鴇強迫剃掉陰毛，方便嫖客舔陰和賞陰。手臂紋了刺青的年輕漁夫看著少校說：「館長，盡早品嚐這批爪哇雛妓，再過幾天，她們的陰戶就和你挖到『深顱骨』的洞穴一樣大了。」

少校笑著吐一口煙，啜一口咖啡。

年輕人告訴少校，阿拉伯數字已經編排到第一千八百五十二號，英文字母SDA，動物是絕種的多多鳥和澳洲野狗，植物加上阿拉伯數字重複使用，九重葛和夜來香已經編排到二十多號。

少校請他們推薦一個阿拉伯編號、一個字母編號、一種動物和一種植物。

「豬籠草十一號。我猜她只有十一、二歲。」

「第一百七十四號。她的花樣最多。」

「LW，她剛到雲落三天。」

「侏儒象三號，適合館長尺寸。」

年輕人發出轟笑。

「館長，」黑得像炭的年輕人說。「用植物編號的娼館開張不到半年，每一個小姐比深顱骨年輕。」

「深顱骨三萬五千歲了。」少校說。

年輕人又發出轟笑。

「館長，」留八字鬍的長髮青年說。「深顱骨死前是處女嗎？」

「我只挖到七塊頭骨。」少校罵了一句髒話。

「館長，賣了深顱骨，」腰間配彎刀的年輕人說。「賺了多少錢？」

少校笑而不語，又罵了一句髒話。

「館長，」手臂有刺青的年輕人說。「我們八人中，有三個人和母羊、母豬、母牛做過，你猜是哪三個？」

年輕人再度轟笑。

「老闆，這群色鬼的帳我付，」少校看老闆一眼，用斗柄指著年輕人。「想吃什麼，盡量點！」

少校離開咖啡館回到旅社。明天少校將駐紮軍營，組訓一個百人軍團，聯合英軍、廓爾喀傭軍和馬來西亞國民軍執行任務。出發前，殖民政府安排少校和振順少東田金樹密會。少校洗澡小憩後，取出一個彎式煙斗，抽了一斗煙，在旅館外一家西式餐廳用餐。用餐時，少校抽著直式煙斗。餐廳老闆被斗缽上的婆羅洲地圖浮雕吸引，注意到少校抽的不是離開砂拉越前的煙斗。少校填塞煙絲時告訴老闆是三年多前從土耳其購買的海泡石煙斗，總共兩支，一個彎式，一個直式。少校知道雲落人對煙斗是外行，隨口編了一個謊。少校一邊用餐，一邊想起三年多前來到土耳其厄斯基色希爾地區，那裡是土耳其海泡石產地，也是海泡石煙斗製作工匠集中區。他走入一間煙斗工匠室，見到一位舉世聞名的海泡石製斗大師後，從自己攜帶的牛皮手提袋拿出七塊「深顱骨」頭蓋骨。大師耗費兩小時研究七塊三萬五千年前的少女頭蓋骨化石，表示自己可以用海泡石製作煙斗的方式，以頭蓋骨為素材製作兩柄煙斗。大師製作煙斗的海泡石挖採自土耳其四百公尺深、數百萬年前沉積海底的生物化石，質地輕、吸水強、透氣佳、散熱快，可以雕刻出精緻的浮雕圖案。經過大師巧手處理，少女頭蓋骨也可以擁有上述特質，但需要半年時間，而且價格不菲。上校聽完後，興奮得渾身顫抖。臨走前，大師問少校斗缽的雕刻圖案，價格要看圖案的複雜或簡單。一個女人豐滿的大腿，一個少女的堅挺乳房，或是一雙分不出是獼猴或人類的眼睛？少校想了半天，一度想讓大師雕刻一個東方長髮少女，但覺得太高調，請大師在直式煙斗雕刻婆羅洲地圖，彎式煙斗雕刻一隻蝙蝠和一隻金絲燕。以少女頭蓋骨製作的兩柄煙斗外觀和海泡石煙斗沒有兩樣，非但如此，抽吸一段時日後，在煙油和手汗內外共同作用下，它會漸漸從原來的白色變成深邃和高貴的棕金色，讓它看起來更像海泡石煙斗。即使煙斗行家，也察覺不出差異。嚴格說起來，根本沒有差異。數百萬年前和三萬五千年前的化石，只有放射碳察覺得出來。

少校第一次抽兩柄煙斗時，晚上就夢見「深顱骨」少女騎在自己身上的春夢，但夢境破碎而陰森，少女的胸部像戈壁，下體像流動的沙漠，舌頭像剃刀刮在少校胸口和臉上，他唯一看清楚的是「深顱骨」的內顱瀰漫火焰，七竅噴出煙絲，上下頷骨張開，發出咯嘞咯嘞的咀嚼聲。第二天晚上，這個模糊的春夢不再出現，好像她的靈魂已經隨著煙霧飄散了。

用餐後，少校抽著「深顱骨」煙斗漫步雲落街道，走進那家以植物為女孩編號的娼館時，少校剛抽完一斗煙。

女孩叫胡姬二號。少校走進陰暗的小房間時，她一絲不掛躺在床上。少校叫她穿上衣服。少校喜歡親自剝掉她們的衣服。女孩穿上寬鬆的棉布裙子和襯衫，跪坐床上。室內點了一盞煤油燈，昏暗像窟穴，少校看不清楚她的長相。女孩走下床，拉著少校的手，請他坐在床上。女孩一邊幫少校脫衣服，一邊親吻少校，一邊哼著一首歌的旋律。她憂鬱、熟練、溫柔，嘴唇濕潤，十指冰冷得讓少校打了一個冷顫。少校脫下她的襯衫和裙子，撫摸她的身體。她發出呻吟迎合。她在少校身上攀援、纏繞、直立、匍匐和懸垂，呈現植物多樣性，不虧胡姬二號。少校燃燒得很慢，做愛時間很長，大約抽一斗煙。過度燃燒只會快速死亡。質量越大的恆星壽命越短。雲落大部分男人做愛時間像銀河系最亮的手槍星，生命期三百萬年，每二十秒釋放約等於太陽一年的能量。

女孩癱瘓床上時，少校穿上衣服，取出彎式煙斗填塞煙絲。少校繼承克里夫的習慣，煙絲盒混雜著各國煙絲。少校吐出第一口煙時，女孩順手拿起床邊藤椅上的口琴，開始吹奏。吹奏的是女孩幫少校脫衣服時的相同旋律，也是少校在冷飲攤吃剉冰時老闆女兒吹奏的舌魅歌謠〈甘蜜河之夜〉。少校扭轉煤油燈旋鈕，調高棉繩燈芯，照亮室內。女孩的眼神和微笑告訴少校，她第一眼就認出少校。少校想起她幫自己脫下衣服時，手指冰冷得像捧著一碗剉冰。冷飲攤老闆女兒的鳳眼、櫻桃嘴、心型臉和一頭像窟穴的長髮，讓少校想起六、七十年前散布雲落的少女畫像，也讓少校想起三萬五千年前的「深顱骨」少女。「深顱骨」的頭骨握在少校手上。

少女躺在床上微笑的看著少校，一遍又一遍吹奏〈甘蜜河之夜〉。她全身布滿細小的汗珠，在煤油燈光芒照耀下，每一顆汗珠散發著浸透肌骨的戟光。

少校沉思地凝望著少女。

「妳還會吹奏別的歌嗎？」少校說。

少女停止吹奏，露出象牙白牙齒，無聲而歡愉地笑著，接著，繼續吹奏〈甘蜜河之夜〉。

半斗煙後，少校坐到床上撫摸她的小乳房。少校感覺在煤油燈光芒下，她的乳頭細小而乾燥像火柴頭，但實際觸摸後，卻像蝌蚪頭一樣濕滑。少校脫掉衣服，再度趴在她身上。

少校回到旅館後睡了此生最深沉而綿密、也是最淺嚐而破碎的一覺。少校兩度夢見久違的「深顱骨」少女。在第一個夢中，「深顱骨」少女坐在芒果樹下冷飲攤前用口琴吹奏「甘蜜河之夜」，身邊圍繞著豪豬、猩猩、野牛、蜥蜴、長尾猴、烏龜、蟒蛇、馬來貘、食蟻獸，頭頂上方盤旋著金絲燕和蝙蝠。在第二個夢中，「深顱骨」少女再度跨騎少校身上，乳頭堅挺像堅果，舌尖像蓄墨性很好的筆頭，呻吟讓少校想起黃冠夜鶯的歌唱。紅髮飛揚中，少女的五官像倒影浮現，蛾眉杏眼、櫻桃嘴、心型臉，讓少校想起咖啡館中製傘師傅彩繪的少女畫像。

第二天早上，少校抽著「深顱骨」煙斗，做了人生中一個最重大的決定。

十

少校繼續抽著煙斗，抽出褲腰上的廓爾喀彎刀，劈砍著腳底下的板根。

一九六八年十月，他在雲落密會振順公司當家趙氏和少東田金樹後，彼此達成協議。這是自己和金樹等人進入叢林後第三次密會。

第十四章

一九七〇年二月十日晚上，揚波坐在甘蜜河上游一百七十公里第七支隊臨時搭建的木板屋一張長桌前，就著牆上煤油燈輪流看著坐在桌子兩邊七個年輕女孩，桌面擱著七支油紙傘。揚波後面一字排開站著六位穿著戰鬥裝的青年。

「加入人民游擊隊，妳們就是新生嬰兒，鑽出英美帝國主義的舊社會子宮，落入馬列和毛主席思想的進步搖籃，吸食共產黨奶水，一切從頭開始，」揚波身後牆上掛著兩支「鐵軍一八」人民來福槍，身前桌上橫躺著美製半自動卡賓槍。三根手指從彈盒嵌出一顆子彈，送到嘴前親了親。「妳們現在不再是雲落人，而是第七支隊一分子，也就是人民游擊隊一分子，推動黨的機器走向勝利和解放大道。首先，取一個組織內的稱呼，表示對黨的效忠。」

七個女孩相互用迷惑的眼神諦望彼此一眼。一個發出一聲悶笑，惹得其他人也跟著笑。她們的笑聲不是同時發出，而是用接力方式一個接一個。笑聲停止後，七人好奇的看著揚波。

揚波將親吻過的子彈立在桌上，從彈盒嵌出另一顆子彈。

「新組員改名換姓，隱密身分，混淆敵人，保護同志，避免被捕和被出賣，留存和擴展長期鬥爭的實力。」

七個女孩嚴肅的點點頭，又彼此嚴肅的諦望一眼。

「新同志取新名字，是身分的轉變，表示思想積極、努力學習，」揚波親吻子彈的動作緩慢而慎重，轉眼，桌上已放了三顆親吻過的子彈。「新名字，是一種對新身分的自豪，激勵自己為政治理想貢獻奮鬥。」

坐在最靠近揚波的女孩撿起一顆子彈，挪到眼前細看。「揚大哥，這是真的子彈？」

揚波不語，從彈盒嵌出第四顆子彈。

一個女孩搯了一把拿著子彈的女孩大腿。女孩「喲」的叫了一聲。

「同志的新稱呼，只有名，沒有姓，」第四顆子彈，揚波親得特別用力，發出「嘖」的一聲。「彰顯組織利益超越個人和家庭利益，堅定政治立場，為黨奉獻。」

女子把子彈放回桌上，用食指戳了戳卡賓槍槍管。

「同志如果想改姓，就改為毛姓，表示對毛主席的尊敬，以毛主席思想為最高指導，」揚波嵌出第五顆子彈時，屋外傳來甜濕的貓頭鷹叫聲，讓他三根手指在空中頓了頓。「我們第七支隊，每位同志的名字都以「揚」字為首，本人揚波，站在我身後的六位同志，從左到右，揚風、揚飛、揚眉、揚長、揚言、揚威，屋外站哨崗的兩位同志，矮的叫揚善，高的叫揚名，另外十位同志，揚鷹、揚遠、揚鑣、揚帆、揚讚、揚雄、揚升、揚旗、揚鞭、揚聲，下山尋找潛伏點和停歇點，打響兩天後的騷擾戰。第七支隊，也叫揚部隊。」

「揚大哥，」一個嫩芽芽和一個瘦條條的女孩同時開口。「您本名叫什麼？」

揚波嵌出第六顆子彈，蹙了蹙眉。

「我原來的名字不重要。妳們就叫我揚同志。」

「叫您揚大哥吧。」一個戴著穿頂斗笠的紅皮膚女孩說。

「揚大哥！」

「揚大哥！」

六個女孩用接力方式輪流叫了一遍。

「揚同志大哥！」最後一個女孩說。

揚波後方的一位男子露出一抹慘澹的笑紋。揚波腦後像長了眼睛，回過頭去覷他一眼。揚波將七顆子彈豎成一個十字在桌面，環視七個女孩。「戰鬥組、偵察組和打獵組忙不過來，又要兼顧菜園組、炊事組和文宣組，妳們來得正好，妳們負責菜園組、炊事組和文宣組，停了兩年的文娛組也交給妳們了。」

紅皮膚女孩抹著額頭上的汗珠，在桌面捺下三道濕漉漉的指印。「我從小在田裡幹活，雲落人有一半被我的米菜餵大。種菜插秧，我最行。」

揚波點點頭。

「我家裡開燒臘店，」戴穿頂斗笠的女孩說。「從小吸油煙長大，廚房的事，交給我。」

「我老爸是咖啡師傅，燒得一手好菜，我耳濡目染，有我老爸八成功力，」頭上插一朵朱槿花的女孩說。「炊事組，交給我們倆。」

揚波又點點頭。

「我是光華小學文康組指導員，」短髮女孩說。「我負責文娛組。」

「我是學校籃球隊隊員，跳得高，跑得快，體力好，力氣大，」瘦條條的女孩說。「鋤草扛水，難不倒我。」

「我功課好，文筆好，」留辮子的女孩說。「我負責文宣組。」

「我們哪個不是從小和雞鴨豬羊一起長大，」皮膚白皙的女孩說。「哪裡缺人力，我們就去那裡。」

揚波後面一個小平頭、戴黑框近視眼的青年帶領隊員鼓掌吆喝，爆響出一陣「好」。揚波舉起左手，示意大家安靜。

「我們盡快把事情交代完，早點休息，兩天後還要打一場騷擾戰。揚言、揚長，你們吩咐同志把飯菜端出來。」

兩個戴軍帽的青年消失門外。屋內出現短暫的靜默。

「揚大哥，」頭髮插一朵朱槿花的女孩說。「取一個沒有揚的名字，行嗎？」

屋外轟響蝙蝠捕食蚊子的聲音。木板屋屋頂裂縫露出一個熨斗形星穹，輕薄的蟬翼月落在七顆子彈前。揚波孩子氣的將七顆子彈繞著月色立著，排列出一個熨斗型彈陣。

「也行，」揚波凝視著七顆子彈。「志部隊的雪嬌、擇紅，永部隊的秋梅，就是憑喜好取的名字，女同志嘛，不喜歡陽剛又充滿殺氣的名字，但動一下腦筋，像鐵部隊的鐵花、鐵心，堅部隊的堅貞，靈性又英氣逼人。」

七個女孩壓低聲音說話時，揚波向身後四個男子使了個眼色。兩個男子圍著長桌坐下，兩個坐在長桌後的小板凳上。

「永部隊一位女同志，崇拜中國共產黨烈士江竹筠，就取名竹筠，」揚波一把抓起桌上的卡賓槍，不往後看，準確的將背帶掛在身後兩支「鐵軍一八」中間掛勾上。「可惜，兩年前，她自己也變成烈士了。」

女孩一陣吱喳後，突然安靜下來，臉蛋綻放著調皮的笑容。紅皮膚女孩撐開桌上的油紙傘，看著傘面騎馬撫琵琶的女子。「揚大哥，我們取一個不帶揚的名字。我叫落雁。」

「我叫奔月。」頭髮插著朱槿花的女孩邊說邊撐開油紙傘，露出傘面穿古裝的美女，裙襬下，以「母雞蹲」姿勢趴著一隻玉兔和一隻蟾蜍。

「我叫春睡。」

「我叫閉月。」

「我叫一笑。」

戴著穿頂斗笠的女孩和另外兩個女孩同時撐開三支油紙傘。五支油紙傘傘面彩繪著一位古代美女，穿著不一樣朝代的古代服飾，蛾眉杏眼、櫻桃嘴、心型臉、髮如潑墨，好像同一個人，活在不一樣的朝代。綁了一條小辮子的女孩嘟著嘴，說：「我叫飛燕。」坐在她身旁的女孩支著頤，看著屋頂上熨斗型星穹，撫著脖子上一根青脈像撫著一條金鍊。「我，我叫沉魚。」

兩個女孩沒有撐開桌上的油紙傘，神情和語氣頗憂鬱。

揚波不說話，點點頭。「好，等同志到齊了，你們再介紹自己的名字。落雁、奔月、春睡、閉月、一笑、飛燕、沉魚，名字好記，但要把名字和人結合起來，又有點不好記。妳們把自己當古代美女？」

七個女子發出咯咯吱吱的笑聲。隨著熨斗型月色的移動，揚波仔細重排了一遍子彈。兩個青年各提著兩個竹籃從屋外走進來，籃子裡放著冒尖的水果：野山竹、野紅毛丹、野芒果、野榴槤、野香波羅、木瓜、香蕉、鳳梨和一批叫不出名堂的藤果。青年腳步沉重，顯示水果重量。他們把竹籃放在牆角，坐在揚波兩邊。進來三位青年，兩手各托著兩個鐵盤：內臟炒酸菜、生炒蚱蜢、生炒碩莪蟲、炒空心菜、炒過溝菜蕨、豬腳炒蘿蔔。以先後進來的順序，將六盤菜餚按等距間隔以一條直線排列長桌上。七個女孩將七支油紙傘放在自己坐著的長凳上，騰出空間。她們嗅著滿屋的菜餚香味，發出「唔唔、哦哦」的驚歎聲。十二個青年以海、陸、空的生物演化史，將十多種煎、蒸、煮、烤、燉熟後的動物屍體，密緻飽滿的擱在桌上。蒸黃鱔魚，煎鯽魚，張開的魚嘴插著野胡姬，冒煙的身體傍著野牡丹和火鶴花。六隻燉椰子蟹，高擎著大小不相稱的十二支大螯。炒蛇貓龍虎菜，炒蛇雞龍鳳菜。一隻蜥蜴和小鱷魚被剁下的頭顱，伴隨著兩盤蒸炒蜥蜴肉和鱷肉，讓大夥知道肉的來源。蜥蜴和鱷魚嘴巴大張，互相撕咬。一系列的烤肉：烤吼鹿、烤蜜熊、烤長臂猿、烤豬尾猴、烤狗，剖開腹部，去掉內臟，挖去肋骨，插著燒烤竹叉。一隻肚子被密縫的烤豬，四腳朝天，嘴裡插著一簇朱槿花，身上灑滿各種顏色的花瓣，冒煙滴油，被抬放到桌子上。烤獸以十字式被烘烤，一根竹叉從肛門穿過口腔，一根穿透前肢和前背。烤獸的眼睛有開有闔，表情有安祥有暴怒，有大有小，有肥有瘦，不仔細觀察，不太看得出原來的面貌。叫落月的女子以為吼鹿是山羊，叫一笑的女子以為蜜熊是小牛犢，叫飛燕的女子以為豬尾猴是貓。

肉食飛到天上去：烤飛狐、烤鸚鵡、烤鷓鴣、烤犀鳥。一個豬肚大小的瓷甕裝飾著鸚鵡的翅羽、鷓鴣的冠羽、犀鳥的尾羽，甕口上插著犀鳥盔突。兩個青年扛來一個板條箱子，拿出二十多罐黑狗牌啤酒。十多個青年擺了二十六個鐵杯和竹杯在桌上，拉開啤酒罐，斟滿鐵杯和竹杯。創造出這批菜餚的是第七支隊一個叫揚風的夥伴，人民軍被政府收服和解散後，揚風在雲落開了一家餐館，自費出版《革命和烹飪》美食書，一度造成熱銷，餐館也門庭若市，八〇年代後，在環保組織和動物保護團體指控下，暢銷書被政府列為禁書，餐館倒閉，但揚風也賺足錢，和一個六〇年代後期向政府投誠的女同志生下兩個寶寶，全家移民澳大利亞。

「託七位女同志的福，今天特別加菜，」揚波咧嘴笑開，對著七個女孩和十八個青年露出兩排被尼古丁燻得焦黃的牙齒。「第七支隊從來沒有吃過這麼豐盛的晚餐，同志辛苦了！女同志的新稱呼，浪漫又有創意，給部隊帶來新氣象。歡迎七位女同志加入第七支隊！敬我們揚部隊偉大的革命女同志之前，讓我代表人民游擊隊第七支隊送給七位女同志一份小禮物！」

揚波將桌上七顆子彈拳在手上，站起來，走到七個女孩身後，分別將一顆子彈立在七個女孩桌前。

揚風用小刀割開烤豬肚子，一群五顏六色的小鸚鵡吱吱喳喳飛撲出來。

第十五章

一

猴群消失後，雨林恢復沒有盡頭的神祕輪廓，天光在狂風漫捲中搖曳，拍打著游擊隊隊員的脊梁，鳥獸叫聲涓聚成一萬條小溪，流水喧譁。揚波第一個嗅到太平氣息。他拿起身邊一位同志的滅跡棍，「篤篤篤——篤」，三急一緩，敲了四下板根。二十六位經過八個月流竄後殘存的游擊隊隊員走出掩護點。七個背部綑紮著油紙傘的女人最晚現身。第七支隊隊員不分男女老少，穿著一個模樣，都是從一塊墨綠色布料，由女同志裁剪成衣領、衣袖、肩部、上下襠、褲腰和褲管等等部件，模糊根據各人體型，一針一線統一縫合，連軍帽也是碎布羅織的八角帽，有的綴著紅五星帽徽。

在揚波一個手勢下，二十六位同志走出掩護點。六個月逃亡中，他們已撤換二十三個駐紮點，每一個駐紮點固守不到十天就被國民軍擊散，少數駐紮點剛布下哨崗，隊員就嗅到國民軍的汗酸味和煙味。六個月逃亡中，七位同志喪生，失蹤三位，輕傷四位，重傷兩位，吃癩蛤蟆蛋死去一位。失蹤的三位已經證實被國民軍招降。輕傷的四位，一女三男，行動自如。揚長幫死前的揚帆同志做人工呼吸時吸入大量火藥，有時候清醒，有時候像患了失智症。揚鷹倒八輩子楣，行軍時被電擊，屁股灼傷，敷了僅存的一小罐雲南白藥，走路要靠一根枴杖。揚鑣小腿被蝰蛇咬了一口，服用獵槍子彈裡的火藥，用硫磺以毒攻毒，硬是苟活下來，蝰蛇毒液和硫磺互釋的結果讓他左臉白右臉黑，被隊員戲稱「陰陽人」。奔月左腳患了頑癬症，腳皮脫落，露出一大塊鮮肉，每天換一塊新的大葉婆包紮。重傷的兩位都是女同志。沉魚右大腿彈傷，六公分深的傷口殘存著彈殼碎片，學過醫術的揚遠搗爛甲殼蟲包紮傷口，據說可以吸出彈片，兩天後惡化，敷上一種俗稱「下山虎」的草藥，還是無效，蒼蠅下蛋在傷口，長出蛆來，女同志一邊把蛆挾出來，一邊看著蛆群鑽入傷口，沉魚，這個瘦條條、愛打籃球的女孩沒有感覺。傷口一天比一天擴大和紅腫，沉魚不能走路，男同志輪流抬擔架。揚遠很內疚，痛罵國民軍，國際公約早已明文規定禁上使用這種裂成碎片的彈頭，然而他很清楚甲殼蟲和「下山虎」也要負一部分責任。一笑吃了叫不出名字的藤果、蝸牛肉和螺肉，昏迷三天，醒來後就傻了，臉上永遠掛著不會流動和跳躍的洋娃娃蠢笑。

揚波仔細環顧四野：一片長滿龍眼樹、野榴槤和不知名樹種的低芭地，三面高山，一條小河往東流去，只有單一進出口，理想又危險，吩咐兩位同志布哨崗時撒上枯枝枯葉，如果找到國民軍丟棄的空罐頭和汽油桶，每個罐頭和汽油桶裝上小石塊，用藤蔓穿成一串，將藤蔓綑繞樹腰，以Z形布置成警戒線在進出口，絆響國民軍、野豬、吼鹿。隊員逃竄十多天，肚子裡塞的都是樹薯葉、山番薯、香蕉芯、橄欖果、過溝菜蕨和不知名藤果，這些野果野菜雖然帶給他們大量維生素和小量脂肪，但實際支撐他們南來北往的是薄弱的求生意志。「鐵軍一八」和少得可憐的彈藥像會長肉生骨，即使從來沒有感受到重量的吊袋、膠布、指南針、匕首和地圖也越來越重。這是警訊：同志越來越虛弱。他們想念肉的芬芳和汁液，想念被他們活剝燒烤的山雞、山貓、刺蝟、鼠鹿、狗熊、野豬、水獺和山人，更想念啤酒和洋煙。駐紮點剛決定，揚波吩咐揚風帶領五位同志獵野味，其餘同志撿枯枝、用竹筒盛水、挖坑立灶。

女同志中，飛燕和落雁照顧沉魚和一笑，其餘三位收集柴火。飛燕用大葉婆驅趕沉魚傷口上的蚊蠅。落雁捧著沉魚的臉，細讀她的五官，修飾和重組眼神流露出來的亂句和錯別字，像從河裡用兩隻手掌掬一瓢水，水裡有一群像漢字的小魚和小蝦。那一瓢水忽冷忽熱，落雁好像捧住了冰雪和火焰。她害怕一鬆手，河水就會潑灑出去，火焰把一切燒成灰。沉魚躺在擔架上，枕著擋雨的膠布，擔架剛放下就闔眼，怎麼叫也沒反應，沒有人知道她是醒還是睡。枯瘦得不會走路，手腳像藤蔓纏人。她的老家在製傘師傅許氏兄弟武場後方，一個從許氏兄弟學了螳螂拳和白鶴拳的鄰居從小教她武術，讓她扎下一點練家子底子。她縱橫籃球場時，擅長搧火鍋和抓籃板。她籃下卡位時，用的是拳譜中的「左右並立三足寬，雙腿水平如坐鞍，挺胸塌腰向前看，穩如泰山人難撼」。她抓籃板時手肘齊發、腳臀並用，那股狠勁可以打死一頭野牛，有一次對手用一位九十公斤胖妞守她，也撼動她不得。揚遠又砸爛一種藥草敷在傷口上，據說是大番鵲啄爛後抹在受傷的雛鳥傷口上的藥草，揚遠拍胸擔保十分有效，但敷了十多天，傷口和藥草一樣模糊神祕。一笑靠著樹身喃喃自語，無數相似的私密夢境就是這麼從她口裡洩露出來，她甚至描述和那名手持大刀的男子敦倫的細節，最讓人臉紅的是男子碩大的陰莖。失智後，一笑的笑容從來沒有消失過。七位女同志瘦了一圈，只有她依舊豐滿，走路時油脂像要從汗毛孔溢出來。她一旦渴或飢，就會討喝討吃，呼叫的是女同志部隊中的新稱謂。「閉月，我渴了……」「落雁，我餓了……」偶爾，她會呼叫沉魚。女孩覺得她可能忘了自己和其他人的本名。饞嘴使她比別人多吃了蝸牛肉、野菇、水螺和來歷不明的藤果，腦力開始沒有止境倒退。她喜歡扯別人頭髮，進食時食物掉滿地，怕一個人睡覺，怕打雷，愛問「為什麼」，分辨不出顏色，沒有時間概念，部隊有一次經過一座梯田時，她像袋鼠用雙腳蹦上階梯，在新加坡南洋大學念了三年心理學的揚讚推論她只有兩到三歲智力。

奔月、春睡和閉月一邊撿拾柴火，一邊走過來看一眼沉魚和一笑。奔月和閉月即使掉了五公斤肉，眼睛還是像雨季的湖泊，哼唱的印尼民歌還是有很多青春和綠意。奔月將一朵豬籠草捕蟲瓶裡的雨水倒在手掌上，抹在沉魚額頭上。閉月摘一串野胡姬，塞到一笑手心。女同志中唯一擁槍的春睡，十四歲隨著父親入林狩獵，打死過狗熊和雲豹，在一次遭遇戰中，她甚至斃了一個拿著狗腿刀衝向埋伏點的廓爾喀傭軍。那柄讓德國人、義大利人和日本人聞風喪膽的尼泊爾國刀刀鋒和彎刀相反，男同志使不慣，但春睡使得虎虎生風，連鞘帶刀綁在大腿上，男同志戲稱那隻大腿「狗腿」。她想加入男同志狩獵，不巧月事，揚波擔心野獸嗅出異樣，不讓她去。沉魚傷勢越來越嚴重時，她提議由她和一位男同志抬著擔架到附近村莊治療，順便捎回一批醫療用品，尤其是紗布、消毒藥水、破傷風預防針，但部隊一直移動，會合困難，英軍和國民軍神出鬼沒，揚波不肯。

「揚大哥，如果不是我反應快，」春睡拔出狗腿刀，在揚波眼前揚了揚。「第七支隊恐怕少了一位同志。」

駐紮這片低芭地後，春睡再一次提起請求，揚波抬頭看著樹篷中一片破碎沒有表情的雲彩。兩小時後，揚風等人扛著兩頭野豬、四隻長尾猴和一袋碩莪蟲回來。部隊攜帶兩支鐵鑊和一個國民軍丟棄的飯鍋，在揚風粗炒速煎下，隊員開始狼吞虎嚥。缺油缺鹽使半數同志兩腳浮腫，但隊員早已習慣。幾個年輕隊員等不及開火，用河水沖洗碩莪蟲，活生生的吃下十多隻，從嘴裡噴出有聲有色的華麗爆漿。揚風隨身攜帶一袋從山橘樹摘下、炒焦後磨成粉末的金豆，熱水沖泡就是黑咖啡，十多個隊員一人拿一個竹杯，品嚐揚風自製的「革命咖啡」。揚眉掏出國民軍從直升機投下的招降通行證，背面畫著象棋盤；揚威拿出用櫸木樹幹切成的棋子，上面歪七扭八刻著帥將士象車馬炮兵卒，和揚眉下棋。揚言從背囊拿出武俠小說《白馬嘯西風》，共六小冊，隨意翻閱其中一個小冊。揚鞭也拿起一本讀著。揚讚從前有半套報紙剪報編纂的《神鵰俠侶》，剪報貼在六本活頁筆記本上，曝晒火藥時，揚讚撕下兩張空白的活頁紙，將火藥攤勻活頁紙上，和兩個隊員埋頭讀剪報時，陽光穿過樹篷落在火藥上，火藥爆炸後，六本筆記本燒成灰。揚鑣用一根槍棍擦拭槍管。在一次伏擊戰中，一個印度兵對揚雄吹笛子，揚雄的「鐵軍一八」長槍從此不是卡彈，就是擊發後彈殼卡在槍管裡。隊員建議揚雄行軍時戴面具，他的陰陽臉讓印度人祭出妖術。揚鷹用口哨吹奏人民游擊隊聯絡暗號〈微笑的伊班少女〉。一笑吃飽後靠著板根入睡。沉魚吃下春睡餵食的豬肉、猴肉和碩莪蟲後，喝了兩杯揚風的革命咖啡，像藤蔓攀著飛燕和落雁繞著榴槤樹走了三圈，癱在擔架上，說，她聽見有人拉手風琴，飛燕說是揚鷹吹口哨，不久，她聽見有人奏曼陀鈴，飛燕說是揚鷹吹口哨，不久，她聽見有人彈沙貝琴，飛燕說是揚鷹吹口哨，不久，她聽見有人吹口琴，飛燕說是啊，是口琴，是一首印尼民謠，歌詠一條小河，河上有風帆綠浪，河畔有長堤椰樹情侶……。落雁、奔月、閉月和春睡輪流哼唱那首民謠。沉魚額頭的汗珠閃爍著清晨的月色，眼角的淚花綻放著夏日的晚霞，敞開的雙唇蘊含著黯夜的星穹。落雁用竹筒裡的河水沾濕五指，擦拭沉魚的額頭、臉頰和脖子。在歌聲中，沉魚眼瞼慢慢闔上。

入夜後猴鳥聲沉寂下去，升起和大家一樣疲累的篝火，除了站崗的四位同志，大家開始綑綁吊床或膠布攤平地上當床鋪。落雁傍著沉魚，飛燕和一笑躺在膠布上，奔月和閉月的吊床綑在兩棵樹身上，春睡的吊床綑在奔月和閉月吊床上方。三面峻嶺形成險阻，揚波要男同志集中睡在唯一的出口，和女同志有一小段距離。聽不見男同志獸性的鼾聲，女同志睡得很沉。七個女同志做了不一樣的夢，同時又做了相似的夢。夢中，四周的物體非常巨大，她們也變成頂天立地的女巨人。飛燕看見自己漂浮海上，變成一座島，一頭巨鯨衝破地平線繞著她戲耍噴水。落雁變成一個小海港，一艘巨大的軍艦入港，讓她從一個小港灣變成任何輪船都可以泊靠的深水大港。沉魚看見自己變成散亂著鯊鯨骨骼、戰機和戰艦殘骸的海溝，穿梭著很多盲魚。閉月和一個男子躺在午後的波羅蜜樹蔭下，共讀一本閉月父親關閉書店前庫藏家中的情色小說。奔月和腹甲內凹的雄龜、短尾巴的雄貓在胡椒園捉迷藏，奔月有時候是母龜，有時候是母貓。春睡站在豬圈鋅鐵皮屋頂上，男人的精子衝出她的裙襬，像下雨前的燕子盤旋胯下。一笑在榴槤樹下一手撐開油紙傘看著傘面長髮散亂的裸女，一手握著一個男子青筋暴突的陰莖。七個女子同時夢見自己變成咖啡豆，高掛枝頭，採收、輾磨、煎炒和沖泡後，變成咖啡渣，被扔到臭水溝中。夢和性愛一樣，有時候漫長，有時候短暫，有時候愉悅，有時候痛苦，有時候乾澀，有時候滋潤，有時候文靜，有時候粗野。性愛和宇宙一樣無垠和神祕，像哈伯望遠鏡下不停擴張的宇宙。夢境讓夜晚顯得漫長，但是疲累讓時間過得飛快，一覺醒來，猴鳥聲撕裂陰暗的天穹，露出光的胚芽。春睡第一個從吊床躍下。她的吊床是男同志用藤蔓臨時編織，鋪上枯葉和膠布，翻個身嘰哩嘎啦響，除了膠布，用完就扔，像山人的樹窩。春睡躍下吊床的聲音像起床號，其餘五個女子也躍下床或從膠布上站起來。沉魚躺在擔架上，眼瞼半闔半開。一笑繞著沉魚漫步，重複著一句話，清晨的雨林囂鬧，沒有人聽清楚。繞了三圈後，一笑跪在沉魚身邊，落下兩行淚水。她是第一個發覺沉魚過世的。大家忽然聽清楚那句話：我夢見沉魚走了。六個女子圍著沉魚跪下時，她還是重複著那句話。落雁親吻沉魚額頭。五個女孩陸續親吻沉魚。落雁再度傍著沉魚躺下，頰貼著頰，肩膀抽搐。她們不再叫她沉魚。在部隊裡呼叫同志真實姓名是忌諱，她們叫得很小聲。清晨的雨林雖然囂鬧，但囂鬧中有一種可怕的寂靜。春睡揹著「鐵軍一八」，一隻手掌按在狗腿刀刀柄上，大步走向揚波等人紮營的方向。我夢見沉魚走了。一笑撐開油紙傘，看著傘面像一朵朱槿紅的晚霞和長髮散亂的古典方蕪，用兩到三歲的智商，用一句話描述昨天晚上的夢境：我夢見沉魚走了！

不到一分鐘，春睡回到五個女孩面前，喘了一口大氣。

「揚波大哥，」她的口氣和神色讓四個女孩想起她射殺狗熊的模樣。「還有其他男同志——不見了！」

四個女孩沒有會過意來，奔月和閉月站得筆直，飛燕和落雁繼續跪在沉魚身邊。

我夢見沉魚走了。一笑繼續用一句話描述夢境。昨晚她被一泡尿憋醒，一個人蹲在板根前小解，在夜梟和蟲鳴中聽見細碎的腳步聲和細語。她縛上褲子，循著腳步聲走去，看見揚波和十多個男同志收拾了吊床和膠布，扛著槍枝和背囊，像鬼魂離開紮營地點。一首印尼民謠時間後，她看見沉魚加入了男同志行列。

春睡帶著奔月、閉月走到男同志紮營地，落雁和飛燕尾隨。清晨的雨林囂鬧，大樹放開嗓子說話，藤蔓歡呼，腐植土歌唱。商討後，她們一致認為：男同志瞞著她們打游擊戰。人民游擊隊規定兩個月打一次戰，即使逃亡中。第七支隊已有三個多月沒有和敵軍交鋒。在這之前，男同志也瞞著她們打過三次戰，唯一和女同志並肩作戰的騷擾戰，春睡打死一個廓爾喀傭軍，沉魚大腿重傷，國民軍一管八十毫米迫擊炮讓兩位男同志命喪黃泉：揚帆睪丸破裂，小便尿血，失血過多死去；揚旗嚴重燒傷、尿屎不通，血管割斷也流不出血，揚遠讓他服用食油、在傷口敷蛋白，兩天後死去。此外，六位男同志被國民軍擊斃、一位為了和敵軍搶奪一枝蘇式ＡＫ半自動步槍被活擄、一位在逃竄時被伊班人削去頭顱，是第七支隊所有戰役中死傷最慘重的一次，之後的麻雀戰和兩次伏擊戰，揚波再也不讓女同志參加。夜半出擊的滅跡做得周全，春睡、落月和閉月沿著出口追蹤半個小時後回到紮營地。

「揚波大哥會回來的，」在雲落，落雁是大姐，在部隊，落雁還是大姐，但擁槍的春睡說話最大聲。「保佑他們平安回來，好手好腳，一個不少。」

她們回到沉魚身邊，商討現在還是等男同志回來再埋葬沉魚。整個島嶼的蚊蠅聚集沉魚傷口上。女孩用大葉婆趕蚊蠅，決定中午前見不到揚波等人就舉行葬禮。春睡用狗腿刀、閉月和奔月用小彎刀、飛燕用一支削尖的竹管挖坑，落雁繼續用大葉婆趕蚊蠅。挖到一半時，一笑從板根後冒出來，懷抱胡姬、朱槿，背簍插著火鶴紅、天堂鳥花和無名野花，蹲在春睡等人腳下，將胸前和背簍的花朵擺在膝蓋深的墓穴前，我夢見沉魚走了，揹著背簍消失板根後。一笑第三次出現時，坑洞已挖好，她帶來的野花可以填滿整個墓穴。春睡用狗腿刀削了一個木碑，女孩商議墓銘上應該用沉魚本名還是部隊稱號。春睡和飛燕要用本名，閉月和奔月要用部隊稱號，落雁說：「用本名，揚大哥一定有意見。等部隊回來再說。」春睡用狗腿刀在木碑上刻了「□□□長眠之地」，取得共識後再刻上名字，像比賽結果出爐後在冠軍盃上刻上冠軍選手的名字。午時剛到，一笑說：「落雁，我餓了。」女孩把採集的椰子、波羅蜜、芒果、紅毛丹和藤果攤在膠布上，邊啃邊思索和沉魚的訣別語。午後兩點，整個南洋的蚊蠅繞著沉魚大體飛，女孩不想再等下去，商議墓銘上的刻字時，一笑用閉月的小彎刀在木碑刻下沉魚的真實姓名。筆畫飄浮像水紋，深沉像旱地龜裂。我夢見沉魚走了。放下彎刀，摟著木碑。這樣也好，這樣也好，五個女孩都這麼想。沒有人會追究一個兩或三歲智商小女生。她們在墓穴鋪上膠布，把沉魚放在膠布上，用大葉婆和芭蕉葉覆蓋沉魚大體，撒下一半一笑採集的野花後，女孩突然想起沉魚的油紙傘。五個女孩看著沉魚的油紙傘，想起自己的油紙傘。落雁撐開一笑的油紙傘，和女孩一起凝望許嵐彩繪的古典方蕪和十一萬六千三百六十一根頭髮。全雲落人都同意，七支油紙傘中，這個頭髮散亂的美女最像方蕪，雖然他們從來沒有看過方蕪。

五個女子看著油紙傘上的女子，商討油紙傘的命運。和沉魚一起埋葬嗎？交給沉魚喜歡的男子？提起男子，五個女子眼眶濕紅，眼神蘸滿愛情和愁苦的墨汁。提議表決時，一笑哼著一首印尼民謠，接過落雁手中的油紙傘，我夢見沉魚走了，放在覆滿野花的大葉婆和芭蕉葉上。

一九六九年，舞大刀的男子送給一笑的是「西施沉魚」油紙傘，沉魚有一次在一笑家中準備離去時下起小雨，一笑把油紙傘借給沉魚，兩天後送回來的卻是「褒姒一笑」油紙傘。七個女孩都喜歡傘上頭髮散亂的女子和朱槿紅晚霞。沉魚可能是故意的，挑了一個可能下雨的日子。一笑問舞大刀的男子，傘上的畫有什麼含意，男子說：沒有，我隨便挑的。五個女子看著一笑把收攏的「西施沉魚」油紙傘放在蕉葉和野花上，聽見一笑幽幽的說：我夢見沉魚走了。但五個女孩知道，一笑真正要說的是：這是沉魚的傘，葬了吧。女子彼此覷一眼，點點頭，掩土成塚，豎墓碑，撒下另一半野花。五個女子圍著墳塚，在泣聲中和沉魚辭行，一笑用一首印尼民謠和沉魚訣別，鳥聲、蟲聲、猴聲、大樹、藤蔓和腐植土太吵，加上一笑的印尼民謠，她們聽不清楚另外四人說了什麼。葬了沉魚，女孩開始採集野果和野菜。勉強療飢後，六人肩並肩躺下，沒有睡意。

奔月說：揚波大哥瞞著我們打戰時，最晚什麼時候回來？

飛燕說：打最後一場伏擊戰那一次。破曉出發，入夜前回來。

落雁說：這一次不一樣，他們沒有通知我們。

奔月說：難怪他們都集中睡在出口的地方。

閉月說：入夜前見不到人，我們就沿著他們出發的方向找人。

一笑說：我夢見沉魚走了。

落雁說：太快了。

奔月說：什麼時候？

落雁說：入夜後還沒有消息，明天一早出發。

飛燕說：明天一早沒有回來，大概就……

沒有人有勇氣把這句話接下去。

春睡從吊床跳下。「妳們還留著第一次見面時揚大哥交給我們的子彈嗎？」

除了一笑，四個女孩點點頭。

「那是『鐵軍一八』來福槍的子彈，」春睡拍了拍掛在吊床上的「鐵軍一八」。「我的『鐵軍一八』只剩下三顆子彈，都交給我吧。」

飛燕說：「那是部隊的紀念品。」

春睡抬頭看一眼樹篷間的滿月。「我睡不著，想去獵點野味。老是吃野果，兩腳會軟掉的。現在是榴槤季節，榴槤樹下都是野豬。豬進食時最沒有戒心。」

落雁第一個把子彈掏出來，扔向春睡。閉月和奔月猶豫一下，也把子彈交給春睡。

「埋葬沉魚前，我留住了她的子彈。」春睡攤開手掌上的五顆子彈，看著飛燕。

「我可以交給妳，但你要留著子彈對付敵人，不是野獸。」飛燕說。「十天半天不吃肉也不會怎麼樣。」

「我盡量用狗腿刀對付野豬，」春睡拍了拍腿上的廓爾喀彎刀。「逼不得已，不會開槍。」

飛燕把子彈扔給春睡。一笑唱著印尼民謠，任由春睡和落雁搜出身上的子彈。

「閉月，奔月，妳們跟我去。」

閉月和奔月揹著小彎刀，春睡揹著「鐵軍一八」、腿上綁著狗腿刀，走入叢林。月色導引，路徑明確。落雁不斷的看著腕上的夜光錶，和飛燕加入一笑的印尼民謠哼唱。每唱完一首，一笑指著墳塚，說：我夢見沉魚走了。唱完五首，一笑看著墳塚，眼神像沒有聚焦的嬰眼。她的左手緩緩升起，發出一串嬰兒笑聲，笑聲逐漸加大。在蟲聲和夜梟叫囂中，在一笑嬰兒笑聲中，飄揚著一首剛才哼唱過的印尼民謠。起初，飛燕和落雁以為是一笑的歌聲，但是從嘴型顯示，一笑一直笑得像嬰兒。歌聲來自墳塚後方，像一笑的嬰兒嗓子，又像落雁和飛燕。落雁和飛燕走到一笑身邊。「一笑，別笑了，」落雁說。「有人學我們唱歌。」一笑不笑了，指著墳塚後方：我夢見沉魚走了。歌聲消失後，響起口琴聲，演奏的也是剛才哼唱過的印尼民謠。落雁抓住飛燕手腕，彼此互望一眼，心跳聲幾乎淹沒蟲聲，兩人大步走向墳塚後方。墳塚後方，灌木叢起伏，藤蔓糾結，寸步難行。飛燕用小彎刀砍斷一批垂在身前的藤蔓後，月色下，在一棵龍腦香下，一個紅髮及腰的瘦小身影躍過板根消失鮮活的叢林中。那一頭紅髮在月色下像一片巨型的朱槿花瓣。落雁和飛燕互望一眼，鬆了口氣。回到墳塚前，一笑又開始哼唱，印尼民謠，馬來民謠，新疆民謠，披頭四搖滾，抒情貓王。飛燕和落雁豎直耳朵，注視墳塚後方。她們小聲議論消失龍腦香後方的身影。

落雁說：流浪民族本南人。他們擬態的功力像變色龍。

飛燕說：肯雅人。她們會巫術。

落雁說：伊班少女。她們有荷蘭人血統，看那一頭紅髮！

飛燕說：加央人。他們會變成動物。

飛燕說：烏魯人。她們會隱身術。

一笑說：我夢見沉魚走了。

九點一刻，一笑趴在墳塚的花群中，發出響亮的鼾聲。飛燕把膠布蓋在一笑身上。一笑整張臉深陷花叢，沉重的呼吸壓彎花瓣和綠葉的腰。落雁和飛燕被一笑感染了睡意，打著哈欠，但春睡、奔月和閉月還沒有回來。蟲聲和梟鬧中傳來虛弱的槍聲。一響。兩響。三響。飛燕和落雁看著槍聲傳來的方向。槍聲吵醒一笑，她從花叢中跳起來，激起墳塚上的野花漫天飛舞。

十多個拿著長槍的人從揚波等人紮營的方向走來。

「我是第六支隊隊長堅持。」一個戴藤帽和墨綠色戰鬥服的人說。

二

十天後，月色灑在墓碑七個刀刻漢字「苗幼香長眠之地」上，也灑在墳塚凌亂的野花上。

kok-kok-oo

whooa-who

boo-boo

夜梟叫聲和蟲聲炸響叢林，季候風吹襲下龍腦香和無花果樹發出年輕和神祕的笑聲，藤蔓和腐植土歡唱。一個矮小的身影從灌木叢後走出來，她紅髮披肩，皮色蒼白，穿卡其褲和淺綠色獵裝，額頭蒙著一塊黑巾。她在墳塚前佇立一會，跪下，用兩手撥開墳塚上的野花，用棄置墳邊的一管綠竹，慢慢的掘開墳塚，取出一支油紙傘，抖了抖傘上的泥塵丸渣，撐開油紙傘，凝視著傘面上的女子、十一萬六千三百六十一根頭髮、遠山迷峰上的火燒晚霞、野雁、荷葉和荷葉下的鯉魚、荇影藻光、岸上稀疏的荻蘆。

第十六章

一

金樹離駐紮點一小時路程時，日頭高掛，孵育八大行星的恆星母親和一望無垠的荒藍向大地彙報旱季的來勢洶洶。離開溢散著水果花香的女人已近十點，他走過晃動著龍腦香蜃影的荒地，向駐紮點走去。一架墨綠色直升機在他經過一棵孤聳的黑板樹時，把樹梢壓得像禿頭、樹身矮半截。政府軍的巡邏和偵察像虎嘯的領域宣示。他喝了一口豬籠草瓶子裡的清水，喝得慢而謹慎，瓶底蜷曲著螳螂和蚱蜢屍體。他蹚過一條小河，逆行到斜對岸。河水冷而硬，像刀刃切割他的膝蓋。在熱氣烘烤下，遠方的丘原被切割成不相連的個體，一塊塊鼓起來，升一下，沉一下。金樹坐在黑板樹下，跟著浮浮沉沉。天沒有邊際，天的邊際散落四野蓊鬱中，荒涼稀疏。藍天也染上荒涼，蒼鷹稀疏，雲如白鬚。在叢林裡，高聳的樹冠讓天穹低垂，但高飛的蒼鷹又讓天穹高不可攀。在叢林裡，不同的樹種總是緊聚，形成一個綿亙不斷的叢林，突然有一棵大樹脫離叢林，孤獨強大，像一朵遮陽的雲影，像現在金樹納涼的黑板樹。金樹以口就琴，英雄牌吹奏〈野榴槤〉，敦煌牌吹奏〈彈沙貝琴的女郎〉，琴聲也荒涼稀疏。直升機引擎聲四野八方傳來，五架迷彩直升機排成一個人字越過黑板樹，響起西部片熏風吹擊敞篷馬車帆布車篷的噗噗聲，也荒涼到毛囊。金樹明白，同時出動的五架直升機，不是偵察也不是巡邏，不是準備執行任務就是已經執行完任務。

一九六九年四月，金樹、鳥屎椒等七人和四狗沿著甘蜜河畔遊蕩，白天狩獵休憩，天黑後順甘蜜河南下。在星夜下活動，可以躲過政府軍直升機和人民游擊隊的巡邏和偵察，也可以更清楚看見「籠罩一頭犁牛耕地的玫瑰紅光囊」。七人四狗越過沒有戎兵駐守的印尼邊疆，抵達甘蜜河源頭。甘蜜河源頭瀰漫從來沒有散開的煙霾，季候風像從來沒有吹向這裡。河岸眨閃鱷眼晨曦，河面眨閃鱷眼碎鑽紅，獸聲蟲鳴沒有一刻停頓，兩岸像船舷傾斜搖擺，礦物渣屑透過月色和霧嵐吐出蘊藏億萬年的光芒。酷熱讓他們睪囊鬆垂，頭髮浸泡汗水中。甘蜜河源頭，白天淺短，黑夜深長。記憶生得快，遺忘得更快。他們走進星光岸，蹚進月色河，包裹在無垠神祕的黑夜中。

漫遊甘蜜河源頭十多天中，七個人看到不一樣的蜃影和風景。狗看到的也不一樣，牠們古怪的長吠一輩子沒有出現過。生平沒有見過的蜃影和風景，像來自另一個非常遙遠、沒有時間的世界，不屬於這顆星球，不屬於太陽系，不屬於銀河系。在河面，金樹看到第一任砂拉越國王的英國雙桅帆船，六尊六磅大炮和四尊迴旋炮像狼虎蹲伏出舷；三姐看到雨絲落在長舟上南洋姐撐著的十多支油紙傘上，油紙傘像隨波逐流的胡姬花；紅番看到航向馬六甲海峽的鹽船，檣桅掛滿中國苦力像烏鴉；在岸邊，鳥屎椒看到坐在八人轎子上的蘭芳共和國領袖，八刀看到鬼子的無頭單車騎士，冰淇淋看到華人的舞龍舞獅和笑面虎，老四看到爬出墳塚患了瘧疾被活埋的砂拉越王國戰士，狗看到婆羅洲的絕種動物。大棕狗看到老虎，小棕狗看到豺狼，大黑狗看到大象，小黑狗看到蒙古馬⋯⋯。七人看過後就忘記，但狗不會忘記。據說被人類馴養一萬兩千年的狼後裔，比人類更能夠理解人世間的無常和生離死別。婆羅洲原住民認為狗做夢時出入陰陽，讀到陰府的福祿帳簿，預知自己的狗歲，死前會找一個連主人也不容易發現的藏匿點。漫遊甘蜜河源頭的十多天，牠們白天很少吠叫，入夜後星群喚醒漫遊地獄的記憶，叫得激勵又悽厲。只有一種東西是七雙人眼和四雙狗眼同時見證的：散亂河岸、比腳板最大的八刀腳印大了一倍的五趾足印，大小符合最小的黑狗睡窩。腳印彼此凝視，充滿言語，像漫畫的兩個對話框。有的腳印凹陷得很深，顯示主人佇立一段時間，很多獨白溢出框架外。有的腳印均衡清晰，顯示主人意志堅定。有的腳印彼此輾壓，顯示主人原地兜圈，獨白凌亂而矛盾。對這批腳印最有興趣的是八刀和狗。從雲落出生以來，八刀沒有看過比自己更大的腳印。傳說游擊隊隊員特製一種鞋子，可以留下相反行進方向的足跡。他掏出梳子，一遍又一遍梳著浸泡汗水的頭髮，建議往相反方向追蹤，但其餘六人建議由狗來決定。大棕狗、小棕狗、大黑狗和小黑狗嗅著足印，發出唔唔哼哼的共鳴，同意那不是虎爪、狼足、象腳、馬蹄。牠們嗅出兩個漫畫對話框的內容，也嗅出前後腳印的新鮮度。牠們帶領七人循著腳印前進，但腳印離開甘蜜河源頭不久後就消失，四狗憑著嗅覺從甘蜜河源頭追蹤到距離甘蜜河河口八十公里上游。沿途，七人看見四狗在前方齊肩狂奔時，形象偉岸高大，脖頸有飛揚的鬃鬣，無聲的狗爪變成噠噠的蹄聲，好像四匹征馬。四隻狗從來沒有這麼焦慮，像有一種味道第一次進入比人類優秀一百萬倍的嗅覺。牠們狂奔三天三夜，很少進食，越跑越餓，嗅覺也越來越靈敏，像打獵前特意被絕食一頓的獵犬。抵達甘蜜河河口八十公里上游後，四狗同時拐彎，離開甘蜜河，往東北前進。牠們穿渡過巨樹和岩叢盤據的野地，繞過一個沼澤，一道綿延不盡的峰巒出現後，牠們突然剎住腳步。

眼前就是荒蕪十多年的方蕪堡壘。方蕪堡壘一九三七年被金虹遺棄、一九五五年被好萊塢裝飾成富豪莊園後，堡壘被殖民政府充公和查封，列為軍事基地，雖然從來沒有軍隊駐紮。一九六三年獨立後，殖民政府的禁令依舊有效，但堡壘實際只是一座沒有人管理的空城。金樹沒有到過堡壘，但從金虹一再展示的照片，堡壘已經和七十二克拉紅鑽深植腦海。堡壘外觀沒有太大改變，圓丘上長滿矮木叢、茅草叢、灌木叢和十多棵高聳入雲的龍腦香，環繞堡壘的榴槤樹綠意昂然，堡壘後方依舊豎立著綿延不絕的黑色山脈和像浪花的峰嶺。這時，他們看見戍守塔樓瞭望臺上荷槍實彈的人民游擊隊隊員。

二

一九七〇年八月二十八日凌晨四點，金樹推開酣睡中的伊班少女，收拾蚊帳走向甘蜜河搓洗發出汗酸味和蚊血腥臭的蚊帳，將蚊帳掛在洋紅風鈴樹枝上，坐在一塊岩石上抽出懷中的英雄牌和敦煌牌口琴，雙琴交疊，吹奏〈犀鳥之歌〉、〈南洋月光〉、〈甘蜜河之夜〉。近五點，太陽假寐，眼睛沒有睜開。月亮等待太陽接班，在瞌睡中煎熬。蒼穹凹陷著星光，夜色濃密稀疏。野鳥翺翔瘴氣密布的河水上，在鱷眼晨曦的霧靄中。吹奏到〈赤道下的戀情〉時，一片紅光映殘地衣上的野花色澤，讓金樹停止吹奏，但〈赤道下的戀情〉繼續飄颺，紅光逐漸靠向金樹。接近金樹時，光芒黯淡下去，地衣上的野花恢復各種色澤。

站在眼前的是一個比他矮了一個頭的女人。

她的頭髮是紅色的，分成兩批用四根藤蔓紮著髮腰和髮梢，交疊胸前。上半身披一件寬大的淺綠色獵裝，穿一條卡其褲，獵裝和卡其褲有很多破洞，用藤蔓或鐵絲像馬鞍的縫紉線補綴著熊皮、猴皮、蜥蜴皮，或者什麼動物的皮，像縫在她的肉上。她的鞋子也是一塊獸皮，縫成一個橢圓形的鞋樣。一面黑色方頭巾蒙住額頭，心型臉，大眼細眉，櫻桃嘴，白皮膚噴發出蕈菇孢子白，血管像流著仙人掌汁。紅髮女人的五官像黯黑燭焰點燃金樹漫遊的目光。金樹說：「妳，人民游擊隊？」

女人用左手拭去臉上的汗水，往胸前一塊獸皮補綴擦了擦。她的右手拳著。金樹發覺女人手掌很大，除了一雙大手，他好像看到了古怪的東西。女人露齒一笑，看著金樹手上的兩支口琴。蒼白的膚色讓金樹想起經年流竄叢林、晝伏夜行的游擊隊隊員。

「這一帶，是人民游擊隊第七支隊據點。妳第幾支隊？」

自從第一、二、四支隊駐紮方燕堡壘後，第七支隊也很少在這一帶出沒。女人笑著，高高的舉起腳板，又挪前一步。她的笑聲讓金樹卸下心防。

「我叫田金樹，雲落人，露營打獵……我和朋友……在這裡……對革命沒有興趣……」

女子臉上的汗珠起初只有蛆大，漸漸的，像透明的蠶沿著臉頰滴下。女人舉起左手，又抹了一把汗，擦在補綴上。補綴好像她的擦手巾。金樹又更清楚的看到古怪的東西。

「放心，我不會檢舉妳的，」金樹摘掉藤帽，看著那一團古怪的東西。「英國人和廓爾喀兵團常在這一帶巡邏，妳要小心。哦，妳叫什麼名字？」

女人看著金樹手上的口琴。

「妳怎麼不說話？」金樹以華語、廣東話、客家話、英語、生澀的馬來語、破碎的伊班語，把一句話重複六遍。

女人一直笑著。金樹想：我見過這笑容的。在什麼地方呢？是的，就在油紙傘上的七個古典方蕪，散落雲落製傘師傅許嵐在方蕪過世後彩繪的方蕪肖像。畫幅上，據說散亂十一萬六千三百六十根頭髮。老一輩雲落人說：十一萬六千三百六十根頭髮是一根一根畫上去的。年輕一輩的雲落人問：為什麼不把第十一萬六千三百六十一根頭髮畫上去？老一輩雲落人搖搖頭，說：你知道畫一根頭髮有多費工夫？這比畫一根草、一片葉子、一朵花還難。年輕的雲落人說：這有多難？藝術家可以用一粒米雕一艘船、用一根頭髮刻一首唐詩。老一輩雲落人說：畫一個人或一種生物，最難畫的就是那不起眼的地方。鷹爪難畫，虎鬚難描。西方有一個畫家畫自畫像時，因為畫不好耳朵，把耳朵割掉了。年輕一輩的雲落人問：你怎麼知道有十一萬六千三百六十根頭髮？老一輩雲落人說：我不知道，畫的人知道。一個修腳踏車的師傅有一天在藤椅上午睡，朦朧聽見掛在店招外的黃冠夜鶯歌唱，他睜開雙眼，看見掛在牆上的方蕪畫像中的頭髮隨著鳥聲飄揚，十多萬根髮絲溢散到畫框外，有一根髮梢差點撩到師傅額頭上呢。他一一細數，醒來時說：真的，一根不少，一根不多，十一萬六千三百六十根。年輕的雲落人說：你做夢吧。

「妳——聽不懂我？」

金樹終於看清楚那一團古怪的東西：一支口琴。女人抬起拳著的右手，用五指扠著口琴，將琴格湊到嘴裡。她的手指長而細，口琴小得像一管胭脂膏。女人沒有吹奏出半個音符，眼神揚波，酒窩漾動。金樹明白她的意思。他把兩支口琴湊到嘴邊，含住琴格，吹奏出〈赤道下的戀情〉第一個音符。女人吹奏出相同的音符。金樹吹奏出一串音符後，女人也吹奏出相同的一串音符。她模倣得很拙，金樹奏得很慢。奏完一遍後，又奏了第二遍、第三遍，到了第四遍，她學齊了，在沒有金樹帶領下，一個人流暢的奏完〈赤道下的戀情〉。她的口琴琴板斑駁，烤漆褪盡，露出金屬原始的鋼鐵色，蓋板有兩個小凹面、一道刮痕。簧片吹吸到固定的音符就會出現雜音，刺耳磣牙。吹順〈赤道下的戀情〉後，金樹開始吹奏另一首曲子。他教會她五首曲子後，開始教她裝飾音、八度和音、手震音奏法、琵音奏法、空氣伴奏法、交響伴奏法。

金樹走下岩石和她並肩站在河岸上，腳踝和腳踝之間隔著一個鴿子窩。河上的霧嵐和瘴氣散盡，遙遠的莽叢上方露出鱷眼晨曦。金樹準備教她第六首曲子時，她含住琴格，吹吸出金樹從來沒有想過口琴可以吹吸出來的聲音。聲音從她的口腔溢出，但有一種來自深山幽谷、樹梢雲端的感覺。她的舌尖像食蟻獸的舌頭搗弄琴板裡的簧片。她的雙唇像波浪在琴格上翻滾。金樹發覺聲音一半來自琴板的簧片，一半來自她自己：她在描摹鳥獸叫聲。然後，金樹嗅到一股熱帶水果和叢林花卉的香味。在叢林裡，這股香味隨時撲鼻而來，但時有時無、時濃時淡，此時的香味既濃密又沒有間斷。金樹看見被兩指覆住的琴板，露出像火焰的一個「蕪」字。祖父說過，「蕪」字的草字頭像兩根十字架插在龜的骨骼上。「蕪」下的四個點，像正在爬行的龜腳。一道生鏽的刮痕，像一把利刃貫穿龜殼。這世間不會有第二支刻著「蕪」字的口琴，這世間也不會有第二個刻得像龜的「蕪」字。金樹伸出右手的英雄牌口琴，敲了敲琴板上的「蕪」字，說：「琴……怎麼來的？」

女人微笑的搓著胸前的紅髮。

「琴……怎麼來的？」金樹又問一遍。

女人把琴格湊到嘴邊，「吹奏」出像鷹嘯的怪聲。

「哎……妳，妳到底會不會說話？」金樹有點不耐，但女人的笑容融化了他。「妳聽懂我的話嗎？妳是啞巴？」

女人嘬著唇，在沒有簧板助威下，嘬出一聲清脆的口哨。金樹又嗅到熱帶水果和花卉的香味。女人將口琴插入胸前一個口袋，十根手指湊成一個海螺狀，湊到嘴邊模倣動物叫聲：鹿呋，熊吼，馬嘯，狗呋，蛙鳴，蟋蟀叫。模倣完後，女人鬆開雙手，露齒而笑。她笑的時候，酒窩可以盛下一支豹紋豬籠草捕蟲瓶裡的清水。

「妳……妳是誰？」金樹說。

「你……人民游擊隊？」女子說。

「哦……妳會說話，」金樹愣了一下。「不是告訴妳了嗎？我和朋友在這一帶打獵露營，不是游擊隊。」

「這一帶，從前是人民游擊隊第七支隊據點。你第幾支隊？」

「再說一遍，我不是游擊隊。」金樹盯著她的酒窩。那個酒窩，讓她的臉蛋更眼熟了。

「我叫田金樹，雲落人，」女人的聲音產生變化，從雌性嗓子的高音頻、尖亮細柔，變成接近雄性嗓子的低沉。「露營打獵……我和朋友……在這裡……對革命沒有興趣……」

「妳……學我說話？」

「放心，我不會檢舉你的。英國人和廓爾喀兵團常在這一帶巡邏，你要小心……」

她不但複製金樹每一句話，也複製金樹的聲音。他們的對話，像兩個金樹的對話。

「妳真厲害，」金樹微笑著。「別學我講話了。妳是誰？妳叫什麼名字？」

「你是誰？你叫什麼名字？」女人繼續搓著交疊胸前的紅髮。紅髮被藤蔓綑綁得紮實，沒有一根髮絲岔出來。女人的指甲短而白淨，像嬰兒剛長出的小牙。

金樹伸手去抓口琴，五指還沒摸到琴格，女人咬了一口金樹的手背。金樹像被針扎了一下，看著手背上兩排齒痕。女人轉過身子，走向身後五顏六色的地衣。更真實的說，不是「走」也不是「跑」，而是「跳」。她邁動一個步伐，身子就凌空而去，落在三步之外，再一個邁步，又落在三步之外，像一隻炫耀跳躍本領的非洲羚羊。

金樹跟上去。

「你……人民游擊隊……」

女人邊跳邊模倣金樹的口氣。十二步之後，女人進入叢林。在陰暗的叢林裡，女人像金樹的聲音猶在迴盪。

「喂……妳……別走……」金樹說。

「喂……你……別走……」女人說。

女人消失在一片荊棘叢時，金樹抽出英雄牌口琴，吹奏〈赤道下的戀情〉。女人突然從荊棘叢後走出來，用口琴和金樹合奏〈赤道下的戀情〉。金樹又嗅到熱帶水果和花卉的香味。金樹和女人隔著兩步距離時，停止吹奏。女人轉了個身，消失荊棘叢後。金樹朝她消失的方向追了十多步，開始吹奏教會她的第二首曲子〈永遠的野胡姬〉。女人躍到一塊板根上和金樹合奏〈永遠的野胡姬〉。金樹停止吹奏後，她咯咯吱吱笑著，消失在和金樹齊額的板根後。金樹走到板根後，吹奏〈甘蜜河之夜〉，一陣山竹和薄荷味襲來後，女人含住琴格蹲在一塊木樁上。陽光落在「蕪」字上，折射出一道火焰似的光芒，照亮她像嬰齒啣住口琴的指甲。金樹奏完〈甘蜜河之夜〉後，接著奏〈伊班女郎〉。女人發出像嬰兒的笑聲。她沒有學過這首曲子。金樹突然抓住她的獵裝領子。她縱身一躍，掙脫金樹，崩斷獵裝最上緣的兩粒鈕扣。金樹看見她的胸前竄出一個野豬獠牙串成的項鍊，項鍊中間的盤座上，用藤蔓環著一個像玫瑰蓓蕾的血紅色透明物。一朵巨大的玫瑰色光囊砸爛金樹目光。光囊消失後，女人也消失了。

三

金樹坐在岩石上吹奏口琴，穿插紅髮女子學會的五首曲子，那五首曲子三天來已經吹奏一千多遍。清晨四點多，天和地分不出輪廓，葡萄紫的星光岸、玉米黃的月色河、河上鱷眼碎鑽紅灑滿眼瞼和睫毛，讓他的瞳孔和眼白不再黑白分明，等到星光岸、月色河和碎鑽紅散去，莽叢眨閃鱷眼晨曦時，他的雙唇和舌頭已經被英雄牌和敦煌牌的琴格蹭麻。三天來他的視線一直鎖住紅髮女人消失的那片龍腦香和無花果樹叢構成的黑森林，黑森林前面的矮木叢，矮木叢前面的地衣，地衣前面的河灘和鵝卵石。朝陽升起後，他從岩石走下來，站在龍腦香樹蔭中，來回漫步地衣、矮木叢、河灘和黑森林外側。

第一天天穹陰沉，太陽沒有露臉，遠方的沼澤地發酵著點火即燃的沼氣。第二天天色正常，陽光的尾巴群半懸龍腦香樹腰，他沿著紅髮女子逃走的路線，追蹤到女子消失的木樁前。女子的一躍勝過他三個大跨步，他看見自己的靴印，看不見她的獸皮足印。在叢林裡，人類視覺短淺。在叢林裡，人類的聽覺分不出虛實、方向、遠近、吉凶。在叢林裡，人類嗅覺幾乎一無是處，他唯一確定的是像她體香的果味花氣，但叢林裡遍布這種氣味。他努力記憶從她身上吸存的較頻繁和強烈的氣味，梔子、茉莉、風信子、金銀花、百合、曼陀羅、桂花、夜來香、雞蛋花、山竹、香波羅、波羅蜜、榴槤、紅毛丹……。亂七八糟，迷迷糊糊，憶及和枚月浸淫印度人的氣味泰姬陵中，兩人被情慾掏空腦漿和內臟，防腐香料凍結肉體上的快感，讓他們像不會腐朽的性愛木乃伊。他闔上眼睛，呼吸著周圍空氣，喚醒祖先從樹上跳下直立行走前的強大嗅覺功能。這是他第一次從氣味中辨別紅髮女子，像初生嬰兒靠著嗅覺辨認母親，像野獸靠著嗅覺覓食、求偶和辨識危境，像兩隻黑狗和兩隻棕狗透過腎上腺素激增的汗味嗅出金樹等人的情緒，像醫生循著病人氣味追蹤疾病源頭，像美軍透過嗅覺偵察北越軍團潛伏的壕穴或北越軍團透過火腿肉、乳酪餅乾、胡椒味和啤酒味追蹤美國大兵，像二戰時期聯軍、華人和原住民組成的「婆羅洲高原抗日游擊隊」透過奶糖羊羹味和三炮臺捲煙味尋覓鬼子。

鳥聲，猴笑，甘蜜河喧譁，橡膠果籽爆裂聲，也像紅髮女子炫耀口技。

第三天，他第二回穿渡叢林回到河岸時，天又陰沉下來，熏風吹過洋紅風鈴樹，小紅花飛散。他看一下腕錶，近十點了，只要太陽不露臉，他打算株守到傍晚，入夜後眼瞼和睫毛就會自動散發出星光岸、月色河和河上碎鑽紅，他有信心兩小時內回到駐紮點。他再度坐在岩石上吹奏〈甘蜜河之夜〉，吹奏完後，聽見身後一叢胭脂樹傳來一隻魚鷹的叫聲。三天來，那隻魚鷹一天比一天沉不住氣。他用兩支口琴同時吹奏〈甘蜜河之夜〉，回應越來越不耐煩的魚鷹。中午時分，他拿出兩粒飯糰和一瓶啤酒，吃喝完後朝河水灑一泡尿，傍坐洋紅風鈴樹下，吹奏〈赤道下的戀情〉、〈永遠的野胡姬〉、〈雨林之心〉、〈榴槤頌〉、〈甘蜜河之夜〉，隨意摻合各種伴奏法。

他戴著藤帽，袖子捲到肘窩，露出的皮膚抹著防蚊膏。昨天傍晚他划長舟到一棟長屋，用十發獵槍子彈向一個伊班長老換來兩筒防蚊膏，臨走時長老的十五歲女兒又塞給他一筒防蚊膏，將她堅挺的乳房壓在他的胸脯上，五根蔥指搗住他的胯下。他根據伊班少女充滿旋律的嗯哼，依聲誦唱，填上歌詞：我們到叢林去，不必掛蚊帳，有防蚊膏。金樹升起一輩子從來沒有過的邪念。他拉著少女走入叢林，展開背包裡的蚊帳，四角繫住四根老藤。防蚊膏是長老獨一無二的祕方，無色無味，功效奇佳，想獲得一筒手臂粗長的防蚊膏，代價是一頭小豬或十隻雞鴨。他不習慣彼此抹上防蚊膏擁抱親吻的感覺。太黏稠了，像兩隻蒼蠅在奶油上掙扎。白色的蚊帳被蚊群抹黑。蚊群飛翔的聲音壓過了少女呻吟。

風鈴樹下的蚊帳兜住飄落的風鈴花，形成一個巨大的花囊。叢林遍布洋紅風鈴樹，雨季枝葉扶疏，旱季落英繽紛。時值七月，這棵風鈴樹還是枝繁葉茂，粉紅色花朵鮮豔濃密，樹冠撐得像馬戲團帳棚，樹蔭下布散著野獸翻滾的激情痕跡。河岸距離風鈴樹三十公尺外有一棵非洲楝，樹梢長滿不透光的藤蔓和蕨類植物，枝幹佝僂，像負了重擔的老漢，可是西南風一颳起來就搖曳生姿，連根荄也在舞蹈。在風鈴樹和非洲楝之間，一棵青壯的波羅蜜從叢林邊緣長出來，枝腋下成熟和不成熟的果子，不是腐爛就是被鳥獸啄出坑洞。三棵樹中間的三角地帶，就是地衣和河灘，星布著野花、野草、枯枝、小樹苗、鵝卵石。

只有鳥屎椒和冰淇淋相信他。三姐說他睡了一個伊班女孩後，不是中了蠱毒就是被下降頭。老四和紅番微笑不語。八刀不說話，嘴角掛著猜不透虛實的海牛冷笑。金樹拍著胸脯保證，紅髮女子喜歡聽他吹奏口琴，他只要持續吹奏，紅髮女子遲早會現身。攪動六個人好奇心的不只是遺失多年刻著「蕪」字的口琴和七十二克拉「砂拉越之星」，還有金樹的一句話。

「這女人像極了油紙傘上的方蕪。」

中午過後，西南風涼爽，烏雲密集，天穹和大地陰沉，雨燕低飛，一群野鴨飛出灌木叢，發出濕氣淋漓的笑聲和下雨的警告。雷聲很含蓄，金樹想起牛仔片中熏風吹過馬車敞篷帆布的聲音，噗噗噗，咕咕咕，像來自遠方的伊班戰士的戰鼓。他們的鼓皮都是牛皮裹成，擂起來萬牛奔騰。雨下得不急不徐不大不小，來得快去得快，不到半小時就剎住，天地依舊陰沉，烏雲沒有散去，太陽扁皺，像洩了氣的煤氣燈石綿網，沒有熱輻射，光暈朦朧慘白。在雨季的天穹太陽總是這麼筋疲力竭，但在發光發熱的旱季，太陽很少這麼恍惚馬虎。這顆質量中等的恆星還有五十億年才會徹底死去，死後膨脹成比現在大兩百倍的紅色怪物，吃下哺育過的水星、金星和地球。抬頭仰望，太陽慈母過勞，隨時熄滅。

金樹面對甘蜜河傍在樹下，雨水沒有滴透樹篷，但涼風和濕氣讓他有了精神，交疊著英雄牌和敦煌牌吹奏〈甘蜜河之夜〉，胭脂樹後傳來魚鷹叫聲。金樹開始吹奏〈雨林之心〉時，身後的黑森林突然響起〈雨林之心〉的口琴聲。金樹的心噗咚咚跳著，脊溝淌下汗水，腸胃抽搐。他擔心一回頭，琴聲就消失。他對琴聲期待太久、思念太殷切，一股憂傷和悔意讓他血液沸騰。琴聲快速接近。金樹轉過身子，凝望著滿臉笑容的紅髮女子。她的紅髮分批交疊胸前，穿著淺綠色獵裝和卡其褲、趿著獸皮鞋、蒙著黑頭巾，露出貝殼牙齒，固定著一朵孩子氣的笑容。金樹忍不住伸手撫了一把額頭上的蛆形汗珠，將她的汗水抹在自己的衣領上。然後，他拳著手，展示手背上的齒痕。她用手指耙一下齒痕，掰開他的五指，挪向自己的臉頰。金樹又在她的臉上抹一把汗水，拭在衣領上。抹了三回，兩片衣領滿布汗漬。金樹掐住一朵飄落的風鈴花，插在她胸前綑綁紅髮的藤蔓上。洋紅風鈴樹下花香微甘，果氣甜澀，樹蔭裹成氣味泰姬陵。她扠著口琴，兩指半壓住「蕪」字，銜住琴格，吹奏〈赤道下的戀情〉。她不像吹奏口琴，而是模倣琴聲。吹奏完後，金樹又撫了一下她的臉，將汗水抹在褲管上，說：「妳的琴藝又進步了。」

她開始吹奏〈雨季的無花果〉。金樹沒有教她這首曲子，但三天來，他已吹奏過數百遍。等她奏完後，金樹說：「我知道，這幾天妳一直在這裡。」

女人噘著唇，發出魚鷹叫聲。金樹的血液幾乎凝住，回頭看一眼胭脂樹。金樹看見女人的獵裝敞開一個扣子，坦露著洋紅風鈴紅的脖子和半邊鎖骨，脖子上有一道鍊痕，但沒有豬牙串成的項鍊，更沒有藤蔓盤座環著的玫瑰色透明物。金樹的猶豫更明顯了。

「問妳，」金樹再度摘下一朵頭頂上的風鈴花，擰在綰髮的藤蔓之間，用食指關節磕了磕口琴上的「蕪」字。「琴是誰的？妳三天前戴的項鍊呢？」

女人手掌伸向獵裝口袋，兩指掐住一顆三天前被金樹扯下的土黃色鈕扣，對著金樹晃了晃。

金樹瞄了鈕扣一眼。「妳——到底會不會說話？」

女人把鈕扣塞回口袋，用食指指著胭脂樹、波羅蜜、灌木叢和金樹頭上的洋紅風鈴樹。

「妳……妳知道了？」

金樹向胭脂樹、波羅蜜、灌木叢和洋紅風鈴樹揮揮手。老四和三姐從灌木叢走出來，紅番躍下胭脂樹，冰淇淋抓住一根藤蔓盪到非洲楝板根上，鳥屎椒像猴子爬到波羅蜜樹下，最後出現的是離金樹最近洋紅風鈴樹上的八刀。八刀躍下時踩滑枝幹，像落入蜘蛛網的小蟲被蚊帳網住，抽出大刀割破蚊帳。八刀走向紅髮女子時，老四、三姐、紅番、鳥屎椒和冰淇淋已經形成一個扇形包圍圈，將紅髮女人堵在洋紅風鈴樹下、甘蜜河畔。滿天飛舞的風鈴花有的剛剛凋零，有的被西南風從河灘和鵝卵石上颳飛，都在歎息和哭啼，比樹冠上的鮮花激揚多情。七個人沒有見過方蕪本人，讓他們一時無言的不是和油紙傘、畫像中九成相似的方蕪，而是紅髮女子的美貌。沒有十成相似的原因是，七人印象中的方蕪蓄著十一萬六千三百六十根黑髮。

老四、紅番、鳥屎椒和冰淇淋一字排開站在紅髮女子前面，三姐和八刀站在四人後面，六個人像第一次在茶館看到許嵐師傅彩繪的方蕪畫像，直到把眼前的紅髮女子看徹底後，那股好奇心才淡下去，六個人圍成的人肉屏風才散去，彼此交換眼神，從眼神和神情詢問對方，並且馬上讀出彼此想法：不過是一個長得和畫像中的方蕪相似的女子，不值得大驚小怪，值得大驚小怪的是紅髮女子的口琴和藤蔓盤座環著的玫瑰紅透明物。這世間不會有第二支刻著「蕪」字的口琴，這世間也不會有第二顆伴隨口琴出現的七十二克拉紅鑽「砂拉越之星」。

「別怕，」六人圍觀紅髮女子時，金樹第一個開口。「這些人都是我的朋友。每一個都是高中畢業，讀過書的，學業優秀，心腸好，打死一隻蚊子都會求聖母瑪麗亞耶穌基督寬恕。」

女人的微笑像出盆的荷葉溢出瓜子小臉。六人覺得紅髮女子就像畫像中的方蕪，不管從什麼角度看她，她總是看著自己。

「我沒讀過什麼書，只會種胡椒，」鳥屎椒長時間跨坐波羅蜜樹幹，兩腳和屁股的麻木感讓他走路時像拄著一根無形的拐杖。「妳呢？妳讀過書嗎？哪個學校畢業的？幾歲了？老家在哪裡？」

紅番將草笛湊到嘴上，吹出魚鷹叫聲。

「她一出現，我就想跳下來了，」冰淇淋搔著頭皮。「樹上來了一群紅螞蟻，再晚一點，牠們要卸下我的頭皮了。」

「我看妳大概只有十五、六歲，初中畢業吧，」三姐說。「妳只要開口說一句話，我就可以估計妳的來歷，追溯到祖宗三代。」

「妳是混血兒？」老四說。「這一頭紅髮，我只在荷蘭女人頭上看過。」

八刀用力咳一聲，兩手扠腰，用海牛浮出水面的眼神瞄金樹一眼。

「大家放輕鬆，」金樹說。「別嚇到她——」

「妳——妳叫什麼名字？」紅番叼著草笛，說話有點含糊。「我們都是雲落人，我養豬的，他養雞的，他賣冰淇淋的，他賣水果的，他種胡椒的，他開西藥店的，這個人賣過洋煙、洋酒和鴉片，什麼都賣。總之，我們都是好人。妳呢？」

女子露出像海貝的牙齒，兩眼瞇成一條線，那條線可以用手指拈出來，嘴角下的酒窩可以盛一碗水。

「金樹說妳脖子掛了一條野豬牙串成的項鍊。」老四指著金樹，又指著自己的脖子。

「項鍊上還有一顆紅色的鑽石。」

「這麼大。」三姐用拇食二指比出一個海龜蛋大小的圓圈。

「大一點。」紅番也用拇食二指比了一個圓圈。

「沒那麼大。」鳥屎椒說。

冰淇淋、八刀和老四也伸出手指比了一個圓圈。沒有人看過七十二克拉的「砂拉越之星」。

「我們從來沒看過這顆鑽石，」老四說。「讓我們見識一下吧。」

「這顆鑽石，」八刀一手比劃著，一手掏出梳子梳頭髮。「還有妳手上的口琴，八十多年前被一隻鱷魚吞下肚子，金樹的祖父十多年前在一個怪人身上發現了鑽石和口琴。」

「妳怎麼會有這顆鑽石和口琴？那個怪人和妳是什麼關係？」鳥屎椒說。

紅髮女人突然牽住金樹的手。

第十七章

一

還在用食指和拇指比劃鑽石大小的三姐、紅番、鳥屎椒、老四、八刀和冰淇淋停止比劃，看著紅髮女人的手。他們的眼睛瞪得和他們手中比劃的圓圈一樣大。紅髮女子的微笑使嘴角四周掀起一批小坑洞似的酒窩，五官浮蕩在酒窩激起的微波中。然後，老四將手肘靠在紅番肩膀上，紅番吊兒郎當的嚼爛草笛，八刀梳著頭髮，三姐兩手插腰，冰淇淋和鳥屎椒兩手抱胸，看著金樹和紅髮女子。紅髮女子牽住金樹的手後，往金樹靠近一步。如果不是鳥屎椒等人在場，金樹已經反扣住她的手。在金樹認知中，紅髮女子不管做出什麼舉動都不會讓他意外。紅髮女子的舉動更讓金樹掀起一絲內疚。他讓八刀等人布置一道防線，防範女子和「砂拉越之星」再一次消失，但從女子的笑容和從容看來，金樹有一種奇妙的預感：女子這次不會不告而別。

女子舉起拿著口琴的右手，指向叢林，看著金樹。

「你——跟——我——來——。」

薄薄的烏雲被季候風搧動，也被陽光渲染，眨閃各種色澤，像鬥魚的鰭。太陽一百億年質量像燒到盡頭，陽光阻絕樹冠外，叢林厚黑，像方蕪堡壘後方的黑色山脈。這是金樹第一次聽見紅髮女子說了一句沒有模倣自己的話。七男一女離開洋紅風鈴樹走入黑森林。紅髮女子步伐輕盈快速，左手拉著金樹的手，右手拳著口琴，走得很快。紅番摺了一支新草笛，邊走邊吹，發出像吼鹿的聲音。他每摺一支草笛或葉笛，笛音各異。三姐哼著客家山歌，老四吹著口哨，八刀拿出梳子梳頭髮，冰淇淋學紅番摺了一支草笛但吹奏不出聲音，鳥屎椒忽前忽後。女子停在一塊有象背高的板根前，用拳著口琴的手指著紅番等人，看著金樹說：「他們——不——可以——來——。」

金樹看了看紅番等人，聳聳肩，說：「妳要帶我去哪裡？」

女子又說了一遍：「他們——不——可以——來——。」

女子牽著金樹的手走到板根後，消失在一片矮木叢。汗水滴出八刀的梳子，八刀邊梳邊看著板根下一瀦死水裡的活孑孓，一塊死葉上張牙舞爪的活螳螂。冰淇淋的草笛已經吹得活靈活現，紅番更絕，他的草笛吹出一首印尼民謠。老四蹲在板根前，聆聽樹梢一種鳥的嗚叫。鳥聲像黃冠夜鶯又不像黃冠夜鶯，讓他很迷惑。鳥屎椒跳上板根，遙望女子和金樹的背影。三姐仰著脖子，學雞啼。

Cock-a-doodle-do

Cock-cock-a-a-doodle-do-do

Cock-cock-cock-a-a-a-doodle-do-do-do

一聲比一聲長。他體內沒有松果體，不會分泌褪黑素，讓雄激素突然暴增的不是黎明的曙光，而是紅髮女子的光彩和美豔。

二

女子鬆開金樹的手後，金樹忍不住問：「我們要去哪裡？」女子舉起手中的口琴，指著琴板上的「蕪」字和胸口，食指和拇指比劃出一個龜蛋大小的圓圈。金樹左手比劃出一個圓圈，右手指著那個圓圈。「妳要帶我去看那顆鑽石？」女子點點頭。金樹想問：為什麼紅番等人不能來？他看著女子靈活的背影和步伐，只比十一萬六千三百六十根多而不會少的紅髮，許多話一時說不出口。他的衣領和褲管沾滿她的汗水，他把洋紅風鈴花插在綑綁紅髮的藤蔓上時順手拈走兩根紅髮，她的汗漬和頭髮提供兩隻黑狗和兩隻棕狗最好的追蹤線索。這世界上紅頭髮只占了百分之一到二，從她的五官和口音看來，她不是白種人，連混血都不是，雖然白種人冒險家在婆羅洲進行性征伐時留下不少原住民雜種後裔。火焰似的紅色，金樹只有在紅毛猩猩和松鼠身上看過，在赤紅山椒鳥的羽毛和藍頸鸚鵡的勾喙看過。陽光稀少的地區，少了維生素D，紅髮容易滋長，但赤道下陽光飽滿。紅髮女子不時回頭對他微笑，有時候發出咯咯的笑聲，有時候拉一下他的手，金樹來不及反扣她的手，她已經縮回去。她走得果斷和堅定。永遠有一股花香果味伴隨，他們像是循著那股味道前進。根據祖父說法，方蕪身上有一股香味，雲落人謠傳小時候的方蕪長相普通，她的美豔是被香味「薰」出來的。那是紅髮女子的體味？金樹想找一個玻璃瓶或塑膠袋之類的容器把香氣裝回去，對四狗來說可能是比汗味和頭髮更好的追蹤線索。金樹掏出小彎刀裝著很隨興的在經過的大樹身上揮砍，留下記號。他想起被母親視為不祥之物的七個彎曲點克力士，只有他和母親知道這支傳家寶伴隨祖父大體掩埋黃土下。

半小時後，女子停在一道懸崖前，這時金樹才意會到他們一直往高處走，難怪季候風涼爽，沿途看見一株又一株生長在高海拔的巨大豬籠草瓶子。天穹在腳下、頭上，老鷹翱翔其中。雲彩陰沉，除了鷹嘯和猴吼，鳥蟲聲稀少，陰暗的樹冠層傳出陣陣以宏亮叫聲護衛地盤的獸聲，龍腦香和無花果透過猛烈的季候風呼號。懸崖下大小樹冠擁擠，鋪展出一片綠洋，在季候風下波濤萬頃，腳底下的懸崖彷彿隨波漂流。猴群聚集的樹冠特別躁動，在綠洋中自成一股漩渦。懸崖下暴露出一塊橢圓形丘陵，散亂著茅草叢和矮木叢，在橢圓形的內側，在數十棵榴槤樹圍繞中，豎立著一座石磚和石灰泥砌成的八角形城牆環繞的城堡，城堡的瞭望臺有兩個戴八角帽揹長槍的小人像螞蟻在瞭望臺上兜圈子。金樹看得見佇立樹冠的犀鳥頭盔顏色，分辨得出樹枝上寄生的胡姬花和攀爬植物，一眼認出兩個小人是駐紮方蕪堡壘的人民游擊隊隊員。金樹上下四野環視一遍，驚覺自己正站在堡壘後方那一條綿延不絕的黑色山脈和像浪花的峰嶺上。這是金樹第一次站在高處鳥瞰方蕪堡壘。

紅髮女子牽著金樹的手走向右側一塊岩石後，沿著一條人工斧鑿出來的石磴步道往下走，下了三十多道梯階，進入一個洞穴。洞穴入口比足球場的球門稍大，洞內黝黑乾爽。雨林散布類似洞穴，是金絲燕和蝙蝠巢穴，但峭壁外鷹群盤旋，小型飛禽不敢進駐這個洞穴。

女子從石壁一道裂縫摸出一盞煤油燈和一盒火柴，擦亮火柴，點燃煤油燈，將煤油燈遞到金樹手上。金樹高舉煤油燈走在女子身後，二十多分鐘後停在一座煤油燈光華照不盡的石壁前。金樹估計洞穴不小於五個羅馬鬥獸場。洞穴沒有其他洞穴的屎臭和屍味，也可能有，被一股沒有流失過的花香果味覆蓋。石壁前壘疊著數十個木製長方形或正方形板條箱子、鐵箱和藤箱，每一個裝得下一頭成年老虎。女子再度牽著金樹的手，站在一個長方形箱子前。女子打開箱子，拿出一支野豬獠牙串成的項鍊，項鍊中間的盤座用藤蔓環著一個像玫瑰蓓蕾的血紅色透明物。女子踮起腳跟，將項鍊掛在金樹脖子上，指著手中琴板上被煤油燈光華照耀得像火焰的「蕪」字。金樹知道血紅色透明物就是七十二克拉「砂拉越之星」。然後，女子再度牽著金樹的手，以更快的速度走向出口，同時吹熄和扔下煤油燈。

走出洞口後，金樹來不及多看「砂拉越之星」和小得像火柴盒的方蕪堡壘一眼，就被女子牽入像洞穴一樣陰暗的叢林中。

三

Cock-cock-cock-a-a-a-a-doodle-do-do-do-do-do

三姐發出第六聲長啼後，開始清唱客家山謠。紅番用葉笛吹奏各種鳥聲，冰淇淋學紅番用草笛吹奏民謠。八刀用大刀吹下一根樹枝，削掉小枝小葉，遞給老四，教他「破鋒八刀」，老四不斷發出怪聲。鳥屎椒坐在板根上，遙望金樹和紅髮女子消失處。三姐唱完兩首山謠後，說：「我打賭，這個女子不是雲落人，也不屬於婆羅洲任何鄉鎮。」

「她的五官很東方，紅髮和外國人沒有關係，」老四說。「她比雲落任何一個女人美上一百倍。」

「據說當年瞎子也看得出來，傘面上畫的就是方蕪，」老四說。「但是看過方蕪的人都死光了，金樹也沒看過。說她像方蕪可能是口琴和鑽石的聯想。畫，不準的。」

「這女人似乎對金樹有意思。」老四扔了樹枝，躍上板根，盤腿坐下。

三姐模倣母雞司晨逗大家。母雞中氣不足，啼了一半就斷嗓。八刀一個人演練刀法，熱汗涔涔後，拎著大刀四處走動。鳥屎椒沿著金樹消失的地方走了一段路又拐回來。紅番和冰淇淋聆聽鳥聲，摺出各種形狀的草笛，試著吹奏出和鳥聲一致的笛聲。三姐用口哨吹奏出六種鳥鳴。老四分辨鳥獸叫聲，說出十三種鳥和四種哺乳動物。枯枝、落葉、耐蔭性植物、苔蘚、地衣和小樹苗覆蓋一百三十萬年前冰河時期形成的地表，在光裸的腐植土上，散布鳥獸的爪痕和屎。鳥屎椒凝視爪痕和屎，說出五種鳥、兩種哺乳動物和三種爬行動物，說其中兩種鳥和兩種爬行動物經常光顧胡椒園，他煮吃過其中一種爬行動物。八刀仰視一棵野榴槤，視線從露生層、樹冠層、幼樹層、灌木層一路落下，在地面層看到可疑物。他走到一塊半濕潤的腐植土前，蹲下，掏出梳子梳頭髮，說：「看！」大家圍著有兩個犀牛腹寬長的腐植土，思緒回到不久前的甘蜜河源頭。他們沉默的看著四個像漫畫對話框、比八刀腳印大的人類足跡，比較四個腳印和甘蜜河源頭的對話內容。四個腳印深淺一致，步距一致，方向一致，神情一致，邁向前方布滿枯枝、落葉和地衣的地表，消失灌木叢中。八刀看著鳥屎椒。

「閒著無聊，金樹不知道什麼時候回來？鳥屎椒，你腳程快，把獵槍和狗帶過來。」

眾人聳聳肩，露出無可無不可的神情。鳥屎椒一個轉身，消失在另一片灌木叢中。

為了不驚嚇到紅髮女子，七支獵槍和四隻狗留守五公里外的駐紮點。

四

紅髮女子牽著金樹快走十多分鐘，停在一棵無花果樹、一片藤蘿和蕨類植物覆蔭下。金樹感覺到紅髮女子沒有折返原徑，狂奔一陣後，甚至和紅番等人分手處更遠。他才喘兩口氣，紅髮女子又牽著他快走十多分鐘，停在散布棕櫚樹和野胡姬的甘蜜河畔。河水慢流，疲憊的水湧入岸邊的大小泥坑，癱在那兒休憩。有的水在清晨的退潮中來不及退出，困在泥坑中，慢慢死去，幾隻小魚陪葬。棕櫚樹和野胡姬的小水珠像朝露，又像在河裡沐浴過後的殘跡。棕櫚樹葉尖上的小水珠像眼睛盯著他們，謹慎而疑惑。胡姬花收斂笑容，嚴肅而美麗的看著他們。岸邊一批小螃蟹製造出小小的末日景象，縱竄橫奔，消失在神祕和濕潤的小洞穴中。紅髮女子把口琴塞入口袋，蹲在一塊磯石上，用雙手掬水往自己和金樹臉上潑水，邊潑邊笑，神情鬆懈許多，但依舊謹慎而疑惑、嚴肅而美麗、神祕而濕潤。金樹也掬水往額頭、脖子和胸口潑。他用河水漱口，女子也用河水漱口。在岸上，他們和參天巨樹、棕櫚樹、野胡姬分隔得清楚，在漫遊的河面，他們的身影被流水切割，被兩岸植物嫁接。透過河水，金樹看見女子身上長出胡姬花，女子看見金樹身上長出棕櫚樹。金樹伸手觸摸和摘下胡姬花，但胡姬花很多，他摸不完也摘不完，摸一朵漏一千朵，摘一朵長出一萬朵。女子看見金樹手掌形狀的葉子四面八方伸向她，撫髮，環腰，纏腿，最後伸向獵裝底下的胸部，觸到柔軟的花蕊，讓她發出咯咯咯的笑聲。金樹的舌頭像小螃蟹在她臉上和胸前漫遊時，突然被女子一把推開。

女子將食指放在嘴唇上做出噤聲的手勢，同時把金樹脖子上的豬牙項鍊拿下，連同「砂拉越之星」塞入金樹褲袋中。這時金樹才想起「砂拉越之星」一直掛在脖子上。然後，女子再度牽著金樹的手沿著河岸奔跑十多步，蹲在兩塊龍腦香板根中間，板根上方葛藤繁密。在陰暗的板根和葛藤圍繞下，金樹注視著女子容顏，想念自己親吻過的部位。他的舌尖殘留著女子嘴唇和胸部的溫度，花香果味更讓他微醺。他懷疑使自己瘋狂親吻她的就是那股氣味。女子臉上新生出一股疑慮，遮住她的嚴肅和美麗。她懼怕什麼呢？金樹伸手把她摟在懷裡。河水慢流，時間也慢慢流逝。金樹聽得出來，鳥獸叫聲來自遠方。長臂猿的吼聲抵達這裡時，已經從一棵無花果樹盪到另一棵無花果樹。鷹嘯穿過叢林時，已經飛到另一個山谷。近處只有水聲和季候風吹過樹梢的聲音。女子像一個睡嬰躺在他懷裡，但金樹看得出來她正在挖掘每一種聲音的來源。她專注聆聽的神情，讓金樹不敢隨意移動，金樹只聽到彼此心跳和手錶像機槍掃射頻率的「噠噠噠」機芯運轉聲。半小時過去後，女子牽著他的手走出板根。一個高大的身影從樹上躍下，往前跨了兩步，用手裡一根像樹根的東西砸昏金樹。金樹半小時醒來後，女子和褲袋裡的「砂拉越之星」已失去蹤影。金樹摸著額頭上的腫包，回想從樹上躍下的身影。事情發生得太快，金樹只模糊看見一頂寬大的帽子，一把披覆著上半身的鬍鬚，一身獵裝和牛仔褲，此外，就是高大得不可思議的軀體。

金樹看著延伸到一片荊棘叢的大腳印，聽見大腳印透過長臂猿吼聲、鷹嘯，正在和甘蜜河源頭的大腳印對話。

五

烏屎椒帶著七支獵槍和四隻狗回來時，已是一個小時後。三姐和老四對大腳印不感興趣，建議除了他們兩人，外加三支槍和兩隻狗留守原地，免得金樹回來找不到人。八刀、紅番、烏屎椒、冰淇淋和兩隻黑狗循著腳印走入叢林。兩隻棕狗想跟上去，對著四人和兩隻黑狗的背影唔唔哼哼抱怨。有了狗，老四和三姐不再無聊，編了一套遊戲和騙術測驗狗的智力和學習能力。在狗的領導下，八刀等人轉眼追蹤八百多公尺。兩隻黑狗對那股令牠們焦慮驚惶的氣味記憶深刻，憑著容易在陰暗處視物的大角膜和比人類優越一百萬倍的嗅覺，牠們比較沿途吸納的野豬、吼鹿、馬來熊、穿山甲、大蜥蜴的味道，過濾著被沿途的花香果味稀釋和混淆的味道，甚至一朵散發出強烈腐臭味的大王花也沒有擾亂牠們的方向。牠們步伐堅定，意見一致。從主人激增的腎上腺素，牠們嗅到主人的疑慮，下定決心嗅出一輩子沒有嗅過的味道源頭，即使那股味道淡得像絕種數億年的生物，牠們也決定把生物的化石挖出來。八百多公尺後，腳印已經從視覺消失，但從嗅覺可以捕捉到腳印在枯枝落葉、板根、灌木叢留下的痕跡，知道腳印主人上過哪一棵樹、摘下哪一朵花和哪一棵樹的熟果。最令牠們吃驚的是，腳印主人只跨出五大步就活捉一頭大野豬，當場烹宰，吃得剩下一顆頭、四隻蹄、尾巴、骨頭。腳印主人多了一股濃得化不開的豬腥味。

兩千多公尺後，兩狗發出興奮的吠聲，嗅到金樹正從一棵野榴槤樹和兩棵無花果樹後向他們走來。

六

腳印模糊，有時候完全不存在。金樹停下觀望的時間多，走的時間少，找不到自己留下的刀痕，走不回去離開八刀等人的地方，也走不回去紅髮女子走過的路徑，更走不回去懸崖上的洞穴。他雖然多次出入叢林，但腦海裡沒有田金虹的叢林導覽圖，從陽光、季候風、花果的開放和成熟辨別方位的能力也不完整。他探尋著忽深忽淺的腳印，思念和擔憂的不是祖父惦記一輩子、向他描述十多年、短暫掛在脖子上的「砂拉越之星」，而是紅髮女子的體溫、香味和笑聲，尤其當他觸摸獵裝下柔軟的花蕊時。紅髮女子大方而不羞澀，但她顯然第一次有這種被男人撫摸的經驗，身體的顫動傳導到金樹身上後，金樹才聽見比顫動更激烈的呻吟。震波能量傳播的速度比聲音在空氣中跑得快，六千萬年前直徑十二公里的隕石落下時，恐龍先感受到大地震動，然後才聽到音爆。紅髮少女的呻吟和顫動是同時啟動的，但敏感的花蕊讓顫動提早傳播到金樹身上，不像伊班少女，顫動和呻吟同時抵達，猛烈而粗暴。紅髮女子努力止住了呻吟，但顫動沒有停止過。金樹緊摟著她，自己也激動得渾身顫抖。如果末日降臨，這股顫動必然會以驚心動魄的形骸封鎖在兩人彼此擁抱的化石裡。

紅髮女子發生了什麼事？巨人從樹上躍下，擊昏他和拿走「砂拉越之星」，快得讓他沒有來得及看見紅髮女子的反應。紅髮女子發生了什麼事？他早已發覺，從穿著、身材和像樹根的大煙斗顯示，祖父十多年前看見的那位脖子掛著「砂拉越之星」、可以輕易要了祖父小命的人，正是從樹上躍下的人。紅髮女子發生了什麼事？腳印已經徹底消失，他憑藉的是一股花香果味，但叢林遍布這種氣味。茫然走了十多分鐘後，他聽見兩隻黑狗興奮的吠聲，看見八刀等人出現在一棵無花果樹下。

前因後果交代完，鳥屎椒施展快腿，聚集七人和四隻狗。四隻狗嗅著紅髮女子的頭髮和汗味，同時嗅到一股不屬於金樹的花香果味，加上腳印和豬腥味，牠們奔跑起來更快速和果斷。巨人盜帽、插花的本領，讓八刀大刀出鞘，除了金樹，其餘五人獵槍上膛。大黑狗和大棕狗在前，小黑狗和小棕狗在後，四隻狗恢復甘蜜河畔征馬的狂奔速度，穿透灌木叢、荊棘叢、藤蔓和氣根，一下子和七人拉開距離，鳥屎椒也跟不上。他們很快失去四狗蹤影，只偶爾聽見遙遠的吠聲，但狗跑得快，吠聲從左方傳來時，可能已經竄到右方。從吠聲和沿途殘留的爪印中，三姐和八刀知道兩隻大狗依舊在前，兩隻小狗在後，速度均衡沒有亂套。半小時後，狗吠消失，殿後的六人看見鳥屎椒站在一棵無花果樹下，鳥屎椒身前躺著四具狗屍。四狗顱骨裂開，腦漿和鮮血還在汩汩溢流，大黑狗和小棕狗的四顆狗眼掉到地上，蒙上一層黃土。鳥屎椒小聲說：「我剛到時，大棕狗的腳還在抽搐。」

三姐和大棕狗相處得最久，他蹲下一遍又一遍摸著狗頭，一遍又一遍闔上大棕狗眼瞼，但眼臉一遍又一遍撐開。

八刀也蹲下檢視破裂的顱骨。「是一種鈍器。力氣非常大。」

金樹想起敲昏自己的一截像樹幹的東西。八刀剛說完，無花果樹後響起口琴聲。金樹掏出口琴吹奏〈赤道下的戀情〉，但樹後的口琴沒有附和。

「是那支刻著『蕪』的口琴，但吹奏的不是那個紅頭髮的女子。」金樹說。

六人向樹後走去，三姐、紅番和鳥屎椒的食指扣住了扳機。

「不要隨意開槍，」金樹說。「如果不是手下留情，他早就要了我的命。」

還沒走到樹後，琴聲變弱，但沒有中斷，顯示吹奏口琴的人和他們拉開了距離。七人循著琴聲前進，十多分鐘後來到一個樹冠蔽天、灌木叢環繞、藤蔓和小樹苗覆蓋的地表時，琴聲消失，七人四下分散尋找可能的蹤跡。

老四突然對三姐說：「三姐，你聽見幾種鳥聲？」

三姐說：「十二種。杜鵑、斑鳩、鳳頭犀鳥、紅棕啄木鳥、山椒鳥、畫眉、黃鸝、巨嘴鴉，另外四種，叫不出名字。」頓了一下。「再加一種，黑喜鵲。」

老四說：「鳥聲來自哪裡？」

三姐說：「灌木叢、地表、樹上。」

老四說：「哪一棵樹？」

三姐說：「所有的樹。」頓了一下，抬頭看著頭頂上的無花果樹。「除了這一棵。」

那是一棵枝條距離地表不高的無花果樹，幾乎呈水平線的分枝粗肥緊密，綠葉繁茂，樹冠壯觀。數十根直徑三十公分的氣根環繞主幹從樹冠落下，露出八隻大狗首尾相連的樹圍。莖幹長滿蕨類植物、藤蔓、蘭花和五顏六色的樹棲地衣，可能還有鳥巢和蟻窩，樹冠連陽光和雨水也滲不透。樹下散亂落葉枯枝、藤蔓、小樹苗和從寄生植物凋落的花朵和果實。七人到了樹下，很自然的繞著主幹各據一角，聽三姐這麼一說，全都抬頭看著無花果樹。三姐、紅番和鳥屎椒的槍口朝上，老四和冰淇淋也扣住扳機，八刀刀尖向下，金樹的獵槍揹在背上。樹冠陰暗而幅員遼闊，比馬戲團帳棚大，即使大象也可以躲得隱密。一個東西從樹上掉下落在金樹腳下後，消失在厚實的落葉層中。金樹彎身撿起：刻著「蕪」字的口琴。口琴落下時，一個身影從樹上躍入灌木叢。鳥屎椒第一個鑽入灌木叢，三姐和冰淇淋緊跟在後，八刀邊走邊揮刀砍下夾脊小徑中的絆枝攔蔓，老四和紅番在後但不敢太靠近不長眼睛的大刀。金樹聆聽鳥屎椒等人踩踏落葉墮枝和小樹苗，落葉墮枝發出又乾又死的聲音，小樹苗發出吵鬧的娃娃聲，他發覺走在鳥屎椒前面的人沒有走直線，而是往右拐一個大彎，於是往右方竄去，邊竄邊往高處看。看不見的陽光徘徊露冠層上，黑暗從樹冠層和幼樹層一路落下，一層比一層黑，落到灌木層和地表時，黑得金樹少了下半身。他不是憑目測，而是憑聽覺趕路。叢林吵雜，他走走停停。鳥獸聲、季候風和大樹的交談從容而不間斷，像街衢和茶館裡的雲落人閒話家常，又乾又死的枝葉聲和小樹苗的娃娃聲雖然渺小但擾人，像深夜鋅鐵皮屋頂上的貓囂。有時候，他完全失去鳥屎椒等人的蹤影，於是停下腳步，聽見斑鳩、鳳頭犀鳥、畫眉、巨嘴鴉和五種不知名鳥類的叫聲，聽見長臂猿和豬尾猴的吼聲，他更仔細聆聽後，聽見杜鵑、紅棕啄木鳥、山椒鳥和黃鸝，幾乎和三姐聽到的一樣。也許聽錯了，或者受到三姐的影響。在一次快速奔跑中，他聽見一種非常美妙而神奇的鳥聲，讓他停下腳步，也讓所有的鳥類停止歌唱，除了長臂猿和一隻麝香貓的呼偶聲。鳥聲來得突然，也消失得快，金樹想，可以讓叢林裡所有鳥類停止歌唱的只有黃冠夜鶯，也許就是黃冠夜鶯吧。

又奔跑五分鐘後，他聽見一陣細微的口琴聲，彷彿在吹奏〈甘蜜河之夜〉，而且音色和刻著「蕪」字的口琴相似，但口琴就在他懷裡。他伸手入懷摩娑口琴，用點字法讀一遍琴板上「龜」、「蕪」不分的字。樹上的那個人為什麼扔下口琴？他和紅髮女子是什麼關係？紅髮女子發生了什麼事？不久，他再度嗅到果香花味，但類似的果香花味遍布叢林。口琴聲和花香果味讓他想起紅髮女子，想起襯衫底下柔嫩的花蕊、濕潤神祕的小洞穴、比呻吟更早抵達金樹體內的顫動。在回憶紅髮女子的笑顏和美麗中，他發覺又乾又死的聲音和娃娃聲繞了一個大圈，回到那棵腰圍像八狗首尾相連的無花果樹下。他回到無花果外圍的灌木叢中，發覺自己和鳥屎椒最早回到無花果樹下，除了他們，還有一個比鳥屎椒高了快一倍的人。那個人戴一頂邊檐像老荷葉低垂的藤帽，鬍鬚覆胸長髮披背，穿著多口袋的獵裝和牛仔褲。獵裝和牛仔褲散亂著補綴，像兩件獵裝和兩件牛仔褲縫補而成。他微彎著腰，防止腦袋磕到樹幹。他的右手拿著一根像樹根的大煙斗，樹蔭下，瀰漫從他嘴裡吐出的迷路煙霧，裊裊繞繞，無處可去。帽檐低垂，加上滿臉鬍鬚，金樹看不清楚五官。站在三公尺外的鳥屎椒拿著只剩下槍柄的獵槍。這時，八刀、紅番、冰淇淋、三姐和老四也來到樹下。金樹發覺老四和三姐也拿著半截獵槍，紅番空著兩手，只有八刀揹著槍，冰淇淋手裡拿著槍。更讓金樹感到意外的是，那個體型巨大的人也揹著一支獵槍，槍柄刻著一隻豬頭，那是紅番的槍。五個人分別站在鳥屎椒兩邊，看著抽煙斗者。煙霧從帽檐兩邊升起來，徘徊茂密的枝條下，正在尋找一個逃出樹蔭下的出口。樹上的莖葉和寄生植物把煙霧鎖死樹蔭下。抽煙斗者低垂著頭，在帽檐遮掩下，他看到的可能只是六個人的六雙腳，但六個人的一舉一動全在他監控下。八刀掏出梳子梳髮時，他微微偏頭，「注視」著八刀。

金樹走出灌木叢。半小時追蹤中，鳥屎椒等人顯然和抽煙斗者短暫交手過。是什麼時候？他為什麼沒有察覺？金樹仔細回想，自己唯一疏忽的時段可能是聽見口琴聲和嗅到花香果味時，也許更早，在他分辨十多種鳥類和哺乳動物叫聲時。金樹站在最邊緣的冰淇淋旁邊，抬頭看著那個人。他看不見那個人的臉，只看見藤帽、鬍子、像樹根的大煙斗、像帳圍裹住上半身的煙霧。

「和我在一起的紅髮女孩呢？」金樹摸著額頭上的腫包，提醒對方自己就是被他擊昏的人，同時掏出刻著「燕」字的口琴。

抽煙斗者晃了一下腦袋，「注視」著金樹。

「是你拿走鑽石？」金樹往前踏了兩步。他越往前，下巴就抬得越高，但還是看不清楚對方的臉。

抽煙斗者抽出背上的獵槍，攫住槍管，用手中的煙斗用力一敲，獵槍斷成兩截，然後，把槍管扔到七人腳前。

鳥屎椒扣住扳機，槍口對準對方。金樹壓下鳥屎椒的槍管。

「你打昏我，拿走鑽石，殺了我們四隻狗，現在，你又毀了我們五支槍，」金樹說。「你想幹什麼？」

抽煙斗者吸一口煙，轉過身子，背著七人往前踏出一大步。鳥屎椒突然竄到他身前兩公尺的地方。三姐拿走金樹揹著的獵槍，扣住扳機，槍口向下。

「金樹，如果不是你提醒，我們早就開槍了。這個人身手了得，毀槍又盜槍，可惜行徑像小偷，」八刀大刀在手，走到抽煙斗者身後五步之遙。「我呂天水來會一會他，看看他有多大本事。」

抽煙斗者轉過身子面對八刀。金樹和鳥屎椒等人退到灌木叢前。太陽高掛，樹蔭下像黎明前的夜晚，灌木叢、地表和樹上，包括原來沒有鳥聲的無花果樹，在金樹等人停止說話後響起數百種鳥獸聲，延續著叢林的多話、年輕和血氣方剛。八刀吸一口氣，身體左面向前側立，雙腳分開，左前右後成高虛步，左手往前平伸，手心向下，手指向前，右手執刀在身體右側，刀尖向後，刀刃向內。破鋒八刀學了五、六成的紅番和冰淇淋知道那是破鋒八刀起手式，即使不屑學的三姐等人也看得出來，因為他們已經看過一千次以上。抽煙斗者抽著煙斗，小幅度抬頭，但帽檐還是低垂，樹蔭下的黯黑和帽檐下的墨黑讓他的面貌像泥漿沒有輪廓。

「八刀，玩一玩就好，」金樹說。「別傷到他。」

金樹等人看見八刀雙手握大刀衝向抽煙斗者，刀在頭上，劈向那柄像樹根的大煙斗。抽煙斗者後退一步，大刀劈空。八刀繼續往前衝，用破鋒八刀第一式「迎面大劈破鋒刀」，反手砍向大煙斗。八刀一口氣砍了九刀，刀刀對準大煙斗，刀刀落空，四隻大腳踩得落葉枯枝嘰哩呱啦響。抽煙斗者閃躲八刀第九刀攻勢時順勢抽一口煙，激吐出一口去勢極猛的煙霧。八刀不示弱，掏出梳子梳頭髮，梳得飛機頭和貓王鬢整齊又服貼。抽煙斗者準備抽第二口煙時，八刀拇食二指挾住梳子握把，一個扣腕，梳子一百八十度旋轉，尖細的桃木握把飛向抽煙斗者臉上，八刀同時高舉大刀衝向對方。抽煙斗者用斗柄彈開梳子時，梳子斷成兩截，八刀第十刀砍在斗柄上，鏘的一聲，冒出一朵小火花。小火花還沒有熄滅，八刀第十一刀再度砍在斗柄上，鏘的一聲，冒出第二朵小火花。那個人左手握住斗柄，右手抓住斗缽，咻的一聲，抽出一柄泛著藍光的長刃，擋住八刀第十二刀，冒出一朵大火花，八刀的大刀斷成兩截。

八刀看著半截刀身，露出一股難以理解的神色。抽煙斗者把長刃插回斗柄，往樹蔭外竄去，反手以斗缽敲昏緊追過來的鳥屎椒，消失灌木叢中。三姐第一個從斷刀餘悸驚醒過來，往灌木叢開了兩槍。冰淇淋在樹蔭下照顧鳥屎椒，其餘五人衝向灌木叢。半小時後，五人回到無花果樹下。樹蔭下黯黑，那股泛著藍光的長刃反而讓金樹看得非常清楚。從那股藍光、刃面浮現的花紋葉脈、像阿爾卑斯山野山羊曲角的刃身，金樹認出那是一柄克力士。在陰暗中，金樹數了兩遍，是一柄十三個彎曲點克力士。

八刀手握兩截斷刀，來來回回檢查切口。大刀被打斷後，他沒有說過一句話。

三姐把獵槍扛在肩上，對著八刀和醒過來的鳥屎椒說：「鳥屎椒，八刀，我幫你們出了一口鳥氣。我打賭我打中了那傢伙。」

三姐仰起脖子，對著樹蔭長嘯。

Cock-cock-cock-cock-a-a-a-a-doodle-do-do-do-do-do

七人又搜了一遍灌木叢。少了四隻狗比人類優秀一百萬倍的嗅覺，抽煙斗者從地表徹底消失，但金樹卻意外看見不久前留下的刀痕。第一刀刻在一棵野橡膠樹上，乳白的膠汁沿著樹皮滴下。第二刀刻在野榴槤樹上，第三刀和第四刀刻在板根上，第五刀刻在氣根上，第六刀刻在枯幹上……。在十二個刀痕引導下，他們從低海拔的龍腦香樹叢，走向高海拔的針葉林和灌木林，看到地表最巨大的豬籠草捕蟲瓶、胡姬花、橡樹和蕨類植物，一股寒意直透肌膚，顯示他們正向方蕪堡壘後方的山巒走去。金樹被紅髮女子牽著手走在同一條路徑時，沒有多餘的心思觀察周邊風景，而花香果味和紅髮女子手掌傳導過來的顫動，讓刀痕隱晦凌亂。現在當他環視一遍相同的途徑時，發覺自己像是第一次踏上這條陌生又熟悉的路徑。這時候他終於發覺，從第七刀刀痕開始，每一刀的刻印比起前面六刀深邃和寬大，似乎有人用銳器加深和加寬刀痕。是誰加深和加寬刀痕？為什麼刀痕被加深和加寬？擔心他迷路，或者擔心他找不到通往洞穴的路徑？八刀檢查過刀痕後，認為那是一種比小彎刀更鋒利和纖細的銳器，然後，他凝視手上兩片斷刀，說：「只有這種銳器可以切斷我的大刀。」追蹤到第十二道刀痕後，他們再度看到大腳印，步距小而不一致。八刀發覺腳印主人坐在一棵橡樹前，背靠樹幹，兩腳伸直，留下兩道腳跟印痕。四周的蕨類植物、蘭花、杜鵑花和豬籠草，甚至頭頂上像氣泡的雲朵，也配合著腳印，巨大而不真實。

八刀勘查腳印後，說：「三姐，你真的打中了他。他右腳踏實，左腳虛浮，傷得不輕。」

三姐說：「這個人雖然殺狗毀槍，但不太像有惡意。我槍下留情，瞄準的是大腿和屁股。」

老四說：「他殺狗，可能想擺脫我們的糾纏，也可能是警惕。」

大家看著腳印，陷入沉思。

「三姐，你聽見幾種鳥聲？」老四說。

「斑鳩、紅棕啄木鳥、山椒鳥、畫眉、巨嘴鴉、黃鸝，另外三種，叫不出名字。」三姐每說一種鳥，就模倣一遍叫聲。「這種高海拔的地方，怎麼會有這些鳥？」

七個人的視線從大腳印挪開，環視四周巨大的花卉植物。紅番折了一塊蕨類植物的葉子，摺一個手腕長的大笛子，笛聲低沉響亮。老四建議繼續循著刀痕走。在高海拔的山坡地帶走了半小時，他們停在第二十六個刀痕前，在一片雲霧繚繞的高大蕨類植物後傳來細弱的口琴聲。鳥屎椒第一個衝向蕨類植物，六人跟在他後面，金樹殿尾。循著琴聲走了二十分鐘，金樹突然想起自己刻下第十八個刀痕後就看見山巒下像火柴盒的方蕪堡壘，他實際只刻了十八個刀痕。他停下腳步凝視雲霧繚繞的山林，聆聽細弱的口琴聲，聽見琴聲的顫音中，傳來撫吻紅髮女子時的愉悅笑聲和癱軟的巨浪呻吟。在鳥屎椒追逐下，快速移動的琴聲消失後，紅番等人的腳步聲也跟著消失。他向鳥屎椒等人消失的方向搜尋十多分鐘，沒有看見刀痕，沒有聽見琴聲和腳步聲，也沒有鳥屎椒等人留下的蹤跡。鳥屎椒等人可能還在循著琴聲流竄，但琴聲和腳步聲離自己太遠，不像長臂猿和蒼鷹的叫聲可以越過遠方的無花果樹和山谷傳導過來。金樹躊躇半晌，往反方向走回去，也就是走回原路，回到有大腳印的第十二個刀痕前。他發覺從第十二個刀痕開始，琴聲引導他們走向另一個方向，走向一個不是自己刻下的第十三個刀痕。他在長著苔蘚的岩石上看見自己刻下的第十三個刀痕，一路追蹤到第十八個刀痕後，來到堡壘後方的懸崖前。他凝望懸崖下翱翔樹冠層上的蒼鷹、榴槤樹圍繞的八角型方蕪堡壘瞭望臺上揹長槍的小人時，混合著叢林、島嶼和湖泊的花香果味像掀開鍋蓋時的米香從身後撲來。他回頭，看見站在身後的紅髮女子。紅髮女子的微笑像出盆的荷葉溢出瓜子小臉。

她散亂頭髮，拿走蒙住額頭的黑色方頭巾，臉上和脖子布滿汗水，兩頰紅潤，呼吸有點急促。不等金樹開口，她拉著金樹的手走向岩石後的石磴步道，摸出洞穴壁縫中的煤油燈，點燃，在五個羅馬鬥獸場的洞穴內快走一陣後，停在一座煤油燈光華照不盡的石壁前。金樹看見石壁前壘疊在最上層的箱子已經打開，在煤油燈照耀下，箱內眨閃各種色澤的光芒，讓金樹想起從克卜勒天文望遠鏡中夏夜星空的星雲、星座和流星。紅髮女子在壁縫內取出第二盞煤油燈，將兩盞煤油燈掛在石壁掛勾上。十多個開箱的板條箱子內，在海綿、藍色或紅色天鵝絨、獸皮、衣袍，甚至厚實的乾草上，置放著比人類頭顱稍大的鏤空圓環，圓環外層嵌滿大大小小的發光體。金樹凝視著那一批發光體和圓環，想起掛在祖父臥室牆壁畫像中的王冠、權杖、寶球和皇室聖物。他雖然一輩子沒有看過七十二克拉巨鑽，只看過小寶石、小珍珠和小鑽石，但是看得出來，那些金、銀和鉑打造的圓環，是一座又一座珍貴的王冠，而那些發光體是更珍貴和罕見的鑽石、寶石和珍珠。

紅髮女子從其中一個箱子拿出野豬獠牙串成的項鍊，踮起腳跟，將項鍊掛在金樹脖子上。然後，她攤平手掌，用字正腔圓、流利清晰的華語說：「口琴，還給我。」

金樹掏出刻著「燕」字的口琴放在她的手掌上，兩手握著她的手掌。

「妳還好吧？妳沒事吧？」金樹看了一眼項鍊盤座上用藤蔓環著的七十二克拉「砂拉越之星」。「敲昏我的那個人是誰？妳和他是什麼關係？」

「沒事，沒事，以後再告訴你，」紅髮女子滿臉微笑，從容自在。「你答應我一件事。」

「什麼事？」

「我費了很大的勁引開你的朋友，這裡的一切，這個山洞，你不可以對任何人透露一點訊息，包括你的六位朋友。殺了你們的狗是不得已的，狗鼻子厲害，遲早發現這個山洞。」

金樹只想知道整件事情的來龍去脈，匆忙的點點頭。

「有一件事情，你一定想知道。」

紅髮女子從壁縫掏出一支油紙傘，撐開。在兩盞煤油燈光芒照耀下，金樹看見許氏兄弟繪製的最後一支油紙傘。方蕪的蛾眉杏眼、櫻桃嘴、心型臉，讓火燒似的晚霞照耀得像初生嬰兒，十一萬六千三百六十一根頭髮占去三分之二傘面，半邊傘緣散布遠山迷峰、野雁、荷葉和荷葉下的鯉魚、荇影藻光、岸上稀疏的荻蘆。

七

在紅髮女子帶領下，金樹再度見到鳥屎椒等人。紅髮女子不肯透露抽煙斗者的真實身分，也不肯透露自己和抽煙斗者的關係。抽煙斗者為什麼敲昏金樹，拿走「砂拉越之星」和刻著「蕪」字的口琴，然後又把口琴還給金樹？紅髮女子為什麼再度把「砂拉越之星」掛在金樹脖子上？紅髮女子凝望鳥屎椒等人時，眼神卡死在眼眶和睫毛，凝望金樹時，眼神抵達金樹眼眸最深處。六人沒有忘記殺狗之恨，尤其三姐，他的來福槍槍口幾乎對準紅髮女子，但是一看到金樹向他們展示「西施沉魚」油紙傘時，疑問和恐懼的波浪捲住了他們。

他們記得，一九六九年二月十九日，他們從金樹手裡接過油紙傘，各人隨意挑一支傘送給女孩子們時，女孩親口承諾，除非龍焰山像坦博拉火山爆發、熔漿淹沒雲落，她們將永遠把油紙傘帶在身邊，直到他們平安回來。八刀、鳥屎椒、紅番、三姐、冰淇淋、老四和金樹收下九個女孩的頭髮時也做出相對承諾，不必等到女孩長髮及腰，他們將會重返雲落，而且一定懷抱女孩送給他們的頭髮，除非巽他群島沉沒海底。可能是一種彌補，也可能帶著一種遊戲心態，老四一一摟抱三個女孩，用明豔動人和充滿傲氣的眼神凝視她們，女孩再度沉溺在被撐裂和塞滿的愉悅中。老四把三個女孩的頭髮揉成一捆，半開玩笑的說，等他回到雲落，他必然能夠透過汗汁和體味的長期浸淫，從那一大坨頭髮分辨出三個人的頭髮，再把它們細分出三捆，像獵犬嗅出主人的氣味，因為在他心目中，三個女孩在星空各自坐擁一個星座，無論白天或是颳風下雨，他永遠可以目測到她們的身影，除非宇宙被暗能量撕裂。

暫時忘卻殺狗之恨和諸多疑慮後，八刀、鳥屎椒、紅番、三姐、冰淇淋、老四和金樹隨著紅髮女子來到苗幼香墳塚前。這時已是黃昏，猴鬧和鳥鳴響徹叢林，在三面高山圍阻和長滿龍眼樹、野榴槤和不知名樹種的低芭地，東北風滲透不進來，枯萎的花朵淹沒了墳塚，枝幹維持著被摘下時的昂揚姿態，露出半截刻著「苗幼香長眠之地」的木碑。一線夕照從灌木叢灑進來照亮墳塚和木碑，女孩子們撫平墳塚的交錯手掌印像畫押。長臂猿和老鷹的尖嘯擾亂鳥鳴和猴鬧交織成的柔和聲浪，七個人起初無言的共用一個對話框，話框中七個男子和九個女孩同遊咖啡園和胡椒園，共眠在一個星空下，但對話框很快分裂成七個，七個男子各自挖開一個想像空間，鑽入一個深邃的回憶洞穴。他們沉默地佇立墳塚前的時間很短，但感覺很長，像回到甘蜜河源頭的黑夜，那個黑夜和平常的黑夜一樣漫長，但在生平沒有見過的蜃影和風景中，那個黑夜像來自一個遙遠、沒有時間的世界，不屬於這顆星球，不屬於太陽系，不屬於銀河系。

肌肉發達和精力無時不在渲洩的八刀第一個從這種沒有皮囊包裹的精神狀態甦醒過來，指著木碑說：「我認得。這是王馥蓉的字。她寫自己的名字，草字頭就寫成這個樣子。」他用斷成一半的大刀指著木碑上苗字上面的「艸」。尖尖歪歪的「艸」字勾起八刀和王馥蓉在果園用尾端紮著八爪鉤的竹竿採芒果的往事。這句話像掀開定屍咒，六個人開始搜查墳塚四周，看見棄置的柴火、竹筒、坑灶，吃剩的豬猴皮骨，藤蔓編織的吊床，挖墳的削尖竹管，模糊凌亂的腳印。他們看得出來，那是女孩子們的腳印，他們曾經用鼻梁摩擦過鮮紅色的腳跟，用舌頭舔過每一根腳趾頭，那一雙腳掌曾經溫馴而無助的架在他們的肩膀上。橢圓型的外貌和縱橫交錯的鞋印像女孩子們放大的印章落款。

「幼香喜歡花，尤其朱槿花。」老四消失灌木叢中。「我去摘花。」

三姐、鳥屎椒和冰淇淋也去摘花。金樹、紅番和紅髮女子彼此看了一眼，也去摘花。八刀半截斷刀入鞘，站在原地，看著木碑。他看了樹冠層一眼，意會到夜幕即將低垂，收集一批枯枝，抽出斷刀揮砍，在墳塚旁生火。男子們帶回的花朵以野胡姬、九重葛和朱槿居多，三姐和紅番帶回數十支豬籠草捕蟲瓶，紅髮女子帶回綴著小野花的藤蔓。墳塚再度被野花掩沒。

他們圍繞火種和墳塚，聆聽紅髮女子。

紅髮女子悠遊叢林時，多次遇見人民軍和政府軍、英軍、廓爾喀傭兵、伊班自衛隊交戰，三度遇見逃亡六個月的第七支隊。一九七〇年八月十六日，第七支隊夜宿低芭地，揚波瞞著六個女孩帶領男同志打伏擊戰、沉魚過世、六個女孩苦等第七支隊、第六支隊帶走六個女孩、揚波和第七支隊回到夜宿地，這段時間紅髮女子徘徊低芭地，聽見七個女孩回憶雲落的青春年華，不避諱的呼叫彼此的真實姓名，殷切的談起金樹、八刀、老四、三姐、紅番、冰淇淋和鳥屎椒，懷著老四的種而難產過世的朱淑華，留滯雲落的周枚月，七支油紙傘，九束剪下的長髮。紅髮女子認識金樹後，特地回到苗幼香墳塚挖出了油紙傘。

第七支隊駐紮的人字頂木屋，正是抽煙斗者之前的隱居處，也是田金虹第一次巧遇抽煙斗者的地方。為了打聽六個女孩下落，金樹等人在紅髮女子帶領下來到人字頂木屋。

第十八章

一

「八刀，」金樹拍了一下八刀肩膀。「闔上書本，看著前方。」

一九七〇年十一月二十四日，金樹、鳥屎椒、冰淇淋、紅番、三姐和八刀第一次來到龍腦香環繞的圓阜。霧嵐繞著圓阜向外擴展，雨燕低飛，白腹秧雞叫鬧，暴風雨前奏。圓阜的十棵榴槤樹外圍，不按等距間隔矗立著更多榴槤樹，一直延伸到圓阜腳跟下。圓阜四周，散布菜畦、瓜棚豆架、兩眼井、青溪和綠湖。煙霾像一面厚牆堵住初萌的朝陽，可能就是這一層煙霾，讓龍腦香樹林裡的英軍沒有吹響進攻號角。他們在等什麼？等煙霾退去，等圓阜上人字頂木屋裡的第七支隊露臉。如是往常，他們的衝鋒槍、卡賓槍、布倫中型機槍和迫擊炮早已轟垮圓阜的榴槤樹叢和矮腳木屋，連圓阜也齊地削平。今天他們特別謹慎，不想錯殺任何人。龍腦香樹叢閃進來的光，顯示著朝陽爬升的高度，高約一棵七年龍腦香。金樹看一眼腕錶：八點三十分。除了雨燕低飛，平常野鳥和蜥蜴亂竄的丘原居然看不到一個活物。英軍埋伏正對面龍腦香樹叢中，隔著圓阜和榴槤樹叢，金樹等人看不見英軍，但是他們知道英軍就在那裡。英軍清晨七點抵達時，三姐憑著猴鳥被驚動的程度判定英軍大約有八十到一百人。

「八刀！」金樹拍掉八刀的書。

三十二開本的小書書背打中八刀鼻子，落在一大叢車前草上，東北風將書頁颳得劈里啪啦響像野雉中彈。八刀一掌壓住書本，寬厚和長滿刀繭的手指間露出「神鵰俠侶」四個大字。八刀將書本捲成圓筒狀，插在屁股後面褲袋中。趴累後，五人轉換姿勢舒鬆筋骨。八刀劈腿翹屁股做柔軟操，四公斤的大刀掛在自製的背帶上，插在自製的木鞘中，隔十分鐘掏出半截木梳子整理頭髮。鳥屎椒抓了一隻椰果大的烏龜，屁股壓住龜殼防止龜頭伸出來咬人。龜的腹甲內凹，是一隻雄龜。謠傳打游擊遇見雄龜，如果放生，部隊一定死人，鳥屎椒打算晚上殺龜熬湯。三姐盤腿坐著，蛆形汗珠爬滿全身，汗毛孔釋出雞屎味。紅番邊做仰臥起坐邊用草笛吹奏出像魚鷹的叫聲。冰淇淋枕著日本人二次大戰用過的鋼盔，仰面朝天閉眼沉思。冰淇淋從河灘上撿鋼盔時，盔肚子盛滿河水，兩尾小魚發瘋的衝撞著盔壁。盔背黑糊糊，燒焦的痕跡。鬼子流竄森林時，用鋼盔炒野菜、煎蜥蜴蛋、燉樹薯。鳥屎椒擔心雄龜被自己壓扁，學冰淇淋枕著龜背，皺眉看著天上堅如龜殼的烏雲。金樹維持著趴式，緊盯對面的龍腦香和榴槤樹。他的髮尖觸肩，東北風從身後吹來，捲髮半蒙住他的臉。他們在等什麼？等煙霾退去，等英軍扣下扳機，等木屋裡的第七支隊反擊，等老四歸隊。已經過了預定時間一小時，老四沒有現身。八刀做柔軟操時，《神鵰俠侶》從褲袋中掉出來。

「八刀，」三姐把書本抓在手中，隨意翻著。「這本小說快要被你翻爛了。」東北風強大，八刀頻頻掏出半截梳子整理頭髮。他不管怎麼梳，也梳不出心愛的飛機頭，只有兩撇貓王鬢在他不斷用沾著口水的手指撫弄下，忠心而平順的貼著兩腮像兩隻吸飽了血的水蛭。一套《神鵰俠侶》是八刀除了一叢髮絲和大刀外，入林時唯一攜帶的身外物。八刀前後看了十幾遍，金樹、老四和三姐看了一遍，冰淇淋和紅番看了半部，鳥屎椒沒有看過。

「八刀，破鋒八刀真的有你老爸說的這麼神？」三姐說。「我聽說破鋒八刀雖然在喜峰口戰役一戰成名，但大刀的劈砍距離太短，比起加上刺刀的步槍，要吃大虧的，在後半期的白刃戰中，大刀好像都派不上用場。」

「為了賣藥和水果，老爸什麼話都說得出口，」八刀淡淡的說。「可是也不能否認，大刀的確立過大功。」

「那你還揹著那支破銅爛鐵？」三姐說。

「殺豬砍柴用得上。」八刀淡淡的說。「聽說廓爾喀人隨身攜帶狗腿刀。我倒想領教一下。」

「安靜——！」

金樹輕喝一聲。西南風靜止時，小雨落下，煙霾開始散去，鋪黃疊綠的露出樹薯、葫蘆、茄子、南瓜、辣椒、香蕉和番薯，露出伸向圓阜腳跟下的青溪、映襯著天地的綠湖、溪邊的蕨類植物、湖上一群紅頭黑腹蜻蜓、圓阜像十月孕婦的肚子、圓阜上也正在懷孕的榴槤樹。朝陽竄出龍腦香樹叢，核心蛋黃，鑲著一圈焦黑，讓金樹想起天文望遠鏡中的日冕。密集的槍聲爆響半分鐘後，他們看見戴迷彩荷葉帽和穿野戰服的英軍從對面龍腦香樹叢冒出來。天還沒亮，三姐就看到鱷眼晨曦，提醒大家注意對面龍腦香樹叢英軍的騷動。三姐不但估計出英軍人數，憑著槍聲和子彈呼嘯，聽出英軍擁有三十支衝鋒槍、十支卡賓槍、十支史登槍、五支布倫中型機槍、兩支M16、一支LE來福槍，數支說不出名目的怪武器，槍種雜亂，子彈呼嘯有厚有薄，子彈落點四面八方。憑著槍種，三姐估計隊伍混雜著廓爾喀兵團、民防軍和印尼軍，甚至伊班自衛隊。三姐說得自信滿滿，沒有人知道真假。三姐向大夥報告武器名目後，噘唇模倣卡賓子彈的呼嘯聲。

「三姐，安靜，」綠蔭斜映著金樹五官，撩著腦袋深處一股焦慮的陰影。「大家盯緊榴槤樹。」

三姐噘出的呼嘯聲讓紅番和冰淇淋嚇得把臉蛋枕在沙礫中，聽見金樹喊話後，兩人同時抬頭，槍托抵肩窩，手握護木，腮貼槍托，透過照門，盯著準星後的榴槤樹叢。

「三姐，小心英國佬的子彈——。」冰淇淋說。冰淇淋本來想說「小心英國佬的子彈在你臉上劃一道疤」，但想起刀疤是三姐大忌，及時吞下。

「三姐，你雞窩長大的，」鳥屎椒翻身趴在地上，用下巴抵著龜殼，龜頭和四肢在裙褶外伸縮。「雞屎味薰死人。」

「我三天沒洗澡了。」三姐噘唇吹出一聲長長的彈嘯。

「他媽的，我十多天沒洗了。」鳥屎椒吐一口口水。

「金樹，我手癢了，」紅番說。「讓我開一槍嚇嚇英國佬。」

「現在還不是時候，」金樹說。「聽我的號令。老四還沒來？」

英軍和雜牌軍綴成弧形扇緣逼向插柄上的圓阜，子彈像扇骨射向圓阜。青溪像扇柄從金樹藏身的灌木叢一路插入圓阜。金樹等人在扇尾，圓阜在柄頭，英軍和雜牌軍在逐漸縮小的扇緣。榴槤樹叢遮住大部分英軍，金樹等人只看到七、八個英軍從樹叢外圍露出來。英軍離圓阜不到一百公尺時，開始朝菜園射擊。他們掃蕩游擊隊基地，先掃蕩莊稼和糧倉。英軍架起迫擊炮，炮彈爆破時向大地輻射的慄動讓金樹等人肚皮發麻。圓阜一片寂靜。太陽閤眼，烏雲萌動，老天張嘴，下起大雨。英軍消滅完地面隆起的物體，開始縮小扇形包圍圈，射擊已經承受上千顆子彈的榴槤樹叢，像用子彈招呼戰場上的敵軍屍體，確保敵人死透。榴槤樹叢在暴雨和彈陣中哀號，像活的。圓阜越是沒有聲息，逼近圓阜的英軍越是小心。

「剩下的那幾支槍，不是獵槍就是小口徑來福槍，」三姐說。「金樹，你說呢？」

「三姐，你的音準最好，」金樹說。「我聽不出半支槍種。」

為了克制雞啼，三姐哼了一首客家山歌。

阿妹生得恁斯文，身上著個綾羅裙；行到廚房來煮飯，灶神看到也銷魂。

「這山歌有問題。」三姐剛唱完，一個聲音從六人背後冒出來。大家回頭看，老四已經趴在紅番身邊，來福槍槍口對準了圓阜。

「今天又破了幾個伊班姑娘的瓜？」紅番說。

「據說灶神是個女的，還是大家閨秀，」老四嘴裡叼一根煙，聲音含糊。「看見阿妹沒感覺，看見阿哥我才銷魂。」

三姐不理他，又唱一遍那首歌。第七支隊十五個隊員從圓阜後方榴槤樹叢竄出來時，英軍沒有發現他們，打向樹叢的子彈稀疏懶散。十五個穿綠色戰鬥服、戴軍帽或藤帽、拎著長槍的隊員一個個躍入青溪，彎著腰，靠著蕨類植物和茅草叢掩護撤向金樹等人藏身的灌木叢。溪水有時及膝有時淹到腰部，十五人停停走走。一個左腳纏著繃帶的隊員揹著長槍像蜥蜴浮游青溪上。英軍很快發現他們忽高忽矮的身影，子彈像一陣狂風掃向青溪。

「開槍！」

金樹扣下來福槍扳機。鳥屎椒、冰淇淋、紅番、三姐、老四和八刀也扣下扳機。大雨來得急去得快，金樹等人的七顆子彈剛出膛，太陽奪雲而出，萬物沐著朝陽，龍腦香巨大的綠蔭映襯著大地，雨絲斷成千絲萬縷後消失。六人槍聲乍響，子彈沒有完全脫殼，英軍就地臥倒。一個戴草帽的第七支隊隊員被子彈打爆頭顱，往後一仰，漂浮青溪上。十四個隊員趴在溪岸上，「鐵軍一八」人民來福槍槍管撥開蕨類植物和茅草叢，朝著臥倒的英軍反擊。人民來福槍槍聲怪異多變，每一支「鐵軍一八」子彈出膛聲各異，而一支「鐵軍一八」甚至可以發出七、八種怪腔怪調。在金樹等人和第七支隊火網中，伏臥的英軍不敢妄動。英軍小跑步攻上圓阜後，急巡一遍人字頂木屋。游擊隊隊員在屋內備妥兩隻腐爛的長尾猴、一隻爬滿蒼蠅和綠蛆的大蜥蜴。「臭彈」薰得英軍噁心暈眩，兩人當場嘔吐，三人衝出屋外。英軍一邊咒罵，一邊捏著鼻子走出屋外，穿過榴槤樹叢，居高臨下對青溪上的第七支隊開火。一個腹部中彈的第七支隊隊員咆哮著衝向圓阜，「鐵軍一八」才開了一槍，英軍擲出的手榴彈同時在他胯下爆破。第七支隊被圓阜上的英軍困在青溪中，槍火疲軟而不連貫。

「三姐！」金樹拍一下三姐肩膀。

三姐第一槍從一個英軍胯下穿過，嚇得英軍縮到榴槤樹後。三姐向英軍藏身的每一顆榴槤樹樹身射出一顆子彈，彈無虛發。他甚至一槍打飛一位英軍的七彩荷葉帽，並且在它掉到草坡地時連續對它補了兩槍，嚇得帽子主人手劃十字、口吐聖母瑪麗亞。

「鳥屎椒！」金樹又喊一聲。「開火！掩護鳥屎椒！」

短短半分鐘內，金樹等人朝圓阜射出一百多顆子彈。圓阜上的英軍以榴槤樹身做掩體，有一下沒一下放冷槍，原來凌厲密集的彈道變得疲軟散亂。鳥屎椒衝出灌木叢，穿插隱揚茅草叢和灌木叢，快速逼近第七支隊，領著第七支隊竄向金樹等人藏身的灌木叢。金樹等人又打完一百多顆子彈後，鳥屎椒和十三個第七支隊隊員已躥進灌木叢。

「同志，跟我走！」

金樹一聲令下，冰淇淋、八刀、紅番領頭，第七支隊隊員居中，金樹、三姐、老四、鳥屎椒殿後，二十人彎腰衝向饑饉或溫飽的叢林懷抱。戰鬥中，鳥屎椒忘了烏龜，撤退時，烏龜不知去向，他邊走邊喊：「龜！龜！誰看到我的龜？」爆破聲幾乎震斷大地腳筋，聲浪讓天穹的皮肉像波濤翻滾，白雲像飛跳的雞或狗。在迫擊炮摧殘下，圓阜已成一片焦土，煙硝、塵土、斷枝碎葉和蔓藤編織成一條拱橋形狀，撐大、擴展、暈散。金樹等人帶領第七支隊逃入叢林五分鐘後，一顆迫擊炮炮彈在殿後的鳥屎椒後方炸開，鳥屎椒和金樹等人撲向大樹或板根，只有八刀擎著來福槍，揹著大刀，一手扠腰，看著碎葉斷枝朝自己罩來。他一邊梳著頭髮，一邊伸出兩指，挾住一根樹枝，挪到鼻梁下嗅了嗅。十三個第七支隊隊員站著不動。

「兄弟，」第七支隊隊長揚波抹去後腦勺一撮淌著水的泥垢。「別擔心。你們沒有打過森林游擊戰吧？英匪炮火有一定的規律。他們放炮時，表示森林沒有自己人，等到炮火停止後，英匪就殺進來了。兄弟，這時候行軍最安全！炮彈長眼，捨不得打我們革命好漢！挺起胸膛，邁起大步，走吧！」

一顆迫擊炮在一棵龍腦香樹腰挖了一個大洞，皮渣木屑伴著硝煙像刨花落下。金樹等人正要從掩體走出來，又縮回去。

「大哥，我剛才不小心放生了一隻龜，是雄龜，」鳥屎椒從板根後露出半顆腦袋。「會不會觸楣頭？」

揚波大笑。「小兄弟，別傻了！遇見龜，不是指龜，是指戴著鋼盔的廓爾喀兵團。這是游擊隊術語。廓爾喀兵團都是男人，擅長叢林戰，很難對付。」

鳥屎椒躍出板根。「大哥，沒騙我吧？」

「小兄弟，」揚波從口袋摸出一本《毛主席語錄》。「我向毛主席發誓，騙你，天打雷劈，被鱷魚大卸一百塊。」

鳥屎椒偏坐板根上，一手拿來福槍，一手高舉一隻巴掌大草龜。「不巧，我又抓了一隻雄龜。」

揚波臉色沉了一下。「不觸楣頭，也不是好兆頭。避免不好的聯想，一刀砍死吧。」

鳥屎椒低頭看著草龜。「嘖嘖嘖……嘖嘖嘖……」

揚波邁大步，帶領十二個隊員往前走。「兄弟，走吧，英匪發射禮炮給我們送行呢！」

「大哥，這邊走！」

八刀大步跨到揚波面前，走向一個斜坡。金樹等人離開掩體跟上去。二十人迂迴遊竄，炮聲漸去漸遠，終於沉寂。中午時分，龍腦香樹冠隔開土壤和天穹，天地萎縮，叢林朦朧，他們裡外兩圈圍坐乾涸的河床上。

二

砂拉越人民游擊隊第七支隊隊長揚波二十一歲，中學時擔任過學運領導人和地下工運委員會主任，十九歲加入人民游擊隊，帶領第七支隊掃蕩駐紮五十人的國民軍野戰部隊軍營，癱瘓兩輛鐵甲車和五輛軍車，處決出賣人民游擊隊的十多名華裔特務，兩隻手臂刺青著二十六支小鐮刀，表示自己打過二十六場麻雀戰、地雷戰、騷擾戰、遭遇戰、伏擊戰、殲滅戰和繳獲戰，兩年前處理大雨後暴露在外的地雷電線時，炸斷左手食指和拇指，燒光頭髮。揚波額頭有一道鋸齒狀線條，區隔著被太陽晒黑的臉膛和金橘色頭皮。他平常戴一頂駝色牛仔帽，那一天牛仔帽被英軍打飛，昏闇中和汗水浸泡下，區隔金橘色頭皮和黑臉的線條浮突，像天靈蓋被掀開過。游擊隊隊員以雨林當屏障，以綠蔭當保護色，即使大白天，看到太陽的機率也不大，隊員白得像碩莪蟲。國民軍追緝潛藏雲落的左翼分子時，皮膚蒼白的青年男女總是莫名其妙的被收押和盤問。揚波除了頭皮，全身皮色醬紅，不戴牛仔帽時，頭上像綰了金橘色頭巾，泛著一環金光，頗像回教堂鑲著金箔的洋蔥型圓屋頂。他眼眶窄小，額頭隆起，嘴大，八字眉，鼻梁淺，不時伸手抹一下頭皮，捏一捏耳尖，好像還在調整看不見的牛仔帽。

紅番吹著草笛模擬各種鳥聲。鳥屎椒將草龜翻肚，在放生和殺生兩種意志之間拉扯。冰淇淋的鋼盔裝滿隨手摘下的野紅毛丹，請大家解渴。老四拿了兩粒紅毛丹，剝了皮就吃，一邊吃一邊喊酸。金樹和揚波面對面兩手環膝坐著。八刀借了第七支隊一支「鐵軍一八」來福槍，翻來覆去研究。「鐵軍一八」是游擊隊以獵槍和來福槍為思路，用鐵管和水龍頭做骨幹的土製五發來福槍，經過實戰洗禮和研發創新後，性能不斷提升，在砂拉越左派武裝鬥爭史占據一個重要地位。起初，槍無名，一九六九年一月八日，第七支隊蔡鐵軍在一場繳獲戰中掩護隊員撤退時犧牲後，在人民游擊隊舉行的一場大型追悼會中，有人提議以他的名字和忌日，替這把槍命名「鐵軍一八」。三姐也拿起一位隊員的「鐵軍一八」，和八刀一起研究。

「蔡鐵軍是第七支隊的狙擊手，勇敢正直，在伏擊戰中狙殺過國民軍幾個高階軍官，」揚波歎了口氣。「他的犧牲，是第七支隊的巨大損失。為了紀念他，我們第七支隊只使用『鐵軍一八』，繳獲戰中繳獲的英匪和國民軍槍械，全都給了其他支隊。」

老四也拿起一支「鐵軍一八」研究。

「據說耳朵尖的英軍和國民軍，聽見和他們對陣的游擊隊只響起『鐵軍一八』槍聲時，就知道是第七支隊。」揚波咧嘴笑著，露出被尼古丁燻得焦黃的牙齒。「因為這支『鐵軍一八』，揚部隊在英軍和國民軍眼中，雖然實力不是最強大，但名氣最響亮。」

鳥屎椒和冰淇淋也拿起「鐵軍一八」看了看。

「我一眼就認出來了，」揚波突然乾笑一聲。「你是田金樹。」

金樹指著鳥屎椒、冰淇淋、三姐、紅番、八刀、老四，綽號外加本名輪流介紹一遍。金樹介紹一人，揚波就「嗯」一下，點一下頭。介紹完後，揚波慎重的將眾人的名字和綽號重複一遍。金樹掏出海盜牌洋煙，各遞一支給十三個第七支隊隊員。金樹將煙盒扔向鳥屎椒，擦亮火柴，替十三人點煙。揚波伸出少了拇指和食指的左手，指向十二個第七支隊隊員。隊員穿著草綠色軍裝或獵裝，瘦白，眼神像鷹巡大地，五官和線條凝固成一種沒有表情的崩洩狀態，被揚波點名時，朝金樹等人揮一下手。

「這是人民游擊隊第七支隊同志，揚風、揚聲、揚遠、揚讚、揚眉、揚鑣、揚升、揚長、揚善、揚武、揚雄、揚鞭，我是隊長揚波。第七支隊是人民游擊隊最晚成立的支隊，兩年了，我們撤換了二十多個基地，折損一百多位同志，今天又犧牲了揚威和揚言。」

金樹朝天吐出一口煙，讀出揚波眼神中的疑問和煙霧中的蹇滯。

「太久沒抽洋煙了，這煙香醇可口，」揚波吸煙像山人避免吃到蟲屍時小心地喝著捕蟲瓶裡的雨水。「你們冒險介入我們的革命事業，是不是為了一笑、奔月、落雁、春睡、沉魚、閉月和飛燕那幾個女孩子？」

紅番停止吹草笛，鳥屎椒停止玩草龜，冰淇淋放下鋼盔，老四嚼著紅毛丹，八刀和三姐停止檢視「鐵軍一八」，一起看著揚波。十二個蹲著、坐著和站著的第七支隊隊員繼續剝紅毛丹或抽煙，眼神在揚波和金樹等人身上鷹巡。

「你看，我還記得住她們的部隊稱號，」揚波拿起鳥屎椒的草龜，翻來覆去看著。「雖然記住了，可是經常叫錯她們的名字。我只記得腿上掛狗腿刀的叫春睡，腳上長頑癬症的叫奔月，吃多了藤果有點迷糊的叫一笑，大腿中彈的叫沉魚。即使這四個人，我也經常叫錯名字。她們進入部隊前的名字，我記得很清楚。」

八刀、紅番和冰淇淋等人皺一下眉頭，彼此覷了覷。揚波感受到七人臉上串連起來的嚴肅氛圍。

「這七個女孩子加入第七支隊，是六個多月前的事。」揚波放下草龜，吸一口煙。「她們離開第七支隊，是兩個月前的事。」

三

落雁、奔月、春睡、閉月、一笑、飛燕和沉魚加入後，第七支隊男同志暴增十二位，加上原來的二十二位男同志，第七支隊已有四十一位同志。全盛時期的砂拉越人民游擊隊，從第一支隊到第七支隊，每一支支隊隊員動輒一百多人，七〇年代後，馬印聯手剿共，英軍大軍輾壓，游擊隊隊員在戰亡、投誠、叛逃、病歿和失聯中銳減，第七支隊注入七位女同志和十二位男同志新血輪後，竄升為僅次於第一和第二支隊的游擊隊伍。揚波編織了忙碌和多樣的基地生活，軍訓、生產、巡邏、修築工事、站崗、運輸、政治學習，週日和節日舉行文娛活動，兩個月後，二十位同志執行一場繳獲戰，滲透馬來西亞正規國民軍駐紮的兵營，竊走三支史登槍、兩支卡賓槍、一支布倫中型機槍、一箱火藥和五十個引爆管後，完全沒有想到這是國民軍設下的誘餌和施捨的甜頭。戰鬥隊伍哼著革命歌曲折返基地時，兩百多名馬來西亞正規國民軍和英軍憑藉第七支隊先遣部隊的敗露風聲和滅跡隊的鬆懈，一路跟蹤戰鬥部隊來到第七支隊基地，弭平栽植著樹薯、玉米、地瓜、花生和蔬菜的耕地，爆破修理火藥槍、霰彈槍和刀斧工具的小型修配廠，連一臺透過水陸運到基地的勝家牌縫紉機也被炸碎。事前，揚波已經擬妥基地被攻陷後十多條撤退路線和一處臨時匯集點。隊員竄逃後，在一個第五支隊遺棄的營寨會合。夜宿營寨時，一股二十多人的伊班自衛隊持土槍和彎刀襲擊，所幸巡哨隊員發現得早，在優勢軍火掃蕩下擊退伊班戰士。第二天經過一個旱溝時，被一組砂拉越民防隊伏擊。此後，開展第七支隊兩個多月逃亡生涯。一九七〇年八月十六日夜宿一處低芭地時，揚波隱瞞七位女同志，深夜帶領男同志打伏擊戰，第二天深夜回到夜宿地時六位女同志已經失去蹤影，苗幼香墳塚旁插著一支第六支隊隊旗。揚波帶著僅存的十多位男同志流竄三天後，在一座圓丘發現一棟無人人字頂木屋，帶領手下駐紮屯田延續革命火種，英軍圍剿新基地時，第七支隊只剩下十五名革命夥伴。

「落雁、奔月、春睡、閉月、一笑、飛燕和沉魚，這七個女孩子，是我們潛伏雲落多年的地下組織成員，」慢吸幾口煙後，揚波的煙抽得又急又凶，轉眼燒掉一根。鳥屎椒遞兩支給他。揚波叼一支在嘴裡，別一支耳朵上。「抽洋煙就想起雲落的黑狗牌啤酒，冰涼可口的珍露剉冰，熱呼爽口的砂拉越咖啡。嘖，這革命事業，燒焦我的人生，也讓我的青春發光發熱。飛燕和沉魚父親是彭湃部屬，閉月是涂耐冰手下，還有一個難產過世的女孩子，叫朱淑華，父親追隨過賀龍大元帥，另外那四位雖然沒有革命背景，但都是我們精心培養的年輕新血，尤其那位宮殿大戲院售票員樊素心，到了七〇年代，她是人民游擊隊在雲落的最重要聯繫人，隊員向她買票時，鈔票夾著有內部消息的字條。她沒有得到組織允許，堅持加入部隊，據說就是為了那位每天早上學雞啼叫醒她的男人。」

除了老四，大家嚴肅的看了三姐一眼。第七支隊隊員分不清楚誰是學公雞叫的人，輪流瞄了金樹等人一眼。

「落雁。」三姐小聲說。「落雁。」

「在雲落，女孩被當著咖啡渣，她們突然做了一件驚天動地的大事也不必驚訝。我們接獲消息，知道這七個女孩子被分配到第六支隊，於是找揚讚和揚眉同志冒充第六支隊隊員，把七個女孩子接到第七支隊。她們是不知道自己被分配到第六支隊的。」揚波指了一下兩位第七支隊隊員。「揚讚，揚眉，這兩個人，是游擊隊中少數念過大學的，一個在南洋大學主修心理學，一個主修現代語言文學，為了革命事業，沒有完成學業。」

金樹等人看一眼第七部隊唯二戴眼鏡的揚讚和揚眉。揚讚圓臉大頭，脖子纖細，體態羸弱，長期伏案讓他小駝，像一朵剛萌發的菌菇。揚眉長髮披背，嘴角下垂，下巴高抬，左腳抖不停，不時拿下黑框眼鏡擦拭，混混沌沌的凝視金樹等人，露出鼻梁被鏡框壓迫的V字型和太陽穴的兩道白斑。

老四吃下八粒紅毛丹，抬頭看著陰暗的樹冠層，說了一句莫名其妙的話。「走了半天，沒有看到半棵榴槤樹。」

「老四，高崇躍，鳳祥西藥店和麒麟金鋪少東，」揚波又拿起草龜，對著裙褶下的龜頭噴一口煙。「榴槤樹是有的。現在正是榴槤季節。」

「野榴槤很難說。」老四又剝了一粒紅毛丹。

「也是，」揚波放下草龜，看著樹冠層。「剛才被英軍打得稀巴爛的榴槤樹，有一半還沒有結果。堡壘四周的榴槤樹，據說每一棵結果的時間都不一樣。」

提到「堡壘」，金樹等人豎直耳朵。

「沒錯，就是你祖父八十多年前蓋的堡壘。」揚波看著老四。「你提起榴槤，我就嘴饞。你們知道堡壘的榴槤樹為什麼開花結果的時間不一樣？這是流傳游擊隊的笑話。七支人民游擊隊雖然都有共同的立場和理念，但每一隊都有不一樣的作戰思維，即使堡壘中的三支游擊隊也常鬧內鬨，影響堡壘周圍榴槤樹的生理和精神狀態。嘿嘿。」

「一笑和其他女孩子，」八刀不耐煩的插嘴。「現在在哪裡？」

「呂天水，賣榴槤的呂長山兒子，」揚波不慌不忙的說。「叫天水多好，叫什麼八刀？六個女孩子的下落，等一下再告訴你們。」

揚波把煙蒂扔在腳底下踩熄，把別在耳朵的第三支煙含在嘴裡。

「一九六三年四月人民游擊隊和政府軍展開武裝鬥爭後，政府軍先後搜索了方蕪堡壘十多次，但一九六八年後，政府軍就再也沒有到過堡壘，人民軍是在一九六九年七月駐紮堡壘的，」揚波從懷裡掏出一塊泛黃的汗巾，抹了兩下頭皮上金黃色的汗珠。「最早駐紮的是第一支隊和第二支隊。第一支隊，也叫志部隊，隊長志業，副隊長志向，是人民游擊隊最資深的兩位革命夥伴。第二支隊，也叫鐵部隊，隊長鐵筆，副隊長鐵球，兩兄弟加入部隊前是武館師傅，培養出人民游擊隊最強悍的隊伍。半年後，第六支隊的堅部隊也進駐堡壘，隊長堅持和我是學運領導人之一，副隊長堅守也是工運重要幹部。第三、第四和第五支隊在政府軍和英軍夾擊下，早已支離破碎，一年多來沒有他們的消息，可能和我們揚部隊一樣遊竄森林。」

老四看著樹梢，用口哨模倣畫眉叫聲。

zip, zip, zip-zip

wi-wit, wi-wit, wit-wit-wit

樹梢上的畫眉回敬相似的叫聲。

「我準備結合第三、第四和第五支隊殘餘部隊，去打一場大型繳獲戰，用英匪的軍火把第七支隊武裝成人民游擊隊最強大的隊伍，靠一支『鐵軍一八』成不了大事，」揚波隨著老四的哨聲看著樹梢。「沒想到英匪這麼快就殺到基地來。」

「陸英瓊現在在哪裡？」鳥屎椒冷冷的插了一句。

「陸英瓊，啊，我想想看——。」揚波用汗巾抹著頭皮。

「春睡。」一位第七支隊隊員小聲說。

「啊，春睡，腿上掛狗腿刀那位，真抱歉，女孩本人的名字我雖然記得清楚，但和部隊稱號有時候連不起來，」揚波歎一口氣。「鳥屎椒，你父親被振順買下的胡椒園，還有振順的咖啡園、樹薯園、玉米園，是我們隊員到雲落出任務時最常夜宿的地方。第六支隊知道七個女孩被我們納入第七支隊後，半年來千方百計找我們，老天沒眼，就在我們離開她們打伏擊戰時，第六部隊就找上門來了。」

老四用口哨吹奏出另一種鳥聲。

「小兄弟，外地人都說榴槤是臭的，你說呢？」揚波看著老四。

「香，」老四說。「像洗過澡的女人。」

鳥屎椒等人，甚至第七支隊隊員也發出笑聲。

「洗過澡的女人，嗅覺、視覺和聽覺上都散發出香味，」老四看著樹梢，吹出畫眉愉悅的叫聲。「她們像榴槤果長在榴槤樹上高不可攀，落地後任你剝、任你吃。」

大家再度發出笑聲。

「對了！對了！打森林游擊戰，其中一個大忌諱就是不能吃臭聞臭，像鹹魚和蝦醬，這兩樣東西不但好下菜，放半年也沒有問題，最適合當糧食，可是是忌諱，和遇見雄龜一樣，倒大楣。」揚波發出慘淡的笑聲。「那天晚上我們瞞著女孩打伏擊戰，一來有一次和她們打騷擾戰時，部隊死傷慘重，二來沉魚重傷，一笑瘋瘋癲癲，還有，春睡月經來了——這是大忌，帶著女人的赤龍作戰，一定打敗戰。這和榴槤不一樣。你總不能說那是香味吧？」

「春睡就是陸英瓊吧？」鳥屎椒說。「我送給英瓊的就是『海棠春睡』油紙傘。」

「沒錯。」一位第七支隊隊員說。

「女同志很調皮。她們的部隊稱號就是根據油紙傘上的古代美女。」揚波說。

「一笑。」八刀說。「到底瘋癲到什麼程度？」

「揚讚？」揚波看了身後的揚讚一眼。

「她有時候頭腦清楚，有時候像三歲小孩子，」揚讚說。「瘋瘋癲癲的時候多。可能吃多了藤果和蝸牛肉。」

「奔月的頑癬症嚴重嗎？」紅番說。

「不嚴重，」揚遠說。「小毛病。這是頑疾，一時好不了。」

「春睡怎麼會有狗腿刀？」鳥屎椒說。

「這七個女孩，只有春睡殺過人。她殺過一個國民軍和一個廓爾喀傭軍，那支狗腿刀就是她的戰利品。」揚波把煙屁股踩在腳下，用力的蹂了蹂。「別亂扔煙蒂，發生森林大火對我們沒有好處。沉魚被一種裂成碎片的子彈打中大腿，傷口潰爛流膿，好像被科莫多龍咬了一口，怎麼治也治不好。」

老四停止吹口哨，靠在板根上看著陰暗的樹冠。

「部隊的女同志大部分會和男同志湊成一對俠侶，」揚波乾笑。「七位如花似玉的女同志，大家都知道她們名花有主。除了過世的沉魚，六位女同志現在都在堡壘。」

「請揚大哥帶我們去見她們。」金樹說。

揚波靜默一段時間。「你們有沒有想過，第七支隊雖然欠缺女同志，但也不至於挖第六支隊牆腳。會這麼做，是有原因的。金樹，你祖父是唯一目睹帝國王冠的人，那顆黑王子寶石就是證據。馬歇爾少校希望透過你找回失竊的帝國王冠和皇室珍寶，條件是奉送你那顆七十二克拉紅鑽。英匪大軍壓境，鏟除人民游擊隊其次，尋回皇室珍寶才是首要任務！再給我一根煙！他媽的，這鬼天氣！操他老祖宗十八代！十一月了，雨季一來，又要東躲西藏了。現在你們知道女孩下落了，有本事就去找她們吧。這七個女孩，不但對組織忠心耿耿，對你們也忠貞不渝，其中一個女孩還丟掉了小命。」

金樹等人彼此對視一眼。

「不虧是人民游擊隊。」金樹說。

「你們七人，一年多前沿著甘蜜河打聽一尾背上有白帶的巨鱷，我們人民游擊隊七個支隊每一個隊員，死的活的，都知道。甘蜜河沿岸兩百多棟長屋的大人小孩，連還沒出生的胎兒都知道。八十多年了，那尾巨鱷不是被人剝皮，就是壽終正寢。金樹，那顆鑽石對你們田家那麼重要嗎？」

「大哥，」金樹說。「我祖父就是因為這顆鑽石才撐起振順公司的一片天，他老人家一直認為，振順公司這幾年的沒落和這顆鑽石有關。只有找回它，振順才可能恢復從前的榮景。」

揚波閉目抽幾口煙。「如果大英帝國的沒落和失蹤的王冠有關，我們更要阻止他們找回那批皇室珍寶。這批英匪，殖民我們一百多年，現在又來阻撓我們的革命事業，他媽的，砂拉越人民游擊隊和他們勢不兩立！」

金樹也狠狠抽一口煙，看著陰暗的樹叢。「和方蕪也有關係。當初這顆鑽石是送給方蕪的。」

「嗯，嗯，」揚波兩眼依舊閉闔。「田金虹和方蕪的傳奇故事，這麼多年一直是雲落談資，可以樹碑立傳。雲落的紀念碑比天上的星星多，再多一個也沒有人多看一眼。他媽的，什麼紀念碑，還不是石頭。」

大家沉默的看著揚波。老四繼續模倣畫眉叫聲，三姐也開始模倣鳥聲。

「樊素心加入部隊後，我們在雲落還有一位重要的眼線，那個人就是周枚月，金樹，你的心上人，」揚波的笑容枯乾，但提起游擊隊隊員就像甘霖濕潤五官。「應該說是周枚月父女。枚月的父親在歐羅馬酒店當了數十年理髮師傅，剪過數不清的高官和富商頭髮，修過國王的龍鬚，黑道白道的消息逃不過他的耳朵。金樹，你和周枚月的交往都是周師傅一手策畫。你們田家和政府關係綿密，當了田家媳婦，半隻手就伸入國家褲襠。告訴我們七個女孩即將加入第六支隊的，就是周枚月。她是我們在雲落最後一位聯繫人了。」

金樹看著陰暗的樹梢，腦海裡出現紅髮女子的容顏，不自覺露出一絲笑容。

「為什麼要她們加入第七支隊？」金樹說。「你們第七支隊，為什麼不進駐堡壘？」

「你慢慢就會知道的。經過七個女孩事件，堡壘的人民軍已經和第七支隊結怨。駐守堡壘的人民軍火力強大，四周布滿哨崗，很難混進去，真槍實彈硬拚，第七支隊不是對手。」在笑容灌溉下，揚波五官釋出了春意。「人民軍駐紮堡壘早已經是半公開的祕密。根據我們的消息，一組伊班自衛隊和各族組成的民防軍一個多月前分批攻打過堡壘，想弄幾具人民軍的屍體領賞，結果自衛隊和民防軍死傷慘重，沒有一個人生還。政府軍和英軍恐怕早已接獲情報，攻打堡壘是遲早的事。你有馬歇爾少校和英匪做後盾，怕什麼？」

四

金樹睜開雙眼觀望浩瀚無邊的星空，手腕依舊緊扣在長髮像彗星尾巴的陌生女人手中。他可能熟睡一段時間，女人的指甲像刃片刺入他的脈搏，讓他突然驚醒。他冷得打了幾個哆嗦，四肢不聽使喚。女人把他往上拽，兩手穿過金樹腋下，將他環抱胸前。金樹淌著羊水的頭顱陷入女人柔軟的胸部，一股暖流熨遍全身，好像又回到溫度恆定的子宮。金樹五次抬頭仰望女人的臉，女人的下巴五次抵在金樹頭顱上。

女人像一顆小衛星摟著金樹繞著地球旋轉，金樹低頭目睹四億四千萬年前奧陶紀大滅絕，冰河覆蓋南極的非洲，海水結冰，海平面下降三百公尺，海床上的生物在奧陶紀豔陽下曝晒一百萬年，廣闊的淺海地區淪為石灰岩廢墟。宇宙中一場大災難摧毀一顆直徑一百公里的小行星，殘片飛散太陽系數百萬年，以冰雹似的隕石雨炮轟地球，火山頻繁爆發，煙塵包裹地球，寫下地球史最炮聲隆隆的時代。海水溫度下降五度，地球凍成一個雪球，徹底摧毀沒有魚類、只有無脊椎動物的海洋世界，一百科的生物滅絕。

金樹第二次抬頭仰望女人，女人的下巴粗暴的壓住他的額頭。金樹左右搖擺著腦袋，甚至伸手推開女人下巴，一來一往間，持續數百萬年的三億六千萬年前泥盆紀大滅絕溜過去了。海底火山爆發使海水缺氧，冰川延伸到熱帶，小行星轟炸地球，大幅下降的海平面再度消滅淺海地區的生物，幾乎抹殺殆盡世界史上最大規模珊瑚礁，百分之七十物種和百分之九十六大型脊椎動物消失，各種可怕的頂級掠食者和海洋巨怪也難逃一劫，終結第一次登上地表的植物大軍，也終結地球史最華麗暴力的魚類時代，開啟一億年的古生代史詩級冰期。

金樹突然發覺自己不再是嬰兒。他的捲髮茂盛，牙齒整齊，四肢粗壯有力，是一個十歲左右的孩童，但還是撐不開壓在腦袋上的女人下巴。地球進人二疊紀，盤古大陸漫遊著像坦克車的爬行動物，肉食、素食和哺乳動物散亂水源處，海洋裡的珊瑚、菊石、海百合和魚類豐富多采，俄羅斯西伯利亞一座超級大火山爆發，引爆地球史最大規模滅絕，可以將整個美國鋪上半英里深的熔岩淹沒俄羅斯兩百萬平方英里。二氧化碳形成溫室效應，海洋酸化，臭氧層崩裂，酸雨摧毀叢林，沒有植物根系綑護的河川溢流暴散，地表瀰漫氟化氫和劇毒。一年後，熔岩和二氧化硫摧毀地球唯一的一塊盤古大陸和原始海洋覆蓋的北半球，經歷泥盆紀史詩級億年冰期的盤古大陸變成貧瘠乾燥的酷寒荒野，百分之九十六物種滅絕，此後，地球所有的生命源自二疊紀百分之四倖存者。

金樹發出一聲低沉渾厚和沒有意義的吶喊，胯下長滿豐盛的陰毛，長成一個精力充沛的青少年。女人兩手像枷鎖環抱他時，金樹用盡全身力氣掙扎，意識到女人柔軟富彈性的胸部磨擦著他的背部，在脊椎骨的一陣顫慄中，在二疊紀的瘋狂大滅絕後，彷彿上帝第二度創世，三疊紀在他胯下展開，霸主巨鱷眨閃著晨曦登場。鱷龍躺在摩洛哥泥岸享受陽光浴，嚇得膽小的恐龍竄向木賊叢，在湖畔留下像人類手掌大小的腳印。水龍獸用獠牙和口喙絞食河邊的野草，形狀和叫聲像一頭豬，牠的腳底下，狂齒鱷潛伏淺水區伏擊岸邊的獵物。頂級掠食者勞氏鱷像一頭披著鱗片的老虎，追逐一頭披著甲盾的角鱷。靈鱷從蘇鐵樹躍向空中，叼住一隻長了翅膀的爬行動物。

動物們悠閒地生活著，沒有意識到末日即將來臨。一群真雙型齒翼龍飛越兩億年前的佛羅里達，一股巨大的水蒸氣沖破地表，噴向高空，翼龍被燙死，墜落地表。越來越多的翼龍湧向高空，預示著大災難降臨。幾天後，一條裂縫從佛羅里達延伸到中大西洋，將盤古大陸切割成兩半，玄武岩溢流覆蓋四百萬平方英里，岩漿燒燬森林，素食動物和頂級掠食者在飢餓中掙扎。二氧化碳擴散到大氣中，含氧量下降，酸雨肆虐，土壤酸化，地球進入大規模冰期，平均氣溫攝氏十度。動物的卵無法孵化，重創鱷類。恐龍成為地球霸主，統治地球一億六千萬年。

金樹蓬鬆的捲髮遮住部分視線，他用手撥了撥頭髮，看見臂膊長出二頭肌，意識到自己是一個十八歲的大人。他正想第五次抬頭仰望女人時，女人的胸部依舊磨擦著他的背部，同時女人的一隻手從腋下伸向他的胯下，在一陣顫慄中，脊椎骨傳來射精的快感，接著，女人鬆開雙手，金樹伴隨著一團激射出去的精液開始向六千五百萬年前第五次大滅絕的地球墜落。一顆直徑十二公里的小行星，大小遠遠超越太陽系五億年間撞擊行星的所有隕石，秒速四十公里，比子彈快二十倍，伴隨著他飛向地球。北極森林和南極大陸的恐龍群漫遊美麗耀眼的極光下，熱帶海灘上的暴龍和泰坦巨龍像劍客對峙，蛇頸龍浮游海面，翼龍將大嘴插入淺海區，鴨嘴龍嚼食草原上的植被。牠們抬頭看著一顆太空垃圾衝破大氣層，氣壓像摩西分海切開海洋，地表像波浪翻滾，瞬間定格成二十一世紀山脈。太空垃圾落在墨西哥猶加敦半島，炸出兩百公里隕石坑，穿透地殼，直達地幔，把魚類和植物撞飛到空中，恐龍被烤熟，核冬天效應引發火山爆發、地震和海嘯，血紅色的隕石雨降臨地球，印度淹沒三公里深的岩漿下，一百五十億噸煙灰進入大氣層，擋住百分之九十九陽光，地球變成黑暗、冰冷和荒蕪的世界。恐龍和百分之七十六的物種滅絕，伴隨著兩棲類、爬行動物、哺乳類和鳥類的存活，人類蹣跚地踏上陌生的地球表面，用矛石尖、樹棒和骨刀狩獵。

第十九章

一

少校繼續抽著煙斗，抽出廓爾喀彎刀劈砍腳底下的板根。一九六八年十月，少校在雲落密會振順公司當家趙氏和田金樹後達成協議，這是自己和金樹等人進入叢林後第三次密會。

少校進入叢林快兩年了。他密訪過二戰時期華人抗日游擊隊隊員、擁有合法獵槍的各族業餘或職業獵戶、經驗豐富的導遊和腳伕、盜獵者、研究婆羅洲博物誌的本地和外地學者、可以和鳥獸用擬聲語溝通的森林巫師、二戰時期結盟的伊班戰友，他們可以精述田金虹和方蕪傳說、吟唱流傳甘蜜河畔各種「砂拉越之星」野謠，但對帝國王冠和皇室珍寶沒有一點概念，更不知道黑王子寶石已經回到女王手裡。進入叢林第一天，他來到田金虹第一次見到「砂拉越之星」和刻著「蕪」字口琴的人字頂木屋，從田金虹遭遇和當時木屋中各種雜物顯示，吞下「砂拉越之星」的巨鱷已被獵殺，但獵殺巨鱷的人身分不明，而黑王子寶石證明獵殺巨鱷者擁有帝國王冠，也可能擁有其他皇室珍寶，因為帝國王冠和皇室珍寶是同時失竊的。時日漸增，帝國王冠和皇室珍寶的消息一天比一天渺茫，信心和熱誠動搖時，少校開始抽吸「深顱骨」煙斗，那股意念和執著再度在少校胸腔燃燒，尤其進入莽林回到「深顱骨」少女老巢後，在不斷抽吸「深顱骨」煙斗下，「深顱骨」少女開始不斷出現睡夢中，也進一步根實那個重大的決定。

少校和英軍早已接獲線報，知道第一、第二和第六人民游擊隊駐紮堡壘，二十門加農炮、榴彈炮和迫擊炮蓄勢待發，一待攻擊號令下達，二十門火炮將移向堡壘射擊範圍。英軍雖然重創流竄雨林的其餘四支游擊隊，但掌握不到游擊隊遷徙和駐紮習性，即使拔除堡壘的三支游擊隊，四支殘存游擊隊還是有強大的反撲力量。英軍準備七支游擊隊匯集堡壘後一舉殲滅。時日延宕，英軍對駐守堡壘的游擊隊出現兩種意見。主戰派認為駐守堡壘的三支游擊隊實力最強大、隊員最多，憑著英軍和大馬軍隊的軍火和人數優勢，可以輕易拔除，也可以讓游擊隊元氣大傷、戰力蕩盡。殲滅三支游擊隊後，流竄雨林的四支游擊隊就像失去四肢、梁柱崩坍。另一派認為七支游擊隊齊集堡壘是遲早的事，屆時一網打盡，徹底澆熄左翼分子氣燄。經過半年觀望和激辯後，主戰派聲勢張揚，英軍內部已獲得共識，準備在雨季來臨前攻打堡壘。少校三度參與英軍和人民游擊隊的小型戰役，但英軍嚴禁少校和他的廓爾喀軍團參戰，只准他們在外圍觀戰。少校沒有真的想參戰，他想領教一下這批受過印尼軍方短期軍事訓練的華人左翼分子的戰力，那是攪動無趣的莽林生活和平靜思維的小波濤。少校和金樹等人在叢林中第三次密會，看見金樹展示的七十二克拉「砂拉越之星」巨鑽時，那柄三萬五千年少女頭蓋骨彎式煙斗差點從嘴裡滑落。少校不在乎英軍什麼時候對堡壘發動攻勢，也不在乎游擊隊存亡，他在乎的是自己從來沒有向任何人透露過的一項隱匿、神祕的大事。

二

鳥屎椒為了不暴露行蹤而長時間採取固定姿態跨坐波羅蜜樹幹上，兩腳和屁股麻木得像脫離了身體。他看見耳朵旁有一窩用枯枝編織散布著七粒鳥卵的鳥巢，鳥卵有龜蛋大，穴淺像倒覆的盆，七顆蛋滾散邊緣的枯枝上，隨時可能滾落樹下。孵卵鳥急促的拍翅聲顯示牠在鳥屎椒上樹時狼狽逃走。在雲落發現這種鳥卵，肯定吃到肚子裡。孵卵鳥沒有遠走，一直在野紅毛丹樹冠監視他。牠被紅番用草笛吹出的魚鷹聲迷惑，那種猛禽是牠的天敵。鳥屎椒準備把七粒卵重新聚攏巢心時，紅髮女子正從叢林裡走出來。紅髮女子的五官讓他想起散落雲落的方蕪畫像，不多不少，恰恰七幅，像七粒鳥卵散布中藥店、鐘錶店、洋貨店、照相館、裁縫店、理髮院和金鋪。他記得宮殿大戲院旁一家冰果店的牆上曾經掛著第八幅畫像，畫像四周是香港和臺灣十多張女明星月曆或年曆，十多個美女包括方蕪對著吃剉冰和喝冷飲的客人微笑，那是製傘師傅許嵐彩繪的少數笑臉盈盈的方蕪。有一年年底換上新月曆和年曆時，冰果店老闆的年輕兒子竟然粗心的把方蕪畫像和月曆、年曆一起銷毀，屁股和小腿被他的父親用吹火筒打得紅腫，據說，客人從此驟降。他知道不只雲落，婆羅洲散落著更多方蕪畫像，就像同樣的鳥卵散落整個婆羅洲島。鳥屎椒和老四等人以兩個步距圍看紅髮女子時，孵卵鳥已飛回巢穴。紅髮女子的出現讓匿藏四周的鳥屎椒等人重新聚攏洋紅風鈴樹下，像七顆滾散的鳥卵重新聚攏母鳥的均勻體溫下。紅髮女子牽住金樹的手消失在一片矮木叢時，鳥屎椒跳上板根遙望女子和金樹背影，樹上傳來使老四迷惑像黃冠夜鷺又不像黃冠夜鷺的鳥聲，三姐仰著脖子模倣雞啼引來一陣冷風，讓鳥屎椒感覺自己像一粒鳥卵被踢散在母鳥羽翼外。

一百三十萬年前冰河時期形成的地表散布鳥獸爪痕和乾屎。鳥屎椒凝視爪痕和乾屎，說出五種鳥、兩種哺乳動物和三種爬行動物，並且煮吃過其中一種爬行動物。如果等待的時間太長，他準備撿一批枯枝，抓一隻可以烤食的哺乳或爬行動物，讓光、熱和蛋白質補充流失的熱量，也讓他再度重溫在粿條的醬蒜爆香、鍋鏟聲和咖啡氣味中，從陸英瓊身上散發出來的女人的誘人氣味。在腐植土四個像漫畫對話框的巨大腳印甘蜜河源頭回憶下，鳥屎椒帶著七支獵槍和四隻狗回到原地，和八刀、紅番、冰淇淋、兩隻黑狗循著腳印走入叢林。從兩隻狗興奮的嗅著丟棄的豬頭、豬蹄和豬尾巴，他和其他人知道這隻被宰殺烹煮的野豬一定和大腳印有關。兩千多公尺後，他們見到金樹。聚攏七人和四隻狗後，他們決定繼續追蹤大腳印。

金樹對紅髮女子匿藏山洞、短暫掛在脖子上的「砂拉越之星」、從樹上躍下的巨人一字不提。四狗嗅到紅髮女子的頭髮、汗味和不屬於金樹的花香果味後，奔跑的速度和焦慮讓七人沒有時間思索，即使鳥屎椒也一度失去牠們的蹤影。半小時後，狗吠不再，無花果樹下的四隻狗屍讓鳥屎椒打了一個寒顫。大棕狗兩腿抽搐，兩眼暴睜，釋出理解人世無常和生離死別的淒厲叫聲，進入漫遊星群的遙遠無邊夢境，回到一萬多年前狼的食物鏈上層。他們追隨口琴聲來到一棵樹冠蔽天的無花果樹下，刻著「蕪」字的口琴沒入落葉層後，鳥屎椒第一個鑽入灌木叢追擊從樹上躍下的巨大身影。在那段漫長追擊中，八刀、老四、三姐、紅番和冰淇淋一直跟隨在他身後，而那個巨大的身影也一直在無邊無際的叢林中、像滔天巨浪上的一艘小船在他眼前出沒。他很早就發覺金樹沒有跟上來，從遠處傳來的猶豫腳步，他猜測金樹可能繞近路包抄，也可能停下腳步思考更縝密的做法。進入一片黑暗森林後，他們在藤蔓、氣根、枯枝、水窪和小樹苗糾纏下放慢步伐，一個沉重的鈍物撞擊了一下鳥屎椒的長槍，同時後面以八刀為首的五人隊伍也發出兩下相同的金屬撞擊聲。刺眼的陽光重新從樹冠層灑下時，鳥屎椒、三姐和老四的長槍只剩下半截，紅番失去長槍，只有八刀揹著槍，冰淇淋手裡拿著槍。六個人短暫的停下腳步，鳥屎椒、三姐和老四看著手中的半截長槍，紅番罵一串髒話，沒有時間商榷一瞬間發生的變化，鳥屎椒已經開始追逐灌木叢中快速遠去的巨大身影。當金屬撞擊聲響起時，鳥屎椒確信自己的視線沒有離開過眼前飄忽不定的巨大身影。

「小心，」他邊跑邊發出警告。「他們可能不止一人！」

巨大的身影瞬間和八刀等人拉出一段距離，鳥屎椒用力踩踏墮枝落葉，甚至不間斷的發出尖叫，讓八刀等人循聲追來。無花果樹下的戰鬥後，七人再度巡遊灌木叢，意外看見金樹不久前留下的刀痕。在十二個刀痕引導下，他們從低海拔的龍腦香樹叢走向高海拔的針葉林和灌木林，看到地表最巨大的豬籠草捕蟲瓶、胡姬花、橡樹和蕨類植物，同時也看到步距小而不一致的大腳印。金樹從第七個刀痕就發現刀痕經過放大和加深，但在看見主人可能受了槍傷的大腳印後，他們毫不猶豫繼續追蹤腳印。在第二十六個刀痕前，在一片雲霧繚繞的高大蕨類植物後傳來口琴聲時，鳥屎椒第一個衝向蕨類植物，但二十分鐘後，口琴聲消失，就在這時，和八刀等人拉開一段距離的鳥屎椒發覺身後只傳來五人腳步聲，殿後的金樹消失在追蹤大腳印的隊伍中。鳥屎椒放輕腳步，不再發出尖叫引導落後的八刀等人，快速的奔繞一個大彎，來到隊伍後方，追上往反方向行進的金樹。為了讓鳥屎椒確認八刀等人的方位，三姐不間斷的發出雞啼。聽說在氣溫高的地方練嗓子最好，三姐興致高昂。越是沒有鳥屎椒行蹤，三姐叫得越起勁。

鳥屎椒看見金樹回到第十二個刀痕前，往另一個方向追蹤金樹自己刻下的第十三個刀痕。他追隨金樹來到可以瞰看方蕪堡壘的懸崖前，看見紅髮女子牽著金樹走入洞穴，鳥屎椒在洞穴外猶豫徘徊。洞穴太黑，路徑太窄，他不想讓金樹和紅髮女子發現自己。他站在洞穴外觀望，看見一盞煤油燈光芒在出口處熄滅後，脖子掛著「砂拉越之星」的金樹和紅髮女子走出洞穴，消失在雲霧繚繞的針葉林和灌木林。鳥屎椒站在懸崖前，看一眼像火柴盒的方蕪堡壘，走入洞穴，從壁縫摸出火柴和煤油燈，藉著煤油燈來到置放著板條箱子的石壁前。他一一打開板條箱子、箱籠和鐵箱，從箱子中各種發光體眨閃出來的色澤像紅幔垂掛石壁，像一股紅色浪潮一波又一波漫向石窟，幾乎淹熄煤油燈的慘澹光芒。

三

一九七〇年十一月二十五日中午，金樹、鳥屎椒、三姐、老四、紅番、冰淇淋、八刀和少校進行第三次叢林密會。距離雨季不到一個月，英軍二十門加農炮、榴彈炮和迫擊炮已經開始往堡壘移動，而新增的十門野戰榴彈炮正在運送途中。三十門火炮一旦部署妥當，攻擊隨時啟動，準備殺得游擊隊措手不及和沒有還手餘地。即使英軍、少校的百人軍團和少校的私人廓爾喀護衛隊對少校和金樹等人的會面也不知情，少校認為這種事情越少人知道越好。前面兩次會晤中，少校只是和七人閒話家常，因為尋找皇室珍寶的祕密任務沒有進展。第三次會晤中，金樹沒有向少校展示七十二克拉「砂拉越之星」巨鑽前，少校意興闌珊的抽著三萬五千年少女頭蓋骨彎式煙斗，甚至打了一個哈欠。少校打完哈欠後發覺七個年輕人的神情比前面兩次會晤時嚴肅多了。

「聽說英國軍隊準備對堡壘發動攻擊。」雖然金樹盡量放緩語氣，但少校還是感受到年輕人眼神和姿態釋放出來的一股對壘勢焰。

「我也聽說，」少校說話前，習慣吸一口煙。「英國的軍事行動和我無關。」

「攻擊什麼時候發動？」

「雨季前，」少校說。「但也可能明天。一旦部署完成，攻擊隨時啟動，避免行動暴露，敵軍事先防備。」

「部署得怎麼樣了？」

「二十門火炮已經部署妥當，新的十門火炮正在運送中，」少校說。「快則三天，慢則一星期。這是我的猜測。依我看，二十門火炮就夠了。那座七十多歲堡壘擋得住伊班人的刀箭和土槍，擋不住迫擊炮和榴彈炮。」

金樹告訴少校，堡壘最近增加了六位女性隊員，六人來自雲落，是鳥屎椒、三姐、老四、紅番、冰淇淋和八刀的女朋友兼親密愛人，他們準備把六個女孩帶離堡壘，在這之前，請少校和英軍溝通，不要對堡壘發動攻擊，因為他們知道從英軍部署規模看來，這次攻擊必然史無前例、生靈塗炭、無人生還。少校又吸一口煙斗。

「六個女孩的事情我早就從英軍那裡聽說了，政府部署雲落的眼線會比共產黨少嗎？」少校說。「六個女孩加入游擊隊，和你們有什麼關係嗎？」

「不能說完全沒有關係，」金樹看了八刀等人一眼。「我們不想看到她們變成游擊隊陪葬品。」

「金樹，」少校的華語還算道地，但呼叫金樹的名字時顯得很不自然。「英國軍隊已經觀望和部署一陣子，一旦火炮和部隊開始移動，就不可能停下來。」

「消滅游擊隊不是你們的首要任務，」金樹說。「我們沒有要求他們停止攻擊，而是延後到我們帶走六個女孩。」

少校沉默的吸一口煙斗。

「我說明天發動攻擊是有可能的，」少校用斗柄指著像幽靈巢穴遍布天穹的烏雲。「我們的氣象專家分析，今年雨季會提早來臨。一旦下起大雨，就會下個沒完沒了，到時候河水暴漲，土地泥濘，炮架移動不便，連煙草也會潮濕得點不著。」

金樹從口袋掏出七十二克拉「砂拉越之星」。卸下豬牙和藤蔓的巨鑽在金樹手掌閃爍著讓少校彎式煙斗差點從嘴上滑落的玫瑰紅光芒。

「這是『砂拉越之星』，」金樹說。「『砂拉越之星』有兩顆，一顆被鱷魚吞下肚子，一顆嵌在帝國王冠上。少校，你猜這是哪一顆？」

少校接下這道使命時對遺失的王冠和皇室聖物做了廣泛和深入的考證。對熱愛考古和擔任過砂拉越博物館館長的少校來說，這項工作一點也不難，某種程度來說，考證古物和珍寶是他的專長，也是他的最愛。從金樹祖父展示的獨一無二的黑王子寶石，少校知道田家祖孫沒有必要對他說謊。他狠狠的吸一口煙斗，視線在「砂拉越之星」和金樹身上游移。金樹緩緩說出自己和紅髮女子的一段奇緣、匿藏山洞數十個板條箱子中的珍寶，省去抽煙斗者的突擊和森林中的愛撫。因為黑王子寶石的出現，他很確定其中一定有失竊的帝國王冠和皇室聖物。和少校見面前，金樹已經把這一段經過告訴老四、八刀、紅番、冰淇淋、三姐和鳥屎椒，但沒有對六人說出山洞的確實地點。

少校從坐著的板根上站起來。

「這個紅髮女人是誰？」

「我也不清楚，」金樹說。「但我確定她不是左翼分子。」

「你連她的身分也弄不清楚，卻這麼相信她？」

「她知道我在尋找『砂拉越之星』，」金樹說。「而且，她讓我親眼見到匿藏珍寶的地點。」

「這個女子像極方蕪，」老四說。「少校，你一定在雲落看過方蕪畫像，也聽過方蕪和金樹祖父的故事。」

「方蕪，那個有十一萬六千三百六十一根頭髮的女人？」少校握著斗缽，用另一隻手耙著後梳的頭髮。「二戰時期，雲落還有兩百多張這個女人的畫像，現在剩不到十幅吧？」

「七幅。」三姐說。

「如果把油紙傘的畫像算進去，」老四說。「十四幅吧。」

「嗯。」少校又吸一口煙。「方蕪死去快一百年了。這和她有什麼關係？」

「少校，你不必知道她的身分，」金樹說。「你的目的是找回失竊的皇室珍寶。」

少校抿嘴微笑，一股狡黠從屯積的深眼窩蔓延到隆起的高額。「金樹，你喜歡這個女人。」

金樹聳聳肩，攤攤手。

「少校，有人說你喜歡三萬五千多年前的深顱骨少女。」冰淇淋說。

「深顱骨少女是七片頭蓋骨，我愛不釋手。」少校看一眼手上的斗缽。在汗水和煙霧浸淫下，斗缽散發著棕黃的虎毛色光芒。

「據說你做夢也夢見她。」八刀說。

「美女是披上皮肉的骷髏頭，」少校想起胡姬二號的攀援、纏繞、直立、匍匐和懸垂的植物多樣性。「金樹，我知道你不會騙我。山洞在哪裡？」

「等我們把六個女孩帶出堡壘後再告訴你，」金樹把鑽石放到少校手上。「但是在這以前，請你告訴英軍暫緩攻擊。鑽石先交給你，等我告訴你山洞地點後還給我。你可以請專家勘驗！」

少校接下鑽石。「沒有問題。為了王冠，英軍會全力配合我。我們需要說服馬來西亞軍隊，他們急得很。這也沒有問題。你要怎樣把女孩帶出堡壘？」

「我們想想看。」金樹說。

「我可以請英軍幫忙。」

少校握著鑽石，發覺一斗煙只抽了不到二十分鐘。進入雨林以來，這是他抽得最快的一斗煙。少校同時發覺六個年輕人七嘴八舌，即使不加入他和金樹之間的對話，也不時交頭接耳，神情既佻達又凝重，只有一個身材短小、雙腿肌肉紮實的年輕人沒有說過半句話。這個年輕人眼神執拗，很少直視金樹等人和自己，大部分時候低頭看著沉埋鞋子的雜草，或者抬頭凝望墨雲垛積的雨季天穹。

「金樹，」少校最後說。「我對山洞地點沒有興趣。你只要幫助我找回王冠和珍寶就好了。」

四

駐紮點離堡壘七公里，甘蜜河畔臨時請伊班人搭建的一棟狹長矮腳木屋，屋內沒有隔間，鋪草蓆，掛蚊帳，隔熱層是儲藏室，屋前有大陽臺，屋後有草棚搭造、鋪上板條的廚房和浴室，浴室旁有一個伊班人鑿下的水井，廚房外面有堆積如山的劈柴，劈柴上方有一個鋅鐵皮遮雨棚。甘蜜河畔傍著兩艘艉楣掛馬達的長舟。浴室放一個英軍丟棄、專供高大的軍官沐浴的金屬扁盆，直徑一公尺半，容納得下三個東方人。老四和三姐用一根粗壯的蔓藤繫在無花果枝椏上，下拴一個板凳，完成一個克難的鞦韆。七人離開少校回到駐紮點後，老四和三姐用子彈和伊班人等價易物換來一隻烤豬和一串香蕉，草草療飢後，七人躺平陽臺睡了一個午覺，莽林的嗜血嘶吼、未知和忐忑被他們趕進圈養的午魘中，醒來已近傍晚，彩霞溫馴如綿羊和家犬，只有老四還在和凶猛的睏獸奮戰。

「馥蓉等人在堡壘暫時不會有危險，」八刀抽出半截斷刀，看見樹上落下落葉就劈砍。另一截斷刀在刀鞘裡。「我擔心英國佬，三十門大炮發起狂來可以敉平半座婆羅洲叢林。」

「是啊，」紅番吹著落葉摺成的笛子。「在英國佬眼裡，她們都是不折不扣的左翼分子。」

「我看過報紙上登載被英軍擊斃的女游擊隊隊員，一塊三角形冒著硝煙的炮殼像鴨舌帽帽檐插在她的額頭上，」三姐蹲在陽臺欄杆上像一隻報曉的公雞。「拿著衝鋒槍的英國人揚威耀武的站在她身後。」

「英軍這幾天冒出幾個拿著照相機的年輕人，」鳥屎椒在陽臺上踱方步，和八刀一樣靜不下來。「可能是記者吧。這表示會發生大事。」

「有一個長頭髮的英國佬扛了一部攝影機，」冰淇淋用削尖的樹枝剔齒縫裡的肉絲。「我打賭，他們準備把攻打堡壘拍成紀錄片。」

老四躺成一個張臂翱翔的大字。金樹從隔熱層拿出兩包洋煙和一盒火柴，自己點燃一根煙，將兩包煙遞給身邊的紅番和冰淇淋。

「為了對付一千多人的游擊隊，英軍和廓爾喀傭軍不算在內，政府出動七個營的正規軍和四個營的野戰部隊，人數超過一萬人，」金樹背靠面向叢林的牆壁，裝著很熟練的抽著洋煙。「勢在必得。游擊隊撐不了多久了。」

老四眼皮波動，鼾聲起伏，眼角漾出淚水。

「堡壘戒備嚴密，憑我們這幾支槍起不了作用，要把崔淡容等人帶離堡壘，只有兩個辦法，」金樹說。「一是請流竄雨林的四支游擊隊幫忙，包括第七支隊，二是請少校和英軍支援。揚波因為崔淡容等人已經和堡壘的三支游擊隊產生嫌隙，但是根據我的觀察，揚波被三支游擊隊排斥，肯定還有其他原因。」

「揚波說話拐彎抹角、油嘴滑舌，」紅番說。「十二個游擊隊隊員表情陰鬱，城府很深。」

「除了帶走俞芝蘭等人，他和堡壘的游擊隊有什麼過節，為什麼不明說？」冰淇淋說。「這就表示揚波不信任我們。」

「揚波是個厲害角色。」金樹說。

「他不相信我們也很正常，」八刀在陽臺上演練破鋒八刀，竹材地板咚咚響。「我們又不是左翼分子。」

「除了揚波，另外三支游擊隊不知是死是活，」金樹說。「英軍和政府軍已經擂動戰鼓，不能再等下去。」

「英國佬說得沒錯，」鳥屎椒看著壓低的烏雲。「雨神來敲門了。」

「各位覺得少校值得信賴嗎？」金樹說。

「少校和揚波是兩隻老狐狸，」三姐說。「但是看在王冠和皇室珍寶分上，他應該會支援我們。少校手下有十多個廓爾喀傭軍，請他們成立一個突擊隊，潛入堡壘，帶走素心等人，不是什麼難事。」

「請游擊隊幫忙是不可能了。少校的廓爾喀傭兵倒是很擅長做這種事。他們是天生的特種部隊。」金樹說。

「我可以加入廓爾喀人的突擊部隊，」八刀大刀入鞘，掏出斷成一半的柚木梳子梳髮。「鳥屎椒、三姐和冰淇淋也可以。」

「我正想讓廓爾喀人見識我的神射。」三姐乾笑一聲。

「我跑起來會讓他們像蝸牛。」鳥屎椒說。

「我讓他們體會一下肉搏的精髓。」冰淇淋說。

「你懂什麼肉搏？」八刀一個「雲長出征」背刀亮掌，哈哈大笑。「你只會踹鳥蛋。」

「打架還講什麼武德？」冰淇淋伸了一個懶腰。

「廓爾喀人未必會讓你們加入，」金樹提高音量。「這個以後再說。各位，我們表決一下。第一個方案請第七支隊幫忙，第二個方案請少校和英軍出馬。贊成第一個方案的舉手。」

「等一下，」三姐雞啼一聲。「老四，表決了！起床了！」

老四依舊鼾聲起伏，眼眶盈滿淚花。

「別管他，」金樹說。「贊成第一個方案的舉手。」

沒有人舉手。

「贊成第二個方案——」

金樹話沒說完，八刀等五人已舉手。

「加我一票，共六票，就這麼決定了。」金樹輕輕踹了一下老四的腳掌。「老四也會舉手。天快黑了，明天一早去找少校。」

「金樹，」三姐說。「那個山洞地點——」

「我和紅髮女人有約在先，只好暫時瞞著各位，」金樹把煙屁股扔到陽臺外。「少校那裡，唉，再看吧。權宜之計，先救出素心等人再說。」

「那個女子現在在哪裡？」冰淇淋說。

「我們和第七支隊、少校聊天時，我聽見杜鵑、斑鳩、鳳頭犀鳥、紅棕啄木鳥、山椒鳥、畫眉、黃鸝、巨嘴鴉的叫聲，」三姐說。「我十分確定，那是她在模倣鳥聲。她肯定在這附近！」

「我和她說好了，」金樹說。「傍晚前她會來找我。」

「我夢見苗幼香和朱淑華，」老四突然從陽臺上坐起來。「不到一年，她們已經長髮披肩了。」

「老四，」紅番說。「你夢見的是還沒有剪下頭髮的幼香和淑華吧？」

「不是，是死去的幼香和淑華，」老四邊說邊站起來往屋內走去。「幼香大腿爛掉。淑華胯下流出一個死嬰。這傻女孩。她有一次趴在我身上，沒戴套子。」

老四走入屋內攀住一根梁柱，一個翻身鑽入隔熱層，從隔熱層跳下來時手裡拿著一個棉布包裹。他打開包裹，凝視著一束頭髮，喃喃的說：「還在。」

陽臺外傳來響亮的畫眉叫聲。

「她來了！」

他們看見紅髮女子模倣畫眉叫聲，滿臉笑容的朝陽臺走來。手裡拿著油紙傘的王馥蓉、陸英瓊、陶卿、樊素心、俞芝蘭和崔淡容，在她身後一字排開，也朝陽臺走來。

第二十章

一

白背在水面露出眼睛、耳孔和鼻孔，尾巴抵著湖底的泥濘地，以直立的姿勢潛伏湖水、船舷旁、椰子樹下。兩億年前三疊紀到白堊紀中生代，牠的祖先就是以這種近似人類站立的姿勢狩獵。

爬行動物最初分成主龍和鱗龍。鱷魚和恐龍屬於主龍。主龍類群中，恐龍和翼龍是一大類，鱷魚是另一大類，兩大巨獸體系發跡三疊紀早期，晚期占據陸地和水域食物鏈頂級而豪華的消費棲位。鳥類從恐龍分支演化，發展出強而有力的前肢、不對稱提升上升力的飛羽、退化的牙齒和尾椎、中空的骨骼。鱷魚和恐龍同屬主龍，鳥類又是恐龍一個支系，和鱷魚關係最親近的物種就是鳥類了。

鳥類和鱷魚還有兩個共通點：築巢護卵、唱歌求偶。

鱷魚沒有哺乳動物的聲帶和鳥類鳴管，但可以通過喉部皮瓣的振動和空氣磨擦，發出巨響。牠勾引情人時，引吭高歌，像小鳥；用尾巴擊水激起華麗水花，像小鳥展示情慾賁張的尾羽。婆羅洲原住民聽見牠們低沉而扁平的吼聲，從聲量和氣勢可以斷定體型、年齡和地盤大小，可以推測情場老手或處男，可以估計是交配前或交配後，可以神算出妻妾成群或形單影隻。傳說在鱷魚交配季節，婦女不會在有鱷魚交配的下游洗澡，因為鱷魚流失的精液可以入侵女人下體，讓她們懷上鱷魚的種。這個傳說雖然悖離現實，但也展現鱷魚強大的繁殖和交配慾望。

婆羅洲原住民在河岸舉辦沙貝琴比賽，冠軍是琴聲吸引最多鱷魚的演奏者。但是他們知道，沙貝琴彈奏得再美妙，也比不上鳥兒一聲悅耳的鳴囀。在鳥聲響徹雲霄的婆羅洲河域中，總有幾頭巨鱷潛伏其中，在水面露出耳孔聆聽鳥兒歌唱。婆羅洲鱷魚喜歡聆聽鳥類歌唱，尤其黃冠夜鶯的歌唱。

二

白背被十三個彎曲點的克力士切割得支離破碎，扔到甘蜜河的屍塊被牠生前當作食物的龜、鱉、蟹、蝦、巨蜥、儒艮和魚類吃下肚子，享壽一百三十五歲。白背大概沒有想到自己死得這麼慘烈、這麼徹底。被獵殺的同類——體型和白背相差很遠——，都在塵世間留下足跡，牠們的牙齒和爪子被人類當作避邪物和裝飾品，掛在女人纖足、獵人胸前和刀柄上；巨大的頭骨在博物館展示；滿布美麗紋理的皮膚被鞣製成皮鞋、腰帶、錢包、錶帶、手提袋；陰莖和大番鵲雛鳥、中藥材浸泡洋酒，釀製壯陽藥；倖存的被圈養野生動物觀光園區，張開布滿利牙的大嘴吞吃活生生的雞和鴨，招攬遊客。白背唯一留在塵世間的是那一塊嵌著彈頭，滿布刀砍、彈坑、迫擊炮和火箭炮傷痕的柔韌而厚實的皮甲，被克力士切割成七百八十七塊，散落和沉澱老家甘蜜河，也是整個婆羅洲同類數量最稠密的河域。

白背出生在坦博拉火山爆發半個月後，持續落下一個多月的火山灰淹沒甘蜜河畔覆蓋著六十二顆卵的乾草和腐土，超過攝氏三十四度的溫度讓孵化的四十六顆卵全部是雄性。在充斥暴力和屠殺的成長過程中，白背目睹三十五隻弱小兄弟被巨蜥、河鱉、黑鸛、老鷹捕食，牠自己和八位兄弟長成七公尺以上的爬行巨獸。數十萬橫行婆羅洲河域的同類擁有基本相同的身體形態，人類很難從外表辨識個別身分，但是白背和八位兄弟，因為巨大體型和某種明顯特徵，讓人類各自為牠們取了一個名字。八位兄弟中，一位瞎眼，一位缺右前肢，一位頭部插著斧頭，一位背部長滿厚實而茂盛的水草和青苔，一位吻嘴齜出一顆像劍齒虎的長牙，一位額頭長了像三角龍的肉盾，一位尾巴綑著兩圈鐵籬笆，一位胖得像蟾蜍。一八八五年的狩獵活動中，白背八位兄弟先後被屠殺，長度和體重被記載下來時，人類忍不住打了個寒顫。根據目測，白背體型遠遠超越兄弟，但實際長度沒有做過精確估計。人類辨認白背的憑據不是體型，而是像一抹白雲飄浮陰天、鋪展在玄色和橄欖色背部的白色條紋。牠有一個簡單又好記的名字：白背。

白背死去快二十年了。一百多年來，白背以一種癱軟無力的狀態漫游甘蜜河，像一塊漂流木，不分晝夜，隨時準備襲擊獵物。溶解在白背強烈胃酸的人類正確數字，就像牠的體型，是巨大的謎團。婆羅洲原住民估計一頭鱷魚受害者數字時，以死者和倖存者身上留下的鱷牙為準。

鱷魚從出生擁有兩千到三千顆槽生齒——像女人天生擁有四百多顆卵——，一顆槽生齒可以再生五十次。鱷魚在死者和倖存者膝蓋、手肘、肋骨、腳踝、骨盆留下一顆脫落的牙齒時，表示牠之前至少襲擊過或攫食過十個人。白紙黑字的紀錄顯示，白背在死者和倖存者身上留下的牙齒有二十三顆。辨認白背的牙齒一點也不困難，牠每一顆牙齒都超過十八公分——比婆羅洲男人平均陰莖長度多了三分之一——，沒有其他婆羅洲灣鱷牙齒比牠更長了。

起初，白背和八位瞎眼、斷肢、晃著斧頭、拖著鐵籬笆、一身肥肉、長了劍齒虎利牙、三角龍肉盾和水草苔蘚的兄弟齊名，吃盡婆羅洲大小生物，包括雲豹、野豬、山人和人類。那是一個雲朵纍垂的下午，白背悠游甘蜜河，兩眼布滿枝葉的青蔥翠綠，攪動一批拴住白背往陸地隨意爬行的索鍊水紋，鼻子嗅著每一朵野花的盛開、泛黃到凋謝的生死過程。茅草叢終年焚燒的火光映紅低矮的雲層，陽光像金黃色的皮毛罩在叢林上，濕氣淋漓的季候風讓白背覺得陸景濕漉漉的。天穹、陽光、叢林和水域布滿童稚和創傷的回憶，像牠的皮囊，是刀、槍、子彈和火炮編織的盔甲。早上吃了十多隻鯰魚和吞下一隻河鱉後，強烈的抗飢感讓牠少了獵食意願。白背從甘蜜河游入一個遍布布袋蓮和大葉蓮的湖泊，一隻長尾猴在一棵身形彎曲的老椰子軀幹上來回爬行，椰子樹下，泊著一艘舢舨，舢舨船舷上，立著一隻白鷺鷥。白背和其他同類一樣，飢餓感永遠大於飽足感，像巨石壓垮小草。牠潛伏舢舨下，偶爾從水面露出眼睛、耳孔和鼻孔，同時克制自己不要從舢舨下突然浮起。白背曾經把獵鱷者舢舨馱在背上，在獵鱷者驚恐中載運到陰暗的河域中，拱起背脊，將舢舨和獵鱷著拋向空中，搖擺尾舵，攪拌後肢，豎立水中，半個身體露出水面，讓獵鱷者落入張開的大嘴。從湖水水溶性的化學物質和水波振動，牠感覺到湖泊裡沒有比鷺鷥和長尾猴更大型的獵物，而長尾猴又比鷺鷥更多肉質和骨質。牠準備在長尾猴最接近水域時撲咬過去，不必翻滾，一口就吞嚥下去。一擊不成，不會有第二次機會。白背第三次從水面撐開瞬膜盯著猴子時，嗅到空氣中比長尾猴更巨大的獵物。激烈的水波振動讓白背感覺到巨大的獵物快速靠近舢舨。白背潛到舢舨下，看見水底下人類的兩隻腳。白背已經品嚐過上百個人類，從兩隻腳可以看出那是一雙少年的腳，或者一個女人的腳。腳從岸上一路蹚水走向舢舨，隨著腳掌沉入湖底的水花被水流捲向白背，凋謝在滿布彈坑和彈頭的鱗皮上。腳的主人兩手攀住船舷準備躍上舢舨時，白背從船底衝出水面，張開下顎咬住獵物下半身，甩了兩下大頭，吞下獵物，再度潛入湖底，擺動舵尾，游向廣大的甘蜜河。白背吞吃了一個不滿一百五十公分——實際高度一百四十三公分——的年輕女子，女子懷裡揣著一支口琴，左手拿著一支彩繪中國古代美女的油紙傘，右手拳著一顆七十二克拉巨鑽。白背和雞、鳥一樣，借助沙石磨碎食物，那顆在巨胃翻滾的鑽石和強大的胃酸，讓獵物消化得更徹底和快速。一瞬間，白背從八位兄弟脫穎而出，變成婆羅洲最負盛名和傳奇的爬行巨獸。

巨鑽讓白背八位兄弟和其他體型差距很遠的同類遭到無情屠殺，甚至牽引出和龐蒂雅娜、油鬼子、拜公、托陰、桑．柯仁白齊名的舌魅傳說。一八八五年後，白背不再現身甘蜜河，人類以為牠在子彈、炮彈和手榴彈摧毀下沉屍河底了，直到二十世紀初期一個在甘蜜河畔垂釣的胖子失蹤後，人類在甘蜜河下游發現胖子的一隻腳，膝蓋骨嵌著一顆白背的牙齒。叢林的陰森和黑暗讓白背變得更強大和邪惡。人類測量牙齒，接近二十公分了。

三

據說，白背是聽見方蕪美妙的口琴聲才從甘蜜河潛入湖泊，並且在椰子樹陰影和舢舨掩飾下，以強大的尾巴抵著湖底的泥濘地，在水面露出眼睛、耳孔和鼻孔，以直立的姿勢埋伏了一段時間，像三疊紀到白堊紀中生代祖先。白背和婆羅洲其他鱷魚愛聽鳥鳴和美妙的音樂，而方蕪吹奏的口琴，可以讓榴槤果大白天噗咚咚掉到地上，沒有生育過的女孩溢奶，家貓瞳孔大白天變得像繡花針一樣細長，鬥雞的距爪長長半英寸，掛在牆上中國山水畫中的白鶴飛出來。

獵鱷者禮聘婆羅洲十多位最優秀的沙貝琴和口琴高手在甘蜜河畔演奏，獵鱷者扣著獵槍、來福槍和火炮扳機，身上掛著手榴彈，準備給白背致命一擊。婆羅洲沙貝琴高手漫山遍野，但沒有一位像傳說中史上最優秀的沙貝琴高手，彈奏的沙貝琴可以讓克力士像採蜜的蜂鳥懸在鞘口外，畫本上的頁緣裝飾畫和爪哇文詩歌糾結成一團，國王的金葉子花冠、鬍子、絲織長袍飄揚，美麗神祕的公主挪動纖足躲在暗處聆聽。方蕪過世後，沒有人的口琴可以吹奏得比她更動聽，即使金樹和老四的琴藝也差一大截。沒有人的琴藝可以像方蕪吸引更多的巨鱷，更沒有其他鳥類歌聲可以像黃冠夜鶯讓鱷魚忽視岸上的美食，忘情聆聽。在獵鱷者的勞師動眾和擾亂中，黃冠夜鶯即使現身甘蜜河畔也不會歌唱，牠不習慣人類的喧譁和氣味。獵鱷者甚至播放錄製的黃冠夜鶯歌聲，但是擴音器中的鳥鳴不會延長黃槿花壽命，不會讓母貓變漂亮，不會讓雲壑中的飛泉更有活力和氣韻，也沒有吸引更多鱷魚。平庸的沙貝琴和口琴演奏甚至比擴音器中的鳥聲更可以觸動鱷魚心弦。

一批白背同類慘死在樂聲和複製的黃冠夜鶯歌聲中，包括白背八位兄弟。「獨眼」——這是婆羅洲原住民對牠的封號和尊稱——被來福槍射瞎另一隻眼時，憑著嗅覺和聽覺，衝到岸上咬斷開槍者的腰，跌入一個布滿尖樁的深坑。「三腳」被手榴彈炸裂大嘴巴，八十顆牙齒像彈片刺穿兩個獵鱷者的頭顱和胸膛。在一陣彈雨中，「斧頭」以時速二十公里追逐一群獵犬，咬死和咬傷十一頭，嚥下最後一口氣時，存活的獵犬被鹽溶液淚濕的兩眼震懾，不敢靠近。「籬笆」二度陷入鐵籬笆築成的機關，被活生生剝下皮甲、拔走牙齒和爪子時，低沉而痛苦的吼聲嚇癱同類。「蟾蜍」被槍彈、手榴彈和迫擊炮圍困小湖泊中，八個月後浮出水面時瘦得像一隻巨蜥，一隻黑鸛停在牠的腦袋上，啄下和吞下不再綻放出晨曦的眼珠子。「劍齒虎」的一顆長牙比皮甲珍貴，價碼甚至不下於可能匿藏肚子中的巨鑽，獵鱷者搶奪長牙時用彎刀剁碎了頭顱。兩支獵鱷隊伍把「三角龍」和「水草」轟炸得皮開肉綻，巨鑽可能隨著彈片和皮骨沉入甘蜜河。八位兄弟死亡過程深印白背腦海，像流星雨閃過噩夢的星空。白背從此不但對沙貝琴和口琴聲產生了抗拒力，也對演奏者和獵鱷者長出像八十顆槽生齒生生不息的敵對心態，時機到了，白背就掀起奮怒的波浪翻滾，把陸地上兩腳和陰陽不分的無毛動物拖下甘蜜河。

聆聽黃冠夜鶯是白背浮游甘蜜河的唯一娛樂，也讓白背像葫蘆隨波逐流、無憂無慮一百三十五年。白背是黃冠夜鶯的忠實聽眾。白背抗飢時可以六個月不進食，但一個月聽不見黃冠夜鶯歌聲就忍不住上岸尋覓，從眼部腺體排泄的多餘鹽溶液讓牠淚流滿面。黃冠夜鶯歌聲深入白背血髓，加深和勾起白背和鳥類的親緣關係。因此，白背從一開始就可以輕易的分辨複製的和真實的黃冠夜鶯歌聲。前者，白背擺尾而去，後者，白背聽得入神。

一百三十歲時，白背出現和八位兄弟相似的特徵。左眼被蜜熊爪子抓成半瞎，左前肢被原住民用魚槍射跛，頭上插著一支小彎刀，尾巴纏著十多根掙脫機關時留下的鐵絲，一根牙齒像豬牙岔出吻嘴，脖子長出一圈肉瘤，肚子肥大下垂像船艦龍骨的弧體，除了白色紋帶，玄色和橄欖色背部長滿水草和苔蘚。隆起的白色紋帶像孕婦六個月大的肚子，充滿象牙質感。

四

獵鱷風潮擾亂鱷魚生態和雲落人作息時，白背徘徊甘蜜河口，見證和加入了小鎮的地誌書寫。白背被十三個彎曲點的克力士刺穿腦袋和切斷尾巴時，八位兄弟生前死後的身影游移腦袋頂端，像天花板上被死神化身的黑貓追逐的壁虎。十三個彎曲點克力士像電光穿透雲層切割牠的腦袋和尾巴時，白背想起：

鋪張著「籬笆」皮甲的娼館，生意興隆。「籬笆」皮甲覆蓋整張小床，四肢和頭皮蔓延到床下，嫖客和娼妓枕畔的喘息像鱷魚春情勃發的吼聲；

載著「劍齒虎」醃肉的四艘長舟抵達雲落時，來不及運上岸，四面八方湧來兩百多艘搶購醃肉的舢舨；

像獵鯨者殺死鯨魚後測量陰莖，獵鱷者測量了其中幾位兄弟陰莖。陰莖最長的「三腳」被獵鱷者現場烤食，切下的陰莖高價賣給雲落一家中藥店，和十二隻大番鵲雛鳥、中藥材浸泡洋酒中，據說藥效驚人，只需要喝下一小滴藥酒，可以讓陰莖堅挺三天；

「蟾蜍」吃下兩個半在甘蜜河施法的巫師，留下一個巫師上半身給現場看熱鬧的一隻小母鱷。「蟾蜍」在湖泊匿藏八個月後，瘦骨嶙峋的浮出水面受審。據說，啄走「蟾蜍」雙眼的兩隻黑鸛就是巫師化身；

為了讓溫度適中，孵出雌雄相當的雛鱷，母鱷爭奪不過分背陰和當陽的產卵地點時傷了和氣，她們在國王御用軍隊守護下潛游到甘蜜河河底，像一群打架鬧事的小孩找白背抱怨。白背以王者之姿調解糾紛、安撫母鱷、分配產卵區；

「斧頭」死後，獵鱷者玩了一個小遊戲：單手拔出「斧頭」頭上斧頭的人，可以獨占「斧頭」的皮、肉、骨和爪；

風流的「三角龍」用尾巴拍打水面，發出雄壯吼聲，吸引十五頭春情萌動的年輕母鱷，也吸引了兩支獵鱷隊伍；

「水草」半夜爬上吊死舌魅的絞刑臺，嗅出兩個礦工隊員吃過鱷肉，慢條斯理啃掉了他們的大體；

母鱷想起吃下王妃後，比東方人更有環保和生態意識的國王沒有怪罪牠們，在這之前，國王對這群無辜的野獸滿懷保護和愛惜，在這之後，國王下令御用軍隊和雲落人不可濫殺野鱷，策馬甘蜜河時也盡量不打擾牠們。為了逃躲獵鱷隊員沒有節制的屠殺，一隻母鱷心驚膽顫的潛回雲落河口產卵，意外受到國王重視後，一批又一批母鱷先後來到雲落孵育後代；

白背吃下獵鱷者注射了氰化物、砒霜、老鼠藥、殺蟲劑、魚藤酮的動物屍塊時，連續三天夢見死去六十多年的八位兄弟和十六歲性成熟時奪走貞操的一隻老母鱷；

雲落家貓充滿毒質和魔性像口琴的半夜哭號讓白背想起方蕪口琴聲，牠記得二十五年前不止一次聽見這種像從天上飄下來的仙樂；家貓的天鵝之聲和方蕪口琴，讓白背燃起淚流滿面上岸尋覓黃冠夜鶯歌聲的激情和亢奮。

白背在雲落潛伏一個月，月色下，清楚地看見家貓悲憤地揚起的每一根鬍鬚和舔舐汙穢毛髮的每一張紅色舌頭。聽完最後一隻貓的歌唱後，趁著漲潮，像葫蘆隨波逐流漂向上游，尋找獵鱷風潮後失散已久的黃冠夜鶯歌聲。六十五年了，白背只聽過兩次黃冠夜鶯的歌唱，最後一次是二十五年前。白背在甘蜜河漂浮一個晚上，東方露出魚肚白時，河面鱷眼晨曦零零落落，白背看見河岸上一隻母豬帶著一群小豬飲水，一隻失散的獵犬對著自己狂吠，兩隻水鹿蛋黃色的鹿茸和雞冠色的體毛在灌木叢若隱若現。離開紛紛擾擾的甘蜜河河口和雲落，白背很高興回到酷寒的雨林世界，和自己熟悉的豬、狗、鹿共享叢林繁華。一棵筆直插入雲霄的大樹、一塊長相奇特和屎漬斑斑的巨石、一片擴大又縮小的藍天，讓白背攪拌四肢，在逐漸湍急的水面多停留一會，撐開瞬膜，仔細觀賞。一百三十五歲的白背不但匯集了八位兄弟的身體特徵，加上那一道白色條紋，讓包括母鱷在內的其他生物看見白背掀起的索鍊水紋時，充滿怯弱和敬畏。五十歲之前，白背可以愉快地和母鱷做愛，五十歲後，寵大的身軀雖然讓嬌小的母鱷望而畏懼，但一旦白背幸寵母鱷時，母鱷還是興奮的抬起尾巴、張開美麗的洩殖腔，渾身顫抖和哀慟地陶醉在被撐裂和塞滿的愉悅中。對甘蜜河所有母鱷來說，和白背做愛，既光榮又值得炫耀。一年總有一次，白背衝破堅固而高聳的慾望籬笆，沒有高歌和拍打水花，撲向怯生生又裝模作樣的年輕母鱷，對準緊密的洩殖腔亮出嗦嗦顫抖的巨大陰莖。

聆聽完一千多隻家貓臨死前的哀號後，白背性慾高漲，從早到晚，白背沿著甘蜜河逆流而上，一次又一次亮出由高密度膠原蛋白組成的陰莖，插入二十八隻母鱷洩殖腔，夕照染滿天邊時才縮陽入腹。白背不知道那是自己生前最後一次痛快淋漓的密集交配。白背突然發現世界變得美麗和炫目，造物者用魔杖在赤道下彩繪了一幅旱季中的晚霞，枯黃的茅草叢燃燒著火焰，河岸長滿水仙花，垂向河水的樹椏纍垂著十多顆金黃色的蘋果，天使裙襬滿天飛翔。野草和野花夾脊的小徑上，白背看見自己失戀和孤寂一輩子的美麗和哀愁。在晚霞、火焰、水仙花、金蘋果、裙襬、美麗和哀愁的淚眼盈眶中，白背聽見了黃冠夜鷺的歌聲。哦，是那久違的黃冠夜鷺歌聲，讓白背臉上哀傷的笑顏、陰鬱的皺紋、苦戀痣、積憂瘤、醜陋的獠牙，展現了少見的狂喜和顫慄。白背停止漫遊，上半身趴在河岸上，尋找歌聲來源。歌聲越來越明顯清亮，越來越接近白背耳孔，黃冠夜鷺就像站在白背耳邊細語。白背在岸上聽了十多分鐘，鹽溶液再度淚濕兩眼。白背看見野草和野花夾脊的小徑站著一個身形矮小的紅髮女子，女子噘著雙唇，像吹口哨，又像歌唱，發出黃冠夜鷺的歌聲。白背正在疑惑她的身後也許飛翔著或藏匿著黃冠夜鷺時，兩個戴著寬邊藤帽、身形巨大的人類從草叢一躍而出。白背看見空中閃過兩道藍光，一支十三個彎曲點克力士插入自己的腦袋，另一支十三個彎曲點克力士插入尾椎。比白背吞吃過的人類都巨大的人類跨騎白背背上，四隻腳像白背熟練地攫食獵物般箍住白背，克力士像一道又一道閃電穿透雲層切割著白背的頭顱、軀殼和尾巴。白背布滿彈頭和彈片、抵擋過迫擊炮和手榴彈攻擊的皮甲、插在額頭上的彎刀和嘴裡八十顆牙齒，包括像野豬獠牙的長牙，甚至白背在痛苦和驚慌中舉起四肢掙扎時，像釘耙的爪子，一瞬間被克力士切成碎片。

白背最後一次扯開喉嚨厲叫時，紅髮女子摘下一朵野朱槿花，吻了吻花瓣，隨著那深情的一吻，黃冠夜鷺的歌聲終止了。

第二十一章

紅髮女子嗅著沒有完全開苞的朱槿花，模擬包括黃冠夜鷺的各種野鳥叫聲，沿著石磴步道穿過荊棘叢、灌木叢、茅草叢、無花果樹和婆羅洲鐵樹，上了一座丘陵。她看著兩千多公尺高的墨黑色山脈和像一片白色浪花的峰嶺，想起峰嶺背後的山洞中，自己和夥伴耗費超過半個世紀收集的王冠和珍寶。

這是她第一次站在丘陵上仰望峰嶺和盤旋空中的蒼鷹。天穹星布索絛似的散雲，鷹群飢嘯。太陽赤裸裸地掛在高空，牙垢黃光芒徐緩暈散，鷹影游移腳下和城牆上。她想起再過不久自己就要和夥伴離開這顆行星，離開四十五億五千萬歲的恆星，離開擁有數千億恆星的銀河系，回到闊別已久的家鄉時，金樹的影像浮現腦海。紅髮女子的心臟猛烈的蹦跳。她懷念金樹五指撫摸自己的胸部和胯下、懷念金樹舌頭在臉上和胸前留下的唾液和溫度、懷念金樹貪婪的吸吮自己的舌頭、懷念金樹的陽剛和雄性透過指尖傳導到她身上每一寸皮膚。金樹愛撫自己的麻酥和搖震讓眼前的山壁和峰嶺有一種蕩漾的感覺。她深吸一口氣，看了一眼丘陵上榴槤樹環繞的堡壘，嗅了一下手上的朱槿花。沒有完全開苞的朱槿花像一隻蜷身熟睡的小貓，一路伴隨她走上山崗，但隨著她的鳥聲鳴唱，朱槿花慢慢撐開花瓣，醒過來了，花苞吐出季候風壓境下的蠻荒芳豔。

她還沒有走上丘陵的石磴步道，已經發覺人民游擊隊哨崗盯上了她。她穿過榴槤樹叢，站在厚達二十二公分的婆羅洲鐵木堡壘大門前，抬頭看著嵌著鐵蒺藜的護牆和頂樓的瞭望臺。

堡壘掀起一波小小的騷動。正在「風雨軒」讀舊報紙的志業隊長，走到隔壁「山水廬」呼叫擦拭槍管的鐵筆隊長，夥同「虎踞齋」寫宣傳單的堅持隊長，三人沿著鐵製旋梯來到瞭望臺。七十多名隊員荷槍實彈，各就戰鬥位置，驚動廚房、菜園和雞舍裡的六位女子。春睡在堡壘外用狗腿刀挖樹薯，落雁在玉米園撿被猴子扔棄的玉米筍，奔月在雞舍撿雞蛋，閉月坐在廚房板凳上洗野菜，飛燕往浸泡著櫥櫃四腳的搪瓷盆添水，一笑在改裝成六個女子臥室的客廳聽廣播劇。春睡拿下掛在牆上的長槍關掉收音機時，一笑對著春睡傻笑。兩個肩負保護六位女同志的年輕隊員拿著「鐵軍一八」快步走進臥室。六個女子遵照隊長指示在廚房內待著，但很快按捺不住，由春睡帶頭走出客廳，走向二樓的戍衛臥室，兩位年輕隊員緊跟在後。臥室窗戶緊閉，聽不太清楚瞭望臺三位隊長和堡壘外一個女子的對話。

如果來者不是弱不禁風的女子，瞭望臺上的守衛已經鳴槍示警。堡壘大門前的女子穿著有補丁的淺綠色獵裝和卡其褲，一面黑頭巾蒙住額頭，手裡拿一朵朱槿花，一根黑色髮夾綰住紅髮，但在東北風吹拂下，紅髮像沒有綰住一樣飄揚。白皮膚在太陽牙垢黃光芒下噴發出蕈菇孢子白，大眼櫻桃嘴，微笑像出盆的荷葉溢出瓜子小臉，酒窩盛得下豹紋豬籠草捕蟲瓶裡的清水。她抬頭看著瞭望臺上三位隊長，露出燦亮的貝齒，朱槿花花蕊摸擦著鼻尖，對著三位隊長揮手。三位隊長互看一眼。他們消滅一股二十多人的伊班自衛隊兩天後，一個美麗的伊班姑娘摟著沙貝琴走到堡壘前，不顧守衛鳴槍示警，盤腿坐下，抬頭凝看瞭望臺上的守衛，用花蕊初綻般的十指彈奏沙貝琴，琴聲穿透婆羅洲鐵木大門，漫向堡壘四周的榴槤樹和花圃，裊繞山崗下的龍腦香樹叢，一隻吼鹿從灌木叢伸出兩角六尖鹿茸的頭顱和脖子。隊長和隊員游擊叢林多年，鮮少聽過女樂師彈奏沙貝琴，朝天的槍管緩緩降下，像一群等待主人獎賞的馴犬。汶萊帝國時代的沙貝琴莊嚴神聖，樂聲治病驅魔、通靈祭祀，禁止女人彈奏，一位沙貝琴製造大師為了打破禁忌，死前耗費畢生心血研發一支史上最精美優秀的沙貝琴，這支沙貝琴流轉婆羅洲數十年，琴弦被男樂師碰觸後即崩斷，最後由一位沒有做過粗活的年輕公主用花蕊初綻般的十指彈奏，吸引一批從來沒有在人類棲息地現身的鳥獸駐足聆聽，沙貝不能讓女人彈奏的禁忌才被打破。百年後琴身腐朽潰爛，露出裹藏的兩根人類骸骨，據說是大師早逝愛女的腕骨。

伊班姑娘奏完一首婆羅洲野謠〈微笑的伊班少女〉後，從沙貝琴下掏出一支魚槍對著瞭望臺上的守衛扣下扳機。伊班人自製的魚槍殺傷力強大，即使在水裡也可以射穿儒艮頭顱。魚槍飛越守衛肩膀，筆直射向高空，劃了一個弧度，落在堡壘後方好萊塢拍攝團隊扔棄的木板布景上。伊班姑娘準備裝上第二支魚槍時，十多顆「鐵軍一八」子彈已經招呼到她身上。

紅髮女子走向堡壘時，三位隊長已經用望遠鏡打量過她。女子大約一百五十公分，手腕和手指細緻白嫩，好像除了撥得動沙貝琴的琴弦，連一根雞毛也拔不起來。被陽光晒得微微泛紅的臉頰，柔軟得像朱槿花瓣。十一月的強烈東北風吹拂下，小腰桿有點挺不直。三位隊長想起比眼前這位紅髮女子更嬌弱的伊班姑娘。伊班姑娘踩著五十多道石階走到堡壘大門時，喘得上氣不接下氣，臉上的笑容軟化了瞭望臺上的隊員，彈完一曲〈微笑的伊班少女〉後，手掌已經多了一支魚槍。

三位隊長從望遠鏡中看著紅髮女子，直到她停在堡壘大門前，他們才放下望遠鏡。從瞭望臺憑著肉眼居高臨下看她，她的美麗更讓三位隊長和左右兩側荷槍實彈瞄準紅髮女子的守衛向前踏出一步，彎腰靠在石磚砌成的瞭望臺上，兩眼瞪得比受驚的鹿眼大。站在中間二十六歲年紀最大的第一支隊隊長志業叼著一根洋煙，背著兩手，說：

「同志，見過這個女人嗎？」

第二支隊隊長鐵筆和第六支隊隊長堅持搖搖頭。六位年輕的守衛也搖搖頭。十六歲人民游擊隊年紀最小最右側的守衛笑了笑，小聲說：

「好像看過。」

「你在雲落見過這個女人？」志業看著十六歲的游擊隊隊員。

「在雲落嗎？好像看過。」十六歲的游擊隊隊員說。「似曾相識。」

「廢話！」志業吐了一口煙。「我也好像看過。」

「被我們打成蜂窩的伊班女人，」鐵筆說。「我也好像看過。」

「大哥，」堅持看著鐵筆。「美麗的女人讓人過目不忘。這個女人——」

「少廢話了！」志業把口中燒到一半的洋煙揮到瞭望臺下。這是告訴隊員，一有風吹草動，可以自由射擊。「堅持，你知道為什麼把春睡等人編排到第六支隊？因為你對女人最行。說話吧。」

堅持清清嗓子。

春睡拉開窗口的門閂，抬起木條，解開沒有上鎖的扣鎖，露出一條細縫。年輕隊員想把窗口關上，被奔月拉住他的手腕，同時瞪了隊員一眼。年輕隊員摸了摸臉上剛長出來的髭鬚，尷尬的笑了笑。七位女同志沒有加入人民游擊隊前，隊員早已聽說她們的大名，對她們充滿敬意和傾慕，尤其其中一位女同志捐軀後。除了不能隨意踏出堡壘，六個女子在堡壘暢行無阻。她們發起嗔來，三位隊長也會禮讓一下，更別說髭鬚沒有長齊的年輕隊員。

從細縫可以看見紅髮女子上半身，更可以清楚聽見雙方對話。除了一笑，五位女子將耳朵湊近細縫。她們錯過堅持和紅髮女子的最早對話，但後面這幾句聽得清楚。

「我姓林，大家都叫我露西，三個多月前和一批親戚從加里曼丹偷渡到雲落，在甘蜜河畔種菜養豬，」紅髮女子距離堡壘大門十多公尺停止模倣鳥鳴後，聲音還是像黃冠夜鶯婉轉輕柔。「我認識周枚月。是她叫我來捎給你們國民軍和英軍的消息。」

「周枚月？」堅持皺了皺眉頭。「妳和她是什麼關係？」

「同志、朋友，」紅髮女子嗅了嗅朱槿花。她的笑容讓六個游擊隊隊員一度從她身上移開槍口，但馬上又瞄準獵裝胸前一塊補丁。他們想起伊班姑娘射出一支魚槍後，十多顆「鐵軍一八」子彈半數鑽入她年輕稚嫩的臉蛋。「周枚月已經知道苗幼香的死訊，也知道春睡、落雁、奔月、閉月、飛燕和一笑在堡壘裡。」

奔月第一個喃喃自語，說紅髮女子讓她想起油紙傘上的方蕪畫像，飛燕和落雁點頭附和，閉月雖然不說話，但臉上的神情已說明一切。春睡用拳頭捶了捶窗欄，輕輕的歎息一聲，說：「這個女子知道我們在部隊中的番號。」
落雁說：「你們見過這個女子嗎？」
奔月和閉月同時說：「沒有，沒有，沒有見過。」
落雁說：「我打睹沒有雲落人見過這個女子。」
飛燕說：「像極方蕪。可惜，頭髮是紅色的。」
「我們見過的，」落雁突然搖了搖飛燕的肩膀。「飛燕，妳記得那天晚上，出現在沉魚木碑後的那個女子？」
飛燕把整張臉埋在細縫中。「哦，是她，就是她。一樣的獵裝和褲子，尤其那一頭紅髮，整個婆羅洲再也找不到這種紅髮女人了。」
落雁和飛燕互看一眼後，同時把目光挪向一笑。一笑靠在柱子上，看著被煤油燈燻黑的天花板，哼著有河流、風帆、綠浪和飛鳥的印尼民歌。落雁把一笑拉到窗邊，壓著她的脖子往細縫看。「一笑，妳看看那是誰？」
「周枚月有沒有告訴妳，進入堡壘的密語？」堅持說。
「我不知道，」東北風吹散女子紅髮，遮住半張臉，朱槿花花瓣和髮絲揉成一團。「沒有聽說進入堡壘要說什麼密語。周枚月沒有告訴我。」
堅持又看了看志業和鐵筆一眼。「枚月有沒有告訴妳，一笑、閉月、落雁、奔月、春睡、飛燕和沉魚的本姓本名。」
「有啊。」紅髮女子說。「一笑叫王馥蓉，閉月叫俞芝蘭，落雁叫樊素心，奔月叫崔淡容，春睡叫陸英瓊，飛燕叫陶卿，沉魚叫苗幼香，還有一個過世的女孩，叫朱淑華。她懷了老四的孩子，難產而死。」

堅持又瞄了志業和鐵筆一眼。三位隊長中，他年紀最輕，資歷最淺，參加過的戰役最少。看見兩位大哥臉上僵硬的線條逐漸和緩後，他也放緩語氣。「露西？——這麼洋化的名字，違反我們反帝反英反殖反資產階級的路線。」

「從小人家就是這麼叫我的。」紅髮女子說。

「妳帶來大馬和英國軍隊的消息？」堅持說。

「是啊。」紅髮女子撥開散亂臉上的紅髮。「枚月說，這消息只可以告訴第一支隊隊長志業、第二支隊隊長鐵筆和第六支隊隊長堅持。」

堅持看著兩位大哥。志業和鐵筆用兩人打過一百多場戰役的經驗判斷，紅髮女子身體單薄，衣著簡陋，身上不可能裏藏槍械，即使有，也只是小刀之類。但謹慎起見，志業對著堅持小聲交代兩句。

「露西，」堅持不自然的叫了一聲。「妳錯了，進入堡壘是有密語的，即使周枚月也不知道。進來時，高舉雙手，注意，我們有十多支槍對準了妳。」

「這朵花可以拿在手上嗎？」

紅髮女子舉起朱槿花，露出純真如伊班姑娘的笑容。三位隊長和游擊隊隊員嗅到一股淡淡的花香果味，想起伊班姑娘伴隨東北風飄向瞭望臺的榴槤和香波羅氣味。紅髮女子將朱槿花夾在食指和中指間，雙手齊額高舉。兩扇婆羅洲鐵木大門打開時，手拿「鐵軍一八」和來福槍的十個游擊隊隊員排成兩列站在大門兩邊，嚴肅中帶著踟躕和迷惑。紅髮女子緩緩走進堡壘後，兩扇大門在她身後吱吱嘎嘎關上。

「妳可以把手放下。」一個游擊隊隊員說。

「我捨不得丟掉這朵花，」紅髮女子說。「讓我把它插在頭髮上。」

紅髮女子用左手壓著右側頭髮，右手拿著朱槿花花梗往蓊鬆的紅髮插進去。花梗有點軟，她插了幾次沒有插好。她用左手壓著插上花梗的頭髮時，右手五指伸向後腦勺的髮夾，像往後撥了撥頭髮。游擊隊隊員看見她從髮夾抽出一柄眨閃著藍色光芒像彎月的小刀，一股濃稠的花香果味撲鼻而來，游擊隊隊員眼前湧起一片翻滾的黑潮。他們兩腿癱軟，紛紛倒下，失去知覺。

紅髮女子屏住呼吸，卸下額頭上的黑色頭巾裹住嘴巴和鼻子。

堡壘外傳來虎嘯。

一笑停止哼唱，一張臉幾乎擠出細縫。紅髮女子進入堡壘從細縫消失後，一笑才把頭顱抬起來，咿咿嗚嗚說了一串沒有人聽懂的話，邊說邊狂奔到一樓臥室，拿下掛在牆上的褒姒一笑油紙傘，飛奔回二樓，撐開傘，指著傘面許嵐師傅彩繪的古代美女，又咿咿嗚嗚說了一串沒有人聽懂的話。飛燕拍拍她的頭，說：「傻瓜，知道了！」一笑還是咿咿嗚嗚說下去。

大門關上後，堡壘寂靜，連堡壘外榴槤樹上榴槤果肚子內果核的胎動也聽得見。虎嘯過後，堡壘更是靜得嚇人。透過細縫，五個女子看見在樹枝枯槁、野草焦黃、光禿陰鬱的山崗狂奔著一頭像火焰的老虎。老虎停在一塊墨黑的岩石前，從兩隻前足的爪鞘伸出爪子，磨了磨爪子，舔了舔右前足的掌墊，發出一聲低吼，收爪入鞘，向堡壘右後方狂奔時速度減緩，右前足呈跛狀。奇異的暈紅從皮毛蔓延而出，在走過的地方鋪出一道深紅色的織毯。老虎蹤影消失在細縫後，鐵製旋梯響起志業、鐵筆、堅持的腳步聲，三個人下半身出現在旋梯時，紅髮女子上半身也出現通往一樓和二樓的旋梯上。她步伐輕盈，頭髮散溢出奇異的紅暈，皮膚吐出蕈菇孢子白，整個堡壘滿溢花香果味。六個女子、三位隊長和兩位游擊隊隊員突然全身癱軟無力，四肢像少了骨骼，一個個趴倒地上，闔上眼瞼前，紅髮女子已經來到瞭望臺。

這不是守衛第一次看見老虎。他們緊盯著老虎消失處，嗅到花香果味失去知覺那一瞬間，視線殘留老虎像火焰的飛奔形象。紅髮女子在堡壘一樓和二樓繞了一圈，確認所有游擊隊隊員失去知覺後，站在瞭望臺上發出像黃冠夜鶯的歌唱，山崗下莽叢裡走出六位戴著寬邊藤帽、手拿像骨刀的煙斗、長髮披肩、身形高大的人。紅髮女子走到一樓打開堡壘的婆羅洲鐵木大門，走到一樓六個女孩的臥室拿走油紙傘。六個戴寬邊藤帽的人走到二樓，將六位昏厥的女子馱到背上。

第二十二章

一

愛情孕育歡樂的果實，也長出悲傷和死亡的藤蔓。製傘師傅許嵐彩繪方蕪畫像時，可以看見並且描繪一隻飛鳥上升、盤旋、滑翔、起飛和著陸時每一根羽毛的形狀，但沒有辦法在方蕪身上多畫出一根頭髮。他太愁鬱，調不出濃稠的顏色，紅的不夠紅，黑的不夠黑，他懷疑眼睛被愛情針芒刺瞎了，塗料彩飾出來的是他對塵世的懵懂混沌、對愛情的無知和愚蠢。方蕪過世時，思念和悲傷讓田金虹流了一甲子淚水，錯失多次上岸尋找黃冠夜鶯歌聲、鹽溶液盈眶的野獸。方蕪和父親販賣土產時，雲落的年輕男子用眼神觸摸她的手腕、衣襬、頭髮，或者透過各種方式讓他們的身影在她眼眸停留一會，哪怕只是比流星掠過天際更短暫的一會，以一種燒燬自己引起對方注意的方式，藉此療癒自己被單相思腐蝕的身心。他們走遍雲落妓女戶，用命令畜牲的語氣叫妓女用兩腿夾緊自己的臀腰，把像火山爆發的痛苦烈焰和熔漿灌進她們年輕光滑的肉體中。

老四、八刀、紅番、冰淇淋、三姐、鳥屎椒見到闊別兩年多的情人後，牽著她們的手分散矮腳木屋裡外。金樹和紅髮女子走向叢林無所不在的隱密和陰暗，直到矮腳木屋生鏽的波紋鋅鐵皮屋頂被莽叢淹沒，他們才放緩腳步，並肩坐在無花果樹下。入夜前猴鳥最吵鬧，他們拉開嗓子說話。可是說什麼呢？金樹無言的凝視著紅髮女子，從懷裡掏出兩支口琴，把教會紅髮女子的歌謠吹奏一遍，紅髮女子也掏出刻著「蕪」字的口琴，順著金樹吹奏一遍。奏完後，紅髮女子將銜著琴格的嘴唇湊向金樹的嘴唇，在四片嘴唇配合吹吸下，把〈犀鳥之歌〉、〈南洋月光〉、〈水鄉〉、〈赤道下的戀情〉、〈野榴槤〉、〈彈沙貝琴的女郎〉、〈永遠的野胡姬〉、〈甘蜜河之夜〉又吹奏一遍。這是兩個人同時吹奏的琴聲，也是流竄婆羅洲雨林最優美無瑕的音樂。奏完後，沒有等金樹開口，紅髮女子讀出金樹的疑問。她把金樹的一隻手按在綰髮的髮夾上，另一隻按在黑頭巾上。金樹卸下黑頭巾、鬆開髮夾時，一個冰冷的金屬物，像一個活物趺入金樹手掌中。金樹一眼看出是一柄插在鐵鞘中的短刃，刃柄彎曲像槍柄，中間有一個食指大小的穿孔。鐵製刀鞘雕鏤著蛇鱗，是刀柄的延伸，刀鞘和刀柄合成一體像一尾黑蟒。金樹像握槍握著刀柄，抽出劍身。他的食指太粗，不能完全插入刀柄上的穿孔。一支女人專用的克力士。劍身抽出時，花香果味撲鼻，藍光流竄劍身。刃長十一公分，刃寬二點八公分，刃柄一體，是一柄直形克力士，但刃身彎曲像髮夾，像一隻大鳥俯彎的鉤喙。金樹將劍身入鞘時，藍光熄滅，但花香果味依舊瀰漫。

紅髮女子終於說出會面後第一句話，聲音既輕又柔像叢林裡的鳥鳴。那是一柄浸淫香液的毒刃，香氣萃自花草和動物的毒囊，經過製刃師淬鍊後，出鞘時散發出使人失去知覺的香氣。香氣非常濃郁，即使裹上鐵鞘也會滲透金屬溢出，像包紮得再緊密的榴槤果也會散發出香味，但不致於讓人昏厥。毒刃和空氣接觸後，香氣像火藥爆炸後的氣壓四面擴散，但香液也會迅速蒸發，第二次再出鞘時已經失去讓人昏厥的作用。屏住呼吸，或者鼻孔裏上浸染了解藥的黑頭巾，可以免於受到毒液侵襲。紅髮女子把自己和七位夥伴進入堡壘「救」出六個女子的過程複述一遍，但對夥伴和自己的身分閉口不提。

金樹想起八十多年前祖父從方蕪身上聞到的花香果味，那柄方蕪從傘柄抽出的克力士，顯然也是一柄香刃，而且不是第一次出鞘。金樹凝神看著紅髮女子，嗅著那股像紅髮女子體味的花香果味，注視著對方的眸子最深處，直到眼睛痠疼。她的微笑像出盆的荷葉，但眼神滿溢焦慮，讓她看起來似乎熱淚盈眶，雙目明豔動人。她的天庭飽滿，進入堡壘「救」出六個女子的經歷餘波蕩漾在那股飽滿中。她的雙眉很淡，但沉積一腔熱燥的情愫。她的眼瞼和睫毛不自然的抖動，似乎正在撫平雙瞳裡的驚駭，有時候這股驚駭壓住了奪眶而出的美麗目色。汗濕的臉讓她看起來非常虛弱。金樹用手壓住她的胸部，感覺到她的心臟猛烈跳動。他把她壓在板根上，帶著一種撫平她心中激盪的意味親吻她。他把頭顱攤在她胸前，透過獵裝和補丁舔吮胸前柔軟的花蕊。他的頭顱沿著一道很寬的弧線，繞道經過脖子、耳垂、鎖骨、肩膀、肩胛骨、腋下、腰部，最後抵達胯下，狂嗅著一股長年累積的潮濕、泥土和寂寞的氣味。在寂靜的陰處，柔情的波瀾淹沒火燙的雙唇。

矮腳木屋裡外和周圍也升起六股相似的柔情波瀾。在鋪著草蓆掛著蚊帳沒有隔間的木屋地板上、在鋪著碧竹的陽臺上、在浴室的水井旁、在鞦韆架上、在甘蜜河畔鵝卵石上、在堆積像小山的劈柴上，六個男子模糊和急躁的聽完六個女孩加入游擊隊和「離開」堡壘過程後，星群和一彎月色高掛天穹，猴鳥不再聒噪，取而代之的是充滿情慾擬聲和擬態的夜梟歡鳴，久久震響山林的虎嘯增加了脊椎骨抽動的快感，柔和太平的甘蜜河水聲透露著一種日常且頻繁的互通柴米油鹽的兒女私情。在沒有隔間的木屋內，八刀摟著一笑，將揮舞大刀的力道均勻地分散出去；在碧竹鋪成的陽臺上，三姐巡視一遍樊素心的胸部、大腿、纖足，像一隻老鷹盤桓大地，最後快速地滑向臉龐，將嘴唇重重而飢渴地壓在雙唇上；紅番在鞦韆架旁懸空抱著女孩，女孩兩腳夾住紅番的臀腰，兩手向後抓住藤蔓，頭顱枕在板凳上，背部弓起前所未有的弧度；在甘蜜河畔，鳥屎椒和陸英瓊卸下所有裝備，但還是感覺到對方的抓揉像子彈匣和狗腿刀刺痛彼此；在堆積如山的劈柴上，冰淇淋陶醉在女子像風吹火焰既奴性又反噬的炙愛中；在溢滿井水的金屬扁盆，老四和陶卿蜷縮在一個有限的圓形空間。莽叢沉睡在肥大和慵懶中，天穹滴下像愛液的流星雨。

金樹倚著板根睡了一覺，醒來時，女子的體溫和花香果味猶在，但紅髮女子不見蹤影。他回到矮腳木屋，陽臺上煤油燈照亮十二張油脂分泌旺盛的年輕臉蛋，點亮額頭上閃爍的粉刺疙瘩像甘蜜河畔螢火蟲的求偶熒光。紅番和崔淡容、冰淇淋和俞芝蘭肩並肩靠在面向莽叢的木牆，三姐和樊素心坐在欄杆上，八刀摟著王馥蓉倚在欄杆上，老四和陶卿躺在陽臺上，鳥屎椒和陸英瓊坐在梯階上。他們仰著脖子抬頭看著滿天星群，想起兩年多前夜宿荒野，腦海浮起形狀和內容各異的對話框。在談笑和淚眼中，對話框有大有小，像一億三千五百萬年前岡瓦那大陸分裂的南美洲，一萬兩千年前猛獁象、貘、大犰狳、斑馬、劍齒虎和野狗活躍的北美洲，寒武紀古陸塊漫長的地殼構造奠定的亞歐大陸，五萬年前東南亞原住民移居的澳洲，一千五百萬年前從海水擠出的婆羅洲。老四的對話框最大，因為他是說給兩個過世和一個活著的女子聽的。八刀最小，因為他發覺不管說什麼，王馥蓉都是傻乎乎的笑著，沒有回應過一句有意義的話。最後，內容和形狀各異的對話框匯集成一個互通的大對話框，像兩億四千五百萬年前泥盆紀的大陸漂移碰撞，連接成一個超大的終極盤古大陸，一個共同話題在六對男女之間蔓延。他們談什麼呢？他們談進入叢林尋找七十二克拉鑽石之前，金樹和趙氏對六個男子許下的承諾：找到鑽石回到雲落之後，振順公司分別贈送六位好友兩爿店面和一筆不小的創業基金。振順公司雖然日暮西山，這一點資源只能算是振順商業大樹的幾片葉子，動搖不了根基，而且，趙氏和金樹一直相信，鑽石的回歸就像濃雲大雨，再度襄助振順這尾蛟龍一飛沖天，就像回歸的王冠和珍寶讓日不落帝國榮耀再現。六個男女興奮的談論著各自的盤算。老四和陶卿準備開一家體育休閒用品店兼書店和一家水族館。冰淇淋已經有冰淇淋店，順著小學教師俞芝蘭的意思，開一家玩具店和剉冰店。紅番只會養豬，打算賣了兩家店鋪，加上創業金，擴大和科學化養豬場。鳥屎椒和陸英瓊開土產店和餐飲店。三姐和樊素心開樂器行和唱片行。八刀開武館和果菜店，武館教授中國傳統武術，果菜店販賣自己和一笑栽種的果菜。他們沉浸在性愛餘裕中，聲音輕柔，神情像預想中的新店，販賣著無價的幸福。金樹上到陽臺後，六對男女從創業基金和店鋪的話題轉移到七十二克拉「砂拉越之星」、少校、英軍、國民軍、人民游擊隊和紅髮女子身上。

「金樹，我們在叢林裡待得夠久了，」八刀說。「回家了。」

「是啊，素心等人也回來了，」三姐說。「『砂拉越之星』也找到了，現在就剩下你和少校的事。」

金樹看一眼夜光錶：八點五十六分。

「露西呢？」陸英瓊說。

「露西是誰？」金樹說。

「那個紅頭髮的女子。」陸英瓊說。

七個男子彼此看了看。這是他們第一次聽見這個名字，即使金樹也沒有聽過。

「我和她在樹下睡了一覺，醒來打算和她商量鑽石和王冠的事，」金樹倚在臺階欄杆前。「醒來後就沒有看到她了。」

靠近門口的陽臺上，擺放著七支收縮的油紙傘和用布帛包裹的七束頭髮。

「是啊，我們也睡了一覺，」老四仰起脖子看了金樹一眼，又瞄陶卿一眼。「好像睡了一千五百年。」

「這女子來去無蹤，」金樹掏出口琴。「不必擔心。我和她有默契，需要她時總是會出現。」

老四和三姐模倣杜鵑、斑鳩、黑喜鵲、山椒鳥、畫眉、黃鸝和黃冠夜鶯叫聲。金樹用口琴吹奏〈永遠的野胡姬〉。潮濕的東北季候風颳向叢林時，樹梢和枝葉迴響著狗淒吠，草原偶爾飄來馬悲鳴，突然，西北方傳來像群虎咆哮的炮聲。老四從陽臺上跳起來，三姐甚至站在陽臺欄杆上，兩人同時指向西北方，大叫：「英軍攻擊堡壘了！」

九點正，英軍二十門大口徑榴彈炮同時擊發，五百多枚爆破榴彈和殺傷榴彈兩分鐘內敉平方蕪堡壘。延時引信、侵徹力強大的爆破榴彈鑽入堡壘內部後爆炸，產生驚人的爆轟波和衝擊波，彈壁較厚的殺傷榴彈隨後落入堡壘，破片八方飛散。為了防止漏網之魚，榴彈炮停止擊發後，從十門迫擊炮發射的三百多枚照明彈和爆破彈像雨點灑向已經城牆塌陷、硝煙瀰漫、礫石遍地的廢墟，迫擊炮停止發射後，響起衝鋒槍、卡賓槍、布倫中型機槍槍聲。圍繞堡壘的榴槤樹和堡壘內田金虹栽種的七棵洋紅風鈴樹被連根拔起，斷裂的枝椏、堡壘的磚石、破碎的人體殘骸、鵜喙、雞爪、鴨舌被衝擊波捲入雲霄，落在莽叢和甘蜜河上。烽火染紅厚實低垂的雲層，金黃色煙霧和塵埃像雲落的蛤蟆石盤據著西北方。

十三個人站在陽臺上翹首仰望，直到西北方再度陷入黑暗。夜梟停止鳴叫，叢林寂靜，靜得河灘上彈塗魚倒豎背鰭挑撥異性的聲音也聽得見，天穹依舊布滿星群和一彎月色，甘蜜河水聲既近又遠，六個女孩的啜泣也是既近又遠。老四和三姐輪流述說在金樹求情下，少校和英軍承諾六個女孩沒有離開堡壘之前不會攻擊堡壘，但是沒有想到她們享受魚水之歡時，英軍正忙著布署火炮，晚間九點就發動攻擊。六個男子摟著女子，撫摸她們髮梢剛剛觸及肩胛骨的頭髮和抽搐的肩膀，用顫抖的聲音表達愧疚和歉意。女子把頭顱埋在男子胸前，眼淚濡濕了男子的襯衫。

金樹凝望叢林裡無所不在的隱密和陰暗。他思念紅髮女子的笑容、口琴聲、花香果味、襯衫底下柔嫩的花蕊、寂靜背陽的陰處、比呻吟更早抵達金樹體內的顫動。他急著見到紅髮女子，和她商量解決少校和王冠的事情，畢竟「砂拉越之星」還在少校手上。他暗下決心，天亮前如果紅髮女子沒有現身，他將獨自前往洞穴，必要時，在那裡守候，直到紅髮女子出現。六個朋友知道，雖然他們幫金樹找到「砂拉越之星」，但為了在英軍攻擊堡壘前「救」出情人，「砂拉越之星」像籌碼再度落入陌生人手上。折返雲落之前，雙方的承諾和約定基本上沒有完成。半小時後，被炮聲嚇癱的夜梟再度鳴叫，叢林也逐漸恢復年輕、多話和血氣方剛的面貌，六個女子的哭泣也停止了，金樹說了方蕪堡壘變成廢墟後的第一句話。

「堡壘有多少游擊隊隊員？」

第一個停止哭泣的陸英瓊看著西北方。

「志部隊二十六人，鐵部隊二十四人，堅部隊十八人，共六十八位同志。」

在烏雲纍垂的西北方，亮起幾十微秒的鬚狀閃電，短暫照亮鋅鐵皮屋頂、陽臺、鞦韆架、柴寮、叢林，閃電過後，雷聲轟擊著耳膜像屠宰場牛群的悲哞。

「英軍顯然一直監視著我們，」鳥屎椒遙望西北方。「妳們離開堡壘不到三小時，攻擊就開始了。」

「金樹，」老四將陶卿環抱胸前，下巴抵住她的額頭。陶卿一個人承受從前老四抒發在三個女子身上的熱情和力道，性愛的餘震衝撞著她的下體，她顯得既疲憊又滿足。「堡壘那兩門老態龍鍾的加農炮，有機會反擊嗎？」

「不可能，」金樹凝望著西北方那一片空白的黑暗。「根據紅髮女子的說法，克力士釋放的香氣讓人昏厥六到八小時，炮彈落入堡壘時，隊員和加農炮正在睡夢中。」

「沒錯，」三姐嘴唇貼在素心耳朵後，每說一句話就讓素心頭皮發癢、頭顱轟響。「即使他們清醒著，也不可能反擊。英軍炮火猛烈而突然，短短幾分鐘內，我只聽見榴彈炮和迫擊炮飛行的叫嘯和爆破聲，這聲音兩年來我聽了十多次。」

大家再度陷入沉默。哀傷的浪潮暴漲得快，退去得慢。金樹凝望六個女孩，想起兩年沒有見過面、甚至很少想起的周枚月，內心升起複雜而起伏不定的歉疚。他和紅髮女子孵育的情愛蛋殼逐漸成型，或者說，還沒有完全成熟，而周枚月是蛋殼上一個小裂痕，一個外來的衝撞就會讓沒有成型的胚胎破殼而出、窒息而亡。他和周枚月的戀情早在兩年前離開雲落時淡去，雖然周枚月送給他一束頭髮，但有限的油紙傘讓他找到藉口，沒有回送對方愛情信物。面對肉體和性愛的誘惑，他擺不脫枚月糾纏，他甚至覺得離開雲落尋找「砂拉越之星」是冷卻和謀殺這股戀情的最佳解方。他有點害怕見到六個女子，因為從她們口裡捎來的周枚月訊息有可能加大蛋殼裂痕。初生的情愛這麼脆弱，容不下一點小隙縫。女孩的情愛這麼敏銳和黏濕，像蝸牛觸角。比起田金虹和方蕪、查爾斯國王和瑪格麗特王妃，他和周枚月的愛情堡壘不堪一擊。對老四、八刀、紅番、冰淇淋、三姐、鳥屎椒來說，愛情堡壘充滿束縛和陰暗，只有徹底擊碎，才可能自由自在在情慾的大海中遊蕩和玩樂。為了掩飾愧疚，也為了避免六個女孩提起周枚月，金樹每一個話題都針對堡壘。

「妳們在堡壘待了兩週了，」金樹說。「游擊隊隊員有聽說英軍即將攻打堡壘的事情嗎？」

「人民游擊隊的事，我們知道的不多，」六個女孩中唯一攜帶武器的陸英瓊將下巴枕在鳥屎椒肩膀上。鳥屎椒抽出她腿上的狗腿刀，翻來覆去看著。「我們主要負責炊事組、菜園組和文娛組，晚上參加政治學習，軍事訓練沒我們的分，巡邏和站崗輪不到我們，六個人只分到一支『鐵軍一八』，加上我這把狗腿刀。不過也無所謂，炊事組和菜園組夠我們忙了。」

「沒有離開過堡壘半步，」崔淡容說。「但隊長和隊員對我們很好。」

「隊長說情勢緊張，國民軍和英軍結集大軍，肯定會有事故，要我們繃緊神經。」俞芝蘭說。

「堡壘四周都是英軍哨崗，要走出堡壘也不容易。」陶卿說。

「英軍攻打堡壘，我猜他們事先不知情。」陸英瓊說。

「知道了也不會告訴我們，」崔淡容說。「我們是咖啡渣！」叢林傳來一聲像炮擊的虎嘯，虎嘯過後，可怕的寂靜再度籠罩叢林，靜得灘塗上彈塗魚邁動胸鰭追逐異性的聲音也聽得見。在黑暗侵襲下，屋簷下兩盞煤油燈相互凝望，孵育出一個巨大、躍動的金黃色光卵。三姐從隔熱層拿出兩包海盜牌香煙，遞一支給金樹等人。

「揚波和第七支隊，為什麼被其他支隊排斥？」

六個女孩相互凝望一眼後，眼角湧出淚花。崔淡容和俞芝蘭握住紅番和冰淇淋的手，兩個女孩不自覺的顫慄讓兩人四手的胼胝發出小石塊摩擦的趷蹬趷蹬之聲。陶卿和樊素心眉梢滿溢驚駭。王馥蓉的微笑乾硬得像夏季旱地裂痕。陸英瓊咬緊下唇，眉頭深蹙，兩眼又凶又峻。男子感染了女孩突然爆發的哀愁和悽愴，靜默的看著她們。陸英瓊從口袋掏出七顆「鐵軍一八」子彈，放在鳥屎椒手掌上。

「新同志加入揚部隊時，隊長揚波會送給新同志一顆子彈，」陸英瓊接過鳥屎椒手中的狗腿刀，輕輕劈了兩下。「子彈不是用來殺敵的。一顆子彈怎麼夠呢？起初，我們以為純粹是紀念性質，到了堡壘後才知道子彈的用意。」

陶卿和樊素心眼角落下一行淚水。在煤油燈光暈中，眼眸陷到深不見底的地方。

「志業隊長和鐵筆隊長告訴我們，第七支隊最強大時，曾經擁有超過一百多位戰鬥隊員，」陸英瓊拿起鳥屎椒手掌上一顆子彈，瞇眼看了看，輕佻的扔回鳥屎椒手掌上。「揚波野心很大，想在砂拉越左翼武裝鬥爭史上留下不可替代的身影。第七支隊打過數十場戰役，隊員人數削減得很快，一年多內剩下十多位。消失的隊員除了戰亡、失聯和投誠，一半以上是傷號或病號。」

紅番拭去崔淡容眼角的淚水。冰淇淋搓著俞芝蘭手掌上的握繭，懷念愛人從前像朱槿花花瓣的掌心。老四和三姐凝望著陶卿和樊素心漚著汗水和淚水的眼眸。

「第七支隊，」陸英瓊將狗腿刀插在陽臺的竹管上，發出咚的一聲。「容不下傷號或病號。」

金樹等人愕然的看著陸英瓊。

「受了重傷沒有生還跡象的隊員，第七支隊一律遺棄，而受傷或生病的隊員在隊醫揚遠治療下，如果復原無望或是拖得太久，揚波也一律遺棄，任由他們自尋出路、自生自滅。」

除了金樹，六個男子用哀悽的眼神看了自己心愛的女子一眼。

「第一、第三和第六支隊收留了十多個第七支隊遺棄的傷號和病號，這批同志運氣不錯，憑著意志力存活下來，」陸英瓊拔出狗腿刀，咚的一聲砍在陽臺上。她反覆劈砍陽臺。「大部分傷號和病號的命運就不一樣了。」

叢林傳出多種充滿嗅覺和味蕾的獸聲。

「幼香傷重，馥蓉傻得像三歲小孩，如果不是我們，早就被遺棄了。」陸英瓊瞄了王馥蓉一眼。

陰暗的叢林蔓延著比白天更有肌力和熱血的活力。

「揚波送給新同志的子彈，就是暗示生存無望又會拖累部隊的同志自行了斷。」陸英瓊沒有拔出砍在竹管上的狗腿刀。

鳥屎椒看著手掌上七顆子彈，將子彈撒在陽臺上。十三個男女再度浮現由小至大的泡泡型對話框，用眼神表達內心沒有言語的嗟歎。

「揚波為什麼把妳們納入第七支隊？」金樹說。

「不知道，」陸英瓊小聲說。「志業和鐵筆隊長也不知道。」

矮腳屋外爆響出一串槍聲，一列子彈從三姐、老四、冰淇淋、鳥屎椒肩膀上越過，一顆打在金樹倚靠的欄杆上，一顆打在八刀大腿上，一顆貫穿紅番小腿。

「趴下！趴下！」

沒有等金樹出聲，中槍的和沒有中槍的臥倒陽臺上。

「『鐵軍一八』！」三姐看著陽臺左側鋅鐵皮下堆積如山的劈柴。「敵人在柴寮後面！」

鳥屎椒在陽臺上滾了兩圈後撲向掛在屋簷下的兩盞煤油燈，用陸英瓊的狗腿刀砸爛煤油燈，再度趴在陽臺上。煤油燈熄滅前，五顆子彈朝他飛去，鑽入木牆和射穿鋅鐵皮。鳥屎椒繼續滾入屋內，取下掛在牆上的七支來福槍，朝陽臺外金樹等人扔去。三姐、八刀、金樹、老四、冰淇淋和紅番拿起來福槍瞄準柴寮。煤油燈熄滅後，子彈不再朝陽臺飛來，七人對著黑暗中的柴寮各射出兩顆子彈。子彈鑽入劈柴，發出八刀用半支大刀將晒乾的枝椏剁成細柴的沉悶聲音。

槍聲讓年輕和多話的叢林再度陷入寂靜，靜得河灘上螃蟹追獵彈塗魚的聲音也聽得見。

「八刀，紅番，」金樹說。「沒事吧？」

八刀往左大腿摸去，摸到一灘液體。他嗅了嗅手掌。「我的腿被蚊子叮了一下。沒事。」

紅番知道小腿中彈，對著和自己肩並肩趴在陽臺上的崔淡容說。「不痛不癢，沒事。」

「『鐵軍一八』！」三姐說。「人民游擊隊！」

星光疲軟，骸骨色月光裹覆叢林，陽臺和柴寮一片漆黑。樊素心將頭顱埋在三姐腋下，三姐感覺到她的身體抖得像被螃蟹大螯鎖住的彈塗魚。一笑想從陽臺上站起來，被八刀用沒有受傷的大腿壓住。陸英瓊握著狗腿刀，下巴抵在陽臺上。俞芝蘭和陶卿臉頰貼在陽臺上，在黑暗中彼此對視，淚花模糊了她們的視線。

「同志，別開槍！」陸英瓊對著黑暗中的柴寮呼叫。「我們是第六支隊的落雁、奔月、閉月、陶卿、一笑，我是春睡！」

柴寮一片寂靜。

「別出聲，」金樹壓低聲音。「爬入屋內！」

大家支起手肘準備爬向門口時，屋外響起連綿不絕的槍聲，劈柴被子彈打得四面八方飛散，柴屑落在鋅鐵皮屋頂、鞦韆架、水井、金屬扁盆、甘蜜河上，像豪豬的刺鉤插在牆縫和生鏽的鋅鐵皮屋頂上，更多柴屑呈拋物線落在十三個男女身上。「英軍！」三姐說。叢林響起衝鋒槍、卡賓槍、布倫中型機槍的槍聲，子彈一波又一波撲向柴寮，一瞬間淹沒「鐵軍一八」槍聲，像狼群撲向兔子。「爬入屋內！」金樹大聲呼叫。「從後門出去！」

鳥屎椒第一個爬入屋內，帶領大家從後門衝向甘蜜河畔，十三個人分別躍上兩艘長舟時，王馥蓉突然又從長舟躍下，狂奔向矮腳木屋，回來時兩腋分別挾著七束布棉包裹的頭髮和六支油紙傘，十二個人睜大眼睛看著她躍上長舟，在一片驚歎和訝異中，八刀、老四、紅番和三姐拿起船槳，順著暴漲的河水划向上游。迫擊炮爆破彈的爆炸聲停止後，照明彈落在被敉成平地的柴寮上。透過茅草叢和灌木叢，他們看見一群穿迷彩裝、戴荷葉扁帽或鋼盔、荷槍實彈的英軍走出陰暗的叢林。

二

銀河系數千億顆恆星的光芒中，一彎皓月彳亍。甘蜜河上泛起巨鱷的索鍊水紋。遠離照明彈照亮的河岸後，兩岸再度淹沒黑暗中，夜梟和蟲聲再度轟響，莽叢充滿哺乳動物的低鳴和大魚唼喋聲。天穹飄起東北季候風帶來的雨絲，開啟三個月的輝煌雨季。在四片大槳的規律划動下，長舟平穩而沉重地航向上游像進入安定期的孕婦。八刀、老四、紅番和三姐划得喘不過氣來時，船槳交到金樹、鳥屎椒、冰淇淋和春睡手上，沒有划槳的四人拿著來福槍監視兩岸。半小時後，長舟泊靠在一片布滿鵝卵石和獸骨魚骸的寬廣河岸。三姐第一個躍下長舟，站在奇形怪狀的鵝卵石和獸骨魚骸上，對著其他人張開雙手，做出一個「歡迎光臨」的手式，牽著樊素心走向陰暗的茅草叢，步伐堅定快速像一隻回到老家的老狗。金樹等人想起他們第一次造訪這裡時揙著鐮刀形尾巴的婆羅洲棕色土狗。雨勢不大，但和四周的夜梟叫聲、蟲鳴一樣綿密。雨季還沒來到，茅草叢不但熬過旱季，而且初草萌聚，看不見的爬行動物在陰暗中爬竄。在三姐引導下，他們來到一座被龍腦香樹叢環繞的崗巒，上了崗巒，踱過夾脊小徑和落葉林，跨過一片焚燒後的野地，繞過一個湖泊，穿過一個廢棄的菜圃，一棟屋頂鋪蓋茅草和棕櫚葉的木屋出現眼前，屋外牆上傍著削尖的木棒，屋前散亂著鋤頭、釘耙、畚箕和劈柴，屋前有一眼水井。大門上的秦叔寶和尉遲恭畫像模糊漶漫，凶狠依舊。三姐拿起鋤頭撬開大門的鎖頭和鎖扣，混合著霉味和泥土的氣味灌入鼻腔。三姐打開後門和兩個窗口，從隔熱層摸出煤油燈和火柴，點燃，照亮屋內滿布灰塵的木床、桌椅、地板上的空罐頭和空啤酒瓶。鳥屎椒和紅番拿出隔熱層兩支竹帚清理灰塵，其他人站在屋簷下避雨。打掃完後，雨停，大家隨意坐或站在屋子內外，看著陰暗中的莽叢。

十三個男女中只有三姐聽得出來「鐵軍一八」、土槍、獵槍、來福槍、衝鋒槍、卡賓槍和布倫中型機槍槍聲的區別，也只有他斬釘截鐵告訴五個女孩，在柴寮中開槍攻擊他們的是人民游擊隊，而攻擊人民游擊隊的是英軍或國民軍。五個女孩的對話框像泡沫不斷升起和爆裂，議論著向他們開槍的人民游擊隊。王馥蓉兩手摟著布棉包裹的頭髮和六支油紙傘，沒有說過一句話。八刀摟著王馥蓉肩膀在她耳邊細語，聲音低得只有王馥蓉聽見。八刀從進入屋內就試著拿走她脇下的包裹和油紙傘，但王馥蓉不肯放開。五個女孩談論著游擊隊時，她突然低聲啜泣，兩手一鬆，油紙傘和包裹散落地上。

「時間不早了，在這裡過一晚吧，」金樹看一眼腕錶：十一點半。「明天一早我去找露西。」沒有人搭話。三姐說：「肚子餓了嗎？」

三姐從隔熱層搜出兩支手電筒和一箱電池。裝上電池後，手電筒的光芒照亮木屋內外。

「大家如果不累的話，我們分成兩批去獵野味，一小時後回來這裡，」三姐把一支手電筒遞給金樹。「晚上獵野味，就像到菜市場買菜一樣簡單。」

一小時後兩組人馬回到木屋，在屋外生火烘烤一隻母豬和兩隻吼鹿，喝著甜澀的椰子水和用罐頭煮開的河水。午夜過後，東北季候風帶來一絲涼氣，蛋白質重新提供熱量和活力，多胎和多乳頭哺乳動物讓他們體內散發出延續生命的慾望，也讓他們陷入沉默和凝視，對話框充滿刪節號，動作充滿撫慰和嗅舔。金樹走到水井前，掏出口琴吹奏完〈甘蜜河之夜〉和〈彈沙貝琴的女郎〉後，回頭看見火苗依舊茂盛，六對男女已失去蹤影。

雨停後，月色灑在草原和叢林上，亮得像即將黎明的清晨。金樹看見四對男女靠著手電筒光芒走入莽叢，兩道手電筒光芒分開後，八個男女也消失陰暗中。木屋後方有兩個人，屋內也有兩個人。從木屋內煤油燈光芒呈現的人影，扭動的幅度很大，尤其中斷和外射那一瞬間。他們對肉體結合的慾望這麼強大，像步上刑場的死刑犯向愛人索取最後的慰藉。金樹繼續吹奏口琴，把教會紅髮女子的歌謠吹奏一遍，想像紅髮女子的嘴唇也貼在琴格上。在口琴漫長吹奏中，四對男女走出叢林，木屋內外兩對男女也走向水井，六對男女在水井四周圍成一圈。他們臉上塗抹著安祥和歡樂的色彩，性愛的滋味太濃稠，需要一段時間貯存、發酵、過濾和消化，反芻一輩子。他們彼此凝視，對話框是由小至大的橢圓形思考泡泡，框線由模糊的虛線構成，塞滿沒有聲音的話語。金樹把教會紅髮女子的歌謠又吹奏一遍後，六對男女發出嬰兒似的咕噥，製造出一批雲彩或花朵形狀的對話框，拖著疲憊的腳步，牽手走入小木屋，靠著牆壁或躺在地板上，沉睡在幸福中。

金樹在眾人齊集水井四周時聞到一股熟悉的花香果味，他知道，紅髮女子就在不遠處。十二個人中，只有老四和三姐感受到突如其來的激盪讓金樹吹弱幾個音符。老四和三姐彼此對看一會，發出會心和憐憫微笑。十二位男女離開水井後，金樹又吹奏了三首曲子，看見頭髮散溢出奇異紅暈和皮膚吐出蕈菇孢子白的紅髮女子走向水井，牽手金樹走入叢林。他們在無花果樹下擁抱和親吻，八隻手腳在對方身上瘋狂的搓揉。事後，金樹背靠無花果樹，一手摟著紅髮女子，一手含糊的吹奏著口琴。紅髮女子沒有用刻著「蕪」字的口琴迎合，但哼著相同的旋律，臉上掛著荷葉出盆的微笑，眼眸裡的粼粼波光滿溢。從紅髮女子向金樹展示彩繪著方蕪的油紙傘、帶領金樹參觀藏匿珍寶和王冠的山洞、將「砂拉越之星」掛在金樹脖子上、帶領金樹等人來到埋葬苗幼香的墳地、「救」出堡壘中六個女孩後，金樹對紅髮女子各種意想不到的言行已經不再驚怪，甚至墮入一種習以為常的期待和思維中。當紅髮女子凝神看著自己時，他知道紅髮女子準備向他透露一件神祕和早已付諸行動的事情，她刻意等到老四等人回到小木屋後才現身。彼此呼吸均勻、心跳正常後，紅髮女子輕輕的移開金樹口中的口琴。金樹以為紅髮女子要開口說話了，但是她只是將身體靠在金樹胸前，闔上雙眼，在金樹也闔上眼皮時，紅髮女子響起均勻的鼾聲。

三姐的雞啼和叢林的鳥猴聲將他們喚醒時，天才剛破曉，紅髮女子牽著金樹的手走向甘蜜河。他們上了其中一艘舢舨，發動馬達航向下游，回到昨晚被英軍和國民軍掃蕩的駐紮點。一場大雨將戰鬥痕跡消滅大半，柴寮被夷成平地，木屋散布著數十個彈孔，木屋四周散亂柴屑和破碎的鋅鐵皮。屋頂棲息著兩隻烏鴉，傲慢的凝視著金樹和紅髮女子。據說剛品嚐過人肉的烏鴉不把人類看在眼裡。完整的人民游擊隊大體已經被英軍和國民軍領回去邀功，殘骸也被肉食動物舔食乾淨。一隻松鼠在鞦韆架踏板上啃藤果，看見人類後沿著藤蔓上了無花果樹。靠近木屋的腐植土上，殘留著幾個橢圓形對話框的巨大腳印，勾起金樹甘蜜河源頭的回憶，而一股熟悉的煙味也勾起無花果樹下八刀和一個陌生人的激鬥。金樹四處看了看，尋找煙味來源。紅髮女子牽著金樹走向木屋，坐在階梯上。

「金樹，我知道你為了六個女孩，把我送給你的七十二克拉鑽石交給了一個英格蘭人，」紅髮女子說話時靠得金樹非常近，鼻子幾乎磨蹭著鼻子，兩眼凝望著金樹眼眸最深處。「那顆鑽石是我和夥伴從一隻鱷魚肚子裡找到的。山洞在哪裡，英格蘭人並不感興趣，他只想找回失去的王冠和珍寶。你只要把王冠和珍寶交給英格蘭人，就可以拿回七十二克拉鑽石。」

紅髮女子牽著金樹走上階梯，走入木屋內。沒有隔間的屋內，擺放著四個綑上麻繩的長方形板條箱、鐵箱和箱籠。每一個箱子巨大得像成人棺木。微弱的日光從彈孔和被鋅鐵皮切割出來的破口滲入，莖莖穗穗，垂掛四口箱子上。

「英格蘭人的東西，全在箱子內，」紅髮女子凝望著金樹眼眸最深處。「那個英格蘭人現在正和英軍檢視被炸成廢墟的堡壘，再過不久，他就會經過這裡。你在河岸等他吧。」

第二十三章

一

清晨六點，軍方開始清理堡壘。少校和方蕪堡壘之間，聚集一千多個英軍和馬來西亞國民軍，五個年輕人拿著照相機和攝影機拍攝頹垣破礎。還沒破曉，鷲鷹、黑鸛、烏鴉、大蜥蜴和野豬已經布滿堡壘上空和四周，叼走所有人類和動物殘骸，但飛禽不願意離開，因為廢墟下埋藏更豐盛的食物。牠們盤旋天空或棲息廢墟上，搶奪軍方人員從廢墟挖掘出來的殘骸。五百多枚爆破榴彈和殺傷榴彈、三百多枚迫擊炮爆破彈徹底敉平堡壘，也徹底消毀堡壘內任何活物。對馬來西亞國民軍來說，一具完整的左翼分子屍體就是最好的戰利品。他們從清晨挖掘到中午，除了支離破碎的土槍、獵槍、鐵軍一八、來福槍、卡賓槍和衝鋒槍殘殼，即使一隻完整的斷掌或小腿也找不到。完整的屍體九小時前已經被四面八方湧來的肉食動物吃下肚子。一個高階軍官看著叢林，用興奮的口吻對少校說：「堡壘被我們攻破了，但叢林這個天然屏障是永遠攻不破的。繼續追擊殘餘的游擊隊吧。」

少校和十位廓爾喀隨扈九點過後離開方蕪堡壘，坐上兩艘掛了馬達的長舟，航向下游。

少校抽完兩斗煙後看見岸上向他揮手的田金樹。

二

考證古物和珍寶是馬歇爾少校專長，也是他的最愛。少校可以說出砂拉越博物館一個中國元朝兜鍪重量、一根白垩紀鳥類肩胛骨長度，就像熟知隨身佩帶的柯爾特四十五轉單動式轉輪左輪槍內外構造和每一個小配件。經過珍寶專家指點和少校不分日夜研磨後，少校已經晉升為全球少數王冠和皇室珍寶頂級專家之一，因為少校非常清楚，這是尋找王冠和皇室珍寶的必要條件之一。少校甚至對英格蘭皇室所有失竊的王冠和皇室珍寶做了詳細的札記和繪圖，記錄在一本隨身攜帶的小冊子上。當少校在金樹引導下走上小木屋，吩咐隨扈解開麻繩和打開箱子後，少校拿著小冊子，細心而不厭其煩的驗證箱子裡的每一項珍寶。少校清掉煙缽裡的殘物，填上新的煙草，點燃，緩緩的吸了兩口。他首先檢視的是帝國王冠：兩千八百六十八顆鑽石、兩百七十三顆珍珠、十七顆藍寶石、十一顆綠寶石、五顆紅寶石。然後，他驗證王冠頂部的懺悔者愛德華戒指，四個弓形拱交叉處的伊莉莎白一世卵形珍珠耳環，王冠下方的三百一十七克拉世界第二大鑽石非洲之星二號，王冠正後方的七十二克拉玫瑰色鑽石「砂拉越之星」。少校掏出口袋中金樹交給他的另一顆包裹布棉中的七十二克拉巨鑽，反覆和王冠上的「砂拉越之星」比較。王冠正前方的凹口是女王最喜愛的黑王子寶石棲身處。確認帝國王冠的貨真價實後，已經消耗一斗煙。少校裝填第二斗煙草時輕輕揉了一下眼睛，不動聲色的拭去眼角下的淚花。吸引少校目光的第二項珍寶是喬治四世王冠，驗證一千三百三十三顆鑽石和一百六十九顆珍珠也消耗一斗煙，只不過這一斗煙抽得較快。王冠散發出來的女性氣質和維多利亞女王戴著王冠出現在史上第一枚郵票的美麗側影讓少校眼眉柔和，翕動的鼻翼讓鼻側的小黑溝不再陰凹。他緩緩閤上眼睛，深吸幾口氣。

少校第三項驗證的是聖愛德華王冠，消耗半斗煙。在這半斗煙中，少校沒有數完四百四十四顆鑽石和寶石，而消耗一半時間觀賞王冠，並且數度捧起王冠，體驗傳說中可能會扭斷脖子的二點三公斤重量。少校一邊點燃第四斗煙一邊觀賞三座王冠時，露出犬齒尖抿嘴而笑，眼角落下兩行青淚，少校沒有拭去，自行讓淚水風乾。看在廓爾喀傭軍和金樹眼中，皇室珍寶重返祖國懷抱的確是一件激盪人心的大事，兩行青淚只是最起碼的表徵，如果少校號啕大哭，他們也不會太驚訝。少校平緩心情後，第五項檢視的是聖愛德華十字權杖，消耗五口煙觀賞五百三十克拉史上最巨大鑽石非洲之星庫利南一號，沒有心思去細數周圍非洲之星分裂出來的兩千四百四十四顆小鑽。少校滿懷熱情繼續檢視寶球、鴿飾權杖、馬刺、國家之劍、戒指、鷹狀聖油瓶。翻閱小冊子時流露出一股自信，抽煙斗的樣子充滿傲氣，拿起一件珍寶時五指不再顫抖。少校不時回頭看一眼金樹和廓爾喀人，姿態充滿力量，兩眼散發著榮光。驗證完加冕典禮的皇室珍寶後，少校把眼光轉移到其他珍寶，這時候他已吸完六斗煙。少校吸一斗煙的時間不像往常那麼規律，有的耗費二十分鐘，有的接近一小時。其中有一斗煙，因為有一段時間沒有吸食過，火苗甚至熄滅了十分鐘。少校很少讓火苗熄滅過，即使二次大戰帶領高原抗日游擊隊和日軍在叢林裡對峙數小時，面對日軍鋪天蓋地撒過來的彈網和自殺似衝鋒，少校也不忘記吸一口煙和裝填煙草。少校喃喃自語，不停的發出充滿懸疑和擺盪的歎息，製造出一批又一批鋸齒狀和波浪狀的驚奇對話框，但他不期望別人回應。偶爾，他一邊大聲唸出認識的珍寶名稱，一邊對照小冊子，滿意的點點頭。他高高的舉起瑪麗王后穗狀冠冕，像雲落青年看見穿著清涼的少女吹了一聲口哨。他凝視著劍橋情人結冠冕，發出嘖嘖的讚歎，像獵者打死一隻體型超乎想像的野豬，連續吸了八口煙。他裝模作樣想把大不列顛與愛爾蘭女孩冠冕戴在頭上，但馬上歎了口氣，搖搖頭。他扔下小冊子，叼著煙斗，把緬甸紅寶石冠冕捧在胸前，摸了兩遍九十六顆紅寶石。少校聽說摸一遍九十六顆寶石，可以對九十六種疾病免疫，為了不錯過任何一顆寶石，少校來回摸了兩遍。他仰視高舉過額的東方之冠，當冠冕緩緩下降到胸前時，他彎腰輕吻蓮花座，像國王騎馬越過鱷背時輕吻馬頭，同時對愛駒發出長長的讚喟。

少校最後總共消耗十斗煙、四個小時。檢視完六個箱子的珍寶後，少校點燃第十一斗煙，背靠牆壁坐在地板上，凝神看著天花板上被煤油燈燻黑的痕跡，視覺滿布王冠和珍寶的灼熱光芒，緊繃如鼓鼙的臉龐這時也柔弱得像一座湖，五官湧聚著綺思異想的漣漪和波瀾。少校點燃第十一斗煙時，手指微微顫抖，眼眶淚花再度萌發。雖然是雨季，天氣依舊酷熱，少校額頭冒出米粒大汗珠，汗水浸濕半件軍衣。檢視珍寶時，他不斷拭去手上的汗漬。他再度從口袋掏出布棉包裹，遞給金樹。金樹打開布棉看了一眼，將七十二克拉「砂拉越之星」放在上衣口袋中。

在祖父浸染下，金樹對王冠和皇室珍寶的認識不下於祖父，當少校檢視珍寶時，金樹想起祖父坐在陰暗的電影院盯著銀幕尋找七十二克拉「砂拉越之星」。金樹想起祖父躺在病床上，淚眼模糊的看著櫥櫃中的瓷器、紀念盤、杯碗、花瓶，十多個鑲著郵票、紙鈔、金幣和銀幣的相框，牆上剪裁自雜誌報章的加冕照片和英格蘭畫家繪製的十五座王冠、冠冕、權杖和寶球的油畫。當祖父口齒清晰時，他不止一次舉起右手，模倣女王加冕典禮說出的經典臺詞「我莊嚴承諾」。這句臺詞是對誰說的，金樹一直沒有弄清楚，也許是對方蕪，也許對自己，也許對所有人。當少校檢視帝國王冠，帝國王冠上的七十二克拉「砂拉越之星」出現金樹眼前時，金樹克制著內心的激盪，頭腦裡浮起一個巨大的橢圓形思考泡泡，填滿金樹對祖父的「莊嚴承諾」：親愛的祖父，一九七〇年十一月二十六日，在甘蜜河畔，我親眼見證帝國王冠的兩千八百六十八顆鑽石、兩百七十三顆珍珠、十七顆藍寶石、十一顆綠寶石、五顆紅寶石、懺悔者愛德華戒指、伊莉莎白一世卵形珍珠耳環、三百一十七克拉世界第二大鑽石非洲之星二號，我也看到王冠後方的第二顆「砂拉越之星」，和上屬珍寶在帝國王冠占據一席之地，簇擁著古老恢宏的帝國彩霞。您送給方蕪的另一顆「砂拉越之星」很快就會回到田家懷抱，像濃雲大雨落在旱地上，讓振順公司再度一飛沖天。

少校開始抽吸第六斗煙時，倚靠窗欄上的金樹面對窗外用口琴吹奏教給紅髮女子的曲子。少校對金樹的舉動沒有太大反應，對口琴聲習以為常，任何時候走在雲落大街小巷都可以聽到口琴聲。〈甘蜜河之夜〉的旋律響起時，少校抬頭看了金樹一眼。少校馬上想起芒果樹下冷飲攤老闆女兒吹奏的〈甘蜜河之夜〉，胡姬二號在他身上攀援、纏繞、直立、匍匐和懸垂的植物多樣性，散布雲落的少女畫像，三萬五千年前的「深顱骨」少女。「深顱骨」的頭骨叼在少校嘴上。少校用力吸一口煙，平緩一下心情，低頭凝望珍寶。

偶爾金樹停止吹奏，凝望著全神貫注檢驗王冠的少校。少校叼著煙斗、輕蹙眉頭看著王冠上的鑽石和寶石時，視線不止一次飄向木屋窗口外面的陰暗叢林，那一雙像蛋殼的耳朵聳得特別直挺，像一頭追緝獵物的獵犬。少校真的細數過帝國王冠兩千八百六十八顆鑽石和喬治四世王冠的一千三百三十三顆鑽石？他看向窗外的眼神是清醒和洞悉的，沒有看著王冠時的搖動和蕩漾。也許少校只是緩和一下心情，凝聚一下眼力，像一個人抬頭仰望星空、低頭思索宇宙奧祕。金樹想起傳說中方蕪的十一萬六千三百六十一根頭髮。許氏兄弟細數頭髮時，大概也不是一氣呵成，甚至不是一天完成。兩兄弟蘸滿憂愁和失落的眼神，可能不止一次迷失在方蕪的美豔中，他們裁製油紙傘的高超和一絲不苟的工匠精神，可能不止一次被方蕪的蛾眉杏眼、櫻桃嘴和心型臉打斷，因此耗費更多心思和時間。大部分雲落人相信，許氏兄弟可以精算出油紙傘反覆收撐三千四百三十次後斷線裂槽，當然也可以一髮不少的精算出方蕪的頭髮，但是他們不相信許嵐畫不出第十一萬六千三百六十一根頭髮。金樹也不相信少校真的把上千顆小鑽石數了一遍，就像憑肉眼數天上的星星、數一隻狗身上的跳蚤、數一棵無花果樹上的猴群。少校可能真的在數，可能數到一半發覺不可能之後就放棄，但是他還是表現出一副認真和執拗的模樣，最低程度，他的淚水和激盪是真誠的。金樹稍後才知道少校只是在拖延。

金樹接過少校遞來的「砂拉越之星」後，停止吹奏口琴。

「金樹，」少校用斗柄指著其中一個箱籠。「在帝國王冠上，有一顆和『砂拉越之星』一模一樣的鑽石。」

金樹點點頭。「那是祖父送給國王陛下、國王轉送給皇室的。」

「要找到兩顆一模一樣的鑽石，比摘星還難。你沒有想到讓兩顆鑽石會合嗎？」

「這是祖父對國王的承諾，也是我對祖父的承諾，更是我們彼此之間的承諾，」金樹說。「祖父說，振順公司的興隆完全仗著國王的庇護和提拔，而國王在砂拉越呼風喚雨，則是仰賴大英帝國的強大國力。讓『砂拉越之星』在帝國王冠占有一席之地，這是祖父最大的心願和榮光。」

少校低頭沉思，快速的吸兩口煙，突然一躍而起。

「好。我把鑽石還給你了，我要的東西也拿到了。」少校大搖大擺的走向門口。「再見，金樹。」

九個鄺爾喀人重新綑上四個箱子上的痲繩，一枝樹幹穿心，兩人各抬一個箱子走出木屋，少校和另一個鄺爾喀人走在前面。金樹這時才注意到，鄺爾喀人少了一位。他上了長舟發動馬達，用最快的速度回到那一片布滿鵝卵石和獸骨魚骸的寬廣河岸。金樹將纜繩攬在岸上一根巨大的枯枝上，用棕櫚葉和樹枝覆蓋長舟，撥開齊胸的茅草叢走向野地。

三

婆羅洲叢林的廣大深邃讓金樹等人半年後才截獲揚波不斷對英軍和國民軍釋放七個女孩加入第七支隊的消息。揚波想將支隊固定在一個駐紮點，但英軍、國民軍和第六支隊的糾纏，讓他不得不在半年內撤換二十三個駐紮點。金樹等人找到第七支隊駐紮點時，六個女孩已被第六支隊接回堡壘，更不巧的是，金樹等人來到圓丘上的人字頂木屋時，正是英軍和國民軍對第七支隊發動殲滅戰時。

第七支隊成立兩年，先後加入一百三十五位同志，在戰亡、病歿、失聯和投誠中，殘存十三位同志。新同志加入第七支隊時，一律收到揚波送給他們的一顆子彈。子彈種類繁雜，包括「鐵軍一八」、來福槍、獵槍和土槍子彈。揚波記得每一位同志的部隊稱號，他們年輕稚氣的臉，記得他們死亡、失蹤的時間和地點，更記得他們戰亡後在夢中說過的每一句話。一個被泥沼淹埋的同志，肚子一直發出混凝土攪拌車攪拌筒的轉動聲，爛泥巴從肛門像大便噴灑。一個自縊的同志一邊說起自己奪走一個十二歲小女生初夜，一邊吐出長舌掠食蚊蠅，像一隻變色龍或食蟻獸。兩個被伊班人削去腦袋的同志用馬來熊和山人的頭顱套在脖子上，發出馬來熊和山人吼聲。一個四肢完整的同志牽著十多根藤蔓，每一根藤蔓串聯著一位被迫擊炮炸裂的同志四肢、內臟和頭顱，像遛狗遛著支離破碎的同志。行軍時，揚波不止一次看見陣亡的同志穿梭雨林，那一副悠閒模樣像在馬路或咖啡館巧遇。他經常分辨不出他們是活著還是死去。一具讓蒼蠅和蛆蟲啃食、舌頭伸到肚臍下的自縊游擊隊隊員，被沼澤泡脹漚爛但四肢齊全面目姣好的同志，無人掩埋、被野獸吃剩、分辨不出敵我的曝骨，不但讓他和隊友喪失鬥志，更癱瘓從前的勇猛豪情。他和隊友不怕遇見軍隊，無論是馬來西亞野戰部隊、英軍、廓爾喀傭軍、砂拉越民防軍、伊班人自衛隊，頂多不過是拚死一搏，腦門或胸腔挨一顆子彈，或被伊班人削下腦袋掛在長屋走廊上。扔下槍械投誠也不丟臉。他最害怕遇見的，就是這批穿梭陰陽、分辨不出死人還是活人的同志。這一切，都是因為一顆子彈嗎？

他和金樹等人道別後，就地和十位隊員駐紮河床，指派體力最好的機械技工揚聲和「陰陽人」揚鑣跟蹤金樹等人，找出七人駐紮點。七點半，揚聲和揚鑣回到河床，帶領揚波等人走向甘蜜河河畔金樹等人的駐紮點。揚波用三根手指拿出金樹留給他的海盜牌香煙，輪流遞給十二位隊員一支煙，點燃，邊走邊抽。兩年多來，在英軍和國民軍掃蕩下，加上「一顆子彈」策略被其他部隊排斥後，揚部隊已經窮途末路、名存實亡。揚波看得出來，殘存的隊員逐漸喪失向心力，向國民軍投誠的火苗燃燃熄熄。如果不是被其他支隊排斥，他們也可能投向其他支隊。一則從天而降的消息像暗夜雞啼讓揚波看見無窮希望。他向隊員提出自己的戰略構想後，再一次從隊員的眼神看見當初加入部隊時的熱血和鬥志。揚眉和揚讚自願到雲落把七個女孩接到第七支隊時，趁便在雲落招募十二位新血，人數和實力竄升為僅次於第一和第二支隊的游擊隊伍，也讓第七支隊注入一股活力，這股活力和鬥志讓揚波編織忙碌和多樣的基地生活，雖然基地遭受英軍徹底摧毀，六個月的逃亡生涯犧牲了大部分同志，但那個戰略構想支撐著隊員的鬥志和向心力，即使六個女孩被第六部隊收編後。

九點正，第七支隊在揚聲和揚鑣帶領下抵達金樹等人甘蜜河畔駐紮點外圍時，英軍開始攻擊堡壘。揚波點燃最後一支洋煙，邊抽邊和十二位隊員抬頭仰望被堡壘烽火染紅的半邊天。十三個人流露出複雜、震驚和痛苦的神色。第七支隊雖然被其他支隊排斥，但七個支隊畢竟擁有共同的政治立場和理想，又是曾經出生入死的革命夥伴，突如其來的變局讓他們沉溺在驚慄和無言中，幾乎可以聽見彼此激烈的心跳。雖然金樹已經告知他們英軍準備攻擊堡壘，但事情一旦發生，而且發生得這麼快，他們還是感到恐慌和無助。所幸，從揚聲和揚鑣捎回的消息中，六個女孩已離開堡壘。半小時後，被炮聲嚇癱的夜梟再度鳴叫，叢林也逐漸恢復年輕和多話面貌，被烽火染紅的雲層也逐漸黯去，第七支隊擺脫一股被彼此感染的哀愁後，十三個人用嚴厲的眼神彼此對視一會，從眼神中，他們感受到大家一致的想法：那個戰鬥策略必須徹底執行，只有這樣才能撫慰冤死的同志，讓左翼武裝鬥爭史留下輝煌的一頁，更讓英軍和日不落國留下無可彌補的遺憾和羞辱。

十三個人靠著莽叢和陰暗的掩護潛到柴寮後，透過劈柴隙縫，他們看見和聽見金樹等人在矮腳木屋的身影和對話。從談話和語氣中，「一顆子彈」策略已經在七男六女和第七支隊之間築起巨大的鴻溝和對峙態勢，這也是六個女孩回歸第六支隊後最讓揚波擔憂的事。第一次見到金樹等人時，揚波沒有立即執行醞釀已久的「戰鬥策略」，因為他知道金樹等人不會輕易屈服。當他知道金樹準備從堡壘「救」出六個女孩後，決定延後執行。軟化和動搖金樹等人說出王冠和珍寶的藏匿地點，六個女孩就是最好的籌碼。揚波和揚眉、揚讚、揚聲、揚鏣、揚遠、揚風一組，潛藏到對面木屋後，其餘六人留在柴寮後，兩組人馬形成包圍態勢。布陣妥當後，由躲在柴寮後的隊員，以柴寮做掩體，向木屋發動警告和示威性掃射，即使打傷或打死一、兩個人。八刀和紅番受了輕傷、鳥屎椒等人手執來福槍，而柴寮後和木屋後兩隊人馬猶豫驚惶時，叢林中的英軍開始掃蕩柴寮後的第七支隊，在一陣慌亂中，金樹等人駕舟逃逸，揚波帶領六位隊員逃入莽叢。流竄一陣後，揚波和隊員坐在河岸上休憩。揚波發覺金樹的長舟是航向上游的，養足精神後，七人沿河岸走向上游，看見那一片布滿鵝卵石和獸骨魚骸的寬廣河岸和覆上棕櫚葉和樹枝、擱在河岸上的兩艘長舟。他們撥開齊胸的茅草叢，憑著多年叢林的追蹤經驗，來到兩位門神守護、十三個男女棲身的木屋，這時日光乍現，金樹和紅髮女子已駕舟離去。揚波、揚眉、揚讚、揚聲、揚鑣、揚遠和揚風蹲在茅草叢中，抬頭遙望木屋。一隻在屋頂上的茅草和棕櫚葉築巢的大番鵲正在孵蛋，露出像榔頭的小頭。木屋四周的茅草太久沒有修剪，長得和人齊肩並額，在東北季候風中無聲地搖擺。叢林年輕多話，長青喬木轟響鳥猴聲。

揚波和隊員手指扣在「鐵軍一八」扳機上，用槍管撥開茅草叢走向木屋。

四

聽說「地獄深淵」周圍有巽他臭獾出沒，少校和廓爾喀人抵達「地獄深淵」洞穴前，吸完三斗伊班勇士送給自己的煙草，一股滲雜著屎尿、血腥和腐敗的味道讓廓爾喀人輕蹙眉頭。他們第一次聞到這種煙草味時，以為是巽他臭獾釋放臭氣。抵達「地獄深淵」已近黃昏，金絲燕歸巢，蝙蝠出洞覓食，採燕窩和收集蝙蝠屎的工人已離去，洞穴漆黑幽靜。在洞口休憩一會後，少校和廓爾喀人打開手電筒朝洞內走去。少校邊走邊打開獸皮袋捏出一撮煙草塞到斗缽中，點燃，邊走邊抽，輕哼著〈甘蜜河之夜〉的旋律。進入叢林兩年多，夢境中的「深顱骨」少女面貌逐漸清晰，少女胡姬二號的鳳眼、櫻桃嘴、心型臉和一頭像窟穴的長髮從「深顱骨」的骷髏滋長出來，形成一個有血有肉、熾熱飽滿、兩手冰冷的美少女。她的乳頭硬得像堅果，粉紅色的舌頭像蓄墨性很好的筆頭。她的頭髮有時候黑得像窟穴，有時候像火焰。少校準備安頓完王冠和珍寶後，易容到雲落私會胡姬二號，但是他必須非常小心，因為屆時他已是日不落國和砂拉越全力追緝的、名符其實的、罪孽深重的「國家小偷」。

少校和廓爾喀人跋涉兩個多小時後，來到洞穴另一個出口。穴外高聳數十棵長青喬木，厚實而多層次的樹蔭讓月光被阻絕在外，樹蔭下，三棟小木屋盤據在板狀塊、氣生根、藤蔓和樹苗之間，一道聯絡走廊從洞穴延伸出去串聯三棟木屋。廓爾喀人順著少校意思，把四個箱籠放在洞穴內四個鋼製橄欖色軍用彈藥箱旁。少校走到彈藥箱和箱籠之間用手比劃，搖搖頭，像在說：彈藥箱太小了，彈藥箱太小了，放不下四個箱籠裡的王冠和珍寶。一個廓爾喀人從木屋拿出一盞煤氣燈，抽動二十多下幫浦，把石棉網吹打得又亮又大，照亮洞穴內外。少校吩咐廓爾喀人從小木屋拿出所有的醃肉乾、餅乾、罐頭食品、黑狗牌啤酒、洋煙和水果，十一個人散坐箱籠和彈藥箱之間，開始進食和慶祝。少校一邊抽著煙斗，一邊啃醃肉乾。廓爾喀人一天難得說上一句話，他們習慣用沉默代替疑問，用服從消化命令，用行動彰顯忠誠。少校為什麼不把王冠和珍寶移交英軍而大費周章搬到洞穴，他們沒有質疑。

少校看了一眼夜光錶：清晨零點二十三分。一路走來，少校耗費三斗煙思考十個廓爾喀人的未來命運。這裡是少校初入叢林時建立的駐紮點，只有少校和十個廓爾喀人知道。他消耗三斗煙得到的答案只有兩個：一個是解散廓爾喀人，但要他們保守祕密，不可以洩露王冠和珍寶藏匿點；二是讓十個廓爾喀人從地表消失。他對第一個方案完全沒有把握。他們雖然驍勇善戰和忠心耿耿，但畢竟是一群傭兵，誰能保證他們守口如瓶？唯一的解套是第二個方案。第十個廓爾喀人在少校檢視王冠和珍寶時折返堡壘告訴英軍金樹行蹤，而在少校和廓爾喀人扛著箱籠返回駐紮點半途時，第十個廓爾喀人已經歸隊。少校消耗十斗煙檢視王冠，就是等待廓爾喀人帶著英軍折返，這是他和英軍之間的承諾：英軍協助少校找到王冠，而少校協助英軍找到殘存的游擊隊。他沒有細數王冠上的小鑽石。密密麻麻和一層又一層嵌連的小鑽石，即使少校想數也不可能。少校填飽肚子後，決定加速行動，執行第二個方案。

如果不是一時猶豫和心軟，廓爾喀人進食時少校已經打開彈藥箱拿出預藏的布倫機槍。少校抽著煙斗看著廓爾喀人沉湎酒肉中，心裡產生巨大的矛盾和痛苦。也許他可以策發一場戰役，讓廓爾喀人和游擊隊隊員激戰，讓他們光榮的戰死……。少校甚至想和他們遊蕩巽他臭獾出沒的山丘，讓他們昏迷在巽他臭獾的臭氣中，而少校則抽吸著伊班人的煙草，趁著廓爾喀人神智不清時……。少校頻繁的抽吸著煙斗，一口氣灌了兩罐啤酒。

廓爾喀人比少校喝得更多。六箱七十二罐啤酒被他們喝得剩下不到十罐。他們努力的睜大雙眼，東歪西倒的或坐或躺在岩壁、箱籠或彈藥箱上，發出像嬰兒的咕噥。即使喝得不勝酒力，從他們不時摸一把狗腿刀、清澈和犀利的眼神顯示，他們是清醒和隨時面對挑戰的。洞穴外偶爾傳來異聲，一半以上的廓爾喀人立即拿起卡賓槍或來福槍，趴臥地上，槍口對準洞外，另外一半則迅速的撲向洞穴外，徹底搜索木屋內外。少校將剩下的十罐啤酒遞給廓爾喀人，一邊抽煙一邊告訴他們兩則自己在叢林裡追擊日軍和老虎的故事。廓爾喀人愛聽故事，這是分散他們注意力的最佳方式。

五

一九四五年八月十五日日本天皇投降前十天，一個日本號兵沿著甘蜜河逃入莽林，殺猴獵豬，抓蛇捕魚，五〇年代後，在甘蜜河河畔一棵龍腦香搭構樹屋，清晨時分站在樹屋小陽臺上，吹奏出響亮的衝鋒軍號。號兵打赤膊，樹皮短褲代替原來的草黃色軍服，腋下有時候夾一個樹枝削成的丁字拐杖，腰上配一把軍刀，脖子掛一管軍號。以手代腳，像長臂猿從一棵樹盪到另一棵樹。壞死的左腿讓他很少在地上走動，下樹的目的有三個：狩獵、捕捉昆蟲，用獵物、小鑽石和小寶石等價交換食鹽、大頭針、繡針、魚鉤、鐵罐、玻璃瓶、板條。他把食鹽放在竹筒或瓷甕裡，結晶後，像糖果舔食。樹屋四周十多個置物架擺放著一百多個鐵罐、玻璃瓶和大小不一的板條，收藏兩百多種昆蟲標本。甲蟲、蟋蟀、蚱蜢、螽斯、蠍子、竹節蟲、椿象、螳螂、蜈蚣、鍬形蟲、獨角仙和大兜蟲收藏在玻璃瓶和鐵罐中，而蝴蝶、蜻蜓、蟋蟀、金龜子需要展翅的昆蟲，用大頭針、繡針、魚鉤插入蟲體，固定在板條上。標本旁用鐵釘固定著晒乾的樹皮，樹皮用小刀刻上標本的採集地、採集日期、採集者和蟲名。號兵高中時期製作昆蟲標本時，使用的材料是專業的軟木片、玻璃片、展翅板、整姿臺、標本籤、壓條紙、鑷子，昆蟲針也分成五種型號，現在不但沒有上述這些東西，也沒有黏膠、酒精、樟腦丸，更不要說什麼固定液、定溫箱了，最令號兵煩惱的是每隔一段時日，板條上的標本活體就會遭受螞蟻攻擊，而鐵罐和密封玻璃瓶中的活體也會腐爛，幸好森林不缺昆蟲，採集的昆蟲活體也多得讓他無法全部製作成標本。為了排解獨居雨林的寂寞和枯燥，號兵開始豢養昆蟲，觀察牠們交配、排卵、生育，也觀察牠們打鬥和相互殘殺，或者讓十多隻螳螂和蟋蟀圍攻一隻毒蠍，讓一批火蟻剿食一隻蚱蜢。偶爾，他用小刀剖開蠍子、獨角仙和大兜蟲的肚子，觀察像爛泥湧出的內臟。溫飽之餘，號兵陶醉在昆蟲的採集和養育中，讓獨居生活變得繁忙和充滿挑戰，尤其，當他知道北方的裕仁天皇也正在皇室生物研究室觀察昆蟲、貝殼和海洋生物。即使二戰期間，中日戰爭和太平洋戰爭牽動無數國家和人民的生死存亡，裕仁仍然毫不倦怠的研究生物，對侍從展示和講解昆蟲活體。天皇把這批昆蟲叫作「玉蟲」，蟲若有知，也會「深感皇恩」。號兵高一時就是受了天皇影響而愛上昆蟲。

號兵沉醉昆蟲研究時，也利用樹皮雕刻天皇肖像，並且把樹皮抹上仙人掌汁液，黏貼在香蕉葉、榴槤葉、姑婆葉和椰子殼上，晒足陽光後，天皇金黃色肖像成了綠葉和果皮一分子，散發出天照大神的仁慈光輝。在號兵努力下，龍腦香附近樹葉和野果數千個天皇肖像戰後在婆羅洲東北和西南季候風中搖曳和飄香二十多年。

號兵利用小鑽石、小寶石和居民交換物資的消息傳到少校耳裡時，少校像在暗夜中聽見雞啼。少校沒有攜帶武器和隨扈，在樹屋下苦等一個早上，想在號兵落地時來一個溫和友善的照面。近中午時，少校按捺不住，靜悄悄的爬上樹屋。樹屋置物架和地板擺滿鐵罐、玻璃瓶、板條和昆蟲標本，腥味和臭味讓少校朝屋外狠吐口水。生鏽的軍號掛在樹屋外樹枝上，號兵不見跡影。第二天少校在樹屋下苦等一個早上，中午上到樹屋時下起午後雷陣雨。第三天破曉，少校在樹屋下聽見衝鋒軍號後迅速爬上樹屋，看見軍號掛在樹枝上，號兵不見蹤影。少校終於明白，號兵不歡迎自己，也不想和他碰面。號兵可能躲在某棵樹上，也可能從另一棵樹落地。第四天少校將兩大麻包袋的食鹽、大頭針、繡針、魚鉤、玻璃瓶擺在樹屋外陽臺上，在陽臺上抽了一天煙斗，傍晚時分，號兵腰掛軍刀站在樹屋旁邊另一棵龍腦香樹枝上，一頭及腰長髮裹住整張臉。號兵有磚塊的皮膚和色澤，四肢細瘦，肚子膨大，一頭黑髮在季候風吹拂下擴張又收縮。少校明白，自己二戰時期率領「高原抗日游擊隊」和日軍作戰時，「瘋少校」綽號響徹日軍軍營，自己的容貌是日軍夢魘。事隔二十多年，少校臉上雖然多了歲月的遞跡，面貌沒有太大變化，號兵如果見過少校，也許會攪和出殘存二十多年的夢魘。少校剃掉月牙型鬍子，戴草帽，梳中分頭，穿球鞋、蠟染襯衫和短褲，裝扮得像觀光客。煙斗是少校有機的延伸，少校摘不掉。少校記得發動叢林戰時大部分時候叼的是彎式煙斗，此刻特意叼了直式煙斗。

少校盤腿坐在陽臺上和號兵對峙三十秒後，右手拿著向居民高價購買的零點一克拉小鑽石和小寶石，左手輪流指著小鑽石、小寶石和陽臺上的食鹽、玻璃瓶等物。根據居民供述，號兵不會說話，但擅於利用擬聲語、擬態語、表情和居民溝通。少校做了十多遍相似的動作後，號兵依舊沒有動靜，但頭髮像貓的頸毛擴張又收縮。少校確信，在那短暫的數分鐘中，除了眨眼，視線從來沒有離開過號兵，但就在少校做了十多遍相似的動作後，號兵突然消失在樹枝上。少校從陽臺上站起來，看見號兵攀住樹屋下的樹幹，像長臂猿快速移動。少校下了樹屋，沿著號兵移動的方向追去，二十分鐘後看見號兵仰面躺在地上，臥成一個大字，右手握著軍刀，左手拳著一個像香火袋的紅色布棉，死了。少校以為號兵左手拳著的布袋裝著鑽石和寶石，但打開用紅色繩子繫緊的開口後，只看到一綹黑色的毛髮。少校沒有想到在莽林生活二十多年的號兵這麼羸弱。

少校為號兵舉行火葬。旱季的西南風凶猛，草叢乾燥，枝葉易燃，那場火葬引爆一場森林大火，形成當年雨林十六個熱點之一，足足焚燒十多天，不但把號兵燒成灰，也焚燬周圍數百棵刻著天皇肖像的樹葉和野果。少校看見號兵穿著嚴整簇新的軍服，手拿軍號，伴隨著無數刻著天皇肖像的枯葉和爛果冉冉升空。號兵將軍號湊到嘴上，吹奏出一聲響徹天庭的熄燈號。

「你們覺得，布袋裡為什麼有一撮毛髮？」

少校問了一個問題。接著，他說了第二個故事。

「二戰末期，我和一群伊班人追剿一群逃入雨林的日軍，有一天下午，抽完一斗煙後，感到有點困倦，抬頭看見一棵枝葉繁茂的老樹，呈水平線岔出幾根巨大彎曲的樹幹，我打著哈欠爬上大樹，躺在一根樹幹上打了個盹，」少校從懷裡掏出獸皮袋，抓了一撮煙絲塞入斗缽，點燃，閉上雙眼吸了兩口。「夢見一隻像火焰的老虎在叢林中奔跑，然後，一陣宏亮而低沉的吼聲驚醒了我。我撐開雙眼，看見頭頂的樹幹趴著一隻毛色斑斕的野獸，嘴裡叼著一隻吼鹿。老虎！」

少校臉上出現一抹詭異的笑容。

「我沒有眼花，是老虎。白人狩獵者常把爪哇虎和蘇門答臘虎放生到婆羅洲，替白人大官和富豪增加狩獵趣味。我的溫徹斯特馬槍掛在離我一公尺的樹枝上。柯爾特四十五轉左輪槍掛在腰上。上樹前我太疲累，上了樹就睡著，就睡在老虎趴著的枝幹下。我看一下腕錶：十一點五十分，我足足睡了一個多小時。老虎是在我上樹前就趴在樹幹上，或是在我上樹後才出現的，想起來就讓人窒息。從老虎吻嘴流淌的血跡看來，老虎應該上樹不久。我伸出右手去搆溫徹斯特槍。槍身被西南風搧得盪鞦韆，輕盈得像一縷絲蔓，每次在我要觸及槍柄時，它就盪得又遠又高，等我縮回手臂時，幾乎盪到胸口。我在樹幹上躺得太久，右臂又痠又麻，不聽使喚。我用左手拔出左輪槍，對準老虎。那是一支單動式轉輪手槍，是一支古董槍，炫耀多於實用，掛這種槍讓我看起來像西部槍手。扣動扳機前，要用右手拉下撞錘，而我的右手好像廢了。我把槍口對準老虎，只要扣一下扳機，老虎就掛了，可是右手就是抬不起來。」

少校說得有點激動，煙霧裊繞臉頰和太陽穴。少校的右手恢復知覺時，老虎已吞下整隻吼鹿，直立巨大彎曲的枝幹上，像雲層上一隻聖獸低頭看著少校。布滿黑環的尾巴拍打著樹葉，吻嘴上沾著鹿血的虎鬚像盤旋空中的鷹羽，背部的黑色縱紋像鞭子，金黃色的皮毛像火，兩眼含光像花苞初吐。少校右手恢復知覺後，槍口對準老虎拉下撞錘，扣下扳機。一聲虎嘯後，老虎躍到樹下。少校抄起溫徹斯特槍躍到樹下，有時候憑著血跡，有時候憑著風吹草動，有時候憑著軍人直覺，有時候憑著夢中的火焰印象，有時候看得到虎蹤，有時候看不到，追獵老虎兩個多小時，追得筋疲力盡，正要放棄時，一個東西從天上墜下，滾到腳下。他撿起來仔細一看，一顆棒球。他緊握著那顆球，像尼安德塔人握著一顆從大氣層墜下的隕石。他翻來覆去檢視那顆有點骯髒的皮球，彷彿夢中。他搖搖頭，吐一口口水，用槍柄敲擊腦袋，確信自己不是躺在樹上延續著夢見老虎像火焰狂奔的夢。他向棒球墜落的方位看了看，往那個方向移動，忘記了老虎，實際上，他已失去虎蹤。他踩著朽枝枯葉，撥開藤蔓草叢，停在一簇灌木叢前。

他的視線越過灌木叢，看見叢林外一塊陽光燦爛、雨燕低飛的空曠草地，草地上，小樹、矮木叢和茅草叢已被削平，一棵一人圍的相思樹也被放倒，露出圓形樹墩，上面站著一個戴鴨舌帽、穿草黃色衣服的人。二十多個打赤膊、穿草黃色或田野綠衣服的人佇立草地上，有的沒有戴帽，有的戴鴨舌帽，有的戴白色像烏龜的帽子，有的戴著後面垂著一塊布簾的土黃色帽子，有的靜止不動，有的走動，有的戴著棒球手套，有的拿著球棒，有的彼此傳接著球，有的投球，有的揮棒打擊，有的比手畫腳，有的吶喊。六個穿田野綠衣服的人拿著步槍站在草地邊緣接近莽叢的蔭地。一個打赤膊的人突然朝少校佇立的灌木叢小跑過來，少校沒有反應過來，他已撥開灌木叢，看見呆若木雞的少校。

這個人皮膚黝黑，高而瘦，長髮披肩，滿臉鬍鬚，短褲赤膊赤腳，拿一個棒球手套。他看著少校披在肩上的長槍、手上的左輪槍和棒球，發出一聲吶喊和一串話。六個拿著步槍的人全速衝向灌木叢，邊跑邊抄起步槍，做出隨時射擊的態勢。皮膚黝黑的人趴臥草地上時，一顆子彈擦邊而過少校的荷葉迷彩帽。少校慌亂地蹲了一下身子，第二顆子彈擦肩而過。少校衝向莽林時，為了減緩對方的凶狠和速度，少校用拳著棒球的右手拉下左輪槍撞錘，扣下扳機，射出兩顆牽制性子彈。少校頭也不回的狂奔二十多分鐘，喘兩口氣，又狂奔十多分鐘，停在甘蜜河畔。原來湍急響亮的河水隨著自己呼吸的緩和和視覺的定焦，慢悠悠且優雅的往東北方流去。不分方位的夾脊小徑也藉著風向和陽光，清楚的指示出東西南北。擊發兩彈的左輪槍這時才從槍口釋出煙硝。拳在手掌中的棒球這時才鬆一口氣，噗咚咚的掉到碎石上，露出球皮上的簽名和日期：強尼・克林，一九〇八年十月十四日。少校年輕時浪跡北美洲，結交過一批熱愛棒球的美國人和加拿大人，少校和他們玩過棒球和看過大聯盟比賽。少校知道強尼・克林是美國芝加哥小熊隊王牌捕手，一九〇八年十月十四日是小熊隊奪得世界大賽冠軍的日期。少校凝視著近五十歲的老球，球皮上的縫線和簽名字跡有一股老年人的疲乏和滄桑。這顆球像從天外飛來，越過美洲，越過太平洋，越過一萬多個印度尼西亞群島，落在世界第三大島的茂密雨林中。這顆價值不菲的皮球，這顆可以展示在棒球名人堂的寶貝，怎麼會出現在這塊蠻荒之地？少校回憶著二十多個打棒球的人，回憶著他們口中吐出的異國語言，回憶著那個向他走來撿皮球的人臉上那股驚恐，回憶著六個扛槍像戰士衝向敵軍的人，回憶著兩顆彈道性能和精準度優越的擦邊子彈和自己兩顆充滿威嚇和表演意味的老式左輪槍子彈。少校沒有想到自己無意中找到潰逃雨林的日軍。

第二天，少校帶領一批澳大利亞人、紐西蘭人、英格蘭人和華人組成的百人菁英部隊來到那片空曠的草地，不到一個小時剿滅了三十多個日軍。

夜宿雨林多年，少校不止一次夢見西方狩獵者放生的爪哇虎和蘇門答臘虎像火焰流竄叢林。一個人疲乏無神時，幻象就會伴隨而來。上新世婆羅洲和亞洲大陸接軌時，老虎等大型哺乳動物曾經漫遊婆羅洲叢林，就像猛獁象、貘、大犰狳、斑馬、劍齒虎和野狗活躍一萬兩千年前的北美洲。

「你們也夢見過像火焰的老虎嗎？」

少校忍不住又說了第三個故事。第三個是少校自己的故事。

少校把自己鳥類學家、環保專家、探險家、記者、軍人、游擊隊隊員、人類學家的人生經歷緩緩述說一遍：從十九歲組成的史上第一個冠鷺鱇調查團隊，「犀牛少校」和「貓少校」的根底，對婆羅洲綠蠵龜、紅毛猩猩、亞洲矮種象、雲豹的保育和雨林生態系統平衡的貢獻，二戰時期剿滅日軍的豐功偉業，說到伊班人的兄弟情誼，巽他臭獾，「鸊鳥比爾」，「國家小偷」，「深顱骨少女」，胡姬二號。

進入莽林兩年多，少校總共易容潛回雲落三次。白天他在芒果樹一邊聆聽冷飲店老闆女兒用口琴吹奏〈甘蜜河之夜〉，一邊吃著對方親手端給他的剉冰，晚上走進那家以植物為女孩編號的娼館，一邊享受胡姬二號像植物在他身上攀援、纏繞、直立、匍匐和懸垂，一邊吸食「深顱骨少女」煙斗。少校在國外儲藏一筆盜賣砂拉越博物館館藏的巨款，這筆巨款可以買下五千個胡姬二號。少校喜歡胡姬二號目前的處境和身分，類似吸食偷竊自博物館的「深顱骨少女」煙斗，有一種陰暗的愉悅和犯罪快感。少校知道即使自己把王冠和珍寶交還大英帝國，也不可能洗滌偷竊「深顱骨」的「國家小偷」巨大烙印，但是他可以洗去胡姬二號眼神裡的淫猥光輝。少校第一次見到胡姬二號時，從胡姬二號臉上散發出來的既美麗又妖豔、既純淨又汙穢的光芒，讓少校想起王冠和珍寶的聖潔和不可侵犯，就在那一瞬間，少校埋下竊據王冠和珍寶的種籽。

少校在三次和胡姬二號會面中，以少校看來微不足道的價碼包下她一整個晚上。一斗煙的造愛結束後，少校抽著第二斗煙，摟著胡姬二號，聽著她輕哼〈甘蜜河之夜〉，以比英語生澀但還算表達完善的華語，述說胡姬二號和「深顱骨少女」的因緣。少校第一次見到「深顱骨少女」是在二戰時期被巽他臭獾攻擊的那個晚上，第二次是在「地獄深淵」挖掘到「深顱骨少女」骨骸前，少校從洞穴中一批豪豬、猩猩、野牛、蜥蜴、長尾猴、烏龜、蟒蛇、馬來貘和食蟻獸遺骸中挖掘到「深顱骨」後，少女更是頻繁入夢。少校被冠上「國家小偷」戳印後，少女失蹤一陣子。少校將七塊顱骨製造成煙斗後，一度夢見少女，此後少女又消失一段不算短的時間，直到少校見到胡姬二號。少校進入叢林兩年多，記不清楚夢見「深顱骨少女」多少次，但這時的「深顱骨少女」不再只是沒有血肉的髑髏骸骨，而是十指冰冷，美豔溫馴，散發著青春、活力和熱情的胡姬二號。少校沒有說完這個故事，胡姬二號已經枕著少校胸膛熟睡。第二天天沒亮，少校離開胡姬二號回到叢林。

少校不確定胡姬二號有沒有從頭到尾聽完整個故事。下一次見到胡姬二號時，胡姬二號依舊拉著少校的手，請少校坐在床上。胡姬二號幫少校褪下衣服，哼著〈甘蜜河之夜〉，親吻少校。她憂鬱、熟練、溫柔，嘴唇濕潤，十指冰冷得讓少校打了一個冷顫。結束後，她枕在少校胸膛上，睜著一雙大眼聽少校講述「深顱骨少女」，然後眼瞼慢慢闔上，發出鼾聲，像什麼事也沒有發生過。

最後一次見她時，少校將一頂藤蔓編織的花冠戴在她頭上。花冠插滿剛摘下的朱槿、胡姬、九重葛、梔子花、曼陀羅、雞蛋花和茉莉花。胡姬二號在一個布滿裂縫的鏡子前欣賞花冠，笑嘻嘻的開始吹奏〈甘蜜河之夜〉。偶爾，沒有插緊的花朵從花冠墜落時，她慎重的撿起來，小心翼翼的插回去。少校脫光她的衣服準備拿下花冠時，她搖搖頭。完事後，草蓆撒滿被壓碎和壓扁的花瓣。她跪在草蓆上撿起花瓣，插到花冠上。

胡姬二號枕在少校胸前闔上眼睛時，少校在她耳邊輕聲說：「下次再見到妳時，我會送妳一份特別的禮物。」

胡姬二號親了親少校臉頰，朝他像蛋殼的耳朵吹了一口氣，睡著了。

沒有人抽動幫浦，煤氣燈光芒逐漸黯淡，一小片柔和的月光穿過長青喬木灑在洞穴外。洞穴外傳來熟悉的夜梟聲和蟲聲，吵雜而規律。少校不知道怎麼結束這個故事。少校清了清煙缽，掏出伊班人的煙草填塞，點燃。少校緩緩吐出一口煙後，發覺十個廓爾喀人已經倒臥在箱籠、彈藥箱和岩石上，鼾聲回音轟響洞穴，睡得像枕在自己胸前的胡姬二號。他們累了一個晚上，吃喝下一肚子雜糧和啤酒，這一覺，大概要到天亮。但是少校馬上發覺不對勁。廓爾喀人勤奮忠誠，即使一星期不睡覺，也會堅守崗位，不會疏忽職守。十個廓爾喀人一起休憩而沒有輪值，這是從來沒有發生過的事。

少校準備打開彈藥箱拿出布倫機槍時，從煙草的屎尿、血腥和腐敗的味道中，少校嗅到一股花香果味。稀薄的月色、黯淡的煤氣燈光暈和煙霧繚繞中，一個穿著淺綠色獵裝和卡其褲的女子向自己走來。她披散一頭長髮，一塊黑巾蒙住鼻子和嘴巴，手裡握著一柄眨閃著藍色光芒像彎月的小刀，像握手槍。她一步一步接近少校，停在少校坐著的箱籠前，眉頭輕蹙，一雙美麗深邃的鳳眼充滿笑意。窟穴昏黯，在逐漸熄滅的煤氣燈光暈薰染下，她的長髮呈現出一種陰鬱的黑色，鳳眼神祕而溫柔。少校看不清楚蒙面女郎的長相，但從那一雙充滿笑意的鳳眼、陰暗像窟穴的長髮、嬌小瘦弱的身材，少校想起胡姬二號攀援、纏繞、直立、匍匐和懸垂的植物多樣性。少校吐一口煙，說：「胡姬二號，是妳嗎？」

女子不說話。少校看得出來面罩下的女子正在微笑。

「我正要去找妳，」少校說。「妳為什麼蒙住臉？」

女子又靠近少校一步，獸皮縫製的鞋子幾乎踢到少校的軍鞋。

「有我在，沒有人會傷害妳，」少校用斗柄指著女子手上的匕首。「收起來吧。」

女子依舊像握手槍握著泛著藍光的匕首。

少校輕輕的哼著〈甘蜜河之夜〉的旋律。

「每次哼著這首歌就想起妳，」少校拍拍箱籠。「坐下來。用口琴奏給我聽。」

女子用疑惑的眼神看著少校。

少校吐出的煙霧像棉花球凝結在少校和女子之間。

「坐下！」少校用命令的口吻又拍拍箱籠。

女子從身上掏出一支黑色的鐵鞘，將匕首插入鐵鞘。她從身上掏出口琴，將口琴湊到黑巾下，開始吹奏〈甘蜜河之夜〉。少校抽著煙斗聽著女子把〈甘蜜河之夜〉吹奏一遍。

「幾個月不見，妳的琴藝好像又進步了。」少校說。「這個世界上，沒有人可以像妳把〈甘蜜河之夜〉吹奏得這麼好聽。」

少校對女子伸出一隻手，手心向上。從前他對坐在床上的胡姬二號伸出手掌時，她就會把冰冷的手掌搭在他的手掌上，一邊哼著〈甘蜜河之夜〉，一邊把少校拉向自己，脫掉他的衣服。

女子停止吹奏，嘴唇抵著琴格，微笑的看著少校的手掌。

「胡姬二號，」少校的手掌依舊懸在空中。雖然坐著，少校比女子高了半個頭。「妳為什麼蒙著臉？」

少校收回手掌，打開其中一個箱籠，指著箱子裡的王冠和珍寶。「妳記得我說過要送妳一份特別的禮物。就在這裡！」

女子用充滿笑意的眼睛看著箱籠。

「這是全世界最珍貴的鑽石和珠寶，」少校用斗柄指著箱籠內的王冠。「妳一定喜歡。」

女子依舊用充滿笑意的眼睛來回凝望著少校和箱籠。

「胡姬二號，坐下，把面罩拿掉，讓我看看妳。」少校又拍拍箱籠。「妳今天真香。妳抹了香水？」

女子往後退一步。

「妳還留著我送妳的花冠嗎？扔掉吧。」少校吸一口煙，隨手拿起箱籠中一頂王冠。「讓我把真正的王冠戴在妳頭上，我想看妳戴上王冠的樣子。」

少校放下煙斗和王冠，突然將女子拉入懷裡，扯下她的面罩，開始粗暴的親吻女子，兩手伸到獵裝底下撫摸她的身體。女子用兩手抵住少校胸膛時，少校感覺她的雙手是冰冷的，就像剛剛捧過一碗剉冰，同時又是銳利的，像野獸的爪子。抵在少校胸前的是鋼製的口琴和鐵製的刀鞘。

女子從鐵鞘抽出泛著藍光的匕首，切斷少校脖子。

第二十四章

一

厚實的長青喬木把晨曦阻絕在外，五對男女被屋外的敲擊聲吵醒時，沒有第一眼看出來者面目。相思的萌芽和綻放讓他們特別珍惜久別重逢的這一刻。他們願意放棄和犧牲一切，只為了保住這肌膚相擁的時光，就像德國一名農夫廉價販賣無意中發現的一塊史上最完整的始祖鳥化石，只為了買一隻母牛，喝到最新鮮的牛奶。他們打著哈欠、揉著眼睛，小聲的抱怨干擾睡眠的噪音，朦朧的看見木屋的前後大門和左右兩扇窗戶外面人影晃動。

揚波和隊員守在兩扇大門和窗戶外，用槍管敲打門窗，發出巨大的撞擊聲。五對男女在屋內簇擁著站起來時，發覺第七支隊七位隊員的七支「鐵軍一八」槍口對準了他們，掛在牆上的五支來福槍已落入對方手中。陸英瓊第一個認出站在門口、頭皮散發出金橘色光芒的揚波。

「揚大哥！」

在七支「鐵軍一八」脅迫下，八刀等人走出屋外，站在七個隊員包圍圈中。

「八刀，把你的大刀繳出來，」揚波蹙著眉頭，神情肅殺。「春睡，妳的狗腿刀也繳出來。」

「我的刀已經斷成兩截，」八刀走出屋外，兩手插腰，環顧七個隊員一眼，最後將視線固定在揚波臉上。「你怕什麼呢？」

揚波向揚讚使了個眼色。揚讚扣下扳機，在五個女孩驚呼下，一顆子彈打在八刀肩膀上。八刀兩手插腰，眉頭也沒蹙一下。

「下一顆子彈打在你的心臟上。」揚讚冷冷的說。

八刀卸下刀鞘扔到揚波腳下，摸了一把肩膀上流出的血。陸英瓊卸下腿上的狗腿刀扔到揚波腳下。揚眉和揚風撿起斷刀和狗腿刀扔到茅草叢中。

「金樹呢？」揚波說。「樊素心和那個愛學雞啼的傢伙呢？」

「金樹晚上沒有和我們睡在一起，三姐起得早，和樊素心遊蕩去了。」老四說。

揚波用三根手指抹了一把頭皮上的汗珠，雙眉縛絪。「金樹去了哪裡？」

沒有人回答。老四走到揚波面前時，揚波用槍口抵住他的喉嚨。

「昨晚在柴寮後對我們開槍的是你們吧？」老四往後退一步。「三姐說他只聽見『鐵軍一八』的槍聲。」

「怎麼只剩下你們七人？」八刀大笑一聲。「還有另外六位被英軍打掛了嗎？」

揚波一槍打在八刀另外一個肩膀上。八刀哼了一聲。

「你再耍嘴皮，」揚波說。「我在你肚子上開一個洞。」

鮮血染紅八刀半個胸口。王馥蓉衝向揚波，一巴掌打在揚波臉上。揚波把她踹到地上。王馥蓉站起來衝向揚波時，被紅番和鳥屎椒攔住。

「這女孩到底是不是傻子？」揚波說。

有一段時間，大家一動也不動。俞芝蘭將嘴唇貼近冰淇淋的耳朵，呢喃兩句。崔淡容發出一聲輕歎，把頭埋在紅番的肩膀上。老四像貓嗅了一下陶卿的額頭。鳥屎椒捏著陸英瓊的手，摳破她手掌上隆起的一片胼胝。八刀把從肩膀流到手掌的血絲朝褲管抹，想摟住王馥蓉，但鮮血不斷從肩膀滲出，染紅兩隻手臂。紅番和鳥屎椒放開王馥蓉時，她像失去平衡倚在八刀身上。淡淡的血腥味從八刀身上散發出來，像一股鬆土埋藏著五對男女的恐懼種籽。一道天光穿過長青喬木，光暈籠罩著五個女子淚濕的、睜大的雙眼，泣聲像是從眼睛發出來的。

「沒錯，」揚波提高音量。「揚長、揚善、揚鞭、揚鑣、揚升和揚名，六位同志，昨晚被英匪軍殲滅了。」

「為什麼對我們開槍？」老四收斂一向收斂不住的佻達。

揚波降下槍管，對準老四肚子。他眨眨眼，吞一口口水，聲音有點哽咽和沙啞，不知道是女孩的泣聲或是隊員的犧牲軟化了他，眼角閃爍著清淡的淚花。他沒有馬上回答老四，一雙小眼凝望著逐漸長出灰鬚的天穹。「豈止第七支隊六位同志，堡壘裡的第一、第二和第六支隊也被徹底殲滅了。」

陸英瓊從褲袋掏出七顆子彈，用力地摔向揚波，子彈跎蹬跎蹬掉到地上。一顆子彈打在揚波長滿鬚茬的下巴上，讓揚波露出一口黃牙「嘖嘖」歎息。揚波和第七支隊隊員看著地上的子彈，臉上同時湧現一股說不出是憂傷或嫌惡的神色。揚波彎腰撿起其中一顆子彈，瞇眼、噘唇吻一下彈頭。

「我不是說過了嗎？只要活著，子彈不離身，」揚波壓低音量。「留著。也許還用得上。」

陸英瓊走到揚波面前用腳尖踢散子彈，睜大雙眼凝視著揚波。

「苗幼香走了，王馥蓉傻了，這還不夠嗎？」她的口水噴到了揚波臉上。「留給你自己享用吧。」

揚波把槍口移到陸英瓊脖子前。「有必要的話，為了我們的革命志業，我也可以在妳的脖子上開一個洞。」

陸英瓊往前小挪了一步，讓槍口更紮實抵在喉嚨上。

「你還沒有回答老四的問題，」陸英瓊撥開槍管。「你為什麼對我們開槍？」

「今天是砂拉越人民游擊隊最黯淡悽慘的一天，也是我們的革命事業遭受最無情摧殘的一天，」揚波巡視一遍五對男女，歎了這輩子最漫長的一口氣。「革命事業走到這種地步，真是沉重致命的打擊，但我們也有反制之道。」

語畢，陷入靜默。大家等著他把話說下去。

「那位馬歇爾少校，肩負著找回英格蘭王冠和加冕珍寶的重責大任，」揚波說。「金樹說他知道王冠和珍寶的藏匿地點，六個女孩離開堡壘後，金樹就會告訴少校。我們準備比少校早一步拿到珍寶。你們和金樹是出生入死的好兄弟，金樹知道，你們一定也知道藏匿珍寶的地點。」

老四和八刀等人互瞄一眼，搖搖頭。

「你們要珍寶幹什麼？」冰淇淋大笑。「變賣嗎？」

「這批珍寶舉世聞名，」老四說。「你打算賣給誰？消息一傳出去，英格蘭人第一個找你算帳。」

「你準備用它們壯大革命事業嗎？」八刀笑得比冰淇淋還大聲。三顆打在他身上的子彈像化成骨肉的養分，讓他精神更旺盛。

「再多的財富也比不上英匪的炮彈。」紅番說。

「遠水救不了近火，」八刀說。「英匪炮火已經燒到你們屁股上了。」

「你準備放棄革命，」老四說。「用變賣珍寶的財富享受去了？」

接著，出乎意料地，揚波朝老四大腿扣下扳機。老四哀叫一聲，蹲下身體摀住大腿。陶卿蹲下身子，用兩手環抱老四。

「他們亂動，或者嘴巴不乾不淨，」揚波環視一遍六個隊員。「你們就開槍。」

「你這個瘋子！」陸英瓊吐了一口口水。

「你們知道個屁，」揚波說。「山洞在哪裡？」

「你找錯人了，」紅番說。「你要問金樹。」

「只有金樹一個人知道。」冰淇淋附和。

「除了金樹，還有一個叫露西的女子也知道，」陸英瓊說。「去找他們吧。」

「露西是誰？」揚波說。

沒有人回答。

「你最好快一點，」老四站直，一手摀著大腿。「慢了就讓少校捷足先登了。別開槍！」

揚波對突然掀起的喧鬧和混亂感到不悅。他高高舉起槍管，朝天空放了一槍。一隻巨嘴鴉發出淒厲的叫聲，好像打死了一隻鴉。老四一拐一拐的走向揚波。

「這件事情，只有少校、英軍的高階軍官和我們知道，」老四說。「你們第七支隊是怎麼知道的？」

揚波冷笑一聲，朝五個女孩看了一眼。

「我們在雲落布置的眼線，像幽靈深入家家戶戶，」揚波得意的說。「這也是我們把這幾個女孩拉到第七支隊的主因。我們準備把這七個女孩當人質，脅迫金樹告訴我們珍寶的藏匿地點，第六支隊差點壞了我們的計畫。」

五對男女互看一眼，陷入一片靜默。

「再說一次，」揚波說。「山洞在哪裡？」

五對男女歎了口氣。

「我也再說一次，」老四說。「我們不知道。」

「我不相信。」揚波說。

五對男女用無辜的表情看著揚波。揚波朝冰淇淋的左臂扣下扳機。冰淇淋的手臂麻了一下，咬牙切齒的看著揚波。他沒有覺得很痛，但他裝得很痛。

「聽說你打架喜歡踹鳥蛋和命根子，」揚波嘴角露出兩抹譏紋。「下一顆子彈就打在你的命根子上。」

「揚波，你這個瘋子，」陸英瓊尖叫。「別亂開槍！」

揚波開了兩槍，分別打中陸英瓊和俞芝蘭手臂。兩個女孩癱倒在鳥屎椒和冰淇淋懷裡。

「我先打廢你們的手腳，」揚波說。「然後再送一顆子彈到你們的心臟。」

揚波的槍口瞄向王馥蓉和崔淡容。

「別開槍！」鳥屎椒說。「我知道山洞在哪裡。」

老四和陸英瓊等人看著鳥屎椒。

「我要你去找英格蘭的王室珍寶，不是去撿鳥屎椒，」揚波說。「你如果說謊，我要了你的小命。」

「我帶你去，」鳥屎椒壓下對準王馥蓉和崔淡容的槍管。「前提是，告訴我們你要這批珍寶幹什麼？」

揚波仰天大笑兩聲，拍拍身邊揚讚和揚眉的肩膀。

「英匪毀了我們的革命事業，」揚波幾近吼叫。「我們也要毀了這批破銅爛鐵。我們要像英匪毀掉堡壘一樣，把它們炸得粉身碎骨。我們要讓英匪悔恨一輩子。女王萬歲！英格蘭國勢一蹶不振！」

二

紅髮女子向金樹展示木屋內四個綑上麻繩的長方形板條箱、鐵箱和箱籠後，告訴金樹必須在少校和廓爾喀人抵達前離開。金樹將她摟入懷裡，用力的嗅著她的紅髮，發出像嬰兒吸吮母親乳房的咕噥。插在她的長髮中、像髮夾被鐵鞘包裹的克力士香氣瀰漫她的整個頭顱，頭髮溢散著花香果味、叢林和河流的潮濕氣味，讓金樹覺得幸福又暈眩。雖然克力士沒有出鞘，但在這種近距離吸嗅下，鋒刃上的香氣像要滲透到皮膚和血管。他們沉浸在彼此一陣激烈的擁吻中，也將一夜休憩後回復的體力迅速耗損在半小時的柔情波瀾裡。

「妳一定要離開嗎？」金樹摟著女子躺在兩個箱籠中間。「等我拿回鑽石，我們一起走。」

「等你拿回鑽石，等我辦完事情，」她哀傷地說。「我會再和你碰面。」

「哦，」金樹輕撫她的長髮。「妳很神祕。」

女子沒有說話，將下巴枕在金樹肋骨上。

「山洞裡為什麼有那麼多珍寶？」金樹說。「那個把我擊昏的人是誰？」

「他們是我的夥伴，」女子說。「我以後會跟你解釋。」

「妳是怎麼拿到鑽石的？」

「我和夥伴殺了那頭巨鱷，」她說。「我把鑽石交給你後，他們擊昏了你，拿回鑽石，但在我懇求下，他們答應將鑽石送給你。」

兩個人沉浸在被彼此感染的一股憂鬱和靜默中。

「除了那顆鑽石，」紅髮女子說。「其餘的我們都要帶走。」

「連王冠也一起帶走嗎？」

「嗯，」紅髮女子遲疑一下。「王冠不重要。我們會拿走王冠上所有的巨鑽。」

「包括王冠上另一顆『砂拉越之星』？」

紅髮女子靜默。

「拿去哪裡？誰要這些鑽石？」

紅髮女子抬頭看進金樹眼眸深處，像從遠處遙望金樹。

「我和夥伴發過誓，不可以向任何人透露這件事情。我以後會跟你解釋。」

「祖父在甘蜜河畔發現的兩顆鑽石，一顆送給方蕪，一顆送給國王，」金樹撫摸她的頭髮。「曾祖在雲落墾荒小有成就後，在第一任國王賞識下劃撥兩千畝土地開墾權，扎下振順公司根基。祖父僥倖救了第二任國王一命，獲贈八千英畝土地和一筆創業金，才有機會重振振順公司。前後兩任國王提攜，讓振順公司這棵商業大樹枝繁葉茂，造就往後不可一世的霸業和財富。」

金樹凝望紅髮女子深邃的眸子和神祕的微笑，撫摸像煙霾飄散的黯紅色長髮，注視隨著乳房和臀部的起伏線條而流動的衣紋皺褶，想起自己透過大口徑天文望遠鏡和天文攝影觀察和記錄到的博大壯觀的彗星尾巴、月球坑洞、太陽黑子和日珥、火星極冠、土星環、木星條紋和紅斑、橫跨夜空的銀河系大弧拱。在那個遙遠洪荒的冷酷世界，在自己用螢光塗抹的星空中，在沾染螢光的壁虎腳趾纖毛留下的足跡中，從億萬年前散發的光芒殘渣中，一群光度不一的星星凝聚成一個女子臉龐，深邃的眸子燃燒著一股寂寞光澤。那個女子有時候離自己很近，近得可以聽見她的呼吸、心跳、呻吟，感覺到她的顫慄和體香；有時候離自己很遠，遠得只剩下一則扭曲的黑色剪影，像一幅羅夏克墨跡測驗圖，像一根頭髮。

「兩任國王永遠不會忘記，能夠征服和統馭十二萬多平方公里的砂拉越王國，歸功於日不落國庇護，尤其是祖國海峽殖民地的強大海軍。祖父一直深信，找回流失叢林的第二顆『砂拉越之星』，就像濃雲大雨落在旱地上，可以讓振順公司再度一飛沖天，回復商業霸權的榮光。進貢王室的第一顆『砂拉越之星』可以像一道強烈的季候風，加速日不落國的風帆戰艦、壯大日不落國的側舷火炮、擴展日不落國的海洋霸權。讓第二顆『砂拉越之星』和殖民地眾多星光一起簇擁帝國雲霞，在古老恢宏的帝國歷史中占有一席之地，一直是祖父最想完成的心願，也是報答國王和大英帝國的最佳方式。」金樹停頓了一下。「雖然大英帝國不見得稀罕這顆鑽石。」

金樹正想說下去時，甘蜜河響起少校和廓爾喀人的馬達聲，紅髮女子穿上獵裝和卡其褲，一個轉身飛奔出屋外消失叢林中。金樹看著少校和廓爾喀人抬著四個箱籠走入叢林後，一度想在木屋裡等待紅髮女子回來，但他知道紅髮女子行事出人意表，於是上了長舟發動馬達，用最快的速度回到那一片布滿鵝卵石和獸骨魚骸的寬廣河岸，撥開齊額的茅草叢，走向野地。他掏出「砂拉越之星」，邊走邊觀賞這顆充滿傳奇色彩和導致甘蜜河半數巨鱷被屠殺的石頭，包括惡名昭彰的「獨眼」、「三腳」、「斧頭」、「籬笆」、「蟾蜍」、「劍齒虎」、「三角龍」、「水草」、「白背」。關於這塊石頭、山洞中的珍寶、抽大煙斗者，金樹有滿肚子疑問。「砂拉越之星」失而復得，他必須把這顆石頭帶回雲落交給母親。在甘蜜河上，在這條貫通雲落和方蕪堡壘的水道上，他已經來往多次，只要走完這一小段路程就可以實現對祖父的承諾。他想起祖父趟在床上凝望牆上各種王冠的繪圖和紀念品，想起這顆鑽石對振順公司和田家的影響，更想起祖父和方蕪的短暫戀情，心裡升起一股混羼著歡愉和滿足、茫然和憂愁的波瀾。

他把石頭放回口袋，掏出口琴，邊走邊吹，沉溺在紅髮女子的笑靨和未來和她廝守的日子中。他聽見伊班人的獵犬聲在遠處迴蕩，黃冠夜鶯迴繞茅草叢的歌唱，雲豹漫步枯葉的窸窣，一尾蟒蛇滑入小水塘的潺潺，一隻鶖鷹憑藉著熱氣降落樹梢的颯颯欻欻，彈塗魚在水面打水漂的潑剌。所有的聲音中，只有黃冠夜鶯的歌聲和彈塗魚打水漂的潑剌是真實的，因為了避免打草驚蛇，英軍派出兩個廓爾喀人和一隻陰沉的軍犬跟蹤金樹，兩個善於追蹤和擬態的戰士和一隻狼的後代像野獸溶入這片野地。獵犬和軍犬漫遊地獄的叫聲如出一轍，雲豹漫步枯葉是廓爾喀人踩過枯葉，蟒蛇入水是廓爾喀人和軍犬涉水走過一個又一個小水塘，鶖鷹降落樹梢是廓爾喀人撥開茅草叢和小枝小葉。茅草叢散發出來的花香果味讓金樹想起紅髮女子的笑顏和美麗、襯衫底下柔嫩的花蕊、比呻吟更早抵達金樹體內的顫動，就像在叢林裡追蹤抽煙斗者時，花香果味和像口琴聲的鳥鳴讓他沉浸在紅髮女子的體溫和愛撫中，忽略了鳥屎椒等人和抽煙斗者短暫交手的事實。

遙遠的兩個廓爾喀人和軍犬的後方，五百多個英軍、馬來西亞國民軍和廓爾喀人，沿著兩個打先鋒的廓爾喀人留下的記號，像潮水無聲的漫向金樹。

金樹抵達木屋時已是午後，陽光溢滿屋頂上的茅草和棕櫚葉，屋內瀰漫茅草和棕櫚秧苗綠光暈。金樹在屋外轉了一圈，看見水井旁凌亂的血跡、腳印和七顆子彈。他在屋內的桌面看見三姐用銳器刻下的字跡：

金樹：

第七支隊開槍打傷老四、八刀、鳥屎椒、陸英瓊和俞芝蘭，脅迫他們說出藏匿王冠的地點。他們想毀掉王冠。鳥屎椒說他知道地點，帶著第七支隊和老四等人走向你說的那個山洞。我和素心尾隨他們。我沿途做了記號。速來！

三姐

三

三姐和樊素心走出陰暗的叢林時，透過齊額的茅草叢看見站在屋外的第七支隊和老四等人。他和素心蹲在木屋十公尺外的茅草叢聆聽他們對談。鳥屎椒帶領他們走入叢林後，三姐撿起茅草叢中的大刀和狗腿刀，用大刀在木屋的桌子上留下訊號。

隊伍一直維持著鳥屎椒、揚波和揚讚在前，老四等人在中間，五個第七支隊隊員在後的隊形。傷口沒有大量出血，八刀、老四、紅番和冰淇淋步伐穩健，鳥屎椒和冰淇淋脫下襯衫包紮陸英瓊和俞芝蘭傷口，紅番和八刀提著紮成兩捆的油紙傘，陶卿揹著背包中的長髮，十七人的隊伍行進緩慢，因為王馥蓉經常脫隊，有一次甚至消失在一大片無花果樹叢中，如果不是鳥屎椒等人堅持，第七支隊可能已經將她遺棄。為了取信第七支隊，鳥屎椒不疾不徐的說出自己和八刀等人追蹤大腳印時，以驚人的腳程擺脫八刀等人，拐了一個大彎追上半途離去的金樹，看見金樹和紅髮女子碰面後，走入一座匿藏數十個板條箱子、箱籠和鐵箱的山洞。進出叢林多年，即使只到過山洞一次，但山洞的高海拔和毗鄰方蕪城堡，讓他可以在腦海畫出一道直接抵達山洞的路線。他不時停下腳步和站在高處遙望，眼神故意閃爍出一抹困惑，隨後又自信的邁開步伐。為了縮短時間和勾起鳥屎椒記憶，揚波不斷詢問山洞地點，靠近哪一座山？哪一條河？哪一座長屋？離甘蜜河河岸多遠？在甘蜜河東邊或西邊？山洞有多大？洞裡有蝙蝠和金絲燕嗎？山洞附近有人類居住和墾荒過的痕跡嗎？鳥屎椒知道揚波的叢林知識比他豐富，他只要透露山洞就在方蕪堡壘後方那片山壁上，揚波閉著雙眼也可以摸過去。鳥屎椒的確朝山洞走去，但拐彎抹角拖延時間。他聽見隊伍後方出現兩個人的腳步聲，一輕一重，一前一後，估計可能就是三姐和樊素心。他摘下一片葉子吹奏出像魚鷹的叫聲，同時向老四使了個眼色，老四開始模倣各種鳥聲，當後方傳來同種鳥類叫聲後，鳥屎椒和老四，甚至紅番、冰淇淋和八刀知道三姐就在後方。如果不是擔心暴露身分，三姐也許會發出雞啼。

王馥蓉有兩次走偏時，第七支隊派出一位隊員尋找，但不久王馥蓉又自動歸隊，反而是尋找她的隊員迷了路。當她第三度消失時，第七支隊沒有指派隊員找她，但放慢步伐等她歸隊。十分鐘後，她哼著一首印尼民謠走到八刀身邊，像失去平衡靠在八刀懷中，把被第七支隊丟棄的斷刀插入八刀提著的油紙傘中。

三姐邊走邊附和老四發出各種鳥鳴。王馥蓉哼著印尼民謠走向三姐和樊素心時，樊素心將八刀的斷刀遞給王馥蓉。三姐伸手想從馥蓉手裡奪回斷刀時，馥蓉發出一串笑聲，往鳥屎椒帶領的隊伍疾奔而去。

午後雷陣雨準時報到，雨絲一鬚鬚，霧嵐一糰糰，野水滿澤，雷聲震野，視線模糊，在鳥屎椒要求下，隊伍在一棵龍腦香樹下休憩一小時，下午三點再度出發時，金樹憑著三姐留下的狗腿刀鑿痕追上三姐和樊素心。

金樹和三姐密切監視著隊伍動靜。五個女孩增加攻擊難度，即使三姐槍法再好，他們也沒有把握在八刀和陶卿等人沒有損傷的情況下一舉殲滅第七支隊。在鳥屎椒一再拖延下，下午五點隊伍終於抵達方蕪堡壘後方的山巒。揚波站在山崖前看著被炸成廢墟的堡壘後，狠狠瞪了一眼鳥屎椒。

「你這個小王八蛋，」揚波朝山崖下吐一口口水。逆勢颳來的季候風把他的口水吹回腳下。

「為什麼不早點告訴我這個地方？」

「我只知道在一座高山上，」鳥屎椒將摺成笛子的樹葉扔下山崖。笛子飄向身後的灌木叢時像一支有響哨的箭羽，讓季候風吹出一聲長長的呼嘯。「那是方蕪堡壘嗎？從這裡看下去，比火柴盒還小，誰會注意到？」

「進山洞去！」揚波用槍管敲了一下鳥屎椒的腦袋。

鳥屎椒聳聳肩，沿著岩石後一條人工斧鑿出來的石磴步道走下去，進入洞穴。洞內黝黑乾爽，沒有蝙蝠和金絲燕，瀰漫草葉和死水的腐味。鳥屎椒從石壁裂縫摸出火柴和兩盞煤油燈，一盞交給揚波，一盞自己拿著，點燃，藉著兩盞煤油燈流瀉的光芒往洞內走去，半小時後，一道煤油燈光芒照不盡的高大石壁擋在眼前。石壁和地表交接處一片漆黑，像盤據著一群幽靈。煤油燈光芒流瀉過的地方，顯示石壁前空無一物。鳥屎椒沿著石壁走一圈，凝望在無盡的黑暗和孱弱的光芒中顯得無限巨大的洞穴。鳥屎椒和揚波手裡的煤油燈光芒像一顆透明的蛋黃色的卵遊走洞穴內，最後兩顆卵凝結成一顆更大的卵，鳥屎椒和揚波站在卵的中心點，用一種互不信任的眼神看著對方。

「你沒有騙我吧？」揚波以槍管抵住鳥屎椒胸膛。

鳥屎椒垂下煤油燈，照亮石壁前腐植土一批深邃的長條型壓痕和像對話框的巨大腳印。

「這批腳印和壓痕，證實有人曾經來過，」鳥屎椒說。「有很重的東西曾經放在這裡。我沒有說謊。」

揚波彎下身子凝視腳印和壓痕，然後高舉煤油燈，抬頭看著以高傲姿態俯瞰他們的石壁。

「這是什麼鬼地方？」他吐了一口口水。「怎麼會有人把貴重的東西放在這裡？」

在一股寒意緩緩襲向眾人時，在煤油燈幽微的光芒和窟穴一望無際的漆黑中，響起十多種鳥聲。鳥聲在窟穴中引起巨大的密集回音，讓人摸不清楚聲音來源。老四噘起嘴唇，按照鳥聲先後響起的順序，模倣畫眉、杜鵑、紅棕啄木鳥、山椒鳥、黃鸝、斑鳩和鳳頭犀鳥的叫聲。鳥屎椒和紅番也忍不住噘起嘴唇模倣。揚波聽得出來不是蝙蝠和燕子叫聲，甚至認得其中幾種鳥聲。他吐一口口水，摸一把煤油燈照射下發出金橘色光芒的頭皮，高舉「鐵軍一八」，抬頭挺胸，做了一個提醒六位隊員提高警覺的手勢，用一種睥睨的姿態凝望和聆聽。在各種鳥聲叫囂中，削壁響起石頭磨擦石頭的巨大轟擊聲，硄硄硠硠，轟擊聲在窟穴中泛起使人耳膜發癢的回音，接著一股寒風吹熄兩盞煤油燈，在僵硬和嚴密得像岩石的黑暗中，眾人看見十多支曲形長劍，刃身激射出藍色光芒，像阿爾卑斯山野山羊的曲角和快速滑行的蛇，分別刺向第七支隊七個隊員。十多下金屬爆裂聲和沉悶的撞擊聲響起後，一盞煤油燈光芒再度照亮洞穴。

「露西！」陸英瓊、陶卿、崔淡容和俞芝蘭同時驚叫。

紅髮女子提著煤油燈站在十多個戴寬檐藤帽的巨漢前。巨漢叼著像枯木的煙斗，穿著綴滿補丁的獵裝和鬆垮的褪色長褲，鬍髯覆胸，五官埋藏帽檐下。他們筆直而僵硬的站在窟穴中，手裡拿著曲形和眨閃著藍光的長劍，嘴裡緩緩噴出白色的煙霧。揚波和六個隊員仰面或正面倒臥地上，七支「鐵軍一八」被劈成一半。

八刀從油紙傘中抽出斷刀，被老四伸手攔住。

四

金樹、三姐和素心看見鳥屎椒領著眾人走進洞穴後不久，聽見身後茅草叢傳來腳步聲和絮語。三姐攀上無花果樹離地三公尺的枝椏，看見數不盡的荷葉扁帽、鋼盔和槍管游移和浮沉茅草叢和灌木叢中。三姐躍下地表後，紅髮女子走出洞穴朝他們的藏身處走來。她牽著金樹的手走向洞穴，示意三姐和素心跟過來。

在十多盞煤油燈照耀下，金樹看見地上躺著兩手被藤蔓反綑、處於昏迷狀態的第七支隊七位隊員。他們的額頭和臉部出現深淺不一的瘀腫，顯示遭受鈍物重擊。老四和鳥屎椒等十個人拿著煤油燈站在岩壁前，揹著從第七支隊奪回的來福槍，臉上流露著幸喜和驚惶。煤油燈光芒外，聳立著十多個巨漢的模糊身影。

「英軍和國民軍圍堵在洞穴外，」金樹說。「我們要盡快離開這裡。」

「跟我走！」紅髮女子牽著金樹的手，走向十多個巨漢身後一個陰暗的小洞穴。

金樹回頭看了一眼昏迷中的第七支隊。

「把他們留給國民軍吧。」紅髮女子說。

洞穴一公尺多高，兩人寬，七男七女進入洞穴後，十多個巨漢也彎腰像獒犬爬入洞穴。洞穴內出現一道又寬又高的坑道，兩面岩壁光滑平直，像經過銳器切割。隨後，巨漢分成兩批，從岩壁推出兩塊長方形巨石，發出石頭磨擦石頭的巨大轟擊聲，硠硠硠硠，像兩扇門扉堵住洞穴入口。巨漢用曲形長劍切割岩壁，一塊又一塊大小不一的岩石落在坑道上，封死洞穴入口。在紅髮女子帶領下，在十多盞煤油燈照射下，他們在坑道內跋涉兩個多小時，出了洞穴，到了平地。暮色低垂，無花果樹在東北季候風中搖曳，莽叢上方升起一彎蠍鉗色月亮，群星像食鹽灑在樹梢上，吵雜的鳥蟲聲浸染著欣喜和激奮，像在歡慶他們重見天日。

第二十五章

一

八刀回到雲落後，呂長山帶著妻子返回唐山，八刀在蛤蟆石旁開了果菜店和武館，逢週末在果菜店前面演練破鋒八刀和傳統刀法。左肩的槍傷和延誤的救治讓他少了一隻左臂，所幸他慣用右臂，沒有影響到使刀，而且少了一隻左手讓他獨具魅力，演練大刀刀法時，雲落人尤其愛看他揮舞斷成半截的大刀。販賣榴槤時，八刀同時將三顆榴槤拋向空中，落地前被八刀劈成十五瓣，都是沿著果實基部到頂端的五條線紋切開。他的飛機頭和貓王鬢梳得和以前一樣服貼，下巴永遠留著沒有剃乾淨的枯黧色鬍渣，眼神溢滿饑饉和活力，多了一股滄桑和殺氣。兩個從西馬到雲落開武館的跆拳道高手到「天水武館」踢館時，看見八刀梳了一遍飛機頭和貓王鬢後，手執斷刀，季候風將左袖吹得劈里啪啦響，像睥睨一群野狗看著他們，嚇得退縮下去。「天水武館」的學徒每個月維持著八到十位，付水電費都不夠，但果菜生意和振順公司的創業金讓八刀不愁衣食。王馥蓉生下一個男孩後，頭腦突然清醒過來，四十四歲停止排卵前，總共生下十一個兒女。

陸英瓊繼續經營咖啡店和餐飲店。鳥屎椒念念不忘胡椒，添購兩千英畝土地栽種，孩子剛學會走路就帶著他們到胡椒園撿鳥屎椒。韓戰早已結束，越戰來到尾聲，胡椒價格驟貶，鳥屎椒樂在其中。

冰淇淋除了原來的「冰山冰淇淋」，和俞芝蘭開了玩具店和剉冰店，三年後販賣日本家電。紅番和崔淡容經營全砂拉越規模最龐大和最現代化的養豬場，冷凍的肉類外銷新加坡和西馬。

老四和陶卿開了體育用品店、書店、水族館、樂器行和唱片行。大腿的槍傷差點讓老四廢了一隻腳。十多個手持散發出藍色光芒曲形劍的巨漢衝向第七支隊時，在那短暫的突擊過程中，一個巨漢的斗柄意外重擊到老四胯下，幾乎癱瘓老四下半生的性生活，四十歲後，行房前要吃八刀免費贈送的三顆榴槤。不是榴槤季節時，要喝一小杯大番鵲雛鳥、中藥材和「三腳」陰莖浸泡的藥酒。

三姐和樊素心回到從前窩居的小木屋，買下周圍兩千五百畝土地，蓋了一棟雙層洋房，經營養雞場和培植昂貴的胡姬花。三姐依舊一天洗八次澡，每天清晨學雞啼，一個月帶著妻子和員工到叢林狩獵一次。他偶爾會從野放的雞隻嗉囊和肌胃發現小鑽石。他不想回到雲落定居，因為大部分雲落人認定他殺死自己的繼父，報復繼父在他臉上留下的可怕刀疤。三姐十七歲離家出走獨居小木屋時認識了第七支隊和揚波，為了拉攏三姐加入游擊隊，揚波帶領第七支隊隊員潛回雲落殺了李偉潘，並且指導三姐射擊技巧，讓他成為彈無虛發的神射手。他的神射雖然和鍛鍊丹田有關，但也不是天生。那時候，揚波長髮披肩，十指齊全。三姐雖然沒有加入第七支隊，為了回報揚波，向揚波披露金樹協助少校尋找王冠和珍寶的祕辛，金樹並且知道王冠和珍寶的藏匿地點。直到死前，當他把十個裝滿小鑽石的火柴盒交給素心時，才向素心透露這個祕密。

在鐵絲網和嚴密的哨崗監視下，揚波和六位第七支隊隊員在雲落「政治犯監護中心」度過五年規律而無趣的拘留生活。五年內，為了改善監護中心的醫療資源、飲食和待遇，揚波發起三場絕食鬥爭，代表所有政治犯和政治部高級官員談判，獲得壓倒性和歷史性勝利。獲釋後，揚讚和揚眉到臺灣完成大學學業，返國執教雲落獨立中學。揚風開餐館、出版《革命和烹飪》美食書，八〇年代全家移民澳大利亞。家境優渥的揚遠到英國學醫時娶了一個印度女孩，落地生根倫敦。揚鏞在硯殼石油公司當了一輩子鑽油平臺工人，休假時找妓女解決生理需求，終生未娶。揚聲開了一家修車廠，同時販賣二手汽機車，娶了一個在菜市場販賣土產的二手太太。揚波出獄後接受十多次電臺和報紙訪問，被政府表揚為政治犯模範，獲得一紙森林開採權，和幾個華商合股經營木材公司，外銷臺灣、日本和韓國珍貴的原木。英格蘭人如果知道揚波妄想銷毀英格蘭王冠和加冕珍寶，可能把揚波引渡到英格蘭受審，或者建議馬來西亞政府讓他在政治犯監護中心多待三十年。雖然沒有如願執行讓人民游擊隊留名千古的「戰鬥策略」，和商業對手談判時，揚波戴一頂乳白色牛仔帽，叼海盜牌香煙，不時伸出三根鷹爪似的手指，提醒對手它們在他的革命歷程所象徵的意義和占據的重要地位。五年後，揚波帶著兩箱紙鈔，加入人民游擊隊第四和第五支隊組成的新部隊「東北突擊隊」，向砂拉越東北部擴展勢力、延續革命火種，再度成為政府懸賞的政治犯。

少了兩顆大鑽的王冠和加冕珍寶歸還英格蘭皇室後，馬國和英格蘭頒給金樹一枚爵士和拿督勛章，雲落人開始尊稱他「田爵士」或「拿督田」，這個尊稱讓金樹不能穿著背心和夾腳拖出門，也不能隨意光顧各種平民化的流動地攤。金樹雖然沒有帶回七十二克拉「砂拉越之星」，但在政府關照和庇護下，加上爵士和拿督光芒，振順資產迅速擴張。金樹懇求母親允許自己解除和周枚月的婚約，因為他心已有所屬。但他擔憂過頭了，趙氏半年前已經取消金樹和周枚月的婚約。金樹入林半年後，周枚月和經常到歐羅馬酒店理髮的進出口商兒子戀愛，金樹回到雲落不久，就接到周枚月喜帖。金樹第一次回到歐羅馬酒店時，忍不住逛了一次印度警衛宿舍，重溫一次在露兜花、印度茉莉、荷花和赤素馨花的味道圍繞下自己和周枚月的一段偷情歲月。金樹馬上嗅到一股怪異的味道，那股味道不屬於那一批香水，不屬於周枚月、印度警衛和自己。印度警衛透露，金樹離開雲落的兩年內，周枚月不止和一個男子在這間宿舍約會過，然後，他用一種略帶憂愁和歉意的口氣說，他甚至不確定田金樹是不是她的第一個男人。

金樹一點也不在意。他早已對周枚月失去感覺，而且，周枚月也不是他的第一個女人。這時候他更想念紅髮女子了。

二

紅髮女子和十多個巨漢帶領金樹和老四等人走出山洞後，沿著一條夾脊小徑走入莽林。那晚蠍鉗色月亮像縮小版和黯淡數十倍的小太陽，照得雲朵又肥又白，像冷凝的冰雪。肥白的雲朵有時候遮住一部分月球，光芒忽強忽弱，也照得他們的影子、樹影和夜鳥的飛行影子忽淡忽濃。夜晚越深，叢林面貌越清晰。東北季候風夾著寒意吹進叢林，吹得衣服鼓鼓縮縮，也吹得他們的身影瘦瘦肥肥，尤其十多位巨漢的影子。十多位巨漢影子棲伏莽叢上像十多頭沉默的獒犬。巨漢的步伐緊密而誇大，金樹等人必須加快步伐才趕上他們，有時候甚至小跑。手臂受傷的陸英瓊和俞芝蘭兩度跌倒時也沒有讓巨漢放慢腳步。他們偶爾回頭嫯視落後的金樹等人，有一種責怪他們拖累的意味。在不斷的趕路過程中，七男七女沒有太多交談空間，大部分時候發出沒有意義的悄聲細語和竊笑。

在月色和叢林偶爾眨閃出來的神祕光線中，他們看見十多個巨漢從前在甘蜜河源頭和叢林腐植土留下的對話框似的巨大腳印。新鮮的腳印充滿迅速蒸發的對話內容，但想從腳印讀出任何訊息幾乎不可能，它們像數億年前石灰岩上的羽毛壓印，只能夠模糊想像翱翔空中的飛禽巨靈。從步距和腳印深淺一致顯示，巨漢的思考內容一致，意志堅定，彷彿一群齊心合力搬運一具昆蟲屍體的螞蟻。巨漢五官隱藏帽檐下，露出的半張臉也大部分隱藏在鬚髯甚至不斷從他們嘴裡噴出的煙霧中。他們在想什麼？他們有什麼意圖？出了山洞的幸喜和激奮慢慢退卻下去，一股嚴肅和緊張的氛圍幽微而難以察覺地蔓延。不斷踩踏的墮枝落葉從起初的吵雜和愉悅，變得靜肅和壓抑，像有很多弱小的幽靈蜷縮在腳跟下哭泣。從幽黯眨閃出來的神祕光線中，他們想起從前漫遊時充滿窺孔的叢林，像有野獸暗中監視他們，用力地嗅著他們的皮肉，想像連骨帶肉啃咬他們的滋味。讓金樹等人感到不自在和畏懼的是逐漸吞食隊伍的強大寂靜。

深夜十一點抵達一片空曠的草原時，月色更皺鉗紅了，巨漢帽檐下的陰影更深邃，嫯顎從來不曾掀開。草原邊緣用木柱豎立著一個長形草棚，草棚下，擺放著四個綑上麻繩的長方形板條箱、鐵箱和箱籠。金樹記得少校在木屋內打開過這四個箱子，興奮而激動地檢驗裡面的王冠和珍寶。箱子為什麼出現在這裡？他和老四等人站在草棚下箱子前，看著紅髮女子掏出刻著「蕪」字的口琴，開始吹奏金樹教會她的第一首曲子，吹奏到一半，紅髮女子一邊噘嘴模倣黃冠夜鶯歌聲，一邊用一面黑巾蒙住半張臉，拿下後腦勺的髮夾，抽出一支眨閃藍色光芒的小刀，一股濃稠的花香果味撲鼻而來，金樹等人眼前湧起一片迅速將他們淹沒的黑潮，在黃冠夜鶯優美的歌聲中，他們兩腿癱軟，紛紛倒下，失去知覺。

三

Cock-cock-a-a-doodle-do-do

Cock-cock-cock-a-a-a-doodle-do-do-do

Cock-cock-cock-cock-a-a-a-a-doodle-do-do-do-do

清晨五點，眾人在三姐啼聲中醒來。鄰近地球的月亮不見蹤影，一個天文單位之外的太陽並不遙遠，似乎就在叢林後方。猴鳥鼓噪聲中，傳來哺乳動物高八度的吼聲和甘蜜河畔公鱷的求偶聲。第一個醒來的三姐拿著來福槍在草原上漫步，刀疤的刺癢讓他充滿射擊慾望。他想叫醒樊素心，牽著她的手走進叢林，打死幾隻大型動物，譬如老虎、大象、熊、犀牛和鱷魚，然後在動物垂死呻吟聲中和樊素心做愛。他第一次學雞啼時離草棚很遠，草棚下六男六女沒有被叫醒。第二次學雞啼時離草棚更遠。啼兩遍後，他站在草棚前，啼了最清澈和響亮的一次。啼完後，三姐感覺清爽許多，刀疤的刺癢也隱微許多。他突然發覺雞啼可以壓抑射擊和射精慾望。

金樹在其中一個箱籠上面看見紅髮女子留下的一封信和布棉包裹的紅髮。

金樹：

當你晚上凝望星空時，你看到什麼？大部分人會注意到星星、月亮和偶爾閃過的流星雨。雖然銀河系有數千顆恆星和數不清的行星，銀河系之外，恆星、行星和衛星更不計其數，但大部分宇宙是空曠的。金樹，你知道那些空曠代表什麼？它們也許沒有意義，就是純粹的空無一物。當你凝望星空時，請記得我就在其中一個空曠的地方。那個地方太遙遠了，恆星光芒抵達你們的太陽系時，你已經不存在，甚至太陽系也已經不存在。當你吹奏口琴時，當你聽見鳥兒叫聲時，請記得想起我，我正在那遙遠的地方吹奏口琴和學鳥兒鳴叫。當你的朋友撐開油紙傘凝視著傘面的女人時，請你也要想起我，因為我也正在凝視你。

為了實現你祖父的心願，我留下王冠和其他珍寶，但我拿走其中最大的兩顆鑽石。我沒有拿走王冠上的「砂拉越之星」，但我拿走你身上的另一顆「砂拉越之星」。在我認識你和即將離開你時，我突然發覺這顆鑽石的神祕力量。

現在帝國王冠上最大的鑽石就是「砂拉越之星」，它是唯一簇擁和展現帝國光芒的鑽石。少了這顆鑽石，帝國王冠將變得黯淡無光。你祖父一定感到非常驕傲。

原諒我，我事先沒有徵求你的同意，因為我知道你一定反對。如果少了這顆鑽石對振順造成不好的影響，我感到非常抱歉。但我相信重振振順不需要一顆鑽石，只要王冠上的「砂拉越之星」持續閃爍，振順的光芒也會不滅。

這顆「砂拉越之星」，也是你留給我的承諾和信物。

在我的世界，我有一個名字：露西。

我莊嚴承諾：我會回來。

請等我。這一束頭髮就是我的承諾和信物。

露西

四

少校的死訊變成一個難解的謎。十個廓爾喀人抬著少校屍體交給英軍時，英軍檢查少校脖子上的傷口，確認凶器是一柄鋒利的小刀。廓爾喀人的忠誠和單純讓他們沒有懷疑廓爾喀人，但是他們不明白為什麼少校不直接把王冠和珍寶交給英軍，而千辛萬苦搬運到一個沒有人到過的山洞。當金樹把王冠和珍寶交給他們時，他們更不理解王冠和珍寶從山洞失蹤到出現金樹手上，中間發生了什麼事，即使當事人的金樹和廓爾喀人也交代不清，但是他們並沒有進一步追究，因為經過專家考證，王冠和珍寶雖然少了兩顆最巨大的鑽石，但確實是真品，帝國王冠、喬治四世王冠、聖愛德華王冠、鷹狀聖油瓶、馬刺、國家之劍、寶球、十字架權杖、金鴿權杖、瑪麗王后穗狀冠冕、瑪麗王后冠冕、劍橋情人結冠冕、大不列顛與愛爾蘭女孩冠冕、緬甸紅寶石冠冕、東方之冠，一個不少。找回王室珍寶、消滅人民游擊隊主力和逮捕第七支隊，讓他們覺得任務已經圓滿完成，少校的死因不重要了。

金樹有一天閒逛到芒果樹下冷飲攤吃剉冰時，看見一個長髮少女正在用口琴吹奏〈甘蜜河之夜〉。這不是他第一次聽見少女吹奏〈甘蜜河之夜〉。入林尋找「砂拉越之星」前，他已經不止一次聽過少女吹奏〈甘蜜河之夜〉，而雲落會吹奏口琴的人，幾乎都會吹奏〈甘蜜河之夜〉。少女有一雙中國人的丹鳳眼，長髮披肩，皮膚紅潤，頭戴一頂藤蔓編織的花冠，插著朱槿、胡姬、九重葛、含笑花和茉莉花。花朵已經枯萎。少女眼神閃爍，每次眼睛和金樹接觸時就看向別的地方。在雲落，金樹的口琴吹奏技巧只有老四和他同一個水平，但讓金樹迷惑不解的是，自己從小到大，每次經過冷飲店，就聽見少女吹奏同一首曲子。全雲落人都知道，她只會用各種不一樣的伴奏技巧吹奏〈甘蜜河之夜〉。她是全世界把〈甘蜜河之夜〉吹奏得最美妙和動聽的人。

金樹安靜的坐著，吃了兩碗剉冰，眼睛沒有一刻離開少女，聚精會神的聽她把〈甘蜜河之夜〉吹奏六遍。少女把剉冰端給金樹時，沒有看過金樹一眼。金樹吃完兩碗剉冰後，凝望著少女的長髮和丹鳳眼，努力回想少女的名字，忍不住問身邊幾個吃完剉冰後準備回到膠林的割膠人。

「她啊，」一個割膠人說。「田爵士，她叫胡姬二號。」

其他割膠人發出一陣哄笑。

「她是少校的老相好，」割膠人說。「少校每次去那裡就指名找她，而且花錢包她一個晚上。」

「拿督田，那頂花冠據說就是少校送她的。」

「花朵全枯萎了，」割膠人說。「她還戴著。」

「是啊，像耶穌戴在頭上的荊棘冠冕。」

「田爵士，你知道她為什麼喜歡吹奏〈甘蜜河之夜〉？」割膠人說。「田爵士聽說過百年前的舌魅女故事吧？這故事和你祖父有點關係。舌魅女在山打根是有家室的人，因為生活不檢點被逐出家門，一個人在雲落討生活。胡姬二號是她的第四代後裔，來這裡尋根呢。」

割膠人發出哄笑。

「我們都和胡姬二號有一手，」割膠人說。「可惜。她的舌頭很正常。」

割膠人又發出哄笑。

「她在等少校回來。」

「田爵士，少校發生什麼事？」

「拿督田，你怎麼在這裡吃剉冰？」

入夜十點後，金樹戴寬檐牛仔帽和印度人販賣的廉價太陽眼鏡，帽檐低垂，衣領高聳，穿陳舊的牛仔褲和骯髒的球鞋，走入以植物名稱為妓女命名的娼館。刻意掩飾下，娼館老鴇還是一眼認出了田爵士。她看著金樹的眼神像金樹頭上長了象徵魔鬼的山羊角。金樹走進陰暗的小房間時，胡姬二號一絲不掛躺在床上。金樹叫她穿上衣服。胡姬二號穿上寬鬆的棉布裙子和襯衫後，跪坐床上，溫柔而略帶憂鬱的看著金樹，等著金樹剝掉她的衣服。室內只有一盞煤油燈，昏暗像窟穴，金樹注視著她深邃的丹鳳眼和鬅鬆的長髮，想起紅髮女子。在煤油燈光澤下，藤凳上的口琴和花冠眨閃著冷冽光芒。

「我可以聽妳吹口琴嗎？」金樹坐在床沿上。

胡姬二號拿起口琴吹奏〈甘蜜河之夜〉。奏完後，她放下口琴，拉著金樹的手放在自己胸前。她的手冷得讓金樹打了一個寒顫。金樹縮回了手。

「可以再奏一次嗎？」金樹說。「把花冠戴上。」

胡姬二號遲疑了一下。她微笑的拿起花冠戴在頭上，開始吹奏。奏完後，金樹說：「花冠是馬歇爾少校送妳的嗎？」

胡姬二號點點頭。她再度拉著金樹的手貼在胸前。金樹輕輕的縮回了手。

「不急，」金樹說。「我買了妳一個晚上。」

少女笑得很燦爛。她拿起口琴再度吹奏〈甘蜜河之夜〉。

「少校執行政府交代的一項任務，」奏完後，金樹說。「發生意外。少校不會回來了。」

胡姬二號盤腿坐在草蓆上，調整了一下花冠。

「我聽說了，」胡姬二號的聲音甜美輕柔，像鳥的歌唱。「少校說會回來找我。」

「他不會回來了，」金樹說。「他完成祖國交代的一項偉大任務，妳應該為他高興。」

「他說會送我一頂真正的王冠，像英格蘭女王頭上的王冠，」胡姬二號天真又憂鬱的說。「然後帶我離開這裡。」

金樹靜默一會。

「他是認真的，」胡姬二號笑得依舊甜美。「他承諾過。」

金樹心臟狂跳，全身浸淫在一股激盪不止的驚駭中。

「少校這麼說過嗎？」金樹說。

「嗯。」胡姬二號點點頭。

她的聲音太甜美，煤油燈光芒太昏黯，金樹這時候才發覺她聲音悽愴，兩眼淚濕。金樹突然明白了少校的死因。

「少校不會回來了，」金樹站起來。「妳不要等他了。」

胡姬二號笑得甜美而憂鬱。

「花枯萎了，」金樹指了指花冠。「明天換一批新花吧。」

「少校和你一樣，」胡姬二號說。「喜歡看我戴上花冠吹奏口琴。」

「妳吹奏得很好。」

金樹走向門口。

「你要走了？」

「你休息吧。我買了妳一個晚上，不會有人來找妳了。」

臨走時，金樹塞了一把鈔票到老鴇手上。老鴇如果向政府檢舉，政府是會摘掉他的拿督頭銜的，雖然金樹不稀罕這個頭銜。

五

走出娼館，金樹抬頭遙望滿天繁星，想起小時候祖父教自己認識星座。金樹第一個記住的就是北斗七星，斗口兩顆星的連線指向的北極星，順著斗柄看下去，那顆灼亮的牧夫座大角；北斗七星附近的小型獵犬座、漩渦星雲、獅子座、天蠍座、天鵝座、獵戶座；橫跨半個天空的長蛇座尾部，據說那是替阿波羅取水的烏鴉啣回的水蛇，也可能是大力士海克力斯殺死的九頭蛇。

童年記憶像潮水湧來。

金樹想起小時候走在雲落街道時，後面跟了一群趿夾腳拖、反戴鴨舌帽、拿著自製的彈弓、劈啪炮和釣竿的小孩，像農曆新年拿著紙炮槍、鞭炮和沖天炮跟著舞龍舞獅、笑面虎和鑼鼓隊走遍全村。這支隊伍像旱季越嶺渡河北上尋找花序果季提早來到丘陵地帶的野豬群，沿途吸納越來越多小孩加入，解散前，聲勢嚇人。這群小男孩不會太靠近金樹，但也不會離得太遠，他們識趣的保持一個距離，等著金樹瞄他們一眼、叫他們的名字，甚至眨他們一下。田家的尊貴和富裕，讓雲落人渴望攀附在振順公司商業大樹上，即使是一塊小小的贅瘤。

金樹想起十二歲時，新加坡一個年輕的西裝師傅在雲落開業，門前野狗比客人多，一年後金樹凝視著橫匾上的「馬師傅西服店」，說：「改個名吧，叫飛馬西服店。」不到半年，馬師傅開了第二家分店。事情傳開後，一家又一家店鋪要求金樹命名改名、開運改運，就像田金虹發掘金脈的本事傳出去後全砂拉越礦場哀求他入股，雲落於是充塞著「寶瓶」、「巨爵」、「武仙」、「天蠍」、「天琴」、「飛魚」、「天兔」、「天箭」、「銀河」、「彩虹」等等金樹命名的燙金匾額。後來，小孩也請金樹命名改命，女的叫孔雀、凰鳳、杜鵑、白羊、天鶴、天燕、瑤光、玉衡，男的叫天龍、天鷹、麒麟、牧夫、金牛、天璣、天璇。這批小孩雖然沒有成龍成鳳，但也長得俊美肥嫩，生個水痘也比別人可愛。

金樹想起祖父在雲落蓋了一座遊樂場、野生動物園、體育館、足球場、華文小學，除了華文小學，全以金虹命名。金虹過世兩年後，振順公司陷入困境，體育館、足球場、遊樂場、野生動物園和華文小學捐贈政府。捐贈政府前，不知道是政府官員要求，還是金樹自作主張，名字也跟著改了，遊樂場改成天貓遊樂場、動物園改成大熊野生動物園、體育場改成帆船體育場、足球場改成小馬足球場。華語小學叫光華學校，校門上的「光華學校」四字是孫中山墨寶，政府官員或金樹不敢改，但他們把校內的圖書館改成天鴿圖書館。

金樹記得十五歲時路過一間木板屋，看見雲落人在屋內下棋、嗑瓜子、玩四色牌，屋內煙霧瀰漫、酒氣衝天，門楣上有一個匾額：「啟明社」。一九〇九年，雲落華社接到中華革命黨馬來亞檳城分部快訊，表示孫中山將指派大將汪精衛到雲落宣揚革命，要華社熱情款待。汪精衛從新加坡搭船抵達雲落，參加雲落人在一棟木板屋為他舉行的歡迎茶會，發表激昂慷慨的演說，陳述中華民國建國憲章和三民主義等理論，要求雲落人成立支持中國革命的後援組織，為組織取名「啟明社」，親筆揮毫寫下社名。汪精衛走後，雲落人將題字製成匾額，高掛木板屋門楣。一九三九年，汪精衛擔任日寇扶植的傀儡政府偽主席，從革命志士變成大漢奸後，木板屋從此大門深鎖，直到一九六二年重新開放，變成喝茶聚賭、青年男女幽會、流浪漢過夜的場所。

那天，金樹站在木板屋前，罵道：「什麼啟明社，根本是烏鴉社！」

一個油漆工聽見後，卸下汪精衛墨寶匾額，在匾額背面用紅漆漆上「烏鴉社」三字，高掛門楣。一九六六年，一個左派書生拆下匾額，帶著匾額渡河越嶺，加入和馬來西亞政府展開武裝鬥爭的砂拉越人民游擊隊。游擊隊隊員認為，汪精衛變節前也是革命好漢，墨寶值得保存。

這批名字刻印著金樹小時候的天文學家夢想。

一顆流星劃過星空。四億多年前的奧陶紀大滅絕中，一場大災難摧毀一顆直徑一百公里的小行星，殘骸四處飄散，製造出大量隕石雨，即使到了二十世紀末，還有不少墜落地球的隕石來自這場撞擊事件。那顆流星是四億多年前奧陶紀捎來的死亡訊息嗎？

金樹再度凝望星空。一群光度不一的星星編織出一個模糊的女子臉龐，凝聚出心型臉、櫻桃嘴、大眼細眉，博大壯觀的彗星尾巴揮灑出她的長髮，那麼遙遠陌生，像赫拉滴入星空的奶汁，又那麼親近熟悉，像原始人石窟上的塗鴉。

當你凝望星空時，請記得我就在其中一個空曠的地方。

這時候他更思念紅髮女子了。

第二天金樹幫胡姬二號父親償還一筆賭債後，贖回胡姬二號，父女倆帶著金樹致贈的一筆金錢回到北婆羅洲東北部的山打根定居。

半年後，金樹揮別六位好友，遠赴英國一所大學研讀天體物理學。

第二十六章

一

布里隆尼王朝每一個城市的名字隱含著拓荒者的第一印象，而且都和鑽石有關。

九千公里外，有一個小鎮叫羅藤，這個名字在布里隆尼文字是長尾猴。拓荒時期，一個三歲小男孩被長尾猴擄走，七年後小男孩和一批猴子重返人類社會時，已經不會用兩條腿走路，但小男孩很快適應文明生活，長大後成為第一任鎮長，據說他辦公時，用腳趾撥打電話和喝咖啡，用兩手簽公文和抽煙，十二歲用後背體位和女人做愛。猴子鎮長二十三歲時愛上一位長髮美少女，每天送給少女一百朵剛摘下的朱槿花、胡姬花、含笑花、梔子花，但少女沒有正眼看過猴子鎮長一眼，因為猴子鎮長面貌醜陋，屁股拖著一條尾巴。猴子鎮長重返莽林，帶回一袋又一袋鑽石，每天用藤蔓編織一頂嵌滿鑽石的頭冠送給少女。一百天後，少女心動了，但要求猴子鎮長切掉尾巴。「我可以嫁給醜男人，」少女說。「但我不可以嫁給猴子。」猴子鎮長切掉尾巴後，失血過多死去，但面貌變得比鎮上任何一個男子都英俊迷人。少女將猴子鎮長的人皮貼在閨房嵌滿鑽石的水泥牆壁上，每天晚上撫著人皮痛哭。少女終生未嫁，死前請人把自己的人皮貼在牆壁上，直到現在，猴子鎮長和少女的人皮被垂掛牆上的胡姬花氣根和鬚荄覆蓋，和水泥、鑽石融為一體、不分彼此了。

卡加諾離石頭城兩萬七千公里，布里隆尼文字中，「卡加諾」是美人魚。拓荒者每天早上看見河上一群美人魚騎在漂流木上對他們微笑招手，拓荒者划船趨近時，她們就潛入河裡，隨後他們發現岸邊有一個類似魚類的化石，全身像披著盔甲，大嘴布滿利牙，胸膛兩側長著像翅膀或觸角的肢體。一個軍官請專家鑑定化石，證實是一尾小盾皮魚，三億多年前泥盆紀大海中的頂級掠食者，成魚巨大得像三輛頭尾相連的運油車。軍官發了一筆橫財，買了一艘三桅帆船航向好望角時被海盜襲擊，軍官兼船長和十九個船員的屍體被扔入海裡。卡加諾人堅信化石是一尾美人魚。一位英俊的富商和一尾美人魚陷入熱戀，並且感化了美人魚，讓她重新回到陸地生活，長出一雙像青蛙的美腿。一年後，美人魚染病死去，富商埋葬妻子後，重金聘請專家用大理石雕塑一座以妻子為模型的美人魚雕像，髮長及腰，大胸脯，鳳眼，櫻桃小嘴，瓜子臉，笑容甜美，豎立岸邊，對著過往行人和舟艇上的遊客微笑招手。富商把一顆五十克拉鑽石置入美人魚雕像心臟後，跳河自盡。三天後一個滿月，卡加諾人看見美人魚雕像在月光下唱了一首哀傷的情歌後，游入河裡。

巫魯鎮離布里隆尼首都石頭城七萬五千公里，布里隆尼文中，「巫魯」是雞屎。一個綽號草雞的雞販帶著妻兒在一座蠻荒島嶼飼養雞隻，販賣雞蛋和肉雞。草雞妻子雙目失明，兩個兒子剛學會走路，兩千多隻雞全由草雞一個人照顧。草雞在荒野架設一百個捕殺蜥蜴和蟒蛇的陷阱，在屋子後方搭了兩百個雞窩供母雞下蛋，不設雞圈，放養兩千多隻雞在荒野，從來沒有走失過半隻，因為草雞會聽、會說雞語。他和雞隻溝通的時間比人多，說雞語的機率比說人話多。他和人類交談時，偶爾會冒出一句雞語。盲妻懷第三胎時，草雞殺了一隻肉雞進補，在嗉囊和肌胃發現一批發亮的小石塊，起初草雞以為是雞用來磨碎咀嚼食物的普通砂礫，當他仔細觀察小石塊時，發覺它們有的透明無色，有的粉紅色、藍色、綠色、紫色、棕色和黃色。他殺了第二隻雞，在嗉囊和肌胃找到相似的小石塊。他殺了第三隻、第四隻、第五隻、第六隻、第七隻，累積的小石塊可以填滿半個蘋果豬籠草的捕蟲瓶。以雞的消化速度，二十四小時後就會排泄出不可消化的食物。他檢查遍布荒野的雞屎，在雞屎中找到相似的小石塊。他把三塊透明的、藍色的和粉紅色的小石塊包紮在破布中，請附近礦場工頭檢查。工頭用一雙蝙蝠眼覷了小石塊半天，問草雞小石塊來歷。草雞從工頭眼眸爆發又熄滅的小火苗看見異樣，撒謊說是祖宗墾荒時挖到的，確實地點沒有印象。工頭說小石塊是三顆零點四到零點六克拉小鑽，可以買二十斤米、一隻小牛犢、三十支彎刀、操三十個布里隆尼妓女，如果是處女，十五個。工頭遞了一支手捲煙給草雞：「草雞，我用二十五斤米換這三顆小鑽。」草雞露出一副傻相，揹著一袋劣米回家。草雞拎著籮筐撿拾遍布荒野的雞屎，半年後，雞屎只有砂礫，沒有小鑽。草雞帶著家人和兩千多隻雞移居到另一塊荒野，繼續放養雞隻，撿雞屎。遷徙十一回後，草雞殺了所有雞隻，帶著四個藤箱的小鑽石到石頭城販賣，回到巫魯鎮購地置產，請了兩個傭人照顧荒野中的盲妻和兒女，養了五個美麗的情婦。草雞的財產很快揮霍完，被情婦趕出門後沒有臉見盲妻，一個人重返莽林養雞，撒換了五十個養雞地點，殺了兩萬隻雞，沒有在嗉囊和肌胃中發現半顆鑽石，最後厚著臉皮回到妻子身邊，祈求妻子原諒。在盲妻指點下，草雞設置一個又一個養雞場，每個養雞場的雞嗉囊和肌胃都裝滿碎鑽。草雞賣了鑽石，全家回到巫魯鎮定居，一天晚上，一位美女突然站在自家豪宅灑滿月光的陽臺上向他揮手，草雞回過神後，發現美女就是自己雙眼重見光明的妻子。

最後也是最近一個流傳布里隆尼的鑽石故事，發生在國王身上，牽涉到整個布里隆尼王國的國祚和興衰。國王早年喪妻，育有一女，這個女孩是國王夫婦不孕多年後，國王有一晚夢見自己和愛妻並肩行走郊外時，看見五面三眼四臂的濕婆神飛越天穹，一座一柱擎天的巨峰高聳入雲，讓國王憶起濕婆神割棄人間的生殖器。醒來，國王慾火焚身，和愛妻敦倫到清晨，十月後生下一個女嬰。公主從小被飼養在深宮，除了父母和七位貼身侍女，沒有人看過公主本人。公主穿過的衣裳，輕盈像一片雲，可以像彩蝶飄散宮殿內。公主嚐過的食物，二十八天不會腐敗。公主摘下的花，二十八天不會凋謝。公主飼養的鸚鵡、珍珠雞、五色花斑鳩、孔雀、斑貓、白鹿、白犀，可以和公主對話、互訴衷腸、垂淚。公主飼養的白猿和白象是繪畫高手，畫技超越宮廷畫家，牠們替公主彩繪的肖像和公主本人並立時，連國王和皇后也分不出真假。據說有一次舉行慶典時，公主玉體微恙，為了不讓全國人民掃興，國王命令白猿和白象彩繪一批公主穿著慶典華服的畫像，在慶典舉行時將畫像豎立國王身邊，庶民看見公主有時候低頭和國王說話，有時候鼓掌歡笑，有時候對庶民招手，有時候親吻一隻停在她手上的白鴿。公主十六歲時，有一天和國王在山林漫步，吸入一隻臭獾釋放的毒氣，國王和公主陷入昏迷，六小時後，國王甦醒，但公主沒有醒過來。公主在昏睡中度過三個年頭，國王愁眉不展，連宮殿外的栳葉也隨風嗚咽，兩頭騎象也哀聲歎氣、分擔聖慮。一批鬍子垂到地上的人瑞大臣在國王聖鑑下撰擬了篩選駙馬爺的詔書：喚醒公主的布里隆尼單身男子，由國王聖裁後，娶公主為妻，同時也是布里隆尼的未來國王。布里隆尼三億五千多萬名青年經過嚴格複試後，七百名青年來到皇宮內，看見七名穿金戴銀的十歲女孩在草蓆上盤膝而坐，中間一張軟榻上，躺著昏迷三年的公主，公主四周布滿朱槿、胡姬、水仙、火鶴紅、九重葛、含笑花和茉莉花，花朵從三年前布置在公主身邊後就沒有枯萎過。七百多名青年各用十五分鐘，在公主面前唱歌、說故事、詠詩、施咒、跳舞、祈禱等等，九天後，公主雙目依舊沒有睜開過。第九天傍晚，一名青年揹著沙貝琴來到皇宮，對大臣說：「請讓我試一試，如果失敗，我願意奉上我的頭顱。」在國王同意下，青年從牛皮盒中取出沙貝琴時，七彩斑斕的光澤讓國王睜不開雙眼。沙貝琴的面板、琴頭、琴尾、琴柱、弦釘、琴足和底板嵌滿巨大的、色澤各異的鑽石，把四根琴弦點綴得像兩道散發出各種色澤的光芒。青年輕撥琴弦時，十根手指也染上色彩。樂聲響起時，大臣的鬍子飄翔，腰上的克力士出鞘，像一隻採蜜的蜂鳥懸在鞘口外。窗簾、牆上的蠟染畫、燭火、柱子上的垂飾，隨樂飄蕩。描繪和記錄宮廷歷史的畫家和詩人看見畫本上剛塗抹上去的頁緣裝飾畫和布里隆尼文詩歌糾結成一團。戶外無風，窗外的蘇木、椰子、芭蕉、石榴和朱槿的枝葉隨樂搖曳，檳榔雀、五色鶯哥、綠斑鳩鳴唱，倒掛鳥倒掛屋簷下，一隻像母雞的白鸚鵡模倣大臣吟誦聖旨，孔雀、斑貓、白鹿、白犀和珍珠雞像木雕聆聽青年的沙貝琴。白猿和白象拿出彩筆和畫紙，畫出公主最美麗的容顏。七個盤坐草蓆上的小女孩，長髮和絲織的美服像火焰和水紋在她們身上流竄，環珮之音，鏗鏘清悅。掛在宮牆上蠟染畫中捶米和洗衣的女孩也放下勞作，一邊凝神傾聽一邊含情脈脈的注視著彈沙貝琴的青年。國王的金葉子花冠、鬍子、劍穗、絲織長袍飄揚，連盤坐的波斯地毯也載著國王繞了一圈官殿。公主歎息一聲，睜開美目，醒過來了。

青年和公主結為夫妻後，每天天還未亮，青年盤腿坐在床前彈奏沙貝琴，讓第一道曙光伴隨琴聲落在公主緩緩撐開的眼眸中。公主如果一天沒有聽到琴聲，就會秀眉深蹙，哀聲歎氣，無精打采。半年後，沙貝琴上二十八顆巨鑽被無名人士盜走，竊盜者可能是大臣、宮女、樂師、宮廷畫家、詩人，也可能是公主飼養的聖獸。少了鑽石後，青年彈奏沙貝琴時，平凡無奇的音樂讓聖獸不是摀緊雙耳，就是掉頭離去，更悲慘的是，鑽石失竊三天後，公主再度陷入昏迷。五年後，國王駕崩，青年繼承布里隆尼王位，登基第一天，聖鑑大臣撰擬詔書，詔告臣民尋找失竊的二十八顆巨鑽，或者蒐集布里隆尼王朝所有一百克拉以上的巨鑽，讓王后聽見鑲嵌巨鑽的沙貝琴後再度甦醒。

宇宙十多萬個銀河系中，布里隆尼王朝統治其中一個擁有兩千億顆恆星、七千五百億顆行星的銀河系。布里隆尼王朝散布七百二十五個行星中，人口九兆八千六百五十億。御旨發布到王朝各地後，七百二十五個屬地組成尋找和發掘鑽石的龐大隊伍，十萬艘宇航艦登陸銀河系中所有行星，帶回一批又一批巨鑽。鑽石嵌在沙貝琴後，四根琴弦依舊黯淡無光，青年國王撥弦的十指枯乾，大臣鬍子發出刺耳的拂地聲，聖獸搖頭歎息，王后閉目不醒。

布里隆尼國王再度出動七艘宇航御林艦隊航向十八個銀河系，尋找一百克拉以上的巨鑽。艦隊由王后和國王最寵愛和信任的七位侍女和一千四百位勇士領軍。七位十五歲的侍女留著一頭紅髮，配帶直型克力士，身形嬌小，美貌不下王后，從小陪侍王后和聖獸，可以用鳥言獸語和聖獸對話。勇士魁梧高大，留著幾乎拂地的鬍子，戴寬檐藤帽，嗜吸煙斗，十三個彎曲點克力士裹藏在像樹幹的斗柄中。

七艘宇航艦二十年內從十八個銀河系陸續回到布里隆尼，帶回一顆又一顆大鑽，但喚不醒王后。最後一位女侍帶著一批鑽石回來時，國王雖然不抱太大希望，但還是親吻一遍愛妻後，卯足精神將三十多顆大鑽嵌在沙貝琴上。沉睡二十年的王后依舊是當年十六歲容顏，中年的國王也保留著青年時期的面貌，只是多了輕淺的歲月遞跡。確保鑽石的純淨和重量，將鑽石嵌在沙貝琴之前，侍女緩緩交代三十多顆巨鑽根底，包括一千六百八十克拉的布拉岡扎鑽石[1]、八百克拉的光之山[2]、九百九十五克拉的艾克沙修鑽石[3]、兩百八十克拉的大莫臥兒鑽石[4]、四百一十克拉的攝政王鑽石[5]、一百九十克拉的奧爾洛夫鑽石[6]、五百三十和三百一十七克拉的非洲之星[7]。國王看見嵌上巨鑽的沙貝琴琴弦黯淡無光，歎一口氣，用十指輕撥琴弦，聖獸不是展翅飛走就是漫步離開，不想分擔聖慮。國王停止彈奏後，女侍將一顆七十二克拉玫瑰紅鑽石交到國王手上。國王瞄了一眼鑽石，對女侍搖搖頭。

「露西，這顆鑽石太小了。」

女侍拿起國王手上的鑽石，看見嵌了十多顆巨鑽的沙貝琴琴頭露出一個空間，於是將鑽石嵌上去。國王看著窗外，準備走出寢宮聖眷一棵垂頭喪氣的栳葉樹，突然看見數道光芒從沙貝琴散發出來，亮得幾乎讓他睜不開眼。國王震驚得全身顫抖，發出一聲驚歎，端正坐姿，伸出被染上各種色彩的十指輕撫琴弦。聽見琴聲後匆忙集合寢宮的人瑞大臣鬍子飄翔，官服發出驚喜的拂地聲。牆壁上的絨毯、掛氈、繡幃和壁龕，寢宮內的絲緞坐墊、雕刻獸牙和獸角、瓷器，隨樂飄散寢宮內。聖獸聚集寢宮外，像木雕聆聽國王彈奏。白猿和白象拿出枯乾了二十年的彩筆，畫出王后最美麗的容顏。圍繞寢宮的女侍、守衛、大臣和聖獸來不及跪下，王后已經睜開雙眼，從軟榻上坐起來，拿起一朵朱槿花嗅了嗅，看著淚流滿面的國王，說：「你怎麼了？」

1 布拉岡扎鑽石，一千六百八十克拉，淡黃色，鴨蛋狀，一七二五年三個苦役犯在巴西發現。
2 光之山，產於印度可拉礦山，原石重達八百克拉，切割成一百零五克拉。帶有強力詛咒的古老鑽石。曾屬於統治印度次大陸的蒙兀兒帝國皇帝沙賈汗，隨後流入英格蘭王室。鑽石歸屬權備受爭議。一九四七年印度獨立後，印度、巴基斯坦、阿富汗和伊朗等國要求英格蘭歸還鑽石。二〇二二年英格蘭女王駕崩後，爭議再起。
3 艾克沙修鑽石，一八九三年在南非發現，九百九十五點二克拉，全球第二大鑽石。
4 大莫臥兒鑽石，二百八十克拉，十七世紀在印度發現，根據泰姬陵的建造者沙迦汗命名。
5 攝政王鑽石，一七〇一年印度奴隸發現，原重四百一十克拉。奴隸為了把鑽石帶出礦山，忍痛割破大腿，將鑽石藏在皮肉之中，纏上綁帶，逃出礦區後，向一個英國船長吐露祕密，並提出與該船長分享鑽石，條件是幫助自己逃離印度。船長答應奴隸的要求，但在旅途中偷走鑽石，把奴隸扔入大海。鑽石以罕見純淨和完美的切割聞名，被公認是世界最美鑽石。現在收藏在法國巴黎羅浮宮阿波羅藝術館。
6 奧爾洛夫鑽石，一百八十九點六二克拉，淡綠色，沙俄名鑽。奧爾洛夫伯爵襄助情人凱薩琳當上女沙皇時，送上這顆鑽石，提醒情人自己的重要地位。凱薩琳接受了鑽石，卻收回了對奧爾洛夫的愛。
7 非洲之星，一九〇五年在南非發現，三千一百零六克拉，被切割成九顆大鑽和九十六顆小鑽，鑲嵌在英格蘭王冠和權杖上。

第二十七章

一

用彩筆勾勒出你泛舟的樣子
果醬色的天空籠罩橘樹林
有人叫你，你從容應答
雙眸像萬花筒的女孩
繽紛的黃綠色玻璃紙花
翩翩飛舞在你頭上
尋找眼中滿溢陽光的女孩
她就此離去
露西在綴滿鑽石的星空

隨她來到泉邊之橋
搖曳木馬上，人們吃著甜蜜的餡餅
你漂過花海，大夥對你微笑
花朵恣意地長，高不可攀
沙灘上有報紙摺成的計程車
等著載你回去
爬進後座，探頭飛入雲端
你就此離去
露西在綴滿鑽石的星空

用彩筆勾勒出你登上列車的樣子
橡皮泥捏出的搬運工人，對著鏡子繫領帶
突然有人出現在十字轉門
雙眸如萬花筒的女孩
露西在綴滿鑽石的星空

一九七五年一月的一個傍晚，金樹在甘蜜河畔洋紅風鈴樹下用敦煌牌口琴吹奏歌謠。一彎小小的月亮掛在莽叢上，經過數億年漫遊抵達甘蜜河畔的恆星光芒逐漸增多，高懸天穹的星座也逐漸明顯。鳥猴聲吵雜，漲潮的甘蜜河靜默。東北季候風吹拂下，帳篷發出敞篷馬車被熱風吹擊的響聲，停靠在河岸上掛了馬達的舢舨搖晃得傾斜一側，帳篷和舢舨已經在這裡佇守八天。白天，金樹駕著舢舨航向上游和下游，走訪三姐和素心的養雞場和胡姬花園、方蕪遭遇不測的湖泊、方蕪堡壘的廢墟、被莽叢覆蓋的駐紮點、被英軍夷成平地的圓丘、山崖上的山洞，有一天，他差點回到甘蜜河源頭尋找使四狗發狂像對話框的大腳印。

九天前，他坐在英格蘭利物浦梅素街十號地下室的「洞穴俱樂部」喝著啤酒，聆聽四個模倣披頭四的年輕人演唱〈露西在綴滿鑽石的星空〉。舞臺狹小，俱樂部不大，燈光照在紅磚牆上的微笑光芒讓金樹想起匿藏王室珍寶的洞穴。四個年輕人演唱完後，俱樂部的擴音器播放披頭四歌曲。金樹藉著昏黯的燈光讀到一則《泰晤士報》報導後，立即走出「洞穴俱樂部」，站在梅素街抬頭看著光害下的星空。新聞說，典藏倫敦塔珍寶館的帝國王冠和十字權杖上的庫利南一號和二號巨鑽，昨天早上重新出現在王冠和十字權杖上。守衛前一晚嗅到一股花香果味後即失去知覺，第二天看見兩顆巨鑽嵌在玻璃櫃內的帝國王冠和十字權杖上。

「露西，」金樹看著灰濛濛的星空。「妳回來了。」

金樹半年前獲頒學士學位在英格蘭大小鄉鎮漫遊半年，讀到這則新聞後，第二天搭機回到雲落。

二

沒有人可以預測和掌握露西的行蹤，她像湖面的漣漪、草原上的鷹影、沼澤的一截蚺體、即將被大氣層摧毀的一顆小彗星，突然現身，更會突然消失。

金樹在英格蘭求學的四年中，深夜看不下書時，開始數起露西的頭髮，入睡前寫下頭髮的數目。他數了七個晚上，半個月後，終於數完最後一根頭髮，然後把七個晚上寫下的數字相加。他來回默念著那個數字：十一萬六千三百六十。那不是傳說中方蕪頭髮的數目嗎？全雲落人都知道散布雲落和婆羅洲的方蕪和六支油紙傘上的方蕪散亂著十一萬六千三百六十根頭髮，但是沒有人看得出來頭髮的正確數目，除了製傘師傅許嵐。金樹、老四、陸英瓊等人把許嵐彩繪的最後一支油紙傘和其他畫像中的頭髮對照，也看不出兩者之間的差別。世間只有許嵐確定畫像上的方蕪蓄著十一萬六千三百六十根頭髮。

讀到《泰晤士報》報導的那天晚上，金樹回到旅館後，拿出隨身攜帶的露西頭髮，開始一根一根細數。在這以前，他已經數了兩遍。即將破曉時，他終於數完頭髮：十一萬六千三百六十一根。他吃完早餐，喝了兩杯咖啡，又數一遍。十一萬六千三百六十一根。他睡了一覺，醒來時數第三遍。十一萬六千三百六十一根。他懶得追究，也不想再數下去。總之，他更確定露西回來了。

五天來，他大部分時間徘徊在繁花早已落盡的洋紅風鈴樹下，那是他第一次見到露西的地點，也是祖父第一次見到方蕪和發掘兩顆七十二克拉鑽石的地點。距離風鈴樹五十公尺外的非洲楝，樹梢上不透光的藤蔓和蕨類植物更茂盛，枝幹也更佝僂，東北風一颳起來，枝葉和根荄都在舞蹈。在風鈴樹和非洲楝之間，那棵波羅蜜青壯依舊，枝腋下的果子被鳥獸啄出坑洞。三棵樹中間的三角地帶，那凹凸起伏的地衣和灘塗還是星布著野花、野草、枯枝、小樹苗、鵝卵石。胭脂樹叢陷入巨大的靜默，沒有鳥屎椒模倣的魚鷹聲。

他站在甘蜜河畔上，聆聽各種哺乳動物和鳥類叫聲，嗅著四野傳來的淡淡的花香果味。他懷念露西模倣鳥獸的聲音、從頭髮散發出來的花香果味、輕盈得像不沾地的步伐、襯衫底下柔嫩的花蕊、比呻吟更早抵達金樹體內的顫動、刻著「蕪」字的口琴吹奏出來的琴聲。第一天紮營河畔的中午，一對伊班母女划長舟向他兜售防蚊膏。母女像一對姐妹花，直到她們自我介紹，金樹才分辨出來戴斗笠的是母親，長髮披肩的是女兒。防蚊膏裝在手腕粗長的竹筒內，一筒馬幣五元。金樹買了兩筒，看著母女划長舟航向上游。女兒濃眉小眼，膚色比一般伊班少女蒼白，可能剛剛沐浴過，頭髮、白襯衫和短褲滴著水，汩汩流溢出甘蔗香味。她坐在船艉划舟離去時，不止一次用憂鬱的眼神回顧金樹。金樹想起六、七年前用十發獵槍子彈到長屋等價易物換取兩筒防蚊膏時，伊班長老十五歲女兒壓在胸前的堅挺乳房。他記得被蚊群抹黑的蚊帳，記得蚊子巨大的飛翔聲，更記得少女像貓撒嬌和狗諂媚的呻吟。暮色降臨時，金樹吹奏了半小時口琴，聆聽哺乳動物和鳥類歸巢前的叫聲，嗅著四野傳來的淡淡的花香果味，看見販賣防蚊膏的少女獨自划著長舟，從上游徐徐接近他，熟練的將長舟湊岸。她跳下長舟，手裡拎著兩筒防蚊膏走向金樹。

「媽媽要我把剩下的兩筒便宜賣給你。」她說著生澀的英語。「一筒二十五元。」

她把兩筒防蚊膏放在金樹腳下，嘴唇微微的往兩邊翹，把笑意很含蓄的藏在眼眸裡。金樹明白她的意思，也看得出來她在說謊。這是原住民女孩向陌生人兜售自己的方式。這不是她母親的意思，而是她自己的意思。他可以拒絕她，請她離去，或者用原來的十塊錢買下兩筒防蚊膏。群獸在叢林深掘出一股沉埋萬年的喧譁，甘蜜河浪花生生滅滅，金樹耳朵裡充塞著哺乳和多胎動物的覓食聲。少女澆醒金樹某種盤據體內的慾望，那股慾望像被犁鑱攪和的爛泥，喚起金樹久未耕耨的筋骨，而少女是拉牽犁鑱的那頭犁牛。他遞給她十塊錢。少女接過十塊錢後，咧嘴露出像甘蔗莖肉的脆牙，但是大部分的笑意藏在眼眸裡。少女划槳離去時，金樹想起伊班少女透過啃甘蔗剔除齒垢，而不是用現代人的牙刷刷牙。為了防止蛀牙，啃完後會用水漱口，即使這樣，他親吻長老女兒時還是嚐到她口腔中甜滋滋的甘蔗味。

第二天傍晚少女再出現時，一筒防蚊膏降價到二十元。防蚊膏不嫌多，金樹可能會在這裡逗留一年半載，再度用十塊錢買下兩筒防蚊膏。晚餐後，金樹坐在河畔遙望滿布星斗的天穹，吹奏十多首歌謠後，伊班少女的長舟再度湊岸。少女走下長舟，兩手各拿著一筒防蚊膏。防蚊膏又降價了，一筒十五元。少女將兩筒防蚊膏塞到金樹手裡，整個人像失去重心，上半身靠著金樹，頭顱像兔子在他胸前磨蹭。金樹心中那股爛泥已經被駕著犁槳和拉牽犁鑱的少女攪拌得鬆鬆軟軟。

少女離開帳篷時，金樹塞給她一張五十元紙鈔。一天的疲憊加上少女在口齒留下的甜滋滋的甘蔗味，讓金樹很快入睡。

睡夢中，他聽見黃冠夜鶯的歌聲。

三

第八天早上，八刀和王馥蓉、紅番和崔淡容、冰淇淋和俞芝蘭、鳥屎椒和陸英瓊、老四和陶卿、三姐和樊素心陪他在葬林閒逛。他們走一遍從前追蹤大腳印的路徑，在四隻忠狗枉死和從前埋葬苗幼香的地方默哀——她的骨骸已經遷回雲落——，坐在八刀和大腳印主人激鬥的無花果樹下，摸索著刀痕來到高海拔的山峰，看見巨大的豬籠草、胡姬和蕨類植物，摸黑進入匿藏皇室珍寶的洞穴。沿途，鳥屎椒用葉笛吹奏鳥聲，老四和三姐模倣鳥聲，三姐每隔一小時雞啼，金樹掏出口琴吹奏從前教會露西的歌謠，六個女孩隨口哼唱印尼和客家民謠。

一隻大鱷浮游甘蜜河，追蹤和聆聽老四和三姐模倣的黃冠夜鷺叫聲。牠掀起的索鍊水紋消失後，一群暴躁飢餓的野豬還不敢渡河。

那天晚上，他們圍著營火，吃喝著從雲落帶來的食物和啤酒。

王馥蓉和樊素心懷著三月胎兒，兩個人前兩胎生女，請教前兩胎生男的八刀。八刀提供一套中藥調理祖傳祕方，說吃素生兒子，吃葷腥生女兒，紅番和三姐就是吃了太多豬肉和雞肉，而八刀自己就吃了大量熱帶水果和蔬菜。最後，八刀建議三姐和紅番觀察婆羅洲公貓的斷尾和公龜凹下去的肚子，注意體位、角度和深度。老四還年輕，行房前不必吃榴槤和「三腳」陰莖浸泡的藥酒，但大家都知道那根巨大的斗柄對老四下體造成的永久傷害。老四說光顧體育用品店、書店、水族館、樂器行和唱片行的年輕女孩和徐娘半老，半數衝著他去。青年男女經常到鳥屎椒的胡椒園嚐禁果，鳥屎椒的惡犬吃掉一個脫得光溜溜的男子睪丸，男子花了一筆鉅款請鳥屎椒保密後，鳥屎椒用這筆錢蓄了更多惡犬。冰淇淋和年輕時候的金樹一樣迷上天文學，用三腳架架起自己販賣的日本美能達相機，對著星空長時間曝光拍攝星座。三姐多了一個綽號「胡姬姐」，培植的胡姬花葉腋可以抽出兩個花梗，每株可以多開出十五到二十朵花，沒有人知道三姐用了什麼特殊的栽培法，連三姐也不知道，直到有一天聽見滿園子的黃冠夜鶯歌聲。除了可以延長黃槿花壽命、讓母貓變漂亮、讓雲壑中的飛泉濺出畫軸的黃冠夜鶯歌聲，三姐找不到更好的理由讓他的胡姬長得這麼魔幻。

六男六女陪金樹在甘蜜河畔度過兩天一夜離去後，第二天中午三姐一個人駕長舟來找金樹。他們沿著河畔漫步。

「金樹，你真的沒有聽出來？」三姐說。

「聽出來什麼？」

「黃冠夜鶯的歌聲，還有其他野鳥的叫聲。」

「哦，」金樹說。「巨嘴鴉、斑鳩、畫眉……聽見了。」

「你真的沒有聽出來？」三姐看著金樹，一字一字的、非常認真的又問了一遍。

金樹凝視著三姐的刀疤，陡然升起一股寒意。

「你只認得她的口琴聲？」三姐說。

「你是說——」金樹愕然。「不會吧？」

「去了英格蘭五年多，」三姐撿起一塊小石頭，扔向河面打水漂。「你的聽覺遲鈍了。」

金樹靜默如旱季中沒有雨水可以承接的屋霤。

「我問你，為什麼你的帳篷有六筒防蚊膏？」

金樹歎一口氣，尷尬的笑。

「我以前獨居甘蜜河畔時，她們除了向我販賣防蚊膏，還賣雞、鴨和小豬，」刀疤隱微的刺癢讓三姐又撿了一塊更大的石頭打水漂。「大概比平常價格貴了五到六倍。那是我和素心結婚以前的事。」

金樹環顧四野。

「那是多久以前的事？」三姐說。

「我紮營的第二天，大概五天前吧。」

「本來這也沒什麼，你還單身，」三姐斜睨金樹一眼。「我猜這五天，露西一直在這裡。」

金樹喃喃自語。「這五、六天，她一直在這裡？」

三姐聳聳肩。「女孩的愛情像蝸牛觸角，敏感脆弱。退縮得快，但伸展得很慢。」

金樹仔細聆聽河岸兩邊的鳥獸聲。

「她模倣的鳥聲聽起來帶點愁，」三姐說。「但她沒有離開。」

三姐駕長舟離去後，金樹坐在河畔吹奏教會露西的歌謠。他注意聆聽鳥禽叫聲，尤其黃冠夜鶯。他朝著黃冠夜鶯的歌聲走去，有時候伴隨著一、兩隻被歌聲吸引的巨鱷，但直到巨鱷兩眼枯燥開始分泌鹽溶液而淚流滿面後，金樹始終沒有見到黃冠夜鶯，也不可能看到露西。金樹知道，除非露西現身，他永遠不可能找到她。販賣防蚊膏的少女來找過他一次，被金樹委婉斥責後，少女落下兩行淚水，除此再也沒有出現。

他不記得在甘蜜河畔駐紮了多少天，只記得即將入夏時，在一個滿天星斗而酷熱的夜晚，他躺在帳篷內準備入睡時，突然聽見外面傳來口琴聲。

那是從刻著「蕪」字的口琴吹奏出來的樂聲。

可能等待太久，金樹沒有特別興奮。他走出帳篷，看見頭髮已經蓄長的露西站在甘蜜河畔，一手指著漆黑的星空，一手拉著金樹的手，說了一句驚悚的話。

第二十八章

金樹睜開雙眼，觀望浩瀚無邊的星空，手腕緊扣在長髮像彗星尾巴的陌生女子手中。他熟睡很長一段時間，像做了一場夢。女子兩手穿過金樹腋下，將他環抱胸前。金樹長滿白髮的頭顱陷入女子枯黧的胸部，一股暖流流遍全身，彷彿回到溫度恆定的子宮。金樹抬頭仰望女人的臉，終於看清楚了，那個女人就是露西。

他記得，在夢中，他從一個像蘋果籽的小胚胎，一個零點二毫米、重一點五微克的受精卵，以爆炸性的速度長成一個十八歲、六十五公斤、一點七二米的青年。地球歷經五次生物大滅絕後，金樹在露西懷抱繼續以爆炸性速度成長和衰老，皮膚出現大量皺褶和老人斑，骨骼和肌肉萎縮，聲音尖細而沙啞，最令他感到震驚的是，當他凝視露西眼眸深處時，看見自己五官和臉部的巨大變化：頭髮從變少變細後變成全白，眼瞼下垂，鼻唇溝加深，顳部凹陷，羊腮突起，牙齒磨損而齒縫加寬，臉型失去年輕時的飽滿流暢，變成肌肉和線條都呈現下垂和塌陷的老態。

他清楚感受到肉眼感受不到的變化：聽力、視力、嗅覺和味覺的急速惡化，肺和心臟的敗壞，睪丸激素讓前列腺肥大和頻尿。鼻淚管退化和眼皮鬆弛讓他淚水變多，像一頭上岸尋找黃冠夜鷺歌聲而淚流滿面的老鱷。雖然脊椎挺得很直，手臂上的二頭肌還很明顯，走路穩健，舉起獵槍可以命中五十公尺外的獵物，嗅得出來露西頭髮中那柄近一世紀沒有出鞘的克力士花香果味，但他知道自己的確老了，死亡侵蝕大部分身體。他一百一十三歲。相同的外表和內在的生理變化也出現在一百零九歲的露西身上。

露西像一顆小衛星，摟著金樹繞著地球旋轉。

戰爭爆發時，六十多個爆炸點升起十多公里由塵土微粒和煙灰組成的柱狀雲團，煙塵在高空沿著水平方向四處擴散，陽光被微塵和黑煙吸收而變熱，產生上升氣流，黑色微粒竄升到三十公里高的同溫層，破壞臭氧層。厚實的煙塵遮住天空，陽光照射不到地表，晝夜不分，氣溫下降攝氏四十度，夏季變成嚴冬。植物因為寒冷、放射線和缺乏光合作用而萎絕。充滿輻射粉塵的空氣使人無法呼吸，民生設施被徹底破壞，農作物大幅削減。人類在飢餓、疾病、瘟疫和嚴寒中哭泣。紫外線輻射和宇宙射線進入生物圈，摧毀海洋浮游生物，海生動物、地表草食和肉食動物在食物鏈斷裂下哀嚎。生態接近枯竭。天使從天上墜下，哀痛使祂折斷一隻翅膀。魔鬼躲在陰暗的窟穴擦眼淚，用山羊角撞擊岩壁。災難持續三個多月。

金樹想起更早的夢境。

三億年前俄羅斯西伯利亞超級大火山爆發，引爆地球史上最大規模滅絕。六千多萬年前，直徑十二公里的小行星撞擊地表，漫長而寒冷的冬天使植被和大部分生物滅絕。一八一五年坦博拉火山爆發後，翌年的無夏之年。一九七五年露西在甘蜜河畔滿天星光下說過的一句話。那一天，露西握著金樹的手，掏出刻著「蕪」字的口琴湊近嘴唇。金樹也掏出英雄牌口琴，和她合奏教會她的所有曲子。

他躺在露西懷中抬頭凝望露西。露西散亂著紅白差參的長髮，輕輕的蹙著全白的眉毛，一雙依舊黑亮深邃的眼眸凝望著金樹，枯黧的雙唇貼著琴格，她臉上的魚尾紋、抬頭紋、法令紋和嘴角紋比平常明顯十倍，蒼老得像一個一百零九歲的老女人。兩行淚水、腫大的眼袋、眉間的川字紋、垮陷的心型臉和頸紋，讓她像變成另一個人。露西一手摟著金樹，一手捏著口琴，專注的吹奏著。

金樹的眼瞼沉重，呼吸微弱，但是他用盡全身力量，讓衰老的心臟將氧氣稀薄的紅血球輸送到腦袋，保持著起碼的清醒。在露西口琴聲中，金樹繼續漫遊浩瀚冰冷的宇宙。

他再度聽見一聲巨響，目睹宇宙從一個緻密熾熱的奇點爆炸。

在時間失去意義的年代，在黑暗和寒冷的宇宙深處，在氫、氦和微量重元素組成的塵埃和氣體雲中，兩塊雲團碰撞後，引力使雲團坍塌，塵埃和氣體凝聚，密度逐漸加大，中心溫度升高，點燃生命之火，孕育出原恆星，內核壓力增大後，一瞬間，內核散發出耀眼光芒，太陽系誕生。孕育太陽和行星的星雲殘餘物質也孕育了位於星際空間太陽系外圍的環星盤，一個冰微行星組成的球體雲團，布滿水冰、氨和甲烷等固體揮發物和大約一千億顆彗星胚胎，距離太陽五萬到十萬個天文單位。金樹看見一顆直徑十八公里的天體受到臨近恆星和銀河系的引力影響，脫離了原來的軌道，進入內太陽系，成為彗星，奔向地球。

金樹感覺一股寒意從腳尖傳導到頭部，一個冰冷而漆黑的物體正在吞蝕下半身。他耗盡力氣睜開雙眼，看見露西兩眼含著淚花吹奏口琴。他想呼叫露西，但虛弱得說不出半個字。露西低頭親吻了一下金樹的嘴唇，然後，輕輕的抓著金樹的手，凝望著正在被死亡蠶食的金樹。

太陽的輻射壓和太陽風粒子，讓主體由塵埃、石塊、冰塊和凝結成固態的氨、甲烷、二氧化碳等化合物組成的彗星核體昇華為氣體，形成一團包覆在外圍的直徑達數百萬公里的彗髮，彗髮的物質吹向背對太陽的方向，形成博大壯觀而美麗的塵埃尾和離子尾。這顆彗星已經在宇宙漫遊四十六億年。圍繞彗核周圍的彗髮和電漿物質構成的離子尾和塵埃物質構成的塵埃尾，前者散發出深海的藍，後者混合著波浪的綠和浪花的白，像一尾巨鯨遊蕩太陽系，三十天後就會穿過地球大氣層，落在被冰雪覆蓋、沒有黎明的北美洲。三個多月前六十多個爆炸點引發的衝擊波和電磁脈衝波摧毀地表所有軍事裝備和電子設施，飢餓、疾病、瘟疫和嚴寒中的倖存人類抬頭仰望陰暗天穹一朵撲向自己的藍色火焰。

寒冷侵蝕了金樹百分之八十的肉體，心臟泵送氧氣的躍動越來越弱，金樹感覺四肢無力、視力模糊，如果不是彗核耀眼的藍色光芒，他早已被黑暗吞食。他看不見、聽不見露西了，但是半清醒的頭腦依舊活躍著露西的身影、聲音和琴聲。

「我們偵測到了，」他的耳際迴響著露西甘蜜河畔的輕聲細語。「八十八年後，一顆直徑十八公里的彗星會撞擊你們的地表。」

金樹遙望繁星滿天的夜空。

「二十六年前，我們的宇航艦攔截和複製一架二戰時期最優秀的戰鬥機，」露西攬著金樹的腰，將頭臉埋在金樹胸前。「根據這架戰機推估，八十年後你們早已擁有足夠的技術摧毀這顆彗星。」

金樹靜默的聽著露西。

「除非出現變卦，」露西說。「譬如戰爭和氣候變化。」

「八十八年？如果我活著，已經超過一百歲。」金樹說。

「真的出現變卦的話，」露西再度凝望星空。「我們的宇航艦會摧毀這顆彗星。」

「哦，」金樹低頭看著露西。「為什麼？」

「報答你的七十二克拉鑽石。」

金樹身邊迴響著當天晚上一隻在河畔高聲歌唱的黃冠夜鷺歌聲，十多隻被歌聲吸引的巨鱷漂浮河面，眨閃著猩紅色鱷眼，安靜的聆聽著。金樹想起過去五次大滅絕存活下來的強悍生物，鋸鰩、腔棘魚、水熊蟲、鸚鵡螺、鱷魚……。《約伯紀》第四十一章說：牠打噴嚏，就發出光來；牠的眼睛像早晨的光線。世界陷入黑暗混沌、寂靜蒼茫時，鱷魚總是第一批眨閃出生命曙光的物種之一。

在露西懷抱下，金樹飄浮冰冷陰暗的宇宙中，看見兩艘巨大銀白色的菱形宇航艦，像兩尾魟魚游向彗星，從像蝶翅的機翼下發射出數千支曲形藍光，穿透彗星，被切割出數千塊的彗星核體爆發出像鯨魚噴出的水氣，消失太陽系中。

露西哼唱著像黃冠夜鷺的歌聲。冰冷黑暗的區塊已經蔓延到金樹脖子下，像包裹在直形克力士出鞘時爆發的花香果味氣圈，金樹慢慢的闔上眼皮，流下最後一滴淚水，吐出最後一口氣。

露西低頭吻了一下金樹的額頭，隨著那深情的一吻，黃冠夜鷺的歌聲終止了。

後記

飛翔的火球

張貴興

戰後五〇年代小鎮流傳過一則繪聲繪影、匪夷所思的傳說。

故事發生在鄰近海濱一所小學，學生大部分是卡達央族（Kedayan）。卡達央族是加里曼丹獵頭族伊班族分支之一，大部分居住在婆羅洲東北部，擅種藥用植物和炮製藥材，操作一種叫作波龍（polong）的黑巫術馳名北婆羅洲。波龍是巫師餵養的女鬼，指甲像鷹爪，醜惡凶殘。黯夜中，一顆火球拖著狹長的火焰翱翔天穹，波龍像女巫騎掃帚坐在火球上。六〇和七〇年代，目睹火球和波龍的鎮人不計其數。火球落在受害者鋅鐵皮屋頂後即熄滅。屋主著魔後，由另一位驅魔師或巫師自己殺死或收伏波龍，吐出生鏽的鐵釘、刀片和獸骨，保住小命。

故事主角是在那所小學執教的一位年輕的馬來教師，姑隱其名，叫他M吧。某日，M在學生面前摑了一位調皮搗蛋的卡達央學生一巴掌，受辱學生父親是一位擅使黑巫術的職業巫師。巫師父親驅使波龍騎乘火球直撲M住處。M遍體鱗傷，病骨支離，醫生束手無策。M想起巴掌事件，親訪巫師父親，慎重道歉。巫師父親囑咐M第二天將全校師生聚集運動場上，受辱學生在全校師生面前摑了M三巴掌。M痊癒後，調到一百公里外一所小學執教。網路世代，鎮人仍可以叫出M、受辱學生和巫師父親的真實姓名、M執教的兩所小學名稱，甚至透過臉書打聽已經退休的M

下落。

波龍是馬來民間傳說的鬼靈。巫師從被殺害的人類身上汲取鮮血，儲存窄頸玻璃瓶中，施咒十四天，波龍成形後，巫師割破手指以鮮血餵養波龍。巫師呼叫波龍時，在瓶子血海中現身的波龍載浮載沉，小而美麗；出了瓶子外則御風飛行，小而凶醜。不論瓶中瓶外，波龍渾身裹血，小如手指頭第一關節。攻擊受害者前，巫師將一顆雞蛋放在香波羅（tarap）葉子上，灑石灰，唸咒，雞蛋著火後，騰空飛起，波龍坐在火球上，在巫師操控的蚱蜢幽靈引導下，直奔受害者住處，蚱蜢鑽入受害者肚子，嗚叫如蟋蟀，波龍循聲鑽入肚子。

波龍傳說有很多種，這是其中一種，也是廣泛流行的一種。波龍最早是善良浪漫的精靈，幫助人類撲熄野火、驅逐毒蛇猛獸、守護人類家園、攻擊其他鬼靈。凡正必有邪，凡滿必溢，在人類和巫師慣縱下，波龍成為滿足人類私慾的禍害。小學和中學時代，同學輾轉扇揚波龍傳說，栩栩如生、歷歷在目。最常描述的情境是：一顆火球拖著類似彗星尾巴的烈焰，落在莽叢環繞的鋅鐵皮屋頂上；一顆像水泥攪拌車攪拌筒的燃燒巨蛋聳立莽叢上，冉冉升空，緩緩下降；一條像蟒蛇的光囊飄浮橡膠樹上，爆裂出數千顆光點後消失。最精采的是：兩個被巫師操縱的火球和波龍在空中交鋒，為了保護自家火球和波龍，巫師相互施放燃燒的兵器，由「王者之劍」克力士（kris）帶領「蝦兵蟹將」彎刀、斧頭、長矛叫陣，星空下追逐纏鬥，非常好看。馬來朋友告誡我們：不要得罪卡達央族，他們操縱的波龍火球塞滿被劇毒浸淫過的鏽鐵、毛髮、指甲、刀片和竹鞘。

在小鎮生活二十年，從來沒有見過波龍和火球。拖著彗星尾巴的火球，可能是華人農曆新年的沖天炮，經過改造後，沖天炮可以從甲鎮飛到乙鎮，更可能是墜落莽叢的彗星。像蟒蛇的光囊可能是螢火蟲博大壯觀的集體交配秀，激情過後各自紛飛。豎立莽叢的燃燒巨蛋可能是發酵自沼澤、點火即燃的沼氣，也可能是遍布莽叢的礦物渣屑反射的色澤，也有人說是一艘外星人駕馭的橢圓形太空船。黯夜纏鬥的克力士、彎刀、斧頭、長矛，受害者吐出的鏽鐵、指甲、毛髮和刀片，沒有科學根據，要問法力無邊的巫師和當事者了。

波龍傳說繪聲繪影的七〇年代，發生一起更匪夷所思的傳說。

一九七二年，登基二十年後的英格蘭女王首次訪砂。砂拉越作家蔡羽描述：「大英帝國曾經被形容為日不落國，意思是帝國領土橫跨地球二十四個時區，任何時候太陽都會照在其領土上。日不落神話二戰後宣告終結，全球民族主義運動興起，英國國力日漸衰微，殖民地紛紛獨立。在這個歷史背景下，為了保護南洋群島上的利益及影響力，英國無視砂拉越和北婆羅洲人民的強烈反對，強勢主導馬來西亞的成立。當時，在位的英王正是一九五二年六月二日登基的伊莉莎白二世，也是現任英女王（略）。一九七二年——馬來西亞成立後第九年，五一三事件後第三年，英女王走訪前殖民地馬來西亞（略）。女王這趟行程純屬旅遊。雖然馬來西亞已經獨立，許多人對英女王依然尊崇，這趟歷史性行程倍受矚目。三月二日上午九時，女王一行人乘坐不列顛尼亞號抵達古晉。古晉各校放假一天，數以千計的學生和市民列隊迎迓，揮舞馬來西亞國旗和英國米字旗，街頭巷尾一片熱鬧（略）。迎賓禮在十一時十分完成，女王乘車參觀鄰近的馬來甘榜和博物館，隨後由州長設宴款待（略）。女王在二十艘護衛船陪侍下返回不列顛尼亞號。隔天清晨不列顛尼亞號啟航，結束女王的短暫訪問（略）。」

一九六三年到一九七四年是砂拉越左翼分子爭取「砂獨」和「反殖反英反帝」的武裝鬥爭輝

煌年代，女王御駕風平浪靜，實際暗潮洶湧。左翼分子收買卡達央巫師，準備用波龍攻擊夜宿不列顛尼亞號的女王。「波龍夜襲不列顛尼亞號」版本很多：護英派巫師以克力士獵殺波龍刺客；波龍不慎落入砂拉越河溺斃；火球屢次被驟雨澆熄；引導火球的蚱蜢被戰死鬥雞場上的鬥雞遊魂啄食；長途跋涉讓波龍失血過多而亡……。女王安然無恙。天佑女王。

遙望星光灼燙的星空，始終相信火球是一顆彗星，穿鑿附會成波龍的坐騎。燃燒的巨蛋是著火的沼氣或礦物渣屑反射的色澤，說是幽浮也不離奇。滿者伯夷時代克力士大部分以天外飛來的隕石鑄造，來自外太空的石頭蘊藏著難以估計的力量、啟示和造物主的神祕面貌。波龍沒有被寫進小說，卻是讓小說磨擦出小火花的燧石和火鐮，也讓小說多了外太空的物質和能量。

穿插小說的歷史事件虛虛實實。加冕典禮中瑪格麗特公主拈走心上人外套上的是一綹棉絮，不是頭髮。中共建國大典沒有不明飛行物。砂拉越第二任國王的愛妻沒有被鱷魚噬食。砂拉越曾經出現過一顆七十二克拉巨鑽，據說被砂拉越王妃獻給了英國皇室，不像小說描述的那麼坎坷。砂拉越出土的七塊三萬年前少女頭蓋骨聚藏博物館，沒有被製作成煙斗。一隻叫作白背（White Back）的巨鱷一度稱霸砂拉越大小河域，威名不如非洲的古斯塔夫（Gustave），但一樣「惡名昭彰」，被獵殺後，沒有像小說中的白背被克力士切割得支離破碎，頭骨儲放鱷魚園展覽廳。倫敦塔的帝國王冠和聖愛德華王冠沒有遭竊……

英格蘭女王今年（二〇二二）駕崩後，英國王冠著名的一〇五點六克拉巨鑽「光之石」再度引發紛爭，曾經擁有「光之石」的印度、巴基斯坦、阿富汗和伊朗等國要求「完璧歸趙」。殖民者對殖民地的侵略、暴力、壓榨、殺戮，偷竊雕像、文物、黃金、鑽石，已經是上個世紀的恥辱戳印，千禧年後，強權政治弱肉強食，殖民銬鐐像巫師的黯夜波龍盤繞星空下。

如果蒼穹繁星千年僅得一見，試問世間凡人又當如何讚歎和膜拜，且將這神祕天國的記憶千秋萬世流傳。

一個人如果在日不落國領土像中國古代射日的后羿追隨太陽，他永遠看不到暮垂，也永遠不能體會星夜之美和宇宙的浩瀚。

小說無意控訴殖民主義。西方國家富裕強大後殖民，不是殖民後富裕強大。

休・艾弗雷特三世（Hugh Everett III）的多重宇宙構想像女巫熬湯施咒的一道口訣，讓小說多了一些可能和不可能。人生旅程滿布羅伯特・佛洛斯特（Robert Frost）〈未行之路〉（*The Road Not Taken*），那被放棄的岔路充滿想像和祕境。小說裡違反真實歷史的事件，也許在某一個時空出現過吧。

胚胎中的愛情最美妙，誕生前的嬰兒最聖潔，燃燒前的煙絲最香醇，從歐特雲和古柏帶天體進入太陽系前的彗星最神祕和美麗。醞釀成熟的故事最完美無瑕，白紙黑字寫出來千瘡百孔，因為沒有辦法寫得十全十美，大概只能寫出理想中的七、八十分，那寫不出來的二、三十分是澆不熄的餘燼，也是下一部小說的燎原之火。

謝謝細心看稿和校對的胡金倫總編輯、主編何秉修、Vincent Tsai和蔡宜真。

鱷眼晨曦

作　者—張貴興
「浮羅人文」書系主編—高嘉謙
主　編—何秉修
特約編輯—蔡宜真
校　對—張貴興、Vincent Tsai、何秉修、蔡宜真、胡金倫
責任企畫—陳玉笈
美術設計—許晉維
內頁排版—立全電腦印前排版有限公司

總 編 輯—胡金倫
董 事 長—趙政岷
出 版 者—時報文化出版企業股份有限公司
一〇八〇一九台北市和平西路三段二四〇號七樓
發行專線—（〇二）二三〇六六八四二
讀者服務專線—〇八〇〇二三一七〇五
（〇二）二三〇四七一〇三
讀者服務傳真—（〇二）二三〇四六八五八
郵撥—一九三四四七二四時報文化出版公司
信箱—一〇八九九臺北華江橋郵局第九九信箱
時報悅讀網—www.readingtimes.com.tw
時報文藝／Literature & art臉書—https://www.facebook.com/readingtimesLiterature
法律顧問—理律法律事務所　陳長文律師、李念祖律師
印　刷—勁達印刷有限公司
初版一刷—二〇二二年十二月三十日
定　價—新台幣五六〇元
（缺頁或破損的書，請寄回更換）

時報文化出版公司成立於一九七五年，
一九九九年股票上櫃公開發行，二〇〇八年脫離中時集團非屬旺中，
以「尊重智慧與創意的文化事業」為信念。

鱷眼晨曦 = Eyelids of morning / 張貴興作. -- 初版. -- 臺北市: 時報文化出版企業股份有限公司, 2022.12
448面; 14.8×21公分. -- (作家作品; 104)
ISBN 978-626-353-208-3(平裝)

857.7　　111019030

ISBN 978-626-353-208-3（平裝）
Printed in Taiwan